# 我的战"疫"

⊙上册

新华每日电讯　编著

新华出版社

图书在版编目（CIP）数据

我的战“疫”：上下 /新华每日电讯编著. —北京：新华出版社，2020.11

ISBN 978-7-5166-5481-1

Ⅰ. ①我… Ⅱ. ①新… Ⅲ. ①中国文学－当代文学－作品综合集 Ⅳ. ①I217.2

中国版本图书馆CIP数据核字（2020）第214392号

**我的战“疫”（上下册）**

**编　　著：**新华每日电讯社

**责任编辑：**赵怀志　祝玉婷　　**封面设计：**壹启视觉
**封面题词：**袁卫平

**出版发行：**新华出版社
**地　　址：**北京市石景山区京原路 8 号　　**邮　　编：**100040
**网　　址：**http：//www.xinhuapub.com
**经　　销：**新华书店
新华出版社天猫旗舰店、京东旗舰店及各大网店
**购书热线：**010-63077122　　**中国新闻书店购书热线：**010-63072012

**照　　排：**李尘工作室
**印　　刷：**三河市君旺印务有限公司
**成品尺寸：**170mm × 240mm
**印　　张：**38.75　　**字　　数：**545千字
**版　　次：**2020年11月第一版　　**印　　次：**2020年11月第一次印刷
**书　　号：**ISBN 978-7-5166-5481-1
**定　　价：**68.00元

2020年1月24日，在武汉火神山医院建设工地，大型机械加紧施工。新华社记者肖艺九摄

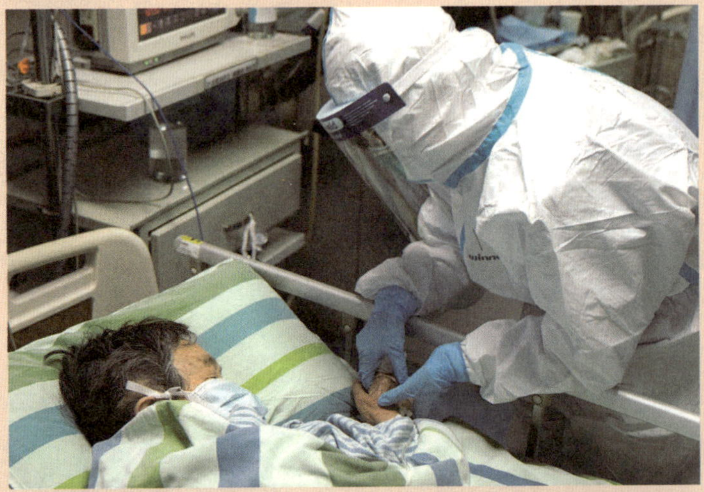

2020年1月24日，中南医院重症隔离病房的护士长马晶握住病人的手对她进行安慰。新华社记者熊琦摄

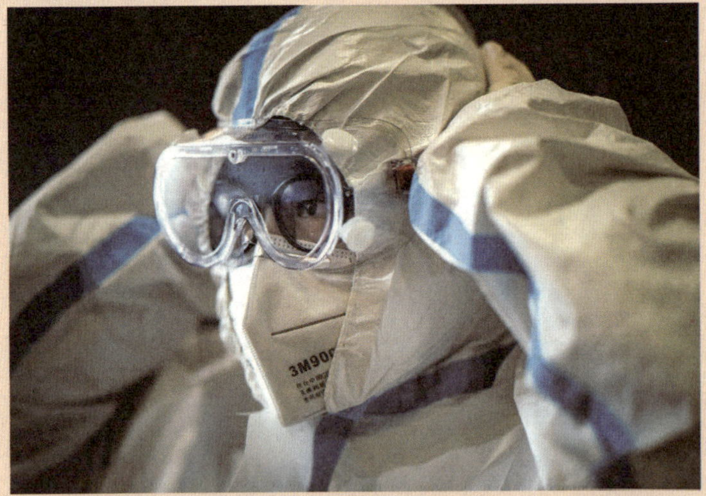

2020年1月27日，海军军医大学医疗队员在穿戴防护服。新华社记者肖艺九摄

2020年1月28日，在新疆医科大学院内，医疗队队员、新疆医科大学第一附属医院重症监护室医护人员吕俊（左）与家人道别。新华社记者王菲摄

2020年1月30日拍摄的武汉火神山医院建设工地（无人机照片）。新华社记者才扬摄

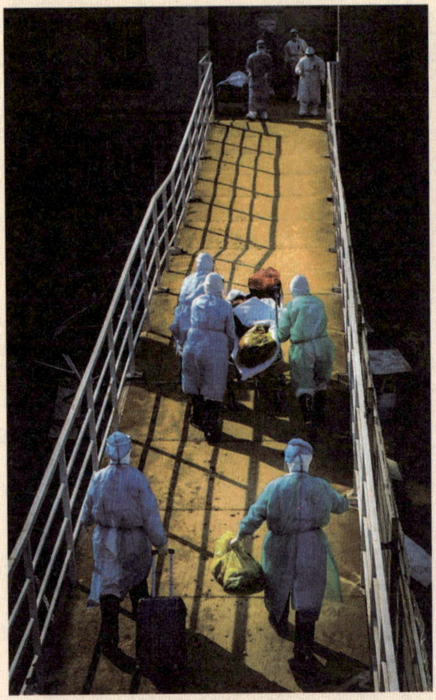

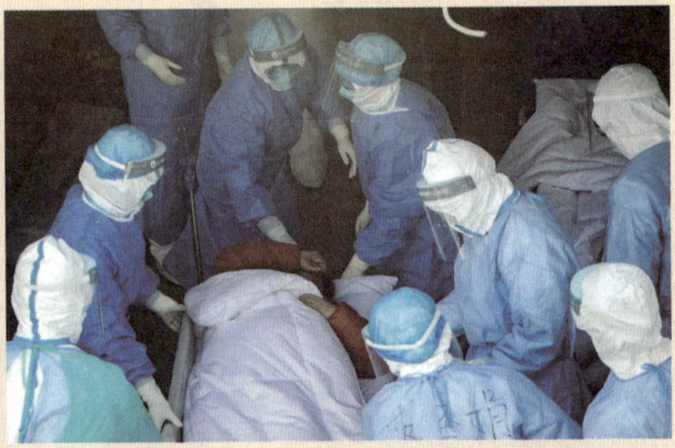

▲ 2020年2月4日，医护人员将患者送往病房。当日，武汉火神山医院开始收治新冠肺炎确诊患者。新华社记者肖艺九摄

◀ 2020年2月4日，医护人员将患者送入病房。当日，武汉火神山医院开始收治新冠肺炎确诊患者。新华社记者肖艺九摄

2020年2月10日，在武汉客厅方舱医院，医护人员带领患者们跳广场舞。新华社记者熊琦摄

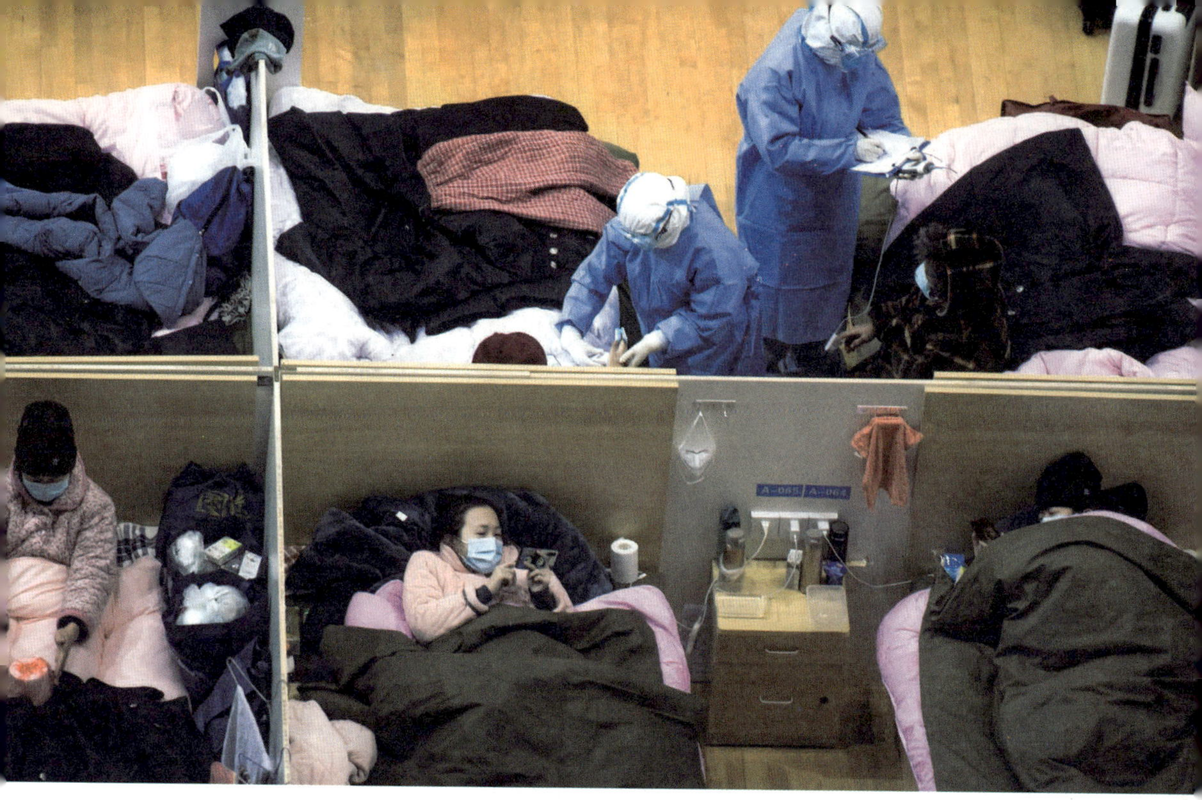

▲ 2020年2月17日，在武汉体育中心方舱医院，医务人员在为患者做检查。新华社记者肖艺九摄

▼ 2020年2月20日，福建省晋江市恒安集团员工在洁净车间生产防护服。 新华社记者姜克红摄

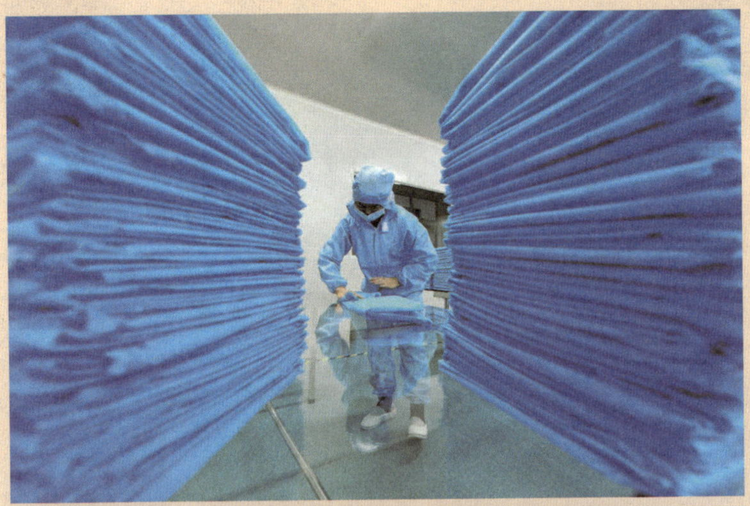

◀ 2020年2月21日，在贵州省黔西南州义龙新区，贵州骏江实业有限公司的工人在严格消毒环境下生产一次性手术衣。新华社记者杨文斌摄

◀ 2020年2月21日，浙江省桐乡市濮院羊毛衫市场迎来农历新年后的全面复市。新华社记者徐昱摄

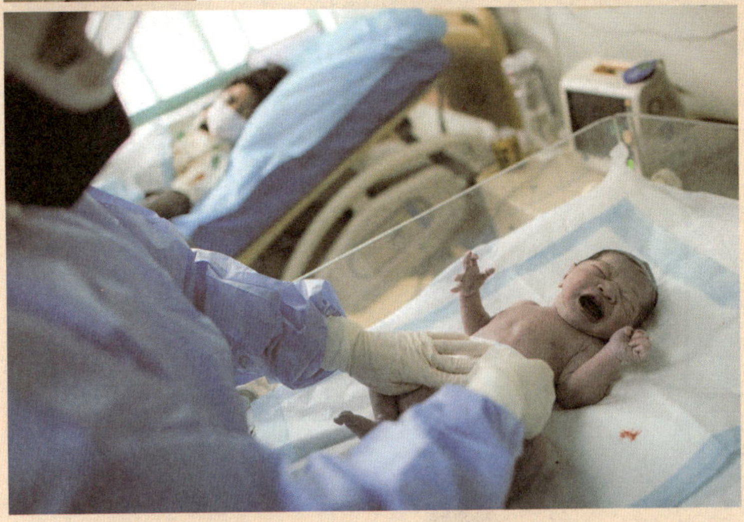

◀ 2020年3月1日，在武汉市妇幼保健院分娩室，助产士吴丹对一名新生儿进行护理。新华社记者肖艺九摄

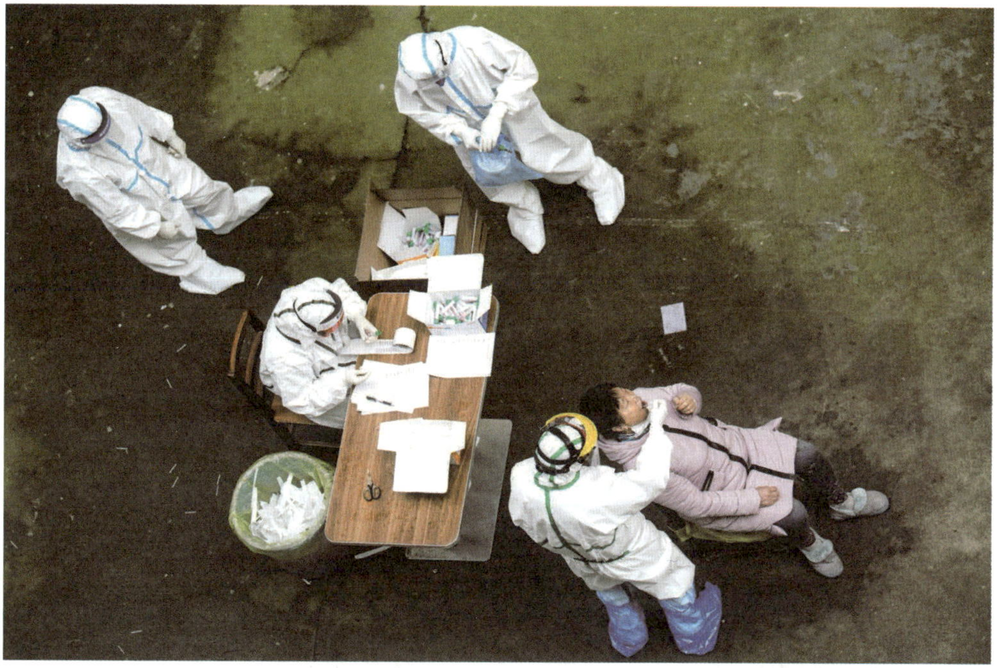

2020年3月10日，在武汉软件工程职业学院康复驿站，医护人员为康复隔离人员进行核酸检测取样。新华社记者程敏摄

2020年3月19日19时40分，载有551名湖北籍务工人员的入粤返岗复工专列从湖北荆州出发抵达广州。这是自新冠肺炎疫情发生以来，首趟从湖北开往广东的务工人员返粤复工专列。新华社记者卢汉欣摄

佛山康得福公司员工在医用防护服生产线缝制产品（2020年3月3日摄）。新华社记者刘大伟摄

# 编委会名单

# 序一
Preface 1

## 每个人在这本书中都可以看到自己

张文宏

过去的十个月，人类社会经受了巨大的挑战——自然界的一种微生物跨越了动物与人类间的物种屏障，出现了自1918年以来罕见的大流行，而且目前还没有看到终止的迹象。

自今年2月份以来，中国和世界各个国家都卷入了这场针对病毒的“世界大战”。中国社会各界都共同面对了这场人类的“大灾难”，我所在的医院派出了273名医务人员奔赴武汉。经过近三个月的殊死奋战，最终我们取得了控制疫情的阶段性胜利。在今年6月份，全世界也曾看到过控制病毒蔓延的曙光，但是随着冬季的到来，似乎全球又重新进入了至暗时刻。

当前在疾病的控制方面，全球存在着巨大的不平衡。这种不平衡主要是体现在对于社交距离、口罩、封城等非药物干预的执行上存在差异，而这种差异往往与世界各国的文化差异有关。东方国家更加尊崇这些规则，西方国家的人民则更加相信高科技将成为人类最后战胜病毒的武器。我们相信世界各国人民最终会通过团结、合作、不断交流各自的战“疫”经验而取得抗击疫情的胜利。

在这场针对人类共同敌人的战斗中，中国人民经过数月浴血奋战，终于在人类抗击传染病的历史上创造了一个奇迹。这个奇迹不只是医务人员创造的，更是来自全国人民万众一心，社会各界共同努力，牺牲小我，换取整个国家和民族安全的伟大战役。

在这场战役中，从国家领导人到普通民众，从医务工作者到社区义工，这是每个人都参与的战役。

由《新华每日电讯》出版的这本《我的战“疫”》，真实反映了我国社会各界认同“生命至上”的伟大理念，弘扬了“举国同心，舍生忘死，尊重科学，命运与共”的伟大抗疫精神。这本书全方位展现了我国在疫情中铸就的伟大抗疫精神，每个人在这本书中都可以看到自己的身影。这是一个伟大时代的缩影，也是每个人在疫情中的缩影，既看到了自己，也看到身边的每个人，值得大家细细品读，是一本不可多得的战“疫”日记。

2020年10月30日

（张文宏，上海复旦大学附属华山医院感染科主任、上海市新冠肺炎医疗救治专家组组长）

# 序二
Preface 2

## 不要遗忘，重新认识
### ——读《我的战“疫”》

韩　松

《我的战“疫”》是上下册，由《新华每日电讯》编著。《新华每日电讯》和“草地周刊”我都常看，在这次新冠肺炎疫情阻击战中，他们策划了不少好的选题，也产生了较大的影响。这部书便是其结果。

“草地周刊”的一位编辑说，上册是《新华每日电讯》特稿部做的一个系列策划，下册绝大部分文章都在《新华每日电讯》的“草地周刊”发表过，有的限于出版社的字数容量，还没有全部收进来。

我也是其中的参与者，2月下旬为“草地周刊”撰写了《杞人忧天非坏事，别让科幻成真》的稿件，表达了我的观点。他们全文刊登了。可以看到，选题的范围还是很大的，同时给个人阐述的空间，以特有的方式，反映了这场壮怀激烈的人民战争。

这也是《我的战“疫”》的很大特点，就是“我”是主角。比如很多是口述实录，有基层一线的医护、患者、志愿者、干部等，另外，还有专家学者的见解。这些区别于一些用数字和概念堆积的稿件，既是真实的记录，有血有肉、有声有色，也有层次，比较复杂，同时还有一些独到的看法和解释。

当时我在新华社对外部组织报道。我们对外部国内新闻编辑室的编辑，看到《新华每日电讯》公众号上的这些文章后，感到很惊艳，就在室领导的组织下，翻译了其中一些，以弥补其他稿源的不足。未料在国际上产生了很好的影响，让世界了解到中国发生的真实情况，可以说是很好的“中国故事”。有意思的是，这些英文报道的部分，也收入了《我的战“疫”》这部书。它表明了重新寻求东西方对话的可能。

“草地周刊”那位编辑对我说，之所以出版，是这些作品确实还都不错，反响很好。很重要的是，经得起时间的考验。今年全国面临这么大一起公共卫生事件，如果回头再看的话，希望这些文字能给后世的人们提供一个依照。

的确，应该回顾和总结。回头看，这些作品的确是这场剧变的一份记载。今年的疫情让我感触最深的是，人类内部呈现的差异性。既包括处理应对的方式，也涉及更多方面比如制度和文化。我有一位朋友被困德国两个多月才返回，她有机会接触当地很多人，这也促使她思考这种差异。她发现很多西方人，对中国的误解是比较深的。

在德国的一些中国人，虽然德语流利，但只是待在自己的社区，并不与当地交往，也不太了解当地。每年有一亿多中国人出国旅行，但是对世界的认知和了解，是否比以前一定进步了？这个问题值得研究。

今年品尝到的痛苦，是统治这个星球的最有智慧的七十多亿生物无法成为一个整体。当然他们也最终发现，人类并不是地球的真正主宰者。一个病毒就能让他们的经济社会运行停滞。

这都需要在生产生活重启后，再来深化认识。祸兮福所倚，疫情让一些问题显现了，使重新认识有了基础。在9月的后疫情时代中日科幻高峰论坛上，日本作家林让治有一个发言，说他去年首次来中国访问，遇上天气原因，航班延误，他在机场却遇到中国人主动使用翻译软件与他交流。这让他很是吃惊，认为这是中国人理性的一面，在日本可能不会这样。今年疫情使得他取消了再次中国旅行的计划。他认为，疫情不过是暴露了人类本来的一些问题，但之前被非理性地掩饰了。科幻的价值正在于建立一个理性的世界。依靠理性，才能重新建立起可靠的认知。

可以说，《我的战“疫”》的编辑出版，提供了一个用理性来重新认识的基础。它提醒我们，不要遗忘。要有更宏大的愿力、更强的同情心、更好的理解力，帮助公众认识这个莫测的世界，来应对下一次危机。

2020年10月22日

（韩松，著名科幻作家、新华社高级记者）

# 序三

Preface 3

## 他们写出的正是这深流之下的历史

张严平

这真是一本独特而新鲜的好书。就像在一个宏大的事件架构中，那些最真实、最细密的血脉一一呈现。

在她未结集之前，我已在《新华每日电讯》及其公众号上，读到其中不少的佳作。阅读中，常有一种怦然心热，但又用概念无法说清的心动。社会、人生、灾难、生命，心灵之最丰富深厚的东西，正是在这样交织起伏、融通温热的毛细血管中，散发出它独特的魅力。

从头读来，无论是“患者亲述”、“白衣为甲”、“凡人英雄”，还是“百姓记忆”、“名家谈疫”、“疫中随笔”等，全然没有我们在很多大事件新闻报道中见惯了的，记者理所当然升华出的一个又一个金光闪闪的概念，一个又一个高大主题的解析。

这一群人物，就像生活海洋中一朵朵奔涌着喜怒哀乐的浪花。无论他是激情的，还是沉静的；无论他是英勇的，还是纤弱的；无论他是奋勇当先，还是被席卷而上……每一个形象都让我们一扫概念的虚幻，看到了真实、清澈的生命之美，人性之美，内心之美。

你怎么能不为那位“方舱小品哥”在巨大的痛苦中，深怀对妻子的爱、对未来的希望而泪目？

你怎么能不为洗澡时摔了一跤竟成为浙江首个确诊病人，而感到一种不幸中的小确幸？

那位不是为了当英雄只是怕愧疚而来到武汉的护士，谁又能否认她有着一颗何其晶莹的英雄之心？

那位把丈夫借给武汉、摔下一句话“一定要好好地还给我”的女人，难道不是一个最英雄而深情的女人？

那位出一趟救护车洗一次澡，身上都皴裂的司机；那位留在武汉送外卖的大哥；那位在隔离区做保洁员的55岁大姐；那位通宵做1800份早餐、就为医生吃口热饭的厨师；还有那些在街头盼日出的临时工……这些在日常生活中平凡、渺小、甚至卑微的小人物，在这样一场巨大的灾难并与之搏斗中，向这个世界展示了他们无比非凡耀眼的人性光芒。

“每个人的心中都有最有缘、最隐秘的一层，真理就在那里完整地居住着。”这些篇幅不长的报道，每一篇都让我们触到了生活的脉搏、社会的脉搏。

深深地感谢写出这些精彩报道的记者们，是他们让我们看到了一个宏大事件下的最真实的人心，最真实的力量。静水深流，他们写出的正是这深流之下的历史。

作为一个一生只做了“记者”这一件事的老记者，我为有这样年轻的同行而感到由衷的骄傲。

我想，这本书的出版，或许会为更多脚踏实地的青年记者，开出一条通向社会、生活深处更新鲜、更宽阔的路。新闻报道的实践，再一次证明，深入生活、深入社会，才是新闻生命力、魅力的源泉。

记者一定是要热爱生活的。在你接到一个人物、一个事情的采访时，唯一要做的不是苦思冥想的条条框框、升华概念，而是要像这些报道的记者那样，一头扎进生活的海洋中，让生活原本的色彩充满我们的目光、大脑。

记者的老师只能是生活，记者的引领者也只能是生活。

多么希望今后能读到更多这样从生活海洋中捧出的浪花，无论是在特别的战“疫”报道中，还是在日常生活的报道中。

我会把这本书放在我的书架上经常翻翻，时时感受我们国家这一非常历史中的无比珍贵的记忆。

2020年10月26日

（张严平，新华社高级记者）

序四
Preface 4

# 抗疫“人民战争”的真实留存

方立新

新冠肺炎疫情防控，是一场人民战争，是总体战、阻击战。

白衣是医者的征袍，笔与镜头是新闻人的刀枪。作为报纸编辑记者，我们当然知道，大疫袭来，与人民共情，就要离现场更近。然而，由于疫情防控的需要，新闻人不能上现场怎么办？报纸投递受阻“最后一公里”怎么办？

疫情暴发后，《新华每日电讯》特稿部克服记者不能去前方采访的困难，在后方主动、积极作为，迅速推出“我的战‘疫’”专栏。借助网络时代便捷的通讯手段，“下沉”报道触角，采访一线战“疫”者，以口述形式讲述老百姓的战“疫”故事，把尊重公众“表达权”与引导舆论、凝心聚力抗疫的职责使命，有机统一起来。

3个月时间里，在《新华每日电讯》微信公号与新华社客户端共推出专栏稿件170余篇。新冠肺炎患者、医护人员、社区干部、警察教师、外国友人、火神山建设者、华南海鲜市场商户……与疫情密切相关的人和事，多样化的角度、个性化的表达，让“我的战‘疫’”、“‘疫’线·访谈”等专栏成为通稿之外，新华社战“疫”报道的有力补充。

这一重大公共卫生事件报道的创新范式，也吸引受众踊跃提供新闻线索，并称赞专栏：“通过普通人的视角，将真实的、鲜活的、零散的个人经历与时代表达相叠相融，拼接出一幅幅最为真切的抗击疫情的历史图卷，可以被视作‘纸页上的纪录片’。”

事实上，这一系列报道，是在新华社大力推进媒体深度融合的背景下，《新华每日电讯》融合报道资源，打通线上和线下、社内和社外多层次传播环境的具体实践。

出于疫情防控要求，新华社社办报刊编辑记者难以在疫情最严重时到达一线，而新华社在湖北一线的记者，主要承担通讯社报道任务，基本上没有余力为社办报刊供专稿。

基于现实，《新华每日电讯》特稿部另辟蹊径，在微信公号开设“线索征集令”，诚邀各界人士讲述自己的战“疫”故事，进而实现了战“疫”一线与编辑部的无障碍沟通。

触角“下沉”，就能突破疫情造成的采访障碍，最大限度开掘报道资源，“零距离”贴近疫情之下正在发生的点点滴滴。

隔离的病房、封闭的小区、返程的列车、复产的工厂……来自基层的线索和故事，源源不断地传来。

借助“我的战‘疫’”专栏，《新华每日电讯》探索报网融合。3月中旬，特稿部负责的《调查观察》周刊恢复出刊，梳理已播发的专栏稿件，补充采访，将口语化表达调整为更加符合报纸定位的严谨表达，周刊先后推出“白衣为甲”“疫线实录”“负重逆行”“返岗复工”等专版，实现了主流平台的再传播。

“我的战‘疫’”专栏一推出，新华社对外部编辑主动联系电讯特稿部，认为专栏稿件契合海外受众的兴趣点和阅读习惯，希望转化为英文特稿，加大传播力度。

两个部门多次沟通，商讨发稿流程，互通报道需求。对外部编辑表示，“普通人的故事在脸书上很受欢迎，很多网民留言点赞，特别感人，绝对的正面报道！”

对外部从“我的战‘疫’”专栏中精心编译的30多篇英文特稿，在新华社社英文客户端和海媒平台展示，实现传播效果最大化，仅在脸书和推特平台上的累计互动量就超过600万。

两个部门联手打通对内对外传播渠道，也是对社领导关于加大社办报刊与通讯社业务融合的具体实践。

纵观“我的战‘疫’”专栏报道，得到普遍认可的背后，是多视角呈现、个性化表达，是汇聚全社会的蓬勃力量。从新闻实践角度来看，是遵循媒体融合规律、差异化策划组织的结果。

如同“我的战‘疫’”专栏所言：“这是一场人类共同的战争。在这场战争中，没有前线和后方之分，每个人都是事件的亲历者，也必将成为事件的还原者和记录者。”

“我的战‘疫’”专栏汇编成书，留存抗疫“人民战争”的真实写照，同样留存的是：在这场人民战争、总体战、阻击战中，我们新闻人，与医生护士、部队官兵、基层干部、公安民警、社区工作者、志愿者、快递小哥……共有一个名字——战“疫”者。

最后，我还要感谢新华社摄影部兰红光、新华社对外部黄燕等同仁对本书图文的大力支持，以及江苏今世缘酒业股份有限公司的慷慨赞助。

2020年10月22日

（方立新，《新华每日电讯》总编辑）

# 我的战“疫”线索征集

从新冠肺炎疫情地图上看，我们已经没有前线和后方之分了。

这是一场人类共同的战争。面对肆虐的病毒，成千上万的普通人，开始了自己的战“疫”。无论你是冲在前线，还是守在家里，都在用自己的方式战斗，直到赢得最后的胜利。

眼下，我们希望通过微信等现代通信技术，突破疫情造成的现场采访障碍，走进隔离的病房、封闭的小区、返程的列车、复产的工厂、遥远的山村，通过与你的访谈，还原一个个普通人家在大疫之下的希望、努力和改变。通过真实、鲜活、零散的个人亲历，拼接出一幅幅迎战疫情的百姓生活图景，将个人记忆与公众生活相叠加，共同见证这段必将刻骨铭心的历史。

无论你来自哪里、身居何处，无论你文化高低、贫穷富有，我们诚挚地邀请你讲出自己的故事——坚信所有的宏大叙事，都离不开凡人的点滴生活。

《新华每日电讯》特稿部“我的战‘疫’”专栏线索征集值班记者、编辑联系方式（添加时请简要自我介绍）：

**周一：**黄海波　　微信号：siliang4105
**周二：**尹平平　　微信号：yinpp_xhs
**周三：**刘婧宇　　微信号：cws-eli
**周四：**刘梦妮　　微信号：mengqiqilmn
**周五：**完颜文豪　微信号：waynewywh

**统筹：**刘　荒　　微信号：chinafete

**联系邮箱：**mrdxtgb@163.com

期待你的故事、你的线索，我们彼此成全，共同书写这段历史！

**《新华每日电讯》特稿部**

图为疫情初期在《新华每日电讯》
微信公众号上发出的“战‘疫’线索”征集令。

# 目录 · CONTENTS

## 凡人英雄 / 75



## 防控一线 / 129

## 艰难重启 / 245



## 老外抗“疫” / 283



## 对外报道 / 301

# 患者亲述

# 在华南海鲜市场守通宵，结果差点丢了命

口述：木子 | 32岁 | 社区书记 | 湖北武汉

时间：2020年3月13日

整理：罗鑫 | 新华每日电讯记者

1月3日，武汉车水马龙、热闹非凡。当时还没有新冠肺炎这个名称，疫情也没有那么可怕。大部分人已知的危险，只是那个市场、那些野味……当晚11点，我们来到华南海鲜市场，执行通宵守控的任务——劝阻商贩进入，禁止疑似传染源的货品离开市场。

作为江汉区北湖街一名社区书记，此前在军运会期间，我们已经习惯了通宵达旦的坚守。但在城市主干道路口守控，这还真是头一回。

刺骨的寒风扎在脸上，市场里的海腥味伴着抽风机的轰鸣，呛入口鼻。面对夜幕下有些阴暗的海鲜市场，我们戴着的手套和口罩，给心里增添了不少安全感。

当时，已经封闭市场3天了。透过昏暗的灯光，可见里面水缸中的帝王蟹，慵懒地动了动钳子，告诉人们它还活着。凌晨4点，只听得见风声的市场，突然热闹起来。许许多多的商贩，不知道从哪里冒了出来，非要往市场里面冲。我们努力拦住他们，维持秩序。常年群众工作经验，做这样的劝阻已经得心应手。

现场人多嘴杂，我难免提高嗓门，讲着讲着就是一头汗，雾气模糊了眼

镜。我只好半摘下口罩，露出鼻子喘气，还不时地擦擦眼角的汗。终于，到了天明，人潮也渐渐散去。没想到的是，可能就是这样一个下意识的动作，让我差点丢了命……

接下来的两个星期，街上戴口罩的人多起来，坊间渐渐有了些可怕的传闻。出于谨慎，虽然身体没有任何不适，我还是坚持戴上口罩，和家人分开了碗筷。

年底忙碌异常，我都快淡忘这件事时，身体却出现了异常状况。

1月17日，浑身乏力，体温37.8℃。我刻意和同事们保持距离，口罩一刻也不摘，自己单独出去吃饭……吃了三天退烧药、感冒药，却没有任何好转迹象。1月20日，医院检查血项有病毒感染，但无法确定原因，更无法确诊新冠。由于没有床位，只能按照医嘱回家隔离。

随着“人传人”“封城”等消息陆续传来，我的电话都快被打爆了，只能一边耐心地解释和登记，一边用电脑微信联系仍在社区工作的同事们。

居民微信群和微邻里APP的消息频繁不断，我能感到恐慌的情绪正在蔓延。和恐慌蔓延得同样快的，还有我的病情。刚开始还能整天接打电话，可到了“封城”那天，连呼吸都变得艰难了。

每当电话那头焦躁的声音匆匆道谢，表示会等社区消息时，我都会期待下一个铃声响起，是通知轮到我去医院的电话……就这样，我一边处理着居民看病的诉求，一边求助着我居住的社区，“互相理解”成了我坚持下去的动力。

然而，接下来的煎熬，让我撑不下去了。一天晚上，我在武汉第七医院排了7个小时队，却还没能走进医院大门，感觉整个人都被绝望淹没了。

父亲一夜没睡，得知我的遭遇后，火速来医院，接走快要站不住的我。他一言不发地带着我，一家一家医院尝试，希望能让我得到救治，直到最终车辆禁行。

接着，社区卫生院初筛、转诊，成了唯一的就医渠道。

躺在床上，我用尽全身力气去呼吸。母亲想尽办法做我喜欢吃的东西，希望我能稍微多吃一点……后来，我发烧得迷迷糊糊，已经分不清过了第几天时，终于被收进了医院。那是一个三人病房，两位病友都连着呼吸机，艰难地喘息着。

经过医生紧急治疗，精神稍微好一点时，我拿出手机想告诉同事们，我到医院了，应该没事了。这时我才发现，已经有几天没有接到过一线社区同事们的工作电话了。在特别艰难的环境中，他们受尽各种委屈，仍努力在街道的指导下，想尽办法把重病居民送到医院。听到这些，我眼泪止不住地淌。

2月4日，核酸结果出来了——阳性，我进了隔离病房。这是离开社区第14天，战友们都笑着说，“你终于确诊了，我们这些密接者也过了隔离期，大家都好好的……”

在医护人员的悉心照顾下，我慢慢开始恢复。我既是患者，也是社区工作者，在病房照样能够工作。无论是宅在家里，还是隔离着、治疗着的人们，每一个人都渴望被关爱，有太多心里话渴望诉说。

社区居民谢师傅总打电话过来。他也和我一样，确诊后在医院治疗。年过六旬酷爱摄影的他，一遍遍地跟我叨念，“好友某某也走了，我们本来约好，开春一起旅行、一起拍照的”。这已经是谢师傅第三次告诉我，自己好朋友的离去。听着听着，说着说着，也不知过了多久，他的情绪才慢慢平复。

我和谢师傅相约，病好了请他教我摄影，一起去拍摄武汉的春天。

我现在已经出院了，之前做了两次核酸检测都是阴性。3月12日，通过第三次核酸检测后，我已经解除隔离，准备返岗了。

我们团队共有13人，平均年龄33岁。疫情期间，他们始终坚守在一线，用屈指可数的肩膀，扛起了4000多名居民的“宅”生活。他们中有的是刚出生孩子的父亲，还有许多是学龄前儿童的母亲。四十多天过去了，他们吃住在社区，只有寥寥数次隔着家门，看看朝思暮想的孩子们。*（应受访者要求，木子为化名）*

# 推着危重妻子看病，重症丈夫每天奔走上万步

口述：袁立文 | 34岁 | 工程师 | 湖北武汉
时间：2020年3月15日
整理：刘梦妮 | 新华每日电讯记者

现在想想，真是多亏了那辆共享轮椅，还有我爸每天推着它奔走上万步的脚力，我妈才熬过那段最危险的时光。

我在江苏工作，原计划1月22日和老婆孩子一起，回老家武汉过年。我们一家人虽有听说新冠肺炎疫情，但更相信官方“可防可控”的说法。

出发前一天，我爸突然打来电话，让我们别回去了。他说，现在武汉疫情越来越严重，钟南山都说会“人传人”了，还是小心点好。考虑到两个孩子，我只好退了票，留在江苏过春节。

后来才知道，他之所以给我打这个电话，是因为那天我妈已开始发烧。直到3天后的大年初一，我跟我妈视频通话，发现她不大对劲，才知道这件事。我妈推测，自己是被厂里一位同事传染的，理由是这位同事的爱人，已经疑似新冠住院了。在我的追问之下，她又告诉我，我爸也出现肌肉酸痛和咳嗽的症状。

我一下子懵了。想催他们赶紧去看医生，又考虑到当时武汉各家医院都已人满为患，父母症状还不算重，万一不是新冠贸然去医院，反而容易交叉感染。何况政府也在号召，轻症患者居家隔离。因此，我们纠结了半天，最

后商量决定他们先在家观察，只去社区医疗站开点药。

回头想想，这真是一个巨大的失误。父母的症状一天天加重，每天视频却都不肯告诉我，还总安慰我说，“今天好些了”“吃过东西了”……

到初五时，我妈已经起不来床了。我爸去离家最近的定点医院，想做个CT，看看肺部是不是真有感染。医院里乌泱乌泱全是人，队伍一直排到大门外，都是来看发热门诊的。我爸估摸着到天黑都排不上，只能先回家继续观察。

初八，我爸感觉身体更不舒服了，又跑了一趟医院。那天，看病的人少了些，他终于查了血，做了CT，结果是双肺感染。想着症状更严重的我妈，他赶紧回家带她去检查。

我妈已在床上躺了几天，浑身无力，喘得厉害。每天吃那几口稀饭，都是我爸喂的，几乎走不了路。当时，公交和出租车都已停运。我爸一只手搀扶着我妈慢慢走，另一只手拿着一个小板凳，每走一小段路，就让我妈坐下来歇会儿。有好几次，我妈实在走不动，想放弃不去了。我爸一直耐心鼓励她，一共不过3里路，走走停停好多次，终于坚持到了医院。

CT结果出来，我妈双肺多发感染，特别严重，医生建议立即住院治疗。可建议归建议，怎么找得到床位呢？医生只能开点针药，让父母坐在门诊打点滴。当天点滴打完时，已是深夜一点了。我妈浑身乏力，完全走不动了。还好，我爸在医院里找到一辆共享轮椅，推着我妈回了家。

那天，我爸一共走了两万多步，在我的微信运动里排名第一。当时，亲戚朋友都不知道他们感染了新冠，纷纷给我爸点赞，还以为他在家做运动呢。

接下来，就靠着这辆共享轮椅，老两口与病魔开始了生死较量。一个医生口中的男性“重症患者”，天天推着一位女性“危重症患者”，从家里去医院门诊输液，每天来回要走上万步，风雨无阻。

我爸的运动步数，仍然每天保持在我微信运动的榜首。

有一天，江苏这边下大雨了。我上网一查，武汉中雨，赶紧问他们怎么去医院。我爸轻描淡写地回我，“不要紧，有伞”。他说得这么轻巧，不过是怕我担心而已。至今我都不敢细想，他是怎样一手推着轮椅、一手撑着雨伞，还要确保我妈不被淋着的。

我妈后来回忆说，医院输液的地方总是人山人海，经常连挂吊水瓶的支架也找不到。我爸就自己找了一根木头，在上面绑了两个钩子挂吊水瓶。他还把两人的病情报告给社区，要求尽快安排住院。

当时的武汉，不论患者症状多严重，必须核酸检测呈阳性后，才有机会排床位住院。然而，核酸检测也需要排队，我们社区一天只有两个名额，我父母排在40多名。

后来，经过我爸多次沟通争取，社区考虑我妈病情确实严重，就让我父母提前做了检测。几天后拿到结果，我爸阳性，我妈竟然是阴性，这下住院无望了。我爸更担心了，万一核酸检测不靠谱，不知道会耽误多少人！

没办法，他们只能继续在家隔离了。我爸仍天天推着我妈去医院输液，每天在门诊一坐就是三四个小时。一起输液的人很多，几乎都是染上新冠又住不了院的。偶尔，还有病情特别严重的，正输着液突然就倒下了。父母亲看着这一切，心里的焦虑害怕可想而知。

那段时间，武汉医疗资源实在太紧张了。我父母小区有一家人，全家5口都感染了，持续发烧，一直没医院收治。后来还在网上发了求助帖，不知道现在怎么样了。

眼看着父母住不上院，我很担心，想给他们买血氧仪和制氧机。网上问了很多店，才找到一家能在武汉送货的。机器价格比平时贵了1000多元，同城运费花了200元。我妈听说后让我退货，先说制氧机太复杂了，他们不会用。后来又说我乱花钱。哎，都这个时候了，还想着省钱。

就这样，靠着我爸每天微信运动榜首的步数，我妈熬过了最危险的时光。后来，多家方舱医院先后建了起来，武汉医疗资源紧张状况得到缓解，父母终于都住上医院了。主治医生看了我妈当时的CT，感叹说真是捡回来一条命。还说，一般人像她这种情况，估计都熬不过7天。

我爸住的医院条件还好，我妈住的方舱刚建起来，硬件要差一些。再加上她病情重一些，血氧也时好时坏，刚进医院那段时间，她一直很消沉。我和我爸每天都打电话安慰她。我爸还特意嘱咐我，让孙子们多跟奶奶视频。

一天，我照例跟我妈通电话。她说起今天有个年轻医生，看见她在哭也跟着掉了眼泪，搞得她都不好意思再难过了。我劝她再忍一忍。她反而安慰我说没事，疫情期间，谁不是艰难度日呢？

我妈还感慨说，自己算是幸运的。与她同病房的一位婆婆，也是去医院半路走不动了，她家爹爹没办法，跪在地上求人帮忙。可别人不是说有急事，就是说家里有老人孩子什么的，大家都怕被感染啊。

随着时间推移，医院各方面条件逐渐好起来。又过了将近一个月，我爸出院十多天后，我妈也终于出院了。那天，有一位医生看了她病历中所有的CT片子后，居然拉着一群人讨论，问我妈吃了些什么药，做了哪些治疗，简直不敢相信她能恢复过来。

我妈电话里开心地说，多亏自己不论去哪里都不忘烧香拜佛，看来真有菩萨保佑啊！我一边哈哈地应着，一边在心里替我爸抱屈：您得感谢自己找了个好老公！

其实，我妈心里是有数的，她就喜欢这样说。（应受访者要求，袁立文为化名）

# 为患癌妻子解闷演小品，没想到在方舱火了

口述：夏斌 | 31岁 | 货车司机 | 湖北武汉

时间：2020年3月16日

整理：张端 | 新华每日电讯记者

“香烟、饮料、矿泉水啊，来把脚挪一下，挪一下啊，有需要的吗？”我推着装满食品的小车，假装列车售货员经过，方舱医院的医护人员很配合我，“买”了方便面和薯片。

这是我和病友创作的小品《开往健康站的列车》。视频发到网上，各种转发、点赞。本来想着在方舱里拍点有趣的视频，让媳妇岑朦高兴一下，缓解她一个人住院的孤独，没想到自己火了。

后来又诞生了爆款小品《方舱地道战》，我扮演反派角色“新冠肺炎病毒”，被“白衣战士”和群众联手制服。

网友调侃我是“方舱小品哥”，说我把他们没看的春晚和元宵晚会都给补上了。岑朦看到不少社交平台上都有我的视频，她觉得在疫情最艰难的时刻，我还给那么多内心不安的人带去欢声笑语，她很骄傲。

在医护人员和病友眼里，我是“开心果”和快乐源泉，根本看不出我正在经历的巨大艰难。

今年春节，岑朦在做第二次癌症手术期间，感染了新冠肺炎，转到一家定点医院接受治疗。没过几天，我也出现咳嗽、腹泻的症状，确诊感染后住

进了武汉体育中心方舱医院。

岑朦今年27岁，比我小4岁。她是一名装饰设计师，主要做室内装饰的效果图设计，以及硬装材料的选购和搭配。当初我买了套房，邻居介绍岑朦给我家装修。我觉得她特别开朗、爱笑，工作能力还很强，对她一见钟情。追求她那会儿，我天天骑着小摩托接送她上下班。后来我们在一起，结了婚，有了孩子。

说实话，一开始她给我装修房子，没想到装修的会是自己的家，也没花这份心思。但就是这套没怎么花心思的房子，最后成了我们的家。

她挣了我的钱，我赚了她的人。

我是一名货车司机，学历不高，收入也不太稳定。能找到岑朦这么好的媳妇，真的很幸运。她把家里的方方面面都安排得很好，让我在外面可以安心工作。我家人也都喜欢她。

去年11月，岑朦开始尿频、下腹肿胀，去湖北省人民医院检查，确诊为一种非常罕见的癌症——卵巢高钙血型小细胞癌。

我们当时都不相信，认为医生一定搞错了。后来，我带着她去北京协和医院看病，医生得出了同样的诊断结果。还悄悄告诉我，这病一般活不过两年，最多五年。

岑朦比我坚强，叫我别当回事儿。从医院出来后，我陪她去故宫。她坐在轮椅上看风景，我推着她，一路上眼泪怎么都止不住。

回到武汉，岑朦在同济医院做了手术。化疗导致她一直掉头发，于是剪了寸头，后来发现枕头上还是有很多头发茬，就干脆剃光了。为了让她减少心理压力，我也陪着剃了光头，还笑称她是我兄弟。

后来，我俩因为感染新冠肺炎，分别在两家医院救治。不能陪在媳妇身边照顾她，我很担心，就想出了拍视频给她看的主意。看到媳妇状态好，我心情也会比较好，看到她状态差，我就很难受。我俩经常开着微信视频“面对面”吃饭，了解彼此在医院的情况，互相鼓励。

夜深人静时，我翻看和岑朦以前出去玩的视频和照片，回想起欢乐时光，好几次忍不住在被窝里哭。面对一个无法改变的结果，有时真的感到很无助。

在方舱医院，有一位病友的家人在疫情中去世，他情绪特别低落。我用自己和岑朦的遭遇安慰他，告诉他生活还要继续，一定得想开点儿。

不少人知道岑朦的病情后，想给我们捐款。有一位护士让我通过支付宝转账借给她60元。当时我还纳闷，这时候有钱也没地方花呀，但没多想就转给她100元。当晚，我支付宝里多了6000元，正是这位护士转给我的。她“骗取”我的支付宝账号，就是想要帮助我。我很感动，但这钱我不能收，岑朦看病的费用我还扛得住。后来也有人想捐款，我都一一谢绝了。

从方舱出院后，我想去瞅一眼岑朦，但去她医院的路上设有防疫卡点，即使过去了也进不了医院。后来，岑朦的新冠肺炎也终于治愈了，目前正在酒店里集中隔离。我们很快就能见面了。

疫情发生以来，我得到了许多人的帮助和关心，想着自己也要做点什么回报社会。我最近去血液中心做了抗体检测，如果产生抗体就可以捐献血浆，帮助那些危重患者。

岑朦跟我说过，她希望自己能再活5年，如果活过5年，希望再活10年，可以陪着孩子长大成人。我们的想法很一致，未来要过好每一天，不必搞得那么悲伤。我们目前只是想找到更好的癌症治疗方案，如此而已。

# 解除愈后隔离，我们夫妇第一时间去献血

口述：沈扬 | 45岁 | 技师 | 湖北武汉

时间：2020年2月24日

整理：张典标 | 新华每日电讯记者

2月22日，我和爱人解除愈后隔离不到一周，又双双来到中部战区总医院。这次不是看病住院，而是来献血的。

或许，只有得过这个病的人，才知道那些患者内心有多煎熬。所以，听说医院需要康复病人的血浆，用于新冠肺炎患者的治疗，我们第一时间报了名。

我晕血，全程平躺着，没敢看抽血的管子和机器。我爱人当过护士，比我淡定许多。她一边握着拳头，一边还给我科普：献血和献血浆不一样，献血是献全血，献血浆是先把全血抽出来，分离出血浆后，再把红细胞输送回体内……

献血之前，我问过医生，救一个新冠肺炎病人需要多少血浆。医生说，大概200毫升。我和爱人捐献的血量，这么算来可以各救两个人。

一个多月前，我俩双双患上新冠肺炎，又一起住院治疗，夫妻成了"病友"。

1月12日，爱人在午休时突然发热。一量体温，39℃。我想坏了，得马上去中南医院。出发前，我去药店买了两只口罩。那时口罩还好买，新闻也

说没有人传人证据，我俩压根儿没想到会得这病。

公交车上戴口罩的人比较少，中南医院里戴口罩的也不多。检查结果出来，我爱人双肺感染比较严重。我当时以为就是普通感冒，最多去医院打个针、吊个水，还想着治完就回老家过春节。

医生建议住院治疗。中南医院床位紧张，不愿意接收，让我们自己找其他医院。我心里还有点气愤，但听到几个医生在聊，“想塞也没办法塞，根本没床位”。另外，我也觉得，中南医院的新冠肺炎患者太多，爱人在这反而容易感染。那天，我亲眼看到有位等待检查的病人，嘴唇都发紫了。

从中南医院出来，我赶紧带她去武警湖北总队医院。这里的大夫初步认为，普通肺炎的可能性更大。妻子是1月13日住院的。第二天，我的咳嗽也加重了，一检查也是双肺感染，也需要住院。我有点懵，心想完了，这可怎么办?

家里有个70多岁的老母亲，还有个上初中的孩子，我特别担心他们也被感染。老人贫血，身体不太好，所以我请人带他们去中南医院检查。孩子没有任何疑似症状，我妈肺部有部分炎症，但不如我们严重，医生给她开了三天的药，让她自己在家隔离。幸运的是，老人很快好转，现在身体状态好得很。

考虑到夫妻在一起有个照应，我也住进了同一家医院，并和爱人同在一个病房。我妈年纪大了，怕她多想，就谎称我俩只是普通肺炎，住几天就出来。

当时医院只是CT检查，还没有核酸检测。倒是我儿子在网上查资料，鼓励我们说，“肺炎好治，打针吃药就能治好”。没想到，一住院就是二十多天。中间我妈给我打电话，她还哭了。我只能安慰她，都是轻症，不过要慢慢治。

住院第三天晚上，爱人又烧到39℃多，出现呼吸困难。医生发现情况不对头，做了CT才发现，肺部感染加重了。负责治疗的李医生提出调整治疗方案。第二天一早，双眼通红的李医生，穿着防护服进到我们病房检查。护士跟我说，昨天夜里，李医生打了很多个电话，询问如何应对我爱人的病情。

治疗方案调整后，爱人的情况慢慢好转。刚入院时，在病床上动一下都喘，后来能自己上卫生间了。

我的咳嗽却越来越严重。单位领导同事知道我咳得厉害，不打电话问候，而是给我微信留言，这让我很感动。住院第五天，我烧到38℃。医生安慰我说，这个病毒很狡猾，反反复复是正常的。这么一聊，心里舒服多了。

那时候外面还可以送饭，可能药物有副作用，嘴巴苦得很，一点胃口都没有。我俩互相鼓励吃饭。我对她说，不吃饭就没有抵抗力，你怎么能扛得过去？她对我说，再不想吃，也要把送来的饭吃完。

在病房里，我俩常聊有趣的事情，分散一下注意力，让心情平静一些。手机也看，但几乎不看新闻。说实话，很多新闻让人揪心，不利于病情。

1月23日，我们做第一次核酸检查。我爱人是阴性，我是阳性。按规定，我得转到金银潭医院。她担心我去那边，医生照顾不过来。

这个病毒确实很狡猾，爱人眼看好转了，可没过几天，核酸检测结果又变成了阳性。金银潭医院床位紧张，她还得继续留在武警湖北总队医院治疗。我们就这样分开了。

在金银潭医院，我住轻症病房，同屋还有一位的士司机和一位老人。大家交流不多，多数时间都在看手机。

说实话，金银潭医院的护士好辛苦，偌大一个病区，老是一个人在忙，打扫卫生间也得她们来干。这些年轻人被防护服裹得严严实实，经常得做深呼吸，还时不时跑到走廊，开个窗户缝透透气。我就想，年轻人都能为我们做到这样，我们还有什么理由不鼓起勇气呢！

2月1日下午，医生通知我可以出院了，我赶紧给爱人打电话。她还在治疗当中，不过状态很好，还不忘叮嘱说，这样最起码可以照顾老人了。我出院那天，病房转来两个轻症病人。我鼓励他们，"只要坚持下来，你们也可以从这里平安地走出去。"

回到家，我妈见到我就哭，说我终于回来了。还问我爱人什么时候回来。我告诉她，过几天就回来了。

我进家门第一件事，就是好好洗个澡，睡个觉。住了二十几天院，一直没敢洗澡，怕受凉感冒；也没有睡个整觉，毕竟心理压力大，晚上总在出虚汗，全身都是汗味。

2月5日，我爱人也出院了，夫妻终于可以在家团聚。不过，我们三人单独住在不同的房间。期间，我就写写字，看看手机；我爱人负责网上买菜；我妈负责做饭。饭做好后，她就放茶几上，我和爱人再分别出去取。

14天隔离期结束之后，看到金银潭医院院长呼吁治愈者去捐血浆。网上也在说，轻症病人转为重症病人的最初几天，用康复病人的血浆治疗效果最好。我们立刻打电话预约，还没等到金银潭医院的通知，武警湖北总队医院告诉我们，中部战区总医院也缺血浆，我们马上就赶了过去。

我们献出的血浆，并不能马上注射到病人身上。医生告诉我，还得经过一系列化验，抗体达不到一定标准，还可能用不上。不管怎样，在这场疫情面前，每个武汉人都是亲历者和见证人。我们都希望疫情早点结束，如果可以帮助他人渡过危险，也算是尽了自己的一份力。

# 洗澡时摔一跤，竟成了浙江首个确诊病例

口述：杨轩新 | 46岁 | 私企业主 | 浙江温州

时间：2020年2月11日

整理：李坤晟 | 新华每日电讯记者

直到转到温州市第六人民医院，我才知道自己是浙江省首例确诊新冠肺炎患者。说起确诊这个事，得从我摔断一根肋骨说起。

实话实说，今年提前从武汉回来，算是一种幸运。5年前，我和爱人到武汉做老旧小区电梯加装生意。往年都是临近除夕才回温州，今年儿子大学里放假早，我和爱人决定提前回家过年。

1月3日，我们从武汉开车出发，直奔老家温州永嘉。路上我总感到后背有冷风吹来，当时以为是普通感冒呢。第二天凌晨到了永嘉后，我在县城卫生院打了两天点滴。结果，却不见好转，体温一度烧到39℃。

后来我洗澡时又摔了一跤，胸口这块特别疼。当时并不知道，是肺炎闷到出不了气才晕倒的。我怀疑肋骨骨折了，就到温州市人民医院拍CT。结果不仅骨折，还查出肺里有阴影。我有点纳闷：过去肺没有什么毛病，哪来的阴影呢？难道是……医生听说我刚从武汉回来，赶紧给我做核酸测试，结果呈阳性。由于具有传染性，我爱人也被一起收治入院了。

1月17日，我俩都被转到六院。一开始我也不理解：在人民医院治得好好的，为什么突然转院？每天被穿着防护服的医护人员围着，看着就挺吓

人。与他们交谈中，我才知道自己是浙江省第一例确诊新冠肺炎患者。从上到下都非常重视，这也是我们被转到六院的原因。

从17日转院到24日出院，治疗刚好一个星期。我和爱人每人一间病房，她在我隔壁。让我欣慰的是，爱人和我一起从武汉自驾回来，一起吃一起睡，但她的检测结果呈阴性。更让我安心的是，目前还没听说自己传染了别人。

最难受的时候，我以为挺不过去了。现在总结，能顺利康复可能得益于心态好。在医院，我自始至终照样吃、照样睡，没有成天去惦记。也可能是我发病早，不知道疫情后来这么严重，心里没那么重的负担。

详细的治疗过程，我还真说不上来。只记得一边打吊针，一边吃中药西药，应该算是中西医结合。印象最深的是每天都要吸氧。得了这个病会喘不过气，如果不吸氧，呼吸非常困难，胸口像压着一块大石头。

现在我每天关注疫情新闻，尤其是武汉的消息。那边的朋友听了我的治疗过程，有点羡慕。听他们说，武汉医疗资源还比较紧张。吸氧打吊针都要排队。

在武汉，我住归元寺附近，和华南海鲜市场隔着一条江，没去过那里，不知道怎么就被传染了。

除夕那天，我出院了。医院让我回家继续隔离。出院前一天，武汉封城，浙江启动一级响应。很多人这时才开始重视疫情。我让两个孩子到县城我哥家暂住，我和爱人回农村老家。

刚出院时，胸口有些压抑。居家这段日子，我每天躺在床上测五六次体温。镇上卫生部门和六院的医生，每天打电话询问我的恢复情况。说来好笑，有几天眼睛充血，我打电话给医生。医生说，“你手机看多了。”

我挺注意身体锻炼，提高自身免疫力。在家没事干，我就从一楼爬到五楼，再从五楼走到一楼。平时有亲戚朋友免费送来饭菜，需要什么由村里负责购买。他们都知道我要补身体，经常捎些鸡鸭鱼鹅放在门口。

居家隔离满14天，2月8日，我去六院复诊，结果一切正常。按说该解除隔离了，但农村人还是害怕，我懒得出去讨骂，干脆就安心待在家里。说实在的，眼下到处封闭管理，真想动弹哪也去不了。

在农村，有些事避免不了。我就知道有人说“得了病是心肠不好”“没治好找歪门路跑回来”……讲什么怪话的都有。这些人说话也不过脑子，现在防控有多严，有病住院还能跑回来，那不是害人害己吗?

复诊那天，说好救护车早上8点来接，我6点就起床了，等到9点还没来。打电话一问，车被拦在5个卡口之外，协调不了。我只好去村里开通行证，自己开车过去。好说歹说过了4个卡口，剩下最后一个关卡，说什么也不让走了。实在没办法，我只得下车蹚过一条小溪，又走了十几分钟，才上了救护车。

你想想，如果没治好，政府能把我放出来?

武汉那面的生意，现在停业压力还能承受。但如果疫情时间持续延长，我可能会考虑去其他地方发展。电梯生意哪都能做，靠的是质量和诚信。只是在武汉这几年，各方面关系处得比较顺畅了，到别的地方还要从头再来。

（应受访者要求，杨轩新为化名）

# 从武汉回家过年，小县城的地图被我染红了

口述：李叶子｜33岁｜保健教师｜山西

时间：2020年2月15日

整理：完颜文豪、薛园｜新华每日电讯记者

活了30多年，从没想到我们一个小家庭，竟然牵动了整个县城的神经。

我们这个山西中部的小县城，只有40多万人口。疫情暴发以来，共发现3例确诊患者，其中有两例在我家，也就是我和我妈。从武汉回老家过年的我，成了我们县里的“一号病人”。

我们的病情，几乎成了县里面最大的事，全县人民的心都跟着悬起来。听说有一天，县委书记在例会上，说到疫情期间老百姓的配合与认可，动情得差点落了泪。虽然我也是无辜的，听到这些还是觉得歉疚——毕竟是我先带回来了病毒，家乡的地图被我染红了。

好在，我们自己家的难关过去了。一周前，我和妈妈相继治愈出院了。为了慎重起见，县里还专门找个宾馆，让我家人去集中隔离一段时间。

此刻，我住在宾馆隔离。靠在窗边晒晒太阳吹吹风，心想“终于熬过来了，活着真好！”妈妈住在另一个房间里，虽不能照面，但我已经很满足了。她还像过去一样乐观，跟闺蜜们开着视频聊天，有说有笑的。

随着疫情下的紧张感慢慢消散，小县城渐渐恢复往日的平静。回过头想想这些天，简直就像做梦一般。

1月19日，我带孩子从武汉回山西老家，老公晚些时候才开车过来。当时，武汉已经有了疫情苗头，说是不明原因肺炎。具体情况我不大了解，跟很多武汉人一样，也就没有太当回事儿。到了老家，看到电视里采访钟南山院士，联想到以前的"非典"，我还发了一条朋友圈感慨——"要敬畏自然"。

万万没想到，此时我已把病毒带回老家来了。

家乡的小县城三面环山，沉浸在节日气氛中的人们，还开玩笑说："易守难攻，病毒进不来。"

没过两天，我开始发低烧。因为身体一直很好，就没往坏处想。买药服后仍不见好转，就打算去社区卫生所，找医生打一针。出门前，我想起钟南山说"病毒存在人传人"，就特意戴上了口罩。现在想来，当时这一念之间，说不定减少了病毒传播的风险。

23日，一早醒来，武汉"封城"。我这才感觉事态严重，开始怀疑自己中招了，又害怕已传染给家人了。爸爸赶紧送我去县医院。我还幻想着拍个片子排除一下，图个安心。

如实告诉医生自己从武汉返乡后，我进入发热门诊隔离。县医院拿不准病情，又联系省里专家远程诊断，当天诊断为疑似病例。第二天，检测结果出来，我被告知确诊为新冠肺炎。

不知道是地方太小，还是这件事情太大，我确诊不到2小时，就有人找我同学打听情况。县里的疫情公告还没发，很多在北京、深圳，甚至国外的老乡们，都知道我的名字了。一位在政府机关工作的朋友对我说，内部早就传了话：一旦有确诊病例，就要提高防控措施，县城所有公务员的年假，因此全都泡汤了。

小县城是个熟人社会，本来就是啥事都瞒不住的。发现首例确诊病例的消息，在全县大小微信群里迅速扩散。我和家人的姓名住址，几乎尽人皆知。

后来才知道，我去县里就诊前一天，还有一个武汉返乡女子，刚被医院解除隔离。之前，她发烧住院，县里紧急成立防治指挥部。后来，她退烧了，虚惊一场。

就在这时，令人猝不及防，我成了全县的“一号病人”。

24日，我被转到市定点医院。紧接着，我妈开始发烧，到县医院检测，从疑似变成确诊，转院后跟我住同一间病房。爸爸的情况也不太好。因为送我就诊，他也被隔离在医院，又被查出胸片有问题。

那段时间，县防治指挥部“如临大敌”。因为我是武汉输入性病例，爸妈是密切接触者，要是有人因他们而得病，就是第四级传染了。后面会发展成啥样，大家都不敢再去想象。

弟弟微信告诉我，跟我接触过的其他家人，都被通知限制出门，我们社区也被封闭了，严禁任何人出入。连家门口的银行营业部，因为我妈去换过新钱，所有人员全部居家隔离。进出县城道路管制，发公告取消所有聚会，彻底摸排武汉返乡人员……小县城的“硬核”防控节奏，倒比很多省会城市都快不少。

我们这个小县城，平时在全市10多个县里并不突出。这次竟因我家，“拔得头筹”，被列为“重点防控县”，就连进入一级响应状态都比市里早5天。

说起来，心里总有些忐忑不安——县里防控措施每次升级，感觉都与我家有关。我也从来没想过，自己会以这种方式，和一座县城的命运联系起来。

我没有明显的症状，进了医院就没啥好怕的了。我妈第一天发烧后，各项指标一直很稳定，她退休前在疾控中心工作，有治疗经验，心态也好很多。在病房里，除了吃药、检查，她就唱歌、做操、刷抖音。有时还跟闺蜜们开个视频，玩得不亦乐乎，好像跟在家时没啥两样。

很多人都在给我们鼓劲，一位医生，让我保持内心平静，说这样身体恢复快，另一位发了八段锦的视频让我看着学。省里来的专家说，自己在“非典”时，被接触过的“毒王”传染了，后来挺过来了，让我也加油。也不知真假。10多年没咋联系的同学，找别人要到我的微信，特意来说几句打气的话。另一个同学家开超市，全家都因疫情滞留在外地，说需要什么尽管去拿。

当然，也有一些关于我家的谣言，被编得有板有眼，令人哭笑不得。

刚开始，我爸只是在医院隔离，就有传言说，“有个跟李叶子父亲喝酒的人发烧了”。可我爸压根就不喝酒，哪来“跟他喝酒的人”？

还有个叔叔说来也好笑。我妈确诊前跟他碰过面，隔了两三米远，只是匆匆两句话。他越想越害怕，可能担心传染家人，便在自家地下室自我隔离。地下室里阴冷昏暗，还没有卫生间，估计也遭了不少罪。后来也不知他从哪儿听说，我爸在医院的隔离条件不错。于是就给疾控中心打电话，谎称自己发烧，希望也能去隔离。没想到，医院为了防止交叉感染，给他安排在其他病区，没跟我爸在一块，不巧他那地方环境相对一般，他就这样隔离着，还孤独地过了个年。

听说邻居们也被隔离了，我妈觉得给人添麻烦了，心里老过意不去，就发微信给他们道歉。结果，她非但没受到任何埋怨，还听到不少宽慰的话。

刚开始，我老公和我弟弟在家隔离。两个大男人洗衣烧饭都作难，还要看着3岁的儿子，每次一通电话，都感觉他俩要崩溃了，也挺令人担心。武汉“封城”后，公婆正好结束在外旅行，可已经回不了家，也没别的地方能去，老公急得直上火，熬那两周瘦了20斤。

后来，县里认为居家隔离还是不安全，就找了县郊一家宾馆，打算把全县的密切接触者，集中隔离在那里。我老公担心孩子被关在宾馆后，会吃不好也不适应，就不大想去。

这时，防治指挥部的动员工作，很具有“熟人社会”特色——先是村干部、我妈退休前单位的领导出面，后来是一个跟我家有远亲关系的副县长，都跑来安慰劝说，保证在隔离点的各种生活保障。我老公的顾虑一一被打消，也就同意了。

再后来，我们县有了第3例输入性病例，防控措施又进一步升级。

时间一天天过去，我和妈妈都盼着早点出院。我爸胸片上的阴影，被证实是肺部结节，以前就有了，与这次肺炎没啥关系。一切都在往好的方向发展。2月8日，我和第3例患者同时出院。12日，妈妈出院。13日，县医院三名医护人员赴湖北增援。

有时我会想，如果我没得病，全县的防控会是什么样？如果我是无症状病毒携带者，这个小县城又将发生什么？都是未知。唯一确定并庆幸的是，我和老公带孩子回来了。要是留在武汉，各种医疗资源紧缺，不知道能否得到及时隔离治疗。

这个不起眼的小县城，平平常常的社区村镇，是属于父母的乡土社会。平日里，谁家出啥事了，大家乡里乡亲的，都愿意去露个脸帮个忙。这些天，我真真切切感受到了，这种浓浓的乡情。

我和妈妈还在出院后的隔离期，过几天就结束了。至于回去后，会不会被人歧视，爸妈从不担心这事儿，我爸还开玩笑说自己成“网红”了。但他们也觉得，给乡亲们添了不少麻烦，想着等疫情过后，该怎么好好弥补人家。

而我，看到有的地方，盲目排斥武汉人；看到有些确诊家庭，因隔离导致老人小孩无人照料。相比之下，我更庆幸，我们回到的是老家。（应受访者要求，李叶子为化名）

# 我也不知道被谁传染的，总觉得对不起大家

口述：林雪峰｜33岁｜治愈患者｜内蒙古呼和浩特

时间：2020年3月1日

整理：安路蒙、王靖｜新华每日电讯记者

结束所有治疗，迈出医院的那一瞬间，我知道，生活又向我张开了怀抱。

在去隔离点的路上，我激动得像个孩子——趴在车窗上四处张望，感觉一切都很亲切，高楼、马路、汽车、大树……外面的世界真好，活着真幸福！

出院前，我做了全面检查，肺部CT显示病灶明显吸收，肾也没有问题，只是转氨酶有点高，可能跟我的饮酒史有关。现在我已经和正常人一样，目前没发现有啥后遗症。医生给开了一些保肝的中药，让继续服用。接下来的一个月，我还要回医院做两次复查，全方位跟踪身体状况。

现在回想，我是在1月18日从呼和浩特飞沈阳的航班上被感染的。后来证实，那架飞机上有多人确诊。

1月22日，回到呼和浩特当晚，我就有点感冒的迹象。当时压根儿没往这个病上想。直到大年三十，发烧加重，体温39.3℃，浑身肌肉疼。我这才意识到不对劲，自己可能“中招”了。大年初一，我赶紧去市第一医院看病，还买了很多口罩，并且第一时间，让父母带着儿子离开。现在回想起

来，幸好当时采取了及时的隔离措施，没有传染给医护人员和家人。

这期间，我跟病魔抗争了多天，直到2月2日才被确诊为新冠肺炎，成为呼和浩特市第3例确诊病例。当时，正是大家神经最紧绷的阶段，加上我多次看病医院都按照普通呼吸道感染或肺炎检查治疗，一周后才最终确诊。呼和浩特市2家医院因为没让我得到及时收治，并与多人密切接触，被全区通报批评。

一听是新冠肺炎，我都要吓死了，心里咯噔一下，血压一下子就升了上来。当晚11点多，我被连夜送到了内蒙古自治区第四医院隔离治疗。

收治住院的前后几天，是我身体最难熬的阶段。每天反复发烧，烧到意识模糊，有一种马上就要过去的感觉。医生给我输液、服药后，体温控制住了。但还是舌苔重，完全吃不下东西，体重迅速掉了十几斤。我觉得自己特别委屈，为什么偏偏是我？我做错了什么？

后来，我跟自己说：没必要再埋怨，事来了，你接着就行了，剩下就是怎么解决。我告诉自己，要拼命活下去，我不想死，也不能死，孩子、妻子、爸爸妈妈都还在家里等我，我走了，他们怎么办！

于是，我逼自己把每顿饭菜和水果全部吃光。大夫问有什么需要的，我说你就多给拿水果，然后就硬往嘴里塞，难受得呕吐，吐完了继续往嘴里塞，就当不是自己的嘴。我特别感谢当时的自己。如果不是这样，估计没有气力打败这个病。

住院第三天，我的体温降到了正常范围，食欲也开始恢复。这是两个非常好的信号，我觉得自己熬过来了。从那天起，我开始拍抖音，用亲身经历鼓励其他患者和网友。

之所以要这么做，是因为我这样一个确诊病例，让整个城市的血压升了起来。我住的小区被全面封锁，小区居民瞬间炸开了锅。很多人打听我的行动轨迹，以验证自己有没有被感染的危险。

虽说连我自己都不知道是被谁传染的，可我认为自己有责任，很想做出一点弥补。在视频里，我告诉小区住户我的行踪，尤其是出门时戴了口罩，让大家不要紧张，不要吓唬自己。我还把自己的病情进展，每天吃什么，怎么输液、服药，身体状况有哪些变化，甚至晚上做的梦、看的球赛，都跟大家一一分享。

没想到，视频居然有很多人观看，每天都会收到不少点赞、留言，网友给我加油打气，评价我是个正能量满满的大男孩。我也耐心地给一些病友回复，解答他们的一些疑虑，鼓励他们打起精神积极治疗。

战胜病毒需要有乐观的态度。我是个天生的乐天派，这可能与爱踢足球有关，不仅强身健体，还培养了拼搏向上的精神。住院期间，我坚持每天收看足球节目，很好地转移了注意力，心态上也更放松了。我还给自己找乐子，中药特别苦，就当烧酒喝，现在练得“一杯干”。每次扎针时，护士戴着护目镜容易起雾气，看不清血管，我就开玩笑安慰她们，“男同志皮糙肉厚，你放心大胆地扎。”

住院18天后，疾控部门通知我可以出院了。整理好房间，换上干净衣服，带上医生给我开的药物，我走出病房，正式告别住院治疗。出院隔离这段时间，我提了个请求，让家人给我送饭。我要多吃东西，使劲补充营养。把身体养好了，才能捐血浆，才能救更多人。

很有意思，活到三十多岁，我好几次跟死神擦肩而过。年轻时，旁边的人打架，我稀里糊涂被卷了进去，对方在我身上捅了好几刀，差三四厘米就刺破肺泡，差点挂了；第二次是出车祸，栏杆差点插到脑袋里；还有一次更离奇，踢完足球跟队友去浴池泡澡，结果锅炉爆炸，差点把我炸飞。

没想到今年又感染了新冠肺炎，这经历比电影情节还离奇。现在，感觉所有的难关都已经闯过去了，剩下的人生路，要努力地活，活得更有质量。

# 白衣为甲

# 我不是为了当英雄，不来武汉会愧疚不安

口述：段业英 | 31岁 | 重症医学科护师 | 湖北武汉

时间：2020年2月27日

整理：吴涛 | 新华每日电讯记者

还没等我们去适应，战斗就打响了。

我是广医三院重症医学科护师。2月7日，作为广东援鄂医疗队成员，来武汉协和医院支援。这家医院定点收治新冠肺炎危重患者，而我值守的西院区ICU，集中收治其中最危重的患者，几乎每个人都上了呼吸机。

转眼来武汉二十天了。一墙内外，我仿佛生活在两个世界。一个世界，是如同被按下暂停键的城市，清冷寂静。每天和医疗队同事坐车前往医院，一路车声寥寥、人影难寻，像在梦境中。另一个世界，是如同战场一般的医院。灯火通明，白衣疾行，汗透襟衫，紧张到没有一分钟能闲下来。

我是瞒着父母来武汉的。从报名到出发，都没敢跟家里人提半句。我甚至想等到疫情结束回到广州，再和父母说。但没有瞒住，老家的一位朋友告诉了他们。

到达武汉第二天，我给家里打了电话。母亲虽然有点生气，却不停地叮嘱我保护好自己，安心在武汉工作，每天给家里报个平安。

报到当天，上午培训，下午就穿防护服进ICU，三个人管五张床。协和西院区医护人员太紧缺了。我们来之前，本院医生已连续工作了一个多月，

身心俱疲。我们的到来，算是解了燃眉之急。

刚开始时，陌生的环境让我很不习惯。ICU里的同事，来自全国各地。大家工作习惯不太一样，刚开始找个药品都要“打转转”。我经常产生错觉，“我现在在哪里？”

好在时间一长，大家磨合得越来越好了。

说到防护服，即便穿了半个多月，还是感觉太过“酸爽”。上班是标准的三级防护，手术衣、防护服、隔离衣三层，里里外外裹得严严实实。套在里面的我有种窒息感，连走路都变慢了。护目镜时间一长就起雾，看东西模模糊糊。

护理工作包括血液净化、用药、雾化、吸痰、翻身等，穿上这身厚重的装备后，同样的工作，要用平时三倍的时间才能完成。有几次憋得难受、呼吸不过来，就不得不挪到病毒载量少一点的地方，休息一小会儿，缓过来再继续工作。也有队员撑不住，直接在防护服里就吐了。

虽然是六小时工作制，但我们住在三十公里开外。有时晚上八点下班，回到宿舍冲完凉已是十一点。我们经常中午十一点吃午饭，晚上十一点才吃晚饭。

从医院回来，我感觉全身都是脏的。每次都想从里到外、从头到脚洗几遍，使劲地搓手，巴不得里三层外三层地消毒。跟我同一批来的副主任医师高元妹，是我们医疗小组组长。她的工作时间更长，每天早上不到五点起床，晚上七八点才回来。

来武汉前，我对病毒“杀伤力”的认知，来自累计增长的死亡数字。亲身进入战场才知道，在疫情面前，生命是多么脆弱。刚到时，差不多每天都有人死亡，最多时一天5人死亡，这让我们所有人都感到压抑。

对于那些意识清醒的患者，看着同病房的病友，在自己眼前抢救、死去，压力可想而知。有一天晚班，有位危重患者抢救无效死亡。他对床是一位意识还清醒的阿叔。虽然抢救过程中我们用一个屏风挡住他的视线，但抢救结束后我去看那位阿叔时，只见他两眼发直，满是恐惧。

有人问我，这么苦，这么累，后悔来武汉吗？

其实支援的消息还没出来的时候，我就决定要来。我是党员，又没成家，经验也比较丰富，挺合适的。支援的消息一出来，我就报名了。

如果你们问我怕不怕，我肯定是怕的。我也有家人朋友，也怕死。从疫情发生到赴武汉前，我也有过焦虑，睡不好觉，每天盯着新闻看。当时我们医院有疑似病例，有同事连家都不敢回，怕传染给家人。

春节在家时，我悄悄探了下父母的口风。他们担心我的安全，不太赞同我去武汉。在武汉，偶尔和医疗队其他队员闲聊，发现家人支持的并不多。我觉得这是人之常情，毕竟来此，可能就面临死亡，但我们还是来了。

在协和医院重症医学科的一张桌子上，我看到一首手写的《凉州词》。我猜这是曾在这里奋战的某位同仁，为了激励自己和同事而写下的。

在我们到来之前，本院医护人员连续作战一个多月，在疫情最恐怖之时苦苦支撑，我能想象到那种心情。

我们并不是要来当英雄，但做了这份工作，这就是我们的使命，要对得起这身白衣。如果不来，我心里会不安和愧疚。

在武汉这段时间，看到交警日夜守城查岗，酒店人员尽心尽力做好后勤，志愿者用心帮我们理发，我就觉得只要每个人站好自己的岗，难熬的日子一定会过去。

春天来了，武汉渐渐变暖了，好消息也渐渐多了。就在刚才，又有一名患者拔管了。这意味着我们从死神手里，又夺回一条生命，也意味着我们回家的日子，又近了一步。

# 救人不分“公”“私”，民营医院一样拼过命

口述：孙翔 | 41岁 | 主治医师 | 浙江台州

时间：2020年3月12日

整理：马剑 | 新华每日电讯记者

我们一路开车9个多小时，赶到武汉增援。作为第二支浙江非公医疗队，我们一行8名队员，分别来自呼吸、重症、心血管病专业领域，还有一位司机师傅。

2月6日晚上10点半，我们安全抵达武汉。街面上看不到人，只有警车、环卫车不时开过，提醒我们这座寂静的城市还在运转。

到达武汉第二天，我便进入武汉市汉阳医院呼吸三科开展救治工作。汉阳医院坐落在老城区，是一家股份制非营利性医院。疫情发生一个月后，这家苦苦支撑的民营医院，才被列入第五批定点收治医院，在物资调配与病人收治上纳入统一管理。

我们这个科室，由潍坊卫恩医院主任医师魏春华带队。魏主任告诉我们，刚到汉阳医院的时候，根本没办法开展工作。在我们来之前，这个呼吸三科刚刚完成改建。

说起来，我们科室的配置还是比较齐的——山东来的大夫是搞呼吸的，我从事重症医学，还有两位心内科，加上后续支援的，前后共有19位医生一起战斗。

和很多大型公立医院组建的“国家队”相比，我们民营医院其实是“游击队”，但打起仗来都一样拼命，没有丝毫退缩。

我是温州医学院临床医学专业的毕业生，从事ICU已经十多年。起初，我也在公立医院工作过。当医生除了科室岗位有差别，治病救人没有“公私”之分。

虽然在ICU看惯了生死，到这里却有些无法释怀。经常会有病人来，询问自己的CT情况。我也像平时一样，凑近了给他们讲，很多病人都会说，“医生你在电脑上点开，我自己过来看好了，别把你传染了”。还有些年纪大点的病人，我怕他听不见，特意凑到耳边去说话，他就立刻把头转向另一边。

前几天我看新闻，武汉“敲锣救母”视频中的母亲，已经出院了。大家可能不知道，当时女儿在阳台上敲锣哭喊得到关注后，母亲就被送到了我们科室。不过收治她入院那天，不是我当班，微信群里也没人提这件事。直到第二天，武汉当地一家媒体来电询问，我们才知道这背后还有那么感人的故事。

这位母亲送进来时，病情已经偏重，但没有达到危重。紧急治疗后，病情就相对平稳了。她在汉阳医院一直住到2月26日。

我和这位母亲的沟通，仅仅是医疗层面的问询。自从她收治进我们科室后，为她“敲锣求救”的女儿，每天晚上都会打来电话，询问母亲的病情。有一次接到她电话，我如实告知她母亲白天有点不舒服，我们专门给她查了心电图，她电话里一直谢个不停。

后来，汉阳医院开始“转场”，腾空新冠肺炎患者，恢复日常门诊，这位母亲被转到了其他医院继续接受治疗。我记得她转出去时，病情控制得还可以，但是肺的损伤范围还是比较大。毕竟在家里独自扛了那么久，感觉她仍然有点焦虑，这完全可以理解。但愿这家人一切都好起来。

呼吸三科里一共55个病人，大部分是家庭聚集性发病。有的患者一家五口走了三个，有的是父母走了，有的是父子走了……不敢问下去，触动太大了。

在与汉阳医院的医护人员闲聊中，真心觉得武汉的医护人员太可敬了。疫情最凶猛的时候，口罩、白大褂是他们当时唯一的防护。在此期间，光汉阳医院就有40多位医护人员被感染。

汉阳医院结束定点医院使命后，我们这批支援的医疗队员，就在医院边上的酒店隔离，等待指挥部的进一步安排。隔离期间，我看到很多方舱医院已经休舱，外卖平台上恢复营业的商家慢慢变多……这座城市正在复苏。

现在总算有点时间，可以和家里多联系了，我爸妈还有我爱人都是医院系统的。告诉父母我要来武汉时，我爸在电话里很支持，可我妈妈就没说话。

他们都经历过“非典”，知道支援的急迫，也明白其中的风险。

# 方舱"读书哥"领着我的小病人出院了

口述：张佳丽 | 26岁 | 护士 | 贵州贵阳
时间：2020年2月28日
整理：向定杰 | 新华每日电讯记者

2月7日，作为一名护士，我第一次进入武汉江汉方舱医院。这里和传统医院差别太大了，满眼都是密密麻麻的患者。印象最深的是听到一个孕妇过度紧张地说，感觉自己到了病毒堆，连呼吸都怕有错。

我接管了二三十位病人，年龄最小的是个男孩，只有15岁，最大的是他的爷爷，已经73岁了。男孩是单亲，他们一家共4口人。疫情暴发后，奶奶感染重症去世，妈妈在方舱里的另一个区。

前段时间，孩子快要出院了。妈妈和爷爷还不能出院。大家都在担心，孩子出去了没人照顾。这时，旁边有一位小伙子，说他也快出院了。到时候，可以帮忙照顾这个小朋友。

原来，这位热心肠的小伙子，就是前不久走红网络的方舱"读书哥"。这位留美的博士后戴着口罩，在方舱病床上安静阅读的照片，在网上刷屏了，连他读的那本书听说都成了畅销书。昨天，这位"读书哥"真带着这个15岁孩子一起出院了。

听说，方舱内图书驿站的建立，就跟"读书哥"有关。现在，病人随时都能去那里拿书看，可以打发不少时间。

在方舱，我第一次穿戴上防护用品。一开始很不习惯，遇上天气好、温度高的时候，真的特别难受。记得第二次进舱，护目镜的带子太紧，压得我太阳穴涨痛，头昏脑涨想吐，又是一镜的雾。那天，感觉每一分每一秒都是煎熬。

我护理的大多数病人，都是中年人。开始的时候，工作起来很吃力。因为病人和我们都是刚刚到这里，环境很艰苦，病人情绪也不大好。

最初，他们都不愿意下床活动。每次上班，我都会去喊他们适量运动下。与他们交谈时，会问他们有没有什么不舒服，医生安排的检查做了没有，掌握自己的近况没有。我想自己多一些问候，或许能在这个密闭的空间，给予他们更多安慰。慢慢地，大家熟悉起来，病人们也开始改变沮丧的心情，主动要求下床活动、锻炼身体。

现在，方舱的条件已经有了很大改观，各方面服务也越来越好。以至于有快出院的患者，跟我们说想多住几天。之前有人在方舱里跳广场舞，网上炒得特别火。现在已经不鼓励跳了，改为打太极拳之类舒缓的活动了——据说，跳广场舞容易引起灰尘和飞沫。

在我负责的病人中，有一位患有糖尿病。每一餐，我都会提醒他吃什么、不吃什么，多吃什么、少吃什么。没想到，这些都被他记在心上。2月19日，我除了收到所护理病人的联名感谢信，还有一封他单独写的。这些都让我觉得，出征武汉并没有那么苦，所有的付出都是值得的。

这段时间，社会各界对我们的关爱也很多。武汉这边发了很多生活用品，家乡贵州又寄了几批过来。爱心礼包里面，除了羽绒服、鞋子，连辣子鸡都有。吃着家乡的辣子鸡，我也有些想家了。我至今仍清楚记得，离家之前的那几个小时。

2月4日凌晨1点，我正在息烽县中医医院值夜班，护士长打来一个电话。她说，医院有个援助武汉的名额，问我是否愿意去。

“愿意！”我立马回答。但也许我决定得太快，反而引起了护士长的担忧。她又追问：“你确定要去吗？会很辛苦的，你能不能坚持？”

想到自己没结婚、没孩子，况且国难当头，这是我应该做的事。为了表达内心的坚决，我对护士长讲：“不要再说了，我去。”

在做决定的过程中，我心跳有些加速。放下电话，眼泪不由自主地流了出来。我有些害怕告诉家人这个决定，怕他们担心。

凌晨两点，跟院方谈完话后，我回家收拾行李。尽管很小心，但还是惊动了父母和爷爷。他们听说了我要去武汉增援的事，可能是怕我乱了阵脚，都表现得很淡定。83岁的爷爷还说，去吧，国家有难，匹夫有责！

我的心一下子安定下来。

我们一家人在火炉前，坐到了天微亮。大家聊了什么时候走、要带哪些东西、医院去几个人等等。之后，便不敢延伸这个话题了。我一边逗我的小侄儿，一边和家人谈着以前家里的事儿，就这样度过了在家的最后两三个小时。

清晨6点，带着匆忙收拾的行李，我返回医院。下午2点，我在贵阳机场，与贵州省第二批援鄂医疗队的101名成员会合，一起飞往武汉。下飞机后，大巴车开进市区，偌大的城市竟然空荡荡的，几十层的高楼就那么几点灯光，大家都有些紧张。

第二天开会时，同行的一位小哥哥，更是用胶带把窗户透风的地方都封了起来。经过两天的培训，我们渐渐消除了一些恐惧，也学习了怎么和病人沟通，以及防护用品的选择及穿脱。

进入方舱后，我的任务主要是为病人测体温、脉搏、血压、血氧饱和度，并做好记录。此外，病人生活也是我们负责，比如发盒饭、牛奶、水果。

转眼到了2月下旬，贵州医疗队管理的患者开始陆续出院。其中，也有我护理的患者，包括跟着“读书哥”一起离开的小男生。

看着病人们纷纷康复出舱，我觉得我也快回家了呢！

# 把丈夫借给你们，一定要好好地还给我

口述：唐伟 | 55岁 | 心理医生 | 辽宁铁岭

时间：2020年3月11日

整理：朱涵 | 新华每日电讯记者

我是一名心理医生，在武汉做心理危机干预，已经有一个多月了。

2月9日晚上11点多，我正在温州接听微医平台上的心理咨询热线，突然被另一阵急促的铃声打断——通知我第二天和浙江省医疗队一同赶赴武汉。

凭借二十多年的从业经验，我早就预感到，这次疫情一定需要进驻地面，进行心理危机干预。春节前，我决定退掉回老家的机票，一直处在待命状态。没想到国家这么快就行动了。

抵达武汉后，我才知道，我们要接管一个方舱医院。在紧张准备过程中，遇到了从方舱医院返回的护士小刘。她成了我在武汉做的第一例心理援助。

和其他医务人员一样，小刘也是一声令下便出发了。一路坐了10个小时的大巴，抵达武汉后直接进入方舱医院。当地护士见到她们，都忍不住哭了，说病人实在太多太多了。

小刘告诉我，在驻地宾馆里，晚上会传出哭声，甚至咆哮声。大家心里都明白，这是怎么回事。第二天又像没事发生一样，继续投入工作。

方舱里虽然以轻症患者为主，但无论是医务人员，还是隔离人群，精神压力都很大。这样的场面，其实是一种心理碾压。我和小刘聊了半小时，给了她一些心理防护的建议，以及一些放松技巧。她说聊完天后，感觉轻松了很多。

很快，我们要进入方舱了。医疗队有两个心理医生，我和杭州怡宁医院副院长刘志宏。我们都五十多岁了，居然为了谁先进舱，“抢”得面红耳赤。

我说我年纪轻些、身体好些，我进吧！老刘说关键时刻绝不当逃兵！争来抢去，谁都说服不了谁。最后我们商量好，我进3次，他进1次，轮换着来。条件是他每天和我一起去方舱，我在里面的时候，他在外面等我出来。

看着倔强的老伙计，我感动得热泪盈眶。

我们在方舱医院组建了一个心理小组，委托有心理咨询证书的护士，帮忙搜集问题，再一个个通过线上线下多种方式解决。

有一位患者有严重的焦虑症，对方舱的环境不适应，甚至出现晕倒，也不太愿意接受心理援助，是方舱里很有代表性的心理难题。

我们与患者沟通得知，她在丈夫确诊住院后第二天，自己也出现发烧、咳嗽，担心也是新冠肺炎，于是主动要求隔离。但被送到方舱医院后，她发现自己并没有和老公在一起，开始担忧孩子不会做饭，担忧住院的公婆没人照顾……

我们快速评估后，提出10条解决方案，重点是共情、倾听、鼓励、发泄。我们将联系方式告知患者，告诉她有问题随时联系沟通。

确诊病人、隔离人群可能会出现紧张、愤怒、焦虑、不接受等情绪，必须找到深层次的原因。尤其出现不安、恐惧，可能是担心疫情什么时候才能结束、没生活用品怎么办、家人怎么办等具体问题。先找到原因，才能做好心理疏导。

几乎是在我们的时刻陪伴下，这位患者的情绪慢慢好转，终于笑着和我们说谢谢。

在没有特效药的情况下，自身免疫力就是最好的防护服，而自身免疫力，跟心理状况、精神状态密切相关。特别是对于一些轻症患者来说，乐观就是良药。我们来到这里，就是帮助他们找到这服良药。

我们在舱外的时间，大部分用来接受线上心理咨询。由于经常在手机上打字，我的手指都磨破了皮，但为了帮助更多的人，这都不是问题。

到现在为止，我在网络上已经接待了上千人。让我欣慰的是，在这些寻求心理援助的人中，大多数没有既往心理疾病或者身体疾病，纯粹是因为疫情引发了一些心理问题，只要通过专业的疏导，就能解决。

在网上求助的人中，焦虑情绪占半数。从性别比例上看，七成的求助者是女性。最初的线上心理援助需求，主要来自武汉和湖北地区，现在已经扩展至全国各地，尤其是信息相对不畅的偏远地区。

我曾经参加过汶川地震和温州动车事故的心理危机干预。作为国家心理危机干预专家组成员，我很确定一点，与汶川地震那会儿相比，这次疫情造成的创伤后应激障碍，一定会大幅减少。

汶川地震时还没有经验，但这次疫情期间，很多人已经在自发地寻找心理疏导方法。再加上全国150万心理工作者的努力，一定能激发大家战胜疫情的信心。尤其到了最近，武汉的疫情有了明显好转，方舱医院已全部关闭。这些消息让我们振奋，也给了仍在与病毒搏斗的患者们信心。

在武汉的这段时间里，我深深思念我的家人，是她们给了我最有力的心理支持。

妻子已经习惯我这种突然离家的工作方式，不过这次临行前，我明显看到她眼里含着泪，还对着武汉方向说：这次我把丈夫借给你们，一定要好好地还给我。

出门时，女儿也跑过来问我：爸爸，武汉那么危险，您去干什么呀？望着女儿天真的脸，我说，武汉有很多怪兽，爸爸去打怪兽，打完怪兽就回来。因为女儿知道，打怪兽的都是英雄，英雄也都会回来的。

# 28天后，看报纸才发现女儿在前线

口述：董跃雪 | 63岁 | 退休职工 | 浙江杭州

时间：2020年3月1日

整理：郑梦雨 | 新华每日电讯记者

我女儿叶蕾去武汉医院救人，居然没告诉我。28天后，我自己看报纸才知道。现在想起来，这个事情全家上下都知道，连隔壁邻居的女儿都知道，只有我被蒙在鼓里。

2月24日，我在家里看报纸，读到援鄂医护人员的故事时，竟然看到女儿的名字。我一晚上没睡，亲戚朋友一个个骂过去。说句不好听的，我就剩这一个女儿了。

接下来的日子，我觉睡不好，饭也不想吃。不想出门，不想和别人说话，也不想别人问我，就像变了一个人。电视从早到晚播着湖北台，我想看，又不敢看。日子就这么一天一天地过。

大年初四是她爸爸一周年的祭日，早就说好一起去上坟。那时候杭州还没限制出入，可她却各种借口说回不来。我心想也是，她一贯都很忙。后来，还是蕾蕾的姑姑，带我们去上的坟。当时我就觉得有点反常，现在想来，是女儿怕我孤单，特地拜托了她姑姑。

那段时间，外甥女每天都给我发视频，蒸馒头的、做油条的。弟弟也给我发各种好看的视频和图片。他们都是为了瞒我，故意分散我的注意力。

女儿的同学和同事，初五初六都来我家送米，五十几斤的米扛过来。我一个人，怎么吃得了那么多米呢？

其实，我也不是没想过，她可能会去武汉。毕竟是十几年的党员了，临床技术又这么好，这种时候她肯定要冲在前面。

可是，她爸爸刚走才一年，房子就我自己住。屋里很空，我心里也空落落的。

一想到她在前线吃苦，我的眼泪就拼命地掉。这孩子从小到大，根本就没受过什么苦。我和她爸都是拿工资的，就这么一个女儿，要啥就给买啥。我担心她，又不敢打扰她。每回微信视频，她都切换成语音通话，说到处都是病人，视频不方便。想她了，我就看看她的视频，微信里留个言。

我经常想，她在做什么呢，吃饭了吗，觉睡得够不够？她只跟我说，吃得蛮好的，各方面条件都挺好。前两天还给我发了几个人吃蛋糕的照片。她都把好的、开心的事情告诉我，从小就这样。

我从报道里看到，她在武汉天佑医院，是ICU的护士，重症组护理副组长。患者的饮食、大小便、气道管理，都离不了人。她们去得早，防护物资也不够，每一班要连续上6个小时。

可能对她来说，时间过得很快，没有几月几日、星期几的概念，只有白班、夜班，再白班、夜班。可对我来说，时间变得好漫长，只能干着急。

电视上说，医护人员的护目镜沾上水雾后，只能看见一个模糊的影子。蕾蕾曾经是医院技能大赛第一名，扎针又稳又准，同事们都叫她“叶一针”。不知道穿戴上防护服和护目镜，还能扎准不？

说实话，我情愿我能代她去，当妈的都是这个心情。看着她发来的照片，脸上全都是帽子口罩压出来的印痕，心疼得很，眼泪不自主就流出来了。

她这个人心很软。以前就经常参加志愿者活动，每年一两次去新疆、贵州，照顾那些唇腭裂的小孩。我听她同事说，蕾蕾曾抱着一个病重的小男孩，一整晚都没有休息。我一边心疼，一边又觉得特别骄傲。

因为技术好，上夜班的时候，经常有护士让她帮忙打针。她打针真不痛，一边跟那些爷爷奶奶说着话，一边就扎好了。

平时在家里，扫把倒了她都不扶一下，怎么在外面有这么大能量？

蕾蕾小时候身体不好，经常去医院。她很羡慕穿白大褂的，一直都想当医生。上了初中后，有一天她突然对我说，要当一个“有用的人”。我逗她，那你先去把碗洗了吧，洗碗非常有用。现在，她实现这个心愿了。

她以前那样小，终于长大了，有点用了，我心里也高兴。

以前我还参加社区里的老年班，一起唱唱歌，一起参加农家乐。从她爸爸走后，我就没心情了，也害怕出门。一个人在这么大的房子里，只觉得一天好长啊，看一看表怎么还是两点钟。

等她回来，我一定要好好抱抱她。她比我高，但我用多大的力气都要把她抱起来。我要夸她说“你好厉害”，给她烧想吃的菜，叫她好好休息。

# 除夕被召回医院，家人把口罩都塞给我了

口述：陈晓涵 | 24岁 | 护士 | 湖北荆州

时间：2020年2月14日

整理：刘梦妮 | 新华每日电讯记者

我是荆州市区一家妇幼医院的护士。1月23日，上完春节前最后一个夜班，我赶早坐上了回老家镇上的大巴。尽管武汉的新冠肺炎疫情已经蔓延开了，一想到马上就要回家过年，我的心情还是比较轻松的。

大巴车上，满车人都戴着口罩，有人甚至戴了两个。很多人都在刷微信或语音聊天，你一句我一句说个不停，有的嘱咐对方要多买口罩，有的抱怨跑了好多地方都买不到口罩了……

“武汉很多医护人员因感染被隔离……医院病人爆满，很多人住不了院……”突然，不知谁的微信播放出一段语音，声音急切。一时间，所有人都停止说话，安静地听着这段话，每个人好像都听出话里流露出的恐惧。大家不约而同地保持着沉默。我的心也开始沉重起来——不知道武汉疫情严重到什么程度，会不会影响我们过春节。

到了老家镇上，下车后我先去了附近的大伯家，他们早已做好饭菜等我。吃完饭，我想去看看堂姐，大伯大妈不让去，说堂姐夫前几天刚从武汉回来，他们一家人已经自我隔离了。给堂姐发微信，说我到老家了。她回我说，“我们不安全”，并嘱咐我这段时间别去找他们玩。

我请大伯直接开车送我回家。一路上，本该喧闹的街道冷冷清清，几乎没什么人。其实，这正是我希望看到的，大家都在响应国家号召不出门不乱跑。

现在想想，或许这也是我们镇至今零疑似、零确诊的原因吧。

到家后，爸妈和奶奶看到我都很开心。因为上大夜班一夜没睡，早上又坐大巴往老家赶，我开始犯困了。简单跟他们聊了几句，就上楼补觉去了。睡梦中，我被手机铃声惊醒。电话是我的一个同事打来的。她有些紧张不安地问我，有没有看微信群里的信息，看到后赶紧回复。

一瞬间，我睡意全无，慌忙点开微信。原来是院里要求全体医护人员登记信息，离开荆州的要全部登记去处。规定从现在开始，随时待命，如无特殊情况，不得离荆。我才真正感觉到了疫情的严重性，开始在手机上疯狂查看有关疫情的最新报道。

晚上和爸爸聊天，他说自己长这么大，头一回听说武汉封城，肯定疫情很严重。电视上，已有医护人员主动请缨支援。爸爸转头对我说，明天还是回去上班吧，你是护士，又是党员，这时候如果专业的人都不行动，那国家该怎么办……

“你是护士……”，后面的话都被我自动屏蔽了。听到爸爸劝我回医院，我很害怕，也很委屈。爸爸的心肠太硬了，怎么可以无私到不要女儿了？我一个人回卧室悄悄地哭了。

那一晚，我失眠了。一边不停地查看疫情新闻，一边想象着自己可能感染上新冠肺炎，在医院抢救时的情形，甚至想到死了的样子。

第二天是大年三十。早上醒来，窗外能听到零星的鞭炮声，可我却提不起半点过年的兴致了。爸爸上楼喊我，让我早点吃饭，吃完找车送我回医院，怕晚了大过年的不好找车了。

单位要求登记去处，随时待命，到爸爸这儿变成了立即回医院帮忙。我们在荆州又不是武汉，吃完年夜饭明天再走不行吗？我一肚子的难过和委屈，却又不想说出来。

临走之前，爸爸把家里所有的口罩都塞给我，让我都带着。他说家里人反正不出门，用不着，让我保护好自己。

送我上车时，爸爸又叮嘱我，回医院后有空就给家里报平安，一定照顾好自己。“要是，你真有个三长两短，那我一辈子也不会原谅自己……”虽然告别时匆匆忙忙，我俩都有意回避对方的目光，但听得出来我爸哭了。

这是我二十多年来，第一次见他哭。

就这样我回到医院，到岗上班。几天后，我们医院成为接收新冠肺炎确诊孕妇的定点医院。我瞒着家里人，报名去了隔离区，护理确诊孕妇生下的宝宝。大家在一起工作，好像就没那么怕了，忙碌中，也没时间去想那些害怕的事。

说起从害怕到镇定的改变，还跟我一个在武汉工作的同学有关。他有句话对我特别受用：恐惧都是因为未知，多看看关于新冠病毒的科普文章和视频，就不会那么害怕了。

休息的时候，我把新冠肺炎、埃博拉、天花、流感、鼠疫等传染病的相关科普文章和视频，凡是在网上能找到的都看了一遍。了解到新冠肺炎没有埃博拉、天花那么高的致死率，只是潜伏期长，导致感染率高。我们要做的就是做好防护，尽量不外出，吃好睡好，增强身体抵抗力，光害怕是没有用的。

我离开老家后，湖北疫情一直在加重，家人天天都在担心我。有一次，姑妈打电话给我，因为上班没接到，她就很着急又打给我爸，问我在荆州的情况，直到知道我一切平安。我堂姐也时不时微信我说，医院里面人多，现在家人里最危险的就是我，一定要多加小心，做好防护……他们至今都不知道，我已经在隔离病房工作多日了。我没有告诉他们，主要是不想增加他们的担心。

现在，医院回我家的高速公路已经封了。估计得等到疫情彻底结束，我才能见到家人了吧。让人开心的是，目前，隔离病房的两个宝宝，两次核酸检测都是阴性，他们应该没有染上新冠，这也给了我更多的信心与安慰。

（应受访者要求，陈晓涵为化名）

# 隔离区接生历险后，我与产妇更像是战友

口述：席和红 | 44岁 | 医生 | 四川蓬安

时间：2020年2月20日

整理：吴光于 | 新华每日电讯记者

2018年6月，我被单位选派到凉山州下面一个叫绵垭村的地方，成了一名村医。在大凉山扶贫这一年半时间里，每两个月可以回一次家。路很远，单程至少折腾两整天，遇到堵车就说不准了。

我女儿今年15岁，正在读初三。没办法在她最需要的时候陪伴，我这当妈的心里，一直挺亏欠。

去年年底，当地迎接扶贫验收。我一直抽不开身，整整3个月没回过家。直到今年1月10日，女儿学校要开一个很重要的家长会，爱人去外省出差了，我只好给乡里申请，提前回了老家蓬安。

本以为这是一个轻松美好的假期，没想到疫情蔓延这么快。

蓬安是一个劳务输出大县，有不少人在湖北打工、做生意。联想到当年的“非典”，我的心一下子悬了起来。很快，县里就有了确诊病例，好些同事写请战书。1月24日，我接到凉山方面的通知，那边也有确诊病例，外地扶贫干部暂缓返岗。

我当产科医生20年了，去扶贫之前是我们县妇幼保健院的业务骨干。疫情时期回不了凉山，又不想闲着，于是我也向医院请战。2月1日，院长给我

打电话，说有一位正在隔离观察期的孕妇，急需特护。

孕妇的哥哥是从武汉回来的，和她在一个屋檐下待了4天。1月27日，哥哥感到身体不适，3天后确诊为新冠肺炎。当时孕妇已经38周多了，临产在即。我们医院立刻组织了一个医疗团队，除了我之外，还有儿科、内科、手术室、麻醉科、检验科、放射科等十几个人。

当了20年妇产科医生，从来没有哪一位孕妇，让我们小县城医院弄出这么大动静。我和同事们都有一种上战场的感觉。

组队完毕，我们坐上救护车直奔她家。由于孕妇属于密切接触者，去之前我们做了充分的准备——穿着防护服，戴着护目镜和口罩。看到我们这个阵仗，她老公不太高兴，觉得我们太夸张了。

我们这样做不仅是对自己负责，更是对这个小县城里的其他孕产妇负责。如果我们不幸被感染，那些孕产妇们找谁去呢?

第一次见到这个孕妇，感觉她浑身上下都透着焦虑——眉头紧锁，一直问我，如果被感染，肚子里的孩子会不会有事。

她今年32岁，已经有一个两岁的宝宝，这是她的第二胎。说实话，我不知道该怎么回答。我们不希望最坏的结果发生，但如果真有什么问题，我们也有预案应对。

那天，我一直向她保证，会尽最大的努力，保她母婴平安。当天的产检，体温、血压、脉搏、胎心一切正常，大家暂时松了口气。

离开她家前，我们建了一个微信群，随时跟踪她的情况。胎动如何、饮食如何、睡眠如何……说实话，我自己生孩子都没这么细致过。

2月8号，我们第二次到她家里去做产检，她老公的态度热情了许多。这时，离预产期只有5天，为了保证母婴安全，我们决定把她接到医院。医院把体检区改成了独立分娩区，并让她的儿子和丈夫也过来陪她。

2月13号，胎儿已经足月了。我们每天都做胎监，随时与川北医学院的专家沟通她的情况。考虑到她不能排除隐形感染，为了将感染的几率降到最低，我们劝说她做剖宫产，但遭到了她和家人的坚决反对。

于是，我们整个团队又进行评估，和专家反复讨论，最终决定尊重他们的意见。

2月17日，孕妇有了宫缩。

2月18日中午，宫缩的频率达到每20分钟一次。

我们又进行了全院会诊，考虑到她还有频发性室性早搏，我们担心生产过程太长，会增加危险性，建议她使用缩宫素催生。这次，她和家属很快同意了。为了确保万无一失，我们甚至准备了除颤仪。

傍晚5点40分，产妇上了产床。整个生产的过程，我都在她的身边。产房里的3名护士，一直在给她加油打气。

产妇表现得非常棒，一步一步按照我的指令，调整着呼吸和用力。她在产床上满头大汗，我在防护服里全身湿透。这个母亲真是太不容易了，承受着巨大的压力，忍受着生产的痛苦，拼着命把她的孩子带到这个世界上。

38分钟后，一个6斤8两重的女婴呱呱坠地了。手捧着这个特殊时期降生的婴儿，我的眼泪一下子就流下来了，护目镜上起了一团白雾，视线变得模糊。

就在这个时候，意想不到的事情发生了。产妇开始大出血，10分钟失血量达到了800毫升，我们立即进行药物处理和子宫按压。一直到第二天凌晨两点多，产妇才脱离危险，我终于松了口气。

第二天，我们又给这一家人做了新冠肺炎检查，再次确认他们一切正常，安然无恙。

这一路走来，这位妈妈已经成了我的家人，像一个妹妹，也像一个战友。在疫情面前，我们虽然是医生与病人，但也是彼此的陪伴，一起走过了这20天的艰难时光。

我想，这将是我从医生涯中最难忘的一段经历吧。

# 肿瘤科关了病区，劝返复诊患者难张口

口述：张玲 | 34岁 | 医生 | 北京
时间：2020年2月13日
整理：尹平平 | 新华每日电讯记者

我是北京一家三甲医院肿瘤内科的医生。最近这段时间，与一线抗“疫”科室的医护人员相比，我们却突然闲下来了，一周只上两三天班。因为门诊量减半了，病房能关的都关了，不需要这么多大夫天天盯在那儿。上班下班、进进出出的，也不利于疫情防控。

我们几乎是挨个打电话，劝复诊和定期诊疗的病人先别来了——我们的病人是肿瘤患者，绝对高危易感的特殊人群。

给病人注射化疗药，是我们肿瘤内科的常规治疗方式。药打完以后，病人大多都经历一个免疫抑制的阶段，药物作用会使人免疫力低下。这段时间，哪怕只是普通感冒，或者拉肚子等小毛病，对他们来说，都可能带来灾难性的后果，更别说新冠病毒了。

现在我们提倡营养均衡，还要吃好、睡好，多休息，才能提高免疫力，抵抗病毒侵袭。但打完化疗药的肿瘤患者，因药物作用造成的免疫力下降，靠吃好睡好是补不上来的。这种情况下，万一肿瘤患者感染新冠肺炎，重症和危重症率会很高，可能很快就发展成重症病人。

关停住院病房也是没有办法的事。病房里一般有4到6张床，再加上陪护、探视，还有来回走动的医护人员，你数数得有多少人？一个人感染发病，连带的可就是几十人。所以，除了年前做手术仍需住院治疗的患者，不是危重状况的病人都出院了，很多科室的病房也都关停了。

说实话，我们心里也很矛盾。治吧，万一合并了感染，有可能迅速致命；不治，我们毕竟是医生，心里总觉得不是个事儿。对于那些早期的肿瘤患者，如果不尽快采取行动，就容易造成病情延误；而已经确诊的癌症晚期病人，让人家等三个月再做化疗，可能就来不及了。

劝返病人这样的事，我们也觉得很难张口。在这种特殊时期，肿瘤患者的确很可怜，非常值得同情。可是，万一因为同情某个病人，接收他入院治疗，由此带来新冠肺炎病毒，责任可就大了。

如果我们冒险救一个病人，使很多病人、医护人员面对暴露风险，甚至有可能因其他病人或者医护人员被感染，最后导致疫情大面积暴发，那就不是关停病房，而是关闭医院了。

这么大的风险，我们不能冒也冒不起。但这种情况下，我觉得除了因感染新冠肺炎死亡的患者外，疫情导致其他疾病延误治疗的病人，应该比平时要多。

面对一些病人的无助，我也很难过。但作为医生要具有冷静理智的判断能力，不能被太多情绪的东西所掌控。这种心理素质也是职业素养的一部分。

我们劝返外地的病人，相对比较顺利。毕竟来北京看病跑一趟，风险和成本都不小。先不说旅途上的防疫风险，就算顺利到北京来放化疗，现在很多小区都封闭了，能不能租到住处都成问题。

劝返北京当地的病人，往往阻力会比较大。他们会说自己并没有离开过北京，家里也没有外地来的亲戚。至于对方到底有没有过接触史，估计连他们自己也说不清。

一般情况下，我们会建议病人在家附近的医院就近治疗。但他们有人一开始就在我们医院就诊，信任我们大夫。病人坚持要来，我们还是照旧接诊。

我现在每周出一天门诊，出诊时并不太担心，因为都做好防护了。我们的防护是有明确规则的：进到什么地方、做哪个级别的工作，防护标准和装备相应地达到几级。这是前人留下来的经验，按规定做就可以了。

令人安心的是，现在病人的防护意识也很强。自疫情暴发以来，病人来诊室没有一个不戴口罩的，绝大部分都戴N95口罩。我只见过一个戴普通口罩的，还戴了双层。我们通过接诊病人被传染到的可能性，也是微乎其微。

现在病人都很自觉，不会轻易摘下口罩。大家都戴着口罩，交流可能说不清楚或听不清楚。但没有病人自己摘下口罩，或提出请我摘下口罩的要求。

我们现在每周只上两三天班，不光适应疫情防控升级，还可以节约防护用品。如果每天全员上班，又没有多少病人诊疗，岂不是白白消耗帽子、口罩和手套吗？现在口罩都锁在保险柜里了，上班的医护人员按人头签字领取。

前两年为了防雾霾，我跟邻居拼团买了一大箱N95口罩。随着北京空气质量改善，一直没怎么派上用场。现在也只有我一个人用，家人戴一次性医用口罩就可以了。我捐了一些给去湖北支援的同事，还有各地呼吸科一线的同学了。

女儿快两岁了。我们一家三口和我的父母住在一起。现在疫情防控要求严，比起劝动病人，劝动女儿更难。她整天一门心思要出去玩，念念不忘坐摇摇椅、荡秋千、滑滑梯什么的。我每天都要跟她讲："现在外面有个很危险的大病毒，你出去玩碰上它就会生病，还得打针，特别特别可怕。咱们不要出去了。"这两天，她终于听进去了。*（应受访者要求，张玲为化名）*

# 重症患者肠穿孔，4小时手术闯过生死关

口述：刘祎 | 38岁 | 医生 | 湖南岳阳

时间：2020年3月13日

整理：徐晟 | 新华每日电讯记者

如果不是一位重症新冠患者突发十二指肠穿孔，作为二线待命的一名外科医生，我可能不会和团队走上一线，完成这台特殊的外科急诊手术。

穿戴密不透风的防护装备，4个小时的手术下来，几近“中暑窒息”了。汗水浸湿了全身，护目镜被水雾糊得啥也看不清。一想起同行们穿着这身行头，在一线坚持了近两个月，心里就涌起了深深的敬意和感激。

作为岳阳市首家定点救治医院，我们是此次疫情的主战场。1月21日，岳阳市出现了首例确诊患者，傍晚转至我们医院救治。

当晚，院内灯火通明，所有人都戴上了口罩。由感染病科、重症医学科、呼吸与危重症医学科等40多位主任专家，组成了“全副武装”的抗“疫”小组。他们穿上了白色防护服、蓝色隔离服、防护靴，医院大门严进严出，所有进入人员都要测量体温。这个阵势让人心生紧张。

不到两小时，院里清空了一栋五层的住院楼，转移了楼里所有非新冠住院病人，十来个后勤人员背着十几斤的消毒罐，上上下下消杀灭菌。

与此同时，医院工作群里通知，所有医护人员24小时待命。大家几乎是秒级响应。有位同事简短地回复了一句：“召必回、回必战！”这句话一

出，群里几乎快炸锅了。所有人都排队跟帖，出现了一竖排“召必回、回必战”的刷屏文字。

那一刻，有股热血，涌上心头。

随着疫情的发展，病患越来越多，救护车“呜呜”的警笛声不断响起。一线对医护人员需求量也越来越大了。

院里发出号召，各科同事都没有退缩，签名按手印，转战抗“疫”一线。医院采用梯队搭配制，优先安排最有经验的感染科、呼吸科、重症医学科上一线，其他科室的医生配合待命。在病人救治过程中，相应科室随时参与会诊和治疗。

2月13日凌晨3点，前一天入院的新冠肺炎确诊重症患者陈大爷，突发剧烈胸腹痛。经过相关检查和院内专家会诊，初步诊断为“急性消化道穿孔”。考虑患者病情危重，需立即手术。

若放在平日，这是一例比较常见的手术。但新冠重症、高龄、高血压、冠心病、糖尿病、肺气肿等病情聚集，令71岁的陈大爷手术难度增加数倍。尤其是术中需要进行气管插管术，直接面对被病毒感染的呼吸道。加上他又是重症感染者，手术中暴露的风险很大。

术前我也害怕过，担心自己感染上病毒。一旦见到病人，所有的恐惧和担忧都顾不上了。

好在我参加过医院组织的线上新冠病人手术应急培训和演练。术前准备有条不紊，会诊制定好手术方案，我和科室副主任接受指派完成手术。手术对视野清晰度和手指灵敏度要求很高，由于防护服的障碍，活动不便、视野受阻、手感减弱，让我感觉到了前所未有的压力。

2月13日上午10点半，陈大爷被推进手术室。检查发现患者为十二指肠球部穿孔，破孔较大，直径约有4公分，修复起来时间较长。

为了减少病患呼吸困难和感染的概率，我们尽可能缩短手术时间，不到4个小时就顺利结束手术。走出手术室，已经接近下午3点了。我感觉一阵眩晕，稍一用力，就上气不接下气。

参加手术的麻醉医生、巡回护士的护目镜上都积满水珠，说话、呼吸都十分费力。但可以感受到大家发自内心的喜悦。“我们手术成功了。”

接下来，就等待陈大爷的术后恢复了。术后首次下床；肠蠕动恢复；拔除引流管，恢复肠内营养；复查肺部CT，新冠病灶吸收好转；第二次核酸检测为阴性。在医护人员的精心照护下，他闯过了感染、营养、呼吸等生死难关，最后成功治愈出院。

岳阳市确诊患者人数已经保持一个月零增长。我们医院最后2名新冠肺炎确诊患者，已于半月前治愈出院了。

忙碌的院子突然间安静下来。感染科的楼门口，那棵香樟树已经冒出了新芽，春天如期而至。这应该是我从医16年以来最难忘的一个春天。

# 出一趟救护车洗一次澡，身上都皴裂了

口述：师学斌 | 46岁 | 120救护车司机 | 天津
时间：2020年2月13日
整理：白佳丽、张宇琪 | 新华每日电讯记者

我是天津市急救中心急救二部司机班班长，也是一名普通的120救护车司机。新冠肺炎疫情暴发后，我的任务就是进入“流动红区”，驾驶急救车转运确诊或疑似病人。

我们这个“流动红区”，1月20日通知报名，大家非常踊跃，当晚就组建完毕。

第二天，我们就接到了第一个疑似患者，是从武汉回天津的大学生，因为身体不舒服去了河西中医院，结果那里没有发热门诊，于是要我们过去接到其他医院。

当时河西区只有天津市医科大学第二医院，可以做核酸检测。出发之前，我们进行了二级防护，防护服、口罩、防护镜、两层乳胶手套、鞋套。在车上，我们问了病人的基本情况，测了体温和心率、血氧情况，就只有点发烧，大概38℃多。

两个医院很近，也就六七分钟车程。可能是大学生看起来很健康，我们也没有很害怕，就觉得和平时出诊一样。

大年三十晚上，我们还在转运，折腾完回来已经是凌晨一点多了。同事

送来饺子和菜，放在单位大门口，我们热热就吃，算是过年了。自从我2005年退伍转业到急救中心，记忆中在家没过几次年，也都习惯了。

大年初一早上，我们第一次转运确诊病人。那是天津第10例，一个30岁左右的小伙子。当时这个病的治愈率还不明确，看得出来他很害怕。我们就一点一点安慰他。送往海河医院的路上，我们没有刻意离他太远，不想加深他的恐惧，况且我们的防护已经很好了。作为救护人员，安抚患者也是我们的工作。

送完确诊患者，我们进入医院的专门洗消区，把车辆从里到外消毒，自己也从头到脚用含氯消毒剂消毒。消毒剂是凉的，每次冲完直哆嗦。完了之后，把防护服放在指定回收地点，我们再进入半污染区洗澡。

反正出一趟车就洗一次澡，一天洗四五次，洗得身上都皴裂了。尽管人手备了一支凡士林，基本也顾不上涂。

那段时间特别冷，但防护服里面只能穿秋衣。因为戴着口罩，热气从鼻尖冒出来，眼镜里都是雾气，挡着眼睛都看不到路，只能稍稍开点车窗，于是更冷了。

从初一到初九，赶上武汉返津人群高峰，最多一天出了六趟车。一趟车算上准备和洗消，至少要3个小时。我就盼着白天出车，晚上能休息休息。

2月3日，我完成了14天的转运任务，开始集中隔离。隔离点是河东区一家酒店，一人一间屋子，不能出门，有人送饭。我在屋子里先补了两天觉，然后看书、健身、看电视剧。好不容易有个完整的时间，好好看了一遍《亮剑》。

隔离的14天倒也不担心，只是天天数着日子过，想快点出去。我们这批人要循环用，出去以后能换下其他同事。

干这个活这么久，最想要的就是理解。平常经常没来由的，在家属的骂声中，送病人去医院。这次疫情，我有同事去医院接疑似患者，曾被普通患者指着骂。感觉看见穿着防护服的我们，就像看见了“瘟神”。

其实急救车都是负压车，车里空气无害化处理后才会排出，市民在路上遇到也不用担心被传染，我们自己的防护也挺到位。真心期盼大家给予我们一些尊重，我们也是冒着生命危险在救人。多些理解，我们的工作会轻松很多。

这次报名，我没有和家人商量。队伍组建好之后，我给老婆打了电话，说得上一线，她让我多多保重。麻烦的是，女儿今年中考，她意见很大，生气我又要在外这么多天。

1月21日早上8点多，我回了趟家，想迅速拿点换洗衣服。平时孩子起床都很晚，但那天早上，她很早就起来了。我没敢离娘俩太近，结果女儿问我，“能不能抱一个再走”，我说不行，要不远远的隔空抱一个吧。

那次之后，就再没见过家人。疫情过后，我最想回家抱抱女儿。前几天她打电话说，见面之后要让我来个公主抱，我说没问题，这是欠她的。

2008年汶川地震，我也是没和家人商量，就报名去了青川。出发那天，还是我老婆生日。我发信息给她，说我已经在去四川的路上了。她埋怨怎么都不商量一下，我说我是退伍军人，关键时刻得先上。

# 在隔离病区做保洁，房东害怕不让他回去

口述：何小玲｜55岁｜医院保洁员｜广西南宁

时间：2020年3月14日

整理：陈一帆｜新华每日电讯记者

刚刚，儿子打电话来问情况。我告诉他，妈妈很快就可以回家了。

我是南宁市第四人民医院的保洁主管，日常负责医院救护车消毒点的保洁。腊月二十九那天，我把春节期间值班表排好，回家跟家人一起吃晚饭。平时工作忙，我希望趁着春节假期，一家三口好好过个年。

没想到，医院一个电话打来——救护车马上进消毒点，要求赶紧回到岗位上。当时我还有点懵，放下碗筷就赶去医院。

救护车的警示灯闪个不停，警报器叫声刺耳。在感控科医务人员帮助下，我穿戴好防护服、隔离衣、护目镜、手套……“全副武装”上阵了。

我们是新冠肺炎定点收治医院，救护车接运新冠肺炎患者，再正常不过了。一想到这些，心里难免有点慌。我一遍遍提醒自己：平时受过专业培训，只要按规定操作，就不会有问题。这样，很快就镇定下来了。

保洁工作包括处理医务人员换下来的防护服、护目镜、手套、毛巾等医疗废物，我和另一名同事，处理了一批又一批。当救护车消毒点终于安静下来，我们将医疗废物打包、消毒、存放到指定地点时，已经凌晨两点多了。

天亮后，回家匆匆洗了个澡，我马上又往医院赶。

接下来，疫情越来越严重。由于很多保洁员都回家过年了，人手严重紧缺。我只好挨个打电话，说服那些还在本地的保洁员，回来重新排班。我说："现在特殊时期，医生护士都在前线奋战！这时候我们不上谁上？"

我能感受到，不少人挺想回来，却又难以成行——有的找不到出村的车；有的怕进入隔离病区后，至少一个月回不去，家里老人和小孩没人照顾。

还好，一些家里能脱开身的都回来了。最让我感动的，是一位负责运送垃圾的大叔，二话不说就答应过来上班。结果，房东害怕被感染，不让他回去住了。没办法，他只能歇在医院安排的住宿点里。

从大年三十开始，医院陆续收治了一批新冠肺炎确诊患者，我们也开始处理隔离病区的医疗垃圾。要知道，这和处理普通医疗垃圾不一样，每个步骤都要严格按规定进行，大意不得。

平日里处理的普通医疗垃圾，只需要打包后放到垃圾周转箱，再运送到垃圾暂存间，会有车子按时按点来拉走。

隔离病区出来的一袋袋垃圾，我们都得打包好放到纸箱里，拿胶带将纸箱封得严严实实，放入垃圾周转箱，再消毒装车拉走。这些垃圾不能放到垃圾暂存间，出了隔离病区，直接由专业处理公司拉走。整个过程中，所有可能接触到这些垃圾的东西，都必须消毒，包括我们穿过的防护服。

其实，疫情防控的最前线，就在隔离病区内。为保障人员安全，我们实行轮换制度，分批安排保洁员进驻隔离病区。有些保洁员心里紧张，对我说："何姐，我好害怕，进去被传染怎么办？"

我很理解他们的想法。大家都是普通人，害怕是正常的。我给他们加油打气："我们按要求做好防护措施，仔细仔细再仔细，就没问题。"

2月18日晚，我进入隔离病区医务人员休息区，准备第二天正式投入"战斗"。这段时间，我不能离开隔离病区，更不能回家。

每天早上5点25分，我起床洗漱完毕后，先把医务人员值班室、护士站、医生办公室、电梯、步行梯等地方，仔仔细细消毒一遍。7点半左右，每天的“重头戏”开始了。花费半小时穿戴好防护装备后，我就要进入最危险的“战场”——隔离病房。

医务人员使用过的治疗车、治疗仪器，地面、卫生间、专用通道等，都是我要重点消杀的区域。喷洒消毒水、紫外线消毒、消毒纸巾擦拭……一样都不能马虎。病人出院要带走的衣物，我们也要提前一个晚上消毒，他们第二天才能带走。

每天脱防护装备是最痛苦的事情。我要走专门通道，每到一个房间脱下一层装备，按要求做好消毒，再去下一个房间。最后洗完澡后，还要再消一次毒。要完成这一整套流程，至少得花半小时。

每次脱下防护装备后，里面的衣服全是湿的，头发也是湿的，毫不夸张地说，可以拧出水来。看到这一堆防护装备，我心里真怵得慌。

一有时间，我就和儿子通话。怕他担心，我很少讲医院工作的事。看到网上各种报道后，他才知道隔离病区里的情况，非常着急。他总在电话里说：“妈妈，你不要太累了，要注意安全。”我说：“妈妈不累，会保护好自己。”

隔离病房里，有一个3个月大的孩子。住院期间，他妈妈一直陪伴左右。看着这么丁点儿大的孩子遭罪，我心里很不好受。我也是一个母亲，太能理解孩子妈妈每天焦虑不安、害怕担心的心情了。每次孩子妈妈有事离开一会儿，他就哭闹个不停。看到我进来，又朝着我笑。那一瞬间，我的心都化了，只想待久一点，等他妈妈回来再离开。

看着这个孩子一天天好转，最后顺利出院，我终于放下心来。

我正式进入隔离病区那一天，有5名病人出院。有人跟我打趣道：“你真是福星啊，你一来，病人就出院了。”

病人出院是我最开心的事情，我希望可以一直给他们带来好运。

3月初，隔离病区里的病床总算清空了。走出医院大楼时，虽然戴着口罩，但我感觉空气是那么清新。按照规定，我还要在医院指定地点，休整14天才能回家。

天气回暖，春天如约而至。我们一家三口约好了，等到可以摘下口罩那天，就去野外踏青。

# "一个也不能少"，780名新冠患儿平安归来

完颜文豪 | 新华每日电讯记者　丁莉 | 实习生
时间：2020年4月21日

1月25日，农历春节。正忙着做午饭的李栋，突然接到市卫健委电话通知：抽调他参加筹备火神山医院，30分钟后在武汉市政府集合。

作为武汉市儿童医院（以下简称儿童医院）的一名医生，李栋没想到自己的战场却在火神山。他来不及道别，收拾好行李就出发了。

同为医护人员的妻子李露，深知新冠病毒传染性强，已有多位医护人员感染，她含泪用手机拍下了丈夫匆匆离去的背影。

5天后，这家儿童医院成为武汉唯一的新冠患儿定点救治医院。截至4月8日，全院共接生了2238个婴儿，累计收治新冠肺炎疑似、确诊患儿780例，目前已经全部出院清零。

在疫情的阴霾笼罩下，儿童医院的医护人员与死神抢时间，与病毒作斗争。一个个新生命在疫情中诞生，一个个新冠患儿在康复中成长。

这些发生在武汉市儿童医院的故事，成了这座城市守护生机与希望的缩影。

## 当一位孕妇哭着要写遗书

武汉疫情暴发后，当地很多综合医院成为新冠定点医院，大量非新冠孕产妇涌入儿童医院。据产科主任周洁琼统计，“今年一月份孕产妇数量，比往年同期增加了约20%。”

1月22日，武汉封城前夕，30多名孕产妇连夜赶来待产。由于部分医护人员被抽调到社区、方舱或其他科室，产科人手变得格外紧张。

回忆当时的场景，周洁琼至今仍感到压力巨大。不光孕产妇数量大，有的人可能处于潜伏期，家属却不愿意如实相告。这样的感染风险，大大增加了产科的压力。

分娩室护士长钟菊芳记得，有个孕妇在做剖腹产时，不停地咳嗽、发烧。直到手术结束，她才说出老公确诊的实情，怕先说了会被转到定点医院。

“好在我们一直有防护，这个产妇后期检查，也排除了新冠肺炎。”钟菊芳说。

“病房全是满的，甚至有人睡在检查室等床位。”产三病区主任周燕每天早晨上班时，都能看到这样的场景。最忙的时候，她在手术室、产房、隔离病房之间来回穿梭，一天要换6套防护服。

在产科等候区，一位孕妇独自坐着默默掉眼泪。原来，她有点发烧，跑了好多家医院都不收。产二病区护士长黄玉芳把她安置到缓冲病区，经检查结果正常，又转到了普通病区。

还有一位孕妇的丈夫是新冠患者，病情很重。她担心自己和孩子也感染了，心里很绝望，在医院哭着要写遗书。

“怕她想不开，给她安排的病房，连窗户都是钉死的，只留下一条9厘米的缝儿。”黄玉芳说，后来宝宝降生了，她忙着喂奶，就没时间想这些了。

疫情期间，有些孕妇出现轻度发烧或咳嗽症状，但病情紧急，来不及做核酸检测。产科临时改造出一个排查病区，与定点医院隔离病房相一致。

这样，孕妇在门诊检查，结果正常会被收到正常产区；发现疑似或确诊，就会转诊到新冠定点医院；来不及做检查的急诊孕妇，则先进入排查病房，分娩后再做检查进行分流。

周燕和同事们还摸索出一套精细的转诊流程。新冠孕妇转诊出去生产后，新生儿如有疑似感染，又会转回儿童医院新生儿科观察治疗。

## 同样的产科，不一样的手术

封城期间，一些来不及做检查的危急孕妇，会留在产科做手术。与平时十几台手术相比，周燕现在每天最多做两台，却觉得任务更重了。

“疫情中都是紧急情况，手术难度提高了很多。”穿戴防护装备，在视野不清和四肢笨重的情况下做手术，这位经验丰富的病区主任，仍觉得是个不小的考验。

受封城影响，有些孕妇1月中旬做过产检后，来不及做第二次，又担心出门有感染风险，一直拖到出现危重情况，才急着来医院。

一天中午，钟菊芳接到急诊送来的一位产妇，发现婴儿的脚在下面，腿和臀部先出来了。当时这种情况比较惊险，容易造成婴儿窒息，后来经过抢救，婴儿顺利出生。

还有一些病人来时出血量很大，需要紧急抢救。“有的血钾特别高，有的是急性胰腺炎，还有出现抽筋的。过去也很少碰到这种情况。”周燕说。

周洁琼发现，疫情期间高血压的病人大幅增加。产科曾接到了五六个血压特别高的孕妇，最严重的一位产妇，到医院时视力几乎完全丧失，一量血压，高至200/130mmHg。

“以前病人血压180就算比较高了，疫情中有高到200的，因为没有做产科保健和孕期检查。”周燕补充说。

由于交通管制和医院分流，有些孕产妇担心离开医院后，可能无法再回去。“有的人离预产期还有些日子，却拎着大包小包往我这儿一坐，怎么都不肯走了。”周洁琼说，有的产妇接近预产期，本来可以顺产，但不愿意回去，坚决要剖腹产。

“我担心剖腹产比例提高，会影响产科质量，没想到比去年同期还下降了0.4个百分点，坚决做手术的只是少部分。”周洁琼说。

2月7日，一个23周零6天的宝宝降生了，体重只有500克。孕妇近8年未能成功怀孕，早产的宝宝是她第二次试管婴儿的成果，产科医生帮她强行保胎了六天。

生产时，新生儿科主任就已经等在产房里，宝宝一降生就被转到了新生儿科。经过一个多月的精心护理，宝宝慢慢扛过了呼吸关和喂养关，体重也增加到了两斤多。

## 全市的新冠患儿都转来了

第一次进隔离病房时，陈国策穿防护服花了挺长时间，进去后竟有种手足无措的感觉。

“过去处理常见病时，该怎么治都很清楚。那天走到患儿旁边，竟不知道该干什么，心理压力比较大。”这位新生儿科医生说。

陈国策“非典”期间还在上学，之前没有类似病毒的救治经历。几经磨合后，他逐渐熟悉了工作流程，但也会遇到一些紧急情况。

新生儿的治疗几乎没有先例可循，孩子没有表达能力，病情变化全靠临床观察。

“有时候孩子的血氧饱和度突然掉下来，心率和血糖也不稳定，都需要紧急处理。给患儿做插管时，要把患儿的口腔鼻腔打开，基本就是面对面接触，传染的风险也比较大。”陈国策说。

笑笑刚一出生，就从湖北省人民医院转诊过来，直接被送到新生儿科隔离病房。

新生儿内科主任曾凌空接触的病例中，大部分都与笑笑一样，出生当天就被送来，妈妈生产时已经确诊，在定点医院隔离。

“这些妈妈精神状态本来就差，加上孩子一出生就被抱走，一心牵两头，有的整日以泪洗面。”他说。

2月10日，曾凌空接诊了一对31周就出生的双胞胎宝宝，患儿伴有分娩窒息，感染新冠后呼吸困难，随时都有生命危险。

评估病情后，曾凌空决定为患儿进行气管插管，直到病情最终稳定下来。“新生儿中，早产儿大概占到20%—30%，比平常多一些。”曾凌空说。

武汉出现首个新生儿新冠病例后，曾凌空和同事花了3天时间，把病例报告写完发出去，“帮国内新生儿同道们探路，就能少走一点弯路。”

在新生儿科隔离病房，90%的新生儿是成人定点医院出生后转入，剩下的是在儿童医院产科出生和在家中感染的。

儿童医院变为定点医院后，意味着要接收全市转来的新冠患儿。呼吸内科主任陆小霞也感受到了压力，在一天内，她的科室改造成具有三区两通道的传染病区，“新冠受累最主要的器官就是肺部，所以就把呼吸科推到了最前线。”

陆小霞23年从医生涯中，只穿过两次防护服，上一次还是“非典”期间。当时，她学会了穿防护服，多年没穿过也忘了流程，又重新学了一遍。

陆小霞带着团队在病房观察了两周，对病情有了初步的判断，“全年龄段的儿童都会感染新冠肺炎，但儿童的病情主要为轻症，孩子病情不像成人那样，突然一下急转直下。”

但没有人敢掉以轻心，毕竟全国首例危重症新冠患儿，就出现在这家医院。

这名患儿住院后病情持续加重，循环功能障碍、肾功能衰竭，一道道难题不断出现。

据重症医学科主任张芙蓉介绍，科室收治了5例新冠患儿，其中3例危重症。

当时，国内没有可参考的救治经验，张芙蓉和同事守住生命最后一道防线，制定出一套救治方案，经过18天的日夜守护，全国首例危重症新冠患儿成功治愈。

“毕竟儿童从来不是成人的‘缩影’，这个疾病还有一些未知，谁也不知道儿童新冠会发展成什么样。”陆小霞说。

作为中华医学会呼吸学组成员，陆小霞还参与编写了《儿童新型冠状病毒感染诊断、治疗和预防专家共识》。在第7版的国家卫健委诊疗方案中，她和同事提出了4点建议，全部被采纳。

陆小霞还参与总结了171例新冠儿童的临床特征，包括对无症状感染者的思考，发表在业内知名的《新英格兰医学杂志》上，网页版的浏览排名第三位，数十个国家发来邮件交流治疗经验。

笑笑入院第5天，核酸检测呈阳性，由于是足月儿，没有明显的感染指标，只是心肌受损，通过药物治疗，康复过程十分顺利。

## 贴在床头的“养娃说明书”

“宝宝每3小时吃奶一次；睡觉时会吵闹、揉眼睛，需要抱着慢慢走路；睡着后轻轻放入婴儿床，被子不宜盖过高，距下巴10cm以上……”

这是一份“养娃说明书”，贴在6个月大的乐乐床头。1月30日，乐乐住进了内科综合病房。由于家人感染，他成了一名无陪宝宝。

内科综合病区护士长陈小茜，联系到乐乐的妈妈，问清乐乐的作息习惯，并结合自己的观察，总结出这份“养娃说明书”。

乐乐醒的时候，喜欢被人抱着。“抱得时间一长，胳膊蛮酸的。”护士陈君说道，科里的护士也会过来搭把手，她们大多都做过他的“临时妈妈”。

一个星期后，综合病房医护梯队换班休整，乐乐被送到了呼吸内科病房。“当时他什么都不知道，坐在他的小床上，笑着看着我们往外走。”陈君说，“我们都蛮舍不得，在那里站了很久才离开。”

呼吸内科护士胡纤的孩子，只比乐乐大一天，因为要上前线，也只能被迫断母乳。看到乐乐，胡纤就想到自己的孩子。

医院安排轮休的时候，胡纤回到了家，“宝宝盯着我看了很久，好像都不认识我了。回过神来，他开始往我怀里扑，冲着我笑。”

疫情中学习养娃的不只有年轻的护士们，还有很多新手爸爸。

有一位爸爸独自陪护7个月大的宝宝，在照顾孩子方面几乎一窍不通。“抱孩子的时候他用两只手端着，像上供一样。”陈君哭笑不得。

护士们慢慢指导他，怎么给孩子换尿不湿、冲奶粉要用多少温度的水、奶粉要放多少、怎么给孩子擦洗……孩子出院时，这位奶爸都能搞定了。

平常孕妇生孩子，都会有一堆人到医院，婆婆或妈妈都能照顾好。但疫情期间，产科为避免家属聚集，每名孕妇只留一个家属照顾。

老人对新冠免疫力较低，又不懂怎么办手续，产科就要求新手爸爸来全程陪护。

护士长黄玉芳觉得有个现象“很可爱很温馨”。一开始，这些爸爸不乐意，会说：“我怎么会照顾孩子呢？”黄玉芳怼了一句：“你忍心把老婆一个人丢在这里吗？”

爸爸们只好硬着头皮上。“没想到他们都很能干，学习能力太强了，对产妇护理帮助很大。”

黄玉芳说，也有的爸爸笨手笨脚，学得比较慢。

## 画在防护服上的“汉堡包”

两个孩子正在病房里说说笑笑，刘思景一进去，气氛瞬间就沉默下来了。

“刚开始，不管我们问什么，他们一句话也不说，只是抱着手机，睁大眼睛默默看着我们。”呼吸内科护士长刘思景回忆说。

大多数孩子第一次离开家人这么久，对陌生环境充满了恐惧。“他们看到白大褂，就想到打针好可怕，自己是不是生病很重，爸爸妈妈不要自己了？”刘思景说。

疫情期间，不少家庭发生聚集性感染后，大人去了定点医院或方舱，小孩就被送到了儿童医院，成了隔离病房里的无陪患儿。

“最多的时候，40张床位的病区里，有15个无陪的孩子。”刘思景说。

一个1岁9个月的无陪患儿，刚学会走路，还不太会说话。医护人员很忙碌，不能时刻陪着他，刘思景就会给他放动画片。“孩子看着小猪佩奇，在那里笑，我却想哭。”

但是又不能让孩子看太久，刘思景关掉了电视，孩子瞬间大哭起来，仍然用手指着电视。“我想抱抱他，但是他在躲着我。”

第二天，医生去查房，看着白茫茫冷冰冰的防护服，刘思景突发奇想，给医生的防护服上画了一只小猪佩奇。离开的时候，孩子追着这名医生，抱住他的腿喊了一声“妈妈”。

从这天开始，所有进隔离区的医护人员，都在防护服上画了卡通图案。

再后来，每个人都有了自己的专属图案，刘思景也成了孩子们口中的“佩奇妈妈”。蝴蝶阿姨、机器猫阿姨、奥特曼叔叔，也渐渐被孩子们熟悉。他们还邀请孩子们帮忙涂色画画，病区的氛围好了不少。

一个无陪小男孩总闹着吃汉堡。护士们带来了士力架，却依然打消不了他吃汉堡的念头。没办法，护士们就在防护服上，给他画了一个汉堡。

呼吸内科护士长李文清把这件事发到朋友圈，竟然得到医院领导的回复：“明天有惊喜。”第二天，肯德基的爱心餐送到了，鸡腿、鸡块、土豆……还是没有汉堡。

## 来自市长热线的投诉

李文清注意到，有一个7岁的无陪小男孩亮亮，从来不主动找医护人员。大家一起做游戏时，他就远远地看着。问他为什么不参加，没想到小男孩竟说：“我怕传染给你们。”

亮亮出院这天，李文清去帮他整理行李，却发现他提前收拾得整整齐齐。床上放了一张小纸条，还有用口罩鼻梁夹折的心形，纸条上写的是：爸爸，我想你，希望你早点出院。

李文清要给他爸爸打电话，亮亮却说：“爸爸今天早上要做检查，不要打扰他了。”

临别前，亮亮还向李文清要了一副手套，他担心社区来车接时，自己的手会到处乱摸。李文清说：“当时我的眼泪就流下来了，这么小的孩子懂事得让我受不了。”

呼吸内科的一间病房，也曾入住了两名无陪女孩，一个9岁，一个7岁。7岁的女孩还不会照顾自己，9岁的女孩就一点一点告诉她，教她刷牙洗脸、梳头、叠被……

2月21日，消化内科护士长张勇开始了隔离病区的工作，没想到却被投诉到市长热线。

原来，5岁小女孩佳佳刚住院时特别紧张，不配合治疗。佳佳妈妈在隔离点，面对女儿一次又一次追问“什么时候过来陪我”，只好不断搪塞哄骗。佳佳开始不信任妈妈，拒绝和妈妈视频，脾气上来的时候会满地打滚。

佳佳妈妈以为医院没有照顾好孩子，一个电话打到了市长热线。

那几天，护士们耐心地帮佳佳洗漱，带着她画画，陪她玩耍。住院的第4天，佳佳终于开始转变，和大家的关系渐渐好转。

住院第7天是佳佳的生日，医护人员给她准备了糖果和图书，早操时间还组织小朋友们给她唱了生日歌。

“出院的时候，佳佳妈妈对我们很感激。”张勇觉得自己的付出，总会得到家长的理解。

## 两个橙子与生日蛋糕

9岁男孩嘉嘉出院那天，请人把一封信转交给最喜欢的小美姐姐。

小美姐姐是呼吸内科护士舒美燕。嘉嘉住院的那天傍晚，一个人孤零零地坐在休息区，她就陪他聊天，还给他带了一份晚餐。

再见面时，嘉嘉塞给了舒美燕一幅画，上面是他最喜欢的飞机模型。舒美燕问为什么送这幅画，嘉嘉说：“我就是想送给你，我喜欢你。”

舒美燕在护士站忙碌，嘉嘉就守在旁边不停地拍照。后来，嘉嘉神秘地说：“小美姐姐，我给你一个惊喜。”原来，他把手机屏保换成了自己和小美姐姐的合影。

第2天快下班时，舒美燕突然接到了嘉嘉的信息——“到病房来，有惊喜！”

舒美燕按照提示来到嘉嘉的病房门前，发现门把手上放着两个橙子，旁边还贴着一小截卫生纸，上面写了两个大字：拿走。

“护士，我能不能出去买点东西？”2月5日晚上，疑似病区值班护士王敦碰到了这样的请求。原来，第2天是3岁男孩翔翔的生日，他的爸爸想要给孩子准备一下。

听到这些，王敦想到自己的两个儿子，自从年前被送到婆婆家，就再也没见过面。随后，她发了一个朋友圈，想让同事们一起帮忙。

那天晚上，武汉下着夜雨，刘思景开着车去街上找蛋糕店，转了半个多小时也没见一家店开门。她只好回到家，从自己孩子的玩具中找出了一只小熊猫，作为生日礼物送给了翔翔。

第2天一大早，王敦又跑到医院里的商店，给翔翔买了一个小纸杯蛋糕，她想：“如果没有蛋糕，孩子一定会失望的。”

上午9点，护士长何琼和两名护士带着蛋糕和礼物，敲响了翔翔的病房门。“当时翔翔还在床上睡着，睁眼看到我们，特别惊喜。”

第3天，刘思景又通过医院的一位后勤人员，辗转联系到一家蛋糕店的老板。蛋糕店也没有营业，但老板听说了孩子的情况，特地做了一个生日蛋糕，送到了医院。

## 每天抱着花盆晒太阳

皮肤科医生卢静静回家前几天，5岁的儿子优优，每天都抱着花盆去晒太阳，他想等到妈妈回家，送给她一个“巨大的惊喜”。

2月初，卢静静被调去支援方舱。临行前，优优说：“要派最厉害的奥特曼保护妈妈。”

在方舱工作时，卢静静让同事给自己的防护服画上了奥特曼，拍了照片发给优优，“让他觉得有个大英雄在守护妈妈。”

卢静静还要向优优定期“汇报工作”。优优让爸爸给他做了一个笔记本，记录妈妈每天战胜了几个病毒，好与同学开视频时炫耀一番。

爸爸：“妈妈已经打败多少个超级病毒了？”

优优：“45个！妈妈真厉害！”

爸爸买回来的水果，优优要留给妈妈作奖励。但爸爸告诉他水果会坏掉，他就吃完把种子埋在花盆里，每天抱着盆去浇水晒太阳：“妈妈回来，就会长出水果来了。”

卢静静回家前一晚，老公悄悄地把苹果橘子放进盆里，说水果长出来了。优优看到开心坏了，激动地跟妈妈视频说：“妈妈，等你回来，我要给你一个巨大的惊喜！”

因为担心把病毒传染给孩子，很多医护人员从疫情开始就再也没回过家。黄玉芳偶尔回去，也只敢在楼下瞅一瞅孩子，看见窗户里面孩子的脸又圆了一圈，才觉得安心。

疫情使医护人员和年幼的孩子被迫分离，也提供了一次机会，让这些“医二代”们快速成长，更深切地理解父母的工作。

16岁的陈琪方算是“医三代”了，妈妈刘凡是儿童医院风湿免疫科的医生，外公是另一家医院的返聘医生。她为了给在前线战“疫”的妈妈和外公加油，特意写了篇文章，创作了歌曲，还上了央视《新闻联播》。

“你背后支撑的那些人不仅仅是医生，他们也是父母……我希望他们能平安。因为我只有一个外公，一个妈妈。”除夕前后，刘凡看到这篇文章，感动不已。

## 尾　声

4月15日，火神山医院关闭，结束了武汉保卫战的特殊使命。2天后，留下一个背影的李栋，参与完成3059位出院病人转接后，告别火神山，开始转入集中隔离期。

武汉儿童医院大部分科室陆续恢复正常。

这是一场儿童与成人共同面对的战“疫”，顺利降生的新生命，康复的新冠患儿，对一座经历大疫考验的英雄城市来说，没有比这更能代表生机不息，希望永在。（文中患儿均为化名）

# 凡人英雄

# 火神山援建归来，住进隔离酒店才后怕

口述：马仁勤 | 36岁 | 净化工程从业者 | 广东深圳

时间：2020年2月19日

整理：毛思倩 | 新华每日电讯记者

武汉要建设“小汤山模式”的医院，这个消息一出来，就把我深深吸引住了。

10天建成一座医院，这怎么可能？

我所从事的行业叫净化工程。通俗来说，就是建造医院的手术室、ICU重症监护室等洁净无尘无菌室。在这个行业里，我已经摸爬滚打快10年了。

从我们专业的角度看，当时规划的面积和病房数，工程周期起码得3个月。

那段时间，已经回到湖南怀化老家的我，无时无刻不在关注着疫情。

新闻不断滚动播出，火神山医院选址选好了，名字有了，图纸也出来了。

这时，我所在的行业微信群，突然蹦出来一条求助消息，让我再也坐不住了。

这是一封来自火神山医院ICU承建方的倡议书：急需大批设计和建设ICU洁净病区、手术室等专业人士，希望有条件的同行前来相助。

我是做这个专业的，完全能够出一份力，还可以见证和参与一个10天建成的奇迹。一起开公司的弟弟和姐夫，都支持我这个想法，我决定立即奔赴火神山。

1月27日，我联系医院承建方负责人，对方听起来很焦急，说现在特别缺少熟练的技术工种。

虽然只有一个病区，但要在这么短时间，建120间ICU，超过2000平方米的施工面，实在是天大的难题，只能尽量多找些熟手去支援。

当天，我们在公司微信群里发了倡议书，没想到报名的人挺多，当时就有40多个。

有个四川宜宾的小伙子，特别积极想参加，一看身份证还未成年，我就劝他不要去了。

还有年纪比较大的，怕抵抗力差也劝退了。

最后确定了20个自身条件允许支援的，包括几个特别优秀的项目经理，以及经验丰富的老师傅。当然，也包括我自己在内。

武汉那边催得紧，希望我们能赶过去开碰头会，准备工作弄得差不多，我们就赶紧出发了。

说实话，我们只有从亲戚家筹的50只口罩，加上一后备厢的方便面、矿泉水和红牛。

29日凌晨3点多，我们终于抵达武汉火神山工地宿舍——一间临时征用的宾馆。每天上下班，从宿舍走到工地，少说也得半个小时。

现场道路被运输建筑材料的车辆占据着，大几百台车排成一队长龙，有时候甚至排出五六公里。

中午11点，我第一次到达火神山工地，现场一片忙碌。我们的工作场地刚刚铺了水泥，地还湿着。这种特殊的速干水泥，两个小时就干了。

工地上的感觉就是一个“急”字，时间已精确到“分”了。由于现场没准备好，制作暖通风管、连接空调机组、焊接桥架支架等工作，只能在项目部完成。

当时施工场面壮观，这边在放大样、打地槽，那边在焊接立柱、扎钢筋，各方动态交叉作业，忙而不乱。到凌晨交班时，病区的形状已经基本出来了。

ICU洁净病房属于较高净化级别的房间，用的是气密性很高的专用门窗，对建设和安装工艺的要求较高。连做普通工程多年的老师傅，如果没见过的话，也不会安装。

我们原计划两班倒。头几天下来，一个班要干12个小时，后来又增加到14个小时，再后来，两个班的人合一起了。实在体力不支，才回去睡一会儿。

工地上白天还挺暖和，到了夜里冻得难受，但却没有人停下来。

我们驻地蔡甸地区有个居民，每天骑着卖菜的三轮车，一趟趟拉我们去工地，帮我们挤出更多的时间赶工期。

按照规定，口罩4个小时就要换掉。很多人干起活来没了时间概念，呼出来的水汽和尘土粘在一起，直到有人说你口罩黑了，才知道早就超时了。

现在回想起来，当时那种急迫的心理压力，可能把人的潜能都激发出来了。

建成后，火神山手术室交付武汉协和医院。面对自己亲自完成的“奇迹”，交接时多了一份庄重感。

“移交给你们了。接下来，这里就是你们打仗的地方！”我们对医护人员说。

工程收尾了，我的任务还没有结束：带了这么多兄弟出来，得把他们平平安安带回去。

早在1月底，我就开始考虑如何返程的问题了。

有些人想先回老家看看，给家里打过电话后，才知道大部分都回不成了——老家农村不具备隔离等条件，只能跟着大部队走。

出来之前，我也做了封路回不去的准备，大不了把他们一起拉回靖州老家。

转念一想，节后复工时间临近，如果能回深圳隔离，也方便安排公司的事情。

无意间，我在网上看到，深圳市龙华区开设了“书记信箱”。抱着试试看的想法，我把我们20人的情况，简单介绍了一下，并留下自己的手机号。

2月3日，公司所在地社区一位工作人员联系我，询问是否可以推迟回深圳的时间。

我发了个“哭”的表情给她，希望得到妥善安置。她安慰我说，马上再跟领导反映。

当晚，一位负责书记信箱的工作人员通知我，龙华区疾控中心已经做好我们隔离的工作准备，请大家放心。

那一瞬间，我悬着的心终于落地了。

2月6日中午，告别火神山，我们返程了。有4个人回河南老家，单走一路，我带着15个人一起开车南下。

在蔡甸上高速时，交警看着我们的通行证明信，说：“感谢你们帮我们建火神山医院。”

返程之前，我怀疑我们16个人都已经“中招”。一路上，大家轮流开车直奔深圳，避免途中停留和与人接触。

经过江西赣州时，一辆借的面包车突然爆缸，抛锚在路上。

报警后，遂川县交警很快赶到现场，帮我们找拖车拖下高速，到县城里找修车店。

好不容易找到一家店，老板却不愿意接单。交警帮忙说了好多好话，对方才勉强同意。疾控工作人员又里里外外消了毒，才把车子交给他们。

车虽抛锚，回去隔离的事情不能耽误。我们把面包车的兄弟全部接上，重新安排了一下座位，就继续上路了。

7日中午，我们按照深圳方面安排的路线下了高速，直接赶到用于隔离的指定酒店。

十几个穿戴防护用品的工作人员，早已经在那里等待我们了。下车后，在喧闹中听到一句：“辛苦了，欢迎回家！”

虽然是酒店，但我知道，自己回家了。

躺下来回想这一切时，我才真正感觉到心里害怕。不光是为自己，还有这些跟我一起去援建的兄弟们。所以，我格外关注他们的身体状况。

我也做了最坏的打算，万一谁“中招”了，要负责他和家人后续的照顾。

当天，我们做了包括咽拭子在内的一系列检查。得知大家都是阴性时，我长长地舒了一口气。

龙华区安排了5名医务人员，每天在酒店监测我们的症状。几天后，有两个人突然出现发热症状，马上被救护车送到医院。

还好，最后都排除了，仅仅是普通感冒。

现在在酒店隔离，每天吃得好睡得香，心情也逐渐放松，还可以在网上处理公司复工的工作。兄弟们则时不时就联机，一起玩“吃鸡”游戏。

在这里，可以经常跟妻子和孩子视频聊天，给他们讲火神山的故事。

我告诉妻子，这么做也是给孩子做个榜样，留一点物质以外的传承：国家有危难的时候，爸爸尽了自己最大的努力。

# 护目镜除雾难，温州兄弟巧制“雨刷器”

口述：陈庆丰 | 45岁 | 眼科医生 | 浙江温州

时间：2020年3月7日

整理：魏董华 | 新华每日电讯记者　林光耀 | 实习生

从来没想到会以这样的方式，加入到这场抗“疫”战斗中来——逆行武汉运送护目镜，免费帮助医护人员修理眼镜，加装自制除雾“雨刷器”。

我们两兄弟在武汉经营一家眼科视光门诊，距离华南海鲜市场不到500米。突如其来的疫情，几乎打乱了所有人的节奏。

我们原定将于1月上旬举办的公司年会取消了，并提早给员工放了假。腊月廿七，我带着家人回到了温州瑞安老家。在家的头两天，我坐立难安。一直记挂着武汉前线，甚至有些后悔提前回来。

除夕夜，武汉协和医院一位师姐，突然给我打电话。电话那头，传来她一声声叹息：“没有护目镜怎么办呀！医院已经有多位医生被感染，或者是正在隔离。”

真没想到，前线医护人员的防护条件这么简陋。我们门诊很大一部分业务就是验光配镜，加上温州和台州又是国内主要眼镜生产基地，联系眼镜厂家相对容易。

当晚，我们就发动亲友四下联系，果然找到了有库存的厂家。我和老婆商量，要返回武汉送眼镜。她什么也没说，算是默许了。我看得出来，她心里并不情愿。

大年初一，我和我哥在台州马不停蹄地奔走于各厂家库房，总共收购了将近3.3万副日用防护眼镜，装了满满78箱。虽然不是专业医用护目镜，但也能阻挡正面袭来的大部分飞沫。

当天下午，我俩就跟着台州市邮政局专车，向武汉方向疾驶而去。第二天一早赶到武汉时，各医院早已派车等候我们了。省人民医院、中南医院、金银潭医院、同济医院……在我们眼科门诊部门口，领取护目镜的车排起了长队。

3万多副护目镜，一个小时就全发完了，还有很多人没领到。

有一位女医生，看起来非常疲惫，黑眼圈很重，走路都不太稳。她一进来，就把医生的工作证给我看，说来领护目镜。我说全发完了。她眼眶一下子就红了，开始掉眼泪。

我们哥俩都懵了，一时也不知道该怎么劝，赶紧把自己戴着的护目镜摘下来，都送给了她。那是我们手里最后的两副。

就这样，我们留在了武汉，继续筹集护目镜和其他医用物资。

一开始，我们想采购有医疗器械许可证的医用护目镜，但货源极其短缺，全国都找不到。我灵机一动，想到暂时用泳镜替代。泳镜防水，密封性良好，有的还能防雾。而且生产泳镜的企业多，库存量也比较大。

很快，我联系上了游泳镜行业协会的几位企业家，拉了一个50多人的企业主微信群。后来，我又找到了厦门市眼镜协会，请他们帮忙联系医用护目镜企业。这些企业前后总共捐了14万副泳镜、护目镜给我们。

我们眼科门诊更像是一个中转站，这些泳镜、护目镜从全国各地发货，都统一寄到这里。武汉、黄冈、孝感等地的医院，也把车开到我这里取眼镜，我们就像接力跑一样。

一个偶然的机会，我又发现驰援武汉的医护人员，眼镜坏了无处修理。于是我发了一条朋友圈，欢迎各位医护人员来找我们维修眼镜，我们愿意免费帮忙。

没想到，和眼镜相关的问题还真不少。也许因为经常需要消毒，一直受到消毒剂腐蚀，有的人眼镜鼻托损坏脱落；也许因为护目镜太重，戴的时间久了，有的人眼镜腿被压断，还有的人镜片碎了。

最让很多医生头疼的是护目镜的起雾问题，有时连写医嘱都困难。很多医生私下里问我，这种问题能解决不？我尝试了好多法子，肥皂水、沐浴露、泳镜防雾剂、碘伏……结果，效果都不理想。

无奈之下，我换了个方式：将钢钉从上方刺入软壳护目镜内，然后把海绵固定在钉子尖上，最后用橡皮筋把左右两根钢钉的尾部拴住，这样就在护目镜里装了一个手动“小雨刷”——用手在外侧推一推钉子尾，钉子尖上的海绵就能把护目镜上的雾气擦除。没想到前线医生反馈，效果还挺好。

由于整天穿防护服戴护目镜又闷又热，很多医护人员会出一身汗。汗湿了的鼻梁和两鬓托不住眼镜，很多人的眼镜下滑得厉害。平时遇到这种情况，我们用手一推，眼镜就复位了。现在他们可不敢，在病房里护目镜一摘，可能就会有感染的风险。

我就千方百计想办法，找到了硅胶的眼镜防滑套，套在眼镜腿上，可以稳稳地把眼镜别在耳朵后。没想到这个小玩意儿，关键时刻帮了大忙。

2月21日，我接到了一个紧急求助：安徽医疗队邹宏运医生眼镜不慎遗失，因为忘了度数，需要重新验光、配镜。我有些为难，邹医生整天面对有创呼吸的危重病人，与他正面接触确实有一定风险。

不过，我还是接下了任务。为了保证安全，我头一次全副武装，穿上了防护服。验光时人不能靠太近，行动又受限制，我们触碰过的东西都要消毒，十分不便。

验光之后要配镜，我是眼科医生，不会配镜磨镜片，只得把我哥拉来配镜，但他已经二十多年没有配镜了，对新的仪器并不熟悉。最后，我们联系上了配镜师傅。在他的远程指导下，我哥重操旧业，把眼镜配了出来。

短短一个小时的服务，让我深切感受到前线医生工作不易。原来，穿防护服、戴护目镜、戴医用手套工作，竟然如此折磨人。

这段时期，我俩已经为医护人员免费修、配了一百多副眼镜。说实话，我能为他们提供的帮助微乎其微，从他们身上却收获了很多感动。比如，自费为病人购买药物和生活用品的医生；比如，在家连家务活都很少做，却第一时间报名来前线的90后医生。

数以万计来武汉支援抗“疫”的医护人员，他们也有父母、孩子，谁不想在家里过个团圆年呢。有一个医生告诉我，刚来武汉的时候，他穿上防护服，双腿都在发抖。可他们还是毅然来到前线，一声不吭地加入战斗，没日没夜、不辞辛劳。

相比他们，我们所做的事情微不足道。我只是在想，如果很多年后，孩子问我在那场灾难中做了什么，我如何回答？

因此，我不能只做一个旁观者，我一定要做点什么。仅此而已。

# “好口罩留给医护人员”为何还值得商榷

口述：邱嘉秋｜38岁｜导演｜北京

时间：2020年3月15日

整理：刘荒｜新华每日电讯记者

对我来说，用奔波来形容今年春节，有过之而无不及。

春节前，我应邀参加挪威官方组织的北极考察团，包括北极前沿大会，以及涉及北极冰川融化、全球气候变暖和可持续渔业等主题的探访和交流。在冰风刺骨、巨浪滔天的北极圈海上，我们一行人都呕吐不止。船长却说，这对挪威渔民来说，其实是个好天气。

这时，国内疫情不断升级。百瑞医疗董事长来电邀请我，牵头组织和支持他们的捐赠活动——免费提供200台医用雾化机和2万套喷雾器，回应湖北多家合作医院急需器材的紧急求助。我决定以组织者和观察员身份，亲自护送这批捐助物资到武汉和荆州，监督和记录这项活动全过程。从中总结经验，为国内外捐助者提供有价值的参考。

从挪威特罗姆瑟到湖北荆州，两地相距万里之遥。十天的会议日程，我提前两天结束了。

1月28日早上，我独自一人回到北京。顾不上跟家人分享北极见闻，就忙着与真实影像的团队伙伴们落实各种捐助手续。没有这些东西，就进不去武汉等地。

两天前，小伙伴们已经通过远程协助，调研和沟通前方需求、确认受捐医院并完成手续、与红会协调并办理通行证和捐赠确认函等手续。

“到现场去！”是我们媒体或纪录片人常说的一句话。29日下午，我只身登上南下的高铁，与始发常州途经合肥的捐赠物资大卡车会合。

当晚七八点时，顺利到达合肥。出站时，没有卫生查验岗，也鲜有乘客走动。我骑上一辆共享单车，直奔大货车禁行区外的一个约定地点，同这辆免费承运捐助物资的大卡车会合，连夜启程直奔第一站——武汉。

在沪蓉高速上，几乎见不到往来车辆。路上迎面而来的提示牌上，闪烁着“ 防疫防范、抗击肺炎 ”的荧光点点。我当时只有一个念头，赶快把捐助物资送到湖北。

大货车上两位30出头的江苏司机，是主动报名应征的。他们都已经成家了，家里人也很支持这个决定。一路上，他们轮流开车，人歇车不停，累了就躺在后排座位上，轮换短暂休息。

1月30日凌晨，这辆满载着捐助物资的大货车，经过10个小时长途奔波，终于抵达红十字会的第二临时仓库——武汉国际博览中心A馆。这批医疗物资指定捐赠4家医院——荆州市胸科医院、武汉同济医院光谷院区、武汉市肺科医院和武汉火神山医院。

清点、转运系统登记、卸货、开发票办手续、开出城路条。武汉红十字会的基层工作人员和志愿者，开始连轴转地工作，一丝不苟，非常敬业。

从全国汇聚到武汉的各类物资大量涌入，迫使他们日夜不休地对接、检查是否合规、统计和归档，难得有片刻休息。

冷风里，我看到几个帮忙卸货的基层人员，戴的还是不合格的口罩。我提醒说，这样的口罩起不到防护作用。他们回答道，“好口罩要留给医护人员，他们才是最需要的！”这是他们的心里话，初衷也令人敬佩。

殊不知，这种做法却值得商榷——由于科学认识局限和专业能力不足，可能会留下安全和管理隐患。有些事情，光靠奉献精神是不够的。“你们是物资集中的转运者，属于中枢枢纽，如果有人出了问题，对所有人都不负责任！”在我再三提醒下，一位负责人才换上了N95口罩。

趁着装卸往返仓库与工作间的机会，我发现捐助物资质量参差不齐，大量不合格的口罩根本用不上。还有一些名字古怪的保健品，也大量堆积在那里。

我们3个人坐在驾驶室里面面相觑，在完成140台压缩雾化机和14000套喷雾器入库后，又开启了下一站行程——去荆州。

经过四小时车程，60台压缩雾化机和6000套喷雾器运抵荆州。经当地红十字会和疾控中心确认，直接向荆州市胸科医院交付完成。

为了替红会分摊运力，我们入库后又提了一部分货，准备从荆州回来直接送到火神山医院。

在通往火神山的路上，两支施工队伍为了赶工期发生争执，堵了一两公里的路。我们差点被堵在里头了，不得不改变了行程，重返早上卸车的第二临时仓库。这一次，卸货时间比早上多了近一小时。尽管我们顺利卸掉货车上所有物资，却并未感到轻松。

围绕“能不能顺利出城？自己是否被感染？我们是否会被隔离”等问题，这两位司机跟我讨论了很久。为减小感染风险，我们连夜驶出武汉。

返程前，司机提出把卡车上援助武汉的条幅摘下来，免得让人看出去过武汉。我没同意，心想着本来做的是好事，怎么竟变得跟偷偷摸摸跑一样呢。

出了湖北后，大家感觉放心了。又累又困又乏的我们，终于找了一个服务区，睡了三小时后才继续出发。

说起来，还有一个小细节：我们去湖北时高速公路全程免费，出来时却非要收一笔钱。大家都有点气愤，不理解这是什么收费逻辑。

在常州金坛站出口，我们被拦下来了——对方让我们选择，是就地隔离还是回高速。我们只好转头回高速，把车上的条幅也摘下来了，顺利通过常州市区出口。

就这样，我在常州住了一宿。第二天下午，乘坐火车返回北京。

从疫区回来后，我主动向社区申报，一直隔离到2月15日。当时刚过完年，还没有什么人从那边回来，我成了我们小区第一个从湖北回来的。

我倚在窗边，看北京几天前的残雪。总觉得不远的邻居家，传来了阵阵咳嗽声。好像一幢楼的人，都蓦地竖起了耳朵，确认自己并非幻听。

隔离头几天，除了更严格要求自己，尽可能每天在床上隔离15个小时以上，一个人享受寂静。由于从疫区回来，我变成重点布控对象，加上又是主动上报，居委会阿姨们的热情很浓重。

打开用酒精擦洗过的手机，就可以连线“靳公主”了。她是我们小区里唯一供应蔬菜的“皇族”，勾选皇家定价的蔬菜，没有讨价还价的环节。只有说起萝卜时，可以讨论到底是哪一种萝卜。之后，“公主”会亲自给我送到家门口，悄无声息的。

不像来门口帮我收生活垃圾的保安大哥，每次都带着84消毒液喷壶等全套装备，兴师动众地把门口全面消毒。唯恐邻居们不知道，这一户里的住客跟病毒有瓜葛。

居委会同志跟我聊天基本靠数字，都是36.8℃以下的。为了每天早晚准时报告体温，他不惜早上八点打电话催我起床。我问询他的一些事，经常不能马上回复，因为需请示领导。

一次，我在网上订了一箱饮料，询问他如何收快递。他毫不犹豫地一口应允。当时规定快递和外卖均停在大门口，像我这样的隔离者，只能等保安大哥帮忙取回来了。

带着还没倒过来的时差，又连续两晚在大货车座上睡觉，我很快就适应了卧榻办公。我总觉得，很多人对工作和生活方式的看法，或许会因为这次疫情而改变。比如，长时间远程工作的可行性，就无须再证实了。

这让我想起四川大地震后，德阳朋友们托我捐助和定期关照的一个小妹妹。这位小妹妹懂事乖巧，不幸患上了肌无力。这种病无法治愈，且会不断加重。到了三年级，班主任没办法继续背着她上学了。

河北的几位好友，最终选择捐助了一台电脑，小妹妹后来成了金牌淘宝客服。我每次去，她都挂着微笑，不仅找到了适合自己的工作，更重要的是没有离开人际社会。

最后，说说我对红会的了解：从最开始走流程，他们工作非常细致认真，也很扎实。表面上看有点烦琐，却也是必要的。

对一些普通的捐赠者来说，可能觉得会难处理一点，其中很多事还得做。

在现场时，我发现他们做事一腔热情，但信息化程度不够，由于是临时状况，各项数据都拿纸记，很难精确，也容易出错，有些信息也难以披露充分。

民间捐助和官方的这些接收部门，应该有一个理性对话，互相不要有太多成见。还有，就是要专业人做专业事，否则是很难做好的。

# 拎着行李的理发师，还以为要跟着去湖北

口述：司开先 | 44岁 | 理发店主 | 安徽合肥

时间：2020年2月21日

整理：汪奥娜 | 新华每日电讯记者

2月13日，接到医院的电话，叫我到店里准备好家伙，给医护人员理发。我以为要跟着去湖北呢。一激动，也没做啥心理建设，挂了电话就开始跟我爱人收拾行李。

然后打电话给亲戚，托付两个孩子。交代上高一的儿子，要照顾好妹妹。虽说着急忙慌，却也一气呵成。很快，我俩骑上电瓶车就往店里赶。

结果，到了店里才发现，是我理解错了。叫我回店里准备理发工具，是要给援助湖北的医疗队员们剪头发。他们一行130多人，下午就要出发去机场了。

我开的这家便民美发室，就在安徽省立医院门口斜对面，已经干二十多年了。由于店面小，又是大众化的理发店，年轻人不乐意来，一直是我们夫妻俩经营。

这次医疗队从接受任务到出发，中间的间隔本身就很短。当天我们从早上9点多，一直剪到下午1点半，一个接一个。

听医院的人说，前一晚10点钟，才接到国家卫健委的紧急通知，临时抽调这些医护人员，组建安徽省第四支援助湖北的医疗队。

这么多年，好多医护人员都习惯来我这里剪头发，相处得跟朋友一样。平时大家都会聊聊天、开开玩笑，我知道医生的辛苦，就用这种轻松的方式给他们打气。

但那天，我话说得很少。也许是因为他们都戴着口罩，看不出表情，不知道他们临行前，在想什么，在想谁。

虽然我知道把头发剪短是为了降低感染风险，但还是会每个人都问一遍，有什么要求吗？不论男女，很多人就一句话，“剪得越短越好”。还有的男生干脆地说，“剃成光头”。

看样子，这次参加医疗队的90后不少，平时都比较注意形象。我剪的时候，尽量保持他们原来的造型。

大家刚来的时候，气氛挺轻松的。排队等着剪头发，还有说有笑。一旦坐下来理发，很多人没看着面前的镜子，而是有意低着头。这时候剪头发，可能更像是一场留给自己的仪式。

毕竟离接到任务，也只过去了几个小时，还没空整理好思绪。一个男孩子掉了眼泪，说妈妈给准备了好些吃的，行李箱都塞满了。

最让人心疼的，是一位要拍结婚照的姑娘。她来的时候，用皮筋扎着个低马尾。我特意看了下，长发及腰、乌黑发亮，发量也多。她坐下后说，从扎皮筋的那个地方，直接剪下去。

剪的时候，这姑娘还是忍不住哭了。临走时，又要了一截头发，留作纪念。

剪完头发，我们跟着队员回到医院。准备上车时，大家伙儿立刻进入到作战状态，那种激动隔着口罩都能感受到。

当时，我特别想说，带我一起去吧！我想去湖北给医生护士们剪头发。

干完活，医院后勤部门给我俩送来了盒饭。想着家里还有孩子，我们准备带回家吃。他们还让我算一下，医疗队员们理发一共多少钱。

我说这个钱不要了，全部免费理发，就当我们是志愿者了。他们去支援湖北了，我们也没别的本事，只能用这一技之长来支援他们。以前，汶川地震伤员来安徽治疗，我们当时也志愿到病房里，义务给伤员和家属们剪头发。

这么多年了，天天跟医生护士们打交道，熟悉的知道我在家里排行老四，都叫我“小四师傅”。我们跟别家理发店不一样，关门时间不是固定的。他们下班晚，有的可能忙到晚上11点，才有时间过来理发。

所以，我们到晚上10点、准备关门的时候，会再看看、再等等。哪怕关了门，听到咚咚来敲门的，叫声“小四师傅”，我们立马开门迎接。

我们理发店的这个位置，人流量大，客人不少。怕医护人员们来的时候要等，后来想了个办法。他们一早可以先来店里拿个号，下了班再来，到时凭号直接剪头发，不耽误时间。

多年来，我们的价格表一直没变。剪发5块钱，如果加上洗和吹，是8块，烫发就五六十块钱。

早上8点半开门，中途我爱人回家给孩子们烧烧饭，再过来。收入还可以，养两个孩子，日子很安稳。

很快，理发店就能恢复正常，开门营业了。期待再次见到医疗队的这些人，一定要让他们说说，在湖北战“疫”的故事。

# 通宵做1800份早餐，就为让医生吃口热饭

口述：石在余 | 41岁 | 厨师 | 湖北武汉

时间：2020年3月8日

整理：王京雪 | 新华每日电讯记者

石在余今年41岁，是一家快餐连锁店武汉区的行政主厨。武汉封城后，他报名成为厨师志愿者，带领团队为一线医护人员、火神山医院建设者供餐。高峰时，他们每天能接到13000多份订单，那背后有13000个等着口粮补给的“前线将士”。支撑石在余每天高强度工作的，是来自团队的家人的支持：8岁的孩子把他视为英雄；76岁的老父亲说，如果年轻，会和他作出一样的选择……

下面，是石在余的口述——

武汉封城后，城里饭店大都关了门，整个城市对餐饮的需求却非常大，这里仅外来医护人员就有4万多，加上病人、隔离的人，火神山、雷神山的工人，政府职能部门的人……当时医院等食堂的员工，很多已提前放假回家，人手严重不足。武汉市烹饪协会发了招募厨师志愿者，为医护人员供餐的招募令，我第一时间报了名，跟团队其他人一说，大家都很踊跃。

我联系烹饪协会，说我是快餐连锁店大米先生武汉区域负责人，全武汉我们有160多家门店，哪个医院需要支持，距离最近的店就能供餐，而且我们本来就有50家店计划春节营业，厨师和原材料都有储备，都愿意贡献

出来。

从那时到现在，我们每天为武汉抗"疫"一线的人们提供上万份免费饭菜，服务对象包括市第三医院、第四医院、第六医院、同济医院、协和医院、长航医院，火神山、雷神山工地，很多街道办、抗"疫"指挥部，酒店和隔离点，还有志愿医疗队等。

## 最紧张的一夜：通宵做完1800份早餐

这段时间很多经历都很难忘，印象最深的要数2月18日。

这天晚上过了10点半，我们突然收到消息，同济医院中法新城院区想订1800份早餐。一位医院领导打来电话，说其他店都说做不了，希望你们帮帮忙，我们的医生护士很多天没吃过热乎早餐了。

我马上召集店长们讨论原材料怎么弄，人手怎么办，最后决定接下来，我们想满足医生护士们的这个愿望。

对方要求早7点前送到，过了7点，医护人员就来不及吃了。这家医院又在郊区，送餐要跑40公里，算算时间，只能通宵做。

我们来了9个人，全是店长厨师长，能力都很强。

先找原材料，1800人用餐，光找1800个鸡蛋就不容易，还有包子、烧麦、红糖馒头。我们挨家店搜货，又紧急联系供应商，晚上12点多，供应商还在给我们送货。

车也得临时找，这么多份餐要找大车，还得给车辆加急办出城通行证。

设备也不够，锅和蒸饭车有限，只能靠人力提高效率，我们9个人用最快速度加工、打包、装箱。

忙了一通宵，装车时，我看了表，是5点五十几分，6点40分，1800份早餐送到了医院。

## 定制菜单：火神山工地、各医院都不重样

火神山医院建设期间，听说承建的中建三局人手不够，伙食供应不足，我们主动联系，每天免费为工地工人提供700来份饭菜，一直供到医院竣工。

刚开始，有工人反映饭量少，这是我们没考虑到的问题，建筑工人体力消耗大，普通分量的米饭他们吃不饱，我们马上给他们增加了米饭的量。

根据不同群体需求，我们设计了不同菜单，比如给医护人员，要多用西兰花、基围虾等增强抵抗力、补充蛋白质的食材，建筑工人的菜单多加大油大荤，病人的菜单又不一样。

有医院订餐很细致，说我们有80个老人，菜要做烂点，清淡点，有的会说病人忌口和需要多吃哪些东西。后来，医院里一些吃素的人还通过素食协会找到我们，我就指派了两个厨师专做素食，还有要吃清真菜的，我们也没问题。

所有菜单每周变一次，一周里每天也不重复。这个时期，原材料不像日常那么丰富，但同样的材料可以换不同方法烹饪，比如这次做红烧肉，下次做梅菜扣肉，再下次辣椒炒肉。

我们还在一些特别节点做了特别安排，比如在元宵节，专门准备了7000多份汤圆送给医护人员。汤圆保质期短，粘了不好吃，我们要先炒好菜打完包，再煮汤圆，做好马上送走，这样医护人员们吃的时候，口感会好一点。

“三八”妇女节，我们在订单里加送巧克力，象征美好的情感还能补充体能，员工们在前一天不忙的时候，给每盒巧克力手写了正能量的小纸条。

## 员工累得站不住，但做了有意义的事

最近，形势开始变好，我们的订单量从高峰的一天13000多单，减少了3000来单。

不像最初，订单每天都涨，有家店今天一单20份，第二天就接到电话，说增加到150份，后天又增加到300多份。店长给我打电话，说实在顶不住了，员工们累得站不住。我赶快跟其他店协调，结果另一家店又打电话求援。

单量非常多，员工有限，每家店都在超负荷运转，大家一天工作10个小时，特殊情况更长。早班5点多开始，有时候晚上12点还要忙。

每天送上万份餐，车辆也是问题，有员工把自己的车、亲戚的车都贡献出来，我们还向供应商借了大车，外卖平台的骑手也被我们征用。

封城后交通不便，有员工每天骑共享单车上下班，单程一个半小时。

身处疫情中心，工作强度又这么高，前期因为担心员工安全，我焦虑到几天睡不着觉。我们的200多个员工都是响应号召，自愿报名，加入志愿供餐工作的，我要对他们和他们的家人负责。

这段时间，每天我都去不同的店，一方面看食品安全的情况，另一方面看员工的安全保障工作。所幸直到今天，我们所有员工无一感染。

平时大家聊起来，每个人都一样，很疲惫，但觉得为武汉做了些有意义的事。虽然我们去不了最前线，虽然我们也怕，但还是做了力所能及的事，蛮充实的。

## 我爸说，他如果还年轻，会跟我做一样的事

其实今年春节，我买了1月23日下午的票准备回山东老家，我爸年前因为气管炎进了ICU。结果23日上午10点封城，当时我心里觉得很酸楚。

我没跟我爸说自己还在武汉，他以为我回了重庆的家。直到元宵节前后，他身体好转，可以下地走了，我才说我留在武汉做公益。我爸说，那很好啊，他如果还年轻，也会跟我做一样的事，又嘱咐我多保重。他今年76岁，是个农民。

之前有媒体报道了我们团队的工作，有老家邻居在文章下留言，说我给老家人争光了，我看了心里挺高兴，感觉受到认可。

最高兴的还是听到我孩子讲的话。我老婆和儿女在重庆，我们每天视频。之前的报道出来后，听我老婆讲了内容，我8岁的儿子说："爸爸成大英雄啦！"

13岁的女儿，学校组织分享身边参与抗"疫"的人的事迹，她分享了我的，觉得很自豪，这也让我很欣慰。我做的这些事在他们心中都是对的，也算是给孩子做了榜样。

还是要感谢我们企业，支持和认同我们做这些事情。现在就希望疫情早点过去，社会早点回归正轨，大家都能开开心心。我相信武汉马上就会好起来！

# 留在武汉送外卖，把我妈和女儿都屏蔽了

疫情下的武汉街头，除了环卫工人、执勤民警，最多的可能就是外卖小哥了。空旷清冷的武汉大街上，他们成了穿梭在这座城市里的温暖符号。每一份订单，就是一个希望、一份承诺，也是一个动人的故事。

## 能让医护人员吃上一口热饭，不去心里过不去

口述：李驰 | 47岁 | 外卖站点站长 | 湖北武汉

时间：2020年2月24日

整理：王京雪 | 新华每日电讯记者

1月27日，大年初三。我所在站点临时接到任务，要为新冠肺炎定点医院——武汉大学中南医院义务送餐。

区域经理说，你问问大家愿不愿去。我说我愿意，但骑手们可不一定。当时武汉的疫情很严重，我担心骑手们心态不稳，毕竟害怕是人的本能。

说白了，做骑手风里来雨里去，骑个电动车到处跑，都是拼着命挣钱。我这个站点体量比较大，平时有七八十个骑手，绝大部分都是外地人。

今年春节，有一半人放弃和家人团圆的机会，留下来就是为了多挣点钱。碰上现在疫情暴发，让他们义务去医院送餐，我不确定有没有人报名。

我试着在群里发了个消息，今晚要给中南医院送餐，哪个愿意去？我说

得很清楚，中南医院是新冠肺炎定点医院，重症病人比较多。

没想到，不到1分钟，有12个骑手报了名。又过了几分钟，除了平时不怎么看群消息的骑手，基本所有人都说愿意去。

我真的没想到，这些平时可能为一单两单纠结半天的人，现在却都义无反顾地报名免费送餐。不骗你，那天我真的哭了。

取餐时，我问他们为什么踊跃报名。一个骑手说，武汉现在这个样子，大马路上连个行人都没有，靠我们能让医护人员吃上一口热饭，不去心里过不去。

这就是一个普通骑手说的话，很质朴的一个人说的话，我心里真的……他年纪跟我差不多，没有多高的学历，其实也害怕。每次出发前，消毒措施都做得很仔细。

在医院大厅，你会看到各科室的医护人员，推着小推车排队等着取餐。第一次去送餐那天，我听见有人说："哎呀，能吃口热饭了。"

非常时期，医院食堂没上班，他们当时只能吃饼干泡面，我看了心里很难受。

从过年到现在，加上我在内，每天有八九个骑手轮换着送餐。下午5点从商家出发，5点半左右到医院，一趟送150份餐。

每份送到医院的餐盒里，都有一张手写便签，上面是各种暖心的话。这是商家组织员工、包括普通市民写的留言。有商家还给我们骑手提供热水、口罩和工作餐。

我感觉武汉人现在很团结，不管平台还是商家，都做出了很大贡献。市里也推出一些便民措施，比如现在小区封闭管理，各社区都配备几辆出租车或网约车。你有特殊情况要外出，在社区开证明，批准后会有热心的司机，免费送你过去。

我平常不送单，但每天去医院这单我必须去。我不去，兄弟们会怎么想？我没跟家人说，在朋友圈把我妈和女儿都屏蔽了，免得她们担心。我知道，很多骑手也都没跟家里说。

我的这些兄弟们，正儿八经都是好样的！直到现在，没有一个骑手问我，跑医院送餐有没有工资。相反，他们都说就是义务送也愿意。

从年前到现在，他们一直没休息过，其他骑手回不来，这边只能靠他们顶着。

现在送单难度比较大，很多订单都是几袋米、几桶油的大单。小区都在封闭状态，需要客户自己出来取。

有时碰上不理解的客户，不肯出来。有的人跟骑手说，我不要了，你送回商家吧，甚至极少数人还会给差评……其实我们需要的，仅仅就是一点理解和鼓励。

大家有时会在群里讲讲工作上的事，最爱讲的是收到客户打赏，收到两块钱都会很开心，觉得这个客户真好，知道我们不容易。

或者哪怕没有打赏，给个好评、说几句暖心的话，骑手们也会很开心。他们得到了社会的认可，觉得付出都是值得的。

## 虽然人和人被隔开了，心却被拉近了

口述：郭天领 | 42岁 | 外卖骑手 | 湖北武汉

时间：2020年2月25日

整理：王京雪 | 新华每日电讯记者

我是1978年生人，老家河南，做骑手两年。

以前我在全国各地打工，老婆是湖北咸宁的，结婚后，孩子也在咸宁长大。我自己就来武汉送外卖，这边单子多。

今年春节，我本来计划不回家，在这边值班赚点补贴。春节后，再把父亲从老家接到咸宁，一家人团聚一下，结果碰上疫情。

他们来不了，我回不去，就继续留在这边送餐。

刚开始，不光自己有点害怕，家里人也都挂念我。河南老家的三个姑妈，挨个给我打视频，说要看一下我到底怎么样。但挂念也没用啊，只能做好防护把自己照顾好了。

刚才接了个单子，送到徐东大街。我有一阵子没去那边了，今天猛一去，哎哟，热闹得数一数二的大街，咋冷清成这个样子。我心里突然很失落。

现在骑车10来分钟，看见一辆私家车就不错了。大街上最多的人，除了我们送外卖的，就是清洁工人和执勤民警。我们骑手在路上碰见，会按下喇叭，相互打个招呼。

路上不拥堵了，对我们来说可以节约时间，可我还是很怀念以前拥堵的街道。

现在的单子，跟过去比区别大得很。一个是单量大幅下滑，我们的收入也跟着跳水。还有就是点餐的少，基本都是商超、蔬果店的单子。

有个单子，客人买了五六百块钱的蔬菜，我跑一趟送不完，只能先送一半过去，完了再跑一趟。

昨天还接了个单子，6箱鸡蛋。我的餐箱放不下，只能手提着、肩背着。到地方一看，有一箱鸡蛋破了流出来了。

我跟客人说，麻烦你打开检查一下破了几个，我们需要赔付的。人家根本就没检查，直接就说没关系，还说挺感谢我们的。

有一次，我把东西送到后，客人有点难为情地说，家里没菜了，周边的店也叫不到，家里有小孩，她出不去，要我帮忙买点菜。

我加了她的微信，去店里给她拍了蔬菜的短视频和价格，让她自己选。她说不用，随便买点好放的菜就行。我买了47块钱的菜，连小票一起给她送过去，她给我发了80块钱的红包。

疫情期间，大家都在家里，人和人都被隔开了。另一方面，我觉得人们之间的距离，也被拉近了。

我还接过一单，是个武汉的小伙子给女朋友点的餐。他在备注里说，我现在人在广州，怕女朋友在家吃不好饭，麻烦师傅味道做得好一点。

还有一个奶茶单子，客人点了三十多杯，让我送给医护人员，说他们辛苦了，想表达自己的敬意。

很多客人会在备注里写些鼓励的话，比如武汉加油，小哥加油！小哥保重身体，一切都会好起来的等等。

前几天武汉天气好，我看见两个小伙子在打篮球。当时我就想，天晴了，太阳出来了，都有人出来打篮球了，我们肯定慢慢就好起来了。

等疫情过去，我要做的第一件事，就是要回趟家，我想家人想孩子了。

# 去火神山支援没门路，就做了志愿者司机

口述：张义 | 29岁 | 平面设计师 | 湖北武汉

时间：2020年3月6日

整理：刘梦妮 | 新华每日电讯记者

作为一个武汉人，我做志愿者司机已经一个多月了。

武汉公共交通停运后，市里为每个社区配备了大约四台车。作为志愿者司机，我被分到汉阳下面的一个社区。我们每天的工作，就是为有紧急需要的居民买药，送非新冠病人去医院，有时也接送医护人员，或者给社区运送物资。

说实话，毕竟新冠肺炎传染性很强，一开始我还是有些怕的。几天后，送一位怀孕护士去医院的经历，彻底改变了我。

1月29日早上6点多，我去一个小区门口接一位护士。当时天还没亮，她穿着比较宽松的棉衣，这身打扮有些特别。

一个男的送她上车，把行李递给她。后来才知道这人是她老公。在车上聊天时她说，自己已经怀孕几个月了，打算这两天下班，就住在医院科室里。她还说，年前已经在家休息了。初二晚上，护士长打电话给她，紧急征调她回去上班。

当时，她爸爸妈妈、老公还有公公婆婆都在场，家人担心她，不愿意她回医院。婆婆还抢过她的手机，跟护士长吵了起来。

但抗“疫”正在关键时期，武汉医护人员又那么紧缺，她还是决定回医院上班。临下车时，她还说，我要回家时，再给你打电话来接我啊。但她后来没再联系过我，也不知道现在怎么样了。

医护人员真是不容易，人家怀孕几个月还要上一线，我当一名志愿者司机，这些又算什么呢！还是尽量多出一份力吧，自己做好防护就行。这么想着，也就没那么害怕了。

说起来，真没想到疫情来得这么快、这么猛。春节前，父母先回乡下老家，我本来打算初一去跟他们团聚。直到武汉突然“封城”，我才意识到，这个城市生病了，我应该主动做些什么。

大年三十晚上，看到火神山医院建设招工，我想着现在是春节期间，武汉估计都没什么打工的人了。既然留在了武汉，我也去出一份力吧。

初一一大早，我就开车去了火神山的施工现场。当时正下着小雨，推土机还在平地呢。我找了半天，也没找到指挥部办公室一类的地方。问现场施工的工人，他们也不知道。人家都是施工队的，不是我这种散兵游勇。

看着人家热火朝天地在那里出力干活，我觉得自己这种平时坐办公室的人，估计也帮不上什么忙。再加上又没碰到接洽的人，找不着门路就只好回家了。

初二下午，一个同学告诉我，他报名了志愿者司机。我觉得这活儿我也能干，就跟着报名了。初三早上，我就开着自己的车，接送居民了。他们有紧急需求，会先联系社区，社区再统一调配我去接。

这一个多月，我没休息过一天。每天都在接人送人，有时也帮社区运输物资。除了医护人员，我送过孕妇去产检、肾病的患者去透析、骨折的人去拍片子，总之都是一些需要紧急送医的。因为有交叉感染的风险，别的普通慢性病，现在都不主张去医院。

一开始，我们防护用品是很缺的。只有少量一次性口罩和酒精，正月初十后，才发了一件防护服。

当时，不能做到每次有人上下车都消毒，我就想了些土办法——比如利用一次性塑料桌布，乘客上车前铺在后面的座位上，下车后就收起来扔掉。

我还买了很多啃鸭脖时戴的一次性手套，上车的人我都会给一副。这样，每次接送的人，坐的都是干净的桌布，戴的也是干净的手套，避免发生间接接触或感染。

另外，我还搞了几件雨衣，替代防护服。每天穿完后，用84消毒液泡一下，再晾在阳台，轮换使用。

那段时间，就是这样硬撑过来的。幸亏父母已经回老家，不用担心会传染给他们。好在目前发放的防护用品，已经比较充足了。

一天早上，我送一位患骨癌的阿姨，去汉口火车站附近的药店买药。旁边酒店里有两个人走了出来，一看穿着就是医护人员，在空旷的大街上很显眼。等他们走近时，我发现他们衣服上有“云南医疗队”几个字。

当时，武汉的超市已经不对个人营业了，他们看着又像是去买东西的。我就主动跟他们搭话。原来，他们想买一个喷壶装酒精，方便进出医院时消毒。我车上正好有个小喷壶，就送给他们用了。他们一个劲地谢谢我。我也谢谢他们，“现在是你们来支援武汉、支援我们呢！”

最近，我又开始接送那些结束隔离的人。在从酒店回家的路上，我问他们隔离期间伙食怎么样，他们都感觉不错，说有水果有宵夜。有位年纪大的叔叔，还开玩笑说不想回家，因为在家也是隔离，还得自己买吃买喝。

大多数结束隔离期的人都比较乐观，我也被他们的情绪感染着。只是每天，我开车看着空荡荡的街道，还是忍不住为我的城市难过。

这是一个人口上千万的城市，如此安静、萧条，几乎所有店铺都关着门。行人稀少，彼此也都谨慎地保持着距离。真希望这一切尽快结束，街道早日恢复繁华。大家也都能像过去那样，出来聚在一起啃鸭脖、吃热干面、看樱花……（应受访者要求，张义为化名）

# 铆足一股劲，为"逆行者"营造一个"家"

## 为病人过生日送玩具，我们都被暖到了

口述：张漫 | 32岁 | 酒店员工 | 湖北武汉
时间：2020年3月10日
整理：吴晓晨 | 绿地酒店旅游集团

我是一个土生土长的武汉人。在武汉绿地铂瑞酒店工作，今年已经第4年了。

大年三十，我在家陪女儿吃了顿饭。初一就接到通知，要求返回工作岗位——我们酒店要负责接待武汉汉南区人民医院的医护人员。之后，甘肃医疗队、武汉地产集团雷神山建设指挥部，也被安排陆续入住我们酒店。

直到今天，我只回了一次家，还是2月21日女儿生日那天。因为封路，我只能把蛋糕放在路边，通知他们出来拿，远远看了女儿一眼。

我一个人身兼数职，每天的工作很忙碌，简直超负荷——协助前台办理登记入住、分发房卡、房间调换，医护人员用餐、理发等等事无巨细，常常加班到深夜。由于长时间站立，有时候腰疼得都直不起来。在人员紧缺、酒店低配置运行的情况下，每个人都承担了很多额外的工作。

有一次，在接待甘肃医疗队过程中，我给医疗队的一位医生送上了酒

店的吉祥物——一个可爱的长毛绒小狮子玩具。这是我们平时工作中，经常会送给客人的小礼物。这位医生一脸惊喜的表情，问我能不能多提供几个。“当然可以。”我当时还以为，她是想带给同事或者家里的小孩子，满口答应了。

没想到，她说，方舱医院有几个病人，过几天要过生日了，如果能送点小礼物，他们一定会高兴，也会更加积极乐观地配合治疗。

我深受感动，把这事告诉了酒店的其他同事，我们都觉得被暖到了。

此后，酒店会在每一个特殊的时刻，元宵、情人节、妇女节……包括集体生日的时候，为医护人员送上我们的敬意和祝福。

## 越来越多的理发师加入“援汉医疗队义务剪发群”

口述：刘红 | 24岁 | 酒店员工 | 湖北武汉

时间：2020年3月10日

整理：吴晓晨 | 绿地酒店旅游集团

没想到在湖南岳阳老家，我还能为武汉出力。

我去年刚从学校毕业，武汉绿地魔奇酒店是我的第一份工作。1月29日，我们酒店开始接待武汉中医院的医务人员。当时虽然我身在湖南，但也希望自己能尽绵薄之力。

2月初，机会终于来了。酒店总经理在群里问，谁认识酒店附近的理发师，很多医护工作者有理发的需求。我马上回应，主动把这件事承揽了下来。

这个想法是好的，但落实起来却一波三折。当时，新闻里每天确诊的人数，还在噌噌地往上涨，人们都处于高度紧张的恐慌状态。虽然我在微信群里发出的邀请，呼声很高，但要“真刀实枪”到酒店，给这些被认为是“高风险”的医护人员理发，报名的人很少。

我花了两天时间，好不容易找到一个理发师同意帮忙。没想到，他却在约好去酒店的前一天晚上，又来电话回绝了，因为过不了家里这一关。

好在，终于有一位勇敢的女理发师，接下了这个任务。她家里也有小孩，我始终在担心，她会不会承受不住压力，临时变卦。直到她被接到了酒店，我这颗悬着的心才放下。

事后，我听说，酒店一边安抚她情绪，一边派专人接送，给了她很大的支持。

我们酒店作为电竞特色酒店而开设的化妆室，变成特殊时期专用的爱心理发室。那天有40多位医生理了发，而实际报名的有100多位。为了满足医生的理发需求，后来酒店又组织了两次。

更让我高兴的是，其他的酒店纷纷效仿，越来越多的理发师加入了这个行列。我所在的“援汉医疗队义务剪发群”，也发展成了178人的大家庭。

2月21日，我不顾家人的劝阻，在老家解禁的第一时间，回到了武汉，回到了工作岗位。每天看到那些和我一样年轻的逆行者，我觉得，一切都是值得的。

## 慢火煲煮老火汤，让他们尝到家乡的味道

口述：何华辉 | 47岁 | 厨师长 | 湖北荆州

时间：2020年3月8日

整理：吴晓晨 | 绿地酒店旅游集团

去年8月，我应聘到荆州绿地铂骊酒店，担任中厨厨师长。这也是我第一次在湖北工作。

本来，这次春节想回广东江门老家陪陪儿子。他现在读高二了，我常

年在外面工作，很少在家。但是节日里，酒店有很多酒席的预定，人手也紧张。我是厨房老大，不能甩手不管。后来，我和老婆商量了一下，让她带着儿子先到湖北来玩玩，等我忙完了春节这几天，再一起回广东。这样，既不耽误工作，一家三口也能团聚。

没想到，他们才来了三天，荆州就“封城”了。

在酒店，每天都有人陆陆续续打来电话，通知取消预约。年夜饭，一大部分取消了；初一，婚宴取消了；初六，60桌的宴席也取消了……还没等战斗，我的“战场”就没了。

初七那天，老家打电话来，我妈在家不小心摔倒了。我心里很不是滋味——我们一家三口都困在荆州，回也回不去，都不能好好照顾她。

在焦虑的时候，我也感受到了希望和鼓舞。那些天，全国各地的医疗队都到湖北来支援。海南医疗队最先住进了我们酒店。后来，广东医疗队也过来了。

2月11日凌晨，广东医疗队100多人到达酒店。酒店全力配合，几百件行李、几百件设备，都是保安部和我们后勤男同胞一起搬运的。

听说，经过简短的防护培训后，医生们就投身到一线去抢救病人了。他们很辛苦，经常深夜一两点还在开会。我们内心很受感动。

根据规定，我们每天晚上都会为医疗队员提供鸡汤，加强营养，提高免疫力。过了几天，我听到医护人员反馈，他们并不适应每天喝鸡汤，感觉太油腻。

我想到广东人常喝的老火汤，这可是我们粤菜中的一道特色。慢火煲煮的老火靓汤，既能让医疗队补充营养，还能让他们尝到家乡的味道。老火汤做起来费时，大概要2个小时的煲煮，而且食材多。为了能让医疗队换换口味，我带着浴帽、口罩、手套，跑到超市采购有限的食材和调料，想方设法把汤做好。

现在，还有很多酒店员工在老家出不来。我们这些在酒店的，都是24小时待命，每天工作十几个小时，常常要到半夜十一二点。我们都铆着一股劲，要为医护人员营造一个“家外之家”。

安保部经理成了“突击队长”，随时应急支援；宴会厅经理成了酒店里的“外卖小哥”，每天上上下下送餐到房；前厅部经理通宵发房卡，无论多早多晚，都在大堂迎接医护人员……

昨天，老母亲打电话过来，让我安心，家里有人照顾她。她说，我在服务医护人员，她也觉得挺光荣的。让我好好保重。

## 星级酒店正门口，罕见地摆放了一排电动车

口述：付明发 | 51岁 | 工程部员工 | 湖北襄阳

时间：2020年3月8日

整理：吴晓晨 | 绿地酒店旅游集团

我是襄阳本地人，单位距家大概十几分钟的车程。春节假期，我正常休息。

因为疫情暴发，大年三十那天，我们总经理从西安紧急飞回了襄阳。因为很多员工被隔离在家，人手紧缺，我的休假也取消了。

说实话，刚开始那十天，我心理压力很大。一是因为我妈妈粉碎性骨折，刚刚做完手术，家里全靠老婆一个人照顾；二是担心刚放寒假回来的孩子，他正在读大二，就是从疫情最严重的武汉回来的。

当时，酒店防控物资缺乏，我们就到处采购防疫防控物资。在忙碌和疲惫中，渐渐地熬过了这段最艰难的时光。

2月12日，襄阳市第一人民医院的医护人员，入住我们襄阳绿地铂骊酒店。有一天，我在日常巡查时发现，有两个人一脸茫然地推着电动车，从员工车棚出来。

我上前询问后才知道，他们是医院的医护人员，刚下班，发现电动车没

有电了，正焦虑不知道明天上班该怎么办。从酒店到医院大概两三公里，医院的医护人员都是三班倒，白天晚上都有人上下班。我意识到，酒店里住着这么多医护人员，通勤出行是每天都会碰到的事。我们得想办法，帮他们解决电动车充电的问题，不能让他们再为这种小事烦心。

我和同事一起商量想办法，最后确定用一个临时可移动插排，从大堂引入到酒店大门侧面。这样既方便医护人员电动车充电，酒店人员也能24小时监控充电状态，确保没有安全隐患。

现在，每天充电高峰期，都有18辆电动车停在那里充电。我们安保人员，会在充电完成后拔掉电源。一家星级酒店正门口最明显的位置，摆放一排电动车充电，确实很少见。但每次走过看到，我觉得这正是我们应该做的。

现在襄阳还没有解禁，暂时我还回不了家。但是，最艰难的时刻已经过去了。我们只要再加一把劲，胜利就在眼前。

## 旅客的肯定，就是我们坚守的意义

口述：韩春燕 | 37岁 | 房务经理 | 海南海口

时间：2020年3月11日

整理：吴晓晨 | 绿地酒店旅游集团

一月底，疾控人员和湖北籍旅客开始入住我们酒店。

这些隔离的旅客和平时旅客不一样，或多或少都有一些情绪在。虽然酒店工作人员不用直接面对旅客，只需要配合政府疾控人员。但长时间以来的并肩战斗，我也深深体会到疾控人员的辛苦。

这段时间由于人手紧缺，作为房务经理的我，一直在前台配合旅客入住和退房。有时候，面对有意见的旅客，疾控人员都要不厌其烦地解释和说明，安抚他们的情绪。

作为酒店方，我们也尽量满足旅客的要求，让他们能够安心地住在这里。有一次，一对小夫妻带着一个两岁的孩子，因为不能出门，孩子一直在吵闹，大人的情绪也很波动。我们听说了以后，特地从酒店儿童乐园里，找出了一个小木马，清洗消毒之后，通过疾控人员送到了他们房间。小朋友玩得很高兴，爸爸妈妈也一下子安心了。

后来，我们又得知，这个小朋友吃不惯大人的食物。于是，开始每天都为小朋友提供牛奶、牛肉粥等适合他的食物。

最近，国内的疫情开始渐渐好转了。为了严防输入性的病例，我们又开始接收一些从国外回来的旅客。虽然很累很辛苦，但是每次受到旅客的肯定和感谢时，好像又有了动力。

前两天，有一位加拿大的旅客在即将离店时，特意跑到政府疾控人员那里，感谢大家，感谢酒店。

看着这段视频，我能体会到对于身在异乡的人，别人的关心和支持意味着什么。这也就是我们一直坚守的意义。

# 跟爸妈去方舱帮忙，不再懊恼在家无能为力

口述：程着 | 26岁 | 出版编辑 | 上海

时间：2020年3月6日

整理：张建松 | 新华每日电讯记者

我叫程着，爸爸给我起这个名字，应该是希望我沉着冷静吧。得知武汉关闭离城通道的那一刻，我发觉自己一点也不沉着。

我今年26岁，父母都在武汉。同济大学毕业后，我留在上海，成为上海一家科教出版社的编辑。自从18岁离开家乡外出求学工作，每年回家过年就是我最期待的日子。今年也不例外，我早早地买好了回家的火车票。妈妈也为我准备了各种大鱼大肉，甚至连年后带回上海的各种肉干、腊味都准备好了。

1月21日，我从上海返回武汉。在虹桥火车站的大屏上，看到钟南山院士叮嘱大家，“没有特殊情况不要去武汉”。我当时心想：回家过年算最最特殊的情况吧！

候车厅里，戴口罩的人不多，不过我还是戴上了。4个多小时的旅途，我一直在手机上刷着新冠肺炎新闻。真是不看不知道，一看吓一跳！新冠病毒就像一个默默发育的小怪物，趁大家还没注意的时候，长成一个大怪兽了。我赶紧打电话给爸妈，叮嘱他们千万别下到站台来接我。

终于到达汉口站。一时间，车上乘客不知从哪里变出了口罩，都戴上

了。新冠肺炎疫情，一下子真实起来了。

汉口站和往常一样，又不太一样。人们簇拥着往出口走去，在出口通道处，防疫志愿者和站岗的解放军战士，也都戴着口罩。传说中的疫源地——华南海鲜市场，离汉口站非常近，我一刻不敢耽搁，赶紧上车离开。路上依旧车水马龙，戴口罩的人随处可见。对于性格大大咧咧的武汉，这是一个不寻常的信号。

1月23日，腊月廿九。早起看到武汉关闭离城通道的消息，我心里一惊，赶紧打开电视确认——央视“朝闻天下”里，正在播放相关新闻，“从23日10时起，武汉出城通道将全部封闭”。

九省通衢的武汉居然关闭离城通道了？震惊与害怕，一时间，不知道哪种情绪占了上风。不小心掉下的几滴眼泪告诉我，这回“害怕”赢了。

往年过年，我总要出去买新衣，今年只能待在家里了。爸爸开玩笑说，这是替他省钱了。哼，一点都不好笑。往年过年，总免不了走亲戚、拜年，今年这些都免了。虽说已经禁放鞭炮，往年大年三十，总还能听到“噼里啪啦”的爆竹声，今年一切都是静悄悄的。大家都憋着一股劲，想尽快赶走“新冠病毒”这只年兽。年关年关，今年真的要闯关了。

今年过年，我没有收到多少拜年的短信，收到的全是大家的关心，“你和家人身体还好吗？”“吃的还够吗？”“武汉怎么样了？”……其实，身在武汉的我们，知道的消息并不比外面更多，但心里暖暖的。最暖的还是来自上海单位的问候，让我安心在家，不要担心工作，也不要担心回上海的生活。

新闻里，我们看到全国各地的飞机，伊尔76、运9、运20等运输机，纷纷降落到熟悉的武汉天河机场。它们带来了一群群白衣战士，投放到这个没有硝烟的战场上，开启了一场大战“疫”。

内蒙古送来了土豆，江西送来了胡萝卜，甘肃送来了土豆，新疆送来了洋葱，东北送来了大白菜……就像是为正在升级的武汉送来装备。火神山医院、雷神山医院拔地而起，方舱医院也在武汉市内遍地开花。新闻里不时播放志愿者们的工作。我却只能待在家里，懊恼自己的无能为力。虽然第一时间报名成为社区志愿者，却一直没有给我安排工作。

2月5日傍晚，身为教师的妈妈收到学校群发的短信，号召50岁以下的老师，都去支援方舱医院的筹备。一得到这个消息，我们一家三口决定都去帮忙。爸妈稍微有一点超龄，但他们仍然坚持要去。

纵有豪情壮志，总归还是怕的。我们翻出许久不穿的冲锋衣，戴上口罩和手套，一家人全副武装，奔赴石牌岭方舱。十多天没出门了。老爸开着车，我和妈妈坐在后面，透过车窗，看着这座熟悉又陌生的城市，大家心情沉重、默默无语。

沿街的商铺都关着门，只有一个物流点还在工作，门口堆放着各种口味泡面。路上偶尔有车通过，车窗紧闭。行人更是少见，快到方舱医院时，我看到一位穿着棉衣的大叔，低着头，快步走。

石牌岭职业中学方舱，距离中部战区总医院不到1000米，无疑是设置方舱医院的最佳地址。医院对面是一家大型商场，它所在的武珞路上，还有我初中的母校。往常，这一带总是热热闹闹，现在极其安静。

这个需要志愿者帮忙布置的方舱医院，位于学校体育馆二楼。里面只放好了一半左右的折叠床，床上空荡荡的什么都没有。楼下停着小货车，车上的折叠床、棉被等大量物资，都要靠人力搬上去。

大家配合默契。男士们上上下下搬东西，女士们则整理床铺。铺床单、套被套这些日常普通的工作，乘以几十上百倍以后，也就不那么日常和普通了。我头一次体会到，整理床铺也会让人的手指疼痛。

不断有志愿者赶来，大都是洪山区的教师和家属。大家隔着口罩，不敢轻易相认，也许因为是教师，凭借着声音很快都认出了彼此。“张老师，你带着女儿来了啊？”“是啊，李老师也来了啊。”大家齐心协力，几个小时，方舱医院初现雏形。

大概因为救援物资来自四面八方，床上用品的颜色、质地都有些不同，整个体育馆看起来“花里胡哨”的。在这“花里胡哨”中，又呈现出某种野蚕的生机勃勃之感。我心里还寻思着，不知道谁会睡到我准备的床铺上。

2月10日，正月十七，比往年春节长许多的假期结束了。虽然武汉的离城通道仍在关闭，我们出版社却已经弹性复工了。有了便捷的网络，尽管身在武汉，我也如在上海，按照日常的工作时间，看稿、改稿。

每天多工作1小时，就可以少担心59分钟。没有纸质的稿件，我便先从电子稿看起来好了；誊样有些麻烦，就只好拜托同事，帮我把改动的地方一一誊录上去。

我参与编辑的"修复我们的地球"系列丛书即将出版，这套书正好是讲人与野生动物、人与自然的关系，真希望它们能早日与读者见面。作为一名编辑，虽不能像医护人员那样悬壶济世。但如果能用这些优秀的书籍，让大家的"闭关"生活不那么难挨，也算是我们在这次战"疫"中作出的小小助攻了。

突如其来的疫情，打得我们一个个措手不及。连过去看起来很普通、甚至有些讨厌的事，现在也变得那么可爱了。往年回家，妈妈总要在晚饭后拖着我出去散步，今年一次也没有。待武汉解封，我一定要绕着小区跑上个三五圈。

今天，是我回家的第46天，武汉重点医院已经传出了"床等人"的新闻，方舱医院的患者们仍在一批批出院，已经有方舱结束了使命休舱。

# 经手数不清海外物资，却没见过它们长啥样

口述：袁芳 | 41岁 | 护师 | 湖北武汉

时间：2020年3月2日

整理：尹平平 | 新华每日电讯记者

我是武汉大学中南医院综合科的临床医务人员。从春节到现在，我的手机每天都要接几十个电话，很多是从国外打来的——美国、加拿大、新加坡、澳大利亚、日本、英国、印尼……都是要从海外向我们医院捐献医疗防护物资。

这些国家，我从来都没去过。打电话的人，此前也都不认识。

从事临床工作20多年，我自己也没想到疫情来了，不但没上一线，还成了每天接收海外捐赠物资的搬运工。

1月23日，武汉正式宣布封城。那天，我们一大家人吃团圆饭，气氛很沉重。席间，说起我们医院接收的病人之多，口罩告急、防护服也不够了。在海关工作的姐姐，马上追问相关情况。当时，有一些海外华人正在联系她们，想向医院捐赠医疗防护物资。她问，可不可以让他们联系我接洽。

当然可以了，我们太需要了！

一般情况下，像防护服这种级别的医疗防护物资，医院各个科室都不会备太多。当时正赶上过年，各地工厂都放假，国内供应一时半会儿上不来，手里攥着钱都买不到。

为了节约防护服，减少穿脱次数，同事们不敢喝水，免得上厕所。可穿着防护服又闷又热，出汗又不喝水，有人都脱水晕倒了。实在没办法，部分临床一线医护人员只能穿纸尿裤。一个正常人，谁会想穿纸尿裤啊？可当时我们的防护物资，就短缺到这个程度。

姐姐帮我联系后，有上百个海外华人加我微信。只要涉及捐赠，无论他们需要我做什么，我都保证尽力以最快速度办妥。每争取来哪怕一套医疗防护服，就能减少一分同事被感染的风险。我必须跟时间赛跑。

起初，他们只需要我帮忙办一些清关手续，比如提供医院盖章的接收函等文件，以便捐赠物资能走绿色通道，以最快的速度送给一线医护人员用上。后来，只要运送捐赠物资的飞机落地中国境内，我就开始全程跟踪服务。

货物到机场、进海关、装车发运，直到进入武汉，我都会请相关单位和人员通知我。每个环节，我都请他们拍照、录视频，保证货物的安全和速通。

我特别担心这些捐赠来的医疗物资，在途中出现什么意外。比如手续不全或封路被卡，或被人中途截走另作他用，所以精神一直高度紧张，几乎24小时抱着手机，吃饭、上厕所都在不停地接电话，确认各个环节。有几次，我连洗澡时都得接电话。

得知我在联系海外捐赠，医院领导非常支持。不但出了正式的函件，还向社会公布了我的姓名、工号和手机号码，方便有捐赠意愿的海外华人与我联系。这下，我的手机更是被打爆。因为有时差，我甚至不敢睡觉。每天，我只有后半夜眯三四个小时。即使这样，一睁眼，也会有十几个未接电话。

我知道，他们什么都不图，只盼着这些捐赠来的防护物资，能尽快用在一线医护人员身上，让大家少一分感染的风险。

对于有些人来说，医护人员增加多少例感染，可能只是冰冷的数字。对于我来说，倒下的不少都是我身边的人，是我认识的同事、同行。所以，不管白天晚上，我都拼命地接打电话，争取这些捐赠医疗物资能早日到手。

1月28日，我们接收的第一批捐赠物资，经长沙入境。当时，武汉刚封城没几天，很多政策都还不明朗。我担心捐赠物资没法进入武汉。

副院长李志强听我汇报后，二话不说，给我派了一辆救护车，直接从长沙机场把捐赠物资拉回来。院里还紧急成立了对外接收捐赠小组，相互配合协调。大家做得最多的，就是当搬运工接货。不管是处长还是主任，一个个都在那里搬箱子卸货。

起初是海外捐赠的，后来是国内捐赠的。因为没有足够的人手替换，我们一直都没法轮休。有时半夜货到了，我们也赶紧跑去医院接。我也很快摸清了接收海外捐赠的整套流程。

一些经常联系的捐赠人，为了减少沟通的时间成本，会把一些指定捐赠给武汉市内或者湖北省内其他医院的医疗防护物资，都请我代收代发。除了盯紧流程、确认各个环节，我还要联系这些兄弟医院来接收捐赠物资。有几次，我们要把捐赠物资一下分发给十几家医院，从清晨忙到半夜。

一些海外捐赠者会觉得给我添了麻烦，打电话来向我道谢甚至道歉。哪里需要啊，应该我要向他们道谢才是！

不光是他们，连那些从各地开车运送捐赠物资的货车司机，我都对他们感激不尽。

有一位姓肖的司机师傅，开车连夜帮我们把捐赠物资从长沙送来。他怕我担心路上有情况，整夜与我共享位置信息让我安心。要知道，他们跑这么一趟，回去就要被强制隔离14天，甚至会被排挤。明知如此，他们依然义无反顾，真的付出很多，就像飞蛾扑火一样。

每位送货到医院的司机师傅，我都会从科里申请点口罩给他们，帮他们领一份盒饭、拿几瓶水。别的我也做不了什么了，只能用这种方式向他们表达感谢。

我就这么每天在外面跑，跟各种人接触，暴露风险可想而知。尤其是前一天还一起奋战的同事，第二天就确诊了，我心里也会有点打鼓。

但我顾不上害怕，太忙了，没空想那些有的没的。

一次，有个多批次捐赠物资的留美华人，看到我发在朋友圈的接货照片，纳闷地问我：“姐，我特意挑了国外最好的防护服寄给你，怎么不穿呢？”

我告诉他，不瞒你说，我只搬过包装它们的纸箱，还从没拆开过其中哪怕一个口罩。虽然经手数不清的海外捐赠医疗防护物资，可我还没见过这些“进口货”到底长什么样。物资到医院之后，我们只负责接货、清点、转给其他兄弟医院或入库。医院分发防护物资，是根据科室确诊病例的人数发的。我本职的综合科临床工作，顶多接触疑似患者，更何况现在在二线。他们捐赠的那些专业防护物资，我一套也领不到。

得知这些以后，一些捐赠人士不光感动，还有点懊恼。我就跟他们说，这些防护物资给一线的同事同行用，比给我用更有意义、更有价值。他们暴露的风险比我大得多，每天泡在充斥着新冠病毒的病房里，给患者治疗、喂饭、端屎端尿。我们接收这些捐赠，不光能帮到我们中南医院的同事，还能帮到省内十几二十家医院的同行们。

家人朋友当然很担心。我也跟他们直说，万一被感染了，我也值了，还保护了那么多人呢。我最怕的是，自己无意间把病毒带回家，传给家里的老人、孩子。所以我让老公带着孩子住到公婆家，我自己一个人住。

我老公坚持要回来照顾我，否则我到家连饭都吃不上。后来，我干脆也拉他“入伙”，让他开家里的车帮我去运送捐赠物资。我们医院的人手和车都太紧张了，能节约一点就节约一点。

现在我最担心的是女儿。她今年12岁，刚上初一。我们最近没空管她的学习。她说了让我们放心，她会管好自己的。可她毕竟是个孩子，自控能力有限，成绩不知道要落多少。一想到这些我就揪心。老公劝我：“你就别想那些了。现在你做的是大事，可以惠及很多人！”

唉，也是！算了，不管了！孩子成绩就算垮了，以后也能补上来……

# “拉面人”捐了一千元，9岁儿子还嫌少

口述：曹茜 | 30岁 | 团干部 | 湖南长沙

时间：2020年2月20日

整理：刘良恒 | 新华每日电讯记者

2月17日上午，我工作的长沙团市委小院，突然开进来十几辆车。小小的院子，一下子被挤得水泄不通。

从车上下来几十个头戴小白帽的男子。现在正是疫情期间，突然闯进来这么多人，保安吓了一大跳。

他们的普通话不太标准，半天才听明白他们来意——原来，这些在长沙开拉面馆的青海化隆人，是来青少年发展基金会捐款的。

我留了其中几个人的微信，这几天一直在跟这些从花儿故乡来的青海大叔交流。

听他们说才知道，长沙有好几百青海化隆人，基本都是回族同胞。遍布长沙街头巷尾的兰州拉面馆，几乎都是他们开的。所以，他们自称“拉面人”。

回族同胞过开斋节，他们都没有回去。往常，农历春节期间，他们会一直正常营业。

今年，碰上了疫情，本来就是小本经营的“拉面人”，承受了巨大的压力。

他们有一个长沙拉面微信群，帮助到长沙开店的化隆老乡，平时在群里

交流开店心得、传授经验。

2月12日，一位名叫赵么乃的“拉面人”，在群里发了一段话：“网上说，一线医护人员很辛苦，有他们才有了我们的安全和健康，大家一起有钱出钱，有力出力吧！”

这句朴实的话说完，整个群很快变成了爱心的海洋。

老赵和家人来长沙生活很多年了，现在中南大学升华公寓经营清真食堂。

老乡当中，他是个热心肠的老大哥，很有号召力，大家都服他。

他说，没有忘记，当年他离开大西北的穷山村，跑来长沙开店。人地两生，办营业执照时，街道和社区工作人员帮了不少忙。

孩子要入学了，大家又帮他联系就近的学校。很多次遇到困难，长沙人都热情帮助他。

听他说起来，最近十几年间，起码有200多名化隆老乡，从青海来到长沙落户。

大家亲帮亲邻帮邻，在长沙奋斗生活，对这里充满感情。

眼下，疫情对“拉面人”的生意影响很大。

他和老乡们，在微信群里相互鼓励，现在的困难都是暂时的，那么多人奋战在抗“疫”一线，疫情一定能控制住。

老赵还说，这些天，老乡们有钱的捐钱，没钱的想把自己的羊捐给医院，或者去给医护人员送拉面，但又怕医护人员太忙，帮不上忙反添乱。

另一家拉面馆的老板，36岁的马英，要赚钱养活两个儿子。受疫情影响，他的店还一直没有营业，损失惨重。

他说起自己捐了1000元，9岁的小儿子竟嫌爸爸捐少了，想让爸爸多捐点。俩儿子一脸认真地说，宁愿今年不买新玩具，也不吃羊肉了。

马英费劲解释了半天，俩儿子这才明白，这点钱对自己家，已经不少了。

对于老赵的提议，很多“拉面人”都踊跃响应。就这样你500，我1000的。

尽管生意受重创，122名化隆“拉面人”，还是凑了37000元，装进一个大信封，送到了长沙市青少年发展基金会。

接待“拉面人”那天，基金会有一个叫严格的姑娘，一眼认出了其中一位大叔。

原来，两年多前，在湘江堤岸上，她吃过他做的拉面。当时，这位大叔手上有血泡，她还为他拍下了一张照片，所以印象深刻。

这位大叔叫马玉祥，在长沙市雨花区经营着一家兰州拉面店。

2017年6月底，长沙普降暴雨，湘江水位超警。许多干部职工、武警，都投身到了抗洪抢险中，在江堤上日夜值守。

严格还记得那天是6月22日，一大群带着白帽子的人，拎着锅扛着羊，拿着铁锹走上了湘江堤坝。

大堤上值守的抗洪人员觉得危险，就劝他们回家。结果，他们还生气，坚决不肯走，放下锅就开始干活。

这群不请自来的人中，就有马玉祥大叔。他们和抢险人员一起，装沙袋堵洪水，一直干到天亮，沙墙垒了一米六，很多人的手都起了血泡。

天一亮，他们就地起灶，扯起了拉面，给辛苦了一夜的抗洪抢险人员做早餐。有人要给钱，他们又很生气。

大伙儿吃完面，他们收拾了锅具，又继续投入抗洪抢险的战斗。

严格记得很清楚，这群大叔说“洪水不退，我们不退”。

后来，她想给大叔们拍合影，却发现他们已经走了。到底来了多少人，他们又是谁，她也不清楚。直到这次再见面，严格才弄清楚，这些为疫情来捐款的“拉面人”正是当年在湘江堤坝扛沙包的大叔们。

想起化隆“拉面人”，一次次伸出援手，总觉得可敬又可爱。

在灾难面前，大家有钱出钱，有力出力，这就是守望相助，患难见真情，也是我们必胜的底气。

基金会的人还告诉我，他们将遵照“拉面人”的意愿，将这笔善款定向捐赠至湖北黄冈，为医护人员购买防护用品。

# 我在疫区当“骗子”，医护人员还把我当兄弟

口述：吴敬 | 35岁 | 志愿者 | 江苏宿迁

时间：2020年3月2日

整理：陆华东、喻珮 | 新华每日电讯记者

如果不是疫情，连我自己都很难想象，一个“社恐”者会像“电话销售”一样，频繁地给陌生人打电话。

更不可能想到，自己会因为一篇《我在疫区当骗子》的志愿者工作“日记”而在网上走红。

虽然没写名字，看到这篇文章，我身边的同事、亲友，还是第一时间感觉是我，纷纷给我发来问候。

也有很多朋友，觉得很好奇，一份“打电话”的志愿者工作，怎会如此有趣？

为了满足大家的好奇心，我决定再跟大家讲讲我的故事。

我们年轻人所说的“社恐”，就是一种社交恐惧症——与陌生人交往会害羞，心理负担比较大。之前，我怀疑自己就是这样一个“社恐者”。

我是江苏宿迁人，在北京上班，娶了湖北媳妇。1月21日，我们从北京回到黄冈浠水县媳妇家里。

就这样，我被困在了这个湖北疫情最严重的区域之一。

2月3日，由于不能回北京工作，无聊在家的我通过同事推荐，成了中国

红十字基金会字节跳动医务工作者人道救助基金的一名志愿者。

我所参与的这个基金的宗旨，就是为参加疫情防控的医务工作者提供保障。截至目前，加上员工捐赠、其他企业捐赠等，基金总额将增至3.91亿元。

按照这个基金的保障标准，感染新冠肺炎的医务人员可以获得10万元资助；不幸离世者，医护人员家庭可以获得100万元的资助。

申请流程非常简单。被感染的医护人员本人、亲属或者同事，可以通过网上公布的申请链接，或者申请邮箱提交材料。

作为志愿者，我的工作就是联系申请人核实、协助他们完善申请材料，提交基金管委会审核，审核通过后便会拨款。

每天早上，我都会拿到一份申请基金的医务人员名单，随后需要逐一电话沟通：确认是否做了核酸检测，是否确诊，申报材料是否完整等。

本以为打打电话会很容易。但是，最开始几天的电话打下来，我竟被不少人误以为是“骗子”。

毕竟，一个陌生电话打过去，张嘴就要核实人家的身份证号、银行卡号，还要加人家微信，人家自然觉得你不是傻帽，就是骗子。

有的人不问缘由直接挂断，有的人电话不接短信不回，还有的人没等我开口，就一连串反问：“哪个单位的？工号是多少？一天到晚打不累啊！”

甚至还有人直接报警。

2月5日下午，我给一位护士打电话，想确认下她提交的资料。

我刚介绍完自己的身份，小姑娘直接回了一句“你是骗子吧？”我解释了一番，以方便后续补充材料为由，终于加上对方微信。

结果，她又微信问我“你们真的不是骗子？”

我也是第一次做“骗子”，确实不知道怎么证明我的志愿者身份，只能把红基会官网的链接、媒体报道和之前基金的公示信息发了过去。

然后，就没有然后了。

再然后，2月6日夜里11点，有生以来第一次接到了警察的电话：“您好，我是派出所的，有医生报警，说你是什么基金的志愿者，你们这是什么基金？”

我赶紧解释。最后，警察说他知道了，会核实。

第二天，警察没来，电话也没来，最有报警嫌疑的小护士却来找我了。

她承认是她报的警。当然，我还是“不计前嫌”帮她提交了材料。她和同事们后来也都拿到了资助。

为了让更多的医生护士信任我，我只能不厌其烦地去解释，一遍遍发官网链接、公示信息等给对方看。

“尽量避免刻板，少一些严肃，寻找一些共同话题。甚至还可以跟一些年轻的医护人员，发发微信表情、开开玩笑，拉近距离，这样对方才能慢慢信任你。”

其实，我更愿意跟医护人员微信沟通。一方面方便发送文件，聊天能轻松一些；另一方面部分感染的医护人员正在治疗中，电话交流容易呼吸困难。

有一次，我电话联系一位四十来岁的医生。电话那头，他嗓子里传出的声音，就像在拉风箱，感觉呼吸非常不顺畅。说不了几个字，就忍不住咳嗽起来。

我不忍心让他继续说话，只能通过打字沟通。基金资助后，就没有再去打扰他，但我永远也忘不了他那无法用形容词形容的声音。他应该已经康复了吧。

虽然刚开始有不理解、不信任，但是通过这份志愿者工作，我也生平第一次如此近距离，走近这么多医护人员。接触和回访多了，我发现我们的医生护士们，特别可爱可敬。

有一对夫妻，两人都是医护人员。丈夫在一线科室，没时间回去照顾家里的老人和孩子。妻子感染治愈后，又申请到一线战斗。我感觉他们真的很辛苦。

还有一位徐医生，我和他确认了基本信息后，他问我，收款的银行账号，是否可以填医院的账号。

我以为之前被当成骗子的戏码，又要上演了。没等我解释，徐医生说：“我想申请成功后，把这笔钱捐给我们医院。我不想让人知道是我，您看是否可以？如果不行，我就不申请了。”

那一刻，我觉得我在仰望他。

还有一些医生，审核通过获得资助后，还在微信、支付宝上转一两千块钱给我们志愿者，说请我们吃饭。

当然，这钱大家都没要。但是，从“骗子”到“兄弟”，让我感觉与一线奋战的医护人员更近了，仿佛自己也在这场战斗中，尽了点微薄之力。

最近，我在朋友圈里看到一条视频，视频里一位护士躺在病床上，配文：“待到春暖花开，我们一起相约武汉看樱花。”

我想，这一天应该不远了。（应受访者要求，吴敬为化名）

# 防控一线

# 和强制隔离观察者对峙1小时

口述：吴杰 | 38岁 | 警察 | 浙江温州

时间：2020年2月13日

整理：王俊禄 | 新华每日电讯记者

"我没有病，不需要隔离！""这大过年的，你让我去哪儿？""集中隔离麻烦不说，万一被感染了谁负责？我不去！"……温州银泰百货的员工戴某，情绪激动地冲我反驳起来。

她站在自己的立场，说什么也不肯接受集中隔离，我劝一句她顶三句。当时已经是深夜1点了。考虑到病毒传染风险，我们没有进屋，就站在门口劝她。

我是温州鹿城区五马派出所的中队长。正月初一下午接到一个任务：查找一名戴姓女士。她是银泰百货确诊病人的密切接触者，需要集中隔离观察。我们通过排查找到了戴某的联系方式，通知社区干部对其劝离。戴某在电话中告诉社区干部，自己身体一切正常，不需要隔离，还谎称自己现在没在市区。

疫情无小事。我们经过调查发现，戴某现在人在家中，就租住在本辖区一个小区内。我和街道、社区工作人员一起，上门劝她主动接受隔离观察，如果坚持不走就强制带离。

开门后，戴某满脸不高兴，对我们半夜还找到家里来，也有些意外。

我心里也有点打鼓，自己虽然戴着口罩，但并没有别的专业防护措施。对方情绪激动，大喊大叫，会不会有飞沫跑到我眼睛里？毕竟专家说过，飞沫接触黏膜，很容易被感染。想到这里，尽管我不动声色，但本能地退后了两步。

为了避免言语冲突，让对方尽快平静下来。我决定改变强硬策略，跟她来点“心理战”，看看能不能说服对方。“潜伏期是感觉不到的，万一感染家里人怎么办？”这时戴某的家人也醒了，我指着她的家人说，“你总得替老公和儿子想想吧。”

她丈夫明白我们的来意后，也过来帮腔说：“你去吧，不就是几天时间。在小区里进进出出，万一传染给邻居不是害人？”

“真要去的话，你让我准备行李物品，那吃的用的，谁管？”戴某看家里人态度有变化，虽然嘴上仍不依不饶，行动上已经开始配合我们了。

劝说用了半个小时，收拾东西又花了20多分钟。好不容易出了门，她又后悔了，竟一屁股坐在社区广场的地上，撒泼喊叫，真是让人头大。“你别喊了，要是把别人吵醒了，还不对你家说长道短，以后你还在不在这里住了？”可能是我这句话比较在理，又是在替她着想，戴某这才站起身说：“我不坐你们的车，我自己走着去。”

我们怕她再中途变卦，只好陪着她步行。可没走几步，她又说想骑电瓶车……就这样反反复复，终于把她送到了隔离观察点安顿好。

和密切接触者这么近距离接触1个多小时，说不担心被传染是假的，但我也没有特别害怕。当时，整个温州确诊病例非常少，防控措施也不像现在这么明朗、坚决。如果是现在，对这样拒不执行隔离措施的，我们早就采取强制措施了。明知感染还不去隔离，甚至有可能被拘留。当然，我们出警或协助执行任务时，也会做更好的自我防护。

随后几天，温州市区的确诊病例和疑似病例多起来，防疫形势越来越严峻。正月初五，我的喉咙突然痛起来，还有点发烧，当时真慌了。我立即和家人紧急隔开，向单位汇报就医。当时我心里想，假如自己真被戴某感染了，那也是躲不开的事儿。就怕传染家里人，两个孩子都小，可千万千万别“中招”呀！

我家就住在疫情集中的银泰百货对面，直线距离不到100米。银泰百货有一位新冠肺炎确诊患者，就租住在我们小区。我从来没有想过，原来病毒已离自己如此之近。

好在是虚惊一场，我在医院经过检查化验，白细胞偏高，但排除了新型冠状病毒。又打了三天针，病就痊愈了。我还不放心，在家又自行隔离了几天。单位领导还特意去了解了戴某的情况，最终确认她也未被感染。

说起干我们警察这行，一年到头，越是过节越忙。这次为什么会生病？可能是节前连续值夜班，疫情蔓延后又连续加班，身体免疫力下降吧。

# 医警家庭难处多，单位发了“强制陪伴令”

二月中旬，一封落款为“舟山市公安局普陀分局刑事侦缉大队”的“强制陪伴令”刷屏互联网，多地为战“疫”一线人员发“强制休息令”的举动，更让众多网友纷纷“泪目”。

透着浓浓人情味的“陪伴令”，是对基层一线干警忘我付出的褒奖，更是对一个人的尊重。但“强制”二字的背后，也凸显出基层“千针一线”打“疲劳战”的无奈。为此，记者采访了“强制陪伴令”的当事人，请他们讲述“强制陪伴令”背后的故事。在呼吁“让基层常态化减负”，期盼“科学合理轮休制度”的同时，听听来自抗“疫”一线的真实声音。

口述：刘成攀｜舟山公安局普陀区分局刑侦大队民警

时间：2020年2月19日

整理：魏董华｜新华每日电讯记者

情人节那天，我和爱人都要值班。早上起床我发了条朋友圈：“没有礼物没有烛光晚餐，你奋斗在医疗一线，我奋斗在执勤一线，不能相见相拥，最好的礼物是彼此平安。”

没想到，中午爱人同事打电话给我，说我爱人在医院身体不舒服，脸色很差，要送她回家休息。她一个人在家，没人陪，怎么办？

现在是疫情防控特殊时期，家人身体出现状况都要求及时汇报。局里领导知道后，要我赶紧回家照顾妻子。一开始我还有点犹豫，这段时间大家都比较辛苦，我一走又要别人填自己的坑。

但领导执意让我回家。还发了“强制陪伴令”，让我安心去休息。用这种特别的方式，让有特殊情况的民警回家休息，在我们局里并不是第一次了。

从大年三十到现在，我几乎全程参与了市里防疫工作，在一线各个卡点、隔离点巡查、执勤。这段时间，一线警力非常紧张，排查工作量大。不光社区，连政府机关的公务员都出动了。除了刑侦大队的技术勘察外，我执勤值班也排得很满。队里老同志多，我年轻，就多担待一些。

疫情发生之后，我爱人所在的定海区中心医院，是市里首批6家收治确诊病例的医院。她主要负责医院行政后勤工作。其实，重症监护室的医务工作者压力大，特殊时期医院行政的压力也很大。

她们办公室就两个人，还要衔接协调各个层面，采购物资，安排赴鄂的医务工作人员。这些事情都很琐碎，责任却不小，她也长时间没休息好。之前她在家里开始咳嗽，喉咙有痰。我让她注意休息，没想到还是病倒了。

大半个月来，抗击疫情的工作强度大，大家都处于一种疲惫状态。用这种方式关爱我们，也是要让大家看到，对我们的关心是实实在在的。其实，口头上表达关心，让我多休息，也是一种关爱。但“强制陪伴令”可能更有仪式感，会感动更多的人。

2月18日，休息三天之后，妻子退烧了，我们都回到各自岗位上了。

只要一上班，就有一堆工作离不开。国家提倡科学安排轮休，但基层落实起来有困难，都是“一个萝卜一个坑”，总不能让其他人一直补你的缺口吧。就拿现在来说，疫情严重程度不一样，基层忙碌程度就不一样。有时候真是工作量太大了，你想走也走不开。

口述：陈雪芬 | 舟山公安局普陀区分局政治处主任
时间：2020年2月19日
整理：魏董华 | 新华每日电讯记者

2月14日，我们得知民警刘成攀妻子生病，家中无人照顾的情况。就安排他回家照顾妻子，顺便自己也休息一下。

一开始刘成攀不好意思，怕给别人添负担，也觉得自己工作离不开。后来，我们就发了一个“强制陪伴令”。“单位工作还能排出人来。你们家庭特殊，家里老人都回自己家了，爱人生病没人照顾，一个人做饭买东西，看医生不方便。快回去，不要让家属寒心！”局里领导最后发话。

他们的家庭组合是医警家庭，在疫情的特殊时刻，两个人都奔波在一线，几乎没有休息时间。不像一般普通家庭，夫妻总有一方能照顾到家里，彼此还能有个照应。

由于疫情防控需要，我们基层民警工作量超负荷，全部休息不太可能。有些特殊情况，我们会考虑“强制”让他们去休息。

其实，一线民警工作就是这样，有时候明明是在休假状态，案子来了就得出警。即使休息着，心里也不踏实，还是记挂单位的事情。

一纸“强制陪伴令”，则可以让他彻底放松，安心陪护妻子。

当然，也有人觉得我们好像在作秀，是搞形式主义。但我们的出发点，就是要通过这个“强制陪伴令”，表达我们关心民警家庭，这是一种暖警爱警的措施。

此次颁发“强制陪伴令”不是第一次。在高强度“战役期间”，浙江公安系统一直有这个做法。由政治处颁发，通知所在部门的党支部组织具体内容。去年大型安保期间，也给特殊家庭发过“强制陪伴令”，主要是让一线干警感受到组织的温暖。现在是“战时”状态，一线警力很缺，大家都是连轴转，正常排班轮休没办法做到。

我们希望在特殊时期，用这种特别的方式，为有特殊情况的一线民警家庭，赢得休息和互相陪伴的时间。为什么网民点赞这么多？说明大家对于这种人性化的做法还是认同的。

# 求您了老爷子，别再串门了

口述：王兴耀 | 32岁 | 社区工作志愿者 | 安徽合肥

时间：2020年2月20日

整理：尹平平 | 新华每日电讯记者

我到社区做志愿者的第三天，终于干了一件“大事”——把一个爱串门的老爷子劝回家。劝一般小区居民按防疫要求待在家里，不过是鸡毛蒜皮的小事，但劝动这位老爷子可费了大劲。

我值守的小区，属于企业员工集资房小区。规模大，人员多，尤其是退休老同志多。有个老爷子爱热闹，平时在家里待不住，不是跟老伙计们一起打牌消遣，就是没事跑来门卫室，跟保安聊天，看人来人往，凑凑热闹。现在是疫情防控关键时期，棋牌室不开门，老爷子没了乐子，就天天来门卫室解闷。老伙计说他屁股沉，一坐就是小半天。

老爷子70多岁了，是一名退休工人，老夫妻俩一起住，子女不在身边。他不太讲卫生，又抽烟、随地吐痰。最要命的是，不戴口罩！就这样，还天天来门卫室泡着，把保安和我们两个志愿者愁死了。

第一天他来，坐了好久，没有走的意思。我劝了几句，也没什么效果。那天天气好，风和日丽，我们干脆把他一人留屋里，都躲到门外站着值守。

第二天，气温骤降，下起了大雪。我跟同事放心了：天这么冷，老人家应该不会来凑热闹了吧。没想到，下午同一时间，他又“如约而至”。

看他进来，门卫室里气氛顿时紧张起来。巴掌大点儿地方，3个保安，2个志愿者，要是再加上这位不戴口罩的任性老爷子，以及陆陆续续过来领出入证的业主，天呐，太危险了！如果天气好，我们还能在屋外躲会儿。但这天下大雪，太冷，出不去，没地儿躲没地儿藏的。

见老爷子要进门，我冲另一位同事使眼色，让他也赶紧坐下。门卫室里只有两把椅子，我俩一人一把，全给占上了。心想，老人家上了岁数，体力有限，没椅子坐，估计顶不住多久就会离开。

没想到，他进屋慢慢悠悠转了一圈，寻么寻么，看到了装满消毒液的大桶，一屁股坐了上去。摘下口罩，抽起了烟，稳如泰山……我又试着劝了几句，还是没用。大冷天的，我们也不敢在屋里多待，只能出门冻着。

我们不断跟保安、物业负责人、社区负责人反馈这个情况，他们都无能为力。老爷子常年这样，谁也劝不动。我问物业的负责人，能不能联系老人的子女，让子女来给老人做工作。对方说，已经试过了，子女也劝不住。

“要不咱们报警吧？”物业的人实在hold不住了。可是，老爷子既没有伤害谁，也没有过激行为，要是报警来处理这种小事，我觉得也不妥。

门卫室的保安更为难。老爷子之前总来跟他们聊天，经常打交道，彼此都太熟了，实在磨不开情面跟人家翻脸。希望我们这些外来的志愿者，能帮忙劝他别来了。有一位保安大哥，竟躲猫猫一样调换了上班时间——老爷子经常下午来，他就申请上午的班，免得和老爷子碰面不好办。

到底怎么样才能把老爷子劝回家呢？我一遍一遍琢磨，终于想出了一招。

第三天，雪后放晴，阳光明媚。这么好的天气，老爷子肯定还会过来。果不其然，中午一点半左右，他捧着茶杯出现了。大伙儿纷纷躲到外面去了。我保持距离，按照事先想好的戏码，开始劝他。

我先是客气地打招呼：“哟，老人家，又来检查工作呀！”并热情地拿了把椅子让他坐下。老爷子看着我态度转变，先是一愣，然后乐呵呵地坐了下来。“老人家，这段时间只能在家待着，憋得慌吧？”我问。

这可打开了他的话匣子，抱怨了半天。我赶紧趁热打铁表示理解：“是啊，所有人都在家里闷这么久，大人小孩都受不了啊！”

老爷子过来就是想找人聊天的，那我就陪他聊。我俩从他退休前的工作，聊到退休后的待遇，再聊最近国内外发生的大小事情，神侃十几分钟，气氛还不错。这过程中，我反复提醒他：您可得戴好口罩。聊着聊着，老爷子无意间看到了我的工作证，问我：当这个志愿者，一天能拿多少钱？

我的机会来了！我告诉他，我们志愿者都是各个基层单位抽调过来支援社区防疫的，没有钱。那为什么我们一分钱不拿，还愿意全副武装，闷得半死，天天守在这个地方呢？

“因为防疫形势很严峻！您可千万别觉得没多大事！现在是复工高峰，又会出现大量的人员流动，甭管是一线的医生，还是我们这些社区工作者，每天都是超负荷工作，又不拿钱，图什么啊？我们也是为了保卫每个人和咱们整个社区的健康安全。”

“您看您，这种时候了，还出来串门，也不戴个口罩，我们真的很担心您。在这小小的值班室里，本来人就多，还频繁有业主出出进进，风险很大的！对那些返城的业主，我们恨不得给他们的鞋底都喷上消毒液。可您呢，连口罩都不戴。您说自己危险不危险？”

“这段时间有疫情，待在家里头确实憋屈。不过没办法，必须忍一忍。等疫情过去了，您又可以跟老伙计们把牌打得哗哗响了。高兴了，玩他个通宵，都没问题。可现在到处串，真的不合适。”

……

也不知道到底是哪句话打动了他，老爷子跟我说：“小伙子，你说得对，你这是关心我，我这就走。”

总算是把老爷子给劝走了！

别小看社区防控，落实好每一件小事，包括劝走每一个想串门的老爷子，都不容易。但也只有这样苦口婆心，才能确保守住我们社区防疫这道关卡。真心希望老爷子能听进去我的话，明后天可别再来了。耐住寂寞，好好待在家里。等难熬的日子过去了，天天撒欢儿奔跑。

# 有人责怪入户咋不穿防护服，我哪有防护服

口述：高琴英 | 45岁 | 社区书记 | 四川成都

时间：2020年2月22日

整理：谢佼 | 新华每日电讯记者

想起“疑似者”小刘，我格外难过。

我是一名基层社区书记，小刘是我的部下。从过年开始，连续高强度工作之后，她开始发烧咳嗽。不敢回家，又不敢进办公室，把自己关在车里。我让她去检查，结果发现肺部有变化，于是立刻把她送到定点医院。

小刘的丈夫也在基层工作，由老人带孩子，小孩才上二年级。想到她去医院前害怕又慌张的样子，我忍不住，鼻子一酸就哭了。

发烧之前，小刘做了大量入户测体温工作。她被隔离后，有人劈头盖脸责怪我：“入户为什么不穿防护服？”我心想，哪里去找防护服？

小刘成为“疑似者”，上级高度警惕，安排我们集中隔离观察。

刚接到通知，我还比较镇定，挨个打电话让同事戴好口罩，准备一些生活用品。一通电话打完，我心里开始打鼓。大家都没有好好休息过，高度疲劳时，是免疫力最低的时候。我不敢多想，只能告诉自己相信医学，相信医生。

在隔离点，一下子从超高强度到极度安静，强烈反差真还不适应。静下心来捋一捋这段时间的工作，为了防控疫情，大家确实太累了。

本来说除夕那天放假，结果一个通知下来，所有人马上返岗应对疫情。赶往单位的路上，我收到短信，我们社区出现了一例疑似病例，当时整个人就懵了。

之前知道武汉有疫情，觉得离我们很远，结果突然就出现在了身边，速度快得像一棒子敲在头上。我立即安排人手入户。出现症状的是一位老奶奶，随后被确诊。疾控联系我们，立刻通知其家人隔离观察。

随后，各方面的指令、消息、情况，像潮水一样涌到社区。老奶奶的儿子在隔离点情绪激动，不停地打电话倾诉，我在电话里一个劲地安慰他。

刚刚安排妥当，除夕夜，又有紧急信息发来，“一户居民正自驾车从武汉往成都赶来，打电话的时候都能听到咳嗽声！”于是，我马上想办法联系这家人。

他们接到我的电话也很紧张，说了一下目前的身体状态。我说：“你们一到成都，就去定点医院检查，自己也放心。”对方答应了，告诉我凌晨到成都。

夜里12点，我和副书记漆哥一起去医院等候。漆哥长期在基层，作息不规律，头发一片白，谁都不相信他才48岁。我俩在医院急诊科的停车场坐着，怎么也想不到是这种方式和同事过年!

等了好一阵，还不见人影，我又拨打那家人的手机，结果打不通。他们在哪里？安全有没有问题？会不会隐瞒躲避？一个个问号冒出来，汗也冒出来。

幸好，凌晨两点，他们打来电话，原来手机没电了。这家人兑现了承诺，下了高速直奔医院进行检查，结果一切正常。我悬了一整天的心，才稍微放下来，叮嘱他们一定要居家观察14天。

为了防控疫情，每一天都忙得飞起，所以，当听到老奶奶治愈的消息，我开心地差点蹦起来。他儿子来社区道谢，我们特地准备了一束花，送给老奶奶。这是防疫以来最开心的一天。

然而，却有媒体公布了老奶奶的地址，她所在的小区一下炸锅了，纷纷指责社区，为什么不第一时间告知。

我被一波波吐槽包围着，感觉很无助。社区已经第一时间把密切接触者都隔离了，紧跟着又安排消杀，小区是安全的。但居民群里依然弥漫着恐慌的情绪，我也没办法解释。就在我无比头大的时候，不知道是谁在物业群里冒了一句：“我们物业的工作要加强！物业其实也挺辛苦的。”

顿时，居民又七嘴八舌地说起了对保安的支持，说到最后竟然要捐款买防护物品。最后，你捐一点，我捐一点，捐了一万多块钱。还有郑韵侠等不少老党员，也纷纷到社区来交特殊党费，要共渡难关。

我鼻子又酸了。心情就像过山车，准备好要挨大家骂的，最后却成了捐款。

基层工作委屈多，感动也多。我有非常支持我的家人，是我的坚强后盾。特别是我丈夫，在社区医院上班，每天被感染的风险更大。从除夕开始到元宵节，我只和他吃过一顿晚饭。盼望着这场疫情阻击战尽早结束，让我们早一天回归正常的生活！

后记：2月25日下午，小刘排除疑似，社区其他同志也解除医学观察，开始继续坚守岗位。

# 小区里面“能人”多，揣着一堆证明忽悠人

自述：程子龙 | 48岁 | 新闻记者 | 黑龙江哈尔滨

时间：2020年3月5日

由于间接接触武汉返乡人员和从乡下返城，在结束漫长的两个隔离期后，我主动到社区当了一名志愿者。

“如果若干年后，有人问我们，当年那场瘟疫中你都做了什么？我们该如何作答呢？”一位老师曾这样问我。

我尝试用一个志愿者的身份，给自己一个答案，或者叫“交代”吧。

2月下旬，南方已油菜花铺满山，北方的哈尔滨仍是冰封雪飘。被严密“封”在小区里的居民，难以体会风雪中值守的抗“疫”人员有多难。

我的任务是在小区门口，与社区工作人员、小区保安等一起值勤，按照哈尔滨市疫情防控规定，对小区人员出入进行登记、测量体温并提供相关服务。没到两个小时，就冻得受不了了，我赶紧跑回家，找出厚棉裤和棉马甲裹在身上。

零下20℃左右，呼出的空气在口罩外面结了冰。最无奈的是，从口罩里呼出的热气，直接“蒙”到眼镜上，又不能用手擦，只好从镜片的侧面看人。如果把眼镜摘下来，镜片上又会结一层冰晶。有个小区居民等了至少1分钟，我把他名字登记上。那一刻，真感激他没有催促我。

夜间我在一阵疼痛中惊醒，发现跟腱肿了。事后问别人才知道，白天

太冷，晚上要用热水泡一下脚。我不敢去想象，那么多冰雪中值守的一线抗"疫"人员，是如何挨过这四五十个昼夜，怎么经受风吹雪打的？

刚开始执勤时，我心里直打鼓，毕竟每天有那么多人从身边经过，说不准谁就是感染者呢。很快，我就顾不上害怕了，反而变得从容而主动了。有时我会想，真正的勇敢并非无知无畏，而是知道害怕还坚持去做。面对危险的时候，哪有什么怕与不怕，既然选择面对了，就得硬生生扛下来。

刚上岗时，毕竟业务还不熟，只能依赖社区工作者和保安人员。基层抗"疫"工作纷繁复杂，有些防控措施和尺度变更频繁，掌握不全不细、理解不到位，就无法开展工作。很快，我发现一位叫刘宝库的保安员，一直很"担纲"。从他身上，我找到了学习内容和工作标准，也开始发挥作用了。

越认真查验居民，就越感到害怕。我暗自担心，万一漏检了哪个感染者，再次引发其他人感染，那责任可就大了。

"你看，刚进去那个人，比区长的官还大呢！我一样检查。这个时候，谁也不能例外。"刘宝库指着刚进去的一位居民告诉我。他说，他们二十几个保安，昼夜轮流值班，从腊月廿六到现在，没空过一分钟岗，没漏计一辆车。

每隔一个小时，社区党支部书记赵磊就到门岗查看一次。没地方坐，他就蹲在雪地上歇一会儿。我问他几天能休息一次，"从来就没休息过，从来就不敢离开，别人休我也不能休，就怕出岔子。"感觉他说出这一串话，已是一种极大的释放。

"大家精神点，一会儿可能还有检查。"赵磊说。听到这句话，保安的脸上闪过一丝失望："别总检查了，多给配几个人手吧。"

"少一些检查和指责，多一些指导和关怀吧。"我也脱口而出。

一天下午4点多，一位老人来到门口，脸上挂着霜——为了回来浇花和喂鱼，却又担心坐公交车被传染，他从南岗区儿子家步行了4个小时。这位叫李新华的老人，今年66岁。为了证明自己在风雪中走了4个小时，他从鞋里掏出两块冰。

根据当地政策，从南岗区回到松北区，必须有出发小区开具的无疫情证明和允许外出证明，但老人没有。我们纠结了好一阵。又给老人出发的小区打了好几个电话核实。在确定没有疫情，并核对老人出入小区时间、体温等详细记录后，破例允许他回家浇一次花。

李新华进入小区的一刹那，我清晰地看见他眼泪转了圈。

还有一位大姐，从小区急匆匆走出来。她的出入证被家人带了出去，按规定不能再允许她出去。可她紧捂着胸口说，自己心脏病犯了，要出去买药。那一刻，我没有犹豫，宁可承担错放居民的责任，也不能眼看着她生命安全出问题。

焦虑中，我一直等了40分钟，直到那位大姐买药回来才放心。

其实，如何在执行政策中把握尺度与温度，需要在实践中体会与思考。

在这期间，我还有三次“刁难人”的经历，说起来也挺有意思的。

一位持有××区市场监督管理局介绍信的男子，想进入小区。我发现介绍信内容写得不清楚，只笼统写了“出入小区”事宜，根本没标明要出入哪个小区，也不符合单位开具上班证明或复工复产证明的政策要求。虽然这位男子坚持要进小区，我们还是把他劝返了。

另有一位小区居民，非要拿着××法院的介绍信进门。介绍信上写着“前往你处从事防疫工作”和“请予放行”。没有防疫指挥部的工作安排，法院人员怎么可能到小区做防疫？见我不放行，这位男子才出示了小区居民出入证明。

还有一位更“高能”的居民，由于出入证已在前一日使用一次，不能连续使用，就说自己着急去开会。一会儿说是去省里开会，一会儿说去市里开会，开什么会也不说，随后还掏出一大堆政府部门通行证。可是这些证，都不能替代单位工作证明或复工复产证明。于是，这位居民又拿出一个公司的复工证明，可又不能证明自己和这个公司的关系。我们自然不能给他放行了。

让遵守秩序成为每个人的社会习惯，着实需要努力。

有一位要去某酒店上班的小伙子，当我认真查看他的身份证时，他突然质问了我一句：“有什么毛病么？”这句带着不满和挑衅意味的东北话，让我感到一阵酸楚和委屈。当我把身份证交给他，他嗖地转身离去，嘴里骂了一句没听清的话。

随着防控形势转好，居民在手机上填写黑龙江健康码后，到小区门口扫码、测体温就可以了，不用再登记。

可一位年轻的女士却还是坚持让我们登记。我问她为什么，她说扫码太麻烦。当我建议她扫码，这样就可以一个星期不用手写登记时，她骂了我一句“精神病”。

是让自己麻烦一次，然后双方都不再麻烦，还是让自己方便把麻烦留给别人？这些看似简单的问题，却仍然难住一些人，可见社会多么需要换位思考和彼此理解。

疫情是一面镜子，我从志愿者角度，看到了它所折射出基层社会治理的方方面面。同时，它也是一张考卷，考出每个人的素质；更是一本教科书，希望每个人都能从中学到更多，更快成长和完善自我。

# 劝居民丧事从简，我们又买纸钱又鞠躬

口述：曹丽 | 36岁 | 社区干部 | 江苏南通
时间：2020年3月9日
整理：朱旭东 | 新华每日电讯记者

我们幸福家苑社区，只有6名社区工作人员，却要面对8136户3万多人。在前期“地毯式”摸排时，可把人累坏了。

所谓“地毯式”摸排，就是必须掌握每一户人家情况，哪怕是空置房。6个人排查8136户，人均一千多户，就算数数，也要数得口干舌燥。最后在志愿者的帮助下，整整排查了7天。因为工作压力太大，社区干部刘红梅还摔了一跤，缝了7针。说起来挺心酸的，由于缺少人手，第二天，她不得不忍痛归队。

除了摸排，社区里还有各种各样的事情要处理。有人要结婚，主家请的厨子和饭店主动找到社区，问“能不能做？”我只能到主家门上做工作，现在属于非常时期，最好不办。他家总算理解，婚宴暂时就不提了。

有一户人家的老人去世，准备摆席大张旗鼓送一程。我们先买了点纸钱，然后去鞠个躬、磕个头，临了还得跟他们说道理。人家也通情达理，最后说就办一桌，让家里人来送送。

但是，并不是所有百姓都能理解我们。有符合居家隔离条件的外来人员，被部分排外的小区居民，堵在门口不让进。还有20多位老人，结伴到社区，要求限制外来人员入内。

我接待了他们，气氛不算融洽，最后都拍桌子了。吵完以后，有老人讽刺我，“你这么能干，怎么不去武汉当市长？”我说，“就等你任命呢。”经过半个小时的“论战”，最后总算让外来人员进了小区。

大疫当前，社区是疫情防控的最末梢。我们每天神经都绷得紧紧的，寸步都不敢离开辖区。撑到现在，最想感谢的是一批又一批的志愿者。

除夕当天，辖区公益组织飞牛小匠志愿服务队，就给我们送来一批口罩应急，真是救命啊！要知道，那时候我们一个口罩也没有。

后来设卡口，给来往人员测体温，额温枪也是志愿者支持的。

防控刚开始时，超市全部关门，连吃泡面都无法保证，更别说吃顿热饭了。有好几天，我疯狂地想吃肉，觉得一个人能啃得下几个大猪蹄。

后来我们请了一位阿姨，给社区工作人员做午饭和晚饭。社区伙食补助没法算志愿者的，但只要有志愿者在，我们就招呼他们吃口热饭，自己继续吃泡面，到现在一提泡面就想吐。

再后来，物资逐渐不紧缺了，可人手还是紧张。辖区内的爱心志愿协会，一口气又给我们社区“支援”了10位志愿者，有退休医生、老师，还有出租车司机。他们都是自带泡面来报到的。

有一位特殊的志愿者叫张红燕，年前与家人一同去外地游玩，回来后就被居家隔离了。解除隔离当天，她就来到社区办事大厅，一手拿着解除居家隔离单，一手拿回志愿者红马甲，成了一名社区志愿者。

春节以来，我吃住基本就在社区，刚开始睡沙发，睡得腰酸背痛。物流恢复后，我托人买了张行军床，总算好点了。5岁的女儿，前些天给我打电话，“妈妈，你什么时候把办公室搬到家里来，这样我也能天天看到你了。”我听了，想哭。

我们现在整体情况好了不少，但是社区40多家企业和100多家店面房，正常审批营业的才一半，外来开门面的人员才回来三分之一。所以，这口气还不能松，我们甚至都不敢生病，一有人生病，人手就会更紧张。好希望疫情早点结束，让我和同事们好好地睡一觉，美美地吃顿饭。

# 受不了闲言碎语，密接者砸了小区喇叭

口述：凡素琼｜43岁｜社区干部｜湖南长沙

时间：2020年3月10日

整理：张晓迎、周楠、刘良恒｜新华每日电讯记者

我们是个大社区，有12个小区，居民将近3万人。春节前陆续从湖北过来的，约有1000人，防控压力巨大。

正月初四那天，我正跟几个同事在社区里巡逻，看见一个出来倒垃圾的老太太没戴口罩，不免心里咯噔一下。一周前，老太太的女婿小郭从武汉回来过年，现在全家人都是密切接触者。虽然没有症状，但按照要求，一家人应该居家隔离观察14天。

我赶紧跑过去说，阿姨，口罩还是要戴啊。老太太当场发火，“从武汉来的又怎样，我又没症状，犯法吗？”周围站了几个邻居，她这些话也是讲给他们听的。

小郭从武汉回来，但没有症状。对于这部分人，我们实行“四包一”管控，由一名街道干部、一名社区干部、一名民警、一名医生对他们负责。

可能在家里关了太多天，邻居又有些闲言碎语，平常挺熟悉的老太太变成这样，我心里也不是滋味。后来她老伴儿下楼，好说歹说，才把老太太劝了回去。

原以为这事就结束了。结果隔了一天，打电话询问体温情况，小郭妻子

又对工作人员破口大骂，嫌小区宣传防疫的喇叭太吵。

当天晚上7点左右，她竟冲下来把喇叭砸了。

她这个行为很严重，民警把她带到了派出所。我说："你一个年轻人，有知识有文化，有困难可以讲，不理解也可以，动手砸坏喇叭就不对了！"

经过这次沟通，她开始配合我们的工作。

社区工作就是这样，酸甜苦辣掺在一起，冷暖自知。15年前，我曾带着另外两个工作人员，戴着草帽，骑着自行车，考察了周边的几个老旧小区，一户户统计，社区里的老住户，我几乎全都认识。尽管在车辆登记或者居家隔离管控时，有个别人嫌麻烦，但基本都很配合。这跟我们平时工作到位是分不开的。

我的电话号码在每个楼栋都有公示，手机24小时不关机，每天都比别人多充两次电。有一次夜里两点，有个老人突然病发去世。两个女儿一个在长沙工作，一个在国外，老两口跟保姆生活。他老伴夜里给我打了电话，我马上去了现场，帮他们联系殡仪馆。

有些业主警惕性特别强，在车库看见鄂牌车辆，就到群里质问我，社区是不是有疫情，为什么不向业主告知？我回复他们，这辆车是谁家的，来干什么，如何进行管控；如果有疫情会公布，希望大家不要恐慌。

群里还有党员志愿者，对业主的不安和疑惑，也会帮忙沟通。慢慢地，业主心里也没有那么大压力了。

这次疫情是社区成立以来遇到的最大考验，从除夕那天上午，我们就开始调度人员物资，实行封闭式管理，开始全面摸查。年夜饭，社区18个工作人员一起吃了顿泡面，然后工作到深夜12点多。40多天了，每天都是早出晚归。

5岁的小女儿问我："妈妈，你为什么可以出去，我跟爷爷奶奶就要关在家里？"天真的女儿羡慕我可以外出，我心里却有点难过。

比较欣慰的是，小区还未发生一起疑似或确诊病例，希望这种"零"的态势，能保持到战"疫"结束那一天。

二月二“龙抬头”那天，我在社区里招募了3个理发师志愿者。在保证安全的情况下，请他们给我们80个保安和志愿者剪头发。

春暖花开的季节，希望大家都自由自在的。

# 大娘说家里好几口人，一瓶消毒液哪够喝

口述：邢朋强 | 37岁 | 乡村医生 | 河北邢台

时间：2020年3月6日

整理：刘婧宇 | 新华每日电讯记者

早晨8点，防疫卡点换班的人来了。我站在帐篷口，伸个懒腰解解乏，又一轮24小时的值班结束了。最近几天，农民开始春耕，还有不少人复工回去上班，进出防疫卡点的人逐渐多起来。虽然疫情整体形势好转，但防疫工作一点也不能马虎。

我是平乡县邢刘庄村的一名村医，叫邢朋强，土生土长的本村人。我自考了大专和本科，并考取了执业医师资格证，从2006年开始干这一行，我们县比我年轻的村医没几个。

疫情发生后，大医院的一些医生被紧急抽调支援湖北前线，我的任务就是坚守在最基层，站岗防控。按照规定，我早早就把卫生室治疗发烧的药物封存，从大年初一开始到卡点值班，对过往的村民进行体温检测、出入登记，对外村过来走亲访友的一律劝返。

村里提前用家乡话录制了防疫宣传录音，村委会大喇叭从1月下旬开始，上午、下午各广播三个小时，号召大家不要外出聚集，不要拜年走亲戚，出门一定戴口罩等。

村民们都知道病毒的“厉害”，我们没有遇到过刁难和不理解的。只有

一次，夜里来了一个骑着摩托的醉汉想闯卡，他迷迷糊糊地被我们拦住，不开心地骂了几句，又迷迷糊糊地走了。

“还剩6个口罩了，不知道这次疫情还会持续多久”，疫情还在发酵时，一天晚上，我坐在村口值班点上，盘算着领的口罩所剩无几，心里很焦虑。

接着，1月22日，相邻的邯郸市出现了确诊病例，相关部门在乡镇街道上消杀的场景，被人用手机录了短视频，没多久就传到了我们村。因为离邯郸很近，不少日常供应的蔬菜，就是从那边批发来的。

村民们看着视频里，“全副武装”的消杀人员大面积喷洒消毒剂，还是在自己熟悉的地方，紧张情绪迅速蔓延，似乎看不见的病毒已经到了身边。大家一边传播这些视频，一边还不忘互相督促，“去邯郸批发菜的，就不要去啦，也不要出门啦，在家自己做好隔离”。

没多久，邻县内丘也出现了确诊患者。因为该患者瞒报行动轨迹，导致当地出现几十名密切接触者，内丘县中医院和邢台市人民医院急诊科也被紧急隔离关闭。“内丘出现‘王炸’了，还上了央视新闻！”村民们互相传着，防疫神经绷得更紧了，甚至有救护车正常出车，接非新冠肺炎的病人，大家也会以为是有人“中招”了。

一位村民和我说，“不管在哪，只要听见那‘呜呜’声一响，整个人都跟着害怕”。村微信群里也总有些不靠谱的说法，每当我看到就赶紧纠正，将官方平台发布的最新进展和各种健康知识，转发到群里，让乡亲们不信谣、不传谣，科学防疫。

不过还是有村民担心过度虚惊一场。1月29日上午，我正在村口卡点值班，手机响了，本村一位村民留言，“朋强你在哪里，能不能回卫生室一下，我在门口等着，问你点事”。

我赶到卫生室，看着平时大大咧咧的他，终于戴好了口罩。天天喇叭吆喝、微信群里宣传，看来大家都往心里去了。

“这回挺好啊，出门一定要记着戴口罩！”我表扬他说。

“这两三天心里老紧张，晚上睡不着觉，难受得不行，这才来找你。”他说。

“唉，这不之前我想热一下吃剩的鱼，没想到掀开锅盖一股子腥臭味。这两天老感觉胸闷，犯恶心，还有点想拉肚子。头两天我看电视上说有一个肺炎，不发烧光拉肚子。我买那鱼万一是武汉的，咱也不知道。”他着急地絮叨。

我问了一下，他最近既没出过村，也没吃那些剩鱼，就安慰他说，“没有说吃鱼会传染，你这可能是胃肠炎，一会儿我给听听看”。后来，我给他做了检查，又开了两天的药。第三天打电话回访，这位村民说，“没事了，搞明白了晚上就能睡安稳了，肚子也不难受了”。

还有一次，因为发消毒液闹笑话。我从卫生院领回来两大桶消毒原液，免费发给村民，每家一升，回去后按比例兑水能用很久。在村微信群发了通知后，乡亲们就陆续带着塑料瓶来了。

有个70多岁的大娘没弄明白，以为是领药，问我：“我们家好几口人呢，这一瓶拿回去哪儿够喝呀？”我赶紧告诉她，“这个千万不能喝，回去兑水用喷壶屋里屋外喷喷，别沾到身上啊”。

第二天，大家都说喷过了，还有人“吐槽”消毒水“味道呛”。后来看到新闻，有的村发放的消毒泡腾片，被村民误食了。我还真有点后怕，万一没有嘱咐到位，谁不小心喝了，这液体可比片剂危害大。

# 奔丧者被拦在村口，破例让他远远看一眼

口述：胡建勇 | 38岁 | 公务员 | 湖南郴州
时间：2020年3月7日
整理：尹平平 | 新华每日电讯记者　郭鹏程 | 通讯员

2月5日晚，已到了肝癌晚期的山下村村民王如俊，再也熬不下去了。弥留之际，他想最后见大哥王如英一面。这些年，他一直跟着大哥在长沙谋生，兄弟俩感情深厚。

但眼下正是疫情防控时期，不仅村里劝导王家人丧事从简，外来人员也根本进不了村。

王如俊今年才40多岁，正值壮年却得了肝癌。难以承受“白发人送黑发人”的父亲，禁不住如俊一再央求，更不想让儿子死不瞑目。第二天一早，他含泪拨通了大儿子如英的电话。王如英虽早有心理准备，却没想到弟弟病情恶化这么快。他急着从长沙往老家桂阳赶，没想到却被我们拦在了村口。

说起来，王如英是从长沙偷着跑出来的——疫情期间，他女儿曾去了一趟上海，返程航班上发现一个疑似病例。作为密切接触者，他们一家人被要求居家隔离观察。按隔离期的规定，王如英连家门都不能出，更别提开三四个小时车，回老家了。

手足情深。王如英趁中午时候绕开社区人员，偷偷开车溜出来，直奔300多公里外的桂阳而来。长沙的社区防疫人员发现后，赶紧打电话催王如

英回去。他只得如实相告，希望对方能够理解，又加大油门继续赶路了。

对方知道追不上他，赶紧想办法与桂阳县联系，请我们对他进行隔离或劝返。

接到这个电话后，我们都非常紧张。当时，总人口90多万的桂阳县，新冠肺炎确诊病例仍然为“0”。这个成绩来之不易，要保持到疫情结束，一点闪失都不能出。

为确保万无一失，我们方元镇几个乡镇干部，兵分两路，分别到高速公路出口和村口蹲守拦截。

那天，天气很冷，风也很大。我们几个在村口等了三个多小时，心里始终忐忑不安：王如英会不会绕道躲过我们？见面后能劝得动他吗？

当那辆湘A牌照的银灰色小汽车出现时，已是当天傍晚五点半了。我们把车拦下。司机下车，关上车门，没等我们说话，人已哭出声来：“弟弟、我要见弟弟……”

眼前这个中年汉子，便是王如英无疑了。

这时，王家一个长辈迎过去说：“老侄儿，你回来晚了。如俊中午就已经走了……”

王如英哭着快步往村里走去。我上前拦住他，说长沙那边已经给我们打电话了，请我们协助对你进行隔离或劝返。“您的悲痛我们完全能理解。人死不能复生，请您节哀顺变。现在是疫情期间，按上级规定，外来人员一律不准进村参加丧事，只能劝您回去了。”我耐心地劝他。

“这不可能！我大老远从长沙跑回来，就是为了见我弟弟最后一面！”王如英悲愤难当，认为我们这样做有违人伦常理。

“我是方元镇的镇长，必须对当地老百姓负责。您还在隔离期，有一定的感染风险。村里可都是您的乡亲，请您理解一下。”我也毫不退让。

“有你们这样落实政策的吗？这是层层加码！我跟你们县委书记很熟，现在就给他打电话。我倒要看看，书记的话你们听不听！”王如英态度强硬，还威胁说要把这件事当成负面新闻捅出去。

后来我才知道，他在省城长沙生活工作多年，事业小有成就，人脉也广。

“您打吧。我们这些防控措施都有政策依据，又不是针对您个人。我们要为村里人的健康负责！”我不亢不卑地顶了回去。

没想到，他还真拨通了我们县委书记的电话。电话里，彭书记对他的处境表示理解，安慰了几句，并劝他不能因为小家连累了大家，还是返回长沙吧。

“不让进也得进！”求助无果，王如英更加激动，眼看就要跟我们起冲突了。

这时，他父亲走到村口来，哭着对他说：“如英，你能回来已经尽了兄弟情谊！有你这么讲情义的哥哥，如俊在天之灵也会得到安慰。大家也都是迫不得已，咱就别再添乱了，你还是回长沙吧！”

父子俩相对垂泪，哀恸不已。经过一番劝解，王如英冷静下来，答应返回长沙了。

人非草木，孰能无情。看到他转身离去的孤单背影，我们心里也很难过——他这么老远跑回来，没见上弟弟最后一面，能不遗憾终生么？

我心想，能不能变通一下，为他做点什么。

“他家离村口远吗？”我问村干部。

“不远，就在村马路边上。”村干部往王家方向指了一下。我赶紧安排村医，马上到王家附近去消毒，把在场的亲人也清一清。紧接着我叫住他，“看你们兄弟情深，你家又在村边上。你看这样成不？你把车开到家门口别下车，让家人把大门打开，坐在车上看一眼弟弟再走吧。”

王如英有些意外，听后感动得热泪盈眶。他把车开到家门口，在车里冲着弟弟的灵柩，双手合十，深深地拜了三拜。空气凝重压抑，弥漫着难以言传的悲痛，在场的人无不为之动容……

两天后，我收到了王如英从长沙发来的微信，为自己当时的态度表达歉意，并对我们通情达理又不失原则的做法致谢。

这一段时间，我们在基层开展防疫工作，面对的情况多种多样，往往既要有“硬度”，更要有“温度”，遇事多从百姓的角度思考。只有这样，才能真正得到群众的理解和支持。（应受访人要求，王如英、王如俊为化名）

# 我想记住你们摘掉口罩后的样子

口述：梁亮 | 33岁 | 辅警 | 陕西汉中

时间：2020年2月19日

整理：陈晨 | 新华每日电讯记者

因为疫情在高速公路上流浪多日的湖北司机肖红兵，终于在我们的帮助下，找到了歇脚的地方。

肖师傅的遭遇在网上传开了。因为这件事，他还成了“网红”。很多网友也给我们点赞，说我们厚道执法。我心里很感动，还有些惶恐。我不过做了一名交警应该做的事。

“警察同志，我实在太累了。请让我睡10分钟就好，就10分钟……”这是我和同事袁明星，见到肖师傅时，他对我们说的第一句话。

1月29日下午两点多，在十天高速天水方向的新街子下站口，一辆湖北牌照轻型货车停在应急车道，司机居然在驾驶室后排卧铺上睡觉。做辅警快3年了，这种不管不顾的行为，我还是第一次遇到。

我们询问后才知道，这位司机姓肖，是湖北天门人。今年1月初从家里出来，一直在全国各地拉货。疫情暴发后，生意没了。因为是湖北牌照，沿途服务区都不让进。到汉中时，已经很久没有休息了。

“你不能停在这里，太危险了。我们带你去服务区，到那里休息吧。”我们开车把他领到勉县北服务区。服务区的工作人员并未嫌弃肖师傅。他们为车辆消毒，给他测体温，还送上热水和水果。肖师傅非常感动，坐在车上就哭了。

过了十几分钟，他说："我休息好了，我要回家。"我们叮嘱他注意安全，一直目送他开车走了。谁知，在我们回中队路上，又看到他的车停在应急车道上，这里距汉中北服务区十几公里。

他靠在驾驶位上休息，看上去十分疲劳。显然，已经不能开车了。我对他说，疫情发生谁都不愿意。你这样过度疲劳开车太危险，还是跟我们到服务区去吧。

我们将他带到汉中北服务区，向工作人员做了解释，他们把肖师傅的车引导到了停车位。我问他，最近在车上都吃什么。他指着副驾驶位上的泡面和方便食品说，已经吃很多天泡面了。我们在高速公路上执勤，吃泡面是常事儿，特别理解吃久了是啥滋味。

我到服务区餐厅，想给他弄点饭菜吃。因为没有餐具，我就买了一盒泡面，把面饼倒出来后，用泡面盒装了3个菜和米饭，给肖师傅送了过去。一看他狼吞虎咽的样子，就知道这人好久没吃过一口热饭了。

从那天起，按着疫情防控要求，他一直在汉中北服务区隔离观察。我们领导和同事每天都会去看他。

隔离观察解除后，我们协调服务区员工宿舍让他住，每天有工作人员送饭。还有很多好心人，为他送去洗漱用品和换洗衣物。这些天，我们没事就过去陪他聊聊天，问他有什么困难。肖师傅说，家里还有70多岁的老母亲。我们就让他和家人视频，报个平安啥的。

因为隔离期已满，他每天可以在服务区活动。我叮嘱他一定戴口罩。

肖师傅是一名退伍军人。他说，在汉中感受到亲人般的温暖，已把这里看成第二故乡。

我听完感触很深，因为我也是一名退伍军人。

高速交警常年轮班值守，我们晚上经常睡在中队，陪家人的时间并不多。今年更是如此，我从初三一直上班到现在，中间只回家换过两次衣服。

有时晚上和3岁的女儿视频，她不明白我每天都在做什么，只会嚷嚷要“爸爸早点回来”。

这段日子我们太忙了，连剪头发的时间都没有。其实，就是有时间也没地方剪，头发都长长的、乱乱的。2月14日，有几位热心市民来我们这儿，免费给大家剪头发。我把肖师傅也请过来理个发，打理得精精神神。

这天，肖师傅特别高兴，硬要拉着我和同事一起自拍。他还让我摘下口罩，说：“大家帮我这么多，我总得看清你们长啥样！”

无论是湖北人、陕西人，我们都是一家人。再说了，谁还遇不到个难处啥的？只要大家互相帮助、互相温暖，再大的困难也会变小的。这个春节过得很漫长。因为疫情，车流量比过去少很多，可我不希望这样，期待疫情尽快结束。

车多了，希望就有了。

# 我为上海“守大门”，得让大家“有路走”

口述：许思颖 | 36岁 | 交警 | 上海青浦

时间：2020年2月17日

整理：周琳 | 新华每日电讯记者

我所驻守的S32申嘉湖高速省界卡口，是西南入沪的第一道大门。我们卡点的位置比较特殊，虽然是上海的卡点，却坐落在浙江境内。

1月26日，我们青浦公安分局交警支队高速大队接到通知，重新启用浙江和上海省界高速公路卡口的检查站——此前由于取消省界收费站，人员已经全部撤离。

第二天早上六点半，我带着民警们来到这里，拆掉广场的围封，重新铺设路线，安放隔离桩，恢复到符合标准的检查站。27日24时，查验工作准点启动，我们民警和医务人员、志愿者开始日夜驻守。

2月15日，正好是我值班，到第二天早上八点半才能下班。天气预报说气温会骤降，分局给我们每个人都熬了姜汤，让大家驱寒。

我把卡点里家底都翻出来了——毡绒帽、围脖、暖宝宝、防寒手套，都给值班人员发了下去，能用上的都用上。发完才发现，忘记给自己留一套了。我只好拿了一套雨衣，心想多跑动应该就不冷了。

这天的天气不好，是个回沪的“平峰日”，分局给我们紧急搭了三个帐篷。本来我还想让大家多休整一会儿，在帐篷里取取暖。到了傍晚，果然下起了大雪。浙江方向的雪特别大，道路不具备通车条件，决定封闭高速主线。

由于浙江主线封了，对于入沪车来说，如果要劝返回浙江，就会正面相会，产生堵点，需要另辟一条新的检查和劝返通道。

喝下一杯姜汤后，我召集很多撤下来还没来得及休整的民警，和我一起上了道口。

300米的距离，我们火速摆放了防撞水马和反光锥筒，15分钟就新开了通道。摆完这些物理隔离设施后，大家都头顶冒汗了，等于最好的“运动”。

晚上我怕结冰，又专门抽调了一个民警和辅警，每小时去负责的路段巡视一圈。一个通宵，要把所有桥面和涵洞都排查，如果路面结冰，就要及时铲掉。

整整一天24小时，我们这个卡口一共检查汽车3675辆，人员8454人。到了次日凌晨四点，我才回到集装箱里休息了一会儿。

虽然一夜大雪，我们管内路段并没有因为路况问题，发生任何交通事故。

现在是疫情防控期间，卡口会遇到各种各样的情况，我们检查不仅要不漏一车、不漏一人，更重要的是不能大门一关，让那些被挡在外面的人不知所措。

我们是交通警察，无论遇到什么情况，得让大家“有路走”。

现在属于特殊时期，如果没有上海固定住所或工作的证明，就不能入沪，但很多人并不会随身携带居住证。我们就通融一下，比如你有某个房屋的连续水电煤缴费记录等，就可以作为在上海有固定住所的证明。

前几天，有一位司机开车从安徽过来，车里有一位湖北籍乘客。房东听说这个情况，直接上锁不让他进门了。他车上还有一个3岁的小朋友。

我们经过协调后，让他先到就近的集中隔离点观察14天，再沟通房东14天后为他开门。

三年前，我来到这个卡点驻守。取消省界收费站后，由我关闭最后一条收费车道，转身把最后一道大门也锁上了。

如今，我再次来到这个卡点，想到家人、亲友，还有上千万的陌生人，都生活在身后的这座城里。

来了，就等于立下了军令状，就要把这道大门守好。等到疫情防控结束时，我再亲手锁上这里的大门。

# 出狱后发现女友已嫁人，竟要求重回监狱

口述：段畅云 | 51岁 | 司法所所长 | 湖北英山
时间：2020年2月26日
整理：黄海波 | 新华每日电讯记者

2月13日上午，我结束在卡点的执勤，本想回所里休息一下，突然接到江西赣江监狱打来的电话，在那里服刑的叶锋，是我们红山镇人，19日刑满释放。由于联系不上家人，叶锋情绪低落。监狱希望我们先了解一下他的家庭情况，以便后续接收安置。

挂下电话，我脑子里嗡嗡地响。要在平时，监狱提前发函告知情况，人回来报到后，我们司法部门开始帮教。在基层司法所干了30年，我对这套流程再熟悉不过了。可现在疫情这么严重，人怎么过来？过来怎么交接？感染了怎么办？

等把这些问题都过一遍，熬夜留下的睡意，也被冲得无影无踪了。我立即叫上派出所的民警，赶到叶锋的村子。找人一聊才知道，叶锋父母双亡，是靠叔父养大的。多年前，他离家出走，再也没有回来过。

我去做老人的思想工作，他却先抱怨起来，“没有孝心，不懂事，这么多年也没寄过一分钱！”

“你也知道他从小就可怜，在外面犯了错，回来咱还当孩子一样。”

……

经过一番劝说，叔父同意让他回来。

我把情况告诉了监狱，提出现在交通管制，出行非常不便，希望他们在疫情解除之前安置好叶锋。监狱那边同意了，表示会妥善安排。

顺利完成对接，我心里的石头也落了地。

19日这天，叶锋出狱了。中午，我又接到监狱电话，叶锋不同意监狱的安排，提出要到九江的朋友那里暂住，对方也同意。

入狱之前，叶锋在九江做保安，还谈了女朋友。想着出狱拿到身份证后，再去找女朋友。

我觉得这样安排也挺好，就通过监狱和叶锋通了电话，询问他有什么需求。听得出来，叶锋心情不错，对我表示感谢，还说了要积极面对生活，遵纪守法之类的话。

谁知没过两天，监狱再次打来电话。叶锋到了九江，取回身份证后，就去找女朋友。人没找到，却打听到女孩已经嫁人的消息。他受不了这个打击，情绪有些失控，死活不愿回到朋友家，甚至给狱警打电话，要求回到监狱。

当时，有些监狱已经出现疫情，防控压力这么大，怎么可能回去。

尽管负责联系叶锋的监狱，竭力劝说他回朋友家，但叶锋没有同意，最后说要回湖北老家。但到了九江火车站，他发现已经没有开往英山方向的车了，于是滞留在了广场。

听到这个消息后，我急得像热锅上的蚂蚁。于是，我一边请监狱再想想办法，给他找个地方落脚，一边向镇里向县里汇报，想办法救援。县里向市里汇报，又和江西那边沟通。我们领导还到县疫情防控指挥部汇报情况。这位刑满释放人员的回家之路，确实让很多人牵肠挂肚。

通过多方准备，我们决定前往江西接人，并且备好了司机和叶锋的防护物资，还协调高速卡口通行手续等。22日，江西传来消息，监狱已经联系九江市浔阳区司法局，第二天会把叶锋护送到九江与湖北的边界处。

23日一大早，我们就派人前往九江，而我在英山高速路口待命。等待的时间，我心里七上八下。说实话，我接过的刑满释放和矫正人员不下200人，没有一次有这么大的压力。压力不仅仅来自工作职责。我们英山这次疫情控制得非常不错，但距离武汉这么近，叶锋又辗转了几个地方，万一带来感染怎么办？我不敢往下想。

下午2点，接叶锋的车终于下了高速。医生立刻给他测体温，还好正常。随后，我和镇政府、派出所的人一起，把叶锋送到医院，测体温、做CT，进一步排除发热、肺部发炎……忙乎了一天，叶锋终于回家了，不过只能暂住在他叔父腾出来的房子里，隔离观察14天。

尽管如此，我的压力还没有解除，每天和叶锋微信交流，问长问短。既担心他的思想状况，也担心他的健康状况。就在前天，他通过微信告诉我，他的妈妈并没有去世，而是在他一岁时被人拐走了，希望我能帮他破案。听到这里，我的心又是一紧。（应受访者要求，叶锋为化名）

# 父亲终究没等到家里的新房盖起来

口述：赖玉丹｜36岁｜瑜伽教练｜浙江温州

时间：2020年3月6日

整理：李坤晟｜新华每日电讯记者

3月3日晚上，我接到母亲电话。她哭着说："你爸爸不行了。"

"妈，你在说什么呀？"脑子像一下子炸开的我，根本不敢相信妈妈的话。

从电话那头的哭诉中，我判断父亲出事了。但下意识地安慰自己，一定是母亲急得语无伦次，才说父亲"不行了"。

"妈，你千万别急！先打120。我马上回来。"

"120来过了。你爸不行了。"

……

母亲的情绪平复不下来。我挂上电话，以最快的速度开车往老家驶去。从乐清市区到琯头村大约20公里，我在路上急得差点追尾。

父亲怎么可能出事？两天前，我才回去了一趟。当时，乐清刚刚结束交通管制。村旁边有个小微工业园区。父亲是村里的网格员，他的工作从以前守住卡口，变为现在给返村的外来务工人员登记办证。那天中午，他回家匆匆吃了几口饭，就出门去执勤了。现在回想并没有什么异样。

去年，我专门带他做了体检。核磁共振、CT、B超、验血……除了慢性胃炎，检查结果一切正常。平时，我住市区，父母和哥哥在瑄头村老家。那顿前后不到半小时的午饭，竟是我和父亲的最后一面。为什么他走得这么急，不多给我一点点陪伴他的时间？

据监控视频显示，3日晚上7点35分，父亲骑电动自行车去村口的新居民登记点执勤。7点45分左右，在距离登记点200米的地方，他先将电动自行车停靠，然后一头栽倒在路边。5分钟之后，一名来自贵州的务工者发现了他，随即报警，跑到卡口喊人帮忙。8点10分，救护车赶到现场时，父亲已经离开了。母亲给我电话时已近8点半。

父亲这一生，实在背负了太多的东西。他叫赖小东，1955年出生，是一个平凡的农民。家中上一辈六姊妹，只有他一个男丁。在农村，男丁稀少的家庭，往往意味着缺乏劳动力，家里能帮衬的少。父亲从小就要去山上捡柴火，帮家里做农活。

后来，家里实在困难，他连小学都没有读完，就干活补贴家用了。从种地到开三轮车、开船、开小货车，父亲一辈子换过很多工作。因为没文化，全是起早贪黑的体力活。当年，母亲家里兄弟多，她排行又小，条件好一些。父亲总跟母亲感叹，我想读书没得读，你明明有书读，自己还不读。

前几年，父亲在村里当了一名网格员。因为文化不高，年龄又大，工作中，他常常要请教同事，或是让我哥哥帮忙。同事们对他很好，总是耐心帮他。但老麻烦人家，难免过意不去。所以，父亲干起工作来，特别积极认真。同事们都说他是头任劳任怨的老黄牛。父亲生前最后一个电话打给了同事。同事说，雨大，你就别过来了。可他还是穿上雨衣出了门。

父亲是一个老实人。遇到问题，他总先想是自己做得不好。我们兄妹从小接受的教育，也是不要占别人便宜，遇事息事宁人。虽然家里经济条件不好，但父亲的人缘一直很好。经常有邻居到我家坐坐，有时还会捎来一些好吃的。这个时候，父亲总要拿点东西让人家带回去。

在我记忆中，父亲从来没有打过我和哥哥。母亲脾气急一点，有时候唠叨他，他也不会跟母亲吵架。我恋爱结婚，他只是说女孩子嫁人，只要忠厚老实，过得幸福就好。

我曾想，虽然我们家日子清苦些，但父母身体健康，一家人和和睦睦也蛮好。可现在刚转个身，父亲就走了。他甚至没等到家里的新房子盖起来。

哥哥的婚事，是父亲心里的一个结。在农村，娶媳妇先要建房子。可我们家上次建房子，都是30多年前的事了。父亲总觉得，哥哥至今未婚，是他没有尽到为人父的责任。所以，他生前心心念念的就是为家里建一套新房。

听妈妈讲，我两岁的时候，家里的房子被台风刮倒。当时，他们找亲戚东拼西凑，借钱建了房子。小时候，我家被村邻称作“台湾岛”，意思是孤零零地立在田地边，四周没有邻居。因为房前屋后没有遮挡，每年刮台风的时候，父亲要赶紧用木条将窗户封死。现在我还能清晰回忆起，台风撞击在窗户玻璃上的嗡嗡声。

30多年前借钱建的房，预算实在捉襟见肘，材料省着用，房子的质量自然称不上好。几年前，我家就成了危房。二楼的栏杆，石料掉了。每逢大雨，房间就会漏雨渗水。为了建房子，家里一直在攒钱。2018年，我带父母去了一趟横店。这是我唯一一次带他们旅游。平时怎么劝，他们都不出去，总说要省钱。

去年，父亲终于推倒了老房子。如果没有这场疫情，按照计划，新房应该已经开建了。

父亲辛苦了一辈子，终于要解开心结的时候，却永远离开了我们。最后的时光，他和我妈妈还住在临时过渡的简易棚屋里。这几天，我总在想，哪怕他只是亲眼看见新房破土动工，那也好呀！

因为疫情，乐清交通管制。春节之后，我同父亲只见了两面。除了最后那顿午饭，就是正月初八他65岁生日时。由于特殊时期去不了餐馆，也买不到生日蛋糕。那天，我们一家人坐在棚屋里，吃着母亲亲手做的炒面。席间，父亲又提到了等疫情结束就马上盖房子的事。

现在，我只希望，父亲在那边能过得快活些，不要再担心家里的事。其实，他把我们这个家照顾得很好了。

# 百姓记忆

# 我在武汉华南海鲜市场楼上卖眼镜

口述：王力丰 | 51岁 | 商户 | 浙江温州

时间：2020年2月17日

整理：魏董华 | 新华每日电讯记者

现在回头想想，我当时的很多举动，其实救了全家人的命。

我是温州瑞安人，在武汉华南海鲜市场楼上做眼镜生意。说起来，也算不幸中的大幸。我们警觉得比较早，刚有风声时就开始戴口罩防护。后来听说，市场里有几位轻度感染的温州老乡，都及时去医院救治，现在也都痊愈了。

2004年，华南眼镜城开张。我是第一批入驻市场的商户。与华南海鲜市场一样，华南眼镜城也隶属于华南集团。海鲜市场在一楼，分为东西两区，中间隔着新华路。眼镜市场在二楼，面积1万多平方米，商户一百多家，也分为东西两区。其中大概有20多户温州人。

我们温州人喜欢海鲜，偶尔会去楼下海鲜市场，买点螃蟹、基围虾之类的。但不会去买那些野味吃。

我最早开始戴口罩，是12月31日。这天，我在朋友圈和微信群里看到，“武汉出现类似SARS感染病例”。毕竟经历过2003年的“非典”，我当时就紧张起来了，心里盘算着该如何应对。

结果，第二天有关部门出来辟谣——“不是SARS，专家说暂时没有人传人”。我们老百姓哪里懂得这么多，就认为可能是一般肺炎。

紧接着，元旦那天，楼下海鲜市场就整顿休市了。当时，我们还正常营业，大家偶尔还下楼去，围观如何整治卫生，打探疫情方面的情况。当时很多人还想，这得整治多长时间，不知年前能不能重新开业。直到我们接到通知，二楼眼镜城也要提前休市，这才感到大事不妙。正常情况，眼镜城一般是在1月20日左右休市。

市场管理人员通知我们，准备提前一周休市。1月6日前后，又通知1月11日休市。也在6日左右，我们听市场里的人说，有几家商户感染不明肺炎，已经在住院。这时，一些小道消息越来越多，恐惧感也慢慢加剧。

华南海鲜市场周边有三家医院。听一些医生朋友说，每天有不少人感染，与官方公布的情况不太一样。我感觉疫情不会那么轻描淡写的，开始高度警惕起来——反正那几天也没有顾客，1月10日我就提前关门了。

当时，儿子读书的中学15日才放假，课外培训班要等到20日结束。除了送儿子上学，我和老婆就不太出门了。

由于我们所处的区域位置敏感，脑袋里就要比别人多一根弦儿。当时，我已能明显感觉到，华南海鲜市场周边几个社区，出来的人相对少一点，走在路上也神色紧张。

大多武汉人还没什么感觉。送孩子上学时，我也在观察，地铁、公交、街上、超市里都和往常一样，没什么人戴口罩。孩子回家还说，“为什么要戴口罩，班上其他同学都没戴，很奇怪。”

“你别管别人了，自己戴好口罩！”我说。现在回想，这真是一个明智的举动。

本来1月22日，我们回老家要办乔迁宴。15日的时候，我就打电话提前取消了，通知了一圈亲戚朋友。早办晚办都一样，不要担那么大风险！一方面我担心万一身体出状况回不了家，另一方面担心人太多，万一感染怎么办。

11日，市场停业后，又听说有几位轻度感染者，好在当时医疗资源还没这么紧张，去了还能就诊。这是事后听别人说的，当时谁也不会把隐私告诉别人。

我回温州是临时决定的。19日晚上9点多，我们睡前打开手机，查了下回温州的机票，看到20日航班还有票。“算了，我们还是回去吧，我明天给老师打个电话给孩子请假。”我和老婆商量。就这样，我们晚上10点多开始收拾行李，第二天飞回温州。

20日，一个亲戚送我们去机场。我们全程戴着口罩。当时，听说机场管制比较严格了。但到达后我们发现，机场和平常也差不多，只偶尔看到几个人戴口罩。我很纳闷儿，好像大家对疫情很放松，没有什么感觉。登机后，空姐看到我们，悄悄地说：“你们一家防护措施做得真好，我也想戴口罩，现在上面不允许。”

从空姐的眼神里可以看到，她其实挺担心的。因为是公共场合的服务人员，佩戴口罩要有统一安排。当时，很多乘客、机场工作人员，都没有戴口罩，跟平常没有什么区别。可见，疫情并没引起大家足够的重视。回头想想，幸亏自己口罩戴得早，走在路上刻意与别人保持距离，市场关门之后就居家，也不出去吃饭。

飞机抵达温州后，我们提前约好车，直接回老家瑞安马屿镇儒阳村。当时，从武汉回来还没有要求隔离呢。不过，我还是比较谨慎，取消了所有应酬，也不让亲戚来上门走动。印象中，瑞安市政府21日左右正式发通知，提醒不要接触武汉回来的人。

说实话，当时并没想到武汉以外还会这么严重，我们也曾外出上街准备年货。就算去市场采购，在外面待的时间也很短，从不主动和别人接触。回家后两天，亲戚朋友还办了几场乔迁的喜宴，我们也没有去。

我是从武汉华南海鲜市场出去的，比较敏感，其他人可能没有我想得复杂。

相比之下，浙江的防控措施比较早。很快，村里就不让办红事了，大部分农村的酒席都取消了。23日凌晨武汉“封城”，全国对疫情的重视程度都高了。我回家才两三天，浙江马上就启动一级响应了，管制措施非常严格。

大年初一开始，文化礼堂就关闭了。往年，村里人都会聚在一起热闹热闹，现在这些活动也都取消了。村干部挨家挨户做工作，尽量不要聚集。接下来每个村开始封路。虽然给生活带来不便，非常时期也没办法。

我们安心在家里隔离。有时待的时间太长了，晚上看没人了，就去自己家楼下散个步。农村9点之后，外面就没什么人。

我们村有30多位从武汉回来的，现在都没有被感染。眼镜城里有几个温州人，过年没赶回来。有的因为“封城”想走走不了，有的因为轻度感染也不能回来。

现在就等着疫情过去，孩子开学再回去。我们眼镜市场在这么敏感的区域，能不能正常开门营业也是未知数。管理方说，要根据政府发布的信息最后确定。后来，我们得到消息，不会早于2月21日开门。

现在主要关心孩子上学问题。生意上的事情也没办法，累了大半辈子了，就当歇一歇吧。

今年生意肯定会比较难做，大家心情都是一样的，希望疫情早点控制住，市场能慢慢回到正轨。现在苦的是武汉那些被感染的患者，还有一线医务人员。我每天看新闻，想想都特别难受。（应受访者要求，王力丰为化名）

# 武汉“封城”满月时，上网“抢菜”仍很难

武汉“封城”整整一个月，除了备受瞩目的一线医务人员，与病魔作斗争的人们，那里普通人的生活现在怎么样？我们采访了三位住在不同区域的普通武汉市民，听他们聊聊最近的武汉菜价。

## 即便被封在武汉，也庆幸春节回来了

口述：吴楚西 | 42岁 | 市民 | 武汉市武昌区

时间：2020年2月23日

整理：刘梦妮 | 新华每日电讯记者

直到2月18日前后，超市不再对个人营业，我父母才意识到买菜困难。

我家附近有一个沃尔玛超市。之前，一直是我爸每两三天去采购一次。只要超市开着，他跟我妈都特别有安全感，就觉得随时都能买到菜。我有时提出，家里是不是该多囤点东西，他们还不乐意。在他们看来，武汉物资是很充足的。最近，我们小区封了，超市也关门了，爸妈这才开始愁去哪里买菜。

我家在长江二桥下的商圈里，周边有多家大型超市，各种品牌的便利店遍地开花，私人杂货店也有很多。就是这样一个地方，我每次打开饿了么APP，便利店、水果店几乎全都关门。好不容易发现有一家开门的，刚一下

单，店家就联系说我们临时休息。偶尔下了一单，运费加到近百元，也无人接单，这些经历，让我很不安。

小区里大多数是老年居民，也组织不起什么团购。我只能在网上找各种买菜渠道，下载各类买菜APP。经过各种对比，我前几天下了一单肉、一单水果与一单菜。肉是各类套餐组合，商家1000元起送，我就凑了1000元出头。水果花了800多，菜300多，也都只是刚达到起送价而已。只买几斤的话，根本就不送货。

这几单都陆续收到了，品质还可以，就是价格贵，很多菜一斤都超过15元了。我妈看着那么多菜肉，终于放心了，但她仍跟我感叹说，这些哪有日子长呢？意思是，囤上再多的东西，也长不过困在家里的时间。

我平时在天津工作，这次春节是回武汉娘家。可能有人会说我运气不好，回来一趟遇到这样的事，但我却觉得自己是幸运的。

我父母一直按部就班生活。有意外状况发生时，他们这样的老武汉人，应变能力差得揪心。比如，他们一开始根本没有买口罩、戴口罩的意识，等反应过来时，早就买不到口罩了。还好我1月18日回来后，在网上抢了一些。再比如，他们习惯在超市买菜，以为能一直买下去，一旦超市不对个人营业，他们就不知道该怎么办了。

假如此时我在天津，完全不可能了解父母的真实生活，也没办法给他们提供真正的帮助。父母不会告诉我真实情况。比如说，哪怕没肉了，他们只会说还有什么什么，不会说肉已经没了。

目前，我们社区也在帮忙买菜。但那个群400人，只有一个人处理单子，今天一共有38人想买菜，一个都还没处理，因为昨天登记的都还没弄完。

如果不是我在武汉，父母估计也得等社区的配送了。最近这些天，我越来越觉得，即便被封在武汉，也庆幸自己春节回来了，陪伴父母一起度过这段艰难时光。

不知道这样的日子，还要持续多久？只要全家人在一起，就还好。

## 羡慕对面楼顶上的菜园子

口述：张旭 | 25岁 | 市民 | 武汉市硚口区
时间：2020年2月22日
整理：刘梦妮 | 新华每日电讯记者

最近我都在想办法买菜。

在我住的小区，盒马生鲜配送不了。我在天猫超市下了5单，买了面粉、牛奶、油盐酱醋，有两单送货了，还有3单毫无动静。打电话给物流客服，原来有些站点已停止运营，不解封就不会配送了。京东上买的米面，也是催了很多次，快十天才送过来。

刚封小区时，我在一个APP上买了300多块钱的蔬菜。平台起送价就是300元，菜5斤起卖，面粉只有50斤一包的，蒜苗没货，老干妈没货，很多我想买的东西都没货……第二天中午收到菜，包装不好，回家清理了下，菜不大新鲜，还有一些坏掉了。

就是这样的平台，也不是想下单就能下单的。它设置了区域限制，我们这边每四天才开放一次。

我想再去超市买点菜，发现小区三个门都被锁起来了，剩下一个门有两人守着，不允许进出。我问他们怎么买菜呢，他们只说找社区，但却给不了我社区电话。几天后我才知道，即使出去了也没用，大超市已经不卖给个人了，只让团购。

后来，我总算加上了小区志愿者组织的一个买菜群，买了两斤肉，两斤草鱼，1份蔬菜。草鱼15元一斤，肉48元一斤，蔬菜54元一份，包括3根莴笋，1斤菠菜，1斤小白菜，4个西红柿。蔬菜可真是贵啊。不过，我也算幸运的了，至少不是完全买不到菜的人。

取菜那天，大家都很自觉地间隔一米排队。回家时，我碰到常在我家楼下遛狗的老奶奶，她看到我手中的菜，就问我从哪儿买到的。我告诉她是网上团购的，送到小区门口。她不知道怎么上网，还好小区里的小超市一直开着，还能买到米和鸡蛋。

从我家窗户望出去，能看到对面楼的楼顶，被人开辟出一小块地做菜园子。以前看着没什么感觉，现在可真是羡慕有人能有这样一个菜园。

## 每天睁开眼睛就开始浏览各种买菜群

口述：杨晓 | 23岁 | 市民 | 武汉市江夏区

时间：2020年2月23日

整理：刘梦妮 | 新华每日电讯记者

现在，每天早上一睁开眼睛，我就开始浏览各种团购买菜群。

武汉刚封城时，我们还可以出小区买菜。那时，超市的菜价只是比平时贵一点，我们每次都会买上一堆，囤家里，尽量减少出门次数。买菜真正成为生活中的问题，是在小区完全封闭后，所有人都不能外出了。从那时起，菜价就居高不下。

我家在武汉三环外，很多APP买菜都送不到我们这儿，只能通过小区的团购买菜。现在，在小区业主群里，一看到有团购信息，我立马就会加入。只有加了，才能进行对比，看哪家套餐性价比高。那些价格适中的团购，需要及时下单，否则就有可能抢不到。有时，在货比三家后，发现依然很贵，只能挑相对便宜点的买。

5升的金龙鱼大豆油，网上卖45元，团购价要90元，大家都在吐槽。差不多所有的东西，都跟这油一样，和春节前比增加了一倍吧。我今天刚收到一个团购包。4根胡萝卜，半斤平菇，两袋金针菇，一棵白菜，一斤小油菜，一斤藜蒿，一大块姜，6个大蒜，两棵莴笋。这些加起来，还有一斤多点的猪肉，我一共付了264元。

我想，只要是平时经常买菜的人，就知道这价格有多离谱吧。这家团购的好处是能挑些自己想要的菜，不用买搭配好的套餐。但选好后只给了一个总价，每种菜的单价多少，从头到尾我都不知道，也没有购物小票。之前买的套餐，常常搭配些我不喜欢吃的东西。但特殊时期也没办法。

还好，在封小区前，普通生活用品我都囤了不少。昨天，小区业主群有人转帖：一个老爷爷想买餐巾纸，但餐巾纸套餐里有卫生巾，老爷爷只能连卫生巾一起买，让人哭笑不得。

我觉得自己还算幸运。我住的小区比较新，物业也比较负责，至少还有一些团购套餐供挑选。但听说有很多老小区和还建房，几乎没人管。

其实年轻人还好，能想办法找各种渠道，即便价格贵一些选择少一些，至少还能买到菜。那些年纪大的爷爷奶奶，不会用智能手机的，真的就很困难了。希望社区和志愿者，能尽量照顾到这些老人。（应受访者要求，吴楚西、张旭、杨晓均为化名）

# 母亲笑话我，乡下人戴口罩还不笑死人

口述：邓安庆 | 35岁 | 作家 | 湖北武穴

时间：2020年2月3日

整理：刘梦妮 | 新华每日电讯记者

1月19日，我离开北京时，北京西站候车厅黑压压的人群，戴口罩的很少。上车也没看到有人戴口罩。我也心存侥幸，觉得离武汉那么远，直到火车进了湖北境内，才把口罩戴上。当时整个车厢戴口罩的，只有我一个人，大家都没事似的刷手机、睡觉、嗑瓜子。

那时候，车上旅客好像并不知道，新冠肺炎疫情已从武汉蔓延开来。

晚上八点半，我乘坐的G587到达武汉。原计划在站前旅馆住一夜，第二天坐长途客车回老家武穴，一个距离武汉不到200公里的县级市。一位朋友听说后叮嘱我，“武汉疫情严重，不要逗留，赶紧走”。于是我联系当地朋友，请他连夜开车把我送出了武汉。

回家后，我跟父母亲讲了疫情的事，他们好像没有理会，“哦”了一声就去忙了。不管我怎么说，在他们眼里，家乡仍然是一个安静的乡村，没有什么异样。大家从全国各地回来团聚，不光要准备各种年货，还得忙过年的大事小情。心存侥幸的乡亲们，也看不到危险。他们认为这种远在武汉的事情，跟自己扯不上什么关系。

从回家到春节不过几天时间，眼睁睁看着疫情蔓延到多个省份。我一看到这方面的消息，就赶紧告诉父母。母亲一边烧火一边有点儿烦躁地说："你一天到黑都说这个！"我说："不能不说啊！别去人多的地方，要戴口罩、要勤洗手……"

母亲大笑道："乡下人戴口罩，不笑死人咯！你看哪个是戴口罩的？"

"不能因为别人不戴，你就不戴。"我心里挺着急，但母亲还是没怎么放在心上。

一天晚上，母亲来我房间聊天，我趁机用手机给她放了十几个疫情的视频。她看完后，终于认真地问我："都这么严重了？"我接着她的话茬说："当然啊。你们在乡下看不到这些消息，外面都非常紧张了。"

母亲又提到拜年的事情，我听着就头疼，忍不住冒出一句："叫那些亲戚们不要来拜年了，其实电话拜年就挺好的。"母亲却不这么看，她说："那怎么行，很多亲戚连联系方式都没有，也就过年来一次。"

我又说："那你要戴口罩。"母亲不赞成："戴口罩接待客人多不礼貌。"我急了，"是面子重要，还是命重要啊？"母亲坚持说："你不拜年，阻止不了别人拜年。这个挡都挡不住的。"

没想到到了大年三十，母亲竟主动对我说："我跟你哥说了，这两天就去他家，不出来。要是有拜年客来，咱们家没人，回头就说去市里过年了，这样别人也没话说。"看来我天天在母亲面前的唠叨，终于起作用了——她已决定全家去市里哥哥家过年了。

更出乎意料的是，初一傍晚从我哥家回来时，一路畅通无阻，几乎看不到什么人。这要是搁到往年，马路上肯定是人挤人车堵车。到了我们垸里，家家大门紧锁，水泥路上一个人都没有。看来，我们的担心多余了。大家突然间都有了共识，都缩在家里，没有人出来拜年，也不串门。

现在，我们这里已经封城了。经常有电动三轮车从屋边开过，车里搁一个大功率扩音器广播，让大家尽量待在家里，哪里都别去。从我家到市区的公交车，已经停运多日了。如今机动车也不能开，去哪儿都困难。垸口前面的省道上，偶尔有救护车驶过，其余时间空荡荡的。

母亲买生活用品时看到，垸口除了之前停着的一辆面包车，堵在那里防止车辆进出，现在又多了专人把守。只要人们聚集聊天，那人就会去劝阻。大多数店铺都关门了，好在家里菜是不缺的，地里的萝卜、青菜多得吃不完，生活基本能自给自足。

我手上的医用口罩只剩3个了。这些天没舍得用，想等以后回北京的路上用。平时偶尔出门，戴的是村干部发的一次性口罩，垸里大部分人都戴这种一次性的口罩。村里没有消毒液，好像也买不到，大家能做的就是待在家里。这些天，村干部挨家挨户发口罩，对返乡的人做登记和体温测量，附近的村庄总体还算平静。

哥哥之前还时不时开车回来看看，现在因为封城，已经多日不见了。嫂子发视频来，只见哥哥沿着客厅慢慢跑步，侄子无聊地坐在沙发上看电视。还是在乡间稍微自在些，可以楼上楼下走动，实在闷了，就站在大阳台上看田地和村落。也不知道啥时候才能回北京，在这个未知的等待时间里，难得可以多陪陪父母，也算是一点安慰吧。

# 口罩见证爱情，很多事情不愿再等了

口述：圆圆 | 25岁 | 媒体人 | 湖北当阳

时间：2020年2月7日

整理：刘荒、完颜文豪 | 新华每日电讯记者

丁莉 | 实习生

据说，现在验证友情的方式，已经变成了“我的口罩分你一个”。有时候我也困惑：“全世界都在支援我们口罩，口罩都去哪儿了呢？”但转念一想，十几亿中国人突然都要戴口罩，短时间哪能供得上。

我的口罩是用来见证爱情的。恋人们这段特殊时期的感情经历，很容易让人联想到《霍乱时期的爱情》这本外国小说。光这个书名就挺应景，也挺贴切的。

1月21日，我从上海回湖北当阳老家。原定大年初七去武汉看男朋友，然后一起回母校华中师范大学会同学，吃他推荐的烤肉。如果时间充裕，还想找一个双休日去一趟神农架。没想到，这些计划都被疫情打乱了。

当阳是一个县级市，人口不到50万，口罩和消毒液早就脱销了。腊月二十九那天，我上午出门还没见几个戴口罩的，傍晚满大街的人都把脸遮起来了。估计是电视和网络铺天盖地的防疫宣传起了作用。家里仅有几个3M和N95口罩很快就用完了，只能戴过期的普通医用口罩出门。为了控制口罩消耗，我们经常派我爸一个人出去，买足三四天的食材。除了青菜贵了几块

钱，当地食品和日常必需品的供应压力并不大。

我男朋友是武汉人，在当地一家央企工作，办公地点离华南海鲜市场很近。他自己没有口罩，却在电商网站一“蹲”好多天，起早贪黑为我抢口罩。为了寻找口罩货源信息，他还通过一些论坛、网站，提前查好上货时间。然后每天定好闹钟，希望能抢到“漏网”的口罩。

可惜，10多天过去了，他一次也没抢到过，偶尔有口罩上货，一瞬间就秒没。

男朋友不甘心，找到一个多年没联系的日本朋友，帮忙买了50个口罩寄给我，这两天刚到货。小区封闭不能出门，快递不能配送，口罩还没有拿到手呢。说来有趣，快递告诉我取件时，还得交23块钱邮费。我心里埋怨，给女朋友寄口罩，怎么还寄个到付的邮件呢！他解释说不是他寄的快递，是那位日本朋友直接寄过来的，我这才知道口罩没有经他手。

我问他为什么不给自己留一些，他说自己单位毕竟是央企，做事情很规范，如果安排外出工作一定会发口罩，何况现在全世界都在集中支援武汉，不像我们小县城，什么事情节奏都慢，家里又有老人，多点口罩他会放心些。

春节期间，我每天都会看几次雷神山和火神山医院的施工直播，感受希望是怎样一步步建立的——这两个工地都有我男朋友单位的施工队伍。我更想看看武汉这座城市，希望阳光能多眷顾一下他在的地方。

为了打发突然多出来的时间，我每天都用switch（游戏机）打拳、跳舞，我爸也在旁边跟着扭，画面还挺有喜感。

春节刚过，我就被拉进网上一个同学群，玩剧本杀游戏。它和狼人杀的模式一样，只是从线下搬到了线上。这个游戏有个剧本，里面会设置真凶，每人扮演一个角色。参与者既要掩盖自己角色的真实目的，还要找出事件中的真凶。我跟着玩了三场，每天开一局。

男朋友对这个游戏兴趣不大，于是我们拉上另一个同学，建了一个“十日谈”的微信群。之所以叫“十日谈”，是受薄伽丘《十日谈》的创作背景启发：10个人因为瘟疫被困在一个房子里，大家说“那我们每个人都来讲个故事吧，一直讲到疫情结束”。

当时各种信息都有，比如说大家在疯抢双黄连、医院里面人满为患。我们设想把每天看到感兴趣的事情编成故事，发挥自己的想象力，玩接龙游戏。

正好同学家里养只猫，便有了故事开头：“这个猫受病毒影响，它变异了，变成一只巨猫跑了出去。人们很恐慌，担心病毒会给大家带来危险，那么这个病毒到底是不是……”

“这个猫也是受害者吗？是这个病毒引起了它的变异，还是因为它本身带来了病毒的传播？”就这样，接龙的人再做一番引申，把话题继续下去。

第二天，有人早上看见窗外的公路非常空旷，有感而发地抛出话题：“假设有一个人，开着车在空旷的路上行走，他会碰到什么呢？”这就等于重新起了个头，我往下接着说：“碰到他以前的上司，上司在咳嗽发烧了，好像得了现在很流行的传染病，我们要赶快把他送到医院，送到哪个医院去呢？”

……

到后面，接龙越来越离谱。由于每个人想法不一样，最后接不下去了，持续三天就结束了。

玩接龙编故事，表面上是游戏，其实我心里面很难受。

我现在算是“沪漂”，和男朋友异地两年了。现在，他已经在考虑疫情结束后去上海工作的事了，真的不想再异地了。疫情暴发后，有一件事对他心理上的打击非常大。他爸爸的一个朋友，前两天还在朋友圈说，最近有些不舒服，不回消息了。没几天，竟传来他患新冠肺炎去世的消息。

经此一“疫”，大家都觉得生命很短暂，可能说没就没了。以前很多事情可以等，现在突然不想等了。

说来也奇怪，前两年，我在英国读研究生时，我们属于相隔万里的异国恋，当时牵挂的感觉都没有现在这么强烈。这两年，我们一个在武汉，一个在上海，往往过去几个月都不觉漫长。但现在都在一个省，疫情暴发还不到十天，我就开始想他了。每天迫切地想知道他那边的消息。我刚回老家有点过敏，出现了头痛的症状，那几天他很担心，每隔几个小时就会问候一下。

实话实说，这个时期的湖北人心里都很焦虑：如果家人出现疑似症状，去医院还是在家里观察？在家里突然发作怎么办？去医院交叉感染怎么办？

之前我们都忙着上班，他关心足球，我喜欢爆米花风格的爱情小说。彼此交流更多是，把有趣的网络段子转发给对方。现在我们封闭在各自家中，每天的话题都围绕着疫情和家人：疫情什么状态了？每天吃什么才能不重样？要不要去抢购药品？对话一下子有了“过日子”的气息，好像我们已经生活在一起了。

有时候，我晚上和家人看电影到很晚，白天没事就睡大觉。男朋友那边上班了，便开始等待我起床的消息——九点钟没起床正常，十点钟没起床正常，下午一点钟怎么还没起床呢，吃午饭了吗？他就会打电话把我喊起来。

发生这么大的疫情，大家都害怕哪天自己的亲友生病了。前几天，我爸爸趁我不在时跑出去晒太阳，他知道后很紧张；他爸爸要去社区做志愿者，我妈妈听说了也很紧张，叮嘱他们做好防护。两家父母还没见过面，因为都在疫区，彼此都有了一些担心。

我俩以前还有些年轻人的冒险劲，现在更希望在一起后工作平稳，毕竟要考虑疫情对经济和就业形势的影响，不知道用人单位会不会对“湖北来的”有所顾忌。我有一个同学在深圳工作，老板一听他人在湖北老家，就让他别回单位了。这让大家很受伤，同学的爸爸气得要他辞职。

我暂时放弃了回上海的计划，还接了一个为期三个月的兼职，做英语网课的推销。这次疫情，可能会影响就业机会，还有大家对武汉人的看法。我男朋友说，连上海这些大城市的很多地方，都不太愿意招湖北人了。为此，他还写了一篇新媒体文章，讲述武汉作为一个城市，压力和运行都已经超负荷，呼吁大家理解武汉的现状，改变对湖北人和武汉人的偏见。

说起来挺可笑的，他以前从来不干这样的事情。如果这次不是很伤心，他是不会这么恳求别人的。

在这个节骨点上，我们都删了一些朋友圈好友。有些外省市的同学和朋友，对湖北人表现出了很大的敌意，每次一看到这些挑动眼球的东西，都会第一时间转发，然后开始骂，说“为什么全国的人民都在支援你们，你们武汉自己怎么就站不起来呢？”他们似乎并不在意我们的感受，太过分的我就干脆删掉了，男朋友都已经不愿意看朋友圈了。

有一天，我妈突然跟我说，她心里非常难过。原来我们家之前把闲置的小房子，出租给途家平台做民宿，春节期间被滞留在外的一家武汉人租用。因为他的车是鄂A的牌照，刚住下就遭到了居民投诉，引起了恐慌。物业对这个小区内所有的民宿，实行了断水断电的处理，要求把这些人转移到一家集中安置武汉人的宾馆里面去。

他们在疫情暴发前很久，就带着孩子在外面游玩，封城之前没有及时赶回去。他们不想去集中安置的宾馆隔离，担心可能会有肺炎患者。临走的时候，这个武汉男人委屈地哭了：“我们早就离开武汉出来旅游了，现在我只想给孩子找一个安全的地方待着！”

这件事情过后，我心里一直沉甸甸的，总挂念着那家人最后能否平安回家。我妈妈又难过又纠结，就算我们愿意用这个房子安置他们，也会给其他的业主带来恐慌，可又不忍心“牺牲”这一小家人。

往往，真正让人难过的，并不是面对疫情的紧张和焦虑，而是这种对他人遭遇束手无策的无力感。

前几天一大早，男朋友告诉我他做了一个梦，梦里病毒像怪兽般肆虐，他拉着我的手拼命向前跑。我追问后来怎么样了，他说：“后来梦醒了，天亮了，我突然很想和你一起去吃热干面。”

这大概就是新冠肺炎时期的爱情吧。（应受访者要求，圆圆为化名）

# 知道她在一线，相亲群里男生纷纷加好友

口述：赵鲍飞｜32岁｜央企员工｜山西运城

时间：2020年2月26日

整理：薛园｜新华每日电讯记者

近年来，一般的线下相亲活动，都是女多男少，不成比例。经常女性名额全报满了，男性那边才刚过三分之一。这次线上相亲会，本是疫情之下的无奈之举。出乎意料的是，男女比例竟然达到一比一。

“之前搞的那些相亲活动，一想到要当着那么多人的面做自我介绍，就觉得很紧张，怕到时连话都说不出来”，有男性参与者告诉我，线上相亲会则让他安心很多，于是就报名参加了。

这么看，过去线下相亲会上的“女多男少”，可能并非男女比例失调所致，而是宅男们太害羞了。

最近几年，春节期间我都会在山西运城老家，为平时在北京工作学习的老乡，组织线下相亲活动。

不知道只有我们这里这样，还是全国都是如此——婚恋交友喜欢找老乡。在老一辈人心里，这种观念更是根深蒂固。因此，春节期间在老家举办的相亲会，年年都大受欢迎。朋友们开玩笑说，场面那叫一个“红旗招展，人山人海”。

可今年，一切都不一样了。年前，新冠肺炎的新闻逐渐多起来，我就

开始担心了。人员聚集是绝对不行的，更何况也不让出门。我绞尽脑汁想办法，终于灵光一现，既然“初一一动不动，初二按兵不动”，那就……动动手指，用手机线上进行如何？

腊月二十九，我召集志愿者们，组织大家线上报名。再根据报名情况进行分组，收集组内队员的展示PPT。

没想到，虽然疫情日益严峻，却挡不住大家谈婚论嫁的热情——线上的报名人数，远远超出我们的预期。就连那些因疫情没能回运城的抗“疫”工作者，也想参加。更有意思的是，按照我们以往的经验，相亲活动总是女多男少；这次从报名开始，男女比例就平衡得多。等到活动举行时，更是破天荒达到了一比一。

看来，不用众目睽睽之下谈婚论嫁这一点，应该很得宅男们的认同吧。然而，这样一比一的效果，却没办法批量化复制。据我个人了解，目前还没有类似的线上相亲活动。毕竟，大多数相亲活动都是商业性质的，组织者显然不太愿意拉群，让大家有机会私下交往。而对于社区或者工青妇等群团组织来说，线上相亲活动效果不直观，看不见摸不着，因此也没有人愿意尝试。

其实，如果不是疫情所限，我还是希望大家能面对面追求幸福，毕竟网络不如现实来得真实。

大年初一，一切就绪。我们将参加者分了十组，每组近20人。主持人带领大家，先分别以PPT、语音或文字介绍自己，之后提问交流。

由于前期做了充分准备，再加上线上不需要太顾忌他人，这次自我介绍环节，要比往年每一次都顺利。到了自由交流环节，因为事先安排了“托儿”，几次带动之后，群里的气氛活跃了，大家也渐渐放松起来。有发小视频、发朗诵语音的，有拍照展示书法、雕刻作品的，还有校友惊喜重逢的。

参加线上相亲会的，有清华硕士、中科院博士，有国企精英、外企白领，有轮休中的武警战士，也有刚从防疫一线回到住处的医护人员。相仿的年纪，相似的寻找爱情的热情，使大家相聚于这个线上相亲群，热热闹闹度过了新年第一天。从下午两点到晚上十点，相亲会持续了8个小时，等散场时，已经是深夜了。

最后做自我介绍的女孩“小小”，是北京一家疾控中心的工作人员。本来，她早就请好了年假，打算回运城过春节陪父母，顺便参加我们的线下活动。疫情一来，单位通知所有人员停休，全体召回。从腊月二十四开始，“小小”每天的工作都满满当当。

活动当天，“小小”要去隔离医学观察点，给密切接触者和医护人员做培训。本以为参加不了了，没想到大家热情高涨，“小小”下班时还没散。知道“小小”在一线工作，大家纷纷表示关心、问候。有好几个男生加了她好友，想进一步了解。

那天的线上相亲，我唯一没安排的是“牵手成功”环节。我总觉得，仅凭在线聊天做出决定，不太负责任。不过，据我所知，已经有好多参与者彼此有意向，打算回头线下见面。

被我戏称为“爆灯女孩”的丫丫，与群里一个男生互有好感，相亲活动结束后，他们就双双退群“私聊”了。因为疫情还没过去，他俩仍只是网友关系。不过围观了当天活动的丫丫父母，已在鼓励她，可以继续接触看看。

看来，不管疫情如何严重，也挡不住大家寻找幸福的热情啊。

# 下次来花市，就不是一只大企鹅了

口述：王季娅 | 29岁 | 助理馆员 | 湖北武汉
时间：2020年2月16日
整理：刘荒 | 新华每日电讯记者

我的战“疫”故事，要从2月4日说起。这天农历立春，本该是万物复苏的时节，可笼罩在疫情下的武汉，却让人觉得毫无生机。这天，女儿的诞生，给我们全家增添了喜庆的氛围，也释放了一下这些天高度紧张的心情。

时光回溯十个月，若我有先知的本领，绝不会选择在这个万分危急的时刻，迎接我可爱的小公主的到来。但这也正如母亲所言，生老病死，是谁都无法违背的自然规律。

1月18日，腊月二十四，是阖家团圆的小年。我们一大早起来贴了春联，随着拥挤的人潮置办了年货，还买了心仪的年宵花。我们早已习惯赶在过年之前，将家里装扮一新了。我还腆着大肚子跟老公开玩笑：“下一次来花市，我就不是一只大企鹅了。”现在想来，无比庆幸自己那时考虑到孕妇抵抗力差，戴了一个N95口罩……

早在两天前，我就让爸妈带着大宝，回了老家潜江。我和老公俩留在武汉，等候二宝这个新生命的降临。那时的武汉，还没有太多人意识到疫情的严重。远在上海的亲戚，每天都会把他们听到的消息告诉我。现在想起来，似乎真应了那句话：全国人民都知道武汉疫情很严重，武汉人民还沉浸在过年的欢天喜地中。

1月22日，腊月二十八，是我常规产检的日子。一直负责我孕期管理的医生告诉我，没有特殊情况，先别来医院。

此时，钟南山院士已发出“没有特殊原因，大家不要前往武汉”的提醒。与平日相比，武汉的人流、车流明显减少了。说不恐慌，那都是安慰自己的。除了医生的叮嘱，我每天微信里都会收到来自天南海北的问候。

我能感受到，这些朋友尽可能地不让我产生恐慌和忧虑，但却又实实在在地替我担心。而我却只能尽可能地宽慰自己，让亲朋好友们感受到我的乐观与积极。我们又买了两盒当时还没断货的口罩，以及一些消毒工具……

1月22日晚，传来了武汉“封城”的消息。我连夜与父母通话，商量他们是否来汉。父亲在电话中告诉我，看到通知的第一时间，他们就已经决定：母亲独自带着大宝自驾返汉。而他是一名扶贫干部，必须听从统一安排，留在抗“疫”第一线。

第二天一大早，一宿未眠，顶着两个黑眼圈的我，终于等来了母亲和大宝的归来。母亲说，她不来，怕我月子都坐不圆满……也许只有身为人母，才更能感受到母爱的伟大。

从这天开始，我们全家进入自我隔离状态。母亲从老家带来的口粮，足够家里撑一阵子的。我们坚决服从安排，能不出门绝不出门，静静等待这个小生命的降临。

唯一让我们担心的，是在抗“疫”第一线的父亲。我用严厉的口吻叮嘱父亲，每天中午和每天傍晚，必须跟家里视频。这也是我们父女之间习惯了的相处模式。

父亲每天会在视频里，轻描淡写地告诉我们，他一天都做了些什么。诸如他开着车在村里拿着大喇叭，宣传要戴口罩、勤消毒；守在村口不让本村村民外出，不让外村村民进入；村里有一户村民发热，谁都没有打扰，自己让家人开车去了医院，全家已被隔离。

父亲尽可能不让我们担心，我猜更多是为了我产前情绪稳定，而我却从他的描述中，切切实实感受到疫情日趋严重。终于有一天，父亲打来电话时，还气得直爆粗口："他妈的，一个老太婆非要出去买菜，我不让她出去，她咒我断子绝孙！"

我知道，这触碰到了父亲的底线，他是真的生气了。做扶贫干部三年多，他没少挨骂，也没少受委屈。换作以往，他总是能一带而过。在我临产前这个关键时候，被人家这样咒骂，他确实是怒了——这时，我已超过预产期4天了。

立春前一天晚上，我突然腹痛难忍。我知道，二宝要来了！经过一夜的努力，2月4日，二宝降临人间。

这天立春，火神山医院开始收治第一批病患。躺在产床上，我给家人发了一条微信，给"二宝取名'楚烨'"，意思是荆楚大地，火种升华。我相信，立春之后，一切向好。很多人告诉我，在这个时候听到新生命降临的好消息，振奋人心。

还在恢复期的我，不知道自己能做些什么。于是，写下了一篇经验帖，发在了APP上，供即将生产的孕妈妈们借鉴参考。而现在，我最想跟所有人说的，就是用乐观的心态，迎接生命里的挑战，再困难的日子也能看到希望。

从疫情防控开始到现在，已经快一个月没能和父亲面对面聊天了。父亲也只能从视频里，看看自己盼了好久的孙女。我特别想借《目送》中的一句话，来表达自己的心情——"幸福就是，早上挥手说'再见'的人，晚上又平平常常地回来了。书包丢在同一个角落，臭球鞋塞在同一张椅下。"

你要问我有什么心愿，我就盼疫情早日结束，能早一天看到我的爸爸……

# 带着一袋煎饼，货车司机“逆行”讨生活

口述：肖扬铭｜35岁｜高速公路职员｜江西赣州

时间：2020年2月16日

整理：黄海波｜新华每日电讯记者

元宵节前一天早上，服务区下起了雨。我去广场上巡查，发现没几辆大货车停靠。其中一辆货车顶上，一个黑影正在篷布上来回跳跃。车身还冒着白气，应该是刚停进来不久。

我走近一看，“黑影”正在冒雨盖篷布。我冲他喊，赶紧穿上雨衣，现在感冒了很麻烦。可能太过于专注，也可能雨水把声音淹没了，他没有回头。

这个时候，从车尾走过来一个衣着干净的年轻妇女。她看出我是服务区工作人员，连忙解释说，车顶上干活的司机是她丈夫。路上风大，篷布都被吹开了。她还告诉我，车上全是要运到南昌的蔬菜。不过，听说南昌也交通管制了，还不知道能不能进城。一旦进不去，这车菜还不知道怎么处理呢。

我看她非常焦虑，就安慰说，南昌那边确实限制外地车，不过你们拉的是应急物资，一定能进城的。她大概也觉得工作人员说话比较可信，感激地点了点头。

我叮嘱几句后，准备离开。她突然叫住我问，能不能帮忙找点吃的？俩人从三亚一路开了1200多公里，由于沿途服务区的餐饮都停了，还没吃过一

口热饭呢。

我接过餐盒，一路小跑到食堂，给他们打了满满一盒面条，外加4个热腾腾的馒头。还特地跑回宿舍，给他们拿了一套雨衣。

餐盒送到时，司机已经从车顶爬了下来。他满脸全是水珠，衣服也湿透了。我催他赶紧换衣服吃饭，特殊时期千万不能感冒。

换好衣服后，司机就坐在服务区屋檐下吃面条。他妻子端来一盆热水，然后蹲下身，抓起丈夫的脚轻轻地摁在水里。

等丈夫吃完，她就着剩下的面汤，胡乱吃了两口馒头。临上车前，还从包里抽出50元钱，塞到了我手里。我赶紧追出去，把钱还给了他俩。女人上车后，摇下车窗，我看到她眼里有泪光。

因为这场疫情，我对这些平时司空见惯的货车司机，多了一些敬意。有人说，他们也是抗击疫情的最美逆行者，我知道他们逆行的背后，更是生活的不易。

2月11日这天，我在服务区广场发现一位司机，蹲在一辆大货车旁啃煎饼。看到他噎得难受，我开玩笑说，服务区又不是没开水？他忙站起来说，车里有水，想吃完煎饼再喝。

大货车挂着山东牌照，司机也是山东人，车里大蒜是送往广东的。我问他，非常时期一点不害怕吗？他笑着说，一路上查得这么严，人都猫在家里了，还怕啥呀。再说，家里还有两个娃，老婆也没有工作，全靠这台车养活呢。

听他讲，这台车是去年贷款买的，现在每个月车贷就得一万多。这段时间，村里封路不让出来，把他急坏了。他上村委会去解释，蔬菜也是应急物资。村干部也做不了主，他又跑到县里的防疫指挥部门，软磨硬泡才拿到了应急物资运输证明。

大年初二，他就出发了。老婆给烙了满满一袋煎饼，又念叨了好几次，让他千万别去人多的地方。没想到，一路上也没啥吃的，这袋煎饼派上了大用场。说完，他笑着拉开布袋让我看。

我瞄了一眼，里面的煎饼已经硬了，他却吃得很香。

这位司机语速很快，吃煎饼时，嘴巴也像搅拌机一样，囫囵吞了下去，就像咽下得不断努力才能过下去的生活。

# 58岁货车女司机“单枪匹马”穿疫线

口述：王金芝 | 58岁 | 卡车司机 | 黑龙江哈尔滨

时间：2020年3月14日

整理：向定杰 | 新华每日电讯记者

从疫情暴发到现在，我这个女司机开着大卡车，“单枪匹马”跑了快两万公里。

其实年前在手机上看新闻，我就知道了疫情，也没想过回家里待着，当时很多司机都回去过年了，正缺人呢。我想正好抓紧挣点钱，尽快把卡车贷款还完。

别看我已经58岁了，开起一辆15米长的半挂冷藏车，照样驾轻就熟不含糊。我是哈尔滨人，但因为开大货一直全国各地到处漂，平时主要拉水果、蔬菜等货物。

这几天，我正在西安，刚从深圳拉了一趟火龙果过来。

年前，我从南宁装了一车榴莲到浙江嘉兴，第二天卖完了，就跑到上海和儿子见了个面。

除夕，我们一起在上海装上香蕉，又跑到了重庆。后来，又从重庆拉萝卜，初四半夜运到广州，初五我们娘俩又到了海口。

后来，儿子因为没带电脑，怕耽误学习，又怕疫情影响回不去，初五就赶回哈尔滨了。本来，我还打算让他跟我一起拉圣女果去北京的，还省点机票钱。

这段时间，各地管制比平时严格了许多，只要不经过湖北就还好。每到一个地方，都要扫身份证和二维码，量体温，有的还要开箱验货。还有更先进的电子设备，就像给人拍X光片一样，车一过就知道你拉的啥货。

因为春节和疫情，高速过路费免了之后，运价好像啪的一下，就降了百分之二三十，降得让你都接受不了。我都放空两次了，有时候回来拉的那点东西，可能还不够油钱，还得装一天、卸一天，耽搁两天时间。

别看我这段时间赚了有6万多块，那可都是辛苦钱。

收入虽不如往年，总体也还算不错。还有卡友来问窍门，我说咱得跟上时代啊，用互联网帮咱赚钱！

我一般都是在货车帮APP上，看怎么把货连成一条线，尽量不跑空车。另外，我从过年到现在一直没回家，大年三十、初一都在干，没有休息过。

现在整个货运行业都难。有一次，我跑1800多公里，只挣了2000块钱，想想都很无奈、很憋屈。这些年，干这行的人也越来越多，现在贷款门槛降低了很多，太容易买车了。

无论如何，再苦我也愿意干。为啥都这个岁数了，还要像男人一样拼？了解我的人都知道，这也是被逼出来的。1996年，我离婚了，独自带着5岁的儿子。那年，我才34岁。

为了养家，起初我蹬三轮卖菜，后来听说开卡车来钱快，就考了驾照。到了1998年，我拿出积蓄，买了人生第一辆卡车，从此开始了四处漂泊的旅程。

生意场如战场，一个乡下女人只能硬扛。我接单总是争取比别人跑得快、跑得好。

有一次，从甘肃武威拉蔬菜去广州，3000多公里的路，货主要求30个小时到。咖啡、红牛那些都不管事儿，我买了一些泡椒凤爪，一嚼满脑瓜都是汗，人才能保持清醒。

还有一回，从湖北拉橘子去北京。货主一看我是个女司机，不信任。看着附近也在等货的几个男司机，我灵机一动来了一嗓子，“谁来给我演老伴儿，我请他吃饭！”就这样，揽下了这车货。

去年“双十一”，我一连干了12天，没洗澡，连轴转，最多的一天挣了2400块。

我开车还改变了儿子的命运。有一次，去满洲里送货，到了之后通关出了点问题，没办法，我雇了一个俄语翻译帮忙。就一会儿工夫，就得付给人家1000块钱。

回家后，我故意把这事儿说给儿子听。没想到，孩子一下子领悟过来，说我也去学俄语赚钱。如今，儿子已经学了8年俄语。之前在俄罗斯留学4年，现在是黑龙江大学俄语专业研究生，今年夏天就要毕业了。

他十分贴心孝顺。有一回，我说该找女朋友了。他说找啥女朋友，和你在一起相依为命多好。

比起跑了多少路赚了多少钱，更让我骄傲的还是儿子。

不过，他青春期时也不让人省心。当时，为了帮他戒网瘾，我有一年没开卡车。

不瞒你说，这些年，我也想过找老伴。2012年，还上了电视台一个征婚栏目。人家的要求都是没事儿陪着他遛遛狗、做做饭、散散步。我说，这活儿我干不了。编导都说，那么多人回头，你选一个呗！

我说，我只想找一个陪我一起打拼的人。

还有不到两年，我的A照就要降级为C照，没法继续开卡车了。但我很喜欢开车，真想一直开下去。

全国只有西藏没有去过了。还有几个月，三年前新换的卡车车贷也要还完了。今年儿子毕业找好工作，就没有什么压力了。或许，我会去一趟西藏。

将来不开卡车了，我想在南方开一个东北饺子馆，二十四小时不打烊，给过路的卡车司机带来温暖、欢乐。以后，我也不和儿子走得多近，等他成家了，过年过节的，我给他们买个机票，过来看看我就行，走时再给包个红包，多好！

我特别喜爱花，车里基本上都不断花的。昨天到了西安，停车没事做的时候，就又去逛了花市，买了风信子、草莓花，还有康乃馨。

记得有一次跑湖北，路过一个百合花园区，我就买了五十枝花。这样奢侈一把，买一些自己喜欢的东西，就当是消遣呗，精神也会更好。

我这一辈子，养孩子、养家，都是靠开卡车完成的。我把大好的年华，献给了卡车和儿子。如今回想，哪怕再苦再累，这一切都是值得的。

# 离开杭州那天，我想好好和这个城市告别

口述：李倩 | 29岁 | 房企职员 | 湖北武汉

时间：2020年2月20日

整理：魏一骏、魏董华 | 新华每日电讯记者

辗转了3座城市，3家医院，5间隔离病房，4个酒店住所，历经数千公里的奔波。从1月20日，我离开武汉算起，过去这个月的经历，就像那句歌词里唱的，"人生可比是海上的波浪"。

这期间，我有过对出国旅游的憧憬，对无法归家的担忧，对同航班旅客密切接触史的恐惧；也有对地域歧视的寒心，对拖累家人的内疚，对身体不适的草木皆兵；还有对"生死之交"武汉同伴的惺惺相惜，对解除21天医学观察的释然，对所有帮助的感恩，对家人的思念……

时间拨回到1月24日。夜里10时30分左右，我带着母亲和不满一岁的儿子小北，结束了在新加坡为期5天的忐忑假期，在几乎没有任何准备的情况下，和其他300多名旅客，乘坐TR188航班，降落在冬夜冷雨中的杭州萧山机场。

像我一样，飞机上有100多人，都是来自武汉的游客。

1月23日开始，武汉关闭了进出城通道。我的机票被改签到千里之外，又举目无亲的杭州。

飞机落地后，我们被通知留在机舱内。当穿着防护服的工作人员登机

时，气氛顿时紧张了起来。

接着测量体温、登记信息，旅客分批下机。不料，轮到我时发现体温略微偏高，另有几名旅客跟我情况相似，我们只能待在座位上。

随后，不少旅客从身边走过时，都会安慰我们说："别担心，都会好起来的。"

但也有人带着别样的语气，嘟囔着："武汉都不让进出了，还出来乱跑……"

听到这样的话，我感觉真的很委屈。毕竟，我们1月19日出发时，武汉还没有关闭出城通道。

从新加坡返程时，改签的航班和目的地，我们都没得选，更没有刻意隐瞒身份和健康状况。

等到最后，我带着儿子，和那几名旅客，一起下了飞机，被单独隔离在候机楼的一个区域内。

当时，我回想起几天前，在新加坡有腹泻、呕吐的症状。就开始有些慌乱，脑子开始胡思乱想，甚至有点绝望。

在机场待到1月25日凌晨，我平生第一次坐上救护车，又前后辗转了两家医院。

幸运的是，我的体温很快恢复正常了。随后，当我被送到其他武汉旅客先期入住的酒店时，已经是凌晨3点多。

早上醒来，我心里还是有些放心不下，主动向隔离观察点的工作人员提出，希望能送自己与母亲、儿子再到医院检查，以确认健康状况。

在接下来的3天中，我们又进行了两次核酸检测。直到确认都是阴性，悬着的心才落了地，重新回到酒店隔离观察。

初到杭州的几天里，有些朋友和同事通过手机留言来问询关心。我因为还安不下心来，就有点"自闭"，都没有回复。

接着，我慢慢地调整心态，还告诉自己："在当下，自己是母亲和孩子唯一的依靠，必须坚强起来！"

长达21天的隔离期，如果没有手表、手机用来计时，我觉得自己就像一个漂流到孤岛上的现代人，只能透过隔离房间窗外的日升日落，来数着这段日子。

隔离在酒店里，有人比我豁达很多。比如，在新加坡就成了“生死之交”的舒嘉姐姐，白羊座的她风风火火，做起决定也是雷厉风行。

尽管她也带着孩子，也会担忧，但还是给我来了一句，“得病了就治”。这给了我撑下去的信念。

还有一个叫老管的领队，他会跟酒店工作人员，传授热干面怎么煮才筋道，也会在隔离期间，更多地思考人生，“早上回忆上半生，下午发呆想后半生。”

这段日子，我想到《围城》那本书。钱钟书把围城分析得淋漓尽致，平时在“城外”，我们是否有努力珍惜过自由，是不是被困之时才想起无拘无束的可贵。

“没有一个人是一座孤岛。”

疫情之下，病毒把人隔离，情感却未割裂；“孤岛”之上，人性中的善被放大。

在这场每个人不得不面对的考验面前，我记住每个人给过我的帮助、关心，甚至尽可能记住与每个人发生的对话故事。

为了给小北做辅食，也为了脱离焦虑，我在手机上下单，让快递小哥代购生鲜肉菜。

没想到，这种特殊时期，在这个相对偏僻的酒店，小哥竟然很快接单，并把商品送到楼下。

那天，小哥从酒店离开后，又返回来一趟。原来，之前让他代买一个削皮器，他当时一忙就忘了，就专门买了送过来。

我在惊讶之余，把钱递给他。他来了一句，“不用了，送给你的，你们在外不容易”，顿时让我泪崩。

酒店工作人员知道我带着年幼的孩子，就每天中午在我房间门口，多放一盒番茄炒蛋。

情人节那天，他们还贴心地给我们准备了一束玫瑰花。我发了条朋友圈，大家留言都说："今天能看到晒花的，也只有你了。"

展文姐是在隔离点值守的医护人员。大年三十傍晚，她临时接到任务，丢下还没烧完的年夜饭，匆忙告别了6岁的儿子和不到两岁的女儿，就来到岗位上。

送我去医院检查，接我回酒店；帮我去很远的站点拿快递；帮我申请退机票手续费……除了所有的实际需求，我甚至连情绪，也都一并交给了她。

展文姐的养生壶成了我的宝贝，是我给小北做口粮的家伙，一直带在身边。告别时我才得知，她儿子竟然跟小北是同月同日生，我想这也是一种缘分吧。

后来，她在微信上给我说：李倩，你真的很棒，在这么艰难的日子里，你做得真的很好很好，我们是朋友，真心的朋友，只要在这里有任何需要，都可以找我……

那时她似乎忘了，因为跟我们这批"不速之客"的朝夕相处，送走我们后，自己也进入了隔离期。

2月15日，我们最后一批武汉旅客，在医护人员确认符合相关条件后，正式结束了隔离观察。

因为暂时还无法返回武汉，考虑到费用和生活便利，我尝试在当地找短租民宿。

开始有些民宿"婉拒"了我们。但还是有位"杭州好房东"，向我张开了怀抱。

她忙前忙后联系社区物业开证明、交资料。她的房子布置得温馨又精致，看得出来是个热爱生活的人，住在里边我有了家的感觉。

还有很多很多热心人，一路上帮助过我们，我都一一记在心里……

其实，歧视与脆弱皆为人类在未知"怪病"面前的本能反应，无可厚非。

但总会有一束光，在黑暗中，照亮人性善的那一面。

我想看看你们摘下口罩的样子。

当我离开杭州的那一天，我会好好地跟你们告别，和这座因你们而变得不一样的城市告别。（文中李倩、舒嘉均为化名）

# 从武汉回来，我居然把陌生人都连累了

口述：彭庆军 | 42岁 | 副教授 | 湖南岳阳

时间：2020年3月10日

整理：王若辰 | 新华每日电讯记者

1月22日下午，我载着爱人和两个孩子，从武汉开车回老家岳阳过年。一进家门，正跟我父母坐着聊天的邻居婆婆们，见到我们一家四口，匆匆打个招呼，就站起来走了。

原来，老家岳阳这边早就开始疯传，“武汉的疫情特别厉害了”。村里人都觉得我们不会回来过年了。还有人说，我肯定已经不能出武汉了。可那会儿，我们在武汉的生活没什么异常，更没觉得“不明肺炎”有多危险。真没想到，老家人这么怕我们。

当晚，我跟爱人和父母商量，等除夕吃完团圆饭，我们一家四口就回武汉吧。谁知，第二天早上一起来，武汉“封城”了，回也回不去了。连乡里的干部都知道，我们一家从武汉回来。村医要求我们要隔离14天，后来又改成19天。我们也通知亲戚，不要来我们家。

隔离期内，我们四口人在家也戴口罩，跟父母也隔离开，还天天给物品消毒。除了消毒液，老家还有些土办法，认为烧艾草、艾香，也是可以消毒灭菌的。父母从外面回来，也会在灶火边烤一下火，他们认为这样可以消毒杀菌。

正月初一早上，按理是最热闹的。青壮年人要给全村的老人拜年，不管是不是同一家族的。小孩子最兴奋，到任何一家拜年，都会得到糖果。有些人家还会给红包。每家准备的糖果也都不一样，有时一个袋子都装不下。

今年春节什么年俗都没有，没有一家互相走动。我妈说，活了这把年纪，第一次遇到过年不拜年的。那些提前准备的烟啊酒啊，都没用上，大家开玩笑说，这样也有好处啊，能省不少钱。

单说号召大家不出门这一点，农村要比城市好做一些。首先，农村的房子比较宽敞，房子周边也比较开阔，自家的活动空间就比较大。其次，农村物资相对能做到自给自足，待在家里一个月，也不太需要出去买什么东西。过年期间，鸡啊鸭啊储备比较丰富，吃菜就直接到地里去摘。这段时间，我吃得比武汉的朋友们好得多。

这次防疫宣传，广播发挥了很大作用，几乎覆盖到所有村庄。直到现在，每天中午和傍晚，还在广播防疫事项，包括红事不办、白事简办，不要聚集，不能做法事，不能聚众唱花鼓戏等等。用家乡话说一遍，再用普通话说一遍。

我们村目前还没有确诊病例。考虑到岳阳毗邻武汉，几乎每个行政村都有从武汉回来的人，这个成绩还是来之不易。

硬核封村，我们这边也有：把大树砍断，树干横在路上，车就出不去也进不来了。这是过度恐慌的表现。需要出去看病的人也耽误了。

村里年纪大的人，会联想到疟疾、血吸虫病、病毒性肝炎，这些传染病都曾在这边流行过。老人们回忆，哪年哪年，因为什么传染病，哪里哪里死了多少人。越说，他们自己越觉得恐怖。其实很多都是老话，一代代传下来的，几乎没人经历过。

我们这儿挺多人喜欢吃野味的，野生鳝鱼、野兔、野鸭、野猪……当地人还有捕鸟的习惯，比如捕食斑鸠。不过疫情一闹，国家又禁止捕食买卖野味，我估计是没人敢吃了。前几天，我看到还有人把鳝鱼全部放生了。

这一个多月，我特别害怕生病。父母、爱人、孩子出现一点点症状或不适，我都会特别揪心。

有一次，我爱人喝水呛着了，咳嗽了几声，她发现我的眼神都变了。还有我家孩子有一天拉肚子，多上了两次厕所。我就特别特别担心，还拍了他的粪便照片，给我当医生的亲戚看。我们详细地盘问他吃过什么、都去哪里玩了。后来他承认，偷吃了十几块奶奶买的巧克力。我们仔细一看，巧克力含有很多添加剂，估计就是吃多了不消化。这些天，我们一家四口早上睡醒第一句话，就是互相问：你发不发烧？

当看到新闻里出现无症状感染者时，我也很恐慌，甚至有一种愧疚感。万一我是无症状感染者呢？有一天我堂哥打喷嚏发烧了，好在只是冲凉受了寒。第二天早上烧就退了。但那晚，我自责了一夜。

还有另一种心理煎熬。一位邻居要去其他村，人家不让他去，说你家附近有武汉人。那些人指的就是我。我其实跟他没交往，根本不认识。就因为我从武汉来，把陌生人都连累了。这让我很愧疚。

还有一位老同学，在QQ群里直接指责我：你就不该回家。就好像我回家就是把病毒带回来了。我在初中同学群里，还见过大骂武汉人的视频。

19天隔离期满，我一位亲戚打电话对我说，真不知道你这19天是怎么过来的。其实不止19天。回家一个多月了，我们四口几乎都没怎么出过门。

# 爷爷永远地困在了这个冬天

口述：汪诚 | 34岁 | 互联网公司工程师 | 北京

时间：2020年2月23日

整理：程露、黄燕 | 新华每日电讯记者

春节回湖北麻城老家，除了看望老人，岳父母还有一个安排：参加他们外甥的婚礼。但这突如其来的疫情，给婚礼蒙上了阴影。

远在宜昌某武警部队的新郎，可能无法按计划回家成亲了。

但新郎的父母——我妻子的舅舅、舅妈觉得，喜帖发出去了，喜宴也定好了，再改不方便。老两口打算让妹妹代替哥哥，跟新娘完成婚礼仪式。

妻子回麻城后，越想越不放心，不赞成这时还搞大型聚会。她给舅舅和表弟发信息，劝他们取消婚礼。

大年三十的早晨，满桌的菜肴，却没有一个人动筷子。

在焦虑与不安中，我们全家做出一个艰难的决定：立即返京。

父母和妻子匆忙收拾行李，连亲戚朋友送来的土鸡蛋、老米酒等特产，都来不及装进后备厢。安顿好80多岁的奶奶后，我们驱车一路向北。

上高速两小时后，麻城，这个湖北省黄冈市下属的县级市，宣布关闭离城通道：火车站关闭，高速公路出入口实行交通管制。

我摸摸羽绒服口袋里还没来得及退掉的高铁票，吓出一身冷汗。

原本，我们计划带着3岁半的儿子，初四坐高铁返京。由于新冠肺炎疫情，退了两次票，最后换成大年三十下午的票。

如果不是开车，我们可能就走不了了。

时间回到1月21日，专家已经确定新冠肺炎人传人。我和妻子商量，从北京回老家的路线，改从安徽六安转车，不走武汉了。

次日一早，我们一家三口戴着口罩，背包里装着家中所有存货——大概十几只口罩，赶往北京南站。

同一天，我的父母和岳父母，分别自驾从北京出发去麻城。因为担心十几个小时的车程太长，小孩子坐不住，我们就没有跟他们同行。

很多人说我们一家人心真大，现在想来也很后怕，出发前并不知道疫情如此严重。

我平时工作忙，除了过年，很少有机会回老家看望奶奶。我从小跟着奶奶长大。几年前，奶奶得了阿尔兹海默症，记得的人越来越少。

今年，我妻子的爷爷病重。这次，我们老小7口回老家，也是为了见老人最后一面。

早晨5：30的火车站，等待安检的队伍排到了站外。大多数人都戴了口罩。

小孩子总是充满好奇，喜欢到处摸碰。候车时，妻子全程攥着儿子的手，只要他碰了什么，就要用口手湿巾给他擦。湿巾还是婴儿专用的，不含酒精成分。

上车后，我收到公司HR的信息，要统计春节从武汉路过的职员名单。看着手机上不断弹出的疫情信息，我有些后悔。

或许，我们做了一个错误的决定。

车厢里几乎没人戴口罩，不时传来几声咳嗽。每听到一声，我和妻子的神经都会绷紧一下，把孩子抱得紧紧的，一路倍感煎熬。

下午3点多，我们终于抵达麻城火车站。这里距疫情最严重的武汉，也就两个多小时车程。

但小城里的多数人，还沉醉在过年的喜气氛围里。人们拖着大包小包涌出车站，目的地只有一个——家。

来接我们的伯伯并没有戴口罩，丝毫没有感觉到危险。

到家后不久，我的父母也开车抵达。岳父母直接回了距麻城40公里的木子店镇。

从这一刻开始，全家讨论的话题就是疫情。信息如潮水般涌来，或真或假，年轻人坐立不安，老人将信将疑。

第二天，我们开车到木子店的一个小村庄与岳父母会合，看望妻子的爷爷。老人状态不太好，只能卧床。

在农村，几乎没人戴口罩，大家忙着备年货、打麻将、串门聊天。

为了戴不戴口罩、要不要提前回京的事情，妻子和岳父争吵了几次。岳父说：“哎呀，别大惊小怪，没事儿！”

1月23日上午，一个爆炸性的消息，惊醒了麻城的许多人——武汉，这个省会城市，关闭了离汉通道。

人们开始意识到疫情的严重性，不敢随便出门。妻子一会儿觉得自己嗓子疼，一会儿觉得自己发烧了，一天给儿子测五六次体温。

当天，麻城发布通告，要求居民不要举行拜年、集会等活动，妻子表弟的婚礼不得不取消了。

接下来怎么办，走还是留？无论是对我们，还是我们的父母，这都是一个艰难的选择。

如果按原计划初四返回，一旦麻城也关闭离城通道，孩子怎么办？如果马上走，妻子的爷爷身体状况不好，也让我们很担心。

夜里，岳父的单位通知他早点返京。第二天，也就是大年三十的早晨，我们最终下定决心走。

为减少乘坐公共交通工具的感染风险，我和妻子决定同老人一起自驾返京。

我父母的车刚上高速公路，轮胎就出了问题。考虑到小孙子，他们让我们换乘岳父母的车继续走，自己返回城里修车。

非常幸运，他们找到了一家修车铺，大年三十还开业。

换过新轮胎后，我妈看车空了，还跑回家装了一些土鸡蛋，要带回来给孙子吃。他们重返高速不到一小时，麻城也关闭了离城通道。

一路上，岳父极少摘下口罩。路上的车很少，没出湖北的时候，我们总担心，随时会被交警拦回去。

北上的路途让人揪心。我们尽量减少进服务区的次数，孩子撒尿就用矿泉水瓶接着。

后来，车开到豫冀交界时，高速封路了。交警把所有的车拦进服务区，看我们是北京牌照的，就放行了。

开了12个小时的车，我们终于到了北京，悬着的心总算放了下来。

晚上，坐在北京的家里，春晚刚开始不久，一家人饥肠辘辘。岳母在厨房忙碌着做点简单餐食。

我们开始了居家隔离的日子。

每天早晨，我和妻子醒来的第一件事，是查看新冠肺炎感染人数，然后向社区和单位报告体温。

我们更加牵挂远在湖北的亲人。没想到，噩耗很快传来，妻子的爷爷大年初六去世了。

由于封路，岳父回不去。疫情笼罩下，没有葬礼，没有宾客。前几天岳父还说，晚上梦见了他父亲，哭湿了枕巾。

家人在哪儿，家就在哪里。比起一些人，我们这个家庭是幸运的。

从麻城归来后，我们只能暂时被迫宅在家里，而妻子的爷爷和那些逝去的人，却被永远困在2020年这个冬天。（应受访者要求，汪诚为化名）

# 北京顺义那个夜晚
# 让这个鄂籍"北漂"彻骨寒

口述：徐畅 | 26岁 | 自由职业者 | 湖北黄石

时间：2020年2月24日

整理：刘梦妮 | 新华每日电讯记者

真没想到，仅仅因为是湖北户籍，我被拦在北京顺义的一个小区外。哪怕我能证明，自己春节并没有回过湖北。

1月18日，我和老公一起，去他老家徐州乡下过春节。后来疫情暴发，我们在那里待了差不多一个月。直到最近，他公司通知员工尽快返京，好早一点结束隔离复工。我们便一起回来了。

返京前，我询问了已经回京的朋友，能不能顺利进入租住房子的小区。他们都说，只要登记一下就可以了。我想，我今年春节没回湖北，情况跟他们类似，就直接出发了。

在徐州中转时，我们还去了一趟老公家在市区的房子。进小区时，工作人员看我是湖北户籍，说明情况后就让我发短信给电信，查了一下最近14天的行程。确认一直在徐州后，就让我进去了。

2月16日晚上10点，我们回到位于顺义的租住小区。本以为回家可以好好休息一下，结果却被拦在了小区门外。

社区工作人员查验我的身份证，说我是湖北人，拒绝让我进小区。我解释说，整个春节期间我都在徐州，根本没回过湖北。他们不听，还是坚持，只要是湖北人，一律不让进。我把下午在徐州时，短信电信的查询结果给他们看，上面清楚显示我最近14天一直在徐州。他们仍说只看户籍，不看这个。

我递上我的身份证，说你们可以去查验我的行程记录。他们不要，说自己查不了。我把12306上火车票的购买记录给他们看，他们也不看。翻来覆去就是一句话：现在非常时期，湖北人一律不让进，不管别的。还说，你也理解理解我们。

这时，有其他从外地回来的人到了。他们都不是湖北户籍。工作人员问他们，有没有到过湖北，他们说没有。于是，登记一下就进去了，没做任何核实。

我很生气，质问工作人员，凭什么别人说没去过湖北，你们就信。我说没回过湖北，还有各种证据，你们就不信呢？他们还是那句话，只要是湖北人，一律不许进。

我们只好打电话给租房子的自如管家。管家小哥跟社区沟通后，还是没辙。管家小哥很自责，一再道歉没有提前通知我不要回来。他说，前几天有位武汉人，跟我一样的情况，他跟社区沟通了很久，也没解决问题。现在全顺义的小区都这样，哪都进不了。

我想到12345市长热线，打过去，一直没人接。打110，总机转到顺义110，一位女警官接的电话，她说110不管这个，让我打市长热线。我们只能继续拨12345，仍然没人接电话……

这期间，我查到小区所在镇的值班室电话。打过去说完我们的处境后，值班人员第一反应是，现在外地返京人员一律不准进入小区。言外之意，不光是针对湖北籍返京人员。我说，刚刚有外地非湖北籍人员回来，登记后就让进小区了。值班人说，这问题你该去问社区呀，为什么让他们进不让你们进呢……

大晚上的，我真被这样甩锅的回答气得不行。

看我们不停地打电话，社区工作人员在一旁说："你打什么电话都没用，就算进去了，我们也得把你轰出来……”

这时，已经是夜里12点了。深夜的北京很冷很冷，我们在小区外站了两个小时，冻得透心凉。就想着，先去找家酒店住着，不然冻感冒发烧了，就真的麻烦了。没想到，小区附近的酒店不对外营业。顺义酒店的分布比较散，我们怕白跑，只好挨个先打电话，问收不收春节没回过湖北的湖北人，答案都是不收。

我们只好继续打12345，总算接通了。我们说了今晚的遭遇，接线员边敲键盘边应着，最后说，会把我们的问题反映给有关部门。我问多久能有回应，她说不一定。可是，现在这么晚了，我们还流落街头呢。进不了小区，也住不了酒店。“您今晚能解决么？”得到的回答是不敢保证。

深夜里，我们站在街头无处可去，不知道还能向谁求助，也不知道谁能帮到我们。最终，我们决定打车去火车站，坐最早的一班高铁再回徐州。

准备打车时，我仍不甘心。于是，又拨了一次110，抱怨上一个分机110的甩锅回复。这一次，总机帮我们接到了顺义仁和派出所。也是这一次，我俩的大好人出现了！

接电话的男警官了解情况后，先去跟社区沟通。一会电话过来说，沟通没成，现在夜深了，外面冷，先帮我们找个落脚地，明天再继续联系社区解决问题。

说来也巧，他说要帮联系的那家政府集中收住酒店，就在离我们没有几步远的地方——我们刚刚去过，还以为不对外营业呢。

我们很快就走过去了。十几分钟后，从楼上下来两个穿保安或协警制服的人，不让我们进门，说入住必须经过镇长同意。隔着酒店旋转的玻璃门，我们听到他们开着免提电话，跟这位警官说了同样的话，接着听到里面好像叹了口气……

沟通不成，警官又打电话给我，要再联系顺义别的酒店。还让我明天联系社区，问清楚需要什么证明才能进小区，派出所会协助我办证明。如果社区啥证明不要，就是不让进，那就再联系派出所。

整个晚上，终于遇到一位真心帮我们解决问题的警官。冷得发抖的我，差点被暖哭了。

但我们对入住酒店已不抱希望了。过了一会儿，警官再次打来电话，所有的酒店都住不了，他也很无奈。我们不想再麻烦他，就告诉他说，我们已经决定去火车站了。

到了北京南站，没想到整个车站夜里都关了，附近也没有24小时开放的餐饮店可以歇脚。我们只好在进站口附近，找个避风的角落，来来回回走着，免得冻感冒了。

哎，又冷又心酸的一夜啊。

凌晨5点，终于开门了。我们在自动售票机上买了票，坐上7点第一班北京去徐州的火车。车开了一阵，我们接到一个北京手机号码的电话，原来是昨晚那位警官打来的。他说，他会继续去跟社区沟通解决。

我们很感动，他值了一宿的夜班，早上下班了还想着帮我们。没过一会儿，我们接到顺义食药监督管理局的电话，说民警跟他们反馈了我们的情况。他们能帮我们协调回小区，或安排进相应的隔离点。

这位警官真的实打实地把我们的问题解决了。但此时，我们已坐在回徐州的高铁上。想起昨晚社区工作人员的话，即便进了小区，他们也能把我们轰出来，我们还是决定先回徐州。

我一直庆幸这一决定。因为后来听合租的室友说，第二天一大早，小区那帮人就找上门去，让室友盯着，一旦发现我们回了小区，就要立即向他们报告。

上午十点多，我们到达徐州。下午一点，回到老公老家所在的村子。这时，距我们昨天离开这里，刚好24小时。

回到徐州第2天傍晚，一位镇政府工作人员打来电话，了解了一下我们当时的情况和现在的处境，却没给出什么具体的解决办法。

又过了两天，12345的语音机器人打电话来，问反馈结果是否满意，我选择不满意。2月24日，针对我不满意这个事，12345又来过一次跟进电话。

看来，北京认真负责的人还是有的。只是，心有余悸的我们，暂时不想回去了。

目前，我跟老公都在家办公。他的工作需要经常跑库房，在老家不如在北京方便。还好他们公司听说我们的遭遇后，表示理解。

我在北京待了好些年了。在这里念大学读研究生，也在这里工作生活，一直很喜欢这个城市。但这一次，如果不是那位警官，北京顺义这个寒夜就寒彻骨了。我们本来正在打算，明年告别北京回徐州。这次的事，让我们离开的决心更坚定了。

当前是疫情防控关键时期，对于湖北出来的人，需要专门隔离，这我都能理解，也支持。我不明白的是，为什么要对所有湖北户籍的人“一刀切”？不要一边喊着“湖北加油”“武汉加油”的口号，一边不分青红皂白地歧视湖北人、武汉人，难道这样真的有助于抗“疫”和复工吗？（应受访者要求，徐畅为化名）

# 寻找这位以暖心对冲冷漠的靠谱警官

刘荒 | 新华每日电讯记者
时间：2020年2月25日

这件事过去快10天了。湖北女孩徐畅回忆那段难忘的经历时，仍然掩饰不住吐槽的急切。她始终不忘夸奖顺义区仁和派出所的警官，称他是自己心目中的“大英雄”。

“这才是北京人本来的样子！”多年“北漂”求学、工作经历，使她对北京人的包容和局气，早就深有体会。不过，这次确实出乎她的意料。若不是这位顺义警官出手相助，徐畅印象里的北京，也许会因这个寒夜被“颠覆”。

就在她和老公回家无门、走投无路的时候，一位热心的警官伸出援助之手，让这一对春节后归来的外乡人，在寒夜里感到一丝温暖。

2月24日，记者向她要这位警官的电话，收到的是微信截图——手机通讯录内容页面。有趣的是，电话号码上方姓名一栏，标注为“靠谱警官”。

“为什么要给他起这个名字？”我问徐畅。

徐畅回忆说，那天晚上，她打过无数个电话，也找过很多部门，都没有得到任何实际帮助，甚至相互推诿扯皮。几近绝望之时，再次拨打110求助。这位接警的仁和派出所民警，真心实意帮助自己，四处联系帮他们找落脚的地方。

更令她感动不已的是，明知道他们小两口夜里已决定去北京南站，第二天返回徐州老家，早上他还专门打电话过来问询，仍继续协调相关部门解决问题。“在高铁上跟他通完话后，我就起了‘靠谱警官’这个名字，把他的手机号码存在通讯录上！”她爽朗地笑着。

我听得出，小两口在那个凄冷的夜晚，这位“靠谱警官”让他们相信，人世间总有对冲冷漠的力量。

25日上午，按照徐畅提供的号码，我打电话给这位民警，无人接听。我想，或许是值夜班休息，也可能正在出警，暂时无暇接听而已，便等他回复了。谁知，下午再打就关机了。这么热心的人怎么会不接陌生电话？“靠谱警官”怎么联系不上？

长年一线采访调研的职业敏感，促使我决定直接去顺义仁和派出所，采访这位徐畅心目中的“大英雄”，为何如此与众不同。

下午四点钟左右，记者来到仁和派出所，寻找这位“靠谱警官”。除了电话号码，再没有其他的身份信息，打听起来难免要多费口舌。

进入四层楼高的仁和派出所，一楼大厅内设有电子门禁。楼层索引指示牌边上的值班室窗口，立着一块报警处的桌牌，却没见到值班的人。办公楼上不去，又找不着人联系，我只好来到院里办案区旁边的社区警务室，向一位正要出门的民警打听情况。

他扫了一眼我提供的手机号码，只说了一句：“不是我们所的人。”我估计当地警员使用专有号段，一目了然，他才这么快下结论。

“这种时候，大老远来一趟不容易，您再帮我看看！”记者语气恳切，口罩后面还有笑容，想来他一定能感受得到。

他抬头打量记者一眼，边将号码输入手机，边说：“我们这一百多号人，谁都不止一个电话，哪儿能谁的号都记得呀。”

果然，手机通讯录没有这个号码。他直接拨过去了，结果，还是关机。

为了尽快找到“靠谱警官”，我向他表明自己的记者身份，并将这位民警帮助徐畅的事，简明扼要地复述了一遍，请他帮忙联系所里值班领导。

“宣传我们干警是好事！”说完，他转身进屋打电话去了。几分钟后，又出来跟我说，宣传干警的事由分局外宣办统一接待，让记者直接找分局联系。

这时，我才一下子反应过来，为自己过早说出采访来由而后悔不迭——“老司机不该轻易按喇叭”，搞不好这事儿要复杂。

多年来的职业经历，早已让我发现一个现象：不少大大小小掌握点实权的部门，包括那些大公司，动辄都得要求记者写个采访提纲，还有各种烦琐复杂的流程。往往，还没等你采访，对方先把你采访完了。即使这样，还不一定安排接受采访。

我担心这样“打草惊蛇”，会被拖入各种复杂的流程之中。心想，还得争取能在派出所直接采访。就问他，这话是所长说的么？对方回答说是警长。

“这事不用找所长。警长说了就算！”对我提出想找所长沟通的请求，他直接泼了冷水，便忙自己的事去了。

记者来到了顺义区公安分局。在南门接待室，用内部电话与政治处宣教科联系。不知是门卫电话簿号码更新不及时，还是其他的原因，我沟通联系采访的电话，开始在几个部门周转一番。有的说不归我们部门，有的说我们是内宣，这事你得找外宣。

几番通话下来，半个多小时过去了。大楼里已经有人陆续下班出来了。终于，负责外宣的李科长给记者打来电话。她态度热情友好，听记者说明来意后，表示欢迎宣传公安干警事迹。不过，根据他们内部规定，记者还需要到市公安局外宣部门报备。

我跟她说，从市区开车过来几十公里，就为了核实民警助人为乐的事迹。这么一个正能量报道，没必要搞得那样复杂。她很为难，解释说这是内部纪律，跟事大事小没有关系。

对于我提出任何单位都可以制定自己的规定，但谁都无权把党的新闻宣传工作，与部门工作对立起来，她也没表示反对，还将市局外宣部门的电话提供给我。

此时，已到了下班时间。我不太甘心，又通过各种方式与市局联系。顺义分局也找到了这位“靠谱警官”，只等着市局外宣部门同意，就可以进行采访了。

为了节省采访时间，我又赶到仁和派出所办公楼。这时，陆续有民警从楼上下来，虽然“靠谱警官”就在楼里，我却仍然不知道他姓甚名谁。

好在，采访的事正在走流程，晚一点就晚一点吧，只要能采访到本人就行。我一边自我安慰，一边盯着一楼大厅的警务公开栏——从挂满一面墙的民警照片中，猜想这里面哪张面孔，是一会儿要见面的“靠谱警官”呢！

我根据自己的经验，在心里为他画像：这个人不会太年轻，年轻人虽然不乏爱心，却未必协调得动相关部门；他为人善良，做事情又这么靠谱，至少得是个警长吧……

我也曾问过徐畅，如果让你给这位“靠谱警官”画像，会是一副什么模样。“应该有35岁到40岁左右的样子”，徐畅想了一下，又补充说，“就是那种表面上大大咧咧，特有人情味儿的北京男人！”

大约六点一刻，我终于接到相关人员的电话。回复的大意是：现在是疫情关键时期，宣传的事情比较敏感，感谢记者对公安工作的支持。经过慎重研究，决定暂不接受媒体采访。

我几个小时的奔波与等待，就这样被画上了句号。

不能再上楼找这位“靠谱警官”了。即使真找到了，这不也让人家为难么？我又怎么能难为这样的好警察呢！

回来的路上，北京城区已经是万家灯火了。本来采访不顺的郁闷，竟突然一下子释然了——无数像这位“靠谱警官”一样的北京人，不就在这千家万户之中么，偌大的城市一直被你们温暖着，这才是最大的历史经传。

“如果现在见到这位‘靠谱警官’，你最想跟他说什么？”虽然采访计划夭折了，可我不想让徐畅失望，就问她这样一个问题。

“我想给他送锦旗，要单位给他涨工资，这样实惠点儿！”她笑着说。

虽然我没有见到这位“靠谱警官”，但他热心助人的事实，却得到了印证。在派出所警务公开栏中，我拍下包括所长在内的四位民警照片——谁猜得出，哪一位李警官是徐畅想送锦旗人呢？（应受访者要求，徐畅为化名）

# 当时我就在“歌诗达赛琳娜号”上

口述：肖静｜49岁｜网店店主｜湖北武汉
时间：2020年2月29日
整理：张宇琪｜新华每日电讯记者

现在，我在家陪着10岁的女儿上网课，一天三顿变着花样给她做好吃的。因为疫情的缘故，难得闲下来，和老公女儿晒晒太阳，享受着生活的烟火气。

但今年春节的那次遭遇，至今回想起来，难免还是心有余悸。

春节前，我和女儿订了一张日本观光邮轮票，航程共6天5晚。按着正常的行程，这艘邮轮回天津国际邮轮母港的时间，应该是大年初一早晨。

可谁曾想，船上有15个人出现发热症状。而且，包括我和女儿在内，船上有148名湖北籍旅客。当时，疫情不断升级，我们这邮轮要靠港简直太难了。

没错，我乘坐的就是“歌诗达赛琳娜号”——一艘引发很多人关注的邮轮。

大年初一早上，我醒得挺早。想着邮轮要到港了，终于可以和女儿结束旅程，开开心心地回家了。

当时，我对疫情也有一点担忧。由于邮轮上没有信号，之前靠泊日本佐世保港时，我才听说武汉“封城”的消息。但没想过疫情后来会这样严重。

通关入境日本时，我虽然不认得日文，但看到不少牌子上，都写着“武汉”两个汉字。听说我和女儿来自武汉，日方人员测量体温时，就会重点关注。

返回天津靠港的前一天，我们在邮轮上看了春晚，竟然有临时增加抗击疫情的特别节目。看到这一切，我更加担心了起来，当时就想着赶紧下船回家。

大年初一早晨，收拾妥当行李后，我把女儿打扮得漂漂亮亮的，叫上隔壁屋同行的朋友，一起去餐厅用早餐。

早上7点多，用餐的时候听到广播响起：天津海关已经上船检查，所以暂时不能靠岸，请大家在各自的房间等候。

当时，不少人跑到服务台去问，船上到底发生了什么，什么时候能下船。不少人已经订好了高铁、飞机或酒店。我和女儿也准备先去北京，再坐飞机回武汉。

餐厅里旅客们开始议论纷纷了，说什么“好像船上有发热病人”“听说有穿防护服的人上船检查”“要是查出被感染者，所有人都无法上岸”……感觉大家有些恐慌了。

我和女儿也没办法，只能回到房间里，等待海关进屋来检查。虽然心里挺害怕的，但又什么也做不了，只能干等着。

女儿一直问我，“妈妈，我们为什么不能下船了”。我只能一遍遍安慰她。

突然听到外面有人喊，“来了，来了”。我推开门，看见走廊那头，两名全副装备的医务人员正挨个敲门。

那是我第一次在现实生活中，看到全身穿防护服的人，感觉像是电影中的场景一样。我怔了怔神儿，又关上门等着。

过了一会儿，敲门声响起，全身防护服的人站到了我面前。他们说话很和气，测完体温，又详细询问了我们近期的旅行居住史和密接人群。检查过后，说了一句“谢谢配合”，轻轻带上门离开。

又过了一会儿，听别的房间里有人议论，说刚才有直升机飞过来了。不一会儿，大家又在聊，“海关已经把发热人员的样本采集完，由直升机送走了”。

在船上潦草吃了点午饭，我们又返回房间里，一直等待着。船上大部分游客，表面上保持着镇定。所有人都心照不宣，只要有人感染，大家恐怕都要隔离。

我们的房间没有窗，待久了觉得压抑得很。我已在心里做着最坏的打算，如果船被隔离，不知多久才能回家。

想到这里，我又开始有些后悔了——当初预订邮轮时，为了省点儿钱，没订带窗和阳台的房间，实在不应该。

害怕、焦虑、后悔、无奈、压抑，一时间心里五味杂陈，不知道未来会向什么方向发展。

后来，听朋友说，甲板上有微弱的信号。我就穿了件厚衣服，登上甲板给家里人打电话。

海风呼呼地吹，特别冷，我只能用断断续续的信号大声喊，告诉家人自己和女儿怎么样了。

等着等着，已经到晚上了。听说上午采集的样本，都是阴性的，大家都松了一口气。晚上8点多，邮轮上的旅客陆续下船了。

下船后，我和女儿，还有其他湖北籍的旅客，被天津滨海新区政府安排到一个酒店隔离。酒店环境挺好，住进去很安心。之前一直在邮轮上漂着，终于能踏实地在陆地上，睡个好觉了。

当地政府对我们很照顾，酒店服务员也很热情，没有人因为我们是湖北人，而有什么推阻躲闪。

每天两次，有人提醒我们量体温。酒店每天提供不重样的餐食，还问我们想吃什么，说是会给我们做，感觉很温馨。

我也一直关注着武汉的情况。家里人都劝我，说武汉疫情严重，如果能在天津多待几天，尽量晚些天再回去吧。于是，我和女儿就在酒店安心住下了。

一直到2月22日，我们才回武汉。到家后，每每想起邮轮上的经历，虽然有惊无险，却也把人折磨得够呛。

自此，我也对天津有了一份新的情感。想着疫情结束后，一定要再去一次天津，好好看看这个城市。

# 康复后健康码两次"翻脸"，我被拦在登机口

口述：葛蕾 | 26岁 | 治愈患者 | 湖北武汉

时间：2020年3月13日

整理：刘懿德 | 新华每日电讯记者

3月11日晚，已经治愈30多天的我，在机场手握10份健康证明文件，却被一个异常的红色健康码挡在登机口之外，眼睁睁看着飞机起飞。

我叫葛蕾，今年26岁，湖北武汉人，是一名新冠肺炎治愈出院患者。3月11日晚上，我在呼和浩特白塔机场，被拦在了登机口。

"你的健康码是红色的，不能登机。"一名航空公司的工作人员说。

"噢，是这样，那个健康码没有及时更新我的信息，我现在已经治愈30多天了。你看，这些是我的出院文件、核酸检验报告、解除隔离证明。"我赶紧边解释，边拿出这10份文件。

然而，航空公司的工作人员，连看都没看，只是说："什么文件都没用，我们只认健康码。"

"请问是哪个部门规定，红码乘客不能登机？"我急切地追问。

"这是海口机场的规定，我们只是执行。"工作人员回答。

我着急了。因为此前收治我的二连浩特市，明明已与航班落地城市——海口市的有关部门对接联系，对方同意接收我。

我也主动与海南住处所属社区联系，如实说明了我确诊、治愈、结束医

学隔离观察的情况，几经沟通协调后，社区表示我可以返回。一名社区工作人员，还嘱咐我登机后告诉他一声。

然而，任凭我怎么解释，都没有用。

我打电话给海南的社区工作人员，他听了之后很惊讶，但也无能为力；二连浩特市的同志紧急联系了海口市有关方面，得到的答复却是，他们没有不准红码乘客登机的规定，也没遇到过这样的情况。

站在登机口前，时间一秒一秒流逝，我却什么也做不了。孤零零地站在机场大厅，这40多天的经历，就像放电影一样，在我脑海中快速回放。

今年冬天，我原计划与几位朋友前往莫斯科。1月23日晚，我们乘坐的K2次国际列车抵达内蒙古二连浩特站。按照海关人员的要求，护照签发地是湖北的乘客，都被送到二连浩特市医院做进一步检查。

1月24日，我得知自己被确诊新冠肺炎的消息。入院后，我一度被列为重症，多亏全体医护人员全力救治，我才转为普通病例，并于2月6日治愈出院，3月9日解除医学隔离观察。

治疗14天、医学隔离观察32天，我终于战胜了新冠肺炎这个病魔，可以回家了。

考虑到武汉疫情保卫战还在继续，我决定前往位于海南省琼海市的住处，好好休息放松一下。

在此期间，我已在琼海住处的微信业主群看到，进入海南需要扫描注册健康码信息，我就进行了有关操作，并于2月26日获得了一张绿色健康码，还打了卡。

但奇怪的事情很快发生。3月10日，我购买了次日从二连浩特飞往呼和浩特，再由呼和浩特飞往海口的两张机票。突然，我发现健康码变成了红色，系统提示的转码原因是“存在于国家确诊库”。

看到这样的信息，我很惊讶。从我2月6日治愈出院到3月10日，30多天里一直是绿码，怎么就突然成了红码？

我立刻把我的疑惑告诉了二连浩特市的工作人员。他们表示，对这个情况并不了解，但他们为我提供了出院证明、健康告知书、核酸检测报告，以及由内蒙古自治区、锡林郭勒盟、二连浩特市医院等三级新冠肺炎治疗专家组，同意解除医学隔离观察的意见书。

本来我已经治愈了，拿到这10份文件，我心里就更踏实了。虽然问题出在信息异常的健康码系统，但手上有这些白纸黑字的文件，我觉得足以证明我的健康。

3月11日中午，在二连浩特市赛乌苏机场，我顺利登上航班，来到呼和浩特。当天晚上，我再次乘坐同一家航空公司执飞、由呼和浩特飞往海口的航班，却在准备登机时，被拦在了登机口。

没多久，飞机起飞了。

我打市长热线，怎么也无法接通；我报警求助，前来出警的民警说，这不属于他们的职责范围。我询问当地防控指挥部联系电话，他们说不知道，让我自己网上查询。

我白天还沉浸在结束医学隔离观察的喜悦之中，突然间心情就跌落到了谷底。

关键时刻，二连浩特市的同志又给我提供了内蒙古自治区疫情防控指挥部的电话。

当时已是晚上10点多。电话拨过去，很快就有人接听了。听过我机场被拒的经历后，对方说，“知道了，这就派人去机场接你”。

22点44分，一辆120救护车把我接到一家酒店，却是暂停营业。后来，经自治区防控指挥部的同志多番协调，我被安顿在一家定点收治隔离人员的酒店。

躺在房间床上的时候，已经是3月12日的凌晨了。折腾了一天，身心俱疲，可我怎么也睡不着，一连串的问题萦绕在脑海间——

为什么我的海南省健康一码通信息，突然由绿码变成了红码？为什么10份专业机构的权威文件，抵不过一个信息有误的二维码？如果这个信息管理系统存在漏洞，我们如何能证明自己的健康？

12日上午，我接到内蒙古自治区有关部门一名领导的电话，说他们正积极联系、协调解决让我上飞机的问题，并很快给我出具了一份要求机场同意我登机的公函。

这让我非常感动，因为我知道，一直有人在认真负责地工作，在尽力地帮助我。

当晚23点43分，我接到了海口市新冠肺炎疫情防控指挥部工作人员的电话，表示会在核实情况后，尽快为我转码。

13日0点52分，我的海南省健康一码通系统提示，我的健康码已经转绿，系统显示的转码原因是“指挥部核实转码”。

虽然没有人解释之前为什么健康码会变红、现在指挥部又核实了哪些内容才转绿，但我终于可以顺利回家了。回想这两天的经历，充满了波折，更充满了温暖，感谢所有认真负责、细心热情的工作人员们。

希望所有的治愈患者，都能顺利回家。

# 一岁多的儿子差点成了意大利"一号病人"

口述：黄天骄｜32岁｜全职妈妈｜意大利

时间：2020年3月6日

整理：魏董华｜新华每日电讯记者　林光耀｜实习生

我平时在意大利生活，老公是意大利人。

今年，我独自带着16个月大的儿子回国过年。本打算待到元宵节，让孩子好好体验一下中国的春节。没想到大年初一，就在老公的催促下提前返程了。

回意大利的飞机上，我全程戴着口罩。飞机密闭的空间，让我感到特别不安，旅途中一直提心吊胆。更让人担心的是，儿子不愿意戴口罩，一给他戴上就摘下来。反反复复。他又喜欢到处乱爬乱摸的，我都怕死了。

1月26日，我带着儿子在意大利的家中，开始自我隔离。当时，老公还在其他国家出差。

回意大利以后，我特别小心，避免和任何人接触。担心万一感染新冠肺炎，因为我一人，影响这个意大利小城。

谁知，偏偏怕啥来啥。1月29日，我和宝宝都睡得很早。凌晨1点左右，他突然钻进我怀里哼唧。我一摸脑袋，滚烫。天呐！我立刻给婆婆发消息。婆婆连忙给医院打电话求助，也交代了我们刚从中国回来的信息。

救护车来了，我和儿子被"全副武装"的救护人员，抬上了救护车。婆婆也陪着上了救护车。医院里一片手忙脚乱，医护人员全部戴上了口罩。通过医院仓库的后门，我们被抬进了感染科的监护室。

折腾了一晚上，很多穿“太空服”的医护人员进进出出，量体温、采集咽拭子、抽血、做CT……我、儿子、婆婆轮流接受检查。那个场面，我至今难忘。

折腾完了之后，医护人员把我们关了起来，婆婆也不让走了。她气得在隔离病房大叫：“我没有病，我要回家照顾我的狗。那是我刚收养的流浪狗，它不能再被遗弃了！”

儿子被吓得哭天喊地。估计至今他都不明白，那晚究竟发生了什么。我心里则一直想：完蛋了，难不成我儿子要成为意大利“一号病人”了？

过了一会儿，我们的情绪平静了一些。之后，医生给我儿子开了些药。吃了药，儿子沉沉睡去，烧也暂时从39℃逐渐退了下来。

从住进隔离病房起，出入我们房间的医护人员，都穿着厚厚的防护服。

我们就这样，在病房里等待“宣判”。直到1月30日下午4点多，一位没穿防护服的医生，径直走进了病房。“你们没有感染新冠肺炎，全都可以回家了。宝宝得的是流感，我们现在安排车，把你们转到儿童医院。”医生说。

听到这，我和婆婆欢天喜地。

在儿童医院，医生检查完说，孩子嗓子发炎、红肿，应该是发烧的原因。我突然想起，他发烧前一天乱蹦乱跳，在地上乱摸后，还把手指头放进嘴里。

在儿童医院又住了一晚。1月31日，医生复查无碍后，我们终于回家了，在国外出差的老公也赶回来了。

原来，我们住进医院没几个小时，意大利卫生部的人，就给老公打了越洋电话，详细询问我的所有行程，以及他和我的接触情况。他们还给婆婆打电话，询问我在意大利的活动范围。还好，最后真相大白，我们也洗脱了新冠肺炎感染的嫌疑。我们惊魂甫定，还成了朋友间的一桩笑谈。

本以为我和疫情的故事，到这里就结束了。没想到，后来又有了2.0版。

2月21日，疫情突然在意大利暴发开来。眼看着确诊数字向上涨，那种紧张、恐慌的感觉，一下子又回来了。我赶紧去超市和华人商店，采购了好些生活必需品，还有做中国菜少不了的调味品。整个超市里，就我一人戴着口罩，感觉像做贼似的。之后我不再出门，也拒绝外人登门拜访。

我们这儿的居民，一开始也有些紧张。那天去超市的时候，水果、肉类、意大利面、消毒液的货架，几乎都卖空了。

意大利的口罩供应也很紧张。2月22日是周六，我让老公去买口罩，他把城里还开着门的药房都跑遍了，也没买到一只口罩。药房的人劝他别找了，估计整个意大利都够呛。

2月27日，婆婆从热那亚回来。要知道，意大利真正的“一号病人”，就是在热那亚旁的小城跑的马拉松。当时，热那亚已经有11例确诊病例。

婆婆和我们关系很好。按常理，她都会来我们家坐一坐、吃个晚饭。但是那天，我们没让她进门。老公告诉婆婆：“很抱歉，妈妈，疫情结束前，你没法来我们家吃饭了。因为天骄很担心，她不想让任何人进来。”

婆婆非常委屈，当时就哭了。虽然老公跟婆婆解释了半天，但这样的拒绝，对一个意大利婆婆来说，确实是很难接受的。我也很不好意思，让老公夹在老婆和妈妈中间左右为难。但是没办法，原则还是要坚持的。还好，婆婆不是一个记仇的人。

婆婆伤心了好几天。她平时习惯做了好吃的和我们分享。这两天，她依然会时不时过来，送点她做的菜，但每次都是放在门口，老公去拿。

婆婆这边总算没问题了，我老公又掉链子了。意大利人真的憋不住。在家待了几天，老公就受不了了。这些天，他天天出门和朋友在一起：打网球、踢足球、喝咖啡……有一天还把孩子带去公园玩儿。公园里都是小孩儿，没有人戴口罩。老公拍了个小视频，我把视频发给我爸妈，他俩看到后紧张得要死。

因为老公出门这事，一天晚上，我俩大吵了一架。吵完架，老公说："天骄，我很想知道你的想法，咱们好好聊聊吧。"

我们聊了一晚上。我告诉他，外面很危险，我不想出门，也希望他别出门。老公尊重我不想出门的想法，但也希望我尊重他在家憋不住的实际。对于要不要戴口罩，老公说："中国专家建议戴口罩，意大利专家说可以不戴口罩。咱们各听本国专家的，谁也算不上错吧？"他的话让我无言以对。

就这样，关于新冠肺炎的预防，我们俩怎么都谈不拢。也许，这就是跨国婚姻的烦恼吧。

# 五天五夜，蜗居在面包车里的“夹心人”

刘荒、完颜文豪、吉玲 | 新华每日电讯记者
时间：2020年3月2日

日前，记者收到本地朋友转来的一封求助信。信上说，有一个亲戚从河南老家回来，由于进不了小区自我隔离，又不愿折腾回老家自费隔离，就在一辆面包车里住了5天5夜。

这个河南老家的亲戚，在城里市场摆摊卖菜，已经好多年了。2月21日，他搭乘老乡的私家车一起回城，却被禁止进入长年租住的居民小区。

当天，从老家村里出来时，村长就撂话了：这阵子非要出去的，就别回来了。还说，再想回村，都得自掏腰包4000元，在县里酒店隔离14天才行。

小区进不去，老家又不想回。无奈之中，他终于求得一位老乡帮忙，凑合着在对方闲置的一辆面包车里住下来。

他整天提心吊胆，生怕被人发现了，给好心的老乡惹麻烦。

“就这样，他成了这座城市和农村老家中间的夹心人。”

记者联系到这位求助人的亲戚，才知道他叫汤和生，今年54岁，在这座一线城市20多年了。平时，他在工人体育馆附近一个露天菜市场摆摊卖菜。

2月28日，记者两次与汤和生通电话，逐步还原了求助信的背景。

他自称不会用微信发送位置信息，也搞不清楚自己所在的方位，说话总是小心翼翼的。

他和老伴在城郊租住一间民房，面积不过13平方米，每月租金将近1700元。

往年，他们过完春节就回来。今年受疫情影响，在家多待了10来天。听说菜市场恢复营业，不少菜贩都正常摆摊了，他就着急赶回来卖菜。

老伴也支持他自己先回来，既然早晚都得隔离14天，还是早隔离早完事，也能早点去市场摆摊儿。

他也担心回来不让进小区，到时想隔离都没有地方住，就提前给房东打电话，得到的答复是，除了从湖北出来的人，小区正常进入，还能给他办理通行证。

没想到，22日回到小区时，汤和生却被居委会的人拦在了门口——返城人员不能进小区，即使跟湖北无关也不行，除非等到解禁的时候。

小区进不去，只能先安顿下来，再想办法。他通过亲戚找了一间办公室，偷偷摸摸住了一晚。

他担心会连累亲戚，早上起来后，就跑出去找地方了。

说来也巧，一位租住在城东郊区的老乡，正好有一辆闲置的七座面包车，答应借给他当临时住所。

接下来的情况，汤和生似乎并不愿多说，只能长话短说，便匆匆挂了电话。

当日晚上9点，记者联系到汤和生的外甥孙超，他正要开车去看望姨夫呢。

按照孙超发给记者的位置信息，我们40多分钟后，赶到了约定地点。

夜幕下，一条宽阔的公路穿村而过，路上零星驶过几辆轿车。村口处，五六个执勤人员，戴着白口罩红帽子，或坐或站，在对进村车辆做检查。

距村口300米远的辅路偏僻处，汤和生和外甥孙超两人，已经在等我们了。

除了几句寒暄，还有偶尔疾驰而过的大货车，周遭就再没有其他声音了。

孙超是个年轻小伙子，戴着眼镜，看上去斯斯文文的。

汤和生穿着一件深色棉袄，皮肤黝黑，身体结实。路灯光影之下，他的头发有点打绺，不知是天生的自来卷儿，还是这几天在车里睡觉揉搓的。

一见面，汤和生就说，事情已经解决了。当日下午3点，一位自称社区居委会的人，打电话给他说，等过几天疫情下去了，就给他办手续搬回去住。

具体要等几天，对方也没有说，只是解释“这是政策要求，也是没办法，前几天松，这几天紧了”。

记者让他打开手机通话记录，找出了这个来电号码。

“当时，我姨夫跟居委会沟通，他们说没有隔离条件。还说，就算住酒店满了14天，也不能进小区，他们没办法确认。” 外甥孙超在一旁补充道。

汤和生叹了一口气。这个看上去老实巴交的农民，说起话来顾虑重重。

记者提出，去看看他这几天蜗居的面包车。他犹豫再三，最后决定带我们过去。

沿路是一长排施工隔离的铁皮防护墙，其中一处铁皮墙不知何故扑倒在地，豁口处露出空荡荡的工地，还有一层绿色的盖土防尘网。

再往远处看，则是漆黑一片了。

汤和生领着我们从这个豁口，悄悄地走进去。还不忘提醒我们，不要大声说话，怕被村里人听到。

穿过坑坑洼洼的工地，沿着马路走一段，拐弯就进村了。

他告诉记者，要是没有疫情，每天凌晨两点开始，他和老伴就骑着电瓶车去上货，再赶去菜市场摆摊。

大女儿早已嫁人，二女儿在大连上大学，一年光学费就是两万多，加上每月生活费，哪年都得三四万。80多岁的老母亲，在老家照顾着上高中的小儿子。

汤和生想着早点回城隔离14天，早点去市场卖菜挣钱。毕竟，俩孩子每个月的生活费，都是实实在在的家庭开支，短不了的。

临走前，老家所在的南阳市唐河县下面的村里，还给他开具了《南阳市外出务工人员健康证明》。在落款处，村医和村主任都签了字。

记者在他随后提供的健康证明上，看到上面写明的承诺："没有跟新冠肺炎患者接触，本人承诺认真落实防控期间的各项个人防疫措施"。

一路走了10多分钟，终于来到他所说的停车场。其实，这只是村里的一大片空地，停了10多辆车，压土机与小轿车混搭在一起。

寂静的夜晚，只能听到村里偶尔的几声狗叫，再无其他动静。

借着远处路灯的光亮，汤和生拉开白色面包车的车门——车内的后座已经拆掉，空出的地方，放着一条拧巴的被子，旁边放了一个热水壶。

"水壶也不保温，两三天去接一壶热水，没多久就凉了。"他偶尔也会从车里出来，去村里小卖部买点面包方便面，再喝点热水壶里的凉水。

由于老汤一直戴着黑色口罩，老板也认不清他是谁。

晚上睡觉时，他把车门窗都紧闭起来，感觉车里不太冷。或许，因为这是辆旧车，还能透点气。上厕所是个大麻烦，只好趁没人时，找个地方随便露天解决。

"如果太冷了，可以把车打着火开暖风，顺便给手机充电。"记者说。老汤回答自己不懂车，也不会操作，估计是不太想去麻烦老乡。

据他说，这个老乡也是村里的外来租户。他之所以住在车里，没去老乡屋里凑合几天，就是担心会被房东发现外人进村，最后可能连老乡一块被赶出来。

人家能给自己这么一个容身之处，也算是冒险帮了大忙，不能再有更多的苛求。

汤和生悄然收拾完车里的几件衣物，利索地塞进一个大塑料袋里。然后，轻轻地关上车门，将塑料袋搭在肩上就往回走。

出村的时候，他还不忘给这位老乡打电话道别，谢绝了对方的好意相送。

村边的土路上间或出现的路灯，将他的影子投射在地上，由长变短，又渐渐拉长……

过去的5天5夜，对于这个村子来说，汤和生更像一个影子，悄无声息地来了，又默默无声地走了。

老汤边走边向记者感慨，回来得不是时候，现在市场里卖菜的摊贩，有的过年没回家，还有的早他几天回来，那时防控还没有现在这么严。

当时，开车拉他从老家回来的老乡，也是在市场卖菜的。相比之下，老乡租房子的社区，可能相对更通融一些，说明白就让进去住了。

汤和生苦笑了一下，说起他刚回来的那天，也想说个瞎话蒙混进小区：“我说过年没回家，在城里老乡家里住着，房东给办了通行证，还没交给自己呢。”

虽说在这座城市里卖了18年菜，每天在市场上跟人讨价还价，可冲着这些戴着红胳膊箍的人说谎，老汤心里特别打怵。

结果，人家一看他大包小裹的，就断定是刚回城的，有通行证也不行。

他也寻思过，晚上在小区找个地方，偷偷摸摸也能翻进去。但自己又不敢干那事，“本来不犯法的，弄不好被当小偷抓了。”他说。

汤和生颇为遗憾地念叨着，之前在市场卖菜，一天能卖1000多块钱，中间赚个300来块钱。扣除房租和生活开销，一个月能攒大几千块呢。

几天前，亲戚在网上帮忙发求助信。惹得借车的老乡有点不高兴，担心招来麻烦。后来，有媒体联系老汤，他都不敢说出具体地方。

面对记者的来访，这个看起来老实巴交的菜贩，显得十分纠结——既希望得到外界的帮助，又怕给帮助自己的老乡惹麻烦，话里话外一直摇摆不定的。

说话间，外甥孙超帮他把一兜衣物放进后备厢，并说刚联系了几家酒店，都要求住进去就要隔离14天。

汤和生一听到这话，惊叹了一句“哎呦”。接着有点后悔地说：“这得花多少钱呀！要是知道这，我刚才就不出来了，还住在车里边算了！”（应受访者要求，汤和生和孙超均为化名）

# 艰难重启

# 即便员工都回来，也不是想开工就能开

口述：黎东 | 30岁 | 企业经理 | 江苏无锡

时间：2020年2月15日

整理：完颜文豪 | 新华每日电讯记者　丁莉 | 实习生

我们是做物流箱体的企业，往年这时候，是我们生产的旺季，冲全年产值的关键阶段。

春节后，客户会一直催货，我也在厂里盯着。从早上8点到晚上8点半，加班加点干。一般光2月份的产值，就能占到全年的五分之一。但今年，在本该最忙的时候，只能天天待在家里。现在出趟小区都要通行证，当然这也是没办法的事。

疫情一来，公司收入直接变成零。手下100多个员工，即使按最低标准发工资，杂七杂八加起来，每个月也得三四十万。我们是私营企业，这么高的成本都得压在自己身上。

年前订单接得比较多，当时赶掉了20%左右，剩下的大头本打算春节后开足马力干，没想到疫情开始扩散了。我之前还想武汉那么远，不会波及无锡这边。况且已经引起各地政府重视，应该不会有多大问题。等到武汉一封城，我们马上紧张起来，觉得情况严重了——这么大的城市不可能说封就封，肯定出了大事情。

其实，如果按最开始说的2月10日复工，对我们影响不是很大。往年也是元宵节后，外地员工陆续赶回来，才开足马力干活。

2月7日左右，全国的新增病例爆发式增长。我感觉这回悬了，外面一道道卡口、检疫口，疫情形势非常紧张，不可能按期复工了。无锡的镇与镇、区与区之间的道路都封锁了，甚至街道与街道、村与村之间都有卡口，进出都要检查身份证。我们厂子靠近常州，那边疫情相对严重。虽然离得很近，但常州的员工也不允许过来。

前段时间，江苏一些地方出了一个规定，对从疫情严重的湖北、河南等7个省过来的人一律劝返。我们企业有20个左右的员工，就属于这种情况。外地有些员工回不来，生产环节的相应工序就断了，复工比较困难。很多员工在家歇着，没有收入也着急，一再向我打听情况，问什么时候能复工。

后来，这个规定引起了不小的争议。无锡市放宽要求，除了疫情严重的湖北和浙江温州这两个地方外，允许复工复产企业的外地员工进入本市。

焦虑等待了好多天，我们复工的申请终于通过了。员工大多是四川人，这两天正在通知他们回来上班。返回之后在哪儿隔离，眼下还是个问题，但至少能回来了。如果一切顺利的话，估计2月底就能正式开工了。

可是，即便员工都回来，也不是想开工就能开得了。除了生产环节外，还要上下游企业协调同步，整个产业链条才能转起来。这是由制造业的生产组织方式决定的。

从生产来看，最关键的是原材料供应。水电燃气这些没有问题，但生产和焊接必须用的氩弧焊气体、二氧化碳气体、乙炔和氧气，供料的上游正在积极申请复工，还不清楚啥时候能保证供应。

从市场来看，很多地方道路都封锁了，下游的经销商和物流公司老板，现在也没有多少生意可做。这种特殊情况下，他们也支持我们延期交货。

今年被疫情这样一弄，亏本是肯定的，只是亏多亏少的问题，我感觉压力非常大。这段时间，我一直在跟客户沟通。各个地区情况都差不多，物流公司没有复工，也没有提需求。

我们企业现在年产值8000万元左右，每年增长保持在20%到30%。去年积累了几个大客户，正想把产值搞到一个亿。前些天，大客户向我抱怨，港口的船和航班都取消了，没有货源可以拉。对我们来说，下游暂时不会有大订单了。现在复工有了希望，开始有一些客户陆陆续续咨询，希望接下来能有新的订单。

虽然企业还有一笔大额贷款，但我们现金流把控得还好，大部分是现款现货，资金回笼较快，还能够坚持下去。政府现在也出台一些帮扶政策，可能会下调一点利率，税收可以延后交，还有些土地费可以减免。

由于厂房是我们自己的，没有租金这块固定成本，少了不小的负担。不然的话，每个月几十万的租金，我们这种中小企业根本吃不消。

我还有一个运输公司，给马术比赛运输马匹，我们为用户提供专业车辆租赁服务，每年有一大笔收入。受疫情影响，上半年很多大型赛事都取消了，包括我们服务的马术比赛。这笔收入断崖式下滑，直接变成了零。

其实，我们做制造业蛮苦的。员工平均都在30岁以上，年轻工人不好招，人工成本居高不下。我记得早些年人工成本比例很低，甚至都可以忽略，现在已经占到企业成本的大头，还要全员缴纳社保。

我感觉制造业利润太薄了。自动化程度高的企业，利润可能还高一点，但主要是拼产量。我们定制化的产品比较多，每个订单都有不同的要求。加上生产设备比较大，宽度、高度、长度等尺寸也不一样，没法实现全面自动化，只能在局部工序上尝试，逐步减轻人工成本压力。

这些天我在家里也很焦虑，有时候静下来想想，企业再这样干下去，终究不是长久之计。趁现在产值也不算高，人工又那么多，得抓紧转型升级，提高管理和生产效率。我甚至考虑采取外包模式，不要什么都自己干，只做自己最擅长的，不光把人减下来，也可以轻资产运作。

从来没想到，这辈子会遇到这样严重的疫情，但愿这是最后一次。困难的不只我们一家，很多行业都会受影响。现在我就怕今年消费带动不起来，大家都觉得口袋里没啥钱，物流公司老板就会说，“省一点吧，我就不添新车了”。这对我们最直接的影响就是订单会少，但也要在困难中求生存。

（应受访者要求，黎东为化名）

# 疫情都好转了，想回来上班咋还这么难

口述：朱逸雯 | 31岁 | 教师 | 湖北黄冈
时间：2020年3月19日
整理：刘梦妮 | 新华每日电讯记者

我们一家困在湖北乡下已经2个月了。本来随着疫情好转，终于有了离开的希望，然而各种看不见的阻力，还是让返工之旅困难重重。

我和老公在我的家乡河南新乡工作。1月22日，我们带着两岁多的孩子，和在武汉打工的公公婆婆一起，回到他们老家黄冈市浠水县的一个小山村过年。

这里特别偏僻，附近只有几户人家，步行1小时才能到达村子中心。那里零散的几家小卖部，就是离我们最近的商店。

我们原计划就在这待一周，正月初五回河南。我自己只带了一套换洗衣服，给孩子带了两套。连他的食物和尿不湿，也只准备了一周的量。

没想到疫情突然暴发，湖北各地交通先后封锁，我们回不去了。大人还能将就，最遭罪的是孩子。

我给他带的两套冬天的棉袄，随着气温的升高，早就不适合穿了。给他备好的食物也早就吃光了，乡下无法补给，只能天天让他喝粥。

很快消耗掉的还有尿不湿。爷爷为此往返两小时，问了好几家小店，只买到一包最小号的。孩子已经30斤了，用小号尿不湿还是会尿得到处都是，我干脆就不给他用了。

一开始，他每晚都会用一泡尿把我冲醒，我和他的衣服也一起被尿湿。我赶紧起来给他换衣服，换褥子，担心他着凉。

尿湿的衣服都没法洗，晾干了，第二天夜里继续换。

后来，我总算找着些规律，每晚都定上凌晨一点和四点的闹钟，把他叫醒尿尿。

小孩子，也不是你定时让他尿就会尿的。有时大半夜，我还得干坐着等他，怕睡着了他尿床上。

这些天都是这么过来的，没有一晚休息好过。

在乡下待的时间长了，孩子又黑又野，天天在沙土堆里玩。我也两个月不洗澡、不换外套，如同一个被拐到山里的女人，放弃了挣扎。

3月初，全国疫情都在好转，被困在湖北的人们也陆续开始离开。

我们这边，出湖北的公共交通还没有。具体该怎么走，满足哪些条件才能走，各地都不统一，让人一时间找不到方向。

后来，浠水县下发了滞留人员如何返工的文件：一是需要出发地健康绿码，二是目的地社区或用工单位的接收证明，三是有车，自驾或者点对点包车，车辆需要办电子通行证。

第一项相对容易搞定，第二项我历经曲折也开到证明了。剩下第三项麻烦大了。

一开始，我想让新乡的朋友开车来接我，对方也答应了。后来再一打听，他来一趟需要有健康证明，需要浠水和新乡两个地方分别开接收函，感觉不大现实。

而且，就算按规定把资料准备齐全，接我们回去后，他还必须像我们一样居家隔离14天，实在太费周折、太耽误时间了。

我不好意思这么麻烦他，便放弃了。

我还想在网上拼车回新乡，但电子通行证是司机那边办的，目的地得跟他一致才行。我们一家三口人本来就多，再加上这样的要求，更没希望找到合适的了。

现在到处都在宣传点对点包车，我也考虑过这种方式。但是，尽管常看到相关新闻，具体怎么操作怎么报名，我仍然不清楚，打了很多电话，也没个明确说法。

我们不想放弃任何希望，还是去村里登记了信息，看有没有机会搭上去郑州方向的点对点包车。好几天过去了，一直没消息。

这类包车一般都是商会、公司或政府牵头组织。我老公到处打听发现，在我们这儿，这类点对点的大巴，能去的城市很有限。一般都是南下去深圳、东莞这些地方，或者去江浙一带。目的地往北的，我们目前都没听说。

为了能尽快走，我加入了浠水多个复工拼车包车群，发现大家都各有各的困难。有人年前辞职了，又在外租房，连目的地的接收证明都没法开到，比我们还惨。

还有一家人手续齐全，通行证和接收函都有，开着自家车上高速，也被劝返，高速工作人员说不认这些证明。

目前，我们一家健康码和接收函都有，但没法找到合适的私家车接送，点对点包车也没有下文，只能继续困在这里。

我们村没有一个确诊病例，周边也早就14天零增长了。我不明白，自己根本不可能染上新冠危害到别人，一直待在这里的意义何在。

前两天，我听说村里有人偷偷溜走了。她步行两小时，穿过出省的高速路口，约了那边一辆黑车来接。

我跟家人商量过要不要这样“偷渡”，带着一个两岁多的孩子，这么走太不方便了，也找不到可靠的车来接我们，只能作罢。

除了人受罪，因为困在这里，我们全家的收入也大受影响。我和老公都在一家私立学校当老师，平时收入还行，不上课就只有1000多元的基本工资。

本来，学校现在是让老师上网课的。但我们这儿信号太差，试了几次都不行，只能放弃。这样，从1月寒假开始，我们就开始拿基本工资了。

公公婆婆原本计划春节后，继续回武汉打工，现在也只能暂时在老家待着了。一家五口，这两三个月基本没收入，还有武汉的房贷要还，感觉压力好大。

节前，我所在备课组已经确定由我去参加名师试讲，选上后每个月的工资能多1000元。因为我一直无法定下归期，试讲的机会只能让给别人了。

很遗憾，但也没办法。我希望政策能解决更多普通人的返工困难，让我早一点回到新乡，早一点开始正常的生活。（应受访者要求，朱逸雯为化名）

# “跨省”返工，步行了20多里才搭上车

口述：郭俊康 | 29岁 | 企业员工 | 河北廊坊

时间：2020年3月5日

整理：刘婧宇 | 新华每日电讯记者

2月16日，从东方泛白走到天光大亮，我独自一个人拖着行李箱，步行20多里路去县城。乡村小道虽不宽敞，但只走我一个人，显得特别空旷。从村里出发不一会儿，鞋子上就沾满了雪后的泥水。

我叫郭俊康，是山东烟台一家化工企业实验室的研究人员。从1月19日放假回到老家——河北廊坊大城县郭王只保村，我已经在家待了快一个月，每天响应号召宅着。

这个参加工作以来从未有过的超长假期，过程并不享受。前段时间，网上有一句调侃流传甚广，“再不复工，我怕公司发现，没有我也一样正常运转”。虽然不太担心自己会被“下岗”，但平时公司对我们员工很不错，在这紧要关头，我们也不能“不仗义”。

2月初，公司取得了烟台市经济技术开发区经济发展和科技创新局的审批，可以复产复工。大家在工作群里特别积极，有不少人说“已经买好票了”。山东省内的同事说，“只要烟台高速口放行，可以自驾返岗，并保证自己到隔离地点，绝不给公司添麻烦”。还有的省外同事已在联系周围朋友，利用自己的人际关系购买车票，规划路线，朝着公司的方向前进。

为了减少乘坐公共交通，2月13日，公司发动本地员工组了6个小组车队，分赴山东各个地市，接本省员工回来。这次行经路线，几乎覆盖了整个山东省。车队使用的车辆，都是员工的私家车。一辆车两名驾驶员，最多接4个人。为了保证安全，还用了“土办法”防疫：座位与座位之间用塑料薄膜隔离开。

我在工作群里看到，这6个小组凌晨4点就出发了，在高速上遇到了团雾。加上隔离薄膜后，后视镜没法用，视线受阻。还好都是有经验的老司机，大家都开着双闪、慢慢驶出了团雾。

2月13日当天，就回来二十多人。夜里11点，返岗员工都被平安送入酒店隔离。2月14日，又有多名同事从外地返岗。这天是西方的情人节，公司还给所有返回员工送去了鲜花和巧克力。在公司眼里，返岗员工就是公司的“情人”。

我是外省员工，享受不到“专车接送”的待遇。眼看着工作群里不断更新的消息，也开始着急规划自己的返工行程，毕竟早返工早隔离就能早上班。

我所在的大城县城没有火车站，平时都是先坐班车去县里，再换乘去邻近的沧州，最后乘火车到山东烟台。接到复工通知，我就赶紧买从沧州到烟台的火车票。一查询才发现，平常坐的K285列车停运了。于是，赶紧换了另外一趟时间不太合适，但是也能到烟台的火车。

买到车票本来心里踏实了些，准备收拾行李时才知道，村里、县里都是各种封路。村子里的路不是被挖断就是被土堵起来，也没有去县城的班车。

让家里的亲戚朋友送一下也不合适，因为不管是谁，出村之前要考虑清楚，要么出去就别回来，要想回来就隔离14天。总不能因为送我一次，让别人回不了家。

正当我下决心走路去县城时，却又发现就算到了县城找到车，一样进不去沧州。我找平常出车跑沧州的朋友想办法，结果朋友说沧州管控很严，外地人员和车辆根本不让进，他们最近也都歇着呢。

没办法，沧州去不了只好换条路，之前买的火车票也退了。从我们老家出远门，中转地首选是沧州，北京、天津其次。我原来在北京上过大学，相对比较熟悉，所以打算从北京倒车。

这次我决定先查清楚。果不其然，北京开往烟台的火车，也是停运了好几趟，就剩两三趟高铁还在运行。不是出发特别早，就是到达特别晚，时间很尴尬。我不死心又去查了机票，结果发现机票才400多块，比坐高铁便宜差不多200块，下午3点出发4点半到。简直是完美！现在就剩最后一个问题，我怎么从家去北京。

因为疫情的影响，出租大巴都停运了。滴滴之类的网约车，也试了好多遍，根本没有人接单。没办法，我不停地托朋友，朋友再找别人。

通过多方辗转，终于联系上一位司机，据说身体健康，有京牌的车，可以去北京，唯一一点要求：包车，而且要价比较贵。从大城县直接到北京首都机场，包车价格700块。

毕竟特殊时期，人家也是冒着风险出这趟车，要不是有朋友帮忙推荐，我可能花更多的钱也走不了，大家能保证身体健康彼此不会互相传染就行了。

村子里不仅路挖断了，还有多个防疫路卡，他只能到县城接我。从村里到县城这20多里路，就全靠我自己了。

出发前一天，我向公司汇报了行程。晚上，我妈包了饺子。2月16日凌晨5点多，吃过面条、戴好口罩、拿着行李，我出发了。天还黑乎乎的，两天前刚下过雪，地上冰碴混着泥水，我深一脚浅一脚地走着，路上没什么人，特别安静，只有偶尔踩到的树枝断裂声，和不知谁家的狗叫声伴着我。

到了防疫路卡，值守人员测过体温后再三“嘱咐”我，“别回来了啊”。我笑着说，“知道知道，明年再回来”。

虽说自己体力不错，但连续步行20多里路，还拿着行李，确实有些吃不消，从山路走到柏油路，几个小时下来，腿脚都有些发木了。一路上，我还担心会不会在哪个卡点被拦住。

上午9点多，终于走到了县城约定地点。上车后，一颗悬着的心才放下来，总算能顺利到机场了。

哥哥给我装的一罐杏仁露，放在书包里忘喝了，在首都机场过安检被查出来。“要么喝了，要么扔了！” 安检员说。就在这一瞬间，我觉得自己像极了电影《人在囧途》里，强迫自己在安检口喝牛奶的王宝强。

下午4点半，我顺利抵达烟台，公司有车来机场接站，司机也是全套防护服穿着，把我送到隔离点，开始了14天的隔离。这是公司包的一个宾馆，每天公司食堂会做好盒饭，由专人送到房间。

后来，我才发现幸亏这一天走了，哪怕再晚走一天，这趟最合适的航班就停了，不知道还得转战多少个地方才能回来。

我们是一家化工企业，消毒用品都不发愁，无论是84消毒液还是酒精，都能自己生产。复产所需原材料虽然一直比较紧缺，但采购部门已经想办法解决了。

公司共500来人，虽然返岗之路各有各的难处，但现在除了一名湖北籍的员工，剩下的在职员工都到岗了。往年在春节后，会有个小的离职潮。但今年到目前为止，只有5个人因为个人原因离职。人事部门的同事一拨一拨地接返工同事，说“被大家的向心力深深感动了”。

# 人生第一次坐飞机，竟是“专机”回厂

口述：梁肖梅 | 35岁 | 农民工 | 广东顺德

时间：2020年3月6日

整理：毛鑫 | 新华每日电讯记者

整整37天，这是我打工19年来，在家待得最久的一个春节。由于一年才回家一次，我格外珍惜这个假期。

我老家在广西崇左市天等县龙茗镇东南村，是个位于西南边境的壮族村寨。16岁时，我就跟着同乡来到广东顺德打工，一直在家电行业兜兜转转。两年前，我来到格兰仕，在微波炉车间定时器生产线做工。

本来打算在家待10天，大年初七启程返岗，没想到疫情彻底打乱了计划。初一那天，村里封路了。到了初二，听村干部说，镇上的车也停运了。从镇里到县城只有一条山路，这一停运再想出山就难了。

眼瞅着打听交通情况的人越来越多，村干部就拉了个微信群，每天在群里通报情况。大家每天看到的内容，几乎都是同一句话：“尚未通车，恢复时间待定”。

我们工厂车间微信群就更热闹了。每天九十来人在里面讨论封路的事，大家都担心返不了岗。车间组长一个劲儿地安慰说，别着急，等厂里的通知。

到了初六，群里通知正月十七，也就是2月10日复工。知道了具体时间，我心里踏实了些，还有点小小的开心。毕竟可以在家多住几天，多陪陪家人。可眼看到了正月十五，村里还没有一丁点儿通路的消息，我又开始急得不行。我最担心的是，整个二月份都被困在家里出不去，一个月的工资就没了。

我一家4口人，主要靠我每个月4000来块钱支撑。丈夫常年在家，除了照顾年迈的老母亲和11岁的儿子，还要忙两亩水田的活。我不复工，一家人心里都发慌。

2月10日那天，工厂通知复工了。看着群里热闹的消息，我心里真不是个味儿，感觉像被淘汰了一样。厂里一直关注着我们，除了指导我们在家做好隔离工作，也时不时发一些暖心的话，帮我们排解压力。

2月20日，看到群里有消息说，公司要安排复工专机接广西的员工返岗。第一架是21日晚上，从南宁直接飞广州。群里一下炸了锅，大家根本没想到还有这样的好事，都以为还是像以前那样，会包大巴车来接呢。我赶紧登记报名，可镇里交通还没恢复，无奈错过了这一班。

22日，镇里交通恢复了。23日，厂里统计第二架复工专机的信息，我马上又报了名。飞机是25日下午3点的，我怕时间赶不及，24日中午就早早出发了。爱人骑摩托送我到镇里，我坐公交车赶到县城，然后再转车去南宁，当晚住进了厂里安排的酒店。25日中午，公司在宾馆请大家吃了饭。然后进行分组，统一说明行程安排，随后分乘六辆大巴车去机场。

乘专机返岗复工，这真是人生头一遭。大家排着队进机场，又一起合了影，每个人都很兴奋。我跟很多同事一样，都是第一次坐飞机。刚起飞有点不适应。机舱里除了公司领队安排些事项外，就没人说话了。我坐在靠窗的位置，一直看着窗外的蓝天白云和下面的山，心里却想着出门前儿子说的话，“要戴好口罩，注意安全”。

说起儿子，我心情挺复杂的。从他记事起，就没怎么陪过他。每次过年回家，一见面总有点生分，等熟悉了，我又要离开了。今年算是这么多年第一次，陪了他这么长时间。说实话，待得越久越舍不得这个小家伙……

时间过得很快，1个多小时后，飞机降落在了广州。前几年坐公司包的大巴车，怎么也得坐十二三个小时，这可比大巴快多了。

刚拿了行李出来，就看到接机的人举着牌子在等我们。我们每人领了一个口罩和一套工装，量体温后分乘6辆大巴车，开往顺德总部。到工厂当晚，公司就专门进行了防疫培训，强调从厂门到车间，每进一个门都要量体温，工作时间要洗6次手。

返厂第二天，我就正式上工了。车间里设备运转起来了，同事们戴着口罩，间隔1米以上。现在车间订单多、任务重，连经理都下到生产线帮忙了。虽然每天都很忙，但看到生产线动起来，心里很踏实。

# 微信朋友圈卖生鸡，卖多点就能赔少点

口述：田茂财 | 51岁 | 养殖户 | 山东德州

时间：2020年2月18日

整理：完颜文豪 | 新华每日电讯记者　丁莉 | 实习生

算起来，我都养了近20年的鸡。鸡瘟鸡灾的没少经历，从没想到会因为人的疫情，把本钱砸在手里了。

我的鸡场在德州市北郊一个村子里。可能在外人看来，我们这里的养鸡户，应该不会发愁销路。毕竟"德州扒鸡"这么有名，需求量肯定比较大。但能给这些扒鸡公司供货的，都是那些饲养上万甚至十多万只鸡的大户。他们跟公司长年签约，养的是"合同鸡"。

过去，我养6000多只就是大户。现在人家随随便便养上万只了，我还停留在几千只的规模，是一个再普通不过的养殖户。

提起卖鸡自救的故事，我得从2月11日开始说起。那天，我家年前饲养的一批跨年鸡，已经长了45天，到了出栏上市的日子。

往常，我家的鸡都卖给小摊贩，他们再出摊卖白条鸡。现在各地都抓疫情防控，很多市场都关门了，卖鸡的摊位就更不用说了。

年前我上网看过行情，如果不出意外的话，这批鸡能赚个一两万。哪想到过了年，全砸手里了。现在不仅赚不了，还得赔上两三万。

不光市场关了，很多道路也封了，街上都看不着人，鸡卖给谁去？实在憋得没办法了。有一天闲着看微信，我想要不就在朋友圈试试，总比这么干等着强。有想买鸡的，通通10元一只，多买少买都行，还送货上门。

一只鸡有两斤多重，搁在去年按正常价，能卖到15到18元。现在不敢按斤定价格，那样更卖不了。如果不是特别便宜，农村人谁买啊。听说还有鸡贩子开大车来收鸡，价格压到1块多一斤，这么卖不得赔死呀！

一开始，我打算10元两只处理了。儿子说那也赔得太多了，后来才定了10元一只。我们这边的村子，因为疫情也都封了——住得近的村民，就让他们来鸡场拿；远一点的，人家懒得过来，我就得和儿子开车送过去。

前些年村庄整体搬迁，村民都住进了新村。鸡场这边的老村里没人，也没封路，我才能一趟趟开车出去送鸡。

光2月12日这天，我们爷俩每人都跑了三趟，最远的地方来回要50里地。有的人家三五只也让送，我就让他们几户凑凑，开车去那么远很耗油。其实，即便买个十只八只的，算算也觉得不值当。可眼下又有啥办法呢，还不是得送！一天跑下来，腿都软了，晚上8点多才到家吃口饭。本来还打算把鸡舍打扫打扫，累得也干不动了。

自从发了朋友圈，知道我卖鸡的人越来越多。有熟人还帮忙把这个消息，发到自己的微信群。现在每天能卖200多只，也开始开车往市里的小区送了。

现在小区不让随便进，我一般送到小区门口，让客户出来拿。前几天，一个小区保安不让我停，开到马路对面他们也管，非把我赶走不行。我就来送个鸡，没想跟他们置气，不让我待就走呗。

农村这边路还封着，车也没法进。有的离村子七八里地远，路就被封住了，村民想骑电动车出来取鸡，村干部说，“出去就别回来了”，最后他也不敢出来了。

从我们这里往北走，没多远就是河北了。现在这种时候，咱也不敢往那边送。

可能因为我是属鸡的，跟养鸡结了这么深的缘分。前几年行情不太好，环保查得紧，卫生要求高，烧煤也不行，还得离村庄一里地远。

说实在的，我们养殖户特别苦。不养鸡的人哪知道，甭管夏天冬天，小鸡出生后，环境温度必须要达到35到37摄氏度，烧啥能达到这个温度？只要烟囱一冒烟，环保就来了。很多人都不敢养了，那段时间我也没再养。

去年国家鼓励养殖，我8月份重新开始定鸡苗。这次烧了20天煤。估计政策有变化，环保没像过去那样查，我们也不敢大张旗鼓烧。

前些天，看到政府发的短信上说，白条鸡卖到了每斤11.58元，就算涨到12元，市场关了也没法卖。

一次，路过一个不太大的超市，门口排了老远的队。我琢磨着，超市里的鸡应该好卖。这些年没跟他们打过交道，一个人都不认识。好多朋友都让我去超市问问。以前买我鸡的摊贩都是老客户，我担心咱是个老农民，现在去联系超市的人，只见过一两次面，要是压着我的货钱就麻烦了。

最近几天，圈里的鸡都长到三斤多了，我又把价格提一提，一只卖到15到18元钱。眼看着它们就快60天了，再往后就光吃料不长肉了，养的时间越长赔钱越多。

一周前，我看剩下的饲料不太够，一打听，市场上已从每吨3000元涨到3200元，这价格还一直缺货。现在，饲料定一周了还没信儿，经销商从外地进货也挺难。

眼瞅着圈里还剩的2000多只鸡，再过两天就要挨饿了。即便饲料能运来，光吃不长也不能喂太长时间，只好一边喂一边杀。忙不开的时候，亲戚朋友也会过来帮忙。再也想不出啥好办法了，只能这样一天天卖，多卖点就少赔点。（应受访者要求，田茂财为化名）

# 西装厂改做口罩，有多难谁都想不到

口述：池慧杰 | 45岁 | 董事长 | 浙江温州

时间：2020年2月20日

整理：王俊禄 | 新华每日电讯记者

温州人“商行天下”，信息也灵通。早在1月中旬，我就从武汉的朋友那里，听到过一些关于疫情的风声。

也许是温州商人的习性吧！不光嗅觉灵敏，对那些未知的、不确定性的事儿，我们往往能想得多一些、远一点。

父亲1986年开始创业，东蒙是温州最早一批做高档男士西服的企业。到2004年我接手时，仍是一个做来料加工的男士西服厂。一晃16年过去了。现在，我们已转型成为一家以时尚定制为抓手，以智能制造为核心，专注于高端男装 ODM 研发生产，打通服装全产业链的集团企业。

听说武汉疫情消息后，我没有当成耳旁风。通过对早期汇集的信息分析，我很快意识到，疫情可能很严重。这时，口罩热销、断货的新闻也多起来，连很多医护人员都缺口罩。我的第一个反应，是出钱捐赠口罩给一线医护人员。

没想到，一圈了解下来，市场上已经一罩难求，甚至连国外都很难买到。我不甘心，紧接着又想，我们是服装生产企业，自己有生产线和新型材料，能不能自己生产口罩救急？

也许，在一些外行人看来，做西装的企业改做口罩并不难，都是裁剪缝纫的活计，好像有点大材小用了。其实不然，从材料、设备、工艺到人员，这里面的差别大去了。好在我们不光做西装，还涉足健康领域、新材料等行业。现在回头来看，当时紧急攻关投产的口罩生产线，发挥了意想不到的作用。

1月18日前后，我动员伙计们紧急行动起来，改造机器设备、调试生产工艺、反复生产样品。经过一个月研发攻关，终于抢建出一条口罩生产线。

由于缺原材料、缺人工、缺机器，口罩生产线规模化运转不起来。我反复权衡利弊，最后决定利用上海的科技子公司技术资源，研发口罩新材料。

于是，我们抓紧开题立项，夜以继日研发。2月15日，口罩核心材料取得关键性突破——飞浮丽纳米滤膜研发成功，顺利通过企业内测。目前，我们已具备生产普通口罩的能力，产品符合相关标准。

与普通N95口罩相比，飞浮丽纳米口罩多了PTFE滤膜，以及一层PP熔喷无纺布。在过滤方式上，采用静电吸附加物理拦截，拦截率提高到99.9%，比N95拦截率提高近5个百分点。从实际防护效果看，也能达到长时间稳定防护——透气阻力降低到80Pa，多项性能指标明显高于普通N95口罩。

新材料的研发成功，突破了医用口罩原材料短缺的瓶颈。新的问题又来了，生产口罩的机器一机难求，有材料没机器照样没法生产。

我第一步先发动工人返岗。同时，研发生产流程控制模板，用企业原有的智能机器，代替大量人工。为了更大规模、更高效率生产口罩，我还发动温州服装商会会员企业一起加工，加快解决温州地区口罩缺口难题。

当时，各地口罩纷纷开始告急。我们企业出具证明，保证了口罩生产所需的关键原料，顺利从江苏、杭州、宁波等地发货。

我们还逐一电话联系生产急需的技术人员，包括100多名本地员工，了解每个人的身体情况，沟通复工意愿，帮助他们尽快返岗。

疫情特殊时期，有的事情光靠我们企业自己也搞不定，当地政府也在帮忙想办法。温州市经信局的同志急事急办，协调联系相关部门，一起到企业帮助解决用工、运输等难题。

现在，本地100多名员工已陆续返厂，口罩生产线投入运行比原计划提前了两天。

最近这些天，我基本每天都泡在厂里。第一条临时改造的口罩生产线，已经在高速运转，每天生产10万只。等智能化改造完成，每天产量可以达到50万只以上。起码对温州老百姓需求、复工复产的需求，能弥补一些空缺。

此前，我们利用现有生产设备、PTFE过滤膜材料、纳米技术等生产的口罩样品，经过有关部门检测，已达到了行业相关标准。正在打造的无菌生产车间，也已向相关部门申请医用生产许可证，尽快投入批量生产。

在疫情面前，没有局外人。我们还在永嘉慈善总会设立了“东蒙慈善基金”，助力家乡建设、捐资助学、扶贫济困、灾难救援等。

疫情对服装行业影响巨大，尤其是会带来巨大的库存压力。作为温州市服装商会会长，我正在和大家一起想办法，争取在安全可控基础上有序复工。

# 只移薪不裁员，我们捱过了最难的日子

口述：袁国术｜42岁｜科技公司创始人｜北京

时间：2020年3月2日

整理：黄海波｜新华每日电讯记者

疫情蔓延之快，始料未及。

朋友圈各种负面消息，接二连三，我也焦虑，甚至恐惧。因为我是公司的大家长，身后有50个家庭呢！我告诫自己千万不能慌。我不慌，员工就不慌，50个家庭就不慌。

话虽好说事难办，总有一个问题绕不开：如果现金流跟不上，要不要降薪，甚至裁员？毕竟，如马云说过的那句名言：后天很诱人，明天很美好，但你必须得活过今天晚上。

我们2月3日就开始全员在家复工，并第一时间向客户通报业务恢复情况，湖北以外其他地区不受影响。

随着疫情不断加重，大小客户都在艰难抗“疫”，现金流受到了明显影响。2月10日，北京这边复工。我在经理办公会提出，如何面对可能出现的现金断流问题？

大家提出来的解决方案，说起来都很接近，无非是裁员或者降薪。其中降薪似乎最容易，政策也是许可的。

是现金流重要，还是团队重要？没有团队就没有明天，但失去现金流，可能这个晚上就过不去。问题是，这个晚上有多长？一个月，三个月，还是半年？

作为企业管理者，发现机会和控制风险同样重要，几乎时刻都要面对不确定性，然后做出自己的选择，甚至可以称之为赌注。在内部讨论中，我首先声明原则，努力不裁员，轻易不降薪，坚决不寒心，拼命想办法。

既然是大家的事情，就大家一起想办法。我多年的一点体会就是与员工沟通。

第一步，向员工坦诚说明企业目前的困境。经过盘点，公司撑过三个月问题不太大。但依然面临两个风险：疫情有可能超过三个月；客户有可能发生变故，或三个月无法全面复工。发生这样的情况，我们就会出现现金流中断危机。

第二步，了解员工目前的真实状况。我们通过OA向员工发了调查问卷：每月的房租是多少？每月的房贷是多少？每月的育儿负担是多少？每月赡养老人的费用是多少？如果公司2月份调薪，可接受的比例是多少……

第二天一早，一份完整的汇总表到了我手里。50份家庭账本，在我眼前慢慢打开。房贷车贷、房租水电、养老育儿……每一位员工都是家里的顶梁柱，都非常不容易！逐行逐行地阅读，泪水开始在眼眶里打转。更令我动容的是，大家对降薪非常理解，也表示接受。最狠的居然可以接受80%的降幅，不少人能接受50%，中位数是30%。

我坐在办公桌前，心情久久不能平静，在公司人力资源群内敲了几个字：2月份工资正常发放，有措施也要从3月执行。

第二天，我给公司行政副总打了很长一个电话，讨论有没有更好的办法。最后，与其说他说服了我，不如说他感动了我。他建议越是危难关头，管理层越要身先士卒，他愿意降薪50%。大部分员工生活压力大，不建议降薪。考虑到公司短期的现金流压力，建议采取“移薪”策略。当月实发50%，剩余50%移到三个月后补发。

我提醒人事部门，薪资调整要和员工协商，必须征得80%以上员工同意，不可以强制执行。

2月27日，我们提出方案与员工协商：公司管理层降薪，按总工资50%发放；其他员工薪资不变，采用“移薪”策略，当月实发50%，三个月后补发剩余的50%。

第二天，所有员工回复，同意公司的调薪安排。由于方案充满尊重，也带有智慧，我们不仅赢得了宝贵的时间，还借此增加了凝聚力。

时间仿佛又回到17年前，当时因为“非典”，我放弃了去德国留学。这年夏天，我来到中关村一家濒临倒闭的IT公司做总经理。老板和我讨论：要不要趁机裁员，或者给员工降薪？要不要砍掉一些业务，让业务聚焦？

我提出意见说，员工不仅是成本，还是关键生产力，更是共患难的兄弟姐妹，也是有感情的。裁掉容易，再招就没那么容易。

最终，老板借钱给员工发了工资。事情证明，疫情很快过去，员工士气大振，业务也聚焦到了博物馆数字化。几年后，公司成为这一细分领域的佼佼者。

“非典”之后，中国经济迎来快速增长，我个人事业也得益于此。17年后，又是一场疫情，面临生存大考的企业，我给出了相同的答案。

# 园区闹心事：先怕偷着干，后愁缺人干

口述：葛志武｜53岁｜园区管委会主任｜浙江温州

时间：2020年3月3日

整理：李坤晟｜新华每日电讯记者

我们经济部门的工作重点，就是为企业搞好精准服务。但今年春节的“服务”实在特殊。我是1989年参加工作的，从县经信局到永嘉工业园，现任园区管委会主任。要说我现在最期盼的事，就是园区内所有企业，都能在3月上旬实现复工。

腊月廿八，我去哥哥家。忙了一整年，一家人终于有时间吃顿团圆饭了。半路上，电话响起，我开车没接。结果，电话一通接一通地响，看来一定有急事。

我拿起电话，只听街道书记说，要核实一下，156个留在温州过年的湖北籍员工的情况。

永嘉工业园位于永嘉县瓯北街道，现有大大小小经营主体6950家，85000多名工人。这里还是国内排名第二的泵阀制造基地，园区内还有报喜鸟、奥康、红蜻蜓等知名鞋服企业。

临近除夕，园区一众企业早已放假，只剩零星几名企业保安还在值班。我走进空无一人的办公室，看了一下时间，刚好晚上7点半。我把这156名湖北籍员工，一个一个加上微信好友，再让对方发来位置定位，与目前掌握的信息进行核对。全部忙完，已是凌晨3点。

正是这天凌晨，我从手机中看到武汉“封城”的消息，知道疫情更严重了。但当时并没意识到，自己将迎来一个“5+2”“白加黑”的春节。

第二天，浙江省率先启动一级响应。从那时到现在，我几乎天天晚上12点到家，整个春节没回乡下陪母亲吃一顿饭。正月初三那天，老人打来电话，说家里没有口罩了。我赶紧把单位发的口罩，分了10只送回去。当时村里已经封路，我和母亲在卡口见了一面。说实话，心里挺内疚的。

元宵节之前那段时间，最怕哪家企业不听招呼，偷偷复工。按往年经验，初八初九是企业开工的日子。瓯北街道本地户籍10来万人，外来务工人员是本地人口的两倍。人要是全回来，不可想象。为了向企业和工人宣传防控政策、通报最新情况，我们在园区里搭网架拉横幅。每天发送近10万条短信。

原本担心有小偷浑水摸鱼，趁机盗窃企业资产，每天我们都会带人巡逻。后来发现，小偷也害怕病毒，之前的担心纯属多余。9500亩园区，除了几名保安，一个鬼影也没有。

有一次，看见五六个保安，不戴口罩，聚在一起聊天，我就连着三四天去“检查”他们，逼他们改掉不戴口罩的“坏习惯”。

元宵节之后，接到让企业2月17日复工的通知。这时，温州疫情的拐点还没有出现，但长期在经济部门的工作经历，使我更理解企业和政府的难处。

我的工作也进入第二个阶段——既要抓好疫情防控，又要引导园区企业有序复工，还要将“两手抓”的意识灌输给企业，不能为了生产，忽视防控。

企业复工，不是一个电话通知就能启动的。园区里6950家企业，70%企业是永嘉本地老板。他们大多数回乡下过年，当时村里路封了出不来，我们不能面对面嘱咐。多亏了县里抽调51名干部，加上我们园区自己一帮人，大家分成17个组，与每家经营主体对接。4天之内，通过无数电话和微信的交流，才完成了任务。

今年春节，受影响相对较大的是鞋服企业。不仅工厂停产，国内的门店柜台全部停业。冬季新款积压在仓库。

疫情延迟复工，最着急的是外贸企业。飞马鞋业有十几个货柜，需要运到俄罗斯。但疫情期间物流中断，企业没法把货拉到宁波港。如果违约，不仅订单没了，还要缴纳罚金。了解到企业难处，我们立即向县领导反映，最后特事特批，帮企业完成手续。2月18日一大早，货物全部运走。

说起来，企业复工的困难层出不穷，甚至鸡毛蒜皮：有的房东担心安全拒绝续租，员工回到永嘉没有落脚地；有企业从外省进了口罩生产设备，需要派员工到对方厂里学习生产技术，对方却说从温州过来，得先隔离观察14天……

我和同事白天走访企业，了解他们的实际困难，晚上回来开会研究，想办法解决问题，尽量做到一企一策。总的来说，最急迫的是招工和打通产业上下游。

招工难有两个层面，一个是此前温州疫情严峻，很多员工不了解最新情况，不敢来；一个是公共交通没有恢复，各地管制“土政策”不一致，一些员工出不来。

为尽快召回员工，县里想了很多办法，还派出了6个工作组，分赴安徽、江西、贵州等地接员工。前两天，刚开了一趟贵阳过来的专列，带回900名员工。

此前，我们去外地接人，对方一看见温州身份证，恨不得立马拒之门外。如今，在市政府和各地温州商会协调下，人员进出的问题已经解决了。现在，工作组跟当地沟通，争取开通到永嘉的长途交通。如果不能，就从当地包车把员工带回来。

很多贵州工人老家在山上，一些地方公共交通尚未恢复。他们从家里到包车停靠点，要过重重卡口。条件好一点还有亲戚开车送，还有的坐拖拉机，有的干脆翻山越岭步行，远的要走上五六个小时。

现在，县里和企业各组织了20多趟包车。为了鼓励员工返岗、企业复产，凡是企业包车接工人的，费用县财政出2/3，园区出1/3。如果员工自己坐高铁回来，按二等座报销，县财政出50%，园区出50%。还有员工自驾车返回，我们也按二等座补贴。

可有的地方，还是封村封路不同意放人。一家铸造厂的四川员工，原本机票都买好了，现在告知出不来。我们园区开具证明，企业也开具证明，微信发过去，但对方认不认，不是我们能决定的。

截至3月1日，园区员工到位率达到了76%。我们还新上了5家口罩厂，从3月份开始，一天能生产口罩20万只。泵阀的配套企业，像电镀、铸造、热处理，也开工了将近15家，产业链基本打通。

困难肯定是有的，3月份应该会好起来。说实话，这个春节忙下来，我非常感谢企业的理解配合。像报喜鸟这样的大企业，开工后生产的第一件产品不是服装，而是防护服。他们把这些防护服，免费赠送给在卡口执勤的工作人员，让我感动。

# 鼓起勇气直播，讲了半天发现没开麦

口述：刘兰 | 40岁 | 高中教师 | 江苏徐州

时间：2020年2月20日

整理：尹平平 | 新华每日电讯记者

疫情导致开学延期，但停课不停学，学校要求我们给学生直播上网课。这么多年待惯了讲台，突然让我们在家直播上课，说实话，我们这群老师心里一万个不乐意。

由于压根没用过直播软件，操作起来手忙脚乱的，闹了不少笑话。有一次，我直播讲了半天，发现竟然忘了开麦。

我这还算好的。一个年纪大的老师，直播讲完课，不知道怎么退出，就这么开了一夜，直播了一宿。

好在，都是自己的“亲学生”，闹点笑话也没啥。只是很感慨，用这种新方式讲课，一下子还真转变不过来，多少有点力不从心。

先得用“钉钉”建群，才能开直播课。包括我在内的很多班主任，大家都一肚子不满。

因为我们每个老师，尤其是班主任，已经有了很多群——家长群、学生群，学生还分高考群、艺考群……

疫情期间，我们的日常工作，本来就很琐碎了。要挨个主动和家长联系，生怕学生出门。

还要在各种群里收发作业、答疑；还要盯着学生定位打卡、健康打卡、作业打卡。现在又要开直播课，工作量又增加了。

我之前对直播一窍不通。学校紧急给我们培训：怎么用“钉钉”，怎么开始直播，摁哪里是关。

还特别提醒一些细节：比如，一定把自己电脑桌面上的文档清理好，警惕各种网页弹窗广告，以免有什么不健康信息弹出来，不小心让学生看到。

但我还是感觉云里雾里，好多功能都不会用，也不敢操作，怕出乌龙、闹笑话。

前几天，大家都在微信朋友圈疯转一篇文章——《小学生网课“翻车”现场，老师和妈妈都疯了！哈哈哈哈哈 》。

内容是啥先不说，就标题这一连串的“哈哈哈哈哈”，就让我打怵碰这根“钉子”！

第一次正式直播前，我都不敢打开“钉钉”，生怕试用时不小心，家里的情况被拍下来，让学生看到，再给我录下来。

所以在上课前，我始终不知道自己电脑上这个“钉钉”，到底能不能用。

奈何学校天天催，也只能硬着头皮上了。我花了一整天备课，计划讲散文阅读。课件与试卷错题分析，各种文档都准备好了。

接着，在各种群里催学生好儿遍，他们才陆续进入直播间。

准点开始，我终于鼓起勇气打开“钉钉”……

怎么，竟然不能用！鼓捣半天才发现，是我的电脑显卡坏了。

时间到了，学生都来了，不能不上课啊，只能改用“钉钉”手机客户端直播。我举着手机，抖着手，讲了45分钟的课，紧张出了一身汗。

效果肯定是不敢恭维的。但在群里“潜水”听课的领导，课后还是打电话表扬我说：效果很好！我问：好在哪里？答曰：声音听得很清楚！仅此而已……

虽然第一次直播课手忙脚乱，但是闲了十几天，终于有事情做了，我有点兴奋。赶紧让家人帮我把电脑显卡修好。

第二天我又用“钉钉”上了一次课，也是45分钟，依旧是讲散文阅读。我们老师上课是会上瘾的，不知外人能不能体会那种感觉。

这次课好多了。但我还是不会和学生连麦，不知道怎么提问。后来，有同事教了我怎么用。但说实话，我不想用。

最近在网上看到，好多学生都说，上网课最怕老师突然跟自己连麦提问。甚至有人想出了个鬼点子——“坐在那里一动不动，假装网络信号不好，卡住了”。

我平时上课喊学生回答问题，他们都不一定能说出什么来，这种时候更算了吧，我还是自己讲吧。

直播的时候，我都把摄像头关掉，只播声音。因为我之前悄悄试过，那个摄像头把人拍得特别丑。还怕万一不小心，把家里的什么情况给直播出去。

所以，干脆关了摄像头，对着电脑干讲。

这样一来，学生看不到我，我也看不到他们。一节课下来，我讲得口干舌燥，却不知道到底有几个人是认真听了，会不会家长也在一旁听课，想想感觉好尴尬。

我的电脑本来就卡，自从装上“钉钉”后，更是老牛拉破车，动不动就瘫痪，不得不重装系统。本以为这样更顺畅些，没想到却“翻车”了。

这次直播课，开讲五六分钟，我逐渐进入状态了。却突然听到微信语音电话，是学生打来的：“老师，您没开麦！根本没声音！”

我赶紧打开声音，跟学生道歉。下课后，我才看群里的聊天记录，学生们从一开始，就不停留言告诉我没声音。只是我光顾讲课，根本没看到。

见我没理，他们有的说，“可能是自己耳聋了”，有的说“被老师气到了”，有的干脆呼唤其他老师帮忙。真是哭笑不得。

有老师向学校反映，这么上课没法面对面交流，没有侧重点，效果不会好。可是不上不行，学生有需求，我们有责任，多数老师都在努力尝试。

直播一堂课，看起来只有短短几十分钟，准备时间却特别长。

平时备课，只要在书上、卷子上勾勾画画，上课对着讲就行了。现在要把纸面上的东西，都做成电子版或课件，给学生边讲边展示，否则学生不知道我在说哪里。

但我不习惯直接在电脑上弄，都是先把电子版的打印出来，在纸上勾勾画画，分析统计完之后，再做成电子版。这样下来，备课时间比平时长了好多。

除了备课，改作业也变得很艰难。学生们把作业写完，拍照发到群里打卡，我得一一下载，还要放大了看。

有的学生拖拖拉拉，半夜才发来作业，我已经睡了，手机突然“叮”一声，吓一跳。

其实，他们也很不容易。现在省里、市里都安排名师录网课，电视上、网上都在播。有的家长很焦虑，生怕孩子这段时间放羊，无论看到什么课，都让孩子上。

孩子们从早到晚盯着电脑，累得不行。天天被老师盯着写作业、打卡，他们比在学校上课时，弦绷得还紧。

现在，我偶尔也会看看，各个平台上其他老师的网课，尤其是省里名师的。也看一些培训机构的网课，觉得他们比我们有经验、有针对性。

人家早把直播摸透了，都成了一套很成熟的系统。不像我们临时抓差，手忙脚乱的。

所以，我也和家长们商量，让孩子白天上培训机构的网课，晚上再听我们的直播。

其实，我现在工作时间更长了。以前，要是不带晚自习，晚上六七点就能下班了。最近，为了错峰上课，有时晚上七八点，我才开始直播。

直播一开，女儿就老抱怨我玩手机。我吼她：“看不到妈妈在工作吗！”

我还算好的。孩子大了，比较省心。有个年轻同事就惨了，孩子三四岁，正是调皮捣蛋的年龄，老公又是警察，从疫情开始就在外面值班，一直没回过家。

她只能一边备课一边看孩子，还要洗衣做饭，一个人忙得跟打仗似的。就这样，孩子还老喜欢找人陪，在妈妈直播上课时叫唤，结果挨顿揍。

唉，其实孩子又有什么错呢？（应受访者要求，刘兰为化名）

# 乡村教师开网课，一人干活十多人“监工”

口述：陈兰 | 35岁 | 乡村教师 | 黑龙江佳木斯

时间：2020年3月5日

整理：杨思琪 | 新华每日电讯记者

3月2日，黑龙江中小学线上开课第一天，我的直播课也开始了。在讲台上站了14年，突然感觉自己不会讲课了。

早在开课之前，我也做了很多准备工作。由于电脑太久不用非常卡，爱人花了1700多块钱，找人重新组装。直播需要的手机支架和麦克风，也都是现买的。

一些同事家里没有电脑，接到开课通知后，手忙脚乱地跟亲戚朋友借。直到现在，还有老师没有电脑，只能蹭别人的设备进行“联播”。

我每天早上八点多调试，九点开播。上午三堂课，加上眼保健操，一直到十一点结束。下午开始批改作业，不定时的各种答疑，还有备课、试讲。五点进行线上答疑，大概一个半小时。

我住市区一处老房子，只有50多平方米。屋里都是玻璃门，隔音效果很差。直播期间，我给老公和儿子定下规矩——必须安静再安静！不能走动，不能说话，不能吃东西，也不能上厕所，因为会有马桶冲水的声音。

儿子上小学一年级。他说，妈妈，本来就出不去，你还不让人说话，我还有活路吗！乍一听觉得好笑，细想还真是难为他了。老公更识趣儿，连打个喷嚏都要蒙上被子。

对我来说，家里的确局促一些，但还不是主要问题。最难招架的还是家长和孩子。

农村很多家长不识字，也不会用智能手机，更不懂啥是下载、截图、直播……

昨天直播课结束后，全班开视频会议。有位家长不知道点了哪个按键，突然从视频中退出了。他急得不行，一个劲儿地给我发微信、打电话。我一接，会议中断了。

如果不教他，他就会着急得不行；一教他，就会耽误其他孩子。有些家长，这次教会了，下次又忘了，还会出现同样的问题。

在这之前，我已经通过截图、打电话、视频语音等各种方式，教过所有孩子和家长。没办法，有些就是记不住呀。

可能很多人会觉得不可思议，我的直播课，确实是从介绍手机各种功能开始的。

由于父母外出打工，不少孩子都是跟着爷爷奶奶、姥姥姥爷一起生活。多数老人只会接打电话，微信根本用不明白。

有一天，学校发来一份电子表格，需要在下午两点之前完成。小诺是个留守儿童，她打电话过来，“老师，我不会填”。我就一步一步教她。

有时候遇到手机是不同型号的，我就得先自己琢磨，然后再教。这些看着容易，实际上是很大的工作量。

疫情期间，我儿子也上网课。人家班主任只是在家长群里通知了一下，下载软件、扫码进入班级。没有一个家长问技术问题，不一会儿全入群了。

一边聒噪不止、答疑不断，一边默契配合、秩序井然。就在这一刻，我深切感受到城乡教育差距是如此之大。

等直播课开始了，孩子毕竟是孩子，自律性强的是少数，都需要家长配合，可在农村很难做到。

小义的爸爸妈妈离婚了。爸爸去外地打工，这两天刚走，他跟奶奶一起生活。早上直播课都开始了，还没看见他。打电话给他奶奶，才知道孩子没起床。

老人也稀里糊涂的：“啊？这个时间有课？”我只能告诉她，让孩子看回放。

类似的问题太多了。班级里很多留守儿童，没有家长的监督，没有父母的看护，不是忘了听课，就是迟迟不进直播间。

直播课之前，儿子的老师会把学习任务单发到群里，很多家长会打印出来，听课时让孩子对照着，边听课边看，还知道边做笔记。

我们班级别说打印了，就是告诉孩子抄写下来，他们也不一定能做到。

到了作业阶段，儿子班里的孩子，都能按照老师的要求完成。一次录制一首古诗的背诵，家长群里发来的视频，有的是抖音版本，有的给孩子加上点儿动作，还有的给诗配画。

有一天，儿子的老师在网上组织飞花令的游戏。你一句我一句，一群八九岁的孩子自己玩了20多分钟。

我着实有些惊讶，也有些失落，这要是放在乡下，孩子的词汇量和积累量，绝对不可能完成的。

教育部门提出，针对家庭贫困学生、留守儿童等特殊群体，要“一生一案”研究对策，保证学习。对我们乡村教师来说，很多都要“一对一”。

晚上线上答疑，我发现宜欣没在线，就给她打电话，没接。等全班答完后，我再给她打电话。她告诉我，“老师，我没听见手机响”。就这样，通过微信又给她讲了20分钟。

不讲怎么办呢？她本身学习基础就差，如果不给她单独讲，肯定更跟不上。如果班级里出现五六个不在线的孩子，我就得挨个打电话辅导。

其实，压力不仅如此。我们班级“钉钉”群里，除了31个学生和每家一位家长，还有校领导、县教育局领导、县市教研员，层层加起来有将近80人。

按照直播要求，老师一板一眼地讲课，不敢和孩子互动，时刻担心有说不到位或者说过分的话，神经和脸都是紧绷绷的。感觉一个人干活儿，十多个人“监工”。

老公总说我工作效率低，一天到晚也不出活儿。细想他说的没错，真的忙活了一整天，也没觉得干了什么。

我只是在普通乡村一角，全国各地都在经历这样的网课。可以说，疫情给乡村教育信息化建设带来一场考验，每位乡村教师都上了考场。

有老师说，现在眼药水和口罩一样重要。我想说，不管是老师、学生还是家长，没有比现在更盼望正式开学了。（应受访者要求，陈兰为化名）

# 老外抗“疫”

# 回到中国的三尺讲台，给我学生以信心

口述：山崎由美子（日本）| 55岁 | 教师 | 吉林长春

时间：2020年2月20日

整理：张建 | 新华每日电讯记者

农历正月初二，我从日本返回长春。到了龙嘉国际机场，我打了个车，上车就跟司机唠嗑。唠着唠着，就唠到我从哪里来了。司机得知我是日本人，感慨道："你这可是'逆行'啊!"

我曾在吉林大学学习汉语，但"逆行"这个词还是第一次听说。回家后，查了字典才明白："逆行"是指，"朝着与规定方向相反的方向行进"。

原来我这也是"逆行"。回长春之前，在日本读大学的儿子劝我，暂时不要回中国。在中国的丈夫也建议，现在最好不要回来。

但我放不下我的学生。

我永远不会忘记，在日本"3·11"大地震时，长春老百姓打出"日本人民要挺住！""日本加油！"的横幅，忘不了那些在街头巷尾自发募捐的大学生……我虽不能像医务人员那样，到一线救死扶伤，但至少可以回到我的三尺讲台上，给学生以信心。

仙台市与长春市是友好城市。仙台是我出生的地方，长春是我实现人生理想的第二故乡。因此，我常常自诩自己是"老长春人"。家乡有难时怎能退避三舍？

元宵节那天，长春市人民政府外事办公室官员来我家探望，并带来了防护口罩、消毒液、消毒洗手液等防护用品。外事官员说：“我们不会忘记每一位为长春经济和社会建设付出劳动和努力的外国人。”

在我生活的社区，工作人员经常向我了解情况，嘘寒问暖。我注意到一个细节，需要测量体温时，他们不是生硬地命令，而是请我自己在表格上填写。这样，我会自然地提出测量体温的要求，之后再填写表格。整个流程体现出信任、体谅和得体。

我的中国学生很关心我，他们给我留言，“山崎老师，谢谢您与我们一起”“老师，别害怕，有我们每时每刻挺您”“老师，您在网络口语交流课中，谈到雷神山医院、火神山医院建设的‘中国速度’，使我感到自豪”……

作为一个“老长春人”，我早已对疫情防控的“中国速度”深有体会。比如，我居住的小区，前一晚还可以自由出入，第二天清早就完成了封闭式管理。

2月18日，长春很多地方复工复产，出入社区的人多了起来。早上8点40分，我们几个志愿者在楼下集合，在零下十几摄氏度的严寒中，跟着楼长开始消毒作业。

冷风裹着消毒液吹到身上，形成一层薄冰碴，味道怪怪的。但能以外国志愿者的身份，参加中国的战“疫”，我感到几分欣慰和骄傲。

作为一名防疫志愿者，我还到小区出入口，协助社区工作人员检测体温。我发现，每个人都能自觉排队，而且都保持在5米左右距离，没有人争先恐后，大声喧哗。

从1995年到吉林大学留学至今，我在长春学习工作了25年，其间经历过“非典”。我认为这次疫情期间，中国政府信息更加透明，动员能力更强，有一呼百应的号召力。

与“非典”时期相比，十多年后的今天，出现了微博、微信等许多传播手段，中国老百姓利用这些渠道传递出满满的正能量。一些疫情小段子，既表现出战胜病毒的信心，又能逗你乐翻天。从这些内容中，我看到了现在的中国大众，更加自信、从容和乐观。

# 希望疫情早点过去，我想去看心理医生

口述：美兰（津巴布韦）｜27岁｜戏剧教师｜湖北武汉

时间：2020年3月1日

整理：穆瓜拉、张玉亮｜新华每日电讯记者

上午起床，打开窗户发呆，之后锻炼20分钟，再洗一个长长的澡，反正时间多的是。

下午刷手机，写日记，做晚饭。最近，我烹饪技艺大有长进，都会好几道中国菜了。

晚上看电影，跟朋友们和陌生人网聊，吃一点所剩无几的零食。

……

这是我过去一个多月里，如同机器人一般的生活。要不是钱包渐渐瘪下去，天气慢慢暖和起来，我简直怀疑时间停止了。

我叫美兰，27岁，津巴布韦人。大学毕业后，我从这个南部非洲国家来到中国留学，去年在厦门大学获得硕士学位，受聘到武汉，在一所学校当戏剧教师。

为什么不回国？因为在中国收入更高，生活也更方便。

1月中旬，我们学校放假。我本来计划去一个武汉同学家过春节。当时，网上传言说，新的“非典”病毒正在武汉传播。虽然有关部门说这是谣言，但我是个胆小的人，犹豫了一下，还是取消了计划，决定就宅在自己家中，一个人过工作后的第一个春节。

春节前，武汉封城了，新冠肺炎疫情也成为全球皆知的重大事件。我的家人心急如焚，他们天天跟我视频，劝我赶快回国。我只好安慰他们，疫情很快就会过去，何况现在想走也走不了。

我的朋友们给了我很多鼓励。一个失散多年的好友，辗转得到了我的联系方式，打来跨洋电话向我表达关心，让我特别感动。

房东对我不错，不仅减免了房租，还专门带我去小区里的果蔬市场购物。这一个多月，我的食品基本都是在那里买的。

每次去买菜，我都会做好防护措施。我只有2块钱一个的医用一次性口罩，它看着太薄，我就在里头放上内衣的胸垫，让它显得厚一点，我也更安心。

除了去市场，还可以在微信上团购。但我害怕网购有传染风险，而且还有人抱怨，说买到的蔬菜不新鲜。我现在只在网上买零食，宅在家里的我，天天抱着零食不放。

我会看新闻，也刷微博，当然也关注微信朋友圈。和武汉人一样，我为李文亮医生的去世而落泪，为自己和朋友们的健康祈祷。我觉得我就是一个武汉人。

听说有600名像我一样的津巴布韦人，封城后留在了武汉。他们有些是留学生，有些已经工作。据我所知，所有在武汉的津巴布韦人都很安全，也很健康。

我加入了一个微信群，里面都是留在武汉的津巴布韦女孩们，大家每天在群里灌水，用英文和绍纳文（津巴布韦本地语言）聊天，偶尔掺杂几句中文。

封城之后，生活上免不了有很多不便，但我觉得这一举措有助于遏制病毒的传播。只要我待在室内，我就是安全的。我并不是一个喜欢宅在家里的人，但特殊时期，为了自己和他人的健康，我也乐意这么做。

在我看来，中国在遏制疫情方面做得非常出色。作为一个大国，中国拥有充足的医疗资源、高效的反应机制。尤其是这里的医生，我把他们看作拯救这座城市的"超级英雄"，他们冒着生命危险与病魔作斗争，有人还牺牲了生命。

让我高兴的是，无论是武汉、湖北，还是中国的其他地方，每天的新增患者数量都在减少，而治愈患者数量正逐步增加。

我相信，中国一定能够战胜这场疫情，但我有点担心我的积蓄。春节前，学校发了1月份的工资，之后再也没有发过钱。房租、水电费、网费、买食品……这些日常花销让我不堪重负。

我本来打算多攒点钱，寄给父母，帮衬兄弟姐妹，现在不但没法接济他们，连自己都快没钱花了。我算了一下，手头的钱还够花上2个月，如果还是没法工作，我连回国的机票都要买不起了。

2月下旬的一天，我趴在窗前眺望，看到一辆殡仪馆的灵车，从隔壁楼里抬走一具遗体，这让我既悲伤又恐慌。社区工作人员说逝者是自然死亡，不是新冠肺炎，但是现在，这样的事情总归让人害怕。

希望疫情早日过去。这一个多月过得太郁闷了，我想去看心理医生，做些心理治疗，然后回到我的家人身边。（应采访者要求，美兰为化名）

# 不管是哪个国家的人，首先我是一名医生

口述：苏玛（毛里求斯）| 31岁 | 医生 | 浙江温州
时间：2020年2月21日
整理：魏董华 | 新华每日电讯记者

看到医院工作微信群招募志愿者，我和丈夫的第一反应就是，报名！原因很简单，不管我是哪个国家的人，首先我是一个医生。

这场疫情，对于很多在中国生活的外国人来说，一开始确实有些恐慌，很多人都回国了。但我和丈夫不愿意就这样离开，我们知道，一旦走了，心里一定会不安。

我是毛里求斯人，中文名叫苏玛，已经在温州生活了12年。

2008年，我到温州医科大学读书，取得临床医学硕士学位后，在温州和平国际医院做外科医生。我和丈夫在北京认识。他是巴基斯坦人，中文名叫豪孟德，现在也在这家医院做骨科医生。

医院招募的第一批志愿者，主要是中国医生，他们被派去了温州一家重点收治确诊患者的医院。我作为第二批志愿者，2月1日开始进驻温州南高速口，提供医疗援助服务。

执勤时，我们穿着防护服，戴着口罩、护目镜，像疫情一线的中国医生一样。每天执勤四五个小时，甚至更久。

我的工作是筛查体温异常的人。如果有人体温超过37.3℃，将被送到临

时设置的隔离点。如果发现持续高温，或者有明显的流感症状，我们会呼叫救护车，把他直接送去医院，确保不和外界有过多接触。

父母很担心我和丈夫，每天打电话来劝我们回去：“快回来吧，中国疫情这么严重，不安全。”他们之所以这么害怕，主要是从国外社交媒体上，看到很多夸张和不完全真实的信息，甚至还有不少假新闻。

意识到这点后，我们开始考虑把自己见到的真实情况，通过社交媒体传播到海外。

起初，我每天在朋友圈发布一些信息，还有如何预防的小知识。同时，我也在“脸谱”账号上发布，很多外国朋友点赞和转发。他们留言问我真实的疫情，我都会逐条回复。

一开始有外国人不相信，觉得我们在中国，肯定替中国政府说话。我很生气，开始和他们辩论。我丈夫问他们，你们知道武汉在哪里吗？不知道就去谷歌地图查一下，这可不是一个小镇或者小村庄，而是一个人口上千万的大城市。你能想象纽约这样的城市，封城以后会变成什么样？

我们看到的是，中国政府想方设法阻止疫情蔓延，更想让国外的人，正确看待这场疫情。

我和丈夫在自己的“脸谱”上，每天更新疫情信息，比如死亡率、感染人数，以及各地采取的举措。

从最初家人劝我们离开，到现在很多国外网友鼓励我们坚持，周围人的态度发生了变化。这就是真实信息抵达海外后的效果。

中国是我们的第二故乡。现在中国遇到困难，我们要和它站在一起。

# 幸亏一个多月前，他帮中国朋友买过口罩

口述：梁杰 | 33岁 | 个体户 | 江苏扬州

时间：2020年2月29日

整理：刘婧宇 | 新华每日电讯记者

日本疫情持续发酵，累计确诊病例已近千人。据说，一盒40只装的普通医用口罩，已经卖到了约合人民币12000多元。即便如此，仍然很难买得到。

不过，我并不担心日本朋友吉冈君。一个多月前，帮我们买口罩的经历，让他比很多日本民众"先知先觉"——不仅家里攒了一些口罩，还学了不少防疫知识。

当年，我第一次去日本玩，认识了吉冈佑马。今年26岁的他在复旦大学留学，专攻"中国古文献"方向。我经常向他请教日语，他也不时来扬州，让我带着去观摩各种古代的碑文。后来，学校停课，吉冈君就百无聊赖地回了日本。

前几天，我和他语音聊天。他说，幸亏一个多月前帮我们买过口罩，现在自己猫在家里，很多天不出门了，还提醒父母出门戴好口罩。相比大多数日本人，他们一家要谨慎许多。

说起吉冈君全家防疫的意识，还得从我们一家人的日本买口罩之旅说起。

一个多月前，疫情发生的新闻铺天盖地，我们全家仍在为拟定的日本旅行，满怀期待。没想到在日本入境处迎接我们的，却是健康申请表以及全副武装的入境检疫官。这让我意识到，疫情原来离我们如此之近。

顺利入境后，我发现日本酒店、饭店以及公共场所的电视里，都是关于新冠肺炎的报道。打开微信、微博等内容，也是不断上升的确诊患者的数字。我们面面相觑，紧张地帮孩子戴好口罩。

日本已出现确诊病例的消息，将我们的计划全部打乱。能去小众景点，决不去网红景点；能住在偏远小镇，绝对不往大城市扎堆。

当国内传来各种消息，各地口罩都极度紧缺，我们干脆把这次日本之行，改成了购口罩之旅。

2月7日，我和吉冈君一起吃饭。当时，饭馆里没有一个人戴口罩。问到关于口罩的事情，他说很多日本人并不害怕新冠病毒，也不戴口罩。有这个习惯的，也只会买一点儿而不会囤积。

媒体报道很多的口罩，都被日本政府和民间团体以及个人，捐赠给武汉，捐赠给中国了。

当时，便利店和药局里的口罩，不是售罄就是限购了。好在几天前，吉冈君帮我们支招，已经买了一百多只。

我们带着孩子，只要看到便利店或者药妆店就跑进去。放口罩的货架，大都空空荡荡，有货的商家也贴出限购的告示，一个家庭限购一只或者两只。最让我们暖心的，是发现好几处放口罩的货架上都贴了张纸，上面写着“武汉加油！”

其实，疫情暴发的时候，我挺担心在日本遭到抵触。但多日来，无论在商场购物，还是车站问路，日本人民对我们十分友好。知道我们是中国人，很热心地为我们指路。地铁上遇见一位日本老太太，还从口袋里掏出糖果，送给我的小孩吃。

回国前，我们数了数最重要的“战利品”——口罩，一共买了两百多只，虽然不多，可还是买得挺不轻松的。临走前，我关照吉冈君帮我继续留意N95口罩。买到之后寄给我，我再捐给我们当地医院。

2月下旬，日本疫情也开始蔓延，我发了一条消息给他，“中方紧急向日本捐赠一批新冠肺炎核酸检测试剂盒”。

吉冈君回复：“噢噢！以德报德！”

我补了一句：“投桃报李。”

吉冈君说：“对对，这个措辞最合适！”

有了我给他灌输防疫知识，现在吉冈君即便出门，也不坐电车了。他发了一个“笑哭”的表情说，“我已经把脚走抽筋了。”

前天和他聊天，他开玩笑让我捐点手纸给他，因为现在连手纸都不好买了。

# 撤侨时我没有走，留在郑州陪家人

口述：图一夫（波兰）｜39岁｜教育机构负责人｜河南郑州

时间：2020年2月22日

整理：韩彦平｜新华每日电讯实习生

疫情暴发后不久，波兰驻华大使馆开始组织撤侨，让我们报名，去北京集合后一起包机返回波兰。

2月5日，我第一次得知这个消息，身边也有一些朋友劝我先回波兰。我并没有离开，越是这个时候，我越要和我的妻子孩子待在一起。

直到撤侨结束后第二天，我才告诉妻子撤侨的事。她问我为什么不走，我说你在家，孩子也在家，我不能走！当时她挺感动的。

我觉得没有什么，都是应该做的。妻子年前不小心扭到了脚，一直在养伤，孩子们最近网课也开始了。要是我离开的话，她一个人压力会很大。

结婚十来年，照顾孩子和做饭，都是我来负责。我喜欢做饭，特别喜欢中国美食。我老婆假装不会做饭，装了十来年。我最喜欢做大盘鸡、麻婆豆腐，东北的炖菜，还会做披萨。家里来客人的话，我一定会做几道波兰菜。

我和妻子初识在咖啡馆，当时她是咖啡店老板。我天天跑去喝咖啡，后来我就成了咖啡店的老板，喝咖啡就不要钱了！她把我“拴”在了郑州，我一待就是十五六年，算是一个“老郑州”了。

对了，我原来的中文名字叫“屠夫”，来自一部功夫电影。遇到我妻子后，她说这个名字是个笑话。后来帮我改成了“图一夫”， 意思是“一夫当关、万夫莫开”。

我母亲身体不太好，疫情暴发后，我给她打电话，她听说疫情如此严重后，心脏受了些刺激。刚开始，我也没和妻子透露母亲生病的事，怕她更加着急。等母亲好转一些，我告诉了她。她说，撤侨时应该申请回去的，那时更方便。

2月20日，我看到国内确诊人数连续几天下降，才动身回波兰。先坐高铁到北京，等到了第二天凌晨两点，才坐上飞机。

由于疫情，波兰和中国之间已经没有直飞的航班，所以我买了经转莫斯科的往返机票。回波兰除了看望母亲，也有工作上的安排。我从事合作办学，波兰高校按计划要开学了，中国这边还在隔离。所以，我要向波兰高校说明情况，尽可能给中国学生争取时间。

中国的疫情管控非常有效，平时的郑州，地铁站人山人海，现在冷冷清清。去北京的高铁上，人也比之前少了很多。我居住的小区，很早就封闭管理了。除了两三天一次外出买菜，我也没有去其他地方。物价比平时涨了一些，特殊时期可以理解。

但是医疗物资还是稀缺，妻子在网上买不到酒精，我提议买些波兰蒸馏伏特加，96度的“生命之水”，加水稀释到75%就可以消毒。家乡土特产此刻派上了用场！

我和其他人说，如果中国做不到（疫情防控），别的国家肯定做不到。

目前，波兰还没有确诊病例，但最近是学生的冬季假期，很多人去意大利滑雪。意大利疫情那么严重，所以波兰还是有压力的。

据我观察，华沙街头没有多少人戴口罩，政府也没有刻意号召大家戴。在这里，人们通常认为，口罩是病人戴的。

不过，波兰的口罩现在也挺贵，普通一次性的，原来卖几毛钱，现在涨了十几倍。

看新闻报道，这几天中国的疫情控制得非常好。我准备回中国时，带上一两百个口罩，还有一些消毒液和波兰特产。

我老婆现在是一名高校老师，最近她在家直播网课。去年她对我说，准备写一本书，记录我在中国这15年的经历。其实，五年前她就想下笔写，写我来华10年的经历，就因为各种原因搁浅。这次疫情过去之后，她应该没什么借口放下了。

# 我拍摄的南京抗"疫"纪录片在日本火了

口述：竹内亮 | 42岁 | 纪录片导演 | 江苏南京
时间：2020年3月7日
整理：沈汝发 | 新华每日电讯记者

我叫竹内亮，是这部纪录短片的导演。没想到反响会这么大，至少几千万人观看。

其实，这部片子拍的就是我身边的生活，并不是很特别的事。我们策划一天，拍了2天，剪辑一天，一共只花了4天时间。

20多年了，我一直从事纪录片摄制工作，这是最火的一部。

我是日本千叶县人，老婆是南京人。她在日本留学时，我们相识、结婚。2013年，我们搬到南京，开了一家传媒公司，老婆是老板。公司主要从事短视频的拍摄制作。

2月中旬，我从日本出差回来，隔离两个星期后，才开始上班。我喜欢在外面跑来跑去，不喜欢宅在家里。刚开始觉得很麻烦，也不舒服，是不是做得太过头了。后来发现，严格的隔离措施是对自己和他人的保护和尊重，这才是正确的做法。

我最惊讶的是，街道人员和保安都帮我们去买菜，然后把菜放在我们家门口。非常感谢他们，这种互相帮助、团结一起面对病毒的态度，我觉得非常了不起。

日本有我的家人和朋友，我每天都关注那里的疫情。虽然疫情严重，但日本许多老百姓没有危机感，不戴口罩上地铁，聚众看演唱会等，我非常着急。他们对中国的疫情有一些误会，往往只看表面数字，觉得死亡率不高。一些日本年轻人甚至觉得，这不是多大的事情。

但事实上，相对较低的死亡率，是因为中国很多医护人员都在一线支援，许多中国人牺牲了自己的生活、工作。

他们不太清楚这样的背景。这个视频就是要把中国防疫的真实情况，传达给日本观众，让他们了解中国人的抗“疫”对策。

拍摄的时候，我到了快餐店。在汉堡套餐纸袋子上，我发现贴着“非接触安心卡”，卡片上还标注了烹饪人、递送人的名字和体温，我作为食用者感觉非常安心。

还有很多类似的措施，像在地铁里要扫二维码，什么时候坐、第几辆车、几号线，所有的信息都报告给系统。还有打车时，看到公司给司机准备的保鲜防护膜，我觉得都非常厉害。

日本有一个很大的网站雅虎日本，相当于中国的百度之类，我有一个个人账号。视频拍好后，给雅虎的工作人员看了，他们觉得很好，推在首页上，产生很大反响。朝日电视台、TBS电视台、日本电视台、富士电视台等日本各大电视台都播放了这部短片，而且是不停地播放。

我们公司主要从事中日文化交流。疫情发生后，我们一直非常关注疫情之下中日两国的人们。在短短一个月时间里，我们推出了多部与疫情相关的短视频，像“在北京的日本人护士”“住在武汉的日本人”“在日本的武汉人”等。其中就包括在日本街头为武汉鞠躬募捐的“旗袍女孩”，以及为筹集防疫物资在日本不停奔走的武汉人孟志等。

这部短片的影响是最大的，电视台反复播放，对视频内容进行详细讲解。网友反响也很强烈，许多人转发和讨论。

出门戴口罩，进居民小区量体温、用手机APP登记旅行信息，“零接触”买快餐，学生在家上网课……大家都很震惊。看到南京这么严格的措施，感觉太厉害了。他们也才意识到，做到这样才可以防控住疫情。我的目的已经达到了，只要日本或更多其他的国家能够看到，并引起重视和思考，这就足够了。

最近，我还上了TBS电视台的一个节目，视频聊天讨论怎么控制病毒。对方是日本有名的政治家。他们不太理解为什么中国要做到这么严格，我就和他们解释，你们还没有理解到这次疫情的严重性、可怕性。

日本的政治家有做对策的决定权，但日本有很多政党，他们之间总是在讨论，但却没有一个实质性的好方案。我觉得能有机会给他们提一些建议，十分难得。我就跟他们说，现在并不是你们互相斗争的时候，应该齐心协力去对抗“疫”情。

这个经历对我很有意义。现在很多日本观众关注我。

令我意外的是，这部片子在中国也有很大影响。我本来是为日本人做的，在节目里一直讲日语。现在它被翻译成了中文字幕，在微博的播放量就突破了千万，还没有算其他平台。

我认为在中国火的原因可能在于，这是我从一个外国人的角度，看待中国抗“疫”的。中国民众认为拍摄的内容还是很客观的，他们也很想了解外国人的想法。

现在反响还在持续中。好多朋友留言说，“10分钟不够看”，甚至还有欧美的字幕组，联系翻译转载的事情。

我是南京女婿，很喜欢南京。美丽自然，有山有水。也很方便，离上海、杭州这些城市都很近。美食也很多，我很喜欢南京的鸭血粉丝汤。最喜欢的是南京人，热情、友好，很包容。

由于拍摄需要，除了新疆、西藏之外，中国其他地方都去过，在中国跑来跑去。我一直看中国、拍中国，和中国人聊天。中国的历史、美食、文化都很丰富，发展变化也很快。真的是很有意思的国家，怎么看、怎么拍都不腻。

不少日本人不了解中国，同样，不少中国人也不了解日本。我希望多拍摄制作关于两国社会和文化的视频，让大家多相互了解，多做朋友。

# 对外报道

# Days Inside the Encapsulating Protective Suit

Ma Yunfei and Liu Jingyu

WUHAN, Feb. 21, 2020

Gao Xiaoling never gave her father a second video call. She regretted making the first, in which the 90-year-old, always a tough guy in front of his daughter, cried his heart out.

Without telling her old man the truth on the very day she was told in the early hours to leave by noon for Wuhan. Gao, a respiratory and critical care physician at the Second Hospital of Shanxi Medical University, led a medical team to the front line.

The first night in Wuhan was a sleepless one.

"I was up all night wondering what would happen when we meet our patients and whether my team members could protect themselves well," Gao said. The 50-year-old veteran admitted her anxiety, saying she had never had to deal with the fear of battling such a serious epidemic before.

Gao and her team were assigned to Tongji Hospital, where all 50 beds were filled with severe cases on the first day.

"In intensive care wards, we save lives and protect ourselves," she said, noting that it takes two hours to put on and take off the protective clothing, with more than 20 standard procedures.

Gao knows that masks, goggles and protective suits can offer better protection when the wearers encapsulate themselves, even with a feeling of suffocation. Yet they are definitely uncomfortable to wear.

"Blood-red marks were found on every face, some on cheekbones and some on nose bridges," Gao said.

Besides applying vaseline and using bandages or gauze pads, many become soaked in sweat, like taking a sauna inside their coveralls, especially her male colleagues, and they had to eat pickles to replace their lost electrolytes.

Every day after work, Gao and others followed strict disinfection protocols, soaking their clothes in disinfectant and rinsing them before a 30-minute hot shower, with water from the showerhead running as high as 56 degrees Celcius.

"It was like being tortured. I had to grit my teeth and bear the burning pain of such piping-hot water," Gao recalled.

Back in the wards, there were other things to worry about, like taking risks carrying out tracheal intubation for patients with dangerously low blood oxygen levels, as well as cycling around the city in a raging storm from one drug store to another just for a patient who clamored for a particular brand of hypertension medicine.

"Some patients had their anxiety and fear intertwined inside after witnessing deaths, and it was our job to comfort and help them build confidence," Gao said, gratified to not see a single death reported by her team so far.

Gao said she slept well every night after a long day of hard work. However, her husband began to suffer from anxiety and insomnia. "No matter how late it was, even at 2 or 3 a.m. when I left a message on WeChat, he would reply in seconds."

A mother of a high school daughter herself, Gao remembered her daughter persuading her to sign up for the rush-to-rescue before the large-scale outbreak of the epidemic, who could not stop crying in a video chat days later after realizing how dangerous it might be on the front line.

Gao received regular greeting messages every day from relatives and friends, even from those who do not contact her often. She was touched by the hot meals sent by hotel staff after midnight, and the clothes and daily necessities donated by caring hometown supporters who expect her triumphant return.

Tears welled in her eyes when one day Gao checked the phone and saw a WeChat message left by her dad that read "afraid of looking at you in the eye, only to hide under covers wiping mine."

"He and mom said that they're so proud of me," Gao said.（作者：马云飞，刘婧宇）

# Saving Xiaomi the Stranded Cat

Lu Yifan and Wanyan Wenhao

FUZHOU, Feb. 24, 2020

Clutching her mobile phone, Qi Gaohong tossed and turned in bed late at night while gazing at the pictures of her beloved pet cat Xiaomi, which was unexpectedly trapped in a dormitory thousands of miles away.

A 26-year-old teacher at a training school in Xiamen, east China's Fujian Province, Qi had returned to her hometown in north China's Hebei Province days before the Spring Festival to spend the holiday with her family.

She found two temporary adopters for her dog and cat, one of which is a friend with two cats, during her absence.

Everything seemed perfect until the outbreak of the novel coronavirus.

On Jan. 23, two days before the Spring Festival, or the Chinese Lunar New Year, China implemented traffic restrictions in Wuhan, to curb the spread of the virus. Many places followed suit, including Dongzhai Village in Xiamen, where her cat was staying with the two others.

Qi's friend called her on Feb. 11, saying that the village was shut down and he was unable to get in as he lacked the special pass handed out to local residents.

His request to enter the village and bring out the cats was denied by the community workers who were already on the move to prevent the spread of the virus.

Qi was worried that her cat would die of thirst and hunger and couldn't help but keep imagining the cruel fate that may have befallen Xiaomi.

For Qi, the two-and-half-year-old Xiaomi is not only a pet cat, but also a companion that makes her feel at home and supports her as she pursues her career away from home.

Xiaomi has accompanied her day and night over the past year. "Every day after work, when I come home at around 10 p.m., I will always be greeted by my cat and dog," she recalled, adding that Xiaomi always sits on the shoe cabinet.

Qi has been devoted to rescuing more than 50 stray cats and dogs, and helped find them caring homes.

"I usually take my pets for beauty treatments at pet stores, and bring them with me on self-driving tours," she said.

When 10 p.m. rolled around a day later, Qi posted a notice online seeking help.

"More than 200 people reposted my notice, including my colleagues, students, relatives and even strangers. Some of them added me on WeChat," she said. "However, most of them couldn't offer more than words of comfort."

The helplessness of the situation came crashing down on her. Her pictures of Xiaomi helped ease her nervousness and anxiety.

"Some suggested that I should try to contact the owners of shops near the village, they may find a way to ask their acquaintances who can enter the village and bring Xiaomi out," she recalled, noting that although it seemed futile, she'd still give it a try.

At around 6 a.m. on Feb. 13, a female stranger called and told Qi that she had an acquaintance living in the village and was willing to help, Qi recollected.

Thanks to the timely help, her friend finally made it to the village, but was still blocked by the locked door to the dorm of the studio.

But thankfully, a villager managed to reach the landlord. The cats were saved before they ran out of food and water.

“Seeing Xiaomi safe and sound reassured me the most,” she said, after receiving a video clip her friend took of Xiaomi after the cat was rescued.

The entire “adventure” took three days and two nights, a period in which she was unable to sleep.

“You never know which will come first, an accident or tomorrow,” said Qi, adding that the experience of rescuing Xiaomi reassures her that kind-hearted people are always right there ready to give a hand.

She tried to thank those who helped her by offering them a cash reward, but all of them declined.

Qi got back to Xiamen on Sunday. She hopes that the epidemic will end as soon as possible so that she can bring her pets to the seashore and fly a kite, and most importantly, visit the warm-hearted people who saved the day.

(Intern Ding Li contributed to the story.)

［作者：路一凡，完颜文豪，丁莉（实习）］

# A Single Male Nurse's "Love Story"

Cui Enhui and Qiang Xiaoling

WUHAN, Feb. 27, 2020

Sun Dianpeng, 25, wrote "Happy Valentine's Day" in Chinese on the back of his protective suit on Feb. 14.

"There are no single girls in the wards. It won't work," one of his colleagues quipped.

"What if some auntie likes me and introduces a girl to me?" Sun replied with a smile.

He is one of the only two male emergency nurses with the Central Hospital of Dandong, northeast China's Liaoning Province. As a member of the medical team assigned from Liaoning to Hubei, he now works in the Renmin Hospital of Wuhan University.

On Jan. 26, he offered to go to the "battlefield" in Wuhan as the epidemic swept across the country.

When he was on the night shift in the emergency room at around 10 p.m. of Feb. 1, Sun was suddenly informed by the head nurse the team was leaving for Wuhan early the next morning.

With both excitement and nervousness, he packed his luggage and did not go to bed until 3 a.m. the next day, he said. For fear that his parents would not sleep well, he did not inform them immediately.

When he got up at 6 a.m., he called his mother and asked her not to see him off. However, before his departure, the worried parents drove for more than an hour to say goodbye to their son.

"We never thought that you would go to the front line. No matter how dangerous it is, we support you, but please call us every day to let us know you're ok," said his mother with tears welling up in her eyes.

"When SARS broke out 17 years ago, the whole world was protecting the post-90s (people born between 1990 and 1999). Now, it's time for us, who have become the backbone of society, to guard your health!" Sun posted on his WeChat before boarding the plane to Wuhan.

To his surprise, he received more than 900 replies, including hundreds of likes, comments and private messages.

"Come back safe and sound, and I will 'marry' you," many friends joked.

On his first day in the intensive care unit of the hospital in Wuhan, it took him a long time just to put on his protective gear, including goggles, splash-resistant mask and isolation gown. When the outermost protective suit was put on, he could barely bend down.

The thick protective gear made it impossible for him to drink water or use the restroom, and even left him with chest distress and headaches and made him want to vomit after four hours of continuous work. He had to leave the ward early on the first day, with blisters on his nose.

Now Sun could handle his work with relative ease, although he still ends the day soaked in sweat.

However, in Sun's eyes, what he is going through is nothing compared with the patients.

Several days ago, a female patient told him both her husband and son were also hospitalized. This was the reality of many families in Wuhan suffering from the virus. At that moment, tears blurred his eyes behind the goggles.

This made Sun more determined to do the utmost to look after the patients in severe condition in the wards.

The Chinese word written on Sun's protective suit attracted the attention of a grandma receiving high flow oxygen therapy in the ward on Feb. 14. "It is Valentine's Day today," Sun explained.

"I only know today is my birthday, and I don't know when I can go back home," the 70-year-old patient said.

Upon hearing this, Sun immediately invited some of his colleagues, all in their protective gear, to stand by the bed and sing a birthday song for her. After the "celebration," she asked Sun for the birthday video they took, saying it was her most special birthday.

As time went on, the content written or drawn on the protective clothing of the medical workers became more and more diversified.

Once, the slogan on Sun's suit was changed to "Be together with Wuhan." A female patient said to him, "Thank you for being with us. Your northeast accent sounds really sweet."（作者：崔恩慧，强晓玲）

# Guarding Township near Infection Hub

Lyu Qiuping and Yin Siyuan

TIANJIN, March 5, 2020

On hearing some 10,000 people were put under quarantine right on the other side of the river, township official Hu Yanmei in north China's Tianjin Municipality realized danger was imminent.

Hu, 50, is the deputy chief of Xiacang Township bordering Baodi District, where a cluster of novel coronavirus disease (COVID-19) cases were reported.

By Tuesday, Baodi District reported 60 COVID-19 cases, almost half of Tianjin's total. Over two-thirds of the cases were related to the Baodi department store, ranging from customers, salespeople to their families.

Xiacang Township started shutting down its 67 villages with people guarding the entrances and measuring body temperatures on the Chinese Lunar New Year which fell on Jan. 25 this year. Officials including Hu patrolled the area to persuade villagers to cancel their door-to-door visits for New Year greetings.

Hu said these steps kept villagers on high alert and helped cut off the route of cross-infection.

The cadres were nevertheless unnerved upon hearing the news about the cluster of cases at the nearby department store.

"A news clip analyzing how the cases were tracked and finally connected to the store went viral, straining my every nerve," Hu recalled.

The township then combed all the villages, finding some 2,000 people who had been to Baodi around the Lunar New Year. An urgent task was to find out the close contacts who had been to the department store.

A village cadre told Hu a family of five in his village had lied about their whereabouts.

"They were reluctant to admit they had been to the store for fear of being discriminated against by the villagers," she recalled. "I understand their anxiety."

The family was quarantined for 14 days at home, with village cadres measuring their body temperatures twice a day and delivering fruits, vegetables and other necessities.

To avoid cross-infection, Party cadres and volunteers also ran errands for the villagers, buying vegetables and paying utilities.

To date, no COVID-19 cases have been reported in Xiacang Township.

Hu felt sorry for her daughter because the family's travel plans had to be postponed once again. Her daughter, a college student, seemed to have grown used to the disappointment as Hu is always busy.

"I felt very comforted when she came to hug me after a long exhausting day, and my husband always cooked something different for dinner, waiting for me to come back," she said with a smile.

For more than a month, Hu has not taken a day off, nor does she plan to.

"The villagers are about to start plowing. The winter wheat needs watering. We have to ensure agricultural production while continuing the fight against the epidemic," she said.（作者：吕秋平，尹思源）

# Hubei Newlywed's Special Honeymoon

Xia Xiao and Chen Guozhou

CHONGQING, March 9, 2020

Xu Xiaoyue was married to Zhou Sifan in November last year. The couple went to Europe for their honeymoon during the Spring Festival holiday in January. They never expected that their honeymoon would be so special and unforgettable.

Xu and Zhou are natives of central China's Hubei Province, the hardest-hit region by the novel coronavirus. They departed for their honeymoon from the neighboring Chongqing Municipality on Jan. 18.

"At that time, there was little information about the novel coronavirus, and our colleagues and friends rarely talked about the disease as well," said Xu, adding that people were busy preparing for the Chinese Lunar New Year, or the Spring Festival.

"The trip to Europe was as beautiful as I had imagined. We did window shopping around the Champs-Elysees in Paris, had dark beers in Germany and also visited Switzerland and Italy," Xu recalled.

"However, the epidemic in our country started to grab headlines, and people began to feel anxious. Our tour guide started to check our temperature every day," Xu added.

On Jan. 24, the eve of the Lunar New Year, both Xu and Zhou, who are grassroots workers in rural Hubei, received notices from their units, requiring all workers to stop their vacations and return to their posts immediately to cope with the epidemic.

"I was worried about our journey back to China since the tour agency refused to stop the trip in advance. We were in no mood to continue the honeymoon," Xu said.

Xu said they finally returned to Chongqing on Jan. 29, but understood the epidemic situation was more severe than they thought.

"Our flight landed at 4:50 a.m. An attendant on the flight broadcasted a name list, which included us, requiring those on the list to get off the plane first. We later learned we were all from Hubei," Xu said.

A total of six Wuhan residents accepted blood tests and had their body temperatures taken, none of which were found infected with the deadly virus.

"We rushed to a train station and tried to get back to our home in Hubei, but all railway services linking Hubei had been suspended. We could not go back," Xu said.

The young couple were sent to a makeshift resettlement site for people from Hubei, who had been stranded in Chongqing, and they were under quarantine in a three-star hotel for more than two weeks.

A total of 63 people including Xu and Zhou from Hubei were put under quarantine in the hotel, and more than 100 workers including medical workers, policemen and community workers took care of them.

Xu and Zhou ought to pay 430 yuan (about 62 U.S. dollars) for their accommodation and meals every day, however, the local government provided them a subsidy of 350 yuan, covering over 81 percent of the cost of living in the hotel. Meanwhile, workers also help them buy daily necessities, such as prescription medicine for the elderly and textbooks for the youth.

"We chatted a lot for relaxation in a group chat and talked about local delicacies in Chongqing, especially hotpot. Chongqing is famous for hotpot, and we wanted to try it," Xu said.

Wang Yafei, who was in charge of the site, promised people in the hotel the delicacy. Wang contacted the Chongqing Hotpot Association and told them of the special "mission."

"They brought us free hotpot and sent it to our rooms. Everybody was deeply touched," Xu said.

Xu asked a worker to buy pregnancy test strips for her as well.

"It was Valentine's Day, and Chongqing often has cloudy and rainy weather, but it was a sunny day. The test gave a positive result," Xu said.

"I feel more peaceful now and often talk to my baby. I was thinking that I will tell the baby about the unique experience that we had gone through after he or she grows up," Xu added.

Since the newlyweds ended the quarantine and cannot go back to Hubei, they volunteered to help others in the hotel. Putting on masks, protective clothing and goggles, the couple started to deliver meals to rooms of people under quarantine there on Feb. 15.（作者：夏晓，陈国洲）

# Forty Days “Trapped” in a Motorhome

Fu Min and Cheng Lu

XIAMEN, March 17, 2020

When Zhang Qi and his family were about to end their holiday and return home, they were reeling in shock with the news that their hometown Wuhan was locked down due to the novel coronavirus outbreak.

“Daddy, we cannot go home, right?” his daughter asked.

No one in the family expected that they would be “trapped” in a motorhome in a strange city for the next 40 days.

Zhang, a 38-year-old Wuhan resident, with his wife, daughter and mother, drove their caravan to Xiamen, a coastal city in eastern China’s Fujian Province, on Jan. 20. They visited all the must-see attractions in two days. The bad news came when they were ready to head back.

“I was very worried. Life might be tough in a strange city. In addition, we had been in contact with lots of people on our trip. What if we were infected with the virus?” Zhang recalled.

On Jan. 24, Fujian activated top-level emergency response to the epidemic. All tourist sites in Xiamen were shut down.

Zhang and his family had no place to go but stay in the caravan. They were told by local community workers to fulfill a 14-day quarantine, wear face masks, check body temperatures and report their figures every day.

At the early stage of the virus fight, many challenges lay ahead. "We originally planned to stay in Xiamen for three days. I only had one coat, and there was nothing to eat except for a few bowls of instant noodles. It was so cold at night that we had to cover ourselves with seat cushions to keep warm," Zhang said.

His mother frequently complained that it was Zhang's fault because he chose travel during the Spring Festival holiday. Even worse, the motorhome was about to run out of fuel.

Zhang telephoned community workers, who came immediately and mobilized nearby enterprises to provide water and electricity for the family. Seeing the empty bowls of instant noodles, they also brought food and daily necessities for Zhang.

Not knowing what happened, nearby residents were once anxious when spotting Zhang's vehicle with a number plate from Wuhan. Community workers explained the situation to them and quelled people's fear.

"After the quarantine ends, citizens living around the parking lot came to visit us. An aunt came to chat with my mother every day. My daughter made friends with other kids, and public-spirited neighbors sent vegetables and snacks to us," Zhang said.

Returning home seemed nowhere in sight, so Zhang volunteered to work in the community's body temperature check point. "I want to do something for the community to pay back what they have done for us," he said.

In late February, Zhang received permission to return to Wuhan as the epidemic began to recede. Before they left, they received many gifts including local snacks, masks and disinfectants from Xiamen residents. His daughter also gave several cat toys to her friends.

After being "trapped" in the motorhome for 40 days, Zhang's family arrived at home safe and sound.

“It is like a dream,” Zhang recalled. “We fall in love with Xiamen and take it as our second hometown. We will not forget those who lend a helping hand for us at hard times and will be back to the city when the epidemic ends.”（作者：付敏，程露）

# Free Masks But Few Take in COVID-19 Epicenter

Bai Xu and Wang Junlu

BEIJING, March 22, 2020

When Hu Yunjian decided to give out masks in the streets of Milan, Italy, amid the fast spread of COVID-19, he was worried that 5,000 masks would fall short of the need.

In reality, however, the 32-year-old Chinese Internet entrepreneur found his stall attracting less passers-by than a street performer.

Europe has been identified by the World Health Organization as the new "epicenter" of the ongoing COVID-19 pandemic last week, where Italy is the hardest-hit country.

According to the local authorities, as of Friday, Italy has reported 47,021 confirmed COVID-19 cases, with 4,032 deaths, overtaking the total number of deaths in China.

"Many of the cases are from Lombardy, of which Milan is the capital," said Hu.

He had 5,000 protective masks, which were supposed to be sent back to his home country, when China was locked in a battle against the novel coronavirus.

Shipment was delayed, however, while China's situation kept improving. At the same time, Italy saw an increasing number of cases.

"So we set up a stall near Duomo di Milano at the town center and offered the masks to people in a bid to raise their awareness of self-protection," Hu said. They also designed posters to attract passers-by.

But few people bothered to stop at the stall. In contrast, a street performer singing next to them drew quite a few viewers.

"We decided to approach the locals ourselves," Hu said. Much to his disappointment, when he handed a mask to an Italian, the man smiled and said, "I am fine; I don't need it."

Others even saw them as fraudsters.

However, not everyone was so sceptical.

"A young man in his 20s stopped for more than half an hour at our stall, taking photos and videos, which he said he would share on social media."

The young man also thanked them. "He said he would let his friends know about the importance of wearing masks, as well as the kindness of Chinese people in Italy," Hu recalled, adding that the young man said, "We will get over it together."

Police officers patrolling the square also accepted the gift and expressed their gratitude, and local reporters interviewed Hu and his friends.

"To be frank, we didn't expect to see the outbreak of COVID-19 in Italy when we bought the masks, but now they could be of use here," he added.

Hu Yunjian has been living in Italy for more than two decades. In recent days, he saw measures taken in the country.

On March 10, Italy became the first country in Europe to impose a nationwide lockdown to curb spread of coronavirus. Restaurants and cafes were required to shorten thir operating hours, and people were advised to keep a safe distance of no less than one meter.

"But old habits die hard," Hu said. "I was told some restaurants were fined for breach of regulations, and I saw staff in a restaurant working without wearing masks. For some others, social distancing is non-existent, and they still greet one another with kisses."

Like tens of thousands of overseas Chinese, Hu said he had experienced two COVID-19 outbreaks. "One was in my home country and the other in the country where I live."

When China was struggling to contain the epidemic, the Italian-speaking Hu helped with the purchase of nearly two million face masks which, together with local Chinese communities, he sent back to China.

Now that Italy is engaged in the same hard-fought battle, he said it was the wish of overseas Chinese to see medical staff from their mother country come and help.

Their dream came true.

A chartered flight carrying 12 Chinese medical experts and over 17 tonnes of supplies arrived in Milan on Wednesday to aid the country's fight against the coronavirus outbreak. Earlier this month, China has sent a team of nine experts to Rome.

On the trunks carrying supplies to Italy, there were words from the ancient Roman philosopher Seneca: "We are waves of the same sea, leaves of the same tree, flowers of the same garden."

(Intern Lin Guangyao contributed to the story.)

[作者：白旭，王俊禄，林光耀（实习）]

# When Lockdown Finally Ends

Lou Chen and Huang Haibo

WUHAN, March 25, 2020

The mesmerizing scent of spicy pig chitterlings tested the isolation limit of Duan Wei, teacher, writer and a down-to-earth foodie.

Duan, 55, lives in Yingshan County in Hubei, about 150 km from provincial capital Wuhan. Like most cities in the province, Yingshan had been in shutdown since late January due to the novel coronavirus outbreak.

The county, administered by Huanggang, reported 62 cases of COVID-19 infections. No new cases have been reported for days.

Last week, the county government issued a decree to restore order. Eateries began opening their long-shuttered doors and serving comforting dishes such as Duan's favorite spicy pig chitterlings noodle.

"We were stuck at home for over 50 days. Now the restriction is lifted and freedom comes at last," he said.

Duan ventured out of his apartment but couldn't help worrying that breakfast diners would be too crowded and could pose a risk.

"I read in the news that a beef noodle restaurant was forced to shut down again because too many customers went. Luckily, only a handful of people showed up at the eatery that I went to. It looked somehow lonely," he said.

One diner nearby grumbled: where have all the people gone? Are folks eating breakfasts at home instead? On the day when the shutdown ended, the vitality of the city had far from recovered.

Duan gulped down a full bowl of spicy noodles and took a walk along the streets.

A few people lined up at banks, but shops selling fruits, smartphone accessories, and clothing were less frequented. "The epidemic has hurt businesses hard," he said.

Duan planned to obtain a travel document for his mother-in-law, but when he arrived, there was already a long line. "Most of those in the queue were young people who needed the documents to go out of the county to work," he said.

Starting from March 25, cities in Hubei have lifted outbound travel restrictions in all areas except Wuhan, which is expected to resume inbound and outbound traffic on April 8.

The lifting of shutdown measures will allow local people to get back to normal lives and embrace the best season of the year before it ends soon. In Duan's hometown, people are busy digging wild grasses in parks and concocting them into seasonal treats.

Duan received a call from his older brother who lives in the countryside, and it was an offer of stewed lamb to share. Family gatherings like this have been rare in the last two months.

In the countryside, fields have been weeded, the peripherals have been reinforced with new mud, and cattle are plowing the field, Duan observed. His brother takes care of some tea trees for him, though the lockdown had prevented him from picking the first batch of fresh buds for tea.

For Duan, school opening is not yet in sight. As long as it is sunny day, he can not resist the urge to go outdoors and breathe the fresh air.

“Don’t go out! Don’t go out! Don’t squander the efforts of others!” shouts a public advertisement at the building entrance to his apartment.

“I think they could replace the ad now,” he said.（作者：娄琛，黄海波）

# 我的戰“疫”

◉ 下册

新华每日电讯　编著

新华出版社

# 目录 • CONTENTS

## 战“疫”人物 / 463



## 疫中随笔 / 531

# 名家谈疫

# 毕淑敏：希望《花冠病毒》永远只是预言

强晓玲、张漫子 | 新华每日电讯记者
时间：2020年3月8日

"20NN年3月。一种来历不明的病原体强烈袭击燕市，初步命名为花冠病毒。主要症状是发烧、咳嗽、血痰、腹泻，全身各系统崩溃。罹患人数达数千，死亡病例累计已数百。"

"医院里报病危的重症感染者俯拾皆是，死亡势不可当。给普通民众心理造成极大冲击，恐慌悲观情绪蔓延。"

"瘟疫骤起，如果你一直待在家里，会感觉到并没那么危险。家还是原来的家，小环境仍保持稳定。走在大街上，会深刻感到瘟疫剿灭了人们所有的娱乐，取消了工作的快感。"

……

2020年元月，新冠肺炎袭击武汉，一切都来得那么措手不及。2月初，面对确诊人数的不断飙升，有网友评论，今天所发生的一切都与作家毕淑敏在2012年出版的小说《花冠病毒》中描述的是那么的相似，"突发瘟疫、城市封锁、民众出逃、抢购成风……这本小说像是一则'预言'。"

在小说的序言中，毕淑敏说，"这本书里，渗透我人生的结晶……包含我对以往和将来世界的回眸与眺望。包含着我对宇宙的好奇和幻念。"

2003年，"非典"暴发。作家毕淑敏因为当过医生当过兵，被中国作协选中参加特别采访组，开赴“非典”第一线。她走访抗击“非典”的一线医生护士，从“非典”中恢复过来的病人，包括外交部、国家气象局等部门，结合自己的经历，酝酿沉淀了八年，于2012年写出《花冠病毒》。

“这些天，问候的朋友很多，大家都同时问到一个问题，‘八年前是如何预言的？’”日前，深居北京的著名作家毕淑敏接受了新华每日电讯草地周刊记者专访，她说：“我希望它永远只是预言，而非重现。”

毕淑敏说，如果产生灾难的土壤依然存在，人类和病毒必有一战，且很可能一战再战。“我坚信这次瘟疫一定会过去，我们一定能胜利。不过，要痛定思痛，要亡羊补牢。我们付出的代价实在太惨重了。”

## 听到“人传人”的消息，痛不欲生：魔盒打开了

**草地：**此次疫情发生后，您写道，“清楚记得，当听到钟南山院士说新冠肺炎‘人传人’的信息时，顿觉五雷轰顶，肝胆俱颤……”那一刻，您在做什么？这一消息从何处传来？当时您的第一反应、最大的担心是什么？

**毕淑敏：**我是从新闻里听到钟南山院士这个说法的。武汉有不明原因肺炎出现后，我一直特别关心“人传人”这个问题。“非典”中的经验，这是病毒得以收割更多性命的必杀技。听到这个消息后，我痛不欲生地想到：魔盒打开了。

**草地：**得知疫情至今的几十天，您是如何度过的？做了哪些与新冠肺炎疫情有关的事？

**毕淑敏：**记得我连春晚都没看完就睡下了。完整的安稳睡眠，对身体免疫力很重要。大年初一吃的是速冻饺子。买菜需外出，尽量减免。

基本生活便成了：

一、听新闻。了解整个疫情形势的变化，明白此时应该做什么。

二、配合社区的各项安排，遵纪守法。

三、与家人和朋友们保持密切联系，互相鼓励。

四、维持基本生活规律。因已是新冠肺炎高危人群，年龄大有基础病。不给社会添负担，不给子女惹麻烦。

五、做口罩。从网上买了熔喷无纺布的边角料，自力更生做口罩，以解家中无口罩可用的困难。

六、继续写长篇小说。

七、读书。

**草地：**经历过17年前的“非典”，您的生活发生了怎样的变化？

**毕淑敏：**经历了“非典”之后八年，我写了长篇小说《花冠病毒》。这是我迄今为止的最后一部小说。

写完之后，就漫游世界去了。我从“非典”中，感受到人类如此脆弱，和世界如此密切相连。我想，我已经老了，再不抓紧时间去看看这个世界，有可能来不及了。

从那时到现在，我大约走过了几十个国家，受到了很大的震撼和启示。我写了一些游记，比如“非洲三万里”“美洲小宇宙”“破冰北极点”“南极之南”“巴尔干的铜钥匙”等，期望和更多的朋友分享这些见闻与体会。

**草地：**有作家谈到，“相隔17年，在灾难面前，人类表现出了相似性——动员力、应对力、治理力、救助力、合作力、创造力、健忘……2003年时我们付出的惨痛代价，17年后卷土重来。我们都不想等到下一个、两个、三个17年时，人类就这样永远重蹈覆辙下去……”或许，这也是您时隔八年完成堪称“预言”的科幻小说《花冠病毒》时，其中一个初衷或心愿？

**毕淑敏：**您说的很对。当初，我正是怀着这样的思虑和惊惧，开始了《花冠病毒》的写作。

它在我的所有小说中，原本是反应最平淡的一本。

我一共写了五部长篇小说，首部《红处方》多次加印，并拍成了电视连

毕淑敏

续剧。《血玲珑》也是这样。《拯救乳房》（这个书名不是我起的），引起了轩然大波。《女心理师》加印了很多次，也正在拍摄电视剧……只有《花冠病毒》，出版后，悄无声息，再无加印。

我对这个反应有心理准备。国人多健忘，心存侥幸，以为灾难远去，不屑回首。

我曾设想：或许我死后多少年，瘟疫再次大流行。也许有人会从尘封的角落找到这本书，发现有人多年前曾竭力发出过警示。那时，我早已逝去。只能身处天堂，为人类垂泪。我没想到的是——这么快！仅仅过了17年，瘟疫又一次卷地而来。

这一次，涉及面更广，死亡人数更多。

## 亲临“非典”一线采访，写《花冠病毒》希望防范悲剧重演

**草地：**您经历过2003年的“非典”，并受命亲临救治一线实地采访。可否谈谈那段封闭隔离经历的感受，以及在采访过程中最触动您的事情？

**毕淑敏：**触动我的事儿很多，记忆最深刻的是——一线的医生护士会告诉我，他们能看出来哪床的病人死亡可能性会比较高。我起初以为判断基于医学角度，比如谁病得更重、年龄更大或者有基础病。但他们对我说，就算这些客观因素大致相同，但病人自身的心理状态，会导致生命的不同归宿。

简言之，能战胜病魔、活下来的概率更大的，是那些对生命抱有积极看

法、努力接受医疗、求生本能强烈、绝不轻易言败的病患。

包括这一次和新冠肺炎的斗争，你在电视里也可看到，很多康复者都在说：信心非常重要，心态一定要好。

好心态从哪里来？

假若你得了重病，孤独地躺在病床上，平日积攒下来的心理能量，就会成为你极为重要的生命支撑点。你若一贯消极，到了病入膏肓时再虚弱地给自己打气，很可能见效甚微。

所以，我们平时就一定要注重自己的心理健康建设，磨炼出在困难时刻镇定、勇敢、合作、不气馁、不轻言放弃的顽强斗志。这在和瘟疫做斗争的紧要时刻，非常重要。

我采访过很多医生护士，如果在私下场合见到他们，我认不出他们。我没有看到过他们完整的脸，但我记得他们的声音，记得他们在危难时刻的挺身而出。

**草地：**《花冠病毒》一书是您在经历2003年“非典”一线采访后，时隔八年才动笔的作品，我们想知道，您当时的所思所想，以及创作过程中的心路历程……为何迟迟动笔，这期间您做了哪些思考，创作想法发生过怎样的改变？

**毕淑敏：**在面对雅典人即将处死自己时，苏格拉底向所有人宣告，“未经审视的生活不值得一过”。

审视是个动词。意思是——仔细地看，反复分析。

我想借用一下。未经审视的疫情资料，也是不值得写的。这是我在深入一线，采访了“非典”方方面面，积攒了大量第一手资料之后，对自己说的话。

审视之所以重要，在于提供思考路径和方式。它要求人们自己对自己提问，以找到那些早就习以为常甚至觉得理所当然的现象背后，是否存在罪恶的邪祟与愚蠢的蒙昧。

我需要时间，需要思考，甚至需要梦境的参与。那个时段，我读了大量的书，做了很久的功课。在梦中，我无数次梦到过病毒，它们邪恶而艳丽，摇曳多姿。

“非典”后，我在理智层面上，判定瘟疫并没有离我们远去。如果说“非典”的发生和离去，有些人乐观地以为这只是偶然和意外，我觉得就大错特错了。

通过对“非典”全过程的回忆和思考，加上大量阅读人类进化史和病毒学等资料，让我心中充满深深的忧虑。我写《花冠病毒》这部小说，将我的思考镶嵌在其中的故事里，希望能传达给更多人以生物危机意识，起到警醒作用，竭尽全力防范悲剧重演。

病毒没有知觉，没有头脑。但作为这颗星球上最高等的生灵，人类是有良知和理智的。病毒在变异，人类在进化。人类绝非万能，病毒也不会自动停止对人类的侵袭。对病毒，不要扰动它，不要逼它跑出原有的栖息地，不要将它原来的宿主赶尽杀绝，不要让它突破多少万年以来“井水不犯河水”的生存界限。一旦它变异后重出江湖，人类在交战初期，完全缺乏抵抗手段。病毒为刀俎人为鱼肉，形势将非常不利于人类，大规模的染病和死亡几乎会成定局。

病毒无法斩尽杀绝。根据国际病毒分类委员会最新报告，已分类病毒近5000种。这还不包括未被分类的大量新病毒。你除了找到与它和平相处的平衡点，还有什么其他选择?!

**草地：**此次新冠肺炎疫情发生后不久，不少学者推荐了您的这本《花冠病毒》，认为这本写于八年前的书有预言性质，我们留意到不少读者也重新翻出来再度阅读，您如何看待这本书的价值?

**毕淑敏：**国家大危难中，《花冠病毒》被翻出阅读。人们说我是神算，甚至问我是否有特异功能。我除了一腔热血一支笔，无任何异禀。

有读者对我说，请记住，在危险中能让人念念不忘的人和事，通常是有意义的。比如我们会想起人民子弟兵、白衣天使、吹哨人、无数平凡而伟大的志愿者……你的这部小说能被人再次讨论，是值得庆幸的。我说，当年是中国作协派遣我亲赴一线，这只是不辱使命。

在二手书市场，这部八年前的旧作，已经炒到了几百元一本。有家出版社紧急加印《花冠病毒》，预计很快就能上市。

**草地：**听说在此次抗疫中，中医药起了不小的作用，您此前在小说中也多次提及中医药在与病毒的抗争中发挥的积极作用。在此次疫情中，您如何看待中医药发挥的作用和价值？

**毕淑敏：**中医药曾帮助中国人民走过了无比漫长艰辛的发展史，它的宝贵价值有目共睹。我对中医药充满了尊敬和信心，还有期望。

西医认识新的疾病，一上来就从微观着手，比如病毒的基因组序列，忙着研究生产出针对其中某个环节的药物，包括研发疫苗。

中医药则以人是一个整体的观念辨证施治，着重调整人的全身抗病能力。这是两种不同的思维方式和应对方法，都值得期待。

**草地：**《花冠病毒》被誉为中国首部心理能量小说。作为曾经的医生、心理治疗医师，您在小说自序中写道，“在身体和心灵遭遇突变，就像本书中出现的那种极端困厄情况，最终能依靠的必是你的心理能量。”请问疫情当下，普通人除了保持良好心态、敬畏之心外，还能做些什么？

**毕淑敏：**大疫当前，一定要保持坚定信心和良好情绪，多进行正面积极的思维，让自己的心理能量温暖饱满，它和药物治疗同等重要甚至更加重要，要有永不放弃的信念。

手机里的信息源源不断，真假难辨。很多信息是假的，但被转发重复的次数多了，人们会下意识地选择相信，恐慌由此产生，情绪趋向紧张。应对之法是心态镇定，要有眼光，有甄别意识，不接受来源不明的信息恐吓。如果实在无法识别信息真伪，可坚决封闭它。

每天收听收看新闻广播，静心多读书，我指的是正规出版的纸质书。这种古老的仪式感，会让你的情绪安稳下来，格局变大一些。

说到选书的种类，我倾向选择历史类图书，它能让人的眼光从日常的苟且伸展到历史的辉煌纵深处。其次，人物传记和旅游方面的书，也可酌情一看。你会发现即使是伟人，一生也绝非一帆风顺，一定遭遇过挫败与苦难。看看旅游方面的书和画册，或欣赏电脑上的美丽风光图片，也可增强空间的纵深感，让人成功地转移注意力。至于追剧，我觉得也未尝不可，只是选择上要稍加区分，多取积极阳光的类型。太悲苦诡异的，免。

## 病毒远远比人类更为古老，战胜病毒最有可能的方向——平衡

**草地：**比尔·盖茨曾说过，“未来，流行病是比核武器更大的威胁”。您觉得人类在与这个无形敌人的战斗中该怎么做？

**毕淑敏：**病毒远远比人类更为古老。如果一定非要说谁是地球主人，病毒比我们更有资格。病毒肆虐，它到底发生了怎样的变异？为何从原来的状态夺门而出，疯狂地染指人类？我们如何与大自然的各种生物和平共处在这颗蔚蓝色的星球上？这些都值得我们深深思考。不然的话，灾难骤起时，我们不知道它从何而来。灾难离开时，我们也不清楚它因何而去。我们更不知道的是——下一次它会不会再来？人类生活在极大的不确定性和不安全感中。

病毒是地球上最后的敌人这个说法，振聋发聩。人类面临的最大风险，不是原子弹（它有可能被控制住而不被引爆），不是饥饿与贫穷（这些可以经过不懈努力加以改善和消除），而是如何与病毒相处（人类现在几乎处于完全被动挨打的局面）。没有一个人能置身事外，没有人能独善其身。人类是一个命运共同体，你无以逃遁。

战胜病毒最有可能的方向是——平衡。根据现有不完全统计和估算，世界上已分类的植物是31万种，加上动物和真菌，超过了190万种。预计最终

统计数字，或将超过1000万种。这么庞大的阵营，人类必须要与它们友好相处。不仅仅是为了让那些物种有繁衍生息的权利，也是为了大自然和人类自身的长治久安。

人类在物种进化的最高宝座之上，所以负有更大的责任。你不能凭借有利地位大肆杀戮，那是人类沙文主义，必将受到大自然的严厉惩罚。

**草地：**您在《花冠病毒》序言中说，"人类与病毒必有一战"，这句话背后更深刻的含义是什么？如何看待人类与病毒的长期共处？

**毕淑敏：**从艾滋病毒开始，我们遭遇"非典"、尼帕病毒和中东呼吸综合征、冠状病毒，等等。这些新出现的传染病，病源基本上都来自野生动物。一些原本与人类有距离的病毒，从原来的宿主身上跑出来，通过某种方式侵袭人体。在适应了人类环境后，变成能够直接在人际间传播的超级杀手。

这次的新冠肺炎病毒，基本上也可以肯定是一种野生动物源性病毒。看到华南海鲜市场大肆售卖野生动物的图片，令人惊愕恐惧。

我在想，除了武汉，中国还有哪些城市曾有过这样的市场？没看到相关的反思和检讨，但我相信一定是有的。也许华南海鲜市场并不是新冠病毒的第一来源地，但它起了重要的二传手的作用，应该无疑问。

人和动物要长期相处，就要和它们身上的病毒长期相处。这不言而喻。

**草地：**关于人类与其他物种间的关系，我们应当如何把握？

**毕淑敏：**人类与野生动物的关系，有其历史演变过程。猎杀野生动物，曾是人类生存下去并获取足够蛋白质的基本保证，"食肉寝皮"即为那个时代的写照。大而凶猛的野生动物，更是对人类安全构成巨大威胁，古人若是逃跑不及，就要拼死搏杀，以求保命。

进入农耕时代后，人类食物来源日益多样化，并把一些野生动物驯化成家禽家畜，丰富了营养的来源。至于防身，除非野生动物不与人类照面，否则还是要奉行格杀勿论策略。比如中国故事中的“武松打虎”“东郭先生和狼”，外国故事中的“农夫和蛇”等，表述和传递的仍是持续的杀戮信息。

现代社会则不同了，一是野生动物在人类捕杀和环境气候变化下，数量大规模减少，很多成了“弱势群体”，对人类已不再构成生存威胁。然而它们身上寄居了亿万年的病毒和细菌，由于宿主生存条件的变化，开始奔逸而出，四处游荡泛滥，大有将人类变成自己终宿主之一的危险趋势。

从“非典”到新冠的17年中，我们的科技有了巨大的进步，人人皆知。不过也有丝毫没改变的部分，那就是人的生命依然脆弱，人性的幽暗依然存在。当然，勇敢和无私忘我的精神，也光辉灿烂。区区17年，没法让人的机体进化出对新病毒有针对性的抵抗力。所以，战斗正未有穷期。

人类和地球上的万物必须和谐相处。不然，被杀戮的不仅仅是它们，最后的屠刀会像古老的土著武器“飞去来”一样，锋利地反弹到人类自己的颈项之上。

我们要痛定思痛，要亡羊补牢。大疫当前，我们要千方百计抗疫，咬紧牙渡过难关，对战胜疫情充满信心。

# 贾平凹：当"小编"为"疫"线战士加油

杨一苗、强晓玲 | 新华每日电讯记者
时间：2020年3月9日

在我的故乡大兴安岭，庚子年的春节与以往的春节似乎没什么不同，含有福禄寿喜字样的春联，依然在门楣左右对称地做着千家万户的守护神……但今年的春节又与以往有所不同，拜年串亲戚的少了，聚餐聚会的少了，外出佩戴口罩的人多了，围聚在电视机前关注疫情动态的人多了。

是的，去年底暴发的新冠肺炎疫情，像一条不断拉伸的毒蛇，已蔓延至全国。当太阳在蒙着霜雪的玻璃窗外冉冉升起时，我醒来的第一件事就是上网查看疫情动态，看到雄鸡版图上深红颜色范围逐日扩大，警报一声比一声急，我的心阵阵作痛。

——《春花依然会盛开》迟子建（著名作家，茅盾文学奖、鲁迅文学奖、冰心散文奖获得者）

年过成这样，历史上大概也少有。我们赶上了。惶恐、抓瞎、"捉急"……而就在这时，有一个群体，却在悄然集结、整队、出发。他们就是医者。一种只是掌握了一门与我们普通人不同技术的生命。

我看到里面很多还是孩子。也许比我女儿还小……驮着比他们身躯粗壮几倍的"辎重"，出发了……我相信这些初始上阵的孩子，不会跟钟南山、李兰娟们一样，都拿捏有度，淡定如山。他们会同我女儿一般，面对不可知的黑夜，毛发倒竖，小腿微颤。但他们还是去了——武汉！这是一个眼下与疾病、死亡紧密相连的去处，那个“九省通衢”……今天，他们是去作战。

——《大爱医者》陈彦（著名作家，茅盾文学奖获得者）

几十例，几百例，上千例，数据不断攀升，像是开发互联网产品进行的灰度测试。比灰度测试更可怕的是，下一个是谁，什么时间，程度怎样，结果如何，扩大到多大范围，谁也不知道。

只知道，他们是院士、教授、博导、医院院长、医生、护士、工程师、董事长、警察、画家、诗人、导演、飞行员、志愿者、社区工作者、长江救人者、出租车司机、健美冠军、农民、工人兄弟，是爷爷、奶奶、爸爸、妈妈，是孝顺的儿女、乖巧的孩子，是我的老师、学长、熟人、同乡，同学的朋友、朋友的同学。看着那一个个在猝不及防中倒下的身影，我一阵阵地心疼。心有时候是会疼得落泪，甚至会“滴血”的。

——《人类，从血泊中站起》刘汉俊（中宣部“学习强国”总编辑）

这些文字来自《共同战“疫”》专刊，他们的作者大多是茅盾文学奖、鲁迅文学奖的获得者，以及全国众多受邀的知名作家。

“我们没有经历过战争，但正经受着这次大灾难而奋起抗疫。武汉是主战场，全国每一个人都是战斗员。当我们在经受大灾难的时刻，都在思考人与自然的关系，思考生与还、健康与病痛、不安与恐惧的问题。”大疫当前，亲自担任《共同战“疫”》专刊主编的著名作家贾平凹撰文写道。

他说：“作为一个作家，能做什么呢？就是记录每一天发生的事情。自己写文章或者电话联络，组织更多的作家写文章，为这个国家呐喊，为在一线的医护人员和所有工作人员加油。”

3月5日，著名作家贾平凹接受新华每日电讯草地周刊专访时表示，此次邀请全国知名作家撰稿参与《共同战“疫”》，就是要用作家的视角，以记录的形式“抒写抗击疫情中平凡人的不平凡，以及引发的深刻思考”。

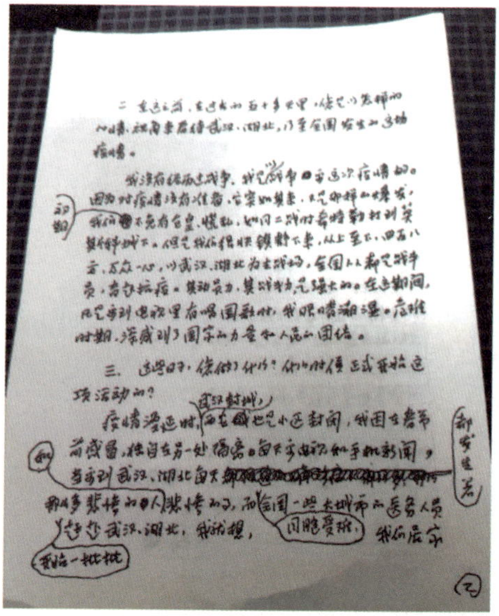

贾平凹一直保留着手写文稿的习惯，图为他接受《新华每日电讯》草地周刊采访时，回复记者的手稿。

**草地：**在过去的50多天里，您是以怎样的心情及视角看待武汉、湖北，乃至全国仍在发生的新冠肺炎疫情的？

**贾平凹：**我没有经历过战争。我是以战争看这次疫情的。

因为对疫情没有准备，它突如其来，又是那样的忽然暴发，我们初期不免有仓皇、慌乱，如同二战时希特勒打到莫斯科城下。

但是我们很快镇静下来，从上至下，四面八方，万众一心，以武汉、湖北为主战场，全国人人都是战斗员，奋起抗疫。其动员力，其战斗力，是强大的。

在这期间，凡是看到电视里有唱国歌时，我眼睛潮湿。

危难时期，深感国家的力量和人民的团结。

**草地：**封闭在家的日子，您都做了些什么？什么时候开始想到要以作家专刊的形式来记录这次疫情？

**贾平凹：**疫情蔓延时，武汉封城，西安也是小区封闭。我因在春节前感冒，独自在另一处隔离。

每天看电视和手机新闻，当看到武汉、湖北每天都发生着那么悲痛的事，有那么多悲痛的人。同胞受难，全国一些省市的医务工作者开始一批批赶赴武汉、湖北。我就想，我们居家隔离的人能做些什么，作为作家又能做些什么？

我和穆涛（西安市作家协会副主席、《美文》杂志常务副主编）通电话，决定编辑《共同战“疫”》专刊，与国内的作家联系，让大家拿起笔写文章，为我们国家呐喊，为第一线的医护和所有工作人员加油。

编辑部的同事热情很高，都行动起来。我们的力量有限，能做的事微乎其微，但我们只能做这些，权当像战争年代后方给前线的战士寄一封信或一张照片，我们在尽力做我们能做的。

**草地：**这个“专刊”从开始至今，有多少作家响应？目前，来稿情况怎样？作为主编，您认为这些作品中最打动您的是什么？

**贾平凹：**我们联系到的作家没有谁推辞的，其实很多人都在写了，没写的满口答应就动笔写，更有好多作家知道了我们在编专辑，主动和我们联系，把稿子传寄了来。

现在，光获得茅奖、鲁奖的作家就有十多位。他们以他们的具体情况，以他们的感受，以他们的视角来写。让我感动的是他们的家国情怀，是他们的真诚大爱，以及对人与自然、生与死、善与恶诸多方面的思考。

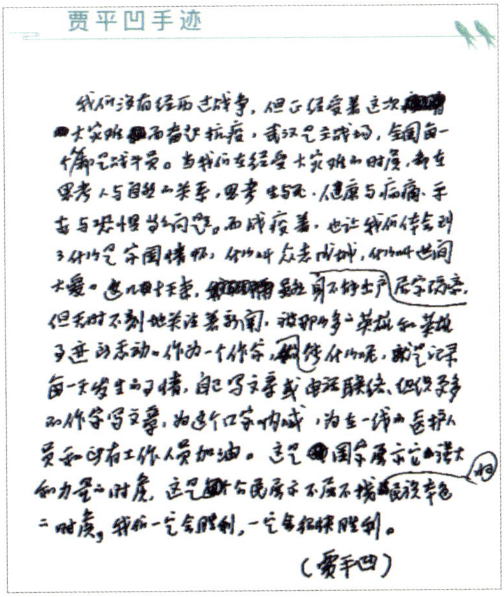

贾平凹手迹

我们没有经历过战争，但正经受着这次大灾难而奋起抗疫，武汉是主战场，全国每一个都是战斗员。当我们在经受大灾难的时候，都在思考人与自然的关系，思考生与死、健康与疾病、平安与恐惧等问题。而战疫着，也让我们体会到了什么是家国情怀，什么叫众志成城，什么叫世间大爱。[illegible]居家防疫，但无时不刻地关注着新闻，被那么多的英雄和英雄的事迹所感动。作为一个作家，[illegible]什么呢，就是记录每一天发生的事情，自己写文章或者[illegible]联络、组织更多的作家写文章，为这个国家呐喊，为在一线的医护人员和所有工作人员加油。这是国家展示它的强大和力量的时候，这是[illegible]展示不屈不挠[illegible]的时候，我们一定会胜利，一定会[illegible]胜利。

（贾平凹）

贾平凹手迹。

**草地：**疫情面前，您认为当代作家最应该做些什么？

**贾平凹：**作家的主要精力是去完成自己重要的作品，但大的灾难到来，非常时期，应该发声，这是为文的责任和做人的良知。

**草地：**作为著名作家，参与主编《共同战“疫”》的初衷和意义是什么？

**贾平凹：**《美文》是在我手里创办的，1992年创刊。那时条件差人手少，创刊的那几期，我得出去组稿，写发刊词，编稿，甚至自己搞封面设计。前十多年每期还在写“读稿人语”，慢慢就让穆涛去负责担沉了。《共同战“疫”》将在《美文》出一本专刊，再结集成书。

在战“疫”中，全国的作家几乎都在写东西吧，也有相当多的报刊同我们一样在组织出刊出书。我想，这些书刊现在是为国家呐喊，为武汉、湖北加油的一种声音，将来会为历史存留一份记录。

**草地：**未来您还有什么相关的计划，您正在创作的最新作品情况是什么？

**贾平凹：**我正在写一部小长篇，这里就不谈了。

# 韩　松：
# 杞人忧天非坏事，别让科幻成真

韩　松
时间：2020年2月22日

## 勿谓言之不预

新冠肺炎疫情的暴发，不少场景看了熟悉，除了本身就有科幻感外，还立即让人想到很多科幻小说，这一幕幕在科幻中早就描写过了。

有人说，科幻是一种“世界末日”类型小说，比如，上海交通大学的江晓原教授研究过，写未来灾难，占了科幻的多数。从1818年第一部现代科幻小说《弗兰肯斯坦》在英国诞生时就是这样，这部书也是最早关于“生物安全”的故事。

当然，始于武汉的疫情根本不是什么“世界末日”，但科幻的一个作用就是预警，防患于未然，包括不厌其烦告诫人们，病毒入侵具有毁灭性，不要让科幻成真。

《弗兰肯斯坦》的作者玛丽·雪莱，在八年后又写下《最后的人》。这个故事讲的正是大瘟疫造成人类文明大灭亡，到最后仅剩一个活人。

小说可能跟玛丽·雪莱的生活经历有关。比如，她出生后十天，母亲因产后热过世。她婚后生育了四个孩子，却有三个夭折。她还遭遇了一次流产，差点丧命。更难受的是，她的诗人丈夫珀西·雪莱在一次远航中溺水身

韩　松

亡。这使得她的小说流露出末世情结。

她的作品反映了那个时代的真实。一方面，科学革命和工业革命在英国发生，人们的生产生活发生巨大改变，对未来满怀憧憬；另一方面，技术和经济奇迹，能否战胜现世的灾难，人们对此并无把握，对未来感到更大的不确定。

作者的母亲和孩子丧命，以及她本人54岁就病逝，足以说明问题——在那时最发达的国家英国，现代医学已经诞生，却还很难拯救人生。

另外，此书还纳入了马尔萨斯对现代社会人口发展和疾病关系的认识，而这又是与城市化相关的。

科幻小说是工业化的伴生品，也是一种城市文学。微生物导致的瘟疫大暴发，往往伴随城市化。正如劳里·加勒特在《逼近的瘟疫》一书中所称，城市就是微生物的天堂，毁灭性最强的流行病只是在微生物到达城镇后才达到可怕的规模。对此，不可不如履薄冰。

1918年，西班牙大流感暴发，六个月里，全球死亡两千万至四千万人，病毒来源至今都没有弄清。因此后来的科幻小说也承袭了玛丽·雪莱制定的"标准"：科学的进步和人类的局限。

从"非典"到新冠肺炎，不也反映着这个吗？从中既看到了人类作为一个集体的固有力量，包括政治动员力、经济应对力、社会治理力、科技救助力、国际合作力，但人类的局限也一目了然体现在了方方面面，毕竟，这种两脚动物，只是基因上与黑猩猩仅有百分之一差异的兽类。

同为英国人的赫伯特·威尔斯在1898年发表了科幻小说《星际大战》，同样是一部具有生物安全意味的末世灾难小说。它写另一种“病毒”——火星人暴力入侵地球，地球人毫无还手之力，军事、外交、政治、经济、社会全面崩溃。但就在人类快要灭亡之际，火星人却自己死绝了。原来，他们无法适应地球环境，被细菌感染，产生不了抗体，迅速完蛋了。

这部小说表达了一种观点：千万不要小瞧微生物，它可能会决定性地灭绝一个种族。威尔斯曾经在英国皇家科学院的前身堪津顿科学师范学校学习物理学、化学、地质学、天文学和生物学。其中他的生物学老师是著名的进化论科学家托马斯·赫胥黎。

在20世纪50年代，人类科学家发现了脱氧核糖核酸双螺旋结构，宣称一举破译了生命密码。但对生物安全的忧虑反而愈加强烈。1969年美国科幻作家迈克尔·克莱顿出版了《安德洛墨达菌株》（也译《天外病菌》）。它写的是人造卫星返回地球，从太空中带回一种病毒，造成小镇八万居民死亡，然后全国扩散，引起巨大恐慌，美国政府阻击无效，最后准备启动核攻击来玉石俱焚。但关键时刻，却发现在纯氧环境里，病毒会自行杀灭。这部小说写得太有真实感了，有的部分读来就像学术论文。小说出版这一年，克莱顿在哈佛大学获医学博士学位。

艾萨克·阿西莫夫在科幻名著“基地”系列里，也安排了病毒出场。他写道，一个很小的反叛组织要抗击庞大的银河帝国，那是不可能的，人家开两艘太空母舰过来就把你灭了，但如果能让一种人造超级病毒在帝国境内扩散，则很快就能见效，造成对方大批人口死亡，社会陷入混乱，产业链断裂，人民和军队不战自溃。

阿西莫夫还在科普著作《终极抉择——威胁人类的灾难》里描写了十余种能够灭绝人类的灾难，包括地底甲烷喷出和核物质加速衰变等等。其中之一即是病毒威胁。他写道，自然界出现超级病毒，或者生物恐怖主义组织制造出超级病毒，引发新型传染病，蔓延全球，人类无法免疫，医院失效，仅仅几周之内，高级生命就会被扫荡一光。阿西莫夫写得同样有根有据，真实可信，他可是担任过波士顿大学医学院的生物化学助理教授啊。

## 杞人忧天不是坏事

另一部探讨病毒问题的是中国科幻作家王晋康2009年出版的长篇小说《十字》，它写的是，化装成印第安人的恐怖分子撒播病毒，使美国陷入生物恐怖袭击的恐慌之中，其他国家也面临感染的风险。华裔科学家梅茵自美国返华不久，她所救助的孤儿们就染上了病毒。但谁也未能料到，撒播病毒的正是梅茵。为什么这么做呢？是因为她要保护中华民族。

小说提出了“低烈度纵火”的设想。在森林火灾控制里，可以通过纵容甚至人工引发小规模火灾来清除森林易燃物，从而防止大火。《十字》中，主人公是通过制造低毒性的、可传播的活菌株，试图在人群中造成自然免疫，来防止大面积感染，从而使民族免于世纪灾难。其效果类似于疫苗，但是这个菌株能够自然繁衍传播，无须人工接种。

这让我想到同事董峻在《大地之犁——中国农业科技困局实录》一书中记录的一个真实事例：虹彩病毒会造成养殖鱼类大量死亡，中国科学家想到一种手段，即通过基因敲除方法制造弱毒疫苗，让鱼类感染失去致病基因的病毒，模仿自然感染，刺激机体产生免疫应答，从而保护了中国水产养殖业。

王晋康小说阐述的一个主要观点是：病原体演化在大方向上会越来越温和，因为宿主死掉对病原体并没有好处。但凡毒性大发作，都是人类瞎捣鼓的结果。

医生出身的作家毕淑敏在2012年出版了长篇科幻小说《花冠病毒》。她写的是21世纪上半叶，中国某大城市遭到不明病毒袭击，同样是医院近乎崩溃，人们束手无策，生活陷于混乱，市民抢购，政府紧急建立抗疫指挥部，实施封城措施，医务人员艰难抗击疫情，疾控专家以身试毒牺牲，各方研发抗疫“解药”……

这与当下的情形颇是相似。有人称毕淑敏是“预言家”。她在接受《南方人物周刊》采访时说，她采访过“非典”，产生了对未来的忧虑。小说中有她对现实的观察，但更多出自想象。

如果更多的人提早读到了这些科幻小说，在现实中出现苗头时，是不是就会更小心一些、更警觉一些、更谨慎一些呢？现在也不好说。但是，科幻含有的杞人忧天意识，还是有它的可贵处。毕竟，在如今的社会，对未来怀有忧患感的人，其实不是太多。

然而，科幻小说，又长期被视作儿童文学，被认为荒诞不经。科幻小说往往是报忧不报喜的，但现实有时可能恰恰相反。这也是需要今后做点调和的吧。

## 尊重自然、人、科学和实际

这些具有一定科学根据而以想象力为载体的科幻小说，毕竟是文艺作品，不能与现实一一对应，但它们表达了一些共同的理念，对于今天应对疫情和善后疫情或有别样启发：

一是呼吁处理好人类和大自然及其他物种的关系。必须明白，人在宇宙中，是沧海一粟，我们对大自然的认识，还有很大空白，包括对病毒的规律，没有完全掌握。这次关于病毒的中间宿主是什么，一直众说纷纭，有的说是蛇，有的说是水貂，有的说是穿山甲。病毒是怎么由蝙蝠传过来的，还需要更多研究。

地球上的大多数生命都比人类更早到来。单细胞生物在地球上存在几十亿年了。病毒是不是生命，尚存争议，但它的历史也很古老了。最早的蛇化石出现在7000万年前的中生代白垩纪地层。貂属于鼬科，最早的鼬科动物源于3000—5000万年前的始新世。穿山甲则是由生活在白垩纪晚期的“小型原始的、分布很广的”胎盘哺乳动物进化而来的。

仅有三四百万年历史的人类，真的是晚来者。但人类无知者无畏，不但对别的物种缺乏了解，还对它们的生存构成很大威胁。蛇被拿来泡酒熬汤，貂成了皮毛的供应者，穿山甲被弄来做药。人类活动造成了物种大灭绝，叫“地球的第六次大灭绝周期”。绝大多数物种在人类还不知道它们是什么之前，就永远消失了。

毕淑敏说，“不是我们能生存，别的生物就不能生存。地球是大家的。”疫情告诫我们，对大自然要存有敬畏之心。从2017年起，中国及多国科学家合作，开始对地球几百万种生物进行基因测序，包括动物、植物和微生物，最后要打造“命联网”，这比“互联网”“物联网”还要厉害，便是要促进对地球所有生命的认识、了解、理解和关怀。

二是倡导开展进一步的科学启蒙。科幻小说的作者往往具有一定现代科学知识。他们描写了科学能走多远、能创造什么奇迹。如今是“科技是第一生产力”的时代，我们要生存发展好，一定要依靠科学进步。

同时，还要认识到科技是双刃剑。牛顿之后，相对论、量子力学、基因科学把人类带入新时代，生产生活质量极大提高，但也在短短一个世纪里，让人类获得了可以整体性自我灭绝的手段，主要有四种：核战争、人工智能失控、纳米技术失控、实验室超级病毒外溢。

因此，一个当代人，必须不断学习，提高自己的科学素养，尤其是执政者，对涉及科技领域的风吹草动，要有敏锐的判断力和前瞻性的考虑。在全民科学素养上，中国与发达国家相比还有差距。

另外，则是科学理性，也就是不盲从权威权力，而是尊重规律和实际，这方面也还不够。我自己平时常看的几本科技杂志，无一例外都是国外引进版，因为目前还没有看到中国自己的科普杂志在街头报刊亭出售。

三是强调弘扬人文精神和人道关怀。科幻的魅力，却不仅仅在于讲了科学，因为预言中的科技发明，许多会过时。科幻的魅力更在于它提出了强大的人文思想，倡导关注人的处境。它要思考造物主和被造物的关系。人当了上帝，接管了地球，会不会更轻慢粗暴对待其他物种？它要对科技这把双刃剑进行质疑和反思。

科技的发展不能脱离社会。一种新成果出来了，它对社会有何影响？比如无人机，如果恐怖组织掌握了“蜂群”无人机，是否会给一座城市带来一场比“9·11”更大的灾难？

科学是有伦理问题的，有人道主义考虑的。那么，基因可以随便编辑吗？大数据时代，人的一些基本权利，如隐私权、表达权、知情权、传播权等如何界定和依法保护？像《美丽新世界》描述的那样，未来人类都由机器照顾、机器培育，衣食无忧，却没有自己的思想，这是否真是一件好事呢？

还有就是怎么去改进和完善体制机制，实现更好的社会治理和法律秩序。这些都是非常重要的。否则，付出的代价可能比瘟疫带来的损失还要大，甚至有一天可能导致思想、精神和文化的残废与毁灭。

这方面，有的是西方工业革命几百年以来引发的思考，有的则是由中国几千年文明传统及当代国情历史下取得的经验教训。但对于一些人来说，包括个别的地方执政者，都还是比较陌生的，需要今后进一步“复盘”。总之，这次新冠肺炎疫情再次提出一个问题：什么是真正的现代化？它到底包含哪些要素？短板究竟是什么？

我个人只希望，在这次疫情过去之后，大家也可以选择一些关注人类前途命运，尤其是描绘我们还可能面临哪些自然或人为灾难的科普图书和科幻小说来阅读，这对于增加免疫力是有好处的。

# 叶倾城：记录一些别人看不到的人与生命

强晓玲 | 新华每日电讯记者
时间：2020年3月20日

“医生朋友住汉口，1月23日封城的那一天，他还坐公交车去武昌上班。也是从那一天到现在，50多天了，他一次家也没回过。”

……

“城里的人想出去，城外的人想进来”，这是武汉作家叶倾城的“围城日记”。

她记述的故事，有从一开始就“裸奔”一线、包裹垃圾袋“防护”的医生“二姐”和同事们；有虽然“惊恐”仍忠于职守，让看似停摆的城市正常运转的银行、天然气公司、电力公司、社区、物业等服务行业的员工；有老旧小区里艰难独居，与外界隔离，无法网上“团购”的老人；有滞留地铁工地，栖身集装箱里“弹尽粮绝”的外来务工者；有母亲和她那块特殊时期的“救命菜地”……

“记录，是我能做的唯一的事。”被疫情困在武汉的叶倾城说，“一些别人看不到的人与生命”，与你与我，“一样地在等待春天来临。”

叶倾城

## 逆行的白衣人

**1月21日**

电话响，是在医院工作的二姐，说："我在楼下。"

我说："我们都在家，你上来呀。"

她说："我昨天接诊的一个病人，今天确定是肺炎了。我两个同事，已经倒下了。我不回来吃年饭了。"

信息量太大，我一时反应不过来。我很惊慌，我只担心我的姐姐，我只想问她：你在医院，你危险吗?

那些日子，她要求二姐每天跟她报平安，视频、拍照，但二姐经常24小时都没有回音，偶然一次的图片回复，50岁的二姐浑身上下绑满了黄的绿的白的塑料袋。那一刻，叶倾城说自己心痛，二姐是有着近30年临床经验的心内科医生，她们的医院已经是定点的发热医院，但她仍要装出"这没什么"。

她问二姐，"你怎么样？"

隔了很久，那边才答，“别担心，现在武汉大多数医生都在看发热病人，全国各地的医生都赶来武汉支援。”

她会接着问，“医生被感染的情况怎么样？”

“所有发病的都恢复了，别担心。”

日记中，除了写二姐，还写更多的医生朋友。她说，“武汉本土的医生，是最伟大、付出最多的，不管他们是在哪个医院、哪个科室。”

2月22日

我认出他防护服上写的名字：吴开松。

他是二姐的大学同学，当时他是班长。而他现在已是呼吸内科的专家。

这一次，爱玛胡所有在汉的同学，都上了。

包括神经内科、心血管内科、儿科、骨科、康复科、眼科、消化内科、皮肤科、口腔科……

这确实是一场不计血本的硬战。

武汉封城，交通阻断，有非常多的医生，已经两个月没有回过家。

“很多医生是世家，他们本人，他们的父母，他们的配偶，全是医生，如今都在一线，老一代的在隔离点或者酒店，几岁的孩子一个人在家，这不是一般人能够想象或者能做到的。”

叶倾城写道：“像我二姐这样的人，就是鲁迅先生所说的‘中国的脊梁’。”

3月10日

我聊天的医生里，有好几位与不幸殉职的武昌医院刘智明院长是同事，我便十分诧异地问他们：不都是医生在第一线吗？为什么他一个院长也会被感染？

他们答：因为刘智明是院长，更是医生。

他是优秀的脑外科医生，是一个做事的人，一直在坐专家门诊。武昌医院被征用后，毫无疑问，他作为懂专业、有责任心的临床医生，直接上了第一线。

叶倾城说，“他们对他，赞不绝口，无限感慨，我，默默无语。”

## 默默运转的齿轮

1月23日

我是被一连串电话惊起的，不断有人跟我说：“武汉，封城了。”

业主群里一片混乱，有人赶在最后时分去抢了两袋米、几箱水果。

最严峻的时候，必须要想的是：食粮可充足？水电是否无虞？菜场几时能恢复？此时此刻，居然感激平时的自己，是个爱吃零食、囤了一屋子零碎的人。

日记里，她感谢物业，感谢所有坚守岗位的人。

自己老旧小区的“看门大爷”，从疫情后就被老婆要求不许回家，因为家里还有孙儿。于是，每天见他在小区里逛来荡去“巡逻”，要么站在门口等老婆送饭来。晚上，敞着值班室大门，也不关灯，盖件军大衣就凑合着睡了。

她问银行工作的女友“竟然一直在上班？”对方的反问让她无言——“雷神山、火神山不要开户吗？”

她也写自己无知，“竟然第一次听说，还有专门处理医疗废弃物的公司。”在环保公司任职的同学自豪地告诉她，“火神山医院第一车医废就是我们无害化清运处置的，目前武汉医疗废物产生量暴涨。我们不谈条件，干了再说。”

日记里，她写道，“这个城市，还有多少默默付出的劳动者。我们看不到他们，但我们真的离不开他们。”

武汉封城，公交停运。小区里60多岁的阿姨步行4个小时，去看望90多岁的老母亲，两人隔着小区栅栏大声喊话，远远见了一面。为了给老母亲网购采买，阿姨愣是学会了APP下单。再后来，家里保姆告诉阿姨，90多岁的老母亲，也学会用手机支付了。

这些从妈妈那里听到的邻里故事，促使她在微博上帮忙呼救，“这是我一直担心的事儿。有很多老年社区，八九十岁的老人，平时自理无虞，但非常时刻，没有儿女在身边，买菜、买药、团购、手机支付……全超出了他们的能力，恳请街道和社区一定要想到他们的存在，优先照顾他们。”

“城里的，心惊肉跳；城外的，归心似箭。”但她仍在日记中写道，“每次听见电梯上下的声音都像一种安慰：这不是一座废城，还有人与我共同生活于此。感谢宽带供应商、有线供应商、电力公司、自来水公司、天然气公司……在围城里，是每一处努力咬合、默默运转的齿轮在支撑着小民们的生存。”

## 妈妈的菜地

### 1月27日

家门口不远处的地铁工地，已经停工若干天，今天忽然有响动，我看到有民工出入。

后来，有民工过来，跟我妈买大白菜。今天，在市场，大白菜十块钱一斤。

我妈当然不会收他们钱，给了一棵，与他们聊了几句——都戴着口罩，也不能深聊。

他们是在封城之前回家的，然后不知道在哪一关被挡住，又返回武汉。在这里，他们还有一个集装箱房子可以睡觉。但现在是冬天。他们本来是开一天工算一天钱，现在无工可开，吃饭还要钱。

集装箱房子里有电吗？有水吗？保暖如何？我从来没想过这个问题，想也无用，这不是我能解决的。

原来我见过他们在路边开饭，一个馒头，一个搪瓷碗里有萝卜白菜。现在只会更差。

我妈说：“这么往来折腾，没病也要病了……”

叶倾城着笔不少的，是妈妈和她的菜地。

那是一片小区旁边被拆迁的空地，全是建筑垃圾，一直没被开发，居民就把它变成了菜地。日记里那个要“买白菜”的工人，之前看着妈妈开荒费劲，便扛着自己的十字镐过来，不吭不哈地帮忙开了一片。

叶倾城说，“那个民工与我妈都没有想到，这一片地，成为特殊时期，我们两边最宝贵的财富。”

封城后，小区的邻里看见“我妈”便一把抓住，当成救星，“胡老师，卖一棵大白菜给我吧。”这些平日里拖着购物车坐公交车买菜的人，一开始还有儿女开车送菜，后来机动车被禁了，孩子们也过不来，社区的团购还没有跟上，“走投无路，想起了我妈和她的菜地。”

这个时候，“我妈”是慷慨的，“蹲身下去，砍一棵大白菜。外面还是绿森森的，我妈想削净了再给，他们已忙不迭地接过去，千恩万谢。抱着大白菜的样子，像抱了个婴儿。”

邻居们说，“我妈”是这小区里的活菩萨，因为她经常把菜送给大家。

我妈就这样，把她的大白菜、萝卜，东送一棵，西送一根。原来给我们家做过钟点工的小张，我妈给了她一棵大白菜。她拿去包了饺子，今天送了一饭盒给我们。

另一位老邻居送了我们一盒樱桃——樱桃是什么价钱？这怎么好意思收。人家说：“现在樱桃好买，白菜不好买。”

妈妈送菜，叶倾城也送。有孩子家长跟她打听“哪里能买到菜时”，她同样特慷慨地说，“到我家楼下来，我妈妈有菜地，拿一棵大白菜、一根萝卜，也能坚持一周。”

再后来，小区封闭，“我妈”无法再去菜地，洋镐大爷（工地民工）隔着小区的栅栏，接受了“我妈”的嘱托，接管了菜地。

叶倾城妈妈叮嘱“洋镐大爷”们：“想吃什么，自己去割去拔。”

然而，他们答，“想吃肉”。

他们在集装箱里住了一段，就开始起锅做饭，去超市买肉。但是，武汉超市全线关闭，只接待团购用户——他们买不到菜了。

“他们不属于任何社区，没有人会帮助他们。”叶倾城说，“我想起那些在停车场、在车站附近的被困人员——全市拉网了，他们将以何为生？”

叶倾城跟妈妈商量，“我在物业买菜群里下单，会送到小区门口，你要不通知他们自己去取。”

然而，那片在“围城”中给予他们希望的菜地，并没有坚持到疫情结束。

3月6日，叶倾城在日记中写道：

洋镐大爷打电话给我妈，说：菜地没了，被人把菜都拔了，装上车开走了。

叶倾城安慰母亲，也安慰自己：

“我们已经过得还好，这些日子老人无病，小孩无虞，都值得庆幸。”

## 期待城开，这一季春事正好

**草地：**你怎么想到记录“围城”？

**叶倾城：**最开始，我和所有人一样不知所措、惊慌，而写作，是我一直的生活方式，就很自然地延续着。

这城中有一千万人。我想他们的声音，应该被听见。

**草地：**日记多大程度与你个人生活相关联？

**叶倾城：**我与大家一样，上有老下有小，我担心老人的药物，担心小朋友的牙套千万别掉，担心家里的水与电……我又不希望他们看到我的紧张，我想让老人安心，当作一个漫长的假期；让小朋友能好好上网课，当作一次难得的自习。

很多时候，我心中有咆哮，然而我的写作是克制的。我希望我在文字里消失，尽量客观。我也希望借由文字，让我的某一部分存在。

**草地：**我们看到你把视角放在小人物上。

**叶倾城：**我坐在家里，更远的人接触不到。而同样，我觉得他们不应该被忽视。

如果这座城市停了水、停了电，会是什么情况？

方舱中病人需要大量吸氧，我的邻居有人一直在加班，在生产氧气瓶。这是他们的工作。

我的记录，也是工作。

**草地：**为什么念念不忘母亲的菜地？

**叶倾城：**这段时间，“吃”是我们关注的头等大事，食物足够，才不恐慌。这是一个很小的小区，团购经常难以完成，而一块不断提供食物的菜地，像风雨飘摇中的灯塔。

**草地：**我看到你特意强调，武汉本地医生更应该得到媒体关注。

**叶倾城：**是的，武汉本地医生到目前都是全员上阵。在许多小医院，连轮休也做不到。尤其到了后来，就直接当作正常上班。相当多的医生，已经两个月没有回过家了。更别说，那么多的感染，那么多牺牲……

**草地：**我们看到你分享了很多关于孩子、关于读书的事。

**叶倾城：**分享读书是一件很自然的事，人在痛苦的时候，是可以躲进文字里去的。

我曾与一线呼吸科的一位女医生聊天，她有两个小孩。她说，她在前方与病毒作战，后方，是她的老公在带哭闹、害怕的孩子。

她在前线，先是救治了自己染病的同事，又不幸被感染，被同事们救治，到最后，彻底康复的她，又一次去救治其他患者。

她在病房里，问孩子爸爸：“你是怎么带小孩的？”

孩子爸爸说：“靠故事。”

六岁的女儿问爸爸：“妈妈是不是像《勇气传说》里的妈妈一样变成了熊？我知道，她还会变回来的。”

那段时间，正是她染病在隔离病床，从来没有人向小女儿提起过，谁也不知道孩子为什么会有这样的想法。

故事里，变成熊的妈妈会变回来，沉睡的山川会苏醒。

到最后，爸爸带着孩子们读《银河系漫游指南》，从最开始，地球即将被拆迁，到最后，地球什么也没发生，好好地重新开始。

大儿子与小女儿都笑了，他们都懂。

因为，人类最宝贵的就是：希望。

**草地：**你如何看待抗疫写作？

**叶倾城：**我想说，作家什么都可能写，岁月静好可能写，大灾大难亦可能写，儿女情长是主题，英雄气短也未必不是——而武汉，是一座英雄的城市。

**草地：**您最期待的是什么？

**叶倾城：**期待开城。

疫情结束了，就出去走走，这一季春事正好。

# 贾樟柯：疫情是创作者重新出发的契机

王学涛｜新华每日电讯记者
时间：2020年4月24日

“通当为大鹏，举翅摩苍穹。穷则为鷦鹩，一枝足自容。”导演贾樟柯用白居易的诗句表达自己在疫情期间的感想。他在家拍短片、写作，给上海大学温哥华电影学院的学生们上网课。

同时，他也期盼疫情早日结束。“从人山人海的柏林电影宫回到自己的居所，仿佛是一个蒙太奇，对比出了不同的生活方法。我上网、刷微博、看微信，没过几天也开始厌倦了这样足不出户的生活。像一只终日游荡街市的狗，突然被关进了笼子，终究会是想念街道的。”

## 读书：心中有底，走得踏实

贾樟柯在山西吕梁的汾阳市长大。小时候，他特别喜欢古诗词，父亲就从县城里（当时还是汾阳县）的新华书店给他买上海古籍出版社的唐诗、宋词、散文等。他会用旧报纸、旧年历包上书皮，除自己读外，还会分享给更多人。“虽然那时候图书资源非常有限，也不是一个互联网的时代，但是读书的渴望，对书和写作的敬重是骨子里面存在的。”他说。

上了高中，汾阳中学的图书馆藏书比较丰富，尤其是杂志和报纸。那时

贾樟柯

候他常去两座"图书馆"看书：一座是汾阳中学的图书馆，他在那里度过了3年非常愉快的高中生活；另一座是街头的小书摊。每到周末，他便去帮一个高中同学看家里的书摊，顺便读《收获》《十月》《人民文学》等文学杂志。

在书香文字里，他开阔了视野，也开始理解现实。中学时代，作家路遥的中篇小说《人生》对他影响很大。那时候他是城市户口，贪玩，喜欢看电视、踢足球，但身边从农村来的同学却非常用功，他们晚上常常点蜡烛学习到很晚。刚开始他并不是很理解，直到看了《人生》，突然领悟原来当时户籍制度对一个人命运的影响这么大。"严肃文学和阅读，让一个懵懂的少年有了反思社会、人的可能性。"贾樟柯说。

因为父亲在当时的汾阳县志办工作，这让他有机会读到有关汾阳历史的文章，了解汾阳的过去和自己生活的这块土地的变迁。通过阅读，他知道了汾阳中学洋楼的来历，了解到汾阳的菜、汾阳的第一台洗衣机等。"当你穿行在城市老房子间，走在土地上，逐渐会获得一种身份认同。读这些文章能让人产生很强烈的文化自信。"

"培养阅读习惯，会催生一个人写作的兴趣和冲动。"贾樟柯回忆说，高中时一场小雨过后，他和同学爬到教育局房顶俯瞰汾阳城，看到房顶上不知谁落下了一本书，被雨水淋得纸张贴在一起。那本书是一本朦胧诗选，里面有北岛、顾城、舒婷等人的诗篇。这本小诗集让他读得热血沸腾，虽然不太明白在讲什么，但里面的诗句和现代中文的美感让他读完后，坐下来、拿起笔、摊开纸，要写一首诗。他们十几个男生还组成一个诗社，每个人坐在课桌前开始写诗，从一个阅读者变成一个表达者、一个抒情者。而养成阅读和写作的习惯后，人的内心开始变得细腻、敏感，对情感、社会、生活的关注，逐渐变成一种自觉的意识。

23岁时贾樟柯考上北京电影学院，27岁拍出了《小武》。曾有记者问他，从偏远的吕梁山来到北京在电影界打拼，有无感到压力和自卑时，贾樟柯说：“当你将表里山河5000年历史装在心里时，你确实心中有底，走得踏实。”

谈到文学，贾樟柯欣赏一个观点：文学是人类的信使。作家发现新问题后，通过文学第一时间告诉大家，所以人们阅读文学，能快速理解生活中发生的新情况和新变化。因此，他认为文学是我们了解自己、时代、社会非常重要的窗口。

另外，贾樟柯说，我们正身处碎片化的信息时代，人们每天通过网络、微信、微博获得大量信息，但这些信息是零碎的，这在传播学里叫“信息的迷雾”。但文学有整体性、逻辑性，它能通过文字描述把内在的情感、逻辑梳理清楚，因此，文学作品能让我们获得一种整体性思维的能力，开阔眼界。

“我一直信奉愉悦阅读，遇到什么书就读什么书，有的书读不下去了就放一边，过一两个月、一两年拿起来接着读，都无所谓，读书不是刻板的，而是日常、随意、轻松的事情。”贾樟柯说。

## 疫情：或许在创作上孕育着新的浪潮

**草地：**疫情期间您在做什么？

**贾樟柯：**主要是在改《在清朝》，因为写了十几年，一直想拍成电影，现在又有了新的想法，于是拿出来再改一改。我对写作环境不太讲究，办公室、家里、闹腾的地方都能接受。疫情期间在家待着，有了一个很好的安静的写作环境，这也让枯燥的生活变得丰富起来，还是很享受的。

**草地：**您怎么看这次疫情对电影行业的影响？

**贾樟柯：**电影行业在疫情期间受到很大冲击，特别是电影院。疫情期间，电影院无法开业，把一年中两个非常重要的黄金档——春节档和情人节档失去了，如果了解电影市场情况的话就会理解，很多影院全年三分之一的收入是靠春节这段时间，现在很多地方也在出台政策进行扶持。从创作的角度来说，大部分的拍摄停了下来，这是一个显性的影响。同时，另一方面，也给中国电影人，特别是创作者，一个暂缓、停下来反思、重新出发做准备的契机。

我相信，这样一个席卷全球的公共卫生事件一定会给人们带来非常多的对于社会、人、生命的新思考。有朝一日疫情结束，电影创作会有一个井喷式的发展。大家会带着新发现投入创作中。这两天上网课，我也鼓励学生们——从电影史的角度看，电影导演分为两类，一类是经历过战争的，一类是没有经历过战争的。二战结束后，这样的人类浩劫带给电影工作者非常多的创作动力，所以产生了意大利新现实主义电影，关注底层民众和现实生活。或许将来我们会发现导演分为两类：经历过新冠肺炎疫情的和没有经历过的。这对我们全面地理解一些重要的文化问题是一个契机。从这个角度来说，或许在创作上它孕育着新的浪潮，或者新的一代导演、创作者。

**草地：**疫情对您的电影发行产生了什么影响？

**贾樟柯：**直接受到影响的是两部影片。一部是由我自己导演的《一直游到海水变蓝》，原来计划2月参加柏林国际电影节，3月底4月初发行。但疫情发生后，发行就取消了，之前准备工作只能停止，等影院恢复后，我们会重新考虑在一个恰当的档期来发行。说实话，疫情对影片宣发造成了很大的投资损失，很多准备工作都需要有投入的。另外一部是我们公司出品、由我监制、年轻导演宋方执导的《平静》，原来也安排在春节进行商业发行，如今取消了。

现在电影界有一个新的尝试，一些影片选择流媒体公司直接网络播映。

这个有好有坏，好的是给枯燥的生活带来丰富的片源，让大家在家里看到更多的新电影。不好的是，很多电影是为大银幕构思的，导演还是首先希望能在大银幕放映，之后才是流媒体。我们这两部影片也是为了大银幕进行创作的，所以还是希望等一等，待疫情结束后再宣传发行。

**草地：**那对在山西举行的吕梁文学季、平遥国际电影展的影响呢？

**贾樟柯：**吕梁文学季原来是希望在“世界读书日”举行第二届，目前也延期了。我们各项筹备工作都做了很多，评审工作都结束了，随时可以召开，就看疫情变化。另外，原定于在10月10日开幕的平遥国际电影展目前进展顺利，整个策展团队、选片团队、活动统筹团队的工作都在有条不紊地往前推进，我们对平遥国际电影展能如期进行有信心。

## 《一直游到海水变蓝》：海水版的“愚公移山”

**草地：**这部纪录片融合了您关注的“变迁”“故乡”“文学”“作家”等关键词，创作这部时间跨度达70年的纪录片，初衷是什么？

**贾樟柯：**这个片子跟新中国成立70周年有些关系，在那样一个庆祝的氛围里，我觉得自己一直想拍的“艺术家三部曲”可以完成最后一部了。2006年我拍了第一部关于著名画家刘小东的影片《东》，第二部是2007年拍的关于服装设计师马可的《无用》，这两部影片拍完后，我一直希望能完成第三部。随着时间推移，在新中国成立70周年之际，我突然想去拍文学家，因为我们的社会经历了非常大的转变，这期间个体经历了什么，需要有一部影片来讲述。另外一个思考就是当下城市化进程非常迅速，过去中国是一个农业社会、农业国家，城市化之后呢，实际上我们过去很多生活经验、经历还在影响着今天，我们要理解今天的中国和生活，需要回到新中国成立之初，回到农村，了解我们过去生活的形态。

**草地：**《一直游到海水变蓝》聚焦农村，为什么没让农民群体作为“历史的证人”，反而聚焦到了作家身上？

**贾樟柯：**最初影片名为《一个村庄的文学》，因为文学家长期进行文字表达工作，他们对生活有超强的感悟能力，也有超强的讲述、表达能力。影片通过四代作家，马烽先生（已故，由其女儿回忆）、贾平凹老师、余华老师、梁鸿老师，来讲述1949年以来新中国的经历。我是1970年出生的，有属于我们这一代人的记忆，那就是改革开放。

当然，我也是带着对不熟悉时代的好奇去拍片子的，比如说马烽所处的时代，他们具体经历了什么？这也是纪录片的魅力所在——它能够打开未知的领域。作家通过充满细节的讲述，带我们重新理解曾经的生活方法、经历过的问题。这是文学和艺术都在做的一个工作。

**草地：**不少看过电影的人夸余华老师把故事讲得生动有趣。您是否认为在访谈类的纪录片中采访对象的性格很重要？

**贾樟柯：**我们最初的拍摄计划有一个很长的名单，优秀作家非常多，为啥最后聚焦在这四位身上？因为他们都有农村和小城市生活的经验，而且他们都非常开放，愿意把私人的经历拿出来分享。另外他们的性格是有差异的，余华老师幽默，所以他的段落非常活跃；梁鸿老师细腻，因此她讲述的家庭部分比较动情；贾平凹老师的讲述本身就是史诗，他的状态平静如水，但讲述的内容万马奔腾。

作家完全不同的气质，让影片充满了不同的色彩，如何做到这一点跟我们在脚本、拍摄上的准备有一定关系。《一直游到海水变蓝》是我第一次有脚本的纪录片拍摄。人们在回顾过去生活时容易夹叙夹议，以议论为主，有较多的感悟，但对电影来说，最主要的是生活细节、情节的描述，只有这样才能让年轻一代进入到历史的语境中，进入当时生活的质感中去体会我们几十年的经历。

**草地：**《一直游到海水变蓝》这样一个浪漫和富有诗意的影片名有何深意？

**贾樟柯：**这部影片共分18个章节，涉及每个个体在漫长的时间进程中，面临过的问题、解决掉的问题、仍在解决的问题。比如说有一个章节叫“吃饭”，我们在拍摄山西汾阳贾家庄（马烽先生的众多重要作品诞生地）的村民时，他们同时指向了解决吃饭的问题。新中国成立70多年，其中一个伟大的成就就是它，你只有跟这些经历者交流时，才能感受到解决这个问题是一件多么重要的事情。当然还包括人类一直有的问题，比如“病”“恋爱”等。到影片最后我发现，这四代人实际上讲述了中国社会生生不息往前走的一个内驱动力。

在一个很偶然的机会，拍摄余华老师的时候，他讲到了自己小时候游泳的故事。说他小时候看见大海是黄色的，课本上却说是蓝色的，所以梦想能一直游到海水变蓝的地方，我们就把影片名《一个村庄的文学》改为了《一直游到海水变蓝》。这是一个非常有诗意的名字，“一直”代表着历经挫折，“游”代表着持之以恒，“海水变蓝”代表更加美好的理想社会。我跟同事讲，如果经典的“愚公移山”是一个关于山的故事，那这是海水版的“愚公移山”，它们在精神内涵上是一致的。

**草地：**您说过年轻一代的城市经验越来越多，农村经验减弱了，所以有必要拍摄一部电影来谈乡村记忆与我们的关系，那么，您认为“农村经验”对年轻人有何意义？

**贾樟柯：**如果我们去了解过去的农村，了解出发点，我们会有更多对国家发展的耐心和宽容。另一方面，农村生活也代表着一种传统的人际关系，比如说对血缘关系、家庭关系、邻里关系的注重。生活在农村是生活在一个密集的人际关系中，但到了城市，可能一年也见不到一个亲戚，为什么我们有时会感觉到孤独，感觉在繁华中的无依无靠，它跟我们失去这种关系是有关联的。如果我们理解过去乡村生活的话，我们也会理解今天生活的情感关系。

其实城市是相对于农村的，如果没有农村就没有城市这个概念，我们去谈论城市的时候其实应该去谈论农村，我们在谈论农村的时候其实更主要的是在谈论城市，它们互为因果。所以对于一部谈论乡村生活的《一直游到海水变蓝》，也是一部谈论城市的电影。

# 韩　晗：一定要有母语自信

王若辰｜新华每日电讯记者

时间：2020年3月13日

日本友好团体捐赠中国抗疫物资的包装箱上，写着“山川异域，风月同天”“岂曰无衣？与子同裳”“青山一道同云雨，明月何曾是两乡”“辽河雪融，富山花开；同气连枝，共盼春来”，等等。隽永的古诗，典雅的共情，我外交部发言人称赞这是日本人民“温暖人心的举动”。

在中国互联网上，或是由于过去鲜闻少用，“风月同天”似乎让网友“发现新大陆”，引发一场关于文化传承的讨论，热度“出圈”了。

武汉大学国家文化发展研究院“85后”副教授韩晗也参与了这场讨论，“无心插柳”让一个原本“小众”的学术类微信公众号产出一篇“爆款”。韩晗疾呼：传承中华文化，必须“补习”汉语修辞；文化自信，必须守护我们的母语自信。

## 汉语之美，美在修辞

**草地：** 因为抗击疫情，几句典雅的古诗文“出口转内销”，顺带让很多人再次惊叹我们的汉语真美。作为语言学者，您怎么看待这种现象？

**韩晗：** 我认为，汉语之美，美在修辞。什么是修辞？“修”是修饰，“辞”是言辞，指的是让人较为舒适地接受你说的话或写的文章。狭义的修辞指的是我们平时写文章常用到的拟人、比喻等修辞方式，广义的修辞则指说话、行文的方式。

修辞，可以说是与汉语相伴而生的。想想吧，我们的祖先多么在乎说话、行文，早在《周易》里就有“修辞立诚”，意思是说话、行文应当表现自己的真实想法。韩愈也说过“修辞明道”，讲的是说话行文要有真情实意，不能满嘴跑火车、满纸假大空。

修辞，可以说是人类从古到今追求美好语言的一条路径。在西方，古希腊、古罗马时期也有一门“修辞学”，主要是培养一个人如何得体地演讲。

在中国，修辞主要体现在古诗文中。能够随口吟诵、引用古诗文，不仅是文化人的“标配”，在草野民间，很多老人也能吟几句唐诗宋词。幼儿就会背古诗，在中国是平常事。

古诗文的魅力，除了琅琅上口音韵美，很重要的就是修辞美，“飞流直下三千尺，疑是银河落九天”，就是神来之笔的修辞。不需要太多举例，古诗文的美，每个人都能自己回味。电视上搞“诗词大会”“经典咏流传”，吸引那么多观众，恰恰说明我们中国人对自己的母语无限热爱。

## 日本友人的“文化用心”

**草地：**既如此，为何日本友人“送回”的中国古诗，让网友好像发现了新大陆？

**韩晗：**这首先是因为，日本友人为表达对中国抗疫的支持，表达“共情”，是认真动了心思的。看似随手拈来的几句古诗，实际上“不动声色”地拉近了与中国人民的情感。

相比较，我们中国人在类似表达时，虽然很慷慨很实在，但在巧妙地借助文化力量上，用的心思不多。说到底，我们母语的典雅优美，与日常说话、行文表达，还没有很好地融在一起。

有网友考证，“风月同天”这几个字是日本华侨写的。我曾说过，千万

韩　晗

不要低估华侨的文化能力。世界各地的很多华埠，都保留了中国传统文化。比如横滨中华街，有近150年的历史，里面很多生活方式、交往礼仪与言语修辞都保留了古代中国的一些文化特征。

我有一个同学，十几年前在横滨国立大学留学，然后就住在那条唐人街上，久而久之他居然练成了一手漂亮的毛笔字。他告诉我是房东教他写的，老先生客厅里还高悬清代乾隆年间“父子进士”匾额，是祖上传下来的。

“山川异域，风月同天”这样隽永的诗句能从日本漂洋过海而来，和当今日语修辞关系不大，而是中华优秀传统文化深刻影响日本的结果。这是历史事实。比如说十七、十八世纪的日本钱币上就铸造着“宽永通宝”四字。再看明治之前很多“和刻本”古籍，也都是中文的，当时日本很多武士都能写很好的汉诗。就我所知，日本高中有一门课叫“国语综合”，里面会涉及大量的中国文学经典。所以很多日本人对于中国文化不陌生。

日语形成后，中文也在日本流通。日文当中一流的修辞，从流变上讲，既有自身的民族性，也有汉语修辞的影子。被奉为日文经典的连歌，源自唐代的绝句。再比如说，日文当中的郑重语、敬语和自谦语，和中国文化也有一定关系。

## 守护汉语修辞美

**草地：** 很多网友说自己搜肠刮肚也想不出“山川异域，风月同天”这样的语句。您怎么看待这个问题？

**韩晗：** 一句话，很多人知道什么是丑的，但不知道什么是美的。这是修辞审美教育的第一步。首先你要知道，“今天上门、明年上坟”这种话不能说。那该说什么？这就需要一定的时间去努力。

文化人首先应该行动起来，在传承、发展中华优秀传统文化中有担当有作为。韩愈、欧阳修、范仲淹、李梦阳、梁启超、黄遵宪……几乎每个时代都有知识分子主动提出改革文风，捍卫汉语修辞，这是中华优秀文化长盛不衰的重要动力。

我常讲，五四之后，中国知识分子提倡的“白话文运动”，实现了“文化权力”下放，开始消除“文盲”现象。今天，我们不妨再掀起一场“古文运动”，让数千年形成的美好修辞发扬光大，让我们从“会说话”到“说好话”。

**草地：** 您说的“古文运动”，是就什么意义而言的？

**韩晗：** 我说的“古文运动”不是哪个时代的“古文”，而是中华传统文化中最一流的修辞。韩愈的古文运动也是这个意思，是借“古”而创“新”。

韩愈讲古文运动，实际是要改革六朝以来的“骈文”，骈文是什么呢？就是以僵化、华丽修辞组成的一种文体，看起来气势浩荡，但空洞无物。韩愈认为这类文体是“引人入坑”的诱饵。

韩愈推崇古文，“非三代两汉之书不敢观”，其实就是希望恢复汉代言之有物、措辞精当、具有真情实感的修辞。

我们今天一些公文和新闻稿中，也出现了批量化的僵化修辞，看似雄浑壮观，但内容非常空洞，这当然不是好的汉语修辞，而是形式主义、官僚主义在文风上的表现。

韩愈离今天有一千多年了，这一千多年间，汉语修辞在不断提升，一直到现代，如鲁迅先生、朱自清先生与钱锺书先生，笔下都是一流的汉语修辞。我们应当反对形式主义的文风，主动对标最一流的汉语修辞，守护汉语修辞美。

## 汉语修辞并非少部分人专享

**草地：** 语言有超越时代和文化的评价标准吗？中国古代的汉语审美性强，是不是也与诗词歌赋只是少部分“文化人”的专利有关？

**韩晗：** “一代有一代之文学”，自然“一代有一代之修辞”，但修辞也有超越时代的评价标准。一流汉语修辞的标准，第一是用词须精，第二是措辞要雅，第三是言之有物——这里的“有物”可以是客观之物，也可以是“心中之物”。所以，汉语审美性是否只在诗词歌赋中，只是少部分人专享，我看未必如此。

古时候老百姓的用语也很简单、朴实，但也不乏一流的汉语修辞，在很多话本小说里都可以看到。比如说元曲中的例子，“有人问我事如何？人海阔，无日不风波”“不分好歹何为地，错勘贤愚枉做天”，等等。王国维先生评价“元风实于新文体中使用新言语”，元曲本身就是民间俗文学。

宋元话本小说，比如《快嘴李翠莲》《三国志平话》，里面很多精彩的句子，都是来自当时民间的一流修辞。

当然，也会有一些粗鄙的俚语、骂人的脏话与一些低俗的段子，最有名的就是我们经常拿来调侃的李逵那句口头禅“鸟”，因为李逵没读过什么书，他说的很多话也代表了当时底层民众说话的方式，我想这些不雅的修辞当然是不必被推崇的。

能够留下的修辞，不是因为新，也不是因为俗，而是因为超越历史。比如晚清时中国从日本翻译了很多专业术语，最终超越了历史，根植于汉语修辞当中。而许多俗语，却没有留下来。

现在网络语言里有无超越历史的词？我想可能是有的，比如说“给力”。但是像“真香”“奥利给”我想是不太可能的。至于像“尼玛”“卧槽”之类，它们的命运一定是被扫进历史的垃圾堆，没得商量。

## 语感比语法更重要

**草地：**守护汉语修辞，基础教育应该做些什么？

**韩晗：**我认为，目前语文课本里中国古典文学的经典作品仍不够多。我觉得整个家庭教育与教育系统，应该将语言教育从应试教育中解放出来。语言特别是修辞，它不是用来应试的，一旦应试就会成为僵化的模式。

你看古代科举的八股文，并没有传世之作，为什么？因为那是应试的模式化之作。无论是英语还是中文，我们的学习路径都是有问题的。举例而言，我们学习一种语言时，特别看重语法却忽视语感，这是修辞学习最大的问题。

语言不是数理化，而是活的，是可以玩味的。语法固然重要，但是语感更重要。所以一定要读最一流的修辞，培养最好的语感。汉语英语都是如此。

我中学时英语成绩并不好，后来通过小时候培养汉语语感悟出了门道，靠自学把英语学好了。怎么学？大段背诵莎士比亚的剧本、华兹华斯的诗歌和维多利亚时期的散文，你看人家怎么造句子的，你就怎么用，这就是对标一流修辞。

我对自己的孩子没有特别严格的修辞教育，而是鼓励她自己读书，我只负责帮她遴选书。读书是自己的事情，首先要读最好的儿童文学译本和古诗词，以后我会让她读一些古文，这些都是一个中国人的必修课。

**草地：**语言表达优雅、讲究了，会带来哪些改变？

**韩晗：**语言审美是一切审美的基础。反之亦然，如果一个人各方面看起来很好，但语言不行，这个人还是要打折扣。

有一年，我遇到一位比我年长几岁的女明星，优雅谦和，举止端庄。席间，我们几乎同时出来到餐厅的阳台上接电话，我突然听到她蛮横地一脚踩在阳台的椅子上，然后用方言对着电话那端骂人，各种污言秽语如连珠炮，简直不忍卒听。我一下子就知道，她展现的一切“美好”都是被训练的，或者更通俗来说是“装出来的”。

说到底，语言既是一个人、一个民族灵魂的外衣，更是一个人、一个民族最难掩饰的灵魂。

## 语言自信是文化自信的应有之义

**草地：**如何创造一个好的汉语审美环境？

**韩晗：**毋庸讳言，我们现在的汉语审美环境是存在问题的。

一是世界范围内一定程度上存在“语言霸权主义”，让我们的语言“承压”。比如，现在一些高校对教师出版英文专著、发表英语论文有更多奖励，其实学术成果的质量，与用何种语言写出来并不存在任何关系。

二是新文化运动以来书面语言标准的变化有得有失。得，是白话文实现了“语言权力”下放，尤其是书面语言的通俗化大大促进了文化普及，是一件好事。失，是在通俗化的过程中也出现了庸俗化，到了网上，“典雅”似乎越来越曲高和寡，“猛话”则越来越大行其道，甚至出现了“口号诗”等奇怪的文体。

三是互联网时代“新型世界语”的出现，对很多母语构成了威胁。举例而言，国际通行的表情包，就在一定程度上取代了语言本身的符号意义。而作为象形文字的汉字，如果像“切香肠”一样被不断抹去符号意义，实际上是在不断减损我们语言背后的文化密码。

我们要打破“语言霸权主义”，当然不是要拒绝英语；今天我们汉语修辞出了问题，也不能说是学英语造成的。我们不但要学习英语，有机会甚至还要学习更多的语言，但必须树立一个基本心态：作为中国人要知道，我们的母语，是世界上最美的语言之一。一定要有母语自信，守护优美典雅的汉语修辞。语言自信，是文化自信的应有之义。

# 战“疫”报道

# 武汉战“疫”记

周甲禄 | 新华每日电讯记者

时间：2020年3月13日

“待春暖花开，疫情退去，携手科大武大看樱花”。

来自安徽的护师杨奕，在武汉客厅方舱医院走廊墙壁的“信心树”上，添上写着自己心愿的一片“绿叶”。

这棵画在墙壁上的“信心树”，起初只有枝干。医护人员和患者，接力将写满心愿和互相鼓励的小纸片，贴在树枝上。“早日康复”“早日回家”“爸爸想孩子了”“想吃热干面”……片片树叶，激励着每个人战胜病魔的决心。

时间一天天过去，“信心树”的叶子一片片长出来，越来越枝繁叶茂，郁郁葱葱，慰藉着方舱里的患者，给予他们坚持下去的信心和力量。

3月8日，方舱最后一批患者痊愈出舱了，“信心树”却扎根在医患心中。

当下，武汉与新冠肺炎疫情的鏖战进入决战决胜的关键阶段。整座城市的“信心树”在继续“成长”。

武汉是新冠肺炎疫情灾难最重的地区，是抗击疫情的主战场。截至3月11日，武汉累计确诊患者49986人，占全国73%以上，死亡2430人，占全国79%以上。

为阻断病源向外输出，从2020年1月23日起，武汉采取关闭离汉通道的断然措施，为全中国也为全世界抗疫争取到“时间窗口”。

一座1200万人口的城市被封，在人类历史上绝无仅有。英雄的武汉人民，以自我牺牲精神和非凡壮举，为打赢这场没有硝烟的战争谱写了一曲壮烈悲歌。

“全党全国各族人民都为你们而感动、而赞叹！党和人民感谢武汉人民！”习近平总书记饱含深情的话，温暖人心。

新华每日电讯记者，记录下抗击新冠肺炎疫情“武汉保卫战”的一些侧面和片段，见证武汉战“疫”的激烈悲壮。

## 医院来了特殊肺炎病人

许多灾难，总是在人们不知不觉中悄然来临；许多危机，总是被独具慧眼的人偶然发现。

2019年12月26日，54岁的湖北省中西医结合医院呼吸与重症医学科主任张继先，像往常一样在医院坐诊。这一天是星期四，刚好是她门诊值班的日子。附近小区的一对老夫妻发烧、咳嗽来看病。保险起见，张继先让他们拍了肺部CT片。第二天，张继先拿到CT胸片一看，两人肺部呈现出与其他病毒性肺炎完全不同的影像学特征。

湖北省中西医结合医院又名湖北省新华医院，是湖北省卫健委直属的三甲综合性医院。在医院官网“新华名医”栏目中，张继先排在第九位。在2003年“非典”防治期间，张继先是武汉市江汉区专家组成员，那时她的工作是到各个医院排查疑似患者，这段经历让她对传染病始终保持高度警惕。

看到两位老人胸片异常，张继先心里涌起疑团。她让老两口叫来他们的儿子也做下CT检查，儿子虽然没有任何症状，但结果显示肺部也有相同的影像表现。

这一天，医院另外还来了一个华南海鲜市场的商户，一样的发烧、咳嗽，一样的肺部表现。

张继先给这些患者做了甲流、乙流、鼻病毒、衣原体、支原体、合胞病毒、腺病毒等与流感相关的检查，全部呈阴性。

两天内接连出现四个肺部同样表现的病人，张继先警觉起来，"一家来看病，只会有一个病人，不会三口人同时得一样的病，除非是传染病。"她的疑团越来越大。

12月27日，她把这四个人的情况向医院做了汇报，医院上报给江汉区疾控中心。与此同时，她在呼吸科的病房中隔出了一块区域，将4个病例统一安排在这个相对封闭的地方，她还要求隔离区内的所有医疗用品均不可与其他病人混用。

接下来两天，医院门诊又收治了3位同样来自华南海鲜市场的病人，他们的症状和肺部表现一致，只是轻重有别。

一下就有7个同样症状的病人，而且是以前从来没有见过的病症——张继先觉得这肯定有问题，立即再次向医院报告，并建议召开多部门会诊。

12月29日下午，医院召集了呼吸科、院感办、心血管、ICU、放射、药学、临床检验、感染、医务部的十名专家，对这7个病例进行逐一讨论：影像学特殊，全身症状明显，实验室检查肌酶、肝酶都有变化。

专家们一致认为，这种情况不正常，要引起高度重视。同时他们了解到还有两例类似病史患者，已到同济医院、协和医院去治疗，留下来的地址也是华南海鲜市场。

医院立即决定：直接向湖北省、武汉市卫健委报告。

12月29日，省、市卫健委疾控处接到报告后，指示武汉市疾控中心、金银潭医院和江汉区疾控中心，到湖北省中西医结合医院开始流行病学调查。

当日傍晚，武汉市传染病定点收治医院金银潭医院相关专家，来到湖北省中西医结合医院，逐一查看这7位病人，接走了6位病人，其中轻症3位、重症3位。一家三口的儿子没有去金银潭医院，留在张继先这里继续治疗（2020年1月7日病愈出院）。

从这天起，张继先要求所有呼吸科医护人员戴口罩。随后，她又嘱咐科室人员在网上订购了30套细帆布做的白色工作服，让大家穿在身上。

张继先以超强的专业敏感意识，最早判断并坚持上报新型冠状病毒肺炎疫情，成为第一个为疫情防控工作拉响警报的人。

## 凶险的病毒四处游荡

与此同时，武汉市中心医院的医生也发现了这种特殊肺炎。

元旦将至，人们都忙着过节。这一切，除了有限的几家医院和省、市、区疾控部门，并没有多少人知道。

然而，在移动互联网时代，信息的传播速度总是超乎人们的意料。

2019年12月30日晚上，一份盖有武汉市卫生健康委员会医政医管处公章的“紧急通知”，在不同的微信群中传播开来。

这份题目为《市卫生健康委关于报送不明原因肺炎救治情况的紧急通知》，内容如下：

各有关医疗机构：

根据上级紧急通知，我市华南海鲜市场陆续出现不明原因肺炎病人，为做好应对工作，请各单位立即清查统计近一周接诊过的具有类似特点的不明原因肺炎病人，于今日下午4点前将统计表（盖章扫描件）报送至市卫健委医政医管处邮箱。

与此同时，名为“协和红会神内”和“武汉大学临床04级”两个微信群中，也流传武汉出现“非典”的消息，告诫大家戴口罩、洗手，“不要出去晃”。

人类医学的发展，对许多疾病的致病原因和机理都比较清楚了，对导致肺炎的病原体也知道了很多，但这个肺炎却“不明原因”，让人感到神秘而恐惧。

“不明原因”，自然就不知如何治疗。这让人们一下想起了2003年的“非典”。

30日晚，湖北省、武汉市卫健部门连夜开会，并邀请疾控方面专家共同研究对策、部署相关方案。之前分布在武汉多家医院的不明原因肺炎的疑似病人都纷纷转入武汉专业的传染病医院，进行隔离治疗。

国家疾控中心也快速做出反应，31日一早就派出专家赶到武汉会商、研判。这一天，武汉协和医院开始设立呼吸传染病隔离区。

31日中午，武汉市卫健委公开通报了不明原因肺炎疫情情况。通报指出："近期部分医疗机构发现接诊多例与华南海鲜城有关联的肺炎病例，经专家会诊系病毒性肺炎""目前已发现27例病例，其中7例病情严重"，并对病例临床表现进行了描述。

这个公开通报当时并没有引起社会上更多的关注。虽然通报明确说，不明原因肺炎与华南海鲜市场有关，但这个市场还在营业，只有少数商户和顾客戴着口罩。当记者问经营的商户怕不怕时，他们还都乐观地表示，听说就是肺炎，没有什么可怕的。不过，仅仅过了一天，这个市场还是关门停业了。

元旦假期过后，2020年1月3日，武汉市卫健委第二次通报不明原因肺炎情况："截至2020年1月3日，共发现符合不明原因的病毒性肺炎诊断患者44例，其中重症11例"。5日，第三次通报，病人增加到59例。

其实这个时候，多家医院发热门诊人数激增。湖北省中西医结合医院是离华南海鲜市场较近的两家三级医院之一。元旦期间，医院的门诊量由原来一天100人左右，增加到230人左右。

由于冬季本来是感冒多发季节，再加上当时医院都没有试剂盒，不能做检测，没有人知道这些感冒症状的人到底因何发病。

11日，武汉市卫健委通报，病例数从5日公布的59例降成了41例。与通报同时公布的《专家解读不明原因的病毒肺炎最新通报》中，附有专家解读。其时，国家专家组第二批专家仍在武汉，他们自8日来到武汉。

科学家也在争分夺秒地研究这种新型病毒。据了解，2019年12月26日，上海市公共卫生临床中心科研项目常规收集到武汉市中心医院和武汉市疾控中心的不明原因发热患者标本一份。

1月5日凌晨，中国疾病预防控制中心传染病所研究员、复旦大学张永振研究团队从标本中检测出一种新型SARS样冠状病毒，并通过高通量测序获得了该病毒的全基因组序列，率先向全球公布了该病毒序列，初步判断为一种新型冠状病毒，并就此发出了警示。

很快，中国及时主动同世界卫生组织和包括美国在内的其他国家分享有关病毒基因序列。

1月14日，武汉市卫健委在疫情通报中提到：“不排除有限人传人”。

武汉以外的地方也开始发现确诊或疑似病例。这些病例都有过武汉居住或旅行史。

凶险的病毒正在以人们意想不到的速度悄悄扩散。

## 战“疫”局势发生了根本性变化

2020年1月20日，战“疫”局势发生了根本性变化。

习近平总书记做出重要指示，强调湖北武汉市等地近期陆续发生新型冠状病毒感染的肺炎疫情，必须引起高度重视，要把人民群众生命安全和身体健康放在第一位，制定周密方案，组织各方力量开展防控，采取切实有效措施，坚决遏制疫情蔓延势头。李克强总理也做出批示，要求坚决防止疫情扩散蔓延。

国务院召开常务会议，进一步部署新型冠状病毒感染的肺炎防控工作。国务院联防联控机制召开电视电话会议，对新型冠状病毒感染的肺炎疫情防控工作进行全面部署。国家卫生健康委成立新型冠状病毒感染的肺炎应对处置工作领导小组，指导地方做好疫情应对处置工作。国务院批准将新冠肺炎纳入法定传染病。

这天晚上，抗击“非典”功臣钟南山院士接受央视《新闻1+1》采访时表示，新冠病毒“肯定人传人”。

与此同时，疫情蔓延之快超出了人们的预料。当日，武汉市卫健委通报两日内新增确诊病例136例，使累计通报确诊病例增至198例。同时还公布了发热门诊医疗机构和定点救治医疗机构名单，确定全市61家医院开辟专门的发热门诊，其中，中心城区41家。定点医疗机构9家，其中中心城区3家。还组建了省市联合医疗救治专家组，由来自同济医院、协和医院等10家医院的25名专家组成。

同时还成立了武汉市新型冠状病毒感染的肺炎疫情防控指挥部，统一领导、指挥全市疫情防控工作。

医护人员感染是人传人的重要标志。钟南山"人传人"的话音刚落，21日，武汉市卫健委就通过健康武汉官微通报，武汉有15名医护人员确诊为新冠肺炎，另有1名疑似病例。

病毒像游魂一样，四处找人感染。很快，原来确定的三个定点医院床位不够用了，武汉市卫健委在之前定点医院800张床位的基础上，又腾调1200张床位。

但是，不到一天，2000张床位又满了，床位又告急了。22日又进一步采取"7+7"模式收治病人，即将7家中型医院全部腾出来，改为专门收治新冠肺炎医院，将床位增加到3000张，并且由7家大型综合性医院托管，以增加治疗力量。

当天，这7家医院一开门收治就人满为患，有的得排一天的队才能看上病。

深夜12点多，记者开车路过7个医院之一的武汉市第七医院，见到医院大厅、走道里，人都挤满了。医院大门外，寒风中，黑压压的都是发烧病人等待看病，约有两三百人。到凌晨1点了，还有这么多人在看病，令记者非常吃惊。据说，白天看病的多达两三千人。

## 喧闹的城市一下子寂静了

2020年1月23日，对于武汉人来说，注定终生难忘。

凌晨两点多，武汉市防控指挥部发布通告：自1月23日10时起，武汉全市城市公交、地铁、轮渡、长途客运暂停运营；无特殊原因，市民不要离开武汉；机场、火车站离汉通道暂时关闭。

武汉封城了！

近代以来就是我国著名工业之城、商贸之城、科教之城的“大武汉”，这座打响辛亥革命第一枪、抗击过98特大洪水的英雄城市，壮士断腕，关闭了通向外面的大门，决心将病毒困在城中，打一场与死神较量的硬仗。

去年的世界军人运动会，让世界看到了新武汉崛起的雄姿。然而一场突如其来的疫情，让这座充满活力、繁华喧闹的城市，瞬间沉寂下来。

现代医学高度发达，但对付无特效药的新型传染病，最有效的方法依然古老而原始：围堵，即控制传染源、切断传播途径。

隔离检疫法起源于意大利，1370年在威尼斯首次用来阻止黑死病。

2005年，世卫组织提出“围堵策略”作为流感大流行和防控的指导性策略。这种策略主要是在新发传染病疫情早期，在限定的地理范围内，采用医学和非医学（区域封锁、停学停工等）干预策略和措施，以迅速阻断疫情传播。

2003年暴发“非典”时，也只是采取封门栋、封小区和隔离政策，并没有封闭一座城市。

在和平年代，一座千万人口的城市切断与外面的交通，市内的交通也一律停运，在历史上绝无仅有。

按下了“暂停键”的武汉，熙来攘往的城市生活戛然而止。

第二天就是春节，有些人本来打算春节放假才出城回家或出游，不得不改变计划，赶在关闭之前离开。一大早，多个出城路口车辆排成长龙，天河机场有大批乘客排长队改签。

在新西兰留学的小林（化名），春节前回武汉和父母团聚，订好春节后2月5日的机票返校。

1月23日凌晨2点多，通告发出时，他还没有睡。一看要封城，他担心到时走不了，影响学业，立即在网上订购了上午8点半去上海的火车票，准备从那里乘机去新西兰。

但到了上海之后，小林被隔离在酒店，一个人待在酒店里过完了这个春节，又将机票改签到27日，返回新西兰。

小林是家中独子，万里归途，筹划已久的春节团聚，转瞬间变成了春节别离。凌晨，母亲看着他匆匆走出家门的背影，无比失落。

有些人刚离开武汉回家休假，现在又不得不放弃在家过节的计划，赶在武汉关门之前“逆转”回城。

新华社摄影记者熊琦就是其中之一。他22日从武汉回外地老家过年。23日凌晨3点接到朋友电话，得知武汉要封闭的消息，心中一惊：“一座千万级的城市因为疫情而封闭，作为记者，如果不在现场，我无论如何都会遗憾终生。”

他一夜无眠。

一大早就起来收拾行装，独自赶回武汉。第二天，他全副武装，进入武汉大学中南医院重症隔离病房，与医护人员一起度过了今生最难忘的除夕夜，留下医护人员与死神搏斗的镜像。

许多人担心封城了，城里生活物资短缺，蜂拥至超市、药店抢购。多家超市摩肩接踵，全是抢购的人，许多货架被抢一空。药店的感冒药、口罩、消毒液、体温计全部脱销，有超市大白菜涨到40元一斤。

好在这种混乱的抢购局面只持续了一天。当天，武汉市疫情防控指挥部发出第2号通告：武汉市大宗商品、食品、医疗防护用品等储备充分、供应顺畅。请广大市民不用恐慌，不必囤积，以免造成不必要的浪费。

同时，武汉市商务及农业部门共同安排500万公斤蔬菜、155万公斤鸡蛋、100万公斤鲜鱼、200吨牛肉和6000头猪，通过全市300多个“春供”网点有序投放。

第二天，除夕，大家发现，超市货源充足，价格也没有大的变化。

如今，封城已50天了，居民的生活物资一直有保障，没有出现断供的情况。这在世界“封城史”上，同样绝无仅有。

1月24日，武汉过江隧道关闭；25日，中心城区车辆禁行。2月11日，封闭所有小区，每家三天只可一人外出，后来又变成完全不可外出，不少小区大门被物理性封死。2月17日起，各区陆续宣布超市停止现场营业，只接受团购，由社区帮忙送到居民家。居民完全禁止出家门、出小区。

除了水电气等生活保障和医用物资生产等企业外，企业停业，商店关门。

城市，彻底寂静下来。大街上消失了车声人影，偶尔可看到环卫工人，孤独地扫着没人走的大街。冬日的风摇晃着行道树，残叶零零星星飘落，空旷的大街更显空寂。

在昔日拥堵不堪的二环线上，常常只有记者的一辆车行驶，看着笔直而空荡的马路，在林立的高楼构成的“峡谷”中，静静地伸向看不到尽头的远方。

记者居住的大学校园，占地1800多亩，原本有5个门进出。封城不久就封掉了4个校门，只留一个门作为应急出口。后来这个出口也要凭学校发的临时专用证进出。

被围成孤岛的校园，成了鸟的天堂。它们在操场上散步，在低空中任性翻飞，在树枝头叽叽喳喳，再没有人干扰它们的自由。

武汉旅游购物名街汉街，像个熟睡的婴儿，安静地躺在东湖边上。

东湖高新区，是青年人的创业天堂。如今，一个个产业园静悄悄，那些充满朝气的年轻人，突然不见了。

城市公园的大门也紧闭，阒寂无声。从东湖公园的围栏望进去，里面成了小动物的乐园，偶尔会看到快速跑过的黄鼠狼。

这座城市“生病了”，安睡了。如果不是夜晚楼宇透出如繁星一样的灯光，给寒夜带来暖意，你会觉得这完全是一座空城。

“待在家，不出门，就是为抗疫做贡献！”人们蛰居在家里，这样相互鼓励着。

早已过知天命之年的匡先生，开着一家文化公司。40多天除了隔几天送垃圾下楼外，其余时间没出家门。

曾是大学教师的他告诉记者，封在家中，对生活有些新想法，于是复习起了英语。

马女士是土生土长的武汉人，以前在家很少做饭。小区封了，一日三餐得自己解决。她的同学微信群有130多人，她天天在群中向大家请教厨艺。大家每天把自己做的菜在群里晒，交流经验心得。一个月过去，她竟然练就了一手好厨艺，连她自己都感到吃惊。

沈小姐天天追剧，近年流行的电视剧看了个遍，还把20多年前的《渴望》翻出来再看了一遍。何先生为了减少物资的消耗，一天只吃两餐，还将他的节食方式到处向朋友推荐。

千万人不能出家门，在自家的窗户中看日出日落，看月圆月缺。人们以极大的韧性蛰伏，等待着，盼望着，希望疫情早日过去。

## 举国筑起守护生命的“白衣长城”

邪恶的病毒仿佛要报复对它的围困，快速在城内人际间传播，恣意地摧残着生命。

一场与死神赛跑的战斗在每个医院、每个社区、每个家庭打响。

这个病毒来源何处？具有怎样的传播规律？什么样的药物可以消灭它？这一系列与疾病防控和救治密切相关的问题，至今还没有找到公认的答案。

然而，有一点却有共识：这个与SARS有“亲戚”关系的病毒，非常“狡猾”。染上它，有时没有任何症状；有时没有任何感觉，肺却已经变白了；有时病人前一刻还看似病情稳定，瞬间“炎症风暴”暴发，生命已无法挽回。医生们都将它称为“流氓病毒”。

这是一场遭遇战。敌人已发起了总攻，我们对它还不了解，还没有准备好充足的弹药、研究出成熟的克敌制胜武器。

武汉是我国中部的中心城市，有三甲医院30多所，医疗实力在全国名列

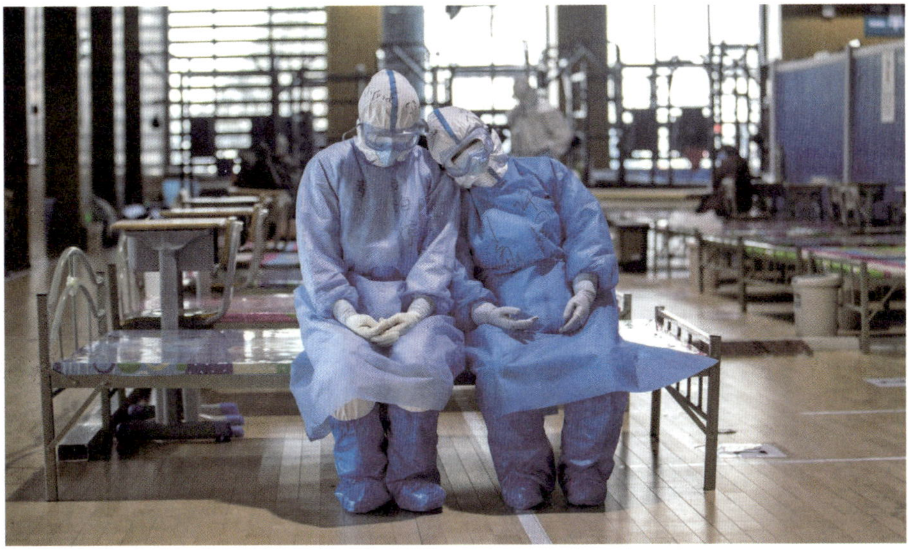

2020年3月10日，在武昌方舱医院，两名青海医疗队队员等待出舱时小憩。新华社记者费茂华摄

前茅。

可是，面对凶猛的疫情，靠武汉自身的医疗资源，打不赢这场保卫战。

幸运的是，英雄的城市英雄的人民，背后是一个伟大的国家。继2008年汶川地震，中国再一次告诉世界什么叫“守望相助”。

习近平总书记亲自部署、亲自指挥这场战“疫”。中央派出指导组坐镇武汉。在中央部署下，封城第二天，一场全国支援武汉的大行动，就在万家团圆的除夕夜展开。

子弟兵来了！除夕深夜，几架军机降落在武汉天河机场，从陆军、海军、空军军医大学抽调的3支医疗队共450人抵达武汉，迅速分赴金银潭医院等3家定点医院开展救治工作。

马不停蹄，来自全国各地的医疗队从四面八方赶来。到2月28日，累计有314支医疗队，35520人援助武汉，其中，重症医学科、感染科、呼吸科、循环内科和麻醉科等专业人员就达到15000多人。221支医疗队、27134人援助定点医院，93支医疗队8683人援助方舱医院。至3月8日，累计有346支医疗队、4.26万人支援湖北，医疗援助队成建制接管医院科室，包管病房。

钟南山、李兰娟、王辰、黄璐琦、张伯礼、陈巍、乔杰、仝小林等10位业内著名的院士，以及他们的团队齐聚武汉。号称中国医学界“四大天团”的北京协和医院、山东大学齐鲁医院、四川大学华西医院、中南大学湘雅医院，精锐武汉会师。

援汉医疗队同时承担起物资保障的任务，呼吸机、人工膜肺、医用防护服等医疗设备和用品，源源不断支援武汉，保证了医疗队第一时间就能够争分夺秒救治病人。

到3月5日，累计支援武汉和湖北医用防护服460多万件，N95口罩900多万只，医用外科口罩6000多万只。

2月10日，中央安排由全国19个省市对口支援武汉以外的湖北16个市州，实行包科室包医院的方式接管。

集中专家、集中资源，举全国之力，打响武汉保卫战、湖北保卫战。这样强大的动员能力、调配能力，全世界绝无仅有。

这场战争，从开始混乱的“游击战”转变为有序有力的“阵地战”，举国筑起守护生命的“白衣长城”。

## “托起生命的希望之舟”

在这次战“疫”中，最具有创新性和对打赢这场战争有决定意义的，是建设“方舱医院”。

这种很多人是第一次听说的特殊医院，在关键时刻起到扭转战局的关键作用。

面对每天病例以四位数增长的汹涌疫情，最早的应对策略是，采用北京当年抗击“非典”模式，建设“小汤山”式医院。封城的当晚就开始建设，10天建成，建设速度刷新世界纪录。

然而，投入使用的火神山、雷神山医院一共只有2600个床位，仍不能满足需求。迅猛增长的轻症患者或疑似病人求医无门，因怕感染家人有家难回，已经引发悲剧。同时，这些人不能集中收治也会成为疫情扩散的源头。

必须迅速收治那些因床位不够而被挡在医院门外的确诊患者，与家庭与社会隔离，避免造成新的传染源。继续兴建“小汤山”式医院，以最快的速度也来不及。

与死神赛跑，分秒必争。

关键时刻，一个关键决策迅速做出：征用一批体育馆、会展中心、培训中心等大空间地方，改造成“方舱医院”和隔离收治场所，将所有轻症病人快速集中起来，给予医疗照顾。

到2月28日，武汉共建16家方舱医院，开放床位13000多张，累计收治患者12000人。武汉市新冠肺炎患者中，每4人就有1人是在方舱医院治疗的。

方舱医院做到了零感染、零死亡、零回头，成为“托起生命的希望之舟”。

方舱医院建设速度快、空间容量大，一个就相当于一个三级医院，甚至更大。“人等床”，终于变成了“床等人”。

有了大容量的方舱医院，轻症患者可以做到应收尽收，实现传染源头控制。接下来就是改造扩容定点医院，将大型综合医院扩容为重病医院，收治床位从5000多张增加到23000张，其中重症床位达到9000张。

至此，形成了三级救治体系：即征用酒店作为集中隔离点，隔离密切接触人员；方舱医院接收确诊轻症和疑似患者；火神山、雷神山和同济医院等大型综合医院收治重症患者。密接人员感染确诊，轻症就转到方舱医院，重症就转入“两山”医院和定点医院；方舱医院的患者病情加重就转入重症医院。形成了一整套分级分类收治、轻重转院顺畅的救治体系。

“这是国家在关键时期的关键之举。以往没有采用过，是我国公共卫生防控与医疗的一个重大举措。”赴武汉调研指导的中国工程院副院长、呼吸与危重症医学专家王辰这样评价方舱医院。

作为一种新型病毒，医学界对它的了解仍十分有限，缺乏特效药。如何找到有效治疗方法，克敌制胜？医学工作者和科研人员通力合作，一边不断摸索创新治疗方法，一边加快科研步伐，为治疗提供支持。

国家卫健委组织专家，及时总结临床救治经验，完善诊疗标准，不断修改完善《新型冠状病毒感染的肺炎诊疗方案（试行）》，已一共推出了七版。还专门制定两版轻型、普通型管理规范和重症、危重症诊疗方案。

在武汉的重点高校与科研机构，武汉大学、华中科技大学和中科院武汉病毒研究所，为抗疫紧急开展科技攻关。此外，建中医药方舱医院，开展中西医结合；探索采用治愈患者血浆疗法；通过解剖，了解病理真相等等，都在战"疫"中发挥了科技硬核作用。

在这场阻击战中，为我国今后应对突发公共卫生事件，应对重大灾情疫情，创造了新模式、新经验和新方法，也为世界抗击新冠肺炎提供了有益借鉴。

## 每天在揪心与感动之间荡秋千

抗疫战争波澜起伏，曲折艰辛。人们的心，也随着战况忽悲忽喜，每天在揪心与感动之间来回、激荡。

病毒大规模进攻，最初武汉却没有试剂盒！大批发烧、双肺感染、CT成磨玻璃样影的患者，因没试剂不能及时进行核酸检测确诊，医院不能收治。病人不得不回家隔离，结果造成大量家庭聚集性感染。

那一段时间里，家无完人的案例不断被媒体报道出来。人们揪心到了极点。

为什么会是这种局面？1月22日，武汉市卫健委一份《关于市民关心的几个问题的答复》，让我们知道了问题症结所在。

据《答复》第3条介绍，当时，新冠病毒核酸检测必须送到省疾控中心进行。1月16日之前湖北省没有试剂盒，还需要送到指定的检测机构进行病毒分离和核酸检测，这一个流程下来约需要3至5天。

1月16日，中国疾控中心将试剂盒下发到湖北省疾控中心后，一套流程下来得2天左右。

1月22日开始，武汉市指定各定点救治医院、发热定点诊疗医院的对口帮扶医院以及市疾控中心等具备相应防护级别的生物安全实验室，开展相关样本的病原核酸检测工作，共有10家机构（后来又不断增加），每天可检测样本近2000份。同时紧急调运3万人份试剂盒发放到指定检测机构。

试剂盒短缺，检测单位少，没有检测结果阳性不能住院治疗——这一“卡口”，曾让许多人轻症拖成重症，有不少人没有等到检测确诊、缺乏早期治疗就撒手人寰。

检测难的揪心还没有放下来，紧接着，医院一床难求更让人焦急。

大量确诊的轻症病人和疑似病人，都因为医院没床位不能集中收治，而是像普通病人一样开点药，要求病人自己回家隔离。这些具有高传染性的患者，有的还要天天去医院打针，有的辗转多家医院企求能找到病床。在他们颠沛流离、辗转奔波时，病毒也随之更广泛扩散。

2月2日清晨，已经多日高烧的市民陆俊奕拖着病体走了1个小时，到医院进行核酸试剂检测。次日出来的结果显示“阳性”，但医院爆满、无法收治。70岁的周女士在一周的时间内先后辗转武汉大学中南医院、梨园医院、武汉市第七医院、铁路医院4家医院，都没床位收治。

2月3日，有媒体建了一个网上求助平台，专门征集已经感染需要住院的求助信息，最多的一天接到8000多人求助。

整个城市为缺病床而焦急不安，为患者辗转求医可能导致病毒扩散而担惊受怕。

这种患者与健康人都备受煎熬的日子，到2月中旬终于好转。因为这时更多的方舱医院建成，病床得到缓解，绝大多数病人都集中收治了。

更揪心的，是武汉人在抗疫生死搏斗中付出的生命代价，这是让人永远难以忘却的痛。

截至3月11日，武汉累计确诊新冠肺炎49986人，死亡2430人。实际上，有一些人因为来不及等到核酸检测就离世；还有一些患其他病的人，因为抗疫几乎挤占全部医疗资源而无法得到及时有效救治而亡。

湖北电影制片厂联络部主任常凯一家，11天内4人罹难，让无数人震恸。

正月初一，常凯的父亲开始发烧，因为没有床位，社区建议他在家隔离观察，结果病情突变，2月3日在家中离世。5天后，同样感染的母亲在武昌医院去世。母亲去世一周后，常凯和他姐姐同一天去世。仅仅11天的时间，一家4口就这样没了。这样的悲剧还不止他这一家。

让人们震恸揪心的，还有"白衣战士"的安危。

在这场阻击战中，医护人员是先锋，是主力。疫情初期，武汉本地医院防护物资奇缺，大批医护人员因"自杀式冲锋"而感染，很多人付出了生命。让我们记住他们的名字：梁武东、李文亮、刘智明、彭银华、夏思思、江学庆、柳帆、周宗德、张抗美、邱飚、吴忠泽、肖俊、阮惠芳、邓林、王兵、林正斌、梅仲明、朱和平……

2月中旬以后，中央决定湖北、武汉换帅，揪心的事也逐步有了转机。

核酸检测能力从每天300人份，提高到两万人份，采样送检到反馈结果的时间从之前的2天缩短到4—6小时。

医院建设以每天增加3000张床的速度推进，最终改造和新建86家定点医院，16家方舱医院，床位达到6万多张。国务院副秘书长丁向阳在一次新闻发布会上说，如果一个三甲医院按1000张床来计算，就意味着，一个月内在武汉要建设完成相当于60家三级医院的病床数，这是让人叹为观止的工程量。正是这一惊人的建设速度，使一床难求的局面彻底扭转。

为了解决死亡率偏高的问题，组建院士巡诊团队，成立联合专家组，7次修订优化救治方案，落实专家会诊、24小时报病危、死亡病例讨论、重症巡诊等制度，组织插管小分队，推广中医药临床使用……这些措施，使定点医院收治的重症患者，治愈的占比从14%提高到了64%。医护人员也实现了防护轮休。

秋千不会总在揪心、悲伤的那一边。在感动的这一边，扬得更高、更远。

人们不会忘记，在"非典"中一战成名的84岁的钟南山院士，1月18日坐在高铁餐车上逆行武汉，20日发出"人传人"警告。其后，他又多次视频连线在武汉的广东救援队，指导他们开展救治工作。

他满含热泪地说："武汉是一座英雄的城市！"让沉浸在巨大悲痛中的武汉人倍感温暖，信心倍增。在武汉人心中，有三座守护生命的山："火神山、雷神山、钟南山"。

人们不会忘记，2月11日，73岁的李兰娟院士穿戴防护服，进入湖北省人民医院东院区ICU，分析每一位患者的病情，并给出治疗方案。她的防护服上写着"武汉加油"四个大字。这是她带领团队驰援武汉救治重症病人的第10天。

人们不会忘记，中国工程院副院长、呼吸与危重症医学专家王辰，大力推动方舱医院建设，有效缓解了集中收治难。

人们不会忘记，复旦大学附属华山医院感染科主任张文宏的"硬核"之声："共产党员上！"

人们记得，在重症隔离病房，医护人员近距离和病毒搏击。他们穿着密不透气的防护服，为了避免中途出来上厕所，常常是不吃不喝一干就是六七小时，有的干脆穿着纸尿裤上班。

人们记得，护士秀气的脸上布满口罩和护目镜的印痕，被网友称为世上"最美印痕"。

人们记得，湖北、武汉换帅之后，防控、问责的力度迅速加大。从17日开始，连续三天的拉网大排查，真正见到了成效，到20日，基本实现了应收尽收；强力推进更加严格的小区封闭管理，超市一律只接受团购，真正减少了人员流动，大大降低了感染的风险。

正是他们的勇敢、智慧、责任、担当，许多人的生命得到了挽救，让这场战争露出了胜利的曙光。

灾难激起全社会爱心涌动，每天都上演着爱的故事。

1月24日，封城第二天，武汉医用防护物资全面告急。民营企业家卓尔控股有限公司董事长阎志立即行动。15时50分，阎志召开紧急电话会议，启动卓尔海外供应链，成立抗疫捐赠、供应支持行动小组，决定从周边国家采购急需物资，空运回武汉。公司调动了4驾专机，从26日下午开始，320万只医用口罩，30万件防护服，3.2万副护目镜，数十台红外测温仪，陆续通过空运，从6个国家纷纷运回武汉，解了燃眉之急。

全国各地除派出医疗队支援外，还援助了大量医用和生活物资。许多企业像卓尔控股一样捐款捐物。截至3月1日，武汉市慈善总会共收到社会捐款40.4432亿元；武汉红十字会累计接受社会捐赠资金15.0852亿元，还接收了大量各类防控急需物资。

普通市民纷纷当上了志愿者，有的组成“护医小队”，用私家车免费接送医护人员上下班；有的到社区帮助防控，统计发烧病人，帮居民送生活物资；有的给医护做饭送餐。

武大、华科的校友，在海内外想方设法支援母校所在的城市武汉战“疫”。

还有，无数忠实履职、坚守岗位的社区工作者、民警、快递员、环卫工……正是他们的奉献，让这座城市虽然关闭了出城的大门，抗疫和生活物资得到了保障，生命的救治得以有效推进，城市生活稳定有序。

## 疫去春归的日子不会遥远

3月6日，每天观看疫情通报的武汉人，终于看到期待已久的数字变化，每日新增的病例数由最高峰2月13日的3910例，下降至3月6日的74例，终于降到了两位数。

连日来，这个数字还在不断下降，到11日已降至8例；新增治愈病例，从2月20日起就开始超过新增确诊病例数。

10日上午，习近平总书记飞抵武汉，考察湖北和武汉新冠肺炎疫情防控工作。“全党全国各族人民都为你们而感动、而赞叹！党和人民感谢武汉人民！”总书记饱含深情的话，温暖人心。

“当前，疫情蔓延扩散势头已经得到基本遏制”“经过艰苦努力，湖北和武汉疫情防控形势发生积极向好变化，取得阶段性重要成果，初步实现了稳定局势、扭转局面的目标。”习近平总书记要求，“要一鼓作气，咬紧牙关，坚持到底”。

肆虐的毒魔终于渐渐败下阵来，武汉又要站起来了！

不，其实，尽管疫情严重，坚强的武汉从来没有倒下，“不服周”的武汉人一直在站立前行。

武钢炼钢炉的火焰一直在熊熊燃烧，在抗疫期间，一刻也没有停熄。

武钢有限气体公司是武汉本地最大的医用氧生产企业，为全市一半以上的医院供应医用氧气。疫情期间，24小时开足马力不停工，每天供应液态医用氧量为疫情前的4倍。从1月1日至今，已累计向湖北省118家医院供应气态氧近300万立方米。

位于光谷生物城的华大基因公司一直在满负荷运行，生产新型冠状病毒检测试剂盒、高通量基因测序仪。同时，面积2000平方米的“火眼”病原生物安全实验室已经建成，每天提供检测服务。

在光谷智能制造产业园，记者看到，武汉华星光电厂区，生产正在有序进行。作为全球最大的LTPS单体工厂，这里每月产能达5万大片，占据全球产能的20%。

武汉华星光电技术有限公司总经理金松介绍，半导体生产设备要求不能轻易停机，公司14000多名员工中有7000人因封城和值班留在了武汉，公司就把大家组织起来全力生产，生产线从年前开始一直近乎满负荷生产至今。

数公里之外，武汉新芯集成电路制造公司（国家存储器基地）也一直没有停产。厂房内，信号灯闪烁，高度自动化的设备平稳运行，不时有技术人员巡视。“目前，除研发略有延迟外，企业基本保持计划进度。”新芯公司董事长杨道虹说。

在距离湖北省中医院不足400米的地方，有一家Wakanda轻饮咖啡店，不少医护人员是咖啡店的常客。临近春节时，咖啡店就停业了。疫情严峻、武汉封城后，店主田亚珍想到，医护人员压力大，有咖啡需求。她发消息征召伙伴回店开业，为医护人员送咖啡。7名咖啡师全部回店，连一名去成都旅游的咖啡师也辗转跋涉200公里回店。

1月26日至2月14日，他们累计为一线医护人员免费提供了7850杯咖啡。

放眼武汉，在抗疫的战场之外，其实还有保经济、保生活两个“战场”，那里的战斗一直没有停歇。勇士们做好严密防护后，也在与时间赛跑，使这场伤痛不致伤及这座城市的筋骨，使城市生活重启不至于太过艰难。

武汉的大中小学早已于2月10日在网上开学了。“停校不停教，停课不停学”，200多万大中小学生开启了居家网上学习模式。在安静的居民小区，凝神细听，时不时从窗户中飘出童音清脆的读书声和悠扬的琴声。

“武汉大学的早樱已开花了！”

被困在武汉大学校园里的朋友，给记者发来信息，还附有怒放的樱花照，红的似火，粉的似霞，白的如雪。

上网一查，有网民已将娇艳的花朵晒到网上，广为传播，给还待在家里不能出门的武汉人，带来春的气息。

冬天正在悄然离去，春天加快脚步走来。武大樱花盛开的日子指日可待了，杨奕护师所在的方舱医院也于3月8日送走最后一批患者后休舱了。

武汉，疫去春归，重启正常生活模式已不再遥远。

# 珞珈无所有，“云”赠一枝樱

李　伟 | 新华每日电讯记者
时间：2020年3月20日

珞珈空寂寥，樱花独自开。

东湖之滨，珞珈山上，武汉大学樱花悄然绽放枝头，却没有等来往年的人海。

疫情之下，“樱”为你而更美。武汉疫情危难之际，数万医护人员白衣当战袍，悬壶入荆楚；无数平凡英雄挺身而出，同舟共济。

武汉是一座英雄的城市，武汉大学与武汉是一个命运共同体，武大人没有袖手旁观，站在救治一线，挺在防疫前线。

英雄的城市，英雄的人们，英雄的战场。经此一“疫”，珞珈山的每一朵樱花，都用尽全力绽放，把整个武汉的春天献给英雄。有网友的一句期盼，引发万千共鸣：愿山河无恙，人间皆安，武大樱花的梦想不再缺席。

## 樱花树下的温暖约定

为致敬坚守居家的英雄武汉人民，致敬万千逆行援鄂医疗队员、志愿者们，也为满足公众武大赏樱的愿望，武汉大学、新华社、中国移动3月16日开通“云赏樱”，连续进行不少于10天的5G+VR直播，每天上午10：00至下午4：00，向全球媒体免费提供公共直播信号，全方位展示樱花盛开美景。

2020年3月16日，武汉大学校园一角。新华社记者费茂华摄

樱花大道，寂寥无人。一辆5G无人摄像车正来回巡游，把武大樱花之美，及时传输到公众面前。16日上午10点，“云赏樱”一开播，直播间里，瞬间就涌入几十万人。据了解，当天新华社视频直播流分发媒体总数超100家。每天上千万的“云赏樱”浏览量，可见公众对武大樱花的喜爱。

“樱花绽放之日，温暖归来之时”“明媚的阳光总会照亮这片土地，樱花会再次盛开”“好美！武汉的樱花我一定会去看你”“疫情总会过去，樱花依然盛开”……参与“云赏樱”的斗鱼平台上，网友的留言充满柔情与爱意。武大樱花之美，所带来的力量，一如武汉这座英雄的城市，令人坚信疫情终将被战胜，春暖花开的日子会如期来临。

一场场樱花树下的约定，令人感动：武大窦贤康校长给合肥四十五中陈彦然写信，“在新闻中，我看到了你们一家人的故事，我感受到了人间大爱。希望你刻苦学习，几年后能如愿‘常驻’珞珈山，我们在这里等你。加油！”

原来，母亲周国红要远赴武汉支援，刚读初中的女儿陈彦然很难受。周国红想到女儿的梦想是去武汉大学读书，于是对女儿说：“你一直想读武汉大学对不对？武汉现在生病了，如果我不去治，将来你就没有学校可以读了。”

在武汉体育中心方舱医院工作的周国红，让人在防护服背后写着：合肥四十五中陈彦然，认真写作业。这一“硬核”喊话，在网络走红，也引起了武大校长窦贤康的关注。这一隔空互动，让网友大呼友爱温馨。

为感谢湖北省和援鄂医疗队一线医务人员为湖北疫情防治所做出的努力和牺牲，在校友珞珈白衣天使爱医基金的大力支持下，武大决定，对2020年通过高考录取到武汉大学的投身湖北省疫情防治一线的湖北和援鄂医务人员子女，给予每人10000元的关爱资助。

疫情中，武大年轻人没有缺席，为奉献者奉献，与逆行者同行。经济与管理学院2017级博士研究生陈曾说，在武汉大学线上志愿服务一线医务人员子女的服务队中，90后占到98%。疫情期间，陈曾和1366名青年志愿者一同服务着636名来自武汉100多家医院和部分援鄂医疗队的一线医务人员子女，为他们进行线上学业辅导、心理疏导、亲情陪护。

近日，“武大学生用代码敲出樱花绽放”登上热搜，网友直呼“太优秀了”。信管学院的朱永春花三四个小时写代码，每个像素都是“武汉加油”，无数个“武汉加油”汇聚在一起，每个字都是一个像素点，汇聚成“花海”。

疫情中，散落在天涯海角的武大人，也在关注着珞珈山和江城武汉。武大校友企业家们除夕夜紧急筹款，放眼全球，从境外找增量，“武大海外采购群”闪亮登场。

20万套医用防护服、20万副医用护目镜、9万只普通民用口罩、380万只医用N95口罩……2月4日，从韩国首尔起飞的货机装满85.115吨防护物资抵达武汉。这是武大校友包机运送到的第三批“海淘”医护物资，连夜清关、运输、分配，当天这批救急物资以最快速度送往“火线”。武大校友企业家联谊会秘书长蹇宏感慨："武大人，打硬仗，没得怕！"

投之以桃，报之以李。"疫情无界，大爱无疆"，对于帮助过自己的人，武大校友企业家们感恩在心。如今，疫情在国内趋于好转。武大校友企业家们又联合向韩国、伊朗等国家捐赠医疗防护物资。

"3月8日，校党委书记韩进、校长窦贤康于珞珈山向全体援鄂医疗队员发出了赏樱邀请信。"武大人文社会科学研究院副院长李霄鹍说，武大发出邀请，从明年开始，武大将连续三年为援鄂医疗队员以及湖北省疫情防治一线医护人员和家人开设免预约赏樱绿色通道。

## 逆行天使：白衣为甲的武大人

"口罩摘下那天，我要去吃热干面、去武大看樱花……"疫情期间，这句愿望被转述了千万遍，一场樱花盛开成了全民期待。

武大樱花是武汉的一张名片。据不完全统计，在赏樱高峰期间如果不限制进校赏樱人数，一天进出珞珈山观看武大樱花的人次可超10万。

武大每一朵樱花的梦想，就是看一场人山人海。然而，在这个春天，樱花的梦想，戛然破灭。

新冠肺炎疫情来势汹汹，传播速度之快、感染范围之广、防控难度之大前所未有。这是一场突如其来的阻击战、总体战。武汉，遭遇至暗时刻。

江城一时风雨飘摇，珞珈山不能坐视。武汉大学以两个附属医院为主体，在抗疫临床救治中发挥了中流砥柱的作用。一组数据就能说明问题：

武汉大学人民医院本部、东院，接管托管了4900张新冠肺炎患者病床。院本部（新冠病床400张）、东院区（重症病床800张）、武昌方舱医院（800张）、武汉体育中心方舱医院（1000张）、光谷日海方舱医院（1400张），托管的武汉市第九医院（500张），还支援金银潭医院等。

武汉大学中南医院本部，接管托管了5400张新冠肺炎患者病床。院本部（2000张）、雷神山医院（1500张）、江汉方舱医院（1500张），托管武汉市第七医院（400张）。其中，全面接管雷神山医院，创造“边建边治边培训”的“中国奇迹”。

如果算上附属的同仁医院（武汉市第三医院）、亚心医院、恩施临床医院等新冠肺炎定点医院3000多张病床，武汉大学投入病床将达到13300多张。

“在与疫情战斗中，一批武大人临危不惧、义无反顾，以医者的使命感和责任感，站在战疫的最前线。”武汉大学校长窦贤康感慨。

武汉大学1989届临床医学专业校友、湖北省中西医结合医院呼吸与重症医学科主任张继先，发现了新型冠状病毒肺炎患者后，最早和院方一起上报。张继先也被称为“武汉疫情上报第一人”。

会诊抢救过“非典”、禽流感重症患者的彭志勇第三次主动站在防疫最前线。作为武大中南医院ICU科室主任，他是在武汉较早建立隔离病房，并较早呼吁降低确诊标准的一线医务人员。

武大人民医院呼吸科医生余昌平也是一名新冠肺炎患者。在与病毒搏斗的40天里，他一直用乐观的心态配合治疗，录制短视频科普“新冠病毒”，让更多人能科学清晰地认识新冠肺炎，知道如何防范不恐慌。

在武大中南医院急救中心，郭琴、赵智刚、李春芳和柏慧等4名医护人员不幸先后感染新冠肺炎，但他们在治愈后都不约而同地选择第一时间返回岗位，继续救治患者，被称为心系患者的“返岗天使团”。

附属医院开展前线阵地战，珞珈山忙于校园防卫阻击战。截至目前，除了一名医学硕士研究生在一线帮助医务人员被感染以外，武大796名留校学生无一感染。

武汉大学校医院院长周永明说，796名寒假留校学生的生命安全必须摆在第一位，“硬核防守”才能阻止疫情在校园内蔓延。当前武汉疫情防控形势虽然发生了积极向好变化，但疫情防控任务仍然艰巨繁重，要继续把疫情防控作为当前头等大事和最重要工作，不麻痹、不厌战、不松劲。“鉴于此，今年樱花开放期间，武汉大学校园实行严格封闭管理，不对社会公众开放，敬请大家谅解。”

## 科技抗疫：蓝柯团队与“网红”小珈

“人类同疾病较量最有力的武器就是科学技术，人类战胜大灾大疫离不开科学发展和技术创新。”

疫情发生以来，武汉大学科研人员以一线疫情防控救治为导向，坚持科研攻关与临床救治、防控实践紧密结合，取得了一系列突破，在抗疫科研攻关中展现了许多引领性的支撑作用。

“截至目前，武汉大学相关团队已明确8种药物或化合物在体外试验中对新冠病毒有明显抑制作用。”武大副校长唐其柱表示，这也得益于充分发挥学校多学科优势和完整的医学学科体系优势。

“据我们了解，现在国内从事冠状病毒基础研究的团队不超过10个。冠状病毒是武大病毒学国家重点实验室布局的一个长期且重要的研究方向，具有厚实的学术沉淀。”实验室主任蓝柯对最终制伏新冠病毒充满信心。

此外，蓝柯告诉记者，通过与药学院刘天罡团队、基础医学院侯炜团队、健康学院于学杰团队联合人民医院、中南医院、同仁医院的检验科室合作攻关，基于数字PCR技术和纳米孔测序技术研发了新型冠状病毒的检测方法，在加快核酸检测、提高敏感性、降低假阴性等方面做出了亮眼的成绩。

中南医院院长王行环教授团队，率先进行了新型冠状病毒肺炎临床诊疗循证与转化系统研究，形成临床一线诊疗、护理经验和循证医学融合的《新型冠状病毒（2019-nCoV）感染的肺炎诊疗快速建议指南》，并与王辰院士共同主编《实用新型冠状病毒肺炎诊疗手册》，为一线医务人员提供参考。

知己知彼，方能百战不殆。蓝柯团队从1月2日即获得“不明原因发热”病人的肺泡灌洗液标本，开展病因学研究。3日检出病毒核酸，5日完成系列测序，7日凌晨确定为一种新的冠状病毒。为我国在疫情早期快速锁定病原体做出了积极贡献。

"为进一步推动开展病毒防控领域研究，我校设立了疫情防控科研攻关专项经费，为国家做好技术储备。"唐其柱介绍，作为一所综合研究型国家"双一流"大学，疫情暴发以来，学校充分发挥多学科、综合性优势，在计算机和人工智能等交叉学科助力疫情防控，人文社科与管理创新等领域也积极主动作为，将研究成果及时地应用到疫情防控工作中，为战疫提供强有力的科技支撑。

雷神山医院，机器人小珈，一时成为医院"网红"。它每天在病区内完成两次消毒杀菌工作，每分钟可覆盖消杀面积120平方米，可以替代4个专业消杀人员。

小珈还可以自动转换成"配送员"，卸载消毒箱后搭载配送箱，迅速准确地完成药品、医疗器械等物资配送，同时还具备语音提醒、自动识别人群和避障等功能。

从名字就能猜出它与武大很有渊源。原来，小珈是由武大测绘遥感信息工程国家重点实验室、国家多媒体软件工程技术研究中心等科研平台，共同合作研制。

据李霄鹍介绍，在人文社科领域，武大专家学者充分发挥学术和科研优势，把文章写在国家最需要的抗疫一线，向国家部委提交咨询报告上百篇。

3月17日，甘肃医疗队100名队员作为首批撤离队伍之一返回兰州，副队长陈静感慨："从刚去武汉时的恐慌，到现在走时的不舍，这期间我们感受到武汉是个值得尊敬的城市，这里的每一个人都很真诚。"

陈静有一个小小的心愿：希望，再来看这座英雄的城市时，和战友们相约一起看武大樱花。

有诗人歌颂：珞珈山上，每一次樱花的盛开，皆如一个隆重的春之加冕礼。卸白衣铠甲，英雄正归乡。如今，各省援助湖北医疗队正在分批撤离，他们来不及实地亲眼看见武大樱花之美。

相信，武大的樱花，会一直在等：待明年，春暖花开，期待英雄踏胜归来，樱花树下再相约。

# 戛然而止的归途

王　贤、佘勇刚｜新华每日电讯记者
时间：2020年2月25日

在武昌火车站旁边的一个小旅馆里，谢平华无聊地翻看手机，盼着疫情好转的消息。为了省钱，在越南一家家具厂打工的他1月22日坐飞机到深圳，转而搭乘普速列车到武汉，儿子再开车把他接回到湖北钟祥的家。

这不过是一趟再平凡不过的美好旅途，在外打拼一年的中国人，选择在春节前回家，与亲人团聚。可这一次，一场突如其来的新冠肺炎疫情搅乱了一切。谢平华在火车上一觉醒来，就看到了武汉将于23日10时关闭离汉通道的消息。而他的火车10点半才到，跋山涉水从国外回来，眼看着就要与一家妻儿老小团聚，却被困在了离家不远的省城……原本充满期待的旅程，戛然而止。

一个月前，为了阻隔新冠病毒，武汉这座超千万人口的大城市按下了暂停键，毅然关上了自己的“大门”。留在城里的，有上千万武汉市民，还有成千上万像谢平华一样，来这里中转、旅游、探亲、出差、工作的外地人。

这一个月间，滞留在武汉的外地人，心情随着疫情的走向起伏变化。他们承受着比当地人更多的恐惧和孤独、更多的压力和不便。但坚韧的人们大多能坦然面对，与武汉一起战斗。他们中，有人做起了志愿者，更多人自觉遵守防疫规定足不出户；而武汉，也在尽量给他们提供帮助和关怀。

转眼一个月了，疫情防控形势积极向好。滞留的外地人在为武汉加油，

2020年2月19日，湖北武汉武昌火车站地下停车场内，一位滞留武汉的旅客正在看书。新华每日电讯记者杨志刚摄

他们期盼局面快快好转，自己能够走完接下来的旅途，早日回到家乡，与亲人欢聚，恢复正常生活。

## 回家的路，突然断了

“滞留在这里，住宾馆、吃饭花了3000多元。”谢平华这个年过得相当苦涩，“很想家里人，但是没办法，天天盼着‘解封’的消息；我们那一车下来的有好几百人，估计里面很多人都回不了家。”

45岁的谢平华相当憨厚，似乎已经接受了短时间内回不了家的现实。“只差了半个小时，就回不去了，那就好好待着吧，幸运的是都还健康。”他住的宾馆里，有15名滞留的外地人，“封城”后来来去去的有好几十人。

“很后悔，一觉睡过了，就滞留在这一个月，还错过了外婆90岁大寿。”湖北恩施女孩杨阳在江西南昌打工，五六年没回家过年了，今年趁着给外婆过大寿回家，没想到滞留在了武汉。

杨阳22日中午就到了武汉火车站，赶晚上十点半的飞机回恩施，时间上绰绰有余。但她到武汉后有点累，就在离机场不远的地方找了个酒店休息，一觉睡过了，没赶上飞机，于是改签到23日下午。

谁知，“封城”令下，机场关闭，杨阳的旅途停留在了武汉。独身一人、举目无亲的她住了几天酒店，钱花得差不多了，就一个人骑着自行车到救助站求助，最后辗转被汉口火车站站区办安排在车站旁的一家小旅馆住下。

“我去接她的时候，她哭得稀里哗啦。”汉口车站站区办一位工作人员说，“周边有隔离点，我嘱咐她不要出门，每天按时来给她测体温，给她送单位食堂做好的饭菜。”

## 等了又等，苦中作乐

定居在广东深圳的刘女士一家三口1月23日自驾到武汉，看望身患胰腺癌的妈妈，一家人准备接妈妈出院回恩施老家过年后，再送妈妈入院做手术。“武汉‘封城’后找了个民房租住下，现在妈妈病情加重还没住上院，小孩上高三没法回去上学，我的单位也复工了，我们该怎么办？”刘女士说。

在互联网上，滞留在汉人员的信息有不少。记者随机添加了两个微信群，就有800多名外地滞留武汉的人。他们有的在武汉打工，有的是来短暂探亲，有的前来看病后滞留，也有的只是路过……他们素不相识，却因同是异乡滞留人，而在线上聚到一起，相互打气，相拥取暖。

来自河南驻马店的女孩小刘是微信群的活跃分子，她1月19日来武汉看病，做了个小手术，计划1月28号返程，在医院滞留了十多天后，担心交叉感染进了政府安排的安置点。“本来2月20日复工看到曙光了，一次次希望破灭，感觉很压抑很郁闷，21日晚上给心理咨询师打电话，聊了48分钟，感觉好多了。”

“进了群，看到很多相似经历的人，大家互通信息，相互鼓励，感觉心里会好受些。”长期在德国生活的武汉女孩小魏眼看着签证就要过期了，心里很着急，“重新申报签证至少要4个月，可能会失去工作、租的房子、商业信誉，最终面临个人破产，那边如果不考虑武汉的疫情因素，回不去损失就太大了。”

武汉一家留学咨询机构负责人告诉记者，他们服务的留学生很多都滞留在武汉，有的考证、考学都耽误了，光澳大利亚一所大学就滞留了200多人。

## 为武汉防疫尽份力

不少滞留的外地人勇敢站出来，到医疗机构或社区当起了志愿者。陕西西安人侯平安1月21日到武汉市新洲区的亲戚家探亲被滞留，干脆到社区当起了志愿者，“我是退伍军人，也是党员，就想做点力所能及的事，为武汉疫情防控尽份力。”

举全省、全市之力打这场疫情防控阻击战的武汉，也正在挤出力量，为外地滞留人员提供更好的服务保障。

2月23日，武汉市民政局开通疫情防控期间滞留在汉旅客临时救助申请线上通道，并公布了17个区的救助热线电话。记者所在的外地滞留武汉人员微信群里，不断有人收到有关部门打来的电话，免费为他们提供基本的生活保障。

“我对武汉挺陌生，每天都待在房间里，但这个地方给人感觉很温暖；站区办的叔叔每天都来看我，给我送吃的，关心我。”杨阳说。

武汉市救助管理站站长林小群说，“封城”以来已救助460多人，站内现在男区床位比较紧张，女区床位相对宽裕，另外还有新收入的近十人正在隔离。“我们的通道从来都没有关闭，也为可能增加的求助人做了准备，给无家可归的流浪人员提供兜底保障。”

# "烟火"户部巷

皮曙初、李思远 | 新华每日电讯记者

时间：2020年4月10日

江城四月，樱花凋尽，春光更暖。

户部巷的行道树已经绿满枝头，春意盎然。年轻人穿着家居服打羽毛球，老人们戴着口罩在弄堂里踱步，街坊们偶尔聚在一起"哼哼天"，还有人拖着行李箱匆忙返回，热干面的香味也在小巷里飘散……

武汉烟火味，最浓户部巷。4月8日零时起，武汉市解除离汉离鄂通道管控措施，城市正在重回正常轨道。记者连日里来到户部巷，试图从这条百年小巷里，探访过去两个多月里究竟经历了什么，触摸武汉正在重生的烟火气息。

## 过早户部巷

"你们搞么斯啊，不要拍照。"大概是误以为记者要曝光，老陈喊起来，隔着窗子都能感觉出他的怒气。

3月底，记者来到户部巷。

户部巷广福坊，狭窄曲折，挂着"武汉热干面"招牌的小店里热气腾腾，老陈正忙着煮面，一大团煮好的面条摆在案板上，冒着热气。摊开、抖散、抹油、再摊开……一旁的电扇呼呼地吹着风，老陈的额头还是渗出细细

2020年4月8日，户部巷居民在院子里吃饭。新华每日电讯记者皮曙初摄

的汗珠。

“这个叫作掸面，掸完晾冷。吃的时候只需用水焯一下，更劲道、不松散。”老陈的女儿圆圆介绍。这两天，越来越多的老顾客吵吵着“换口味，想吃热干面”。他们一家就“偷偷”地开了张，还特意网购包装袋、封装机，做起网上销售。

“煮这么多，卖得完吗？”

“我们家做热干面十几年，整条街上的人都爱吃。”老陈的女儿一边把芝麻酱、卤水、萝卜丁、酸豆角进行打包，一边说。她手脚利索，话语间充满着武汉女孩的爽朗。

过早，来一碗香气四溢的热干面，是这座城市最具烟火气息的一面。

“过早户部巷，宵夜吉庆街”。说到武汉的烟火气，不能不说户部巷。

武汉人将吃早餐称之为“过早”。一个“过”字，很有气势，就像“过年”“过节”一样，隆重而富有仪式感。他们将早餐“过”得花样百出、名目繁多：汤包、豆皮、油香、面窝、热干面、欢喜坨、锅贴饺、糯米鸡、炒豆丝、糊汤粉……一顿早餐，可以吃出上百种花样。

但是，武汉人过早又是不讲究、很草率的。早晨出门，随便找上一家路边摊，往凳子上一坐，高喊一声："老板，来碗热干面。"一顿早餐就算对付了。有的人坐也不坐，拎上两个面窝、一碗米粉，便匆匆赶路，边走边吃。

所以，武汉满大街都是过早的摊子，门面不大，两三口大锅，或煮或炸，或蒸或煎，再摆几张小桌，放上酱醋佐料，甚至路边随意摆上几把凳子，就算是一家早餐店了。每天从清晨四五点钟直至上午九十点，家家门前川流不息。

在武汉，以早餐特色小吃闻名的，当数户部巷。

户部巷位于老武昌城的中心位置，蛇山之北，黄鹤楼下，东临司门口，西临武汉长江大桥下的轮渡码头。司门口是老武昌城的行政中心，因明代布政局、清代按察司的衙门口而得名。正对户部巷的民主路连接司门口与长江码头，早在明代就是贯通水陆交通的一条要道。

在明嘉靖年间《湖广图经志》里有一幅地图，上面就清楚地标注着这条狭窄的小巷。清代的时候，小巷东临负责管理户籍钱粮、民事财政的藩署。藩署直属户部，户部巷因而得名。早在清末，户部巷名气日盛，小巷人家勤劳巧作，为南来北往的商客船家提供各种花样的小吃。

20世纪50年代的时候，武汉长江大桥通车，轮渡码头也更加繁荣，这里成为连接三镇的交通要道，人气颇旺，"过早一条街"声名鹊起。

这条百年老巷，如今已是网红打卡地。不管什么时候来到户部巷，都是一片人头攒动的热闹景象，来自四面八方的游客，摩肩接踵，熙熙攘攘，在各个摊位面前，汇聚成一幅幅活色生香的城市表情。

当然，这一切在疫情防控期间，都被按下了"暂停键"。

经历春雨的洗礼，空气变得清新。眼下，进入户部巷的过程仍不轻松，与相关部门以及社区居委会层层联系之后，测体温，扫健康码，实名登记，才终于被允许越卡过关。

卡点处不时有人出入。他们是户部巷的居民，凭社区开具的“路条”和本人健康码，可以出去购物。一些老人不会用健康码，又嫌去社区开证明麻烦，试图“闯关”，被守在卡口的工作人员一一挡住，颇费口舌地与之讲道理，偶尔还会提高嗓门，激烈地争执一番，老人们最终还是回去，开了“路条”再来。

这些略嫌喧闹的争执，或许更像武汉人思念已久的日常。无论是“闯关者”还是“守卡人”，并不十分在意，转身之后，一笑了之。

民主路、户部巷、自由路三条步行街，构成了如今的户部巷小吃街。一些社区居民拎着米油蔬菜在街上走过，还有穿着红马甲、戴着红袖标的人员，分发这些物资，他们是社区里的志愿者。

店铺还没有开门营业。蔡林记热干面、老谦记豆丝、脆皮五花肉、壹米大薯条、徐嫂糊汤粉……这些平日里香飘满巷、让人口水四溢的小吃店，此刻都香味难觅，只有那些熟悉的招牌依然醒目，默默守候。

广福坊、鸿祥巷这些背街小巷里，越来越多的居民走出家门，或在巷口闲聊唠天，或者在转角溜达休息，年轻人干脆拿出球拍，打起了羽毛球，小巷中回荡着击球的砰砰声，增添不少生气……

## 通过战“疫”，社区的凝聚力增强了

与民主路和自由路垂直，一条约150米长的老巷子，才是最早的户部巷。

老巷子里，一位老人戴着口罩默默在地上书写。他用一支自制的巨大“毛笔”，一笔不苟在青石地板上写下一篇《武昌揽胜图》：“武昌古郡，华夏名城。江腾汉汇，人杰地灵……起义门举枪鸣炮，威震层云。都督府帷幄运筹，皇冠永落；中山舰英雄抗敌，亮节长存。农讲所燃一盏明灯，照亮沉沉黑夜……”

老人叫蒋君臣，已年过七旬。他告诉记者，发生疫情以后，他和老伴两个人被困在家里，与儿女们分隔。为了打发时间，他用扫帚柄、沙发海绵和饮料瓶为材料，自制地书笔，练习写地书。刚开始在自家院子里写，现在可以出门，就到巷子里来写了。

"院子里地不平，笔磨损得快，这里地平，好写多了。"回顾刚刚过去的两个多月，老人十分感慨，"不能光坐着看电视，得找点事情做啊。"

沈小妹却不愿回顾过去两个月里发生的事情。她是武昌区中华路街户部巷社区党委书记，面对记者的追问，她只是反复说道："都过去了，蛮难蛮难的时候已经过去了，现在一切都在好转……"

但是，从她忽然夺眶而出的眼泪中，便能明白，那是一段多么难熬的日子。

1999年开始从事社区工作，社区书记、主任"一肩挑"12年，沈小妹"从没有经历过这样的大事情"。

8614人的社区，65岁以上的老人超过1200人，20多人确诊新冠肺炎。"我们属于老旧城区，没有物业管理公司，社区要直接面对居民。"沈小妹介绍，社区只有12名工作人员在岗，其中11人是女同志。

"疫情初期，大家都很恐慌。我们也不知道怎么办好，只能做一些安抚、对接就诊、转运等基础性工作。大家都是多年的街坊邻居，看着他们患病我们也很难受。"沈小妹说，"慢慢地才开始比较有序、有条理，也会根据大家症状和轻重缓急给予建议和合理安排。"

"即使最无助的时候，大家还都保持克制和理性。为了保护我们，一些发热病人自觉与我们保持距离。"沈小妹说。

随着志愿者不断加入，下沉干部也陆续赶到，人员力量、各种物资逐渐充裕。抗击疫情的战线迅速形成，管控措施也更加严格有效。四通八达的小巷被蓝色的围挡挡住，只留下一个进出口，并安排人员24小时执勤。居民生活物资保障体系也逐步建立，团购、分发，针对老人还会送菜上门。

67岁的熊先武是土生土长的户部巷"原住民"，曾经做过户部巷商会会长。除夕之夜，已到黄陂盘龙城与家人团聚的他，硬是让女儿开车送回了户部巷，成为第一个加入社区的志愿者。

他讲了一件事：住在广福坊的朱清清（化名），邻居老两口一个确诊一个疑似，把她吓得不轻。她高度紧张，这种紧张还在微信群里蔓延。为了缓解她的思想压力，我每天忙完后都在微信上问问她家里的情况，跟她家人聊聊社区的消杀工作和政府的政策措施。从广福坊一带路过的时候，我会上门为她家送去一些消毒液，时常提醒她要少出门勤洗手多通风。社区受赠的萝卜白菜，我也会隔段时间为她家送上一些。过了一段时间，朱清清的情绪算是稳定了。她还主动联系，要向社区捐赠资金。

“这样的事情每天都在发生，大家需要的可能只是一些陪伴和关心，我作为党员，义不容辞。”熊先武说。

“疫情对基层治理提出了前所未有的挑战，也让我们反思摸索和提升基层工作的方法。”沈小妹拿出手机，多个微信群不停地闪烁，“我们对原有管理体系进行了重新梳理，建立五个联络群，每个群里配备两个志愿者、两个社区干部，还有日常生活服务的人员，群众一有需求我们就立刻响应。”

比如针对老旧小区屋顶漏水、下水道堵塞、电器故障等问题，专门协调人员上门服务；为了解决居民无法理发的难题，先后组织3次集中理发活动。

“社区不能做成机关。有人管事、有人响应，群众才不会着急。”沈小妹说，这也是她总结出来的经验，“通过战‘疫’，社区的凝聚力一下子增强了。疫情是考验，过程中发现一批能够扛事干事的志愿人员，把他们团结抓牢，也是自治管理的新开端。”

## 志愿者，最后一公里的防控战线

艰难时期，让人看到了守望相助的温暖。

60多天来，熊先武一天也没休息，转运发热病人，给社区进行全面消杀，解决居民每一个困难求助，帮助居民采购生活物资……虽不是社区工作人员，这位67岁的老人却和社区工作人员一道，一直活跃在抗疫一线。

熊先武祖屋就在户部巷老巷子里。一街一巷，既是他童年的乐园，也是他谋生、立业的地方。2003年，“汉味早点第一巷”开巷，作为下岗职工的熊先武是第一批入驻的个体户。

“生意好的时候，一天可以卖50斤大米的粥。在这里，我赚来人生第一桶金，过上了小康的生活。”熊先武说。

“疫情暴发以来，我自己也经历了由紧张、到恐慌、再到平静的心理战。如今，我已经全身心地投入到社区工作中来。我觉得，武汉抗击新冠肺炎，我们普通人也应该挺身而出，每个人分担一点，助她一起渡过难关。”

从正月初一开始，熊先武每天都要发朋友圈，记录当天的感触。“不为别的，就为了告诉我的亲朋好友，我此时平安无恙。”

有时候，他记录了自己内心的自豪：户部巷社区自由路30号，一居民家卫生间堵了，在没有专业疏通工具的情况下，能亲自用手去疏通，我大胆地说，没有多少人能做到！

有时候，他也道出满腹委屈：转运确诊病人，为居民团购蔬菜当一名搬运工，我也怕死，我也累，这把年龄还要挨骂，说句心里话，我都不知道是为了啥。

有时候，他还会写下几句生命的感悟：我虽已入老年，但这次疫情让我重新认识了生命的意义。

“我不是不累，只是不想当逃兵。”他对记者说，有时候躺在床上都起不来，可是睡一晚上爬起来还是继续顶着干，现在想起来也挺自豪，“毕竟在这关键的时候，我为我的社区拼过命！”

如今的户部巷，大大小小商铺有300多家。突发的疫情，让许多店老板都滞留下来，他们不能返乡，也无法经营，一些人自发加入志愿者的队伍中来。

志愿者的工作细小琐碎，却又不可或缺。他们是“采购员”，为街坊邻居买菜买药，又是“安全员”，为社区大街小巷搞消杀；他们有时是“心理疏导师”，接待来访街坊，有时又是“防护员”，在卡口蹲守……

45岁的王帮俊来自十堰，来户部巷已经二十多年了，在自由路经营着一家餐馆，取名川娃子牛杂馆。“在家闲着也是闲着，不如做一点力所能及的事。”

“社区工作人员都是女同志，购买、分发物资这样的事情自然而然落到我们头上。”“老汉口湖北特产”店铺老板胡先如介绍，“一次团购就是1000多份，肉、米、面、油常常好几吨重，基本上靠我们搬运分发。”

一次，一位孕妇要生产，打电话给社区求援。没有电梯，只能用担架接力。楼梯十分狭窄，只能一点一点地腾挪，既要保证人员安全，又要和时间赛跑……“从五楼抬到一楼，在把孕妇送上救护车时，衣服全都湿透。”“壹米大薯条”商铺老板王振学说。

熊先武对志愿者们赞赏有加，他们不计得失，不惧生死，洒汗水，抗疲倦，受委屈，用自己的血肉之躯筑牢了最后一公里的防控战线。

沈小妹介绍，除了社区工作人员，户部巷社区有志愿者48位，下沉干部47位，单位就近服务社区人员10位，大家齐心协力轮流上岗，分为团购组、消杀组、巡逻组和应急组，全方位保障社区安全和居民健康。“到3月中旬，我们已经连续20天无新增疫情，顺利通过‘无疫情社区（小区）’审核。”

她说，等疫情结束，应该给每位志愿者的店铺挂一块荣誉牌。

## 重启步伐并不轻松

为了打造更好的旅游体验，2019年，户部巷升级改造。从三条主街到背街小巷，角角落落都画上了老武汉风情壁画：肩挑背扛的老码头、老堆场，纳凉喝茶怡然自乐的老街生活，修包、织布、捏面人、吹糖人等民间老手艺……一幅幅栩栩如生，身处其中给人一种恍惚的穿越之感。

“这些画真是绝了，点缀之下，巷子一下子活了。”鸿翔巷头，一位居民对记者说。

易兵坐在一辆三轮车上，看着墙上的壁画出神。他来自恩施巴东县，经营着一家豆皮店，封城那天已经赶到高速公路口，结果还是被滞留在武汉。

“十几平方米的店铺一个月租金就超过两万元。加上年前储备的原材料变质，损失太大了。”易兵想起坏掉的几大筐上千只鸡蛋，十分心疼。

从“武汉过早第一巷”，到“汉味小吃第一街”，户部巷已经成为武汉人气最旺的旅游点之一。高峰的时候，每日游客超过10万人次。

眼下，这些对旅游业高度依赖的店铺，很多陷入了困境。户部巷烟火气正在重升，然而，重启的步伐并不轻松。

“荆源楚味”店主韩燕明来自黄冈蕲春县，2015年带着13年打工积攒下来的30多万元钱来到户部巷打拼，和朋友合伙经营湖北特产生意。

见到记者时，他正筹划着把店铺重新开张。店铺里，商品摆得整整齐齐，但存货已经不多。“反正没办法经营，索性捐赠给为武汉拼过命的援鄂医疗队。”

韩燕明说，疫情导致店铺损失惨重。“原本为了分散风险，又买下了一家铺子，计划正月初三开业的。现在成了最大的窟窿。3家铺子一个月的租金就将近10万元，一个季度不开门，就基本相当于十几年的积蓄打了水漂。”

旅游业的恢复并非一朝一夕。店铺老板们希望人们尽快恢复对武汉的信心。

“快乐驿站乡菜馆”是户部巷里为数不多的开门店铺，老板谈会友正在忙碌着准备午饭。“一线防疫人员加上隔离点的隔离人员，全部由我提供。至少两百多份。”

从早上四点多起床，谈会友几乎没有休息。他说，“两百多人里不少是老人，所以我们还要给他们另做一些，比如鸡蛋羹、稀饭什么的。”

来自鄂西北大山深处，不到20岁就出来闯荡，年近半百时，谈会友在武汉安了家。“房子位于白沙洲，虽然比较偏远，好歹扎下了根。”

“社区找到我的时候，我也非常害怕。那时，刚刚封城，街上几乎没有人。但既然政府找了我，是信任，我就要当作政治任务来完成。”

谈会友并不是党员，却对这项“政治任务”看得很重。员工都返乡了，就临时招聘，甚至拉亲哥哥来帮忙。

经历户部巷的数次改造，谈会友还是有很多感慨。“每次提档升级，户部巷就会焕发新颜，越来越好。不过，户部巷也有些不足，缺一个大型停车场。游客多的时候，街上人挤人，游客们都反映不好停车。”

“疫情结束，游客愿不愿意来还是一回事儿。户部巷恢复估计还需要一段时间。”谈会友筹划着先把网购弄起来，熬过这段艰难的时光。

历史上，这里曾是大码头。户部巷便因码头而兴，“过早”的文化也是码头文化的一部分。舟车络绎，人气鼎沸，汇聚江汉五粮、天下干鲜，汉味小吃杂糅了南北之风、东西之味，品类繁多，经久不衰。

民主路的尽头，就是武昌江滩，武汉长江大桥高高矗立。透过围挡的缝隙，可见宽阔的江面上，巨轮穿行。

## 承载抗战岁月，见证武汉发展

经过76天的顽强坚守，武汉解除离汉离鄂通道管控措施，有序恢复对外交通，人员凭健康“绿码”安全流动。标志着湖北保卫战、武汉保卫战进入了一个新的阶段。

记者再次来到户部巷，入口处，依然是层层审查：“全副武装”的志愿者荷“枪”而立，逐一排查，扫健康“绿码”，用温枪测量体温。

民主路上，24岁的王普建正在带着女友游玩。“因为疫情滞留，这是两个多月来第一次出门。”

王普建来自湖北随州，大学毕业后在武汉从事线上教育行业。平时忙于工作，周二周三是他的休息日。在武汉解除离汉通道管控的这个重要的节点，听说武汉“解封”了，专门带女友出来“见证”。

离汉通道"解封"，但社区管控仍未解除，户部巷的商铺大都还没有开门。王普建有些遗憾，说，"但能出来走走，看看春天的景色，也是很好的。"

在社区党群活动中心，热闹非凡。一边是政务办理柜台，电话铃作响，社区工作者正在紧张忙碌地处理；一边却是热闹的"超市"，米、肉、菜等成批的物资堆成一堆，购物车、拖货物的平板车往来不息，不时有居民过来认领物资。

"这是我们最后一次集中团购生活物资了。"沈小妹说，疫情形势持续转好，超市已经营业，居民可以凭借"健康绿码"外出自行购物。她介绍，社区的硬隔离正在解除，越来越多的居民需要外出上班，加上下沉干部和志愿者陆续回岗上班带来的社区人手减少，人员流动带来的管控压力也越来越大。

"新问题新考验层出不穷，是社区真真实实的状况。疫情初期，主要面临人员收治问题，收治完成后又面临保障物资供给，现在又面临风险长效防控和复工复产的压力。"沈小妹介绍，这两天，讲话讲得腮帮子疼，回到家什么事情都不想做，就想静静地坐着。

变化的不止这些。

"沈书记，平安到家了。再来看您！"16时32分，一条短信的到来令沈小妹十分激动。"我们的战友到家了。"她说。

发信人为覃诗海，来自湖北五峰，在户部巷一家店铺工作，疫情期间一直在社区做志愿者。错过了新年，覃诗海一大早登上了回乡之路。

走进背街小巷，处处可听闻悠长动感的音乐。夕阳下，"大妈"们身着睡衣，在门前又开始了欢快的舞步；上了年纪的老大爷也摆出棋盘，杀他个难解难分；一些居民也恢复了往日的"吃播"习惯，端着饭碗坐在门前的摇椅上，津津有味地吃晚饭……

民主路南侧，隔墙之外，斗级营保留建筑的修缮工程，因为疫情停工。夕阳映照，工地上空空荡荡，断壁、残瓦、荒草与黄鹤楼和白云阁遥遥相应。

斗级营历史上是衙门服务人员的驻地。20世纪初，湖北最早的照相馆、福隆澡堂、马应龙眼药分店等纷纷聚集，成为武昌的经济中心之一，承载了抗战的岁月、见证了武汉发展的沧桑。

抗日战争期间，因为这里人多混杂，方便掩护，抗日英雄赵一曼曾在此居住。新中国成立后，不少居民搬来斗级营，新建民房，这里逐渐转为居民区，老建筑也被淹没其间。

“拆除居民区、修缮老建筑，改造升级之后，作为户部巷社区重要组成部分，斗级营将会焕发新生。”沈小妹说。

人间四月，春风正暖。纵使所有的计划都被疫情打乱，这个难挨的冬天已经挨过去了。热气腾腾的“过早”、热气腾腾的武汉正在恢复。

“店铺开业正在申请审批中，等复工开业了，再来，更有‘味道’。”临走时，沈小妹说。

“烟火”户部巷，等您来“过早”。

# 追踪猎捕病毒的人

伍晓阳、黎昌政、徐海波｜新华每日电讯记者
时间：2020年3月20日

抗疫战场上，活跃着一群与病毒较量的疾控卫士。

哪里有疫情，哪里就有他们的身影。检测病毒核酸、判定阴性阳性，他们为医疗救治提供科学依据；指导环境消杀、检测环境卫生，他们为重点场所撑起防护之盾；开展流行病学调查、追踪密切接触者，他们为社区防控传递准确情报。

一个个疾控卫士，就像“侦察兵”，活跃在抗击疫情阻击战场，是打赢这场特殊战争不可缺少的力量，是攸关战疫胜败的幕后英雄。

## 离病毒最近的“病毒猎人”

“手握”病毒、“对视”病毒、“环绕”病毒……在湖北省疾控中心检测实验室，高度紧张的安静中，刘琳琳凝神静气开展着新冠病毒核酸检测。

作为核酸检测员，她和同事们是离病毒最近的“病毒猎人”。

目前，她在抗疫一线已持续战斗两个多月。尽管过去13年的职业生涯都是跟传染病病原体打交道，但她表示，“这次的考验前所未有！”

病毒来势汹汹，疫情迅速扩散。早期在武汉各大医院，发热门诊人数暴增。许多病人不能及时收治，收治病人不能及时确诊。

早诊断、早治疗，尽快提升新冠病毒核酸检测能力，成为关键一环。

“我们必须跟死神抢时间！”湖北省疾控中心卫生检验检测研究所所长江永忠说。所里全体检测人员24小时轮班，争分夺秒开展病毒核酸检测。

检测样本，从收样到反馈结果，需要经过灭活、核酸提取、试剂反应、结果判定等多个步骤。一批样本送进实验室，大概要4到6个小时出结果。

“检测员面临的风险很高，每天接触大量高致病性样本，实验操作还会产生气溶胶，气溶胶也有传播风险。”刘琳琳说。

核酸检测在P3实验室进行。检测人员进入P3实验室要全副武装：戴上N95口罩，穿上两到三层防护服，还要带上十几斤重的正压式呼吸器。

“时间长了会出现心慌、耳鸣，走出实验室，全身都湿透了。”刘琳琳说。检测任务最吃紧的时候，她曾连续工作36个小时。

检测人手不够，相近专业人员顶上。曾莹春博士的专业是微生物，她第一时间主动请战。她过生日当天深夜11点，正准备脱掉防护服下班，又紧急收到200多份样本，她将这些样本当成特殊“生日礼物”，连夜检测。

承担核酸检测的同时，湖北省疾控中心还密切监测病毒变异。

通过夜以继日的紧张工作，江永忠带领的团队获得新冠病毒纯培养并稳定传代，完成病毒分离鉴定及全基因组测序。目前，专家团队正在进行更宽时间、更广地域样本的毒株分离培养及基因测序监测变异等工作。

“对病毒可能的变异情况进行监测比对，将为研发新冠病毒治疗药剂和优化检测试剂提供数据支撑。”江永忠说。

疫情如野火蔓延，病人数量不断增多，检测任务日益繁重。

全国各地疾控人纷纷递交“请战书”，誓言“不惧艰辛，背水一战”。来自全国疾控系统的20支检测队伍，紧急奔赴湖北17个市州对口支援。

缺人，支援人。2月1日，吉林省疾控中心驰援湖北的应急检测队员杨尧、齐鹏，抵达巴东县疾控中心。第二天起，巴东县疾控中心开展核酸检测，病毒核酸样本不再需要送到恩施州。

缺设备，支援设备。重庆市向对口支援的孝感市捐赠5台PCR检测仪，支持孝感市妇幼保健院、第一人民医院等建设检测实验室。多方努力下，孝感市核酸检测能力从每天200多份提高到2500份以上。

在孝感市疾控中心，当地检测人员与中国疾控中心、重庆市疾控系统的支援人员并肩作战。近两个月没见过家人、体重减了10多斤的检测员喻珂说：“只要能打败病毒，这些都不是事儿。”

## 为重点场所撑起“防护之盾”

环境消杀是疾病防控的基础工作。

来自天津市南开区疾控中心的王楠，奉命赶到恩施州宣恩县指导环境消杀。

2月13日抵达后，他马不停蹄辗转于乡镇卫生院发热门诊和集中隔离点。一个多月来，他和同事们对9个卫生院和17个隔离点摸排了两轮以上。

2月18日一早，王楠从县城驻地出发，坐车前往80多公里外的椿木营乡。到达乡卫生院，他换上隔离衣，进入发热门诊，详细询问工作流程，查看分区布局，指导医护人员做好个人防护……

指导医护人员开展消杀，参与终末消毒和各类场所的预防性消毒，协助县疾控中心编制相关技术方案，重点关注看守所、福利院等人员密集场所，指导复工复产企业疫情防控……王楠的行程安排得满满当当。

“我们看不见病毒，它随处都可能存在，我们能够做的就是把防护网络织密一些，把防控措施做实做细。”王楠表示。

同为疾控人的谢曙光，是一名环境卫生检测专家。作为湖北省疾控中心卫监所环境卫生部主任，他带领的团队承担了很多传染病医院收治病人前的最后一道工序——检测环境指标是否符合国家标准。

“静压差4帕，再调一下通气阀门。”“换气次数11次，还不够。”……2月4日晚上7点，在刚刚建成的武汉火神山医院，谢曙光带着4名同事，快速检测每一间负压病房的环境指标。

此刻，火神山医院准备收治的第一批患者已在来医院的路上。“再搞快点！”谢曙光催促道。

25分钟后，第一批病房各项检测指标基本合格。“可以收治患者了。”谢曙光说完，医护人员立刻把患者送进了病房。

“火神山医院建设任务紧急，从工程完工到收治病人之间只有半个小时，我们的检测必须争分夺秒。”他说。

“要提高患者诊疗质量，最大限度确保医护人员和公共卫生安全，诊疗场所的环境指标必须符合国家标准。”谢曙光说，环境卫生监测者相当于哨兵，是确定诊疗场所正常安全运行的最后一道环节，必不可少。

除了火神山、雷神山医院，谢曙光还远程指导黄冈市中心医院、松滋市人民医院、大冶市人民医院等20多家医院开展传染病区改建。

他带领的团队，先后对500余台生物安全柜、200余个PCR实验室运行状态进行检测，为病毒核酸检测场所、设施确认环境安全。

谢曙光还参与了临时性收治医院改建技术文件的编写和审查，包括《呼吸类临时传染病医院设计导则》《关于方舱医院设计和改造的有关技术要求》等。

这些改造规范都是深夜完成修改审核，次日就发布。虽然忙得像打仗一样，但他说：“搞我们这个专业的，这个时候不上，那什么时候上！”

一个个环境消杀、环境卫生监测团队，就这样夜以继日，为湖北抗疫重点场所撑起“防护之盾”。

## 病毒侦探流调员

黄冈市蕲春县48岁的胡某，回想自己感染经历，仍觉得不可思议。

那是1月20日，他和一名同事并排走路，交谈了5分钟。1月23日，他出现发热、干咳、流涕、胸闷等症状，第二天被确诊。

“太厉害了！我自己都忘了的这次偶遇，被锁定为感染原因。”感染原因这么快神奇地被锁定，靠的是疾控中心“流调员”。

流调，指的是流行病学调查，是传染病防控非常关键的一环。流调员奋战在抗疫前线，搜索与病毒有关的蛛丝马迹，从感染者生活轨迹和社会活动中，找出其他患者和密切接触者，从而控制疫情扩散。

疫情发生以来，流调工作每天都在进行。截至3月15日24时，奋战在荆楚大地的流调员，累计追踪到密切接触者275503人。

时间就是生命。争取了时间，翔实的流调数据和实验室研究就能为决策提供重要依据；争取了时间，每一项防控措施就能为更多人的健康提供保护；争取了时间，就能让更多一线医护人员减少被病毒感染的风险。

“我们就是在跟病毒赛跑。”黄冈市疾控中心预防控制科科长王芬说，只有跑在病毒前面，把密切接触者找到并集中隔离，才能遏制传染。因此，对每名确诊和疑似病例的流调工作，必须在接报后24小时内完成。

这是一项危险的工作。

王芬说，有时候病人是躺着的，而且说话声音很小。流调员只有俯下身子，将耳朵靠近病人，才能听得清。虽然穿着防护服，但与病人如此近距离接触，难免让人心生忧惧。

为防病毒流出，带进隔离病房的调查物件都不允许带出来。每次现场流调，都是两人一组。一人在病房外等候。一人进入病房，将调查结果写在个案流调表上，透过病房玻璃，病房外同事用手机拍照，再带回去录入电脑。

这是一项还在继续、远未完结的工作。

“参加工作15年，这样严峻的考验前所未有。”孝感市孝南区疾控中心流调员黄亮说。随着疫情防控形势向好，追踪病人的任务没有前期繁重。但这段时间，黄亮和同事要着重对此前流调中尚未查清楚的问题进行补充调查。

最近，他和同事就“破获”了一起农贸市场聚集性疫情。

在孝南区陡岗镇，有个区域确诊病例较多。他和同事在补充调查中，意外发现16个病例均有同一农贸市场暴露史，其中首发病例有武汉接触史，多次到农贸市场且未戴口罩，可能直接或间接造成4名摊贩、11名消费者被感染。

“这警示我们，农贸市场是新冠肺炎传播高危场所。”黄亮说，建议农贸市场开市前集中开展彻底消毒，并对摊贩建立健康监测机制。

艰苦奋战后，黄亮看到了胜利曙光。虽然像侦探一样破案会带来成就感，但严峻疫情让他心情沉重。他说：“希望这样的疫情一生只碰到这一次。”

总体上，我国本轮疫情流行高峰已经过去。但流调任务没有终结。

“目前我们对新冠病毒的传播与致病规律还远未深入掌握，而核酸与血清抗体流行病学调查是把握这一疾病流行规律的最关键科学证据，是对进一步防控措施作出科学决策的最重要依据。”中国工程院副院长、呼吸与危重症医学专家王辰院士近日指出，“这一调查之重要，应当讲，无以复加。”

抗疫之战，疾控人仍在火线。

## 被打乱的计划

但是，突如其来的疫情把彭建波的计划打乱了。“其实在从杭州出发前，我也看到了华南海鲜市场的相关报道，但是情况并不严重，我也就放心地出发了。那个市场，包括武汉中心医院，就在汉口火车站边上，而我家到汉口站，从手机导航上看，也就40公里。”

“直到1月20日，我才感到不对劲，因为钟南山院士出来说话了，说是可以人传人的。”二哥开车赶到大悟，把彭建波接回了老家。到了家，彭建波坚持让还在杭州的妻子退了票。“还好退了票，否则他们到武昌站正好是23日清晨，而23日10点，武汉就封城了。”

1月23日武汉封城，随后汉川也封了城。彭建波待在家里，只能通过手机了解外面的信息。他发现，微信群和朋友圈上关于汉川急需医疗物资的信息也越来越多。“我是农工党员，这个时候农工党浙江省委员会已经号召大家捐款了。我就马上联系社会服务部的张红部长，希望能为家乡争取一些医疗物资。"

"1月29日，张红部长告诉我，上海锦天城律师事务所通过他们的青岛分所采购了120万副医用手套，要捐赠给湖北。我连忙联系上锦天城杭州分所的唐国华律师，他也是农工党员，而且是浙江省律协的副会长。"彭建波告诉记者，当时这批手套发到了武汉市汉阳区民政局，他发动了几位在汉同乡，对方同意转赠汉川两万副。"我马上联系汉川市人民医院，让医院马上派人去领取。"

"这是我募捐到的第一批物资，是31日运到汉川的。正好同一天，农工党浙江省委会组织部的王瑞旻主任告诉我，他也向湖北捐赠了一批口罩，我连忙和他商量，能不能改一下快递地址，分一点给汉川，他答应了。"完成了两次募捐，彭建波又想起了找海外的朋友"化缘"，他把汉川各医院的募捐公告发给了美国、日本、澳大利亚、新西兰、法国的朋友。大家纷纷响应，但当时的清关手续太复杂，最终无奈放弃了。

## 工作推进像"开车上高速"

"也就是在同一天下午，定居美国的琵琶大师吴蛮帮我联系上了一家志愿者组织的负责人程俏俏。说起来，大家也是通过艺术结的缘。"彭建波介绍说，吴蛮的作品曾获第59届格莱美奖，她的父亲就是中国美院的校友、著名画家吴国亭。"当时是中央音乐学院的一位博士生来做皮影戏音乐的研究，介绍我认识了吴蛮。而她这次介绍我认识的程俏俏，是上海音乐学院萧梅教授的女儿，她们母女俩都是研究民族音乐的。"

"公益组织'最后益公里'帮我们组建了'汉川援助小分队'，从那时开始，我感觉自己的志愿者工作就像开车上了高速一样，各种物资纷纷送了过来。'最后益公里'就是要做最后一公里的公益，但是在当时的交通条件下，要完成物资运送的最后一公里，也是挺不容易的。"彭建波说，两位杭州热心市民杨玉梅和何颖托朋友从海外采购了一批口罩，先带到成都，然后快递到武汉。“当时武汉封城，快递是进不去的，送进去了也运不到汉川，怎么办呢？”

就在这个时候，彭建波通过老同学李红云联系上了她的朋友袁鑫。“袁鑫住在武汉的新沟镇，新沟紧邻着汉川的新河。我们打算通过快递，将口罩发往新沟。他一听来意，马上答应了，而且还和我说：‘我是退伍军人，这个时候，保证完成任务’。”

由于“最后益公里”组织后来重点关注了黄冈，程俏俏又介绍彭建波认识了在武汉的志愿者熊书捷。“过年到现在，我的微信里一下子多了一百多个好友，全是朋友的朋友，或者是朋友的朋友的朋友，只要自我介绍一下，志愿者马上添加你为好友，毫无二话。”

“我和你说的这几位志愿者大多是女性，所以我说我看到了现实中的花木兰、佘太君和穆桂英。”彭建波告诉记者，熊书捷的男友在中建三局工作，当她组织志愿者、筹措物资时，他正奋战在火神山医院的工地上。“所以她把自己的组织命名为‘火神队’，我们说她是‘火神队’的花木兰。”

“熊老师让我们组建了一个‘已核实汉川地区医院’微信群，我同学李红云在当地政府工作，想办法搞到了全市35家医院负责人的联系方式。”彭建波说，他们把志愿者、爱心人士和医院代表都拉到群里，信息完全公开透明。

“汉川市人民医院和汉川市中医院是当地的定点医院，而检查工作的第一轮，不少是下面的乡镇卫生院做的，他们也很辛苦。后来我们把殡葬机构也拉到群里，把环卫部门也拉到群里。他们都需要防护物资。后来我们又想到，无论是隔离人员还是医护人员，里面有许多女同志，所以把卫生巾也列入我们需要的物资名单中。”

## “再遇到困难，还找我”

“那段时间，我们每天睡觉没有超过6小时的。我看医院的工作强度也很大。有次晚上十点联系市疾控中心的对接人，她回复我说正要准备开会，商量明天的工作，还有好几次半夜里给几个院长发送物资运送的消息，我是想他们起床后就能看到，没想到他们那个时候都没睡，都马上回复我说‘收到，谢谢’！”

“其实这次我在微信上加的好友，许多人到现在都没有见过面。像这几天我看微信记录，发现央视的一位主持人李七月，也给我们献了爱心。”彭建波回忆说，有次为了帮助一批物资从广州运到汉川，需要通行证，他打了十几个电话，花了两个半小时。“最后又回到第一个电话找的湖北省指挥部交通组，我也不知道对方是谁，他听我说了情况，马上答应处理，然后还和我说，‘下次再遇到困难，还找我’。”

“不过最让我感动的，应该是负责运输的志愿者。”彭建波记得，第一次碰到志愿者严钊时，对方告诉他，自己就靠一个一次性医用口罩，已经反复用了三四天。“我连忙送了他一些口罩和一件隔离衣，如果因为送我们的物资，让他感染了，我心里会非常愧疚的。”

“当时在武汉还有一支‘豹变志愿者车队’，给我们捐赠过4吨浓缩消毒液。”彭建波说，“在负责人李兴望的朋友圈里，我看到了十几个汉子当时签的生死状，一下子眼泪就流下来了。”

“其实还有位负责人，但是她只肯告诉我自己姓唐，一直不肯说自己的名字，经其他志愿者介绍，才知道她的名字叫唐丽。所以我觉得，如果有人问我什么是武汉人的性格，我首先会推荐他去看易中天的那篇《武汉是一座怎样的城市》，关键词应该是‘豪爽’。”

## 疫情好转，“高速出口”到了

到了3月1日，随着疫情向好，彭建波的志愿者工作一下子放缓，他感觉就像找到了高速公路的出口。“我算了一下，到现在，一共募捐到了4000个防护面罩、2.45万个医用帽、1.6万件隔离衣、800件防护服、15万副医用手套，还有很多物资，我就不列举了，都做成了表格文件放在微信群里。这真是一张‘众志成城’的表格。”

“我一直在从事田野调查，拍摄视频，收集口述史料。我觉得这是我一生中经历的最重要的一次田野调查，让自己看到了我们国家有那么多关键时刻能挺身而出的凡人。你可以看到捐赠者的无私，也可以看到志愿者的英勇。”彭建波说，这几天他正在和网友一起整理这些平凡人的口述史，争取出版成书。他把自己的同事，专业从事装帧设计的毛德宝教授也拉到了群里，请他带领学生为新书装帧设计。

“作为一名高校教师，‘传道授业解惑’是我们的责任，但是排在第一位的是‘传道’，是培养学生做人，后两者则侧重专业技能，如果不培养他们做人，学生就可能会成为有一技之长的精致利己主义者。”彭建波说，“风声雨声读书声，声声入耳，家事国事天下事，事事关心”是中国知识分子历来就有的家国情怀。

“我现在给学生开两堂课，艺术文献检索和论文写作指导。如果开学后，有学生问我如何看待这次疫情，我会和他们说，你可以宅在家里，通过媒体去了解，但是自己有没有参与防控工作，感受将大不相同。你投身其中，去看那些志愿者，那些平凡的英雄，充分感受到中国人的守望相助，众志成城，高度信任。”

# 走近"病毒终结者"

陆华东 | 新华每日电讯记者
时间：2020年4月1日

在疫情防控主战场湖北，有一群"病毒终结者"：他们每天收集、运输、处理与新冠病毒相关的医疗废弃物，与病毒近距离接触；他们争分夺秒地工作，只为将病毒尽早"终结"；他们默默到来，默默工作，默默离开，聚光灯下少有他们的身影。

## 临行前才敢告知家人，女儿每晚都等着跟他视频

疫情发生后，一批批全国各地的医护人员驰援湖北，救治病人。与此同时，湖北各地与新冠肺炎病毒相关的医疗垃圾也成倍增加，一些地方无法及时转运处理，甚至出现"爆仓"。

"湖北荆州专业医废处置人员告急，公司准备派人支援。"1月29日，徐州市危险废物集中处置中心发出动员通知。49岁的员工吴常伟来不及和家人商量，第一时间报名。两天后，他就和两名同事带上防护装备和物资，奔赴荆州。

"病毒危险，我怕家人不同意，就先斩后奏了。不过，我在医废行业工作了22年，对医疗废物比较了解，也积累了一些处置经验，家里人也不是特别担心。"吴常伟说。

与吴常伟这个“老兵”相比，30岁的汪长新在医废行业工作仅3年，但这名“新兵”在报名“参战”时，同样坚决、无畏。“在这个特殊的战场，我们就是专业的‘士兵’，我们不上谁上！”

春节前，殷其全的父亲刚过世，母亲身体也不好。可是当公司号召大家支援武汉时，老殷毫不犹豫就报了名。由于害怕母亲担心，报名后，他一直瞒着母亲。直到2月16日出发，他才跟母亲说要去武汉。“母亲刚开始不理解，埋怨我傻，说人家躲都来不及，我还主动过去。后来她也理解了，就是对我的安全不放心，到了武汉后，我每天都会给她报平安。”

“我也是出发前才跟老婆说去武汉，她最初比较生气，后来就让我安心工作，她会把家照顾好。”来自南京市汇和环境工程技术有限公司的谢海洋告诉记者，两个女儿每天晚上都要等着跟他视频，有时候工作忙，晚上10点多才来得及视频，她们也舍不得睡觉。“看到两个小可爱，也就不那么累了。”谢海洋说。

## 第一天，被“爆仓”的医废吓了一跳

2月16日晚，谢海洋和同事汪长新、何均、殷其全一行四人到达武汉。仅休整一晚，第二天早上6点多就开车前往武汉汉氏医疗废弃物处置中心焚烧场区。在这里，他们麻利地换上防护服、取车并装上医疗废物空桶，开始一天的医疗废物转运工作。

四人兵分两路，谢海洋和何均赶往武汉同济医院中法新城院区，汪长新和殷其全负责转运武汉市金银潭医院内的医疗废物。

虽然长期从事医疗废物的处置工作，也做好了充足的心理准备，但转运的第一天，看到“爆仓”医疗垃圾，他和同事们还是吓了一跳。

“医院的医疗废物堆得很高，甚至都没来得及装桶，一包一包散落在地上，我一下子就蒙了，这得啥时候能清理完？”谢海洋告诉记者，医疗废物里，有针头、带血的纱布、针管、废弃的防护服、尿不湿等，虽然经过消杀，但是仍可能藏有病毒，露天摆放太久，很容易造成二次污染。

第一天来到金银潭医院，看到医疗废物露天摆放，堆成了小山，汪长新和殷其全同样心里直发毛。“工作以来，我还没见过这么多医疗垃圾，心里确实有点害怕，甚至打起了退堂鼓。”

然而，四人很快就镇定下来，抓紧消毒，把桶装垃圾运上车。刚开始，医院处理医疗废物的人手少，他们还主动帮忙将散装垃圾装入垃圾桶，而这本不属于他们的工作范围。“一位当地工作人员看到我们过来帮忙，双手合十向我们致谢。那一刻，我们都很感动。”

## 最忙时每天工作十几个小时，无暇多看城市一眼

为了尽快转运医疗废物，到武汉支援的第二天，谢海洋和队员们就决定，将原本一天运两趟的任务量增加到一天运三趟甚至四趟。

最忙的半个多月，四名队员从早上6点半一直要忙到晚上7点多，每天工作超过12个小时。累了，他们就在排队卸货时，闭会儿眼睛；饿了，就蹲在空地上吃份盒饭。“我们多运一点，城市就少一分危险，值！”谢海洋说。

在荆州战斗的吴常伟，每天的工作同样繁重。由于驻地和医废处理厂位于荆州市沙市区，而他的工作任务却是到200多公里外的洪湖市收集转运医疗废物，因此他每天4点半就必须起床，8点左右赶到洪湖市，然后再开车到不同医院或者隔离点收集医疗废弃物，每天下午四五点才能赶回医废处理厂。而且，前期医废量很大，转运车多，老吴还得排队等着卸车，有时甚至等到八九点才能卸车、消毒完毕。

“最开始的时候，不仅累，吃饭也不规律，早饭、中饭基本都是泡面。有时候买不到泡面，只能饿肚子，后来才有了固定的盒饭吃。最晚的时候，半夜十二点左右才能休息，四个小时后又得起床，有段时间，我的腿都肿了，腰疼、屁股疼，甚至都不敢坐下，洗完澡躺在床上就能睡着。”吴常伟说。

尽管在荆州"战斗"近两个月，老吴对荆州的印象却非常朦胧。"每天天还没亮，就离开荆州市区，晚上回来卸完车，已经七八点，天已经黑了。听说荆州很美，生态很好，只能以后找机会再来旅游了。"

## 防护服闷得起痱子，任务结束后才去买药

由于长时间穿着防护服，到武汉的第三天，殷其全后背就长了痱子，浑身湿透加上奇痒无比，他甚至想过放弃。不过，他很快就打消了这个念头。"带着病毒的医疗废物需要尽快清理，我不能当逃兵，必须坚持战斗。"

有时候实在痒得受不了，殷其全只能在墙角蹭两下。工作结束后，洗完澡，用酒精擦一擦，才能舒服一点。

就这样，殷其全忍着奇痒坚持工作了一个月。直到3月中旬，医疗废物越来越少，有关部门让他们停止工作后，他才得空到药店买了药膏涂抹。

2月6日，在孝感疫情最为严峻的时刻，来自徐州市危险废物集中处置中心的4名志愿者紧急驰援孝感，赵启南是领队。他告诉记者，刚开始当地人手短缺，经常每天工作十几个小时，中间只有半小时得空吃泡面。为节省上厕所的时间和防护服，队员们尽量都少喝水，加上防护服经常让人大汗淋漓，不少人都出现过脱水症状。

"有的队员，躺在床上就腰疼得起不来；有的队员，累到尿血，医生都让休息一段时间，可他上午检查后，下午就继续工作。前一个月连轴转，非常累，大家都是靠意志力在撑着。"赵启南说。

## 交警敬礼、路人点赞，一下子觉得工作很有价值

危险、繁忙的工作之中，感动同样无处不在。谢海洋告诉记者，在武汉收运医废，经常在路上看到交警给他们敬礼，等红绿灯的时候旁边的汽车也会鸣笛致谢，到达医院，很多工作人员见到他们还会竖起大拇指点赞。那一

刻，谢海洋和同事们觉得再苦再累，都值得！

“刚来的时候，当地防疫物资、食品都比较紧张，但是当地人对我们都很照顾，优先给我们留一份。这份真情，这种被需要、被认可的感觉，让我非常感动。”吴常伟说。

作为医废处置战线的“老兵”，吴常伟坦言，如果不是因为这场战“疫”，可能很多人听都没听说过他们这个职业。在很多人眼中，他们就是收垃圾的，别人看到他们都会捂着鼻子，绕开走。

由于工作危险，社会认可度不高、收入有限，很多年轻人都不愿意从事医疗废物收运、处置工作。然而，老吴却对这份工作十分钟爱。在他看来，很多医疗废物都非常危险，必须有专业的人，认真细致地分类、处理，他们同样是在为人类健康做贡献，希望社会能对他们多一些了解和认可。

“支援武汉是我这些年来做得最正确的一次选择。看着城市一天天恢复烟火气，我很自豪，因为这里也有我的微薄贡献。以后，我也可以跟家人说，我曾经在武汉战斗过。”汪长新说。

3月25日，吴常伟和同事们结束工作，回到徐州。当看到家乡领导、亲人早早就等在隔离酒店门口，看到横幅上写着的“勇士”，一同回来的七名男子汉不禁流下激动的泪水。“没想到我们也能受到英雄一般的礼遇。”

## 永生难忘的31岁生日，期待早日看到喧嚣的武汉

在武汉度过的30岁生日让汪长新尤为难忘。“3月3日，是我生日。那天早晨出发前，我拿出南京带来的面包，用打火机点燃一次性筷子当作蜡烛，给自己小小地庆祝了一下。再忙，生活也需要有仪式感，要保持乐观。”

本以为生日就这样平淡地过去了，可没想到，晚上收工回来，同事就神神秘秘地喊他下楼。他下楼一看，竟然有个生日蛋糕。原来，大家知道他今天过生日，专门托人找了很多地方，才买到一个生日蛋糕，一起祝他生日快乐。尽管蛋糕简单，也没有好酒好菜，但是这个生日汪长新却过得特

别开心。

汪长新住在 17 楼，每天晚上回去后，他站在窗边，看到的都是一座寂静的城市。当天，他许下生日愿望，希望疫情能早点结束，他想看到武汉的喧嚣。

“3月中旬以后，路上的车和人都开始慢慢多起来，一些便利店也开门了，临行前能看到武汉重新启动，我感觉生日愿望实现了。”汪长新说。

回南京之前，四人专门到医院接受了核酸检测，无一人感染。也是在那一天，才得空开车转了转附近的长江大桥和黄鹤楼。“武汉真的很美，以后有机会，我一定再来，登上黄鹤楼，俯瞰美丽江城。”谢海洋说。

# "新冠"时期的爱情

李姝莛｜新华每日电讯记者
时间：2020年2月14日

忍不住又在旅途之后 落下泪
还在为远方的人而伤悲
不要在拥抱之后说后悔
那天早上 你不舍而别
那一架银色超音速飞机
又要带你去哪里

——新裤子乐队《没有你的旅途没有意义》

## 爱·别离

北医三院医生陈生在1月27日天亮时，把这首歌连同妻子马骏的视频发布在朋友圈。前一天，同在这家医院工作的护士马骏，作为国家抗疫医疗队的一员，匆匆飞赴武汉。

在他们12年的婚姻中，这样的别离，是第一次。

分别那天，天色有些阴沉。他却穿着一件火红的羽绒服，环抱着一捧旺盛至极的鲜花。但他始终站在人群外围，沉默，眼睛却一刻不舍得离开马骏。

而在长长的出征队伍中、在嘈杂的人群里、在最终告别的门口……马骏也一次又一次、恋家的女孩一样，不住地回头。这是个双眸如水的漂亮姑娘，此时她晶亮的眼里，始终跳动着那一团火红。

“缘分有时让人蓦然一惊”，陈生说。

17年前，也是这样的队伍，陈生身处其中。

忘却昼夜、舍生忘死……刚参加工作一年的陈生，在抗击“非典”战役中，第一次尝到深刻的疲惫和苦痛，也第一次如此深刻地体会到责任和价值。面对想尽办法终无法挽回的生命，小伙子曾悄悄大哭一场。

也就在那一年，高中生马骏的眼中看见了这样一群英雄：“非典”的死亡威胁面前，他们忘我于拯救他人生命，“以一种近乎神圣的情感，将‘小我’完全投身于高于个体生命的‘大我’当中”，她至今回忆起来，眼睛仍焕发别样光彩。

为此，她将高考志愿填报为护理专业，并立志奉献终生。

此后，他们又在各自的人生中，兜兜转转。因缘际会，一次同行的小聚，他无意说起当年的经历，她却听者有心，佳偶终成。

婚后12年，惯于沉默的医生陈生在朋友圈自诩是“晒妻狂魔”。当得知妻子在科里第一个报名要去支援武汉，他第一反应是“好样的”，然后又有些犹豫。

婚后12年，他俩从未分开过。面对“新冠”战役，他也深知妻子将面对怎样的压力，暴露在怎样的危险中。然而，护士马骏“去意坚决”。

于是，就有了那天妻子在人群中的“一千次回眸”。

的确，前线最缺的是护士，最危险的还是护士，但马骏还是那个坚毅的姑娘。到武汉后，因为工作表现出色，她刚刚被任命为北医三院医疗队第三护理组副组长。现在，她不但要照顾患者，还要关心全组组员的工作和生活。

决绝地奔赴战场和萦萦婉婉的回眸……都是他永远的“新娘”，而陈生全部的期待只有一个——早早就写在花束中小小的信笺上、被双手捧在胸前的——“平安归来”。

## 爱·疼痛

徐国良戏称自己是“被医生工作耽误了的画家”，其实他并不善表达。

在送别赴武汉支援的妻子王月华时，他却偏偏因为哭着大喊“我爱你啊”，而让千万网友动容。

通常，徐国良会把工作和生活都画成手绘，多是“连环画”。而关于妻子去武汉，他却只画了一张她拉着箱子离去的背影。

他说，因为会心疼。

今年37岁的徐国良是河南大学第一附属医院泌尿外科医生，妻子王月华是河南大学淮河医院护士。

夫妻二人的沟通，最温情的是通过他的手绘。徐国良在过去两年间，走访了河南七个县，用上百幅科普手绘向村民们宣传健康知识。2019年1月起，他又开始了长达一年的驻村健康扶贫工作。

2020年1月10日结束驻村。团聚。

1月26日，妻子去武汉。又分离。

“没有甜言蜜语，电话里都是叮嘱：和村里人处好关系、争取赢得信任、做点力所能及的事……”徐国良回忆，驻村时两人很少说“温情的话”。

现在，妻子在武汉，轮到他在电话这头叮嘱了，同样，也谈不上“温情”。但她却说他很深情，“因为他画里有话。”

徐国良深知对妻子这样有多年临床经验的医护人员而言，“身体的劳累不算什么”，最大的挑战来自战时状态下的心理冲击。

果然言中。

进驻武汉市第四医院后不久，王月华开始了“心理波动”。晚上累得说不出话，可是却怎么也睡不好，一闭眼，全是痛苦的患者……

"白天还要打仗的，这哪行？"他变得话密了。半个月来，徐国良都在按照妻子的生物钟作息，每天晚上，煲完电话粥，妻子卸下一天的心理重担，安然睡去。

而远方家中，冬夜里躺着的，是互道晚安后，彻夜失眠的丈夫。

他知道妻子在承受着什么，"这是常人无法理解的煎熬。"

电话里却是轻松的，"聊聊天气，聊聊伙食，聊聊孩子，什么轻松聊什么……"

"我们发鞋套了。"

"几双？"

"医院寄的。"

"一定要注意防护，按流程走。"

……

"其实全是废话"，王月华说，也许爱情就是这些饱含深情的"废话"。

"快递寄了'加急'"，徐国良还追问快递小哥"能不能再快点？"问妻子"还没收到"？包裹里是他给妻子买的内衣。因为她说，防护服穿一整天，里边衣服全湿透了，整天泡在冷汗里。他便火急火燎、大包小裹地买来内衣，一件件手洗、晒干、叠齐、装袋，"加急"……

如今，重症患者得到更好的医疗资源配置，王月华工作的病区改为主要收治轻症病人。

"病轻，但责任不轻"，王月华说。但在同事的眼里，她神情明显轻松多了。

## 爱·付出

喊了"你平安回来，我包做一年家务"的蒋昊峻，说到做到。

支援湖北抗疫的妻子赵英明，人刚到武汉，就收到了丈夫从四川家里发来的视频。

“这都是你儿子的杰作”，一句川味旁白过后，有点乱的画面上，出现了一个快速奔忙的人影，“超人”一样叠衣服、收玩具、抹桌子、擦地面……凌乱“秒变”整齐。

“他平时都不怎么做家务。”看了视频，赵英明嘴巴半天没合上，先惊，后笑。

在武汉市红十字会医院“阳性ICU”工作已经十几天了，这是她心情最为明媚的一刻。

赵英明来自四川广元市人民医院，也是一名护士。如果说医院是前线，ICU就是短兵相接的“巷战”，病情最重，医护人员也最危险。赵英明现在每天要护理3到4位病人，她在日记里记录着感触：当看到一个个生命从身边离开，很无力，也很失落……

生死之间，都在一个ICU。

“不要问我为何还没有看惯生死，只因为我深知‘生命没有第二次’”……

当很久水米不进的“喻叔”突然说“想吃点饭”，赵英明一路小跑去给他热饭。这是“喻叔”第一次主动要求进食。

吃完。赵英明紧张地观察他第一次进食后的身体反应。果真，“喻叔”又有“问题”要说。他慢慢张开嘴，说：“能再来一份吗？”

“喻叔”不是突然好起来的。

起初他带着无创呼吸机，稍稍动一下、喝点水，氧饱和度就会下“掉”。赵英明从上班第一天开始，眼睛不离病人，同时还得故作轻松地跟“喻叔”聊天，给他讲“新冠”病毒是怎么回事，让他别怕，给他加油。“喻叔”状况好一些，赵英明又开始教他肺康复操……

最重要的是，当病人自己几乎要放弃的时候，将“生的希望”注入他心底。

另一位几乎动弹不得的“阿姨”，在赵英明做了自我介绍之后，指了指自己的被子。赵英明掀开一看，发现病人因为肠道不适应口服营养液，大便失禁。她迅速给“阿姨”清理身体，换上干净的裤子和床单。戴着呼吸面罩的老人说不出话，却用一双满是褶皱的手，不停地向年轻的赵英明作揖、作揖、作揖……

那天，赵英明在日记中写道：她是谁的母亲？又是谁的妻子？

她们与死神抢夺的，是别人的父亲、母亲、妻子、丈夫和儿女，“也是我自己的”。

“没有什么事比看到患者的康复让人更开心的了！这是对我们的最大回报。”现在，“喻叔”已经转到轻症病房，为此“高兴了好久”的赵英明，在日记中记录下心情。

付出与回报，在蒋昊峻与赵英明的家庭生活中，从未付诸语言。“我们之间的感情，全体现在生活的点滴上。”蒋昊峻说他们“很普通”，只是千千万万医务人员家庭的缩影。

……

此时此刻，我们不能拒绝突如其来的灾难、疾病、死亡、别离、刻骨的思念、疲惫至极、心力交瘁、自我怀疑……世间总有种种苦难。

但是，他们说，也还有爱情。

（部分医务人员家属为化名）

# 逆行的"影子梦之队"

强晓玲 | 新华每日电讯记者
时间：2020年4月11日

"交出了仓库钥匙，撕下了车标，但这段记忆刻骨铭心。"

封城76天后，4月8日，武汉解封。早就盼着这一天的"影子们"，终于"失业"了。

"武汉不好，影子不散。"而这一天，随着武汉"重启"，他们"终于可以给自己画一个句号"，彼此合影留念，互道珍重。

这是76天来志愿者组织"影子梦之队"成员最整齐、最开心的一次集结。

从海归青年、企业主，到候在仓库门口主动加入的"滞留者"，武汉封城后，一群80后、90后开着私家车，争分夺秒地为医院、社区、超市，为火神山、雷神山工地，送去最紧缺的防护和生活物资，累计承接运送115家爱心企业及人士捐赠物资数万件。76天里，他们对接了184家医院（科室、卫生服务中心）、200家社区（养老院、单位）、103家一线执勤政务机构。

"他们守护着人民，我们愿守护他们。""影子梦之队"总队长虞旻子说。

在"影子梦之队"微信公众号开篇，引入了鲁迅对青年的寄语——

"愿中国青年都摆脱冷气，只是向上走，不必听自暴自弃者流的话。

能做事的做事，能发声的发声。

有一分热，发一分光，就如萤火一般，也可以在黑暗里发一点光，不必等候炬火。

此后如竟没有炬火，我便是唯一的光；倘若有了炬火，出了太阳，我们自然心悦诚服地消失，不但毫无不平，而且还要随喜赞美这炬火或太阳；

因为他照了人类，连我都在内。"

这，就是他们逆行的动力。

## 信念集结起来的"影子"

"1月24日，250个N95口罩，10000个一次性口罩，1000副手套，送至华润武钢总医院、武汉市九医院、武汉市普仁医院、武汉市四医院；

1月26日，11400个一次性口罩捐赠给湖北省消防总队培训基地、湖北省交通运输厅高速公路管理局、沌口开发区消防大队、八一路消防中队、武汉消防水域救援大队、武昌区公安分局等单位；

1月28日凌晨两点，2万件防护服和3万只口罩抵达武汉，连夜送至各大医院；

1月29日，5万只口罩送至雷神山医院以及武昌区、东西湖区等地一线工作人员；

3天时间，将价值400万元的1万台消毒设备从深圳运到武汉……"

这是"影子梦之队"的工作日记，记录了他们的集结与逆行。

"影子梦之队"发起人晨熙（网名）是一名80后海归，地道的武汉姑娘。

疫情大暴发，防护设备断货，医护人员近乎"自杀式冲锋"。"为众人抱薪者，不可使其冻毙于风雪"，一个自发公益微信群产生了，一批有着海外留学经历的"海归"成了最初的成员。

"哪里有口罩？哪里有N95？哪里最急需？"学金融的晨熙，从微信群里的资源信息中能快速找到匹配点。物资筹措、捐赠发放、联系对接、运力调配，自发的志愿者们发现了组织起来的效率。

就这样，多个公益群数千人的志愿者团队，为了一个信念集结起来，统一成立“影子梦之队”。

“影子们”第一时间发动联络湖北侨联青年委员会、武汉宾利俱乐部、武汉海归协会等组织，从大年初一开始，募集捐款从十几万元增长到几百万元。随后，他们又迅速将每一笔捐款转化为口罩、防护服、护目镜、消毒液。

“团队组建初期，我们面临的最大困难就是信息不对称。”晨熙的朋友，第一时间加入团队的虞旻子说，“医院信息是否准确，车手身份是否真实，一切都是从零开始。”

1月28日凌晨，一位志愿者将15箱750件防护服都送给了一家医院，“在当时防护服奇缺的情况下，意味着更多急需的医院得不到这批珍贵的物资。”

也是从那一刻开始，团队严格细化流程。从医院、社区、政务机构的审核，到志愿者车手管理，再到物资发放登记；从筹备捐赠到联系购买物资，从寻找仓库、接货验收，到检核医护用品是否合格；从登记需求方地址，到安排司机第一时间派送，形成了全流程溯源管理。

最初，志愿者都是开着私家车运送物资，碰到超规格的箱子，一辆车装不了几个。后来，有公司免费为团队提供5台新能源货车，运力得以保障，高峰时，车队一次性可以转运30多吨物资。

“不少物资为定向捐赠，但像火神山、雷神山医院及其他重点医院在中后期物资保障非常有力。而捐赠方的意愿往往都是重点医院，做解释工作不容易。”虞旻子说，经过解释说服，捐赠方向得以调整，从最开始的重点医院，到覆盖社区医院、卫生服务中心等，确保送到最需要的地方。

除了运送物资，“什么活都干”是“影子们”的特点。得知武汉农户莴苣面临烂在地里的困境时，他们立刻帮忙收菜；了解到老年社区蔬菜供应紧缺时，他们又跑去对接。

## “最想失业的一群人”

“今天捐赠的300台医用制氧机到了，全部由我们志愿者一台台搬下来，再小心翼翼搬入库。特殊时期，这些宝贵的医用物资，每一台都无比珍贵，大家能想象吗？每个志愿者在这入库的一两个小时里，搬着医疗器械弯腰上下了几百上千次，而他们前后都是在开车运输物资。人，不是万能的。但志愿者们真的是二话不说，是能干什么就干什么，一点都不‘烫条’（烫条，武汉话，形容畏首畏尾、胆怯，临阵退缩）！”

这是2月10日的一篇推文。

武汉最艰难时候，“影子们”在竭力奔跑——

从接到求助电话，到核对信息，备货送货，最快一小时，医院急缺的物资就能送到医生手中。

从寻找物资，联系供货，运进武汉，最快一天，物资就能从百里、千里之外送到医院。

“影子”中，神一样存在的小A（网名），把几百名90后“海龟”连接在一起，使海外物资信息第一时间汇聚这里。

“影子”中，最忙碌的人一定是“好好先生”（网名），几百台志愿车都在等候他发布号令，最多的一次物资转运，六七十台轿车愣是将一个大集装箱的物资消化得干干净净。

车队里，有车主从武汉赶赴荆州将受困的病人接回就诊。有车主吃睡在车上，只为第一时间能配送物资。有车主一天要跑十几家医院，只为争分夺秒帮助白衣战士抗击病毒。

“哆啦A梦”（网名）是团队中不可或缺的人物，从物资转运入库到配送出库都离不开他的身影。每一笔物资他都会逐一核对登记在册，准确无误。他说，“兄弟姐妹们的爱心，负不起。”

来自广西的“影子”胡学勇，是逆行赶来武汉的，一干就是两个多月。

“影子”中，有滞留武汉的广东佛山水果批发商，无法返家，他索性做了“影子”；有从事建筑工程的退伍军人胡建平，在参加湖北大学方舱医院建设后，不仅向家乡大悟县捐赠了价值十余万元的医疗物资，还动员公司员工和家人加入“影子”；有“一个人干出了一个团队效果”的独行侠车手鲁力；还有礼君、娜娜、葛华、鼎华、小红帽、思梦、朱华、严杰……太多太多“影子”奔忙在孤寂的武汉街头。

“影子”中，最小的是2005年出生的一名初三学生，他主动要求加入志愿者队伍，大家执拗不过，只好给他安排了擅长的视频制作工作。

“我们只是一群想要做点什么的普通市民，甚至不知道对方的真名，对方的模样，每天忙碌奔走，默默地做事。在任务地点擦身而过，我们能看到彼此眼中闪着同样的光芒，我们不愿意承认是泪水，那应该是我们共同想要努力的坚定。”

虞旻子说，每一天，“影子”们争分夺秒地狂奔，他们是最希望疫情早点结束，“是最想失业的一群人。”

## “只是在守护自己的家园”

庚子元宵夜，大家忙完工作，围坐在仓库的医用物资旁，陪队友过了一个今生注定无法忘记的生日。

深夜回到家中，他提起毛笔写下了“元宵节记”——

“脱下军装的那一刻，我以为我将不再热血，我将远离灾情，可真当这一刻来临，我发现我身上的军装还在，我的血依旧沸腾，我们跨越年龄走到了一起，我们共同为武汉加油，我们不希望成为英雄，我们更希望被人所需要……”

毕业于湖北美术学院的80后虞旻子，是湖北省文联展览艺术部的工作人员，曾任职湖北省消防总队。作为湖北省级非物质文化遗产江夏“手指画”第三代传承人，他和父亲、祖父在湖北美术馆举办过“指墨百年——虞一风、虞小风、虞旻子三代指画作品展”。

那一夜，虞旻子思绪澎湃。想想自己跟随团队一路走来，从车手到仓库管理员，从媒体联络到物资对接统筹，从“影子梦之队”公号主笔、负责人到担任总队队长。那段时间，从来没有凌晨2点之前睡过觉的虞旻子感慨，“每一天都像一场没有退路的战争，也让我再一次体会了‘军绿’的感觉。”

封城第一天，当过十几年消防兵，亲身经历过汶川地震、东方之星沉船、汉正街火灾救援的虞旻子，军人底色被点燃，“家乡正在受难，我必须站出来。”

就这样，从逆行奔波、抢运物资，到用诗歌、文字、书法、绘画的方式参与战“疫”、记录战“疫”，护腰、面包、充电宝，成了虞旻子的“抗疫三件宝”。

“团队从无到有，是经过一次次的行动积累，也是不断总结激励起来的。”虞旻子说，“影子梦之队”成立初期，通过微信公众号、抖音号等新媒体推广，很快得到了共青团湖北省委的认可。

极速成长的团队，让“影子们”热血沸腾。忙完一天的工作，晚上回到家里，虞旻子便投入到另一场战“疫”，他写下《封城武汉》（组诗）《疲惫的身，逆行的影》《大城小爱》等，不少文字见诸报端。

“看着日渐恢复的武汉，内心的复杂无法言表。”虞旻子说，“对于一直行走在武汉的志愿者来说，我们看到了太多‘闭门不出者’没有看到的场景。我们不是英雄，我们只是在守护自己的家园。”

3月10日，虞旻子创作的诗歌《阳光下的影子》被大家转发——

“终于我们可以只戴口罩
脱下守护我们的白衣
身上少了很重的重量
相互之间打个招呼聊聊天
一同品尝春天的味道
花开叶茂

暖阳下有你真好……"

"影子们"曾说，等到阳光明媚，就是"影子"消散之时。

国际疫情仍在蔓延，"影子"精神仍在继续。如今加拿大已经成立了分支机构"影子爱心联盟"，这些天，为加拿大准备的第三批物资也在设法送出，美国也有了"影子"的队友。"我们会继续用自己的努力，去帮助更多需要帮助的人。"虞旻子说。

# 我在街头盼日出

陈　诺、吴慧珺、周　畅 | 新华每日电讯记者
时间：2020年4月10日

当疫情“冰封”初化，他们如同“报春鸟”，迎着朝阳，无论多难，也要振翅起飞，催促城市“苏醒”，唤得春回大地。

他们就是临工，其中有普通的农民工，还有失地农民、下岗职工，亦不乏城市的失意者，从事着最苦最累也最不稳定的工作。然而，正是这群人赋予了一座城市最朴素的生长力量。

在中国中部——安徽省合肥市，这个常住人口超过810万的地方，每天有数以万计的临工天不亮就走上街头寻找一天的生计。

## 迟到一个月的“守望”

位于合肥市东北角的站塘路是当地规模最大、历史最为悠久的临工集散地。20多年来，几乎每天都有超过万人凌晨3点起便等在这条路上，随着太阳升起，周边工地、建筑队会不约而同地来这里招工。

冷清了近两个月，这条路重新回归热闹。3月19日，天色刚亮，昏黄的路灯下，一边的人行道上停满了电动车，而另一边是一眼望不到头的临工队伍，保守估计接近1000人。

站在嘈杂的人群中，50岁的王华树时不时踮起脚尖，跃过无数脑袋望着

路的尽头。多年的经验告诉他，招工的面包车会随时停到路边，离它越近，找到工作的可能性越大。

面试会随时开始，并以秒速进行。面包车来了，侧门一开，工头探出脑袋喊一嗓子，工种、日薪——两个关键词足以吸引方圆百余米的人围拢上来，扒着车门“推销”自己。

王华树做瓦工，他的现场竞争者很多，同样都是老师傅，拼的却是脚力，“谁先挤上车，谁就入职成功。”他说，按照以往经验，站到路上半个小时的工夫，他就坐上去工地的车了。

然而此时，他头一次感到“守株待兔”的无力，整整5个小时望眼欲穿，招工的面包车屈指可数，好不容易有一位招工的小伙子靠近，他还没来得及迈开步子，小伙子已经被人群围得里三层外三层。

这条路上能够提供的并非轻松差事——扎钢筋、刷油漆、搬砖、修水电……此刻却依旧被抢得不亦乐乎，王华树掰着手指算了算，现场千把人满打满算才走掉300人不到，他叹了口气，“明天我也不挑了，只要给钱，啥工都做。”

类似的场景在十多公里外的凌大塘临工集散中心同时上演，这里位于合肥市主干道南二环旁。直到早上9点，路面车水马龙，依旧随处可见滞留在路边的临工们，只要有车停下，他们都会围上去问，“老板要不要人？”

64岁的谈正机无奈地放下手中用硬纸壳制成的招牌，捶了捶早已抬酸的胳膊。牌子上写着他胜任的工种，给自己打广告，如今看来这样的推销并不奏效。

若不是疫情，年后每天早上5点有1200多名临工聚在这里。往年正月十五就出门，今年迟了个把月，至今还没开张，谈正机忍不住联系起过去的老主顾。“他们有的还没复工，有的干脆转了行。”谈正机说，听得出来，电话那头的日子也不好过。

2014年9月，为引导站马路临工“退路进室”，合肥市包河区常青街道在全市成立了首家公益性的临工集散中心，4年来集散中心办公室负责人吴国军见惯了“早高峰”的样子，今年到目前为止人流才回归一半左右，“不少天天见的老面孔年后就再也没见过”。

## 夹在理想与现实中间的人

挣大钱的理想把55岁的唐传平留在了城市，也如枷锁一般困住了他。

这几年他过得并不如意，想回头却发现早已错过自由选择的年纪。哪怕归乡车程不过半个小时，除夕他宁愿离群索居，独自窝在棚户区的出租房里。“混得不行，怕亲戚笑话。”他说，原本指望着过年期间打打零工，“至少还能给孩子发上几百块压岁钱”。

结果事与愿违，在站塘路边，唐传平竟有些想家。

春节辞旧迎新，疫情把一切摁下了“暂停键”，也将不少像唐传平一样的人夹在冷冰冰的现实与刚刚蒸腾起的希望之间。

疫情之后交通刚刚恢复，戴桂香迫不及待地揣上2000块钱，带着一家人从安徽亳州来到省城合肥。“想着全家都在城里打零工，总比守着薄田赚钱强。”

记者见到她时，她已经在站塘路上空守了半个月，她手指着路对面一墙之隔的棚户区告诉记者，自己和老伴带着儿子儿媳和两个孙子租住在其中一套60平方米的房子里，如今盘缠所剩无几，马上还要交三个月的房租。

全家进入“紧急状态”，他们商量着大人们省一餐，先紧着两个娃娃过。“我早上买一碗稀饭，吃两个饼，尽量熬到下午3点以后再吃午饭，这样晚上那顿就能省下来。”戴桂香自顾自地说着话，脸上的一次性口罩因为长期重复使用，早已翻起毛边。

相较于普通人，马路临工的复工之路尤为崎岖，意想不到的问题如同口罩上的毛球，层出不穷亦难以熨平。

难倒唐传平的，并非工作本身，好几次他输在找工作的最后一步，总会有招工人员要求出示健康码，这种数字化的出行“神器”于他这个用非智能手机的中年人来说，成了一道难以跨越的“隐形门槛”。“我既没钱换手机，也弄不懂这玩意。”

有些尴尬的是，像他这样的临工并非少数。在多个招工现场，记者看到，只要是有工头提出扫码入场，围着的人群往往一哄而散，悻悻离去。

不签合同、口头议价，在此基础上，一些包工头趁机压价。不少临工抱怨，相比过去，如今日薪都有30—50元的下降，有的虽然表面维持原价，但进场需要缴纳管理费，有的取消供餐，美其名曰“防疫”。

待遇下降了，工作时长却增加了。临工陈玉兰告诉记者，前几天她好不容易找到一份快递分拣员的工作，用工方却提出需要干满12小时，其间还没收手机。不少工友称，有的用工方原来只要求干满8小时，如今竟延长到10小时。

## 自救与他救的接力

为了生活，总有一群人不甘于等待。

在凌大塘坐守10天后，60岁的姚文喜决定主动出击，扩大“搜索范围”，骑上自行车满城转悠，看到任何一家复工店面贴着告示他都凑近看看。“万一是招聘信息呢。”

最终，一家超市招聘保洁的告示映入眼帘。虽然工钱只有过去当瓦工时的零头，他还是一口应了下来，并拉上了自己的老伴。“有活干总比没有好，更何况我们两个人一起干。”

老姚负责的鱼鲜区保洁任务最重，既要清理货架、台面，更要清洗腥味十足的冷库、后堂，但他能吃苦，时不时还帮其他工友整理手推车。即便是低于常温的环境，老姚脑门上依旧渗出细密的汗珠，他在口罩里垫上一层卫生纸。“这样口罩能用久一点。”他说，无论什么工作，都要卖力干。

老伴在距离他不到20米的蔬菜区干保洁，两人却只能在吃午饭时见面，凑在一起，算起小账。“我们省一点，日子过得去。”

“这条道走不通，就换一条试试嘛！”谈起找工作，王从梅语气轻描淡写。这位爱笑的大姐来合肥做临工8年，几乎干尽了脏活累活——盛夏顶着40摄氏度的高温，烈日下安装太阳能设备，零下十几摄氏度的寒冬蹲在楼顶刷油漆，家中买房负债的那几年她从早到晚一天打两份工，最后竟一笔笔还清了贷款。“啥苦都吃过，就什么都不怕了。”她笑着说。

打开她鼓囊囊的红色布袋，如同临工的“百宝箱”，既有干保洁的手套，又有建筑工地用的安全帽，她说自己愿意干，更愿意学。这段时间街边工作不好找，她便捣鼓起手机，加了好几个临工微信群。

坐在集散中心的休息室，一碗白开水泡锅巴做午餐，她一边吃着，一边打开家政服务软件，试着注册账号。“听说用这好找工作，过段时间我还想问问育婴师怎么考，等过几年重活干不动了，就去当月嫂。”

不少临工也慢慢转变了就业想法。“每天等活干，干一天算一天，总归不踏实。”53岁的油漆工费为文刚刚与一家安装公司达成了初步意向，有望成为一名“长期工”。“这家公司包吃包住，我还能省掉一笔房租开销。”

临工“自救”起飞的同时，亦有一群人为他们护航。

2019年9月底，安徽首家建筑农民工创业孵化园在站塘路揭牌，如今这里向农民工提供实名制登记、岗位培训、技能鉴定、就业推介、劳务合作和创业咨询等服务。

从凌大塘集散中心2月3日开门起，吴国军的手机便成了热线电话，常常一上午就没电关机。他和同事们加班梳理出经常联系的200多家企业及用工信息，给老板挨个打电话，了解复工情况以及2020年有可能开展的项目和需要员工数量，同时拓宽联系渠道。“除了工地，保姆、保洁、物流等短期工企业，我们也都试着去对接。”

记者在现场看到，这个临工集散中心外围用彩钢板进行圈围封闭，仅保留一个进出口，并设有防疫服务站，临工正在逐一测温登记，年后初次复工的临工还需要签署健康承诺书，领取出入证，累计7天体温正常后，中心会为其出具安全防疫证明，助力安心上岗。

3月13日开始，该集散中心以“临工共享”的模式，终于对接了5家用工单位，点对点、一站式接临工上班。目前，已有近千名临工在他们的对接下，踏上“复工之路”。

## 平凡却最具希望的一天

回到工地宿舍已是晚上7点，累了一天的苗得宝摘下口罩，脸上深深的勒印，还有一层薄薄的盐霜。从床铺下拎出一瓶白酒，他给自己倒了二两，“今天上了一个半工，值得庆祝下！”就着食堂买的馒头、小炒，不一会儿他双颊泛起红晕。

他是临工中的幸运儿，在集散中心的帮助下找到了这份在当地一所学校建设工地上扎钢筋的工作，管住管饭，工资不低，更重要的是工期长，“至少这两个月不用风吹日晒等在街上了”。

回望2020年的头三个月，苗得宝猛然发现，自己与身处的城市乃至整个国家的脉动，联系得挺紧密。

在阜阳老家过年，他眼瞅着当地新冠肺炎患者破了百，自己所在的村因为疫情封闭，“每天关于疫情的新闻越看越心焦”。作为一名党员，他毛遂自荐当起了抗“疫”志愿者，协助村两委开展疫情防控工作。

好不容易回到合肥，摩拳擦掌准备复工，却迟迟等不来一个机会，他更是焦虑。街边“漂泊”了半个月，如今他终于“感到一种稳稳的幸福”。

“省委省政府的办公楼从打地基开始我就参与了，2009年在包河万达也干过，还有南北一号高架桥……”说起自己在这座城市打拼10年的印记，苗得宝如数家珍。

他拿起手机给在家乡的爱人去了个电话。

“我在家一切都好，你在工地别累着自己。”

“过一阵子等疫情再缓一点，你就过来。”

2020年是他们一家冲刺的一年。“爱人身体一直不好，10年期间做过淋巴瘤、胃癌及胆囊切除等三次手术，家里的钱，基本都花在了给爱人治病上，也因此负债几十万元。”苗得宝说，像这样再干一个月债务就要还清了，“赚的钱就都是自己的了”。

无数的马路临工，积聚着磅礴的力量，让这座城市不断向上生长。

合肥市实施返乡农民工返岗复工“清零行动”，积极与阜阳、淮南、宿州、安庆等市进行劳务协作对接，支持重点企业“共享员工”，按每人400元标准，给予输出企业一次性就业补贴，再造稳就业惠企政策服务流程，打通政策落地“最后一公里”。

让吴国军无比欣慰的是，电话依旧不断，只不过之前都是临工求助，而最近一周，越来越多的企业来电，“全是拜托我们招工的，简直忙不过来”。

记者也在一个阳光明媚的清晨接到了王华树的电话，他坐在前往工地的车上，背景嘈杂，语气兴奋：“开张了！开张了！”

这是他2012年站到街边找零工以来，8年如一日的生活中，平凡却最具希望的一天。

# 解封日的“首日封”

刘婧宇 | 新华每日电讯记者

时间：2020年4月13日

晴朗的天气已经持续多日，2020年4月8日一大早，武汉气温就超过了16℃。

马路两旁的法国梧桐树叶，早已由嫩绿转向深绿。路上不多的行人，也都换上了春装。从元月23日封城那一刻，经历了76天、1800多个小时的苦痛挣扎，武汉终于“解封”了。

江岸区上海路14号，有一栋很有年代感的灰色三层小楼——武汉市邮政局上海路支局。今天这里恢复营业。一层业务大厅里，过年时挂上的红灯笼，还没来得及摘下来。

一些人陆陆续续来到邮局，将一沓沓印着武汉美景的明信片投递之后，便默默离开了。这些来自各行各业的普通市民，都是“遥寄武汉情”感恩活动的志愿者：为援汉医护人员代写明信片。

“京”兵强将、“沪”你平安、“津”字招牌、铭“冀”于心、竭“晋”全力、勇“蒙”果敢、“辽”表寸心、逢凶化“吉”、“龙江”有爱……这1万多封明信片，带着武汉人由衷的感恩之情，雪片一样飞向祖国大江南北。

这个武汉解封日的感恩活动，是由武汉市青春江岸志愿者团队发起组织的。

“你们为我们拼过命，但来不及感谢就悄然离去。就让武汉人手写的薄薄明信片，带着武汉的美景和祝福，伴你们回家。”代写志愿者刘新说。

就像一部时光机，往后余生，这些白衣为甲的逆行者，只要翻开这些盖着武汉解封日邮戳的明信片，就会重新回到这个时候——记得这座城市最沉默的情怀，还有这里最懂得感恩的人民。

解封的武汉，这份深情值得封存。

## 最美的不是樱花，是武汉人感恩的心

4月8日零点，李紫阳站在武汉市高速路府河出口，看着早已排好队的一辆辆汽车，顺序通过收费站。司机们纷纷摇下车窗，向窗外的陌生人挥手："再见，再见！"

一辆车牌“闽H”开头的车主，冲他喊了一声“谢谢”。就这普普通通的一句话，此时此刻，竟把这个27岁的小伙子喊哭了。

这一刻，多少人百感交集。他说，这是70多天里最激动人心的时刻。

李紫阳是青春江岸志愿者团队成员，也是“遥寄武汉情”的发起人。疫情暴发时，他还加入民间自发组建的“武汉精神”志愿者团队，联系、清点物资，负责运送，到任何需要出力的地方。

虽然听过无数遍“众志成城”，他这回才第一次真正明白它的意义。

说起“遥寄武汉情”的缘起，实属偶然——广西援汉医疗队队员陈良娇离开武汉时，在机场遇到工作人员送明信片。由于来不及填写，她就联系志愿者李紫阳，询问是否可以代寄印有武汉风景的明信片，给家人朋友留作纪念，也送去一份来自武汉的祝福。

李紫阳是个急性子，连夜驾车跑了好多地方，才买到几张。他写下祝福，寄了出去。

后来，在与陈良娇聊天时，他得知广西援汉医疗队不少队员，也希望像陈良娇一样，有一张明信片，在带给家人祝福的同时，也纪念自己的努力。

于是，在李紫阳的倡议下，青春江岸志愿者团队决定发起“遥寄武汉情”活动。他说，今年3月，武汉最美的不是樱花，而是武汉人感恩的心，“我们要借这一张张薄薄的明信片，为各地逆行出征的援汉医疗队员以及他们的家人朋友，送去武汉人的感激和祝福。”

然而，当时售卖明信片的邮局和旅游纪念品商店，都没有恢复营业。为了不耽误进度，李紫阳一方面请团队志愿者连夜做出小程序，收集医疗队员的代写需求。另一方面发动朋友，四处寻找印有武汉风景的明信片。

记者打开“遥寄武汉情”小程序，发现界面十分简洁，只有收件人、寄语和代写署名等关键信息。李紫阳解释说：“没有时间做美化。”

从广西医疗队到四川医疗队，再到河南医疗队……这个小程序在各地医护人员中不断转发，后台信息需求迅速达到上万条，收信地址几乎覆盖了全国各地。

如此大量的明信片缺口，让大家犯了难。他们跑遍了整个武汉，发动周围人转发明信片求购信息，联系各个可能有货的商家清点库存，每天找一点，积少成多。各地援汉医疗队队员的明信片，都被他们“承包”了。

小程序里留言激增，教师、民警、工人、学生、消防员等普通市民，听闻后踊跃加入代笔志愿者队伍，通过志愿者报名系统领取代写任务，写完后由专人收回。

这些代写志愿者才华横溢，有的作了萌萌的插画致敬医护人员，有的手绘各种武汉特色，并在旁边调皮地标注“武汉周黑鸭代笔”“黄鹤楼代笔”“热干面代笔”……

代笔明信片每天从全市各个角落汇集而来，最后达到1万多封。李紫阳和七八个志愿者，连续整理了四天才弄完。

这些明信片上，有着不同于往日的邮戳，刻着“大美江城 正在重启 2020.4.8 湖北·武汉”字样，这是武汉解封日的专属邮戳。“为了给明信片盖上这个特别的戳，我们特意选择了4月8日。”李紫阳向记者展示后说。

于是，就有了市民亲手邮寄“首日封”的感人场景。

在这些明信片上，还有一个很显眼的纪念戳——一个红色爱心桃，中间写着“一方有难八方支援 中国加油”，底部落款“2020.03.18 湖北武汉”。

李紫阳觉得这个章“特别赞”，“3月18日是武汉新增确诊病例首次‘零报告’的日子，也是援汉医疗队取得阶段性成效的日子，武汉邮政局据此特别定制。”

这些盖着解封日专属邮戳和“清零日”纪念戳的明信片，仿佛是一枚枚军功章，以民间独有的方式，郑重授予每一位为武汉拼过命的医护人员。

## 每封明信片背后，都有动人的故事

3月28日晚，小学生吴一舟坐在桌边，一笔一画地代写明信片。坐在旁边的爸爸和爷爷，也在对照着手机屏幕，认真抄写每个字。吴一舟全家都是“遥寄武汉情”的代写志愿者。

调皮的吴一舟写着写着，开始在明信片上天马行空地画画：一个头戴“十字帽”的医护人员，高举盾牌阻挡有着很多触角的病毒，还有旁白——铜墙铁壁！虽然医护人员的腿，被他画得像两个细长的“6”，盾牌好似擀面杖，但丝毫不影响小家伙的自豪与喜悦。

他挑起眉毛，眼光闪亮，举着这张明信片说，“我终于可以尽自己的一份力了！”

这些写给父母、爱人、孩子、朋友和老师等人的明信片，内容丰富多彩，可圈可点。河南省援鄂医疗队队员写给朋友，“何日功成名遂了，还乡醉笑陪公三万场，不用诉离殇”，字里行间，透着江湖再相逢的豪迈；山东省第五批援鄂医疗队队员写给父母，“报不完的恩，是父母的恩。爸妈安好，便是晴天。您们养我长大，我陪您们变老”，洋溢着对家满满的眷恋；有的明信片更像一封信，空白的地方，都被密密麻麻的小字挤满。

一位江苏省援鄂医疗队队员，用这张薄薄的明信片承载着自己深深的期许，“亲爱的宝贝，妈妈很荣幸有这样一次机会，给你写一封有意义的明信

2020年3月30日，武汉市教师代表展示为医护人员代写的明信片。

片……每个人都应该有意义地活着，平平淡淡虽好，该挺身而出的时候也不能龟缩不前……宝贝加油！做一个有责任感、有能力的小男子汉！"

甘肃援鄂医疗队队员冯淑芳还向李紫阳打听，代笔志愿者张成龙的联系方式——在朋友圈看到他为自己代写的祝福，非常感动，希望能直接道谢。李紫阳说，张成龙是一名民警，他们现在已经联系上了，没准儿会成为一生的好朋友。

每封明信片背后，都有一段动人的故事。有的关乎亲情，有的关乎友谊，有的则是对恋人的期许。代笔志愿者柳靓葳印象最深的一封明信片，是这样写的："待到樱花灿烂，春山可望，山河无恙的时刻，你把我带回家可好？"

代笔志愿者叶媛帮江苏援鄂医疗队贺龙云写完明信片，又加上自己洋溢着武汉式热情的寄语，"共饮一江水，同心战疫情。等武汉痊愈了，我带你，逛三遍汉街，吃六碗热干面，登九次黄鹤楼，看十一次武大樱花。"

不少医疗队还专门录制了感谢小视频，辽宁雷神山医疗队队员说，"因为疫情我们没有机会亲身感受湖北的美，待疫情退去，我们一定会回来，武汉加油！”

山东省第十二批援助湖北医疗队队员点赞，“感谢武汉人民用这种方式，让我们带走江城的美景，祝武汉明天更美好！”

一声声对江城的祝福，也在感谢明信片背后，一个个拼命的武汉人。

## 武汉伢要挺住，冇得事！

刘新是代写明信片的志愿者之一，也是武汉民间自发组织的志愿者团队发起人。“扯奇谈怪论冇得用，不单单是写明信片，今天的一切都足以见证，武汉伢为自己城市拼过命！”刘新说。

历经两个多月的焦灼，他终于有点心情回归主业，“开始琢磨‘有点穷’这个事儿了”。他说，“大家在朋友圈发什么内容，我们的感受最直接，虽然走出伤痛需要时间，但已经有活跃的气氛了。”

3月24日，他和志愿者团队“无所WEY聚”，带着热辣的小龙虾，去樱花盛放的东湖樱园，欢送重庆援汉医疗队。为了让长期高压下工作的医护人员放松一下，武汉市破例将东湖樱园，单独对医护人员开放几天。

小龙虾是“无所WEY聚”的队长张帆买好材料，团队志愿者彭雪帮忙做的，她自己有家餐厅叫“老城故事”。虽然疫情期间停业，但员工都没有走。疫情刚好转，他们就开始做外卖自救了。当她得知要犒劳医护人员，就争着炮制最地道的小龙虾，打包带过去。

一眼望去，重庆医疗队给人感觉蛮火辣，他们穿着清一色的红色队服。

“谁帮你们选的衣服？”刘新问。“队长陈老师！别的城市无所谓，我们重庆必须要红色，火锅，红汤火锅！”队员的爽朗回答，引得大家开心大笑。

刘新形容自己的普通话“还阔以”，但同他的武汉话相比，还差一截儿呢。他不无自豪地向记者“显摆”道：“我滴武汉话就是一管圆珠笔，行云流水，我滴普通话咧，就是一管钢笔，还是一管冇得墨水滴钢笔，写两哈，还得甩两哈。”

送小龙虾时，有重庆妹子开玩笑说自己胖了十斤。刘新赶紧接茬：“凡是重庆医疗队的妹子，嫁不出去的，武汉都安排啦！”他把这条小视频发出后，留言区里一片“求安排”。也有很多“不满”——“你这个拐子，请把重庆妹子送回来”“你怕是想多了，哪里有嫁不出去的重庆妹子”。

虽然经历的实在太多，但提起这些留言，刘新觉得十分暖心，两个一衣带水的城市之间的情谊，用这种温情的方式表达出来，如同长江中的深水潜流，特别厚重。

从1月末接到亲友求助电话时的无助，到加入志愿者团队为武汉拼命，再到现在迎接春暖花开，刘新觉得这个过程特别“武汉”。

“武汉伢要挺住，武汉伢不信邪，冇得事！我们不往前冲，难道在屋里头看着微博受气？”这话从他嘴里说出来，听着特别有气势。

举国援助湖北、援助武汉的时候，伤痛中的武汉人也一呼百应，毫不费力便集结了大批志愿者。刘新说，仅他所在的“武汉精神”志愿者团队，几天就达到了500人，成员中有开滴滴的，也有开超跑的，但不论什么身份，大家都只是并肩作战、各尽所能的武汉人。

“武汉精神”志愿者团队因为人数激增，分成三个小组，“无所WEY聚”是其中之一。其队长张帆甚至写了“生死状”：“如果我发生意外，请你们替我尽父亲的责任，将孩子抚养长大；替我尽儿子的责任，为父母养老送终；替我尽爱人的责任，为我的另一半再寻归宿。”

在物资最紧张的时候，一瓶84消毒液，刘新和几个兄弟都省着用，每人拿一个小可乐瓶灌一点回去稀释，但丝毫不影响他们为武汉拼命的决心。

志愿者田毅是刘新认为特别“武汉”的人，他平时说话声调又高，还经常带着“汉骂”，口头上满是嫌弃，但骨子里都是深爱。他把老婆孩子安顿好后，自己一个人在外面租一个小房间，一直干到了现在。

那天，他们去街头寻找滞留武汉的流浪人员，田毅看到后冲他们吼，

“有没有饭吃啊！饿着了怎么办！没有饭吃跟我们走啊！”

武汉封城初期，他们凭借一腔热情，哪里需要去哪里。后来在相关部门指导下，更加有序高效，从接收物资，搜集信息，接单、制单、派单都能统一调度分配。

刘新所在的“武汉精神”志愿者团队，不仅圆满完成分配任务，而且无一人感染。

平日里，刘新作为武汉电视台的一名主持人，致力于带给大家欢乐。这几个月，经历了伤痛，也感受了来自全国同胞的袍泽之情，他更加懂得珍惜现在的生活。

那个英雄的武汉从未远去，车水马龙的武汉正在回来。

# 战“疫”人物

# 全小林：院士就是战士

李　斌、强晓玲 | 新华每日电讯记者
时间：2020年3月7日

从大年三十“挺进”武汉那天算起，64岁的国家中医药管理局医疗救治专家组组长、中科院院士、中国中医科学院首席研究员仝小林，已经在疫情防控第一线工作40多天了。

从牵头制定《新型冠状病毒感染的肺炎诊疗方案》中的中医治疗方案，到拟定针对发热、疑似、轻型、普通型患者的通用方即中药协定方“武汉抗疫方（1号方）”在社区、方舱医院广为发放，从参与多家医院重症患者的会诊和讨论，到帮助多家医院开展中西医结合治疗，在“前线”的日日夜夜，仝小林格外忙碌……

面对新中国成立以来在我国发生的传播速度最快、感染范围最广、防控难度最大的这次重大突发公共卫生事件，中医药在新冠肺炎疫情中究竟发挥了怎样的作用？形成怎样的模式？对今后类似新发突发传染病防治有怎样的启示意义？究竟应该怎样全面认识健康对于“全面建成小康社会”的意义？带着一系列问题，新华每日电讯草地周刊记者对仝小林院士进行了独家专访。

## 越来越多的人认同“新冠肺炎”当属“寒湿疫”

**草地：**从1月24日“挺进”这次疫情的“风暴眼”武汉，到现在已有一个多月时间，您最大的感受是什么？您是最早认识到“寒湿疫”的，经过40多天后有没有新的认识？

**仝小林：**一个多月以前到武汉，最大的担心是“病”能否看得清，“病机”能否抓得准，“方药”能否有效，就是要搞清楚病的性质。因为我们专家组责任重大，不仅要牵头制定中医诊疗方案，还要拟定通治方，大范围发下去。

《黄帝内经》曰“察色按脉，先别阴阳”，新冠肺炎当属“寒湿疫”，是感受嗜寒湿之疫毒而发病。明代吴又可在《温疫论》中创立“戾气”病因学说，这次戾气嗜寒湿，在武汉寒湿环境下容易集中暴发，但是遇到不同体质可有不同的转归。

现在回头看，越来越多的人认同“寒湿疫”这个定性。当然同样是一种疾病，地域不同临床症状也会有不一样的表现，不同地域的专家据证而辨，对这次疫情产生不同的认识，是符合中医因时、因地、因人制宜的“三因”原则。

治疗“寒湿疫”就得宣肺化湿，这是一个大原则。在武汉广泛使用的三个通治方：我们拟定的武汉抗疫方（1号方），国家卫健委、中医药管理局联合推荐的清肺排毒汤（2号方）以及化湿败毒方（3号方），大的治疗原则都是一样的。至少在武汉地区，这三个方子实现社区全覆盖，包括部分定点医院、方舱医院及隔离点，同时覆盖孝感、鄂州、黄冈等地，病人总数估计占全国病人的一半。当然，外地及湖北有条件的定点医院也有一部分采取个体化辨证论治。截至目前，绝大部分病人对通治方的反映都很好，不良反应很少，服药比较安全，这就是最好的反馈了。

换句话说，回过头看过去40多天，这次疫情的方向定准了，方法比较得力，也就是大范围以通治方给药，形成新发突发重大公共卫生事件社区中医药防控的“武昌模式”，带动武汉乃至湖北的防治。

## 对重症、危重症患者的个体化辨证治疗

**草地：**《新型冠状病毒感染的肺炎诊疗方案》中的中医治疗方案，现在已经是第四版了？

**仝小林：**整个诊疗方案出了七版，中医治疗方案出了四版。随着认识和实践的不断深化，不断进行调整和优化。第三版中医治疗方案在总结分析全国各地中医诊疗方案、梳理筛选各地中医治疗经验和有效方药基础上，将临床治疗期分为轻型、普通型、重型、危重型、恢复期，而且把一二三号通治方都加进去了，还增加适用于重型、危重型的中药注射剂。刚刚发布的最新第七版诊疗方案中的中医治疗方案，增加危重型出现机械通气伴腹胀便秘或大便不畅，以及人机不同步情况下的中药使用内容。

**草地：**您是国家专家组组长，能否说说在治疗上做了哪些工作？

**仝小林：**我一直在思考这个问题，最主要就是中西医结合未来的发展模式。

面对这次这么大的疫情，我重点去了几家医院，这几家医院的治疗各有特色：一是湖北省中医院，一直和我一起在做社区防控工作。这是一家以中医为主的大医院，也是当地最有影响的中医院之一，从一开始中医药就介入治疗，而且全体一线医护人员都服中药，他们的中医意识很强。

二是武汉市第一医院，即武汉市中西医结合医院，这家医院有2500多张床位。收治新冠肺炎的18个病区，每个病区都是统一管理，都要上中药，中西医结合非常到位，个体化辨证治疗，尤其对重症、危重症患者的治疗，中西医结合得非常好。

三是武汉市第三医院。这是一家综合性西医院，不过有强大的中医科，在这次疫情中中医早期全面介入，覆盖各个病区，收到良好效果。

武汉这几家医院在这次疫情应对中都做得不错。我还火线收了几个徒弟，都是在此次抗疫中表现突出的优秀中医人才。等疫情结束后，湖北省中医院、武汉市中西医结合医院希望我在他们的医院建立中医传承工作室，帮助培养高层次中医人才，研究中西医结合的不同发展模式。

## 阻断疫情，一定要从社区开始

**草地：**还有什么模式？

**仝小林：**就是社区中医药防治的“武昌模式”。阻断新冠肺炎疫情，社区是防控的桥头堡，通过这次在武昌区的实践，中医“治未病”，即未病先防、已病防变和瘥后防复的观念得到充分体现，同时也为新发突发重大公共卫生事件的医疗处置提供全新“解题思路”。

2月2日，武汉市新冠肺炎防控指挥部医疗救治组发出通知，对在院确诊和疑似病人的轻中症患者治疗推荐使用由我和湖北省、武汉市专家组讨论后拟定的中药协定方即1号方：生麻黄6g，生石膏15g，杏仁9g，羌活15g，葶苈子15g，贯众9g、地龙15g、徐长卿15g，藿香15g，佩兰9g，苍术15g，云苓45g，生白术30g，焦三仙各9g，厚朴15g，焦槟榔9g，煨草果9g，生姜15g。根据不同症状，增加4个配方进行增减。这个通治方主要是宣肺透邪、解毒通络、避秽化浊、健脾除湿。

从2月3日起在社区大规模发药至今，1号方合计发药70.2万余副，其中代煎汤剂30多万袋，颗粒剂约80万袋，按14天服药疗程计算，覆盖人群5万余人。截至3月1日，累计扫码患者数量11404人，并通过6万多日记卡反映他们服药后的情况。

**草地：**这种通治方的疗效究竟怎样？

**仝小林：**由于是在社区、方舱医院发放通治方的药，情况往往比较复杂。现在已有进一步分析的基本条件，一是武昌区提供7000多人的确诊和疑似患者名单，我们将进行随访，对人群进行客观划分，当作队列来研究。这是一个系统工程，工作量非常大；二是我们几位教授准备从症状、结局等角度，对1万多扫码患者的治疗情况进行描述。

**草地：**“武昌模式”的意义究竟在哪里？

**仝小林：**“武昌模式”非常值得总结，简单说就是“中医通治方+政府搭台+互联网”。通过病人在APP扫码的方式，中国中医科学院首席研究员刘保延打通前线和后方，“后方”由18个省区市招募的200多位有资质的志愿中医为病人服务，指导用药，这种沟通也使患者情绪得到很好的调整。

面对任何一个新发突发传染病，首先要控制源头，而源头一定要从社区开始。新发突发传染病的救治，不是一下子就能找到有效药物，一下子就能做出疫苗，在此期间中医可第一时间介入，通过望闻问切迅速摸清疾病的共性规律，找到核心病机，定出共性方子即通治方，第一时间就可在社区内用药，也可预防，意义重大，将来可在新发突发传染病防治中进一步发挥作用。服用中药通治方，高危人群可预防传染病，轻症不至于变成重症，重症不至于死亡，对传染病的治疗留出大的缓冲地带，可以起到很好的防控作用。

## 中医药治疗优势在“两头”

**草地：**有人说，是这次疫情“救”了中医，您怎么看这种观点？

**仝小林：**这次疫情应对中医介入比“非典”早，但还不够早，只能说是第二时间介入，应该第一时间介入。

当然，这次中西医联手非常好，分析原因首先是源自高层决策，能强力推动中医药进入治疗程序。

中医药治疗的优势在“两头”，一头是社区早期防治，另一头是恢复期治疗，中间的治疗过程讲究中西医配合。

在社区防控上，中医药全覆盖后，对减少重症、危重症和死亡起到很大作用。在恢复期治疗上，已建议几家中医院建立康复门诊，湖北省中医院2月29日设立新冠肺炎患者康复门诊，把中医大夫、放射科大夫、心理科大夫、营养师等都综合在一起，组成专科门诊，这是全国第一家新冠肺炎患者专科康复门诊。通过制定了一套以药物疗法、针灸、推拿、按摩，以及太极拳、八段锦多种治疗方法，使中医在新冠肺炎患者恢复期治疗中发挥优势。

与其说“救”中医，不如说通过这次战“疫”彰显中医药的特色和优势，我们应该进一步树立文化自信，而中医自信是文化自信的一部分。希望通过这次战“疫”，今后中西医之间更加了解，深度融合，走出中国自己的医学发展之路，建立中国独特的医学发展体系。

## 没有望闻问切，就是对空放炮、纸上谈兵

**草地：** 这次疫情防控有一个现象，就是不少两院院士冲锋在前，作为院士有必要冒那么大风险冲在最前线吗？有人说院士也是战士，您怎么看？

**仝小林：** 院士一般都是领军人物、带头人，发生重大疫情时，要对疫情进行准确判断、确定治疗方案，要为国家研判提供意见和建议。院士肯定要冲在前面，而且要第一时间到位。从这个意义来说，院士就是战士。

中医更需要冲在一线，因为必须到现场看病人，把握疫情发生现场的环境。无论你是教授还是院士，都要到一线去。没有望闻问切，不是第一手资料，就是对空放炮、纸上谈兵。当然，像王永炎院士，国医大师薛伯寿、晁恩祥、周仲瑛、刘志明、路志正、熊继柏等老一辈中医权威由于年龄大，不能到一线、不能摸脉，但可以通过远程医疗了解情况，他们在这次疫情防控中都提供了很多宝贵建议，发挥了巨大作用。国医大师刘志明已95岁高龄，还通过远程医疗对家乡湖南的患者进行会诊，无私奉献经验。他们都心系祖国、心系中医，都很了不起。

**草地：** 如何看待当前疫情？

**仝小林：** 从整体上看，打赢武汉保卫战的任务还很艰巨，仍处于最吃劲的阶段，决不可盲目乐观、麻痹大意，不敢有丝毫放松。因为毕竟还有一些新确诊病例，重症、危重症患者还有很多，复工复产也存在风险。另外，国外的疫情才刚刚开始，“火”在往上升、在蔓延，海外输入性风险很大。

武汉乃至湖北在后期防控中做出了应收尽收、建立方舱医院等决策，加上中医药全面覆盖，中西医联合会诊、联合查房，整体措施很给力。

**草地：** 您怎么看海外疫情？

**仝小林：** 海外疫情起来了，我们3月4日和伊朗、意大利有关方面开了视频会议，了解他们的疫情防治情况，向他们介绍中医诊治经验。

从另一个角度说，现在是让世界认识中医药、受惠中医药的大好时机。中医药可以为国际抗击疫情提供宝贵经验，建议在国外大力提倡中医早期介入。当然，国际上对中医药的质疑声不少，很多人认为是安慰剂。在这次新冠肺炎防控中，中药对控制疫情发挥了重要作用，吃了中药，患者转重、转危明显减少，疗效显著，但要让国际上接受，还要有进一步的科学证据、疗效证据，还要做大量工作。

**草地：** 您在武汉待了这么多天，有没有觉得累？

**仝小林：** 累是肯定很累。要跑各个医院、社区、隔离点、方舱，甚至还到过武汉周边的其他城市，还要组织专家开讨论会，晚上经常跟后方团队进行电话连线。到夜深人静时，还要独立思考治疗难点。

另外一个最重要的工作就是研究重症、危重症患者的救治问题，有时就在各医院的微信群或者通过电话会议方式讨论一些病例。包括一些西医院的危重症病房，也向我们咨询救治方法。

## 重新衡量中医在未来医学体系中的位置

**草地：** 对打赢疫情防控阻击战，现在信心怎样？

**仝小林：** 这场战争赢得胜利，是毫无疑问的！我们有这么强大的党和政府，有这么强大的医疗团队！医护人员非常了不起，有的医院院长和医护人员本来都已休假，“前方”吃紧，就立刻回来了，情绪高涨饱满，连续战斗两个多月，这些人了不起！

**草地：** 经过这次大疫，您怎么看全面小康？

**仝小林：** 中医讲正气存内、邪不可干。健康是一，其他是零。全面小康，健康尤为重要。要全面小康，就要更加大力实施健康强国战略。对于个体生命来说，首先要健身健体。

国家应在医疗健康领域投入更多力量，建立更好的防疫、医疗体系，尤其要加强防范新发突发传染病体系，完善重大疫情防控体制机制，健全国家公共卫生应急管理体系。

**草地：** 对未来中医药发展有什么建议？

**仝小林：** 这次大疫是一次大考，也让我们重新衡量中医在未来医学体系中的位置。建议将中医药作为传统文化的一个窗口，从娃娃就开始抓起，普及中医知识和中医思维。另外，建议在医学院本科阶段就规定中医为必修课，而不是选修课，从学医之始就打好中西医结合的基础。

# 张文宏和"华山感染"的硬核感染力

季　明、仇　逸 | 新华每日电讯记者
时间：2020年3月6日

"一线岗位全部换上党员，没有讨价还价！"

"不能欺负老实人！"

"把病毒'闷死'！"

"你是在战斗啊！"

"防火、防盗、防同事"……

在这场抗击新冠肺炎的战役中，上海市医疗救治专家组组长、复旦大学附属华山医院感染科主任张文宏成了"超级网红"，许多人喜欢上了这个说话幽默又实在的"黑眼圈"专家。

张文宏主持的公众号"华山感染"也圈粉无数，专业的分析判断引得业内外人士纷纷转发。

而在这一切的背后，有一个干活劲头、业务能力都分外强大的团队——复旦大学附属华山医院感染科。

## 工作不停金句不断，他身影匆匆

2020年1月22日，新华每日电讯记者在上海市疾控中心，见到了匆匆而

上海市新冠肺炎医疗救治专家组组长、复旦大学附属华山医院感染科主任张文宏。新华社记者刘颖摄

来的张文宏。前一晚在上海市公共卫生临床中心忙了一夜的他，当天早上6点半又去探望了3名病情较重的患者。接受采访时，他已眼带“烟熏妆”。

从分析疫情到讨论救治情况，他语速飞快，有问必答，临走时说：“一线医务人员现在是在前线，但是从来都不愿意说自己的事情，我们只想救好病人，也保护好自己。”

1月29日，自己一直坚持进隔离病房的张文宏做了一个决定——让从去年年底起一直奋战在一线的医生全部换岗。他的一席话，被全国媒体聚焦：“我们派驻党员医生上抗疫前线支援，不打招呼，直接报名，没有商量。”

1月31日，新华每日电讯记者来到华山医院传染病楼5楼。这幢红色的小楼是张文宏和同事日常战斗的地方，他的办公桌上放着一袋开了封的饼干，只吃了几块。

“换下来的医生隔离一周，今天我给所有人包括自己都做了采样，阴性的换到没有新冠肺炎病人的病房。”张文宏说，“我们医生年中无休，不过大家都习惯了，疫情来了这是职责所在。”

关于他个人，张文宏不愿多说。有媒体询问，他迅速转移话题：“聊我就不用了，我只是农村孩子，毕业留在上海，就这样。”

他还这样“畅想”疫情后的自己——“当新冠大幕落下，大家该追剧追剧，我自然会silently（安静地）走开”……

大多数时候，张文宏待在位于金山的上海市公共卫生临床中心，作为专家组组长，他关注着上海乃至全国的救治工作，还曾一度向医院请战前往武汉增援。

而一谈起患者的救治，张文宏就会打开话匣子。在直截了当地对记者表示专业术语讲给你们也听不懂后，他接着说：上海的救治方案，就是多学科协作，集中全市优质资源，“方案就写在病人身上”。

随着治愈率不断攀升，他给自己打及格分。对于一些治疗方法和研究热点，他的“辣评”也理性客观、有理有据：“新冠肺炎没有神药”“注射血浆患者立即康复，那是电影！”“关于零号病人，我只认证据”……

## 爱做科普会做科普，他发声有力

不断穿着防护服进隔离病房，参加各种疫情防控会议……即便日程如此紧凑，疫情中，张文宏依然坚持利用深夜等时间段更新“华山感染”公众号文章。

“一旦关注 长期感染 无法治愈 欢迎关注华山感染”，这个公众号的“广告”颇具喜感，内容则是专业性与科普性兼备。

从1月17日凌晨0点22分刊登第一篇有关新冠肺炎的文章后，武汉“封城”、国际关注的公共卫生紧急事件、无症状病毒感染者……公号推送的文章踩点精准，篇篇爆款，几乎每篇点击量都超过10万，有的点击量甚至超过1000万。

张文宏在疫情初期就表示：“这个时候，谣言比病毒本身更可怕，我们要每天用理性的数据和专业知识给大家解读疫情，普及相关的知识。”

“华山感染”不仅将目光放在武汉、上海，而是从一开始就关注着国内外疫情变化，影响力与日俱增。在此前更新的“张文宏新冠肺炎复盘”系列文章中，张文宏表示，上海方案是中国防控战的缩影，“中国在至暗时刻的努力，国际社会已经看到”。

对于疫情形势发展，张文宏这样写道：“这正应了一句老话，我猜中了开始，却没有猜中结尾。”“武汉封城之时，我说过中国抗击新冠三种结局，第一种是中国得到很好的控制，第二种是胶着，第三种是全球流行。现在看起来，争取到第一种可能是大概率事件，但是想不到第一种与第三种可能居然可以并存！”

所有人都觉得他的时间不够用，但张文宏愣是自我加压出了一本书——2月2日晚，《张文宏教授支招防控新型冠状病毒》由上海科学技术出版社出版。

就像宣传语说的那样，这本书介绍了疫情期间“如何居家、外出、工作、购物，超多干货”。不久前，该书的波斯语版翻译完成，书籍电子版已提供给伊朗民众免费下载阅读。

“这本书将造福更多民众。”复旦大学医院管理研究所副所长章滨云说：“中国的很多防控做法，包括个人的防护办法，很适合发展中国家。”

张文宏爱做科普、会做科普，疫情来临后，他两年前一堂“人类如何抵抗传染病入侵”的公开课被不断转发，被网友点评“大专家讲硬科普”“一秒都无法快进”。

很多网友记住了那些散落在历史长河中的经典传染病，也记住了张文宏讲到H7N9禽流感时那句“那一刻我对爱情产生了怀疑”。

张文宏的说话速度和方式令人印象深刻，上海市政府参事、复旦大学附属华山医院运动医学科带头人陈世益教授告诉新华每日电讯记者：每年的华山医院各科主任年终总结会，张文宏的发言总是最让人期待的环节之一，“都是干货！非常精彩。”

## 当了医生当好医生，他底色不改

张文宏“火”了之后，为他点赞的网友中，有不少是他曾经的病人。

“十年前张主任给我孩子看过病，不但医术好，人也非常绅士儒雅暖心，一边看病一边夸孩子聪明，让我们不要紧张。知道我们是外地的，还主动把自己的手机号留给我们。”类似的赞扬频频出现在微博上。

1993年从上海医科大学毕业后，张文宏就进入复旦大学附属华山医院感染科，至今已经干了26年。

在学生眼中，张文宏待病人很好。刘其会医师介绍，三甲医院的门诊向来嘈杂拥挤，但恰恰是在这个不足4平方米的空间内，张文宏用实际行动诠释着什么叫“好医生”。

很多患者从外地慕名而来、路途遥远，挂不到专家号，张文宏会给这些病人加号；重病患者需要住院，三甲医院却一床难求，张文宏常常为了一个素不相识的患者，连打好几个电话帮忙落实床位；他还会给需要随访但又不方便来医院的病人尤其是外地病人，留下自己的邮箱，及时给出诊疗意见。

张文宏经常到病房特别是重症病房去看病人，“哪天他说去，再晚也一定会去，”一位张文宏的同事告诉记者，“而且不是走马观花，是预先做好‘功课’才去，对每一个病人的情况、指标了然于心，实事求是、严谨负责。”

总有患者和家属以各种形式，或直接或隐秘地向张文宏送红包，可没有哪一位能成功。相反，他还曾给患病的孩子捐款，自己开车送提着大包小包的患者去赶火车。

“感染科的岗位的确很艰苦、很危险，但必须要有人去做。因为这不仅关系到一个病人，一个医院，还关系到一个城市，甚至一个国家。”张文宏曾经这样说。

“我只是你们职业生涯中的匆匆过客，而你们却是我的人生转折。”很多患者都给科室送过锦旗，而这一面被张文宏留下来挂在了墙上。

# 在感染科有“感染力”

张文宏常常对他的团队说：感染科医生一定要有“感染力”。这种感染力，来自干劲和奉献。

一位同事这样点评张文宏——“他就是个超人，为病人为团队其他人安排得妥妥当当，才会想到自己。”在医院内，张文宏从30多岁起就有了“张爸”的外号；他所在的华山感染科，无论是不是党员，“人人争先，个个肯干”。

疫情就是命令，1月21日上午10点，华山医院紧急召集成立首批赴上海市公共卫生临床中心支援专家组，由张文宏带队，感染科副主任医师毛日成是队员之一。

在隔离病房内，毛日成每天工作16个小时，早晚查房、三次报表，总感觉刚躺下就又要起来了，密切观察、治疗患者，他一刻不敢放松。“作为党员，这是我的责任！”

在上海公共卫生临床中心任务结束、经历短暂的隔离期后，毛日成医生忙碌的身影又出现在发热门诊。如今，他已身在武汉前线。

大年夜，感染科徐斌副主任医师主动请缨，终止休假，参加上海第一批医疗队来到武汉金银潭医院。

进入病房后，除了做好救治工作，徐斌还会用肢体接触和语言来鼓励患者：“传染病患者都担心医生和周边的人‘怕’自己，而有人拍拍他们的肩膀，他们会很高兴，也更有信心对抗疾病。”

徐斌接到支援武汉任务后，张文宏就曾打电话询问他是否有困难。不久前，他又接到了“张爸”的电话，“工作时间越是久，越要做好防护，越要坚持，”听筒的那一端，张文宏嘱咐他。

从SARS到禽流感，在重大公共卫生事件来临时，张文宏所在的华山感染科始终站在“紧急应对”的第一线，这次也不例外——

1月28日，华山感染科护师徐惠加入上海第二批医疗队前往武汉市第三医院救治危重症患者；

2月4日下午，国家紧急医学救援队奔赴武汉，感染科副主任张继明教授担任队长，主治医师孙峰、护师曹晶磊都是队员；

2月9日，华山医院再有214名队员出征，感染科的陈澍教授是第一个报名的。为此，他还动用了一点“特权”——因为身兼医保办主任，他在主任群里抢先报了名……

在一个多月前华山感染科的一次组织生活会上，支部书记张文宏带领戴着口罩的全体党员共同宣誓：“迎难而上，共同战斗！”

## 代代“牛医”代代防疫，他们“战毒”不止

年门诊量超过14万人次、年接收转诊患者逾2000人次，华山感染科接收的病人之多、面临的病情之复杂，在业内有目共睹。凭借一代代感染科人的不懈努力和钻研，科室多年蝉联“中国医院最佳专科声誉排行榜”榜首，成为许多传染病患者心目中“最后的希望”。

张文宏长期坚守结核病防治一线，在发病机制和快速诊断等方面取得了一系列成果。同时，他还是肝病研究和治疗领域的“大咖”。

上海市医学会感染病专科分会主任委员、上海医师协会感染病医师分会名誉会长、上海市“医务工匠”……这些极具含金量的身份和荣誉都证明，张文宏是位不折不扣的“牛医”。

除了张文宏，华山医院感染病学科可谓人才济济。老一辈有闻名全国的著名感染病专家戴自英教授、徐肇玥教授、翁心华教授，还有国家973首席科学家、抗生素研究所所长王明贵教授，全国新型冠状病毒肺炎医疗救治专家组成员卢洪洲教授……

被誉为“感染学界福尔摩斯”的翁心华教授是张文宏的导师，凭借细致询问病史的诊疗“诀窍”，翁教授解开了很多疑难杂症的秘密。而“患者入院先询问病史，要重新问、仔细问”，也成了华山感染科一贯的传统。17年

前，翁心华教授是上海市防治非典型性肺炎专家咨询组组长，张文宏曾协助导师一起主编了介绍SARS的专业书籍，为迅速向广大医务工作者介绍该疾病做出了贡献。

薪火相传，当年导师身边的助手早已成长为独当一面的专家。H7N9禽流感疫情中，张文宏第一时间安排用负压病房接待患者，并报道了中国案例。

这些年来，从防范非洲埃博拉疫情到做好进博会保障，张文宏和他的团队一直在默默夯实公共卫生安全屏障。

春暖花开，光明在前。新冠疫情终将过去，但张文宏和华山感染科全体医护人员守卫健康、对抗病毒的战疫，永远不会结束……

# 武汉肺科医院ICU主任：疫后要拍张全家福

廖　君、强晓玲 | 新华每日电讯记者
时间：2020年2月24日

正月十五，央视元宵节晚会上，医生胡明的一段视频让亿万观众在这个团圆的夜晚感动落泪。

那时武汉抗击疫情刚刚开始，媒体直播时，一个突然打进的电话让胡明紧张地转过身去，情绪有些失控。原来，是同行、好友向他发来求救信号，“情况很不好，准备插管了”，对方是武汉另外一家医院ICU的主任，在连日救治重症患者后被感染，病情危重，但仍意识清醒。

镜头里，蓬乱湿漉的头发，口罩压痕的面容，在布满雾气的眼镜下，胡明肿胀泛白的手指紧紧按压住眼窝。那时，他刚刚抢救完病人，同样是疲惫极了，强撑着不想让眼泪落下……

“好友倒下了，病人还得继续救……”从元旦至今，一直吃住在医院的武汉市肺科医院ICU主任胡明，已经连轴工作了50多天，近千小时，他说，“疫情没结束，我们不能退！”

## “患者被我们拉了回来”

“强度太大了，这一个多月做的量比一年还多，每天只能休息2到3个小时，脱下防护服，人就像水里捞出来的。”正月的武汉，阴湿寒冷。ICU病房里，胡明身着短袖，浑身上下湿漉漉的。

从1月初开始，他就一直待在医院，每天睡觉的值班室，与病房仅一墙之隔。

武汉疫情暴发后，武汉市肺科医院是最早收治新冠肺炎患者的定点医院之一。胡明和ICU团队第一时间投入到紧急救治急危重症新冠肺炎患者当中，没日没夜地与病毒抢速度争时间，在最危险的第一线，成功抢救了不少重症患者。

“早上八九点钟进入病房，大概下午3点多钟才能出来。最忙的时候，根本没有时间出来休息，顶多吃个饭再进去。”由于工作量比以前增加几十倍，加之身着笨重的防护服，仅接诊一名ECMO病人，至少就需要六七名医护人员才能完成一次换床单的规范流程。

2003年曾接诊过SARS患者，后来又处理过H7N9等疫情，46岁的胡明，有着丰富的ICU临床经验。2015年，医院组建ICU，他被任命为主任。疫情暴发后，他心里清楚，此次发病人数多，暴发人群广，“跟当年SARS不太一样，很多情况我们都是第一次遇到。”

ICU团队收治的都是急危重症患者，被感染几率非常大，为了保护年轻医护人员，胡明总是将最大的危险留给了自己。由于担心患者气管插管的体液、血液引发感染，几乎所有的气管插管、纤支镜都由胡明和另外一名医生亲自操作。

他说：“气管插管、纤支镜需要快速完成，技术要求高，更何况如今带着两层甚至三层手套操作，关乎病人的生命，肯定是我们先上，年轻人放在后面。”

尽管冲锋在前，但胡明并不是一个人在战斗。“国家级专家教授一直就在身边，让人感动，心里更踏实。”

1月22日，一名患者情况危急，由于人手、设备等问题，胡明紧急向武汉大学附属中南医院急诊科主任夏剑求助，正忙于危重症患者抢救的夏剑教授二话没说，派来了中南医院的ECMO专家沈俊前来支援。胡明清楚地记得，从晚上10点进入ICU，到凌晨1点浑身大汗走出病房，“患者终于被我们拉了回来。”

回忆那晚，胡明笑称，自己从腊月二十八忙到二十九，“晚上送沈俊教授出去，很长时间才等到的士。”

正是那天，武汉开始“封城”。ICU里连续两起危重急救，都发生在深夜。

正在武汉开展工作的北京协和医院ICU主任杜斌，和东南大学附属中大医院副院长邱海波开完国家级会议后，晚上10点赶到ICU。抢救持续到凌晨，直到病人体征平稳，两位专家才走出病房。等随后收场完毕的胡明赶出来时，两人早已离开。胡明说，“连声感谢还没来得及说，他们可都是顶级的专家啊。”

为了支援胡明团队，邱海波从江苏扬州调来了自己的学生、苏北人民医院ICU主任郑瑞强。由于“封城”，郑瑞强乘高铁在距武汉市区60公里的汉川下车，几经周折，多次换乘汽车驶往武汉。

大年三十，当两名ICU主任结束抢救工作走出病房，已是晚上八九点钟，郑瑞强才想起自己在武汉的起居饮食还没有着落。胡明说，“郑瑞强教授是来的最快最早的援助医生之一。”

大年初二，北京朝阳医院的副院长童朝晖派来了北京朝阳医院ICU的李绪言教授。

“这些国家顶级的大专家是心疼我人手不够，更是心疼病人，想尽办法增援我们。”胡明说，“经过一次次与死神抢夺患者的战斗，看着他们一点点好转，从ICU转入普通病房，作为重症医学大夫，是很有成就感的。”

## “能上一线的都是战士”

ICU里，胡明是医疗教学科研“一把抓”的“老大”，更是平日里不厌其烦的“叨神”。每次查房，胡明都要向团队里的年轻人讲清楚每个病例涉及的知识点，他总说，“每一个病人都是一部医学史，看病就要看到极致。”

1月28日，当得知好友武汉东西湖人民医院ICU主任袁海涛被确诊感染，病情加重，一时情绪失控、泣不成声的“老大”让年轻医生们看得心酸。

作为专业医生，胡明心里清楚朋友的“准备插管了”，是危急到什么程度。疫情发生后，每天涌进医院的大批病人，“他们跟平时接触的病人都不太一样”。他说，新冠肺炎跟以前的SARS、禽流感不同，以往重症病人都是昏迷状态，而这次，到后期，患者从指标看已很危险，但意识依然清醒，“这时病人会求救，时间会很短，一旦错过就很难……”

那一刻，朋友的电话让他揪心，“那是一个战壕的战友啊，战友倒下，必须救。”

在胡明的协助下，袁海涛很快被安置到武汉市肺科医院ICU二病区，经过胡明与其他几位专家的调整治疗，袁海涛逃过一劫。“他很幸运，第二天就退了烧。”听说这几天袁海涛已经康复，准备返回医院开始工作时，他笑道，“没有时间管他了。”

疫情发生以来，ICU里8名医护人员，4个人工肺，8台呼吸机连轴转。“收进来的重症患者都是大抢救，各种因素，常常病人的血氧已经低于30%，再耽误就很麻烦。”

疫情初期，一直守在医院的胡明，接到最多的电话就是朋友同事的求助。那一刻，他才知道疫情的严重。“那段时间，武汉处在矛盾当中，病人集中爆增，医疗资源跟不上，没有更多的床位收治病人，很替大家担心，我们是医生，心里最清楚，一旦生病摧毁的是一个家庭。”

那段时间，发生的事情太多了，有太多医生因为身在一线被感染，还有很多战友同事的母亲病了，丈夫病了，妻子病了……但大家都还坚守在一线。胡明说，“那怎么办，病人还要继续救啊！”

这个特殊时期，胡明所领导的年轻ICU团队中，“有的医生才工作半年，但大家都义无反顾地坚守在一线。疫情面前，每个人都在成长。”

有医生推迟了婚期，一个多月未曾与未婚夫谋面；有奶爸护理干脆住在医院，一个多月没有见到一岁的孩子；还有一批“90后”护士，没有一个叫苦叫累，每天穿着笨重防护服，帮病人翻身、输液，体力消耗非常大，一趟下来，除了喝水已经没有任何力气了。

“这个时候，能顶在一线抗击疫情的医护人员，都是战士。”胡明说，“我们每天接触重症人群，传染性非常大。作为医生，只有保护好自己，才能去救助病人。”

## “去照一张全家福”

如今，除了两名专家，医院还被增援了几名医生。与病房一墙之隔的值班室，因为防护安全已经不让继续住了，尽管步行10分钟就可以回家，因为担心耽误ICU抢救，他依然选择搬到7层刚刚辟出的新病区，“暂时还没有收病人，只要让住，就先住这儿吧。”

“你在干嘛呢，儿子？”

“我在吃饭。”

“想不想爸爸？”

“想，心里想。”

除夕夜，胡明同妻子跟儿子的视频通话时间并不长，因为救人一直在继续。爱人王洁是护士长，两人同在一个医院，疫情发生后，王洁值守发热门诊。1月24日晚的通话，10岁的儿子已经有半个多月没有见到爸爸了。最近的一次还是“小年”夜那天晚上，他回家与妻子、儿子一块吃了顿饭，半个小时的时间。随后便匆匆赶到医院，又抢救了一名危重病人。

“我很想跟儿子说一声抱歉……”胡明说，平日下班回到家里已经很晚，跟儿子只是打个照面，聊上两句。夫妻二人更是很少能同时在家休息，这么多年，自己也只陪儿子度过了一个除夕夜。

同在一线，王洁总会抽时间到ICU给胡明送些吃的，科室门口匆匆一见，有时一天也见不了一面。

10岁的儿子由爷爷奶奶照管，“父母70多岁了，挺支持我们，从来没有跟我们说过家里的困难，也不知道这些天，他们是怎么过的。”

“几连降”让大家看到了希望，胡明却跟团队说，“真正的战斗从现在才开始打响。”

他说，疫情到了攻坚时刻，剩下的都是最难啃的骨头。

如今患者基数大，假如按照10%的重症患者比例，5万名重症就是5000人，急危重症至少30%，就是1500人。“那是1500条人命啊，能够救下来的能有多少？”他说，“能让更多的重症患者保住生命，恢复健康，能够回归到社会，这是ICU大夫必须考虑的事情，必须要做的事情。”

那天妻子跟他商量，等疫情结束了去照一张全家福，“我想想，得拍，因为家里的确一直没有全家福。”

记得2016年春节前夕，医院征集夫妻档职工照片，胡明夫妇俩翻遍手机都没能找到一张一家人的合影。他说，“武汉疫情，每个死亡数字背后都是一个家庭，我们家应该拍个全家福，至少一个都不少吧。”

“等到春暖花开时，也希望能看到更多的武汉家庭能够开开心心地去拍全家福，创伤总是会有的，应该留个纪念。十年二十年后，回头再看，什么都不是困难了，因为我们这么困难的事情都挺过来了。”

# 武汉市中心医院一位护士长战“疫”亲历

刘　荒 | 新华每日电讯记者

时间：2020年4月13日

3月24日，万颖下班回家的路上，收到武汉解封的通告短信：“从4月8日零时起，武汉市解除离汉离鄂通道管制措施，有序恢复对外交通。”

虽说疫情日趋好转，解封在意料之中，看到这个消息她仍激动不已。

“你收到短信了吗？”这位武汉市中心医院后湖院区儿科护士长，马上发微信问老公张维——汉川市城北派出所民警。从1月20日回汉川坚守岗位，他就再没回过武汉。

他们去年9月刚结婚，只休了3天婚假。紧接着，就是国庆、军运会等重大活动，张维值勤几乎没怎么回家。小两口在一起的时间，加起来还没有分别的日子长：两地相距不过60公里，相隔却快80天了。

大疫之下，医护和警察都得冲在一线，辛苦又危险。封城以后很多人“宅”着烦躁的家，对他们来说，却成了一个想回却回不去的地方。

“现在，他终于要回家了！”疫情暴发以来，见过太多生离死别的万颖，蓦然庆幸：自己毕竟家还在，有人等……

## 封城前一天，32个病人全部出院

与当地其他医院相比，武汉市中心医院属于“重灾区”。

有媒体报道，包括李文亮、江学庆、梅仲明、朱和平、刘励等5位去世的医生，该院职工感染总数超过230人，死亡人数和感染比例均列武汉各医院之首。

在全院100多个护士长中，万颖是一个什么该说什么不该说都得反复掂量的“小角色”，但她也后悔当初没把疫情告诉更多人。

她的微信有61个群，工作群不下四五十个，各种消息不断。有的群一天不看，提示就变成省略号了。医院里的大事小情，都能从里面找出线索来。

每年11月到第二年3月，是儿童流感高发期，也是儿科最忙的时候。“去年12月份，门诊量每天多达1000人，候诊区坐满等住院的病人。”万颖回忆说。

位于后湖住院部18楼的儿科病房，共有45张床位。2018年2月，从武汉市儿童医院“跳槽”出来的万颖，当上中心医院筹建中的儿科病房护士长。7月2日，她带领十几个护士，仅用8天时间，就完成了开科准备工作。

去年年底的一天，急诊科出现疫情的消息开始在群里流传。

虽然在纪律约束下，只能“窃窃私语”，万颖仍觉得不能麻痹大意，又怕违反规定，便用当班护士的手机在科室群里，发了一条注意防护的消息，提醒大家上下班从院外绕到住院部，尽量别穿越门诊大厅和急诊外科病房。

接下来，她不光自己戴口罩，还动员同事和病人戴。住院部上下班和送饭时间段，有些医护人员为了赶时间，跟着病人挤电梯。万颖感觉不安全，要求儿科护士坐电梯时一定要戴口罩。

之前，医院对“双评议”非常重视，只要接到投诉都要启动调查程序。一些医护人员尤其是护士，生怕稍有不慎被投诉。随着疫情变化，有人在护士长会上通知，现在投诉不用管，要求每个人必须戴口罩。

万颖按要求传达给科室护士时，她们居然说终于可以抬头做人了。虽然护士们的口气变硬了，可一些患者家属仍不以为然，各行其是。一次查房时，因为要求戴口罩，一位患者家属还跟万颖吵了起来，这件事情她印象特别深。

"当时有几个患儿，病程特别长，症状跟以前流感不一样。现在回想，还真有点像新冠肺炎。"万颖记得元旦那天，儿科收治的13个病人，都有发烧咳嗽症状。

封城前一天，病房里32个患儿，一夜之间全走光了。有的病情不稳定，一直咳个不停，有的连体温还没降下来，大多数都是申请签字出院的。万颖印象中，科里负责出院结算的护士，一整天都在算账。

本来，还剩下一个乙型流感患儿，怕传染其他人，平时都待在病房里。当天傍晚，这家人出来晃了一下。发现病房都空了，赶紧跑到护士站，问怎么都没有人了？慌张中，他们要求马上出院。当时住院处已下班，办不了出院手续。第二天，一家三口逃跑一样离开了。

"你看过采访蔡毅主任的视频么？他们换防护服的楼层，墙上有很多彩色娃娃，那个就是我们科室。"万颖有些伤感地告诉记者，由于疫情防控需要，儿科病区已被改造得面目全非了。

## "武汉的医护人员更不容易"

1月27日，被列为第二批定点医院的武汉市中心医院后湖院区，开始改造隔离病房。

从普通医院变成传染病医院，所有科室都得重新调整。儿科病房全员支援前线，护士们被分派到不同的病区。

万颖被调到最前线，组建新的发热病区。刚开始，由于各种流程、配套设施跟不上，她经常感觉干什么都发懵，找不着当护士长的感觉。

开设发热病区当天，从红十字会医院转来32个病人。包括万颖和另一位护士长在内，当时只有26名护士，人手一度非常紧张。

病人刚转过来，后勤保障跟不上，不光医护人员没饭吃，病人也没饭吃。有的病人饿得受不了，就在走廊里发脾气。闻讯赶来送饭的家属，竟没有任何防护措施；有的家属怕感染不肯来，病人感觉被抛弃了，情绪特别低落。

更糟糕的是，内部业务流程衔接不上，药房不知道怎么进病区，护士也不知道怎么去取药。这些发热患者拿不到退烧药，一晚上只能靠冰袋降温。

第一批患者中，有一对80后夫妻，病情比较重。女的稍微轻一点，呼吸没有困难，三番五次出来朝护士要退烧药。丈夫虽然很虚弱，刚来时，两个人还有说有笑。没几天，他就转到重症病房，上了无创呼吸机。

后来，万颖在群里看到他死亡的消息。“听说女的康复了，好像转方舱去了，对她打击一定非常大！”同为80后的她，深感生命的脆弱和无常。

说起内心最感激的同道，万颖首推驰援武汉的甘肃医疗队。她没有讲述更多的细节，但她知道，尽管防护物资一度告急的中心医院，做不到4小时就更换防护服，甘肃医疗队却一直坚持到最后。

甘肃医疗队队长蔡辉接受媒体采访时，曾深有感触地说：“武汉医护人员更不容易。我们才‘打’几天，他们都多少天了！”他还透露，在武汉市中心医院的感谢信中，称赞甘肃医疗队“最早到达、最快速度投入战斗、始终坚守”。

这段时间，万颖曾被派往本院南京路院区，支援新开的传染病病房。由于疫情没有控制住，这个院区干部病房的患者，出现确诊和高度疑似病例。院方决定将这十几个新冠病人，集中到一层楼隔离治疗。

万颖第一天上班，就发现这栋楼没有单独通道设施，不适合开传染病房。这些常年住院的“老病号”，很多人生活不能自理，有的需要护士帮忙，有的家属请了陪护。一位陪护人员只戴个普通的口罩，当天CT检查就出问题了。

由于防护意识不强、防护物资紧缺等原因，当时已经有护士确诊，也有当天发烧的。一位护士告诉她，医生在下面一层楼办公，每天交班内容都写在纸上，只有抢救时才会上来。

万颖一夜没睡。凌晨两点时，她在群里发了很长一段话：提醒大家缺陷在哪里、哪些地方需要改造，个人防护应该注意什么。

第二天上班，她直接去护理部，提出自己上前线没问题，不希望再做无谓的牺牲，但万颖仍然回到后湖发热病区。

## 回家发现门口多了一个凳子

武汉封城的那些日子，许多医护人员历尽苦痛挣扎，白天浸在汗水中，晚上泡在泪水里。个中滋味，唯有亲历者才能体会。

虽然身处焦点医院，万颖所在的儿科病房还算幸运，除了一位同事感染轻症治愈出院外，其他人均未感染。然而，这并未给她带来多少安全感。

整天在发热病区工作，即便执行最严格的防护措施，谁又能保证"常在河边走，就是不湿鞋"呢？曾有过结核病史的万颖，落下一直咳嗽的病根儿。如今，只要稍有"风吹草动"，很容易往新冠肺炎上靠，她一天到晚精神高度紧张。

记得刚到发热病区，一次上班时她感觉浑身发热，还以为是忙碌的，并未理会。一直忙到下午3点才吃上午饭，可她还觉得有点热，一测体温37.5℃。万颖心有忐忑，下午继续上班。晚上回去再测体温，竟然一点儿都没降下来。

她怀疑自己"中招"了，悲观情绪一下子占了上风。"晚上给老公打电话，哭诉自己可能被感染了。他没办法人又回不来，只能一遍遍安慰我。"提起这段往事，万颖有一种无法触碰的创伤感。

后来，又拍CT片子、检查血象，结果一切正常，体温也降下来了。没过两天，万颖遇见院里呼吸内科主任，他认为片子拍得过早，应该过5—7天再拍，建议她再复查一下。

万颖又害怕起来，"没人时每天都想哭，感觉怎么这么倒霉，又怕爸妈以后没有人照顾！”除了自己，她每天还担心老公和家人被感染，一度满脑子都想着后事。

可她却没有休息，继续上班。谁知，没过几天又发烧，好在也是虚惊一场。她害怕时特别想家，又怕感染家人不敢回去：“人家全家人一起关在家里，无聊得受不了，还抱怨这抱怨那的，可我却根本回不去！”她既伤感又自怜道。

万颖父母家所在的小区，在江汉区感染率排前五名。她不想让父母出门，又怕他们在家里没得吃，总惦记着给他们送些鸡蛋、牛奶等食品。封城以后，她回过三四次家，都是往回送东西，却始终没敢说自己在隔离病房工作。

第一次回家时，万颖站在走廊里吃了一餐饭。她说自己毕竟在医院，身上还是不干净，怕进门会感染到家人。父母只好戴上口罩，把饭菜给她递出来，隔着门镜，看女儿站在门外吃完饭。

大约过了一两个礼拜，她再次回家送东西。刚走出电梯，就看见家门口多了一个凳子。

“这是我妈放在门口，留着给我坐的。当时看到后特别想哭，又怕被爸妈撞见，眼泪怎么也控制不住……”讲到这里，万颖再度哽咽失声了。

单位统一安排的酒店，卫生条件一般，有老鼠和小虫子。随着天气转暖，小虫子越来越多，万颖决定搬回家里住。虽然已经回来十多天，她还没跟父母在一个盘子里面夹菜呢。

当她把这段经历讲给父母听，妈妈心疼地数落了她一顿，还说早就觉得她有事瞒着家里。直到她搬回家住的那天，老两口才算睡了个安稳觉。

## 有些经历无法感同身受

今年30岁的余斯骏，在汉阳开了一家婚庆摄影工作室。去年9月，万颖结婚办酒时，跟拍的摄影师就是他，“她只是我的一个客户，过后再没联系过。”

这场突如其来的疫情，改变了他们之间的关系，从客户变战友了。

武汉封城之初，小余一家3口不幸感染新冠。他和母亲是轻症，3月份出的方舱；父亲重症康复后，核酸检测总是不过关，4月7日才出院去隔离点。

生性开朗乐观的余斯骏，亲历父亲生病就医的曲折磨难。2月5日深夜，在去洪山体育馆方舱医院的大巴车上，呼吸困难的父亲，隔着车窗给他发微信：这次怕是挺不过去了，你要照顾好妈妈。

他只能劝父亲不要放弃，振作起来。没想到，人生第一次遭遇生离死别，却连个抢救的机会都成了奢望。他不禁悲从中来，不知道如何安慰父亲，也没办法说服自己。为了不让母亲知道，他回来没先上楼，一个人坐在车里哭了好久。

半夜里，隐约听见母亲压抑的啜泣声，父亲在微信里跟她交代后事，就是银行卡密码、股票账号之类的。窗外，武汉在下雨，浇到这一家人心里了。

“我一个人躺在床上，哭得特别厉害，从来没有这么绝望过。”事隔一个多月，余斯骏讲述这段经过时，语气平静得出奇。

连夜被转入武汉大学人民医院的父亲，几经周折，终于得救了。几天后，他和母亲也被安排住进不同的方舱医院，一家三口成为不幸中的幸运者。虽然人不在一起，他们每天都用微信相互问候。

说来也巧，小余分享在朋友圈的方舱照片，被万颖无意间看到了。

“她问我为什么在方舱，情况怎么样，家里人怎么样……”小余这才知道，原来他们小两口都在一线，丈夫张维还在外地，属于守望难助的医警家庭。

这两个过去鲜有交集的人，偶尔会在微信上打个招呼，互相鼓励一下。用小余的话说，尽管医患有别，可都是回不了家的人，仿佛有一种战友的感觉。

只要闲下来，小余就会远程开启家里的网络摄像头，监视“憨憨”和

“肥肥”的日常——这两只关在家里无人照料的比熊犬，是全家人牵肠挂肚的宝贝。

临去方舱前，他尝试过却没有找到寄养的地方，只好买足一个月的狗粮，盛放在很多一次性的碗里，再加满两大盆饮用水，供“憨憨”和“肥肥”吃喝。比熊犬没人照料，很容易吵闹，小余怕影响左邻右舍，索性把门窗全都封死了。

沌口体育馆方舱医院的医护人员，多是从安徽和贵州过来的，互相也都不认识，热心的小余经常帮他们拍照留念。

2月20日，隔壁一位黄姓病友过生日，他拍摄的医护人员为新冠患者庆生的照片，被人民日报微博选为“方舱医院的动人瞬间”主题新闻图片，让他在方舱里着实“火”了一把。

3月10日，小余隔离期结束回家，在朋友圈发了一个小视频——他打开家门时，两只白色的小比熊犬，异常兴奋跑出来迎接主人。小余告诉记者，幸亏妈妈半个多月后先回家了，狗粮还没吃完，两盆水已经喝光了。

万颖被这一幕打动了，“不知道为什么就想哭。其实也不关自己什么事。”

小余告诉记者，一般人体会到回家的感动，不会像万颖这样深切。这些医护、警察、病人、社区干部和志愿者等一线人员，经历了更多的无助、感动和改变。很多人从走出家门的那一刻起，就知道一时半会儿回不去了——能把自己豁出去的人，不会再把危险带回家。

往往困居在家的人只知道不要出去，外面有多危险，甚至多艰难，只有共同经历者才懂得：有些经历是无法言传，也无法感同身受的。

## 老公又给她画了一张“大饼”

今年32岁的张维，家住武汉汉阳。他从小喜欢足球，很早就进了足球学校。由于家里经济条件所限，后来没有继续踢球了。

10年前，张维决定报考汉川公安局——相比武汉来说，汉川公务员招录分数会低一些，自己的把握也更大些。他果然考取了，在汉川当了10年警察。

汉川地处江汉平原腹地，是孝感市代管的一个县级市，距武汉市不过五六十公里。

疫情期间，张维和城北派出所其他民警一道，白天在所里值班，晚上下辖区步巡。他还被选进防疫突击队，在辖区定点医院、隔离酒店轮流倒班值勤，处理隔离区各种突发事件。

当时最令万颖担心的是，刚开始到隔离病区保卫时，他们既没有防护服，更不知道怎么穿。后来，为了确保民警安全，派出所还自购了防护设备。而且口罩和护目镜，也都是后来才有的。

“为了购买防护物资，老公垫付了2500块钱。”万颖认为，他虽然很早就在足球学校寄宿，但生活自理能力并不强，“不知道怎么给自己弄吃的，我每天就跟他讲，要去怎么搞、怎么做。”

“我老婆上班的医院，就在华南海鲜城旁边，我俩互相都挺担心对方，每天有空就用微信聊几句。”张维还告诉记者，疫情期间万颖把医院发的东西，送到汉阳父母那里，让他非常感动。

虽然当时打车并不方便，万颖还是两次去汉阳给公婆送口罩、酒精，还有鸡蛋等生鲜蔬菜。她还专程去南京路院区，给婆婆开了一些常用药。

万颖坦言，他们两个人这种年龄层，正是出力的时候，他在那边也很累。虽然这份工作又累又没钱，可他是个本分人，不会把这个工作不要了，去重新做其他的什么事。有时候，小两口也会因为这个争执几句。

汉川离武汉算是比较近的，开车也方便，可他很难得回来。有时候，下午六七点钟回来，半夜一两点钟电话打过来，就又要回去。

两个人谈恋爱时，也想过结婚以后的两地分居问题。万颖觉得张维这个人适合结婚，人品最重要，他没有那么多花里胡哨的东西。张维也说了，路途也就一个小时车程，都是可以克服的困难。

没有想到结婚以后，实际比想象更难。“没办法，我觉得现在也能克服。”万颖感慨地说，老公又给她画好了一张“大饼”：如果汉川将来能划归到武汉，他调回来的机会就大了。

前些日子，万颖坐车回家拿杀虫剂，窗全都摇下来了。路上等红绿灯时，她看到路边有三四个警察。这是一条小马路，面对面的距离很窄，有一个警察跟她对视了很久。

她当时想跟他打个招呼，却没有招手。后来又有一个年轻警察，从旁边的网吧里走出来。他也跟她对视了一下，友善又有点调皮地冲她招手。另一个警察也跟着招手了。她一下子想到老公，当场就哭了，也跟着他们一起招手……

当时还在酒店休息，万颖就想要不要把这种感觉写出来，“我想了几天，一写就不停地在哭，没有坚持下来，回忆的过程太痛苦了”。

4月8日，张维如约而归，小两口终于见面了。不过，他只待一天又走了。万颖则去了南京路院区上班，原来科室恢复运行的时间，又要延迟了。

张维跟万颖聊天时说，最近这一段时间处警，全都是家庭矛盾，都是关在自己家里互相对打。有一个女的怀孕了，觉得婆婆做菜不好吃，就把桌子掀了。

“我们见都见不到，怎么他们还要吵架闹离婚？”张维不解地问妻子。

# "国宝"守护人的非常战"疫"

喻　珮、皮曙初 | 新华每日电讯记者
时间：2020年4月17日

4月14日，记者踏进许久不曾迈入的湖北省博物馆。为春节布置一新的红色灯笼依旧高高悬在入口的两侧，落下无人打理的灰尘。平日里被踏平的地砖，缝隙里生出绿色的杂草，有的竟长出几寸高，还冒出粉紫色花苞。

从未见过如此冷清的博物馆，除了满目熟悉的景物，不见人烟。

2020年初，一场未知病毒的侵袭突如其来，一座期待团圆的大城市陡然"暂停"——为了遏制疫情蔓延，1100万人口、"九省通衢"的武汉宣布"封城"。

与这座城市同时"休眠"的，还有林立在这座历史文化名城的数百个旅游文化景区、公共文化服务场馆。

湖北省博物馆馆长方勤从疫情之初开始写抗"疫"日记，记录他与这座城市密不可分的感情，记载着他和同事们作为"国宝"守护人的日日夜夜。

## 为了24万件文物安然无恙

方勤坐在馆内广场正中间，60多天没有淋浴、穿着近日网购的深蓝色薄外套、"辟邪"的红色棉袜，脚边放着一个酒精喷壶……

这位馆长好像又回到了记者初识他时忙碌于考古工地上皮肤黝黑的

2020年4月8日武汉“解封”时，值守在湖北省博物馆的方勤馆长在早晨太阳初露时自拍了一张同博物馆的合影。

模样。

过去的60多天，他守候在拥有24万余件文物的博物馆身边，如同曾经守候在刚刚出土的视如珍宝的每一件文物的身边。

抗疫、闭门、守馆……

和每一位普通的武汉市民一样，这是一个需要做出巨大牺牲和奉献的艰难决定。

“我与这个城市患难与共：她病了，我无安！”在2月10日的日记中，方勤如是说。

“难，当然难。风险未知、情况紧急，压力非常大。”作为曾侯乙编钟、越王勾践剑等国宝的“守门人”，方勤从1月20日开始写“抗疫日记”，有时上千字，有时只言片语。

“1月23日。武汉封城。湖北省博物馆闭馆。早上起来都快9点了，慢悠悠地刷牙、洗脸，吃早饭，再一看微信，封城，半天没反应过来，明白过来也就懵了……我赶紧交代做好封展厅等闭馆工作……我提出能不能就地安置，就是说，由保安食堂供饭，在岗人员值班。建一个群，有事好商量，群名就叫‘临期战时机制’。”

在这座疫情“风暴眼”的城市里，最大型的文化场馆宣布进入“临战”状态。

1月27日，为了应对越来越严峻的疫情，“战时”管理升级，进入完全封闭状态：馆区值班人员不能出来，外面的人也不许进去，完全阻隔，以减少任何与外界接触带来的感染风险。75位工作人员吃住全在馆中。

湖北省博物馆制定了严格的防疫措施，所有驻馆人员必须戴口罩；每日早餐、中餐、晚餐三次体温监测、盐水漱口及酒精消毒，并登记入册；每天安排专人定时定点消毒处理，上下午各一次的执勤区域酒精消毒，全区域的消毒液消毒；午餐和晚餐时间段各宿舍打开门窗通风半小时，生活区域保持卫生干净，最大限度做好自我防护……

“看到一切安好，才觉得踏实了一些。”方勤说，博物馆监控室24小时有人值守实时监控文物安全。尽管博物馆封闭，但是安防值守与平时并无二致，每天的巡查一丝不能松懈，馆区的每个角落都要检查一遍。

湖北省博物馆占地面积123亩，现有建筑面积11.3万平方米，藏品24万余件，其中国家一级文物近千件。以屈家岭文化、石家河文化为代表的史前陶器，盘龙城和曾侯乙墓为代表的青铜器，春秋中期楚墓到汉墓出土的大量漆器，曾侯乙墓、郭店楚墓、望山楚墓、包山楚墓、云梦秦墓出土的大量竹简，梁庄王墓、郢靖王墓出土的藩王文物最具特色，是馆藏文物的代表。

其中郧县人头骨化石、越王勾践剑、曾侯乙编钟和元代青花四爱图梅瓶被誉为湖北省博物馆的四大“镇馆之宝”。

记者走进湖北省博物馆监控室，这里十余块大屏可即时调取全馆426个摄像头的实时画面。曾侯乙展厅、梁庄王墓、郧县人厅、库房西、库房东……馆内每一个角落、每一件文物都在密切的监控下。

2月13日，疫情仍胶着。方勤带上两床被子、两个床垫、一床床单、一个枕头，驶向省博物馆的方向。

那天，武汉长江二桥仅有他的车和另一辆轿车通行。两岸高耸的大厦入云，像一座巨大的城市森林，寂寥、空旷。他说，那天一路畅通，却一点没有行驶畅通的愉悦，心里升起一种异样的感觉，这是武汉吗，是那个千万人口的喧嚣城市吗?

“做好了在自己车上先隔离14天的打算，没想到还有一个小房子。”博物馆正门口有间空着的保卫室，方勤正式成为博物馆的“看门人”，成为与75位值守“卫士”并肩作战的战士，编号76。

从那天起，直至现在，60多天里，方勤一直留在馆区，一步没有离开。“我自2013年5月任馆长，8个年头了，也是第一次这么长时间与博物馆朝夕相处。”

## “与子同袍”文博人

疫情骤发，让人猝不及防。

在封馆之初，湖北省博物馆防疫物资短缺，文博系统各单位得知后，纷纷伸出援手，口罩、消毒液、酒精、食物、药品带着各地的深情厚谊源源不断地涌来，有效纾解了防疫物资短缺的困难。

各方的倾情援助，方勤记录得最为详尽——

“国家文物局发来了慰问物品：连花清瘟胶囊360盒；消毒片（一万粒）1桶；KF94医用口罩2000只；84消毒液（4L）20桶。”

“国家博物馆的5000只口罩到了！上海博物馆的第二批2000只医用口罩到了！感谢国博！感谢上海！”

“首都博物馆捐的豆豉鲮鱼罐头到了，共33件，计792盒。当天就给每个人一盒，大家可开心了！”

“台湾星云大师并星云文化教育公益基金会、佛光寺佛陀纪念馆、大觉寺捐赠的600只口罩到了。”

……

在方勤的日记里，一批博物馆的名字一一出现。陕西历史博物馆、首都博物馆、河北博物院、广东省博物馆、中国博物馆协会、中国文物交流中心、中国古迹遗址保护协会文化遗产防灾减灾专业委员会、四川博物院、重庆中国三峡博物馆、浙江省博物馆、浙江自然博物院、天津博物馆、云南省博物馆、青海省博物馆……捐赠的一笔笔物资，一份份情谊也刻在了他的心里。

日记中记载，国家博物馆馆长王春法回信说："方勤馆长，来函收悉，不客气。我们大家都是一家人。你们在一线作战，国博除了道义上的声援外，也应该在力所能及的范围内提供一些物资支援！话不多，情义在；东西不多，心意在。全国团结如一人，试看天下谁能敌！"

"韩国博物馆协会捐赠的口罩到了，感恩！"2月11日，封馆16天了，方勤写道："一场突如其来的病毒袭来，韩国同仁伸出援助之手，充分体现了韩国人民的大爱情怀，我们感动不已。在此，我向韩国博物馆界同仁表示衷心的感谢和深深的敬意！中韩友谊源远流长，希望我们今后进一步加强合作交流，共同促进博物馆事业发展，造福两国人民！"

2月26日，封馆31天了！四川博物馆志愿者通过义卖的方式，筹集资金给湖北捐赠口罩等物资。方勤给韦荃院长去函表达敬意："四川同仁危难之中的倾情关爱，谱写了一方有难、八方支援的中华大爱情怀，以及湖广填四川手足情谊的新篇章！……江汉春风起，冰霜昨夜除。我们携手迎接即将到来的春天，以高质量的对外开放，更好地服务广大人民群众！"

3月底，一辆8轮的重型卡车满载海南省博物馆捐赠的10吨水果蔬菜抵达武汉。海南省博物馆馆长陈江在信中写道："君住长江头，我居南海中，无百川之流，岂有南海之大。"

守护文明，一座城市得以与她的人民分享绵延千年的美的历程；延续文脉，一座城市终将向世界展示对话古今的璀璨光辉。

"今天做了一件一直想做的事。"3月25日，意大利疫情更加严重，方勤联合浙江、三峡、山西等几个馆，倡议给意大利博物馆界捐赠口罩，"表达心意和应急为主"。没想到一呼百应，短短一个小时，就募集到个人捐款

5000元。

方勤代拟了一封信：“亲爱的意大利朋友们：相知无远近，万里尚为邻！意大利的疫情时刻牵动我们的心，让我们携起手来，共克时艰！”

在信中，他特地非常郑重地把每个人的名字写上。这是一份越加越长的名单，不仅是一个个名字，更代表着一份份浓浓的心意。

3月12日，植树节。博物馆迎来一支特殊的英雄队伍：“豹变志愿者”。这支志愿者团队17人，其中还有一个法国人。他们在广场东侧的小树林里，植下一棵茶树苗，以作纪念。

“他们让我即席讲几句，不知怎么就感动了，说感谢他们，他们是逆行者，是战士，向他们致敬；今天植树节，很有意义，让我们铭记这段难忘岁月；疫情发生后，全世界全中国支援武汉，让一千万英雄的武汉人民不孤单！”

## “云观赏”让国宝“活起来”

“3月16日（周一）。封馆50天了！我也进馆33天了！今天公布新增4例！太好了，连续5天个位数！看来已取得阶段性成果了！……武汉市封城是人类历史上的奇迹，湖北省博物馆封馆恐怕在博物馆历史上也是没有的，整整50天！而这50天是历经了恐慌、坚毅、平静的历程。今天，抗击取得了阶段性成果，通过50天完全封闭，我平安地度过来了……”

在当天的日记中，方勤接连用了几个感叹号表达喜悦的心情，写下了“迎接新的篇章！拥抱春天的到来！”这样的期盼。

他热切地想念着那些展厅里、库房里的宝贝。

3月22日是方勤一直铭记于心的日子，“春天里的武汉”直播走进湖北省博，他也跟着收看直播的观众一起走进了久违的展厅。

“上午9点开馆了，打开了曾侯乙展厅、楚文化展厅、瓷器展厅、梁庄王展厅。自1月23日闭馆后，第60天，第一次开展厅。尽管闭馆后每天通过监控24小时观察展厅及文物，但毕竟没见面，类似视频电话；而今天，是重逢，见面了。那种激动还是不可言喻的，我把展厅全部走了一遍，把每件文物凝视了一遍，轻声向它们问候了一声，你们好吗？60天没来看你们，受委屈了。”方勤动情地记录当天的心情。

当天下午的统计数据显示，796.6万人次观看了直播。“原来有这么多人对它们关注和想念。”方勤有些受宠若惊。

为了让更多足不出户的观众“云逛展”“涨知识”，湖北省博在疫情期间推出“荆楚国宝”助力战疫的网上社教活动，深挖馆藏文物内涵，结合疫情防控工作，适时推出系列微课堂助力战“疫”。

例如，在“秦代的疫情防控方法”微课堂中，介绍了秦代防疫方法的三大步骤：首先是发现，接着是确认，最后是隔离。以此为切入点引导大家树立信心，听指挥、不出门、不聚餐、戴口罩。

疫情防控中，如何正确洗手至关重要。湖北省博物馆围绕古人“沃盥之礼”，借助馆藏文物曾侯乙的盘和匜讲述古人衍生出的一套洗手礼：一人执匜浇水，另一人捧盘接弃水。洗手完毕，再递上一条擦手巾，通过介绍先民用流水洗手的卫生观念引导人们学习正确的洗手方法。

湖北省博物馆以“浴火重生的凤凰”为例，结合“凤舞九天”楚文化展厅中的虎座鸟架鼓、凤鸟双联杯等精品文物，让观众感知楚文化蕴含的筚路蓝缕、自强不息精神，坚定众志成城共同打赢疫情防控阻击战的信心。

“面对灾害，人类确实变得很渺小。先民的做法往往能在这种特殊时刻，给予我们启示。”方勤感慨，当初封馆确有必要，杜绝了感染风险，也让他重新思考现代化博物馆发展的方向。

3月26日，湖北省博物馆与中国文物报、假日博物馆联合举办《文物不言》湖北省博物馆专辑在网上与观众见面，首播越王勾践剑，网上浏览量700万人次。刚上这个项目时，有人赞成，也有人的反对，但方勤坚信：“信息化时代的博物馆文化推广，我们不能再用老经验想问题，许多东西我们要学习。”

他说，疫情也带来更多思考，让文物“活起来”，要更多借助现代信息技术，让更多人在家里就能感受文物魅力，领略文物价值。

猝不及防的风雨过后，4月的武汉暖风习习，万物迎着朝阳进入生长的旺盛期，爱和希望在绝处逢生中降临。

4月8日，武汉“解封”。“早晨6：06出门，一直守着太阳露出头了，我自拍了一张和她的合影！4月8日在湖北省博物馆露出的第一缕阳光！我贪婪地深吸了一口气！”

“除了门口这几棵常青树，我当初来的时候都是枯叶，光秃秃的。”方勤指着博物馆进门处右边一片繁茂的小树林说：“你看，现在绿意葱葱，它们都是向上的生命力。还有这地面上冒出的小草，也不要清理，我觉得挺好看的。”

博物馆门外，马路上的车辆开始增多，甚至有些许堵车。

繁茂的春色，提醒着这座英雄的城市、这些英雄的人民重新振作、重新出发，迎接崭新的生活。

# 我用镜头记录“不服周”的武汉人

王若辰 | 新华每日电讯记者

时间：2020年3月30日

林文华是个武汉伢，毕业于中南财大广告学专业。他做过网站，开过咖啡馆，干过新媒体公司，职业轨迹划来划去，“拍摄生涯”却一以贯之。“我算是爱一行干一行。”他说。

转行做起影视拍摄制作的林文华，在武汉因疫封城的第一天，出于“记录时光”的习惯，开始用视频“写”武汉日记。

在他的视频日记中，有在超市买菜、在公园遛狗的武汉市民，有困在城中无家可归的打工者，有背着设备给老旧小区消毒、日搬千箱矿泉水给医护人员的志愿者，有将自家餐馆、酒店无偿用作医护人员“食堂”“宿舍”的老板……

他将自己拍摄制作的武汉日记系列视频发到微博上，引来几千万人观看。

“真实可信，激发共情，看得眼泪唰唰流”“这是2020年我看过最好的vlog”“感谢你的记录与分享！你的视频给了我勇气和温暖”“哥们儿，你替大家逛武汉，给我个账号，我给你转汽油钱”。

……

成千上万的网友转发、评论他的视频版“武汉日记”。他的微博粉丝，从3000增长到500多万。

他的微博名比真名（林文华）更知名了，就是网友们熟知的微博红人“蜘蛛猴面包”。

“我的拍摄主要是围绕着‘人’，不同的人，形形色色的人。”蜘蛛猴面包说。

## 生活还在继续，如何继续？

**草地：**您是怎么想到要以视频的形式来“写”武汉日记的？开始拍摄时给自己定计划了吗？

**蜘蛛猴面包：**最开始我并没有什么“雄心”，要去做一个系列。武汉宣布封城那天，我刚好要出门采购生活物资。在那之前，我已经好几天没出过门了，但网上关于疫情的信息越来越多，看得让人恐慌，我就想出门看看外面到底什么情况。

加上平时就有记录生活、记录画面的习惯，我就把所见所闻拍了下来，简单剪辑了一下，然后习惯性地放到了微博上。第一集的“诞生”，说来就是这么简单。

第一集也没有引起很多关注。但从第二集开始就不一样了。

1月24日，武汉封城第二天，我一早醒来，看到一位医生朋友留言，说一些武汉人组建了志愿者群，义务接送受公共交通停运影响的医护人员上下班。我心想，我有车，家人又不在身边，我适合做志愿者啊！还可以借这个机会出门，去拍摄记录封城中的武汉。

那天是大年三十，晚上我去朋友家吃年饭。于是网友们通过我的镜头，看到了疫情期间武汉人特别的年饭。进门就用消毒液洗手，戴着口罩聊天，因为封城没能回到家人身边，自己下厨，没有大鱼大肉。大家都知道“正常”的年饭什么样，看到武汉人眼下的年饭，应该触动了很多人。我的“武汉日记”也就是从这一集开始火的。

头三集“武汉日记”，就是我封城头三天的生活。我今天要做什么，我会去哪里，会见到什么人，那么我的镜头就跟着我自己，去记录我的所见所闻。后来，开始有网友或志愿者朋友给我介绍一些拍摄对象，我的拍摄也逐渐有了一些主题。

“武汉日记”从开始到现在，拍摄、剪辑、文案、配音配乐，都是我一肩挑，没有助手。我的装备包括一个GoPro、一台摄影机，还有一个无人机，用来航拍武汉的城市面貌。

**草地：**您在封城首日的视频里说，这座城市的秩序会一如往常。当时武汉医疗资源、食品供应等还处于紧缺状态，还有很多病人入不了院，您这么说是表达一种愿望，还是基于什么原因的判断？

**蜘蛛猴面包：**其实我拍摄的绝大部分对象，是和我一样没有感染，生活在被封闭、隔离起来的城市里的人们，这个群体也很庞大。

但生活还在继续。如何继续？这是我的镜头对准的地方。

**草地：**都说武汉是一座生活非常火热的城市，但当您做志愿者，驱车行驶在空荡荡的武汉街头时，内心有什么感觉？

**蜘蛛猴面包：**最开始的时候，是一种新鲜感。谁也没有这种经历，一座现代化的城市，却不见人也不见车。

封城开始那段时间，武汉天气特别不好，一直是阴雨天，在路上走着走着，就会有种凄凉感。

一直到2月份，你上街看到的还是这样一个景象，那时就产生了一个新的感觉：这一切很不真实，就像在做一场梦，但这个梦太长太长了。很伤感。

“武汉日记”第16集里，我去了一趟武汉站。我站在接站层，还能听到头顶出发层传来的列车轨道那些机械的轰隆声，而我放眼看偌大的火车站，四处都空空荡荡，进出闸口全部关闭，一个人也看不到。当时有一种很强烈的世界末日感。

这两天，武汉各处火车站、地铁站、公交车都在消杀，我又有一种强烈的感觉：一切都在准备中了，这座城市准备好了！

最近天气也特别好，也能看到各种各样的好消息。春天真的来了，冬天真的过去了，这场噩梦快要醒了。

## 让大家看到真实的武汉

**草地：** 疫情期间，您有没有感到害怕、无力，甚至痛苦、绝望的时刻？

**蜘蛛猴面包：** 有。"武汉日记"第11集里，那个我跟拍过的女孩，她父亲因新冠肺炎去世，我在医院门口看到她痛哭。后来她往殡仪馆去了，我和一位住在附近的朋友见了一面，我们就站在大街上，保持着一段距离，互相说保持联系，然后说保重。其实我们心里都很悲痛。回家路上，我的情绪跌到低谷。

我手足无措，你知道吗？产生了自我怀疑，我觉得这么多天，拍了这么多视频，但这些东西能起得了什么作用呢？

那段时间，也有一些网友在微博上给我发私信，向我求助。还有少数网友把我当"树洞"，向我倾诉自己的痛苦。

还有网友给我寄来防护物品，有口罩和酒精。

**草地：** 就您得到的反馈来看，"武汉日记"当中哪些故事是引起最广泛关注的？为什么是它们？

**蜘蛛猴面包：** 有一对70多岁的老夫妻，因为私家车限行儿女不能来接，老爷爷便用轮椅推着刚出院的老奶奶，计划用三个小时步行几十公里回家。老爷爷头发花白，但推着老伴和绑在轮椅上的大包小包，健步如飞地走在空荡荡的马路上，实践走路回家的"宏愿"。

还有那位志愿者妈妈，疫情暴发后就开始做义务司机，为医院运送各种捐赠物资。她家里有三个孩子，出门前她把菜洗好，晚饭时间回不去，就用手机远程指挥13岁的大女儿煮面条给弟弟妹妹吃。

受关注的不只这两个故事。这些故事之所以受到广泛关注，我觉得是因为它们打动人心，能触到故事以外的人心里的同一个位置。

**草地：**您拍摄的哪个人物是让您自己最感慨、最难忘的？

**蜘蛛猴面包：**应该说是周媛子医生。她已经退休了，还保有一种源于善良本性的少女感。

她三次请命返回工作岗位，因为本身在做志愿工作，也通过一己之力为医院筹集到各种紧缺的医疗物资。我们通过一位志愿者介绍而认识，她当时给我发来一段医学生誓词，开头两句是“健康所系，性命相托”。然后她说，“我始终记得当初的誓言，此生无悔做医生”。这句话她说得非常诚恳。

周医生身上特别强烈地体现着医生的职业精神：疫情就是命令，我一定要回到岗位上去。周医生真的很了不起。

**草地：**您怎么看待自己拍摄的“武汉日记”？

**蜘蛛猴面包：**大家通过“武汉日记”认识了我，很多人会说我是一个视频博主，实际上我认为我没有“博主属性”，我算是一个做影像的人。这场巨大的疫情发生在我的城市，我用视频的形式，真实记录了这座城市里的人，记录他们怎样面对疫情，如何度过这段时期。这就是我的出发点。

视频发布之后，有几千万人看。网友说，通过这些视频，他们看到了一个真实的武汉场景，不是他们靠想象，或是由各种各样新闻拼凑成的武汉。大家看到真实的武汉并不是特别混乱无序的样子。

另外，这些视频还让很多人接收到温暖的力量，比如防护物资短缺时，一位医生一开家门看到不知哪位邻居挂了副泳镜给她。这种普通人、陌生人之间的友爱、互助一直在这座城市里传递。这样温暖人心的人和事越来越多地涌现出来，让人看到还有那么多人在努力地保卫这座城市。这种温暖的力量就是黑暗中的希望，让我们坚信一定能战胜疫情。

这是千千万万人汇聚起的力量。我并没觉得自己拍“武汉日记”是什么了不起的事，我就是作为一个影像创作者，做了我能够做的事。

拍摄“武汉日记”，我也没有特别关注画面构图，没有用三脚架，没有炫什么技法，我只是把镜头对准人，尽力捕捉他们的表情，很正常地跟他们聊天。我宁愿画面不“美”，但我要原汁原味，要他们真实的反应。真实的信息才是有效的。

## 重生，武汉会重生

**草地：**您怎么描述“武汉性格”？

**蜘蛛猴面包：**大部分老武汉人给人的印象，可能是说话挺大嗓门，脾气挺火爆，甚至让人觉得有点没礼貌。

但这场疫情让我们看到武汉人的另一面。我觉得就是不屈服。看不惯的就要说出来，很真诚，很直接，情绪宣泄出来后还能回归平和。

而且这场疫情中，武汉人很团结。邻里间，社区内，还有陌生人之间，无私的互帮互助太多了，我觉得这座城市的人真棒。

**草地：**您觉得疫情过后，武汉人需要迈过什么坎或需要什么帮助，才能重拾幸福生活？

**蜘蛛猴面包：**首先，很多人面临经济压力。公司倒闭或者其他原因导致失业。

其次，武汉人能否被其他地方的人接纳，这个是我关心也担心的。

还有，那些真正在这场疫情中经历了生离死别的苦难、家庭破碎的人，他们可能需要相当长一段时间的心理建设。尤其是疫情结束后，他们还要为逝去的亲人料理后事，这对生者是一道坎。

**草地：**您觉得这场疫情对武汉会有什么改变？

**蜘蛛猴面包：**重生，武汉会重生。这座城市的一切都会慢慢恢复起来。

经历了这么大一场战“疫”，我觉得武汉所有人应该都会成长，包括公共卫生意识、社区共同体意识。虽然接下来武汉还会面临很多新的、更大的问题，但这座城市的人民经受住了考验，疫情映照出他们的坚强。

我觉得武汉人现在的状态，是鼓足了劲儿去重建、去重生，以一个崭新的面貌出现在世人面前，武汉的发展进步一定会更快。

**草地：**您在“武汉日记”中问过大家——“疫情结束后的第一件事，你想好了吗？”您的答案是？

**蜘蛛猴面包：**我当时最想做的事是剪头发。周媛子医生得知后，带我去了她社区里一个很“古老”的小理发店，师傅给我剪了发。

现在我的答案是，等疫情结束要去和家人团聚，好好聊聊天。也不说什么特别的话，只是聊家常，但一定要和家人团聚。

**草地：**就像媒体年末会评选“年度词汇”，您认为疫情期间的“武汉词汇”是什么？

**蜘蛛猴面包：**我觉得应该就是不屈服，武汉话叫“不服周”，不信那个邪！

# 5000普通人合拍“余生一日”

张博令｜新华每日电讯记者
时间：2020年2月26日

庚子年关，病毒来袭，大家放起了足不出户的“长假”，窝在家中关注着一条条疫情信息，本该热闹的春节变得比工作日更宁静。

曾创作过《我的诗篇》《第一次离别》的纪录片导演秦晓宇和他的团队“大象记录”也在线上讨论着如何记录疫情下的中国。

本雅明的纪念碑上有这么一句话，“纪念无名者比纪念名人更困难，历史的建构是献给无名者的记忆”。随着武汉封城，无法奔赴前线拍摄，心有不甘的秦晓宇和“大象”团队打算以一种特殊的创作方法记录疫情中的无名者。

受电影《浮生一日》启发，他们全网征稿，号召大家拿起身边的设备，将镜头对准一切值得记录的人和事，拍下2月9日这一天内平凡或不平凡的片段。他们打算用这些最真实的生命片段拼出真正扫描中国的全景式纪录片——《余生一日》。

2月9日当天，有近5000人加入他们的拍摄计划，后来共回收了3000多份素材。其中有对疫情影响下城乡变化的专业记录，也有对一线医务工作者与志愿者的工作记录，还有受新冠病毒侵害患者的情绪记录……无数日常的点滴汇成公众所生存的大海。

目前，这部纪录片已进入后期制作阶段，预计3月上线。近日，新华每日电讯草地周刊记者和秦晓宇就《余生一日》相约问答。

**草地：**怎么想起做关于此次疫情的纪录片？

**秦晓宇：**记录是为未来著史，因为我们总是健忘。这次事件覆盖之广，影响之大，需要被记录，让我们在未来不会重蹈覆辙。

很多媒体从宏观角度进行报道，一些拍摄团队会去最一线的地方，但对疫情中的普通人少有关注。

他们的生活状态、真实的心情是什么样的？所思所感又是什么？我觉得这些也都是有意义的，值得去记录。

**草地：**为什么给纪录片取名《余生一日》？

**秦晓宇：**这次疫情不仅影响了宏观的社会，也影响着每个人的生活。

《余生一日》首先是普通的一天，不是任何纪念日。而“余”在古时有“我”的意思，“余生一日”可解释为“我生命中的一天”；其次，是“劫难”中的一天，“劫后余生”给我们生存的真实情境带来了怎样的改变，我希望这部影片能够呈现出来；最后，这是希望重生的一天，人类总在遇到问题，也总在解决问题，正是在这样的状态下人类从山洞走到了现代文明。

我们有反思的力量，有希望的力量，我们在反思中获得重生。

反思和希望能让我们有一个尽可能好的愿景，这个愿景包括个人，也包括宏观社会。我们有了对自我的思考，社会也应该有宏观的思考。也许这样的觉察会让类似的悲剧能少发生一点。

如果我们在《余生一日》中既能有对“劫难”一日真实的、全景式的记录，又有对千家万户日常生活、喜怒哀乐的记录，最后还有觉察和反思，也许就是此片的意义。

**草地：**当大家的焦点都在疫情防控最新进展上，比如医院的救治情况、确诊患者的数据变化等，您为什么会关注这些焦点之外的内容？

**秦晓宇：**我们总是盯着漩涡中心，恰恰有可能忽略一些视角。媒体正在记录公共空间发生的事情，而私人空间一般来说不会进入新闻报道。一些家庭内部发生什么样的事，大家也不会了解到。

这99%的非核心事件同样在构建疫情下的社会。另外，私人空间中发生的事情往往能呈现老百姓的生活重心，正是每一个普通家庭，每一个平凡人都受到了疫情的影响，这次灾难之巨我们才能如此深刻地体会到。

**草地：**这些视角都很独特，能阐述一下您对灾难叙事的理解吗？

**秦晓宇：**我们之所以觉得这次疫情是劫难，是因为对所有人来说，都是一大难关。不仅仅是承受生命之重的一线医务人员和被隔离的病人，绝大多数人虽然在家，没生病也没被隔离，但其实也是疫情“受害者”。

灾情中我们看到了什么？是普通人在一种非常状态下的日常生活，是每个人身边的人和物。

比如说哈尔滨冰雪大世界，用冰量十几万立方米的一座冰雪乐园，因防疫要求，门可罗雀，现在正渐渐融化。曾经的西安南门，不管白天黑夜，人流如织，现在大街空荡荡，有一种奇异的科幻感，让人觉得失真，这不是我们生活和熟悉的城市。这是一种劫难，是相对宏观的劫难。

我们每个人的生活变化也是劫难的表达，不管处于什么时代或发生什么变故，每个人都要过柴米油盐的日子。

因为疫情，我们的生活不得不做一些调整，各种各样荒诞的、温暖的，或者有意思的调整——比如有爱好攀岩的小孩在家里桌子上练习，登山运动员在家里墙上打眼开始训练……就连按电梯都出现了各种发明：用卫生纸、用牙签，还有的用瓜子、打火机，这些是相对微观的劫难。这些都是你没有看到过的生活。

**草地：**为何选择以这种形式收集素材？

**秦晓宇：**疫情真正引起重视是从钟南山说人传人开始的。当我们开始讨论怎么去拍摄的时候，整个武汉已经封城了，紧接着病毒开始在全国各地扩散，相关交通限制也接连发布。

我们团队成员当时也都各自回到家乡。一开始的设想是每个人号召自己的朋友们拍摄一些家乡的素材，后来觉得不够丰富。这么大的一次疫情，对不同的行业会产生截然不同的影响，比如影视、餐饮行业受到巨大冲击，但部分互联网公司效益反而有所增长……疫情造成的影响特别复杂，我想尽量记录下来，但是仅凭我们去拍摄远远不够。

2月初，我们想到可以借用《浮生一日》的创作形式来实现拍摄目的，向大家征集一天的生活片段作原始素材，让他们基于自己的角度保留真实的生活和感想，我们汇聚起来进行后期加工完成作品。

全民记录的方式能最大程度规避摄制组模式的主观和局限，以最宽广又极入微的拍摄，实现真正扫描中国的全景式记录。

其实纪录片导演很少会运用这样多元的、自发的、自觉的记录方式。但每个人都应该是时代的记录者与反思者，这种方式会格外有社会意义，能让大家意识到自己是记录的主体。

如今手机的普及，人人都有随手记录画面的可能。短视频又如此火爆，大家的拍摄手段或拍摄技术比“非典”时期都有不小的提升。

**草地：**征集来的素材质量可能与专业团队的拍摄有差距，如何保证成片的质量？

**秦晓宇：**这是一部全民纪录片，和专业拍摄者的纪录片不太一样，它的弱点同时也是特点。大部分素材都由没有经过专业摄影培训的素人拍摄，画面没经过刻意设计，能呈现真实的质感。

真实，正是这个片子的核心。此外，这种方式本身就有很特殊的意义，我们是自己记录自己，而不是被他人、被纪录片团队或新闻媒体去记录，在我印象里我国的纪录片中还没有用过这种方式。

哪怕大家拍摄技术有一些问题和瑕疵都无所谓，最核心的还是内容。此外，我们与拍摄者一直在沟通，尤其是拍摄当天的24小时我们几乎都在交流，首先是让大家尽量多拍，拍完以后自己可以做一道筛选，给大家提出的一个建议就是拍摄的时候要稳，能保证素材的可用性。

**草地：**这些素材中有哪些让您印象深刻的片段？

**秦晓宇：**相当多的素材，都打开了我对生活宽广的一种认识，远远超乎想象。比如关于无聊，有一个姑娘做了一种面食，就是“无聊”两个字，摆在面前的盘子上，还加了一个惊叹号。她一边吃着饼，一边跟朋友语音聊天，这样一个记录，是关于和无聊对视。

一名从宁夏“逆行”到湖北支援的大夫，一个五大三粗玩摇滚的男人，去了以后感到恐惧，害怕死亡，担心疫情不能结束，这跟我们心中的医生形象还是有些出入的。他会让我觉得这个感受是很真实的，医生也是人，他是英雄，去了一线，但也会有常人一样的害怕，也有自己的情绪，这种真实让我几欲落泪。他让我们感受到这个群体不仅是救死扶伤的英雄，还是一个个普通人。

还有一些突发的明显不是彩排的镜头，比如一个妈妈接了一个电话，要下楼收快递，然后女儿就跟妈妈发生了争执。女儿责备妈妈这段时间不该让人来，接着又表示要陪妈妈一块去，叮嘱妈妈跟快递员保持一米以上的距离。这是一个“突发”事件，生活中这种刀子嘴豆腐心的场景相信你我都很熟悉，不同的是疫情让母女角色互换。类似这样的一些突发片段还有不少。

**草地：**您准备用怎样的逻辑将这些素材组织起来？跟《浮生一日》的思路有什么区别？

**秦晓宇：**我们会将征集来的素材集结成一部电影作品，《浮生一日》是成功的先例，它没有故事线，只是单纯地把素材聚集在一起构成一个作品。我们要来创造一种结构，让这些碎片化的素材既各自成立，又能汇聚一体，至于怎么建构，现在还在讨论。

我们的作品跟《浮生一日》不太一样，《浮生一日》基本没有一个真正的主题，涉及方方面面，所以需要用一些线索来让这个片子能够集中。这次拍摄的是疫情之下的一日，它本身就是一个强有力的结构性因素，能够把所有的人和事统一起来。将所有的内容汇聚在一起的时候，整体的力量就能够显示出来。

# 从汶川玉树到雷神山，千里走单骑

谢 佼 | 新华每日电讯记者
时间：2020年2月18日

2月15日，武汉。

寒潮骤然袭来，气温一下子从14日最高17摄氏度骤降到4摄氏度。在大风大雨中，一名瘦瘦的男子从雷神山医院工地赶往泰康医院，忙着为这里紧急改造的场地安装电力线路。

只穿着一层单裤，他把步子加紧了些。走进工地，忙起来，似乎也没有那么冷。

“衣服没带够。出发时光顾着装物资了。”他在电话里告诉记者。他2月2日凌晨2点从四川长宁出发，不管大家怎么劝，一个人开着一辆车，车上尽可能装上临时筹集到的应急物资，开了40多个小时，行程1700多公里，到了雷神山。物资送掉，他一头扎进工地，“我来干活，我不要钱。”

曾长期支援过汶川、理县、玉树、长宁……人称“铁人”的退伍军人、湖南汉子李海军，如今又一头扎进武汉。

## “路是走通的，不是想通的”

出发前，很多人都劝过他。

“路上都设卡，你走不到的。”

2020年2月12日李海军（中）在雷神山医院工地留影。新华社发

“你又不是医生，你去干什么？待着就是贡献，去了只会添乱！”

“别想出风头哦，那里是疫区，万一感染了怎么办？”

这名51岁的退伍军人不同大家争辩，他只是默默地把汽油加满，然后倒头睡觉养足精神。2月2日凌晨两点，他发动汽车，径直从四川省长宁县上了高速。路口已经有人在检测，他量过体温，正常。

“你从哪里来，要到哪里去？”

他掏出一张纸，“兹证明李海军同志，在长宁县‘6·17’地震发生后，积极参与抗震救灾工作，表现优异，志愿服务时间2019年6月19日至2020年2月1日。特此证明。共青团长宁县双合镇委员会”。

“我去武汉送物资、当志愿者。”他向高速入口的同志说。

“谢谢你！一路平安！”检测人员敬礼，放行。

以往车流如织的高速公路，只有他一个人，一辆车。车灯照破黑沉沉的夜，光柱直照向前方。他拧开收音机，调到中央人民广播电台的疫情直播，一路听着，心早已飞到了武汉。他将导航目的地定为“雷神山”。

高速路上畅通，但到服务区休息、加油时，全部要检测体温、登记。如果体温超标，就会立即扣留转诊。到了湖南境内，有些道路已经禁行，他想方设法辗转，一条路不通又换一条路，拉上湖南的物资和一名同去的志愿者，终于在2月4日赶到了武汉雷神山工地。

他在朋友圈里写道：

“想得再多，不如行动起来。想得太多，就婆婆妈妈了。路是走通的，不是想通的。”

## “倒是没有人说我添乱了”

火神山和雷神山工地，可能是有史以来施工最密集的工地。

他谁也不认识，随便找了个地方，问人家：“要不要干活的？我来干活，我不要钱。”

“你会什么？”工期任务紧，小工长毫不客气。

“我会木工、水电工。”常年奔赴各地救灾，满脸尘灰的李海军掌握了几门技能。

“那你跟我们干吧，我们吃啥就有你的。今天你先去安装床位。”

李海军高高兴兴地答应着。就这样他在雷神山工地做起了安装工，后来打听到哪里需要人干活，他就去帮忙。电话里他告诉记者，有些施工单位已施工完撤走，这些天人手非常紧，大前天干完一个通宵，前天又干到凌晨两点。干完活之后，他就钻进自己车里，手机在车上充电，听一些当天新闻，发几句朋友圈，然后抓紧时间睡觉。有时候工友也会挤进车里。

有一天车坏了，他正想开出去给电瓶充电，熄火，然后打着，又熄火。车趴窝了，他也不急，反正也没想过要离开。后来湖南公益组织辗转托人给他送来一台新电瓶，车又好了。

刚开始，他找不着宿舍、自来水，几天没有洗澡。后来找到了，就开始用冷水洗澡。为了保持强健的体魄，他从小到部队不断锻炼自己洗冷水澡，尽管51岁了，连感冒都很少得。

“所以我不怕病毒，我的免疫力超强。”李海军告诉记者，“到了雷神山之后，倒是没有人说我添乱了。”他说，他也得到很多人的帮助，路上的油费都是别人赞助的，上海、咸阳、岳阳的朋友，包括武汉认识的好友，很多人向他发红包，托他转交的他一律转交，给他自己个人的一律退还，否则对不起自己良心和人生选择。

“再干几天雷神山就全部结束了，我再去帮其他地方干活，反正不离开武汉。认识的、不认识的、见过面、没见过面的朋友们，我不是来疫区挣钱的，请不要再给我发红包。”

## “我更要把爱传递”

记者和志愿者李海军，打了至少十年的交道了。

四川省阿坝藏族羌族自治州理县的乡亲看到他，会熟悉地叫出他的名字。2008年汶川大地震山河破碎。他一个人从老家湖南邵阳骑着烂摩托到理县参与救灾。山谷里、羌寨中、岷江上……他什么都干，帮老乡搬砖砌墙修房，帮大娘种水果摘花椒。大多数村子的房前屋后，他都贴上自己的电话号码，无论是谁需要人手，打一个电话他就骑着烂摩托赶来，二话不说就动手干。理县乡亲们赠给他“铁人”的称号，他的事迹被写入《理县抗震救灾志》。

2010年，记者在玉树地震灾区又碰到他。4月14日玉树地震发生当天，他就从四川理县出发，还是那辆烂摩托，一个人沿着317国道，直上青藏高原1300多公里，于4月17日抵达灾区，成为众多志愿者中的一员。在抗震救灾指挥部的安排下，用双手挖掘废墟、搜救幸存者、转移伤员，帮助灾区群众搭建帐篷、转移物资。他当时对记者说：“也说不出个理由，我就是喜欢做这些事。只要生命存在，身体允许，我这条路就要一直走下去。”

2018年，在老家义务帮别人修房的李海军，意外从10米高处摔下，尿道断裂、盆骨粉碎性骨折。昔日龙精虎猛的他，奄奄一息。

他受伤的消息很快被理县人关注到，发布在理县党政工作群里，受他帮助的理县父老无不落泪，一天之内，大山之中的理县人为恩人募捐了20万元。理县杂谷脑镇日底村村民张国，一直保存着李海军在他家帮忙时的合影：“受人滴水之恩当涌泉相报，何况他为我们做了那么多！”

李海军在大家的希望中痊愈了。20万元治病花去13万元，剩下的7万元他买了一辆车。就是这辆车拉着他从湖南冲到长宁地震灾区，又从长宁冲到了雷神山。“别人帮我，我更要把爱传递。”

## “我要把志愿服务干到底”

多年来在外做志愿者，李海军收入不高，房子破旧，曾是村里的贫困户。80多岁的老母亲，李海军照顾不上，一直被哥哥姐姐奉养，直至过世。

“对身边的亲人还是有遗憾的，但是自己选择了志愿者这条人生路，有更多的人需要我。”李海军对记者掏心窝子。

他曾经获得过爱情。

2015年他去理县，经人介绍，认识了一位女朋友。女朋友知道李海军家境不好，但他到处做公益，人善良，又有手艺，觉得他是靠得住的人。她来到湖南，来到李海军的身边。

她经历过婚姻，有两个孩子，都快长大成人。两个孩子也都来看过李海军。她陪伴李海军三年。出于种种考虑，后来李海军又恢复了单身状态。对此，李海军很释然。“我是要到处去救灾的，顾不上自己家，也挺对不起人家的。”

“孩子们很敬佩我，说我是英雄。”李海军说，“人是复杂的，崇拜和敬重，代替不了过日子。相聚是缘分，我祝福她和孩子们。”

志愿者李海军，救灾荣誉证书获得8本，无偿献血证30多本。

“武汉事了之后，我先去长宁，再帮受灾老乡干点活。”透过嘈杂的电话声，他告诉记者：“然后去边疆支边。当兵时在野战部队，捍卫边疆就是我的梦。这辈子，我要把志愿服务干到底。”

# 我在武汉接听心理热线

李　伟 | 新华每日电讯记者
时间：2020年2月27日

突如其来的新冠肺炎疫情打乱了每个人的生活，病毒肆虐无情扩散，许多人面对生离死别，更多人焦虑烦躁。武汉战“疫”中有一批这样的人，他们作战的武器不是医疗设备，而是一部电话，他们用声音，用感同身受的“爱”帮助深陷困境的人走出“怕”。他们就是心理疏导员。

1月26日，国家卫健委印发《关于印发新型冠状病毒感染的肺炎疫情紧急心理危机干预指导原则的通知》。

1月30日，湖北省委教育工委、省教育厅组织全省高校心理健康教育专家，上线开通心理支持热线和网络辅导服务。全省有咨询服务需要的广大医护工作者、师生和人民群众均可拨打4007-027-520心理支持热线。2月10日，湖北省也发布了《湖北省新型冠状病毒肺炎疫情紧急心理危机干预实施方案》，将针对不同人群实施分类心理危机干预，将心理危机干预放在了很显著的位置上。

湖北师范大学心理健康教育与咨询中心主任荆玉梅是开通当天就上岗接线的80位咨询教师之一。新华每日电讯草地周刊记者近日采访了她，透过一根电话线，听一听疫情中那些不一样的声音。

**草地：** 参与心理热线接线，您做了哪些准备？

**荆玉梅：**湖北省委教育工委、省教育厅1月29日征集报名，我第一时间提出申请。一天时间，迅速集结了266名经验丰富的高校心理教师，并高效进行了排班。30日早上9点正式开通，我被排在第一班。

报名审核通过之后，我参加了关于热线电话接听的专业培训。把《热线接听建议开场指导语》放在手边。因为是居家接听热线电话，所以要与家人做好沟通，尤其是孩子。选择一个比较安静的房间，确保自己能保持良好的精神状态，尽可能提供高质量服务。

因为这种重大突发应急事件有其特殊性，所以我们团队专设有督导培训组。接线之外，我们积极参加学习和督导，及时研究接线中的问题，确保在遵守咨询伦理的前提下，不断提高服务水平。更要及时准确了解疫情进展，收集各种政策文件和公共服务电话。

**草地：**您接听的第一个电话是什么？

**荆玉梅：**我们是团队工作，每3天值班一次，每次3小时，同一时段值班的有六七名老师，每次值班都能接到多个电话，每个求助热线电话一般限30分钟内。

接到的第一个热线电话，并不是严格的心理咨询。求助者是一位家住武汉的男士，年前出差到省外，因为武汉关闭离汉通道，在外多天的他，准备自驾回武汉，但不知能否顺利返回。找不到咨询信息的他，打来热线，希望帮忙查询高速口通行手续等问题。语气急切中透露着无助和不安。由于做过相关准备，我马上帮他查询信息，咨询有关部门，回拨电话，并给予心理辅导。

**草地：**公众来电咨询最多的话题是什么？

**荆玉梅：**结合我个人和同事们接听电话的情况，目前处理的主要问题有这样几类：

一是现实困境类。比如家里有孕妇，想了解能够产检的医院，还有家中网线断了，需要用网络办公，想知道哪里可以维修等。

二是情绪困扰类。这类民众求助较多，比较明显的情绪表现是焦虑和恐惧。因为对新冠肺炎恐惧，激发了比较明显的焦虑烦躁情绪，伴随着一些躯体不适，比如咽部不适、胸闷头痛、心慌气短等。因为焦虑，很多求助者自述他们频繁地量体温，大量地饮水，还有一些出现了明显失眠症状。另外也有部分人表现出情绪低落和委屈难过，比如被隔离、被误解甚至被排斥，都或多或少引起情绪波动。

三是政策咨询类。比如想了解什么时候可以复工，滞留在外通过办理什么手续可以返回家中，当地卫健委或指挥部的电话等。

这三类问题主要集中在2月10日前，更多的是由突发疫情这一重大应急事件引起的慌乱情境下的求助。这时，心理咨询师有一部分职责是社会工作者，遇到现实问题我们也想尽各种办法，尽最大可能提供心理支持和政策解读。

**草地：**印象最深的来电咨询是什么？

**荆玉梅：**印象最深的一位求助者，自诉没有明显症状，但总是怀疑自己被感染，偶尔感觉胸闷，所以特别焦虑、担忧、失眠，控制不住反复量体温，家人都不理解她。她还与家人发生了激烈的争吵，接听电话时她情绪崩溃，号啕大哭。

作为心理接线员，我首先允许她表达情绪，就是让她哭一会儿，并尽可能给予回应和陪伴。通过电话引导她调整呼吸，调整语速等方法，让她平静下来。在她表达了自己的委屈和焦虑以后，慢慢帮她梳理分析身体状况，回应她此刻的焦虑情绪是正常化反应，肯定她保护自己的努力。并从较多视角，帮她重新看待自己和家人的关系。

**草地：**心理热线开通至今，公众来电咨询需求变化趋势如何？

**荆玉梅：**随着疫情的发展和隔离时间增长，心理求助问题发生了明显的变化，焦虑恐慌情绪明显好转，求助此类问题的开始变少。但一定程度上出现了新的更深层次的问题，近几天反馈比较多的主要是这样几类问题：

一是悲痛哀伤的问题。有的求助者，因为家庭成员都有不同程度的感染甚至去世，而这个时期的离世没法陪伴和送别。类似这样的求助，对于接线员来说是不小的挑战。还有求助者的亲人因为其他原因，比如心肌梗死、癌症等离世，丧事从简，无法完成哀悼，也会让部分民众体会到悲伤和遗憾，甚至内疚和不安等。

二是关系冲突的问题。长期居住在一起，必然要面对各种关系的处理，比如夫妻争吵、亲子冲突、婆媳矛盾，还有领导和员工之间激烈争执，这些在接听热线中都有出现。有的甚至打算不顾隔离，执意要去外地。

三是原有心理问题复发的问题。一部分民众患有或轻或重的心理疾病，在这个特殊时期，极易出现复发或症状加重。这个时候我们需要及时给予评估和转介，团队也专门设有危急应对组，及时处置这类问题，还会帮忙查询购买精神药物的途径。

**草地：**一线医护人员的心理辅导情况如何？

**荆玉梅：**我们总结发现，医护人员的心理反应主要有身心俱疲，担心自己被感染；患者病情反复，产生挫败感和无力感；因身体原因撤回，感到不安或内疚；工作安排常有变化，有不确定感；想到抢救场景，常常做梦或惊醒；无法照顾孩子和老人，感到担忧。

我们给出的心理帮扶建议：首先是积极调整认知，从自身来说，这是永生难忘的宝贵经历，也要正确看待自己的角色；从家庭来说，把抗疫导致家庭的变化看成一次家庭教育和家庭关系的新转机，和孩子讲抗疫故事，坚信这是一次最好的言传身教。

其次，建议一线医护人员及时反映个人困难，尤其是涉及家庭、身体和出现明显的失眠等情况，要第一时间向相关部门反映。获得支持，减少后顾之忧，保护好自己和家人也是为抗疫做贡献。建议他们进行放松训练，回到休息地方，可以坐下来，做一下冥想练习。10分钟的真正放松可以缓解高强度的紧张，此法在不影响工作的救治间隙中也可以尝试。

**草地：**工作节奏怎样，家中接热线电话有何不便？

**荆玉梅：**感觉近期的工作内容较多，多数时间是坐在电脑前，做好热线接听，及时做好记录，及时总结反馈疑难问题。对电话接听中的问题要梳理出来，对于有疑问的部分及时参与个体督导或团体督导，第一时间解决困惑。还要参与督导培训，目前参与的培训有30多场，督导有6场。还有对接服务特殊群体，主动联络医院，开展针对医护人员的团体咨询、青少年心理服务等工作。

家中接电话还是稍有不便。有一次，我正在接听电话，突然听到客厅里饭碗打碎，听到孩子大哭，听到家人把他的嘴捂上，传来了"呜呜呜"的声音。等我接完电话走出来，孩子哭咧咧地说："你是个坏妈妈，我哭了你也不管我，我的嘴都快被爸爸缝上了。"令我哭笑不得。

**草地：**听了这么多诉求，接线员如何调节自身心理？

**荆玉梅：**平时我们在高校的主要工作就是与来访者进行面对面咨询，所以在倾听来电者诉求方面，有充分心理准备和专业能力储备。

疫情时期，来电的人员构成和心理诉求问题更复杂，所以我总结自己内心经历了这样几个过程：

开始有点紧张，因为第一次面对这种电话热线的咨询服务，偶尔有些担心自己的咨询回应与公众的期待能否一致。

然后通过不断学习、督导、提升，明显感到工作状态更从容，状态很好，尤其听到来电者反馈得到心理支持或焦虑情绪缓解的时候，更体会到自己工作的意义和价值。

遇到一些来电者的问题比较突出和棘手，这个时候感觉有些担忧，就鼓励来电者寻医问诊，或进行系统心理咨询。现在，随着疫情防控出现积极变化，感觉社会民众的焦虑情绪有明显好转，轻松一些了，也对战胜疫情充满信心。

全省200多名高校心理咨询师是一个大团队，接线员之间、小组之间、与督导师之间都建立了良好的心理支持。遇到疑问有督导支持，遇到危机个案可以转介，感觉并不孤单。

国家有需要，民众有需要，而你刚好可以提供服务，这是责任使命，更是荣耀。况且有很多人，比我们做得更多。在特殊时期，我们既是心理咨询师，也是社工，更是艰难旅途的同行者。所以感觉责任在肩，每天斗志昂扬。

# 抗疫公益曲走红，奏响黎明的编钟

潘革平｜新华每日电讯记者
时间：2020年3月3日

“夜走了，天亮了，天空和钟声一同醒来了，樱花在温暖的春风中飞扬，武汉，我们在等你……”

近日，一首中外音乐人共同创作的国际抗疫歌曲《黎明的编钟声》在社交媒体广为流传。女歌手委婉动听的歌声感人肺腑，歌曲作者、比利时著名钢琴家、作曲家尚·马龙（Jean-Francois Maljean）这段中文独白引来中国网友点赞无数——

“很美。即便千里之外，我们也听到了。”

“很感动人心，我们一起加油！”

“武汉也在等你们，等疫情过去，欢迎你们来武汉，谢谢你们！”

日前，新华每日电讯记者一行来到尚·马龙的家中，听他讲述创作《黎明的编钟声》的心路历程，感受到这位67岁的比利时老人对中国深入骨髓的爱。

## “让人感动的，是中国所发生的一切”

谈到《黎明的编钟声》创作过程，尚·马龙一下子拉开了话匣。

“此次疫情出现之初，我就在想：这病是什么玩意？碰巧，我有一个好朋友在武汉，他是音乐制作人何浏，他跟我讲了很多情况。我曾想过捐钱，但作为音乐人，我想最好的方式是用音乐传递希望和祝福。此时，何浏也建议共同创作一首为武汉加油、打气的歌。”

“当时，何浏一个人在武汉隔离，我们之间一直保持沟通。他甚至会在晚上给我打电话，算上7个小时的时差，他那里应该是凌晨三四点。我有时忍不住问：你怎么还没睡？差不多一周前，我们终于把这部作品做完了。”

尚·马龙特意在音乐中加入了中国特有的编钟元素，在制作音乐视频时，融入了黄鹤楼、樱花等武汉特色。他与何浏合写了英文歌词，后者还为歌曲的视频提供了很多图像。为了更好地传递出创作者的真挚情感，他们邀请英国音乐人罗伯特·穆雷为英文歌词润色。

得知《黎明的编钟声》受到了中国网友的喜爱，尚·马龙表示：“我们做了这首小曲子，很高兴它能感动到一些人。我想让人感动的，是中国所发生的一切，这不是我一个人的功劳。”

谈到创作初衷，尚·马龙说，他们写这首歌主要有两个目的，首先是向他的中国朋友们，尤其是那些奋战在一线，同死神赛跑、与病毒较量、为生命接力的广大医护人员表达鼓励和支持。“我的父母都是医生，因此我对奋战在抗疫一线的中国医护人员非常钦佩，他们非常勇敢，我的心与他们同在。这是一种传染性很强的疾病，一些医护人员已经倒下。我说过，如果这首歌未来能有收益，我们将全部捐出，用于购买抗疫物资。”

其次，尚·马龙也想借此告诉世界，不该因为此次的疫情而产生某些偏激的情绪。“病毒才是我们的共同敌人。”

## “我对中国有种特殊的亲近感”

《黎明的编钟声》得到中国网民的大力点赞。尚·马龙虽然一再表示出乎意料，但他也对作品充满了自信：“我与中国结缘了20年，我知道中国人喜欢什么样的音乐。我听过很多中国乐曲，中国音乐的特点是旋律非常美，而我所擅长的正是旋律。”

1999年，为了开拓自己的音乐版图，他第一次来到中国，并发行了首张专辑，从此，他再也没有离开过中国的舞台。“我对中国有种特殊的亲近感。”尚·马龙说，在他眼里，中国甚至比家乡的城市和村庄，更令他感到亲切。“是音乐拉近了我与中国的距离。”

尚·马龙坚信中国一定有能力打赢这场战“疫”，因为他在中国人身上看到了一股“努力开拓一切，总能找到出路”的劲头。“中国人在任何领域都能取得非凡成就，这与中国人的活力与意志力密不可分。比如这一次，十天的时间里就建成了一所新的医院。我相信中国一定能克服眼下的困难，迎来新的辉煌。”

“我大致算了一下，在过去20年里，我至少去过中国150次。”采访的最后，他对着镜头用中文说道：“武汉，等着我！”

# 疫中随笔

# “方舱读书哥”身上，看到社会信任的力量

张　丰 | 新华每日电讯记者
时间：2020年3月25日

武汉方舱医院的“读书哥”，是这次疫情中最让人感动的人之一。他只是躺在床上，阅读一本厚厚的书籍，就能向人传递安静的力量。这一幕被记者拍下来，他读的那本《政治秩序的起源》也走进公众的视野。

这本弗朗西斯·福山的名著，是学术领域罕见的畅销书。中文版2012年推出，我手中的2014年版，已经是第5次印刷了，此后也是不断重印。福山因为《历史的终结和最后的人》与《政治秩序的起源》成了中文世界的“网红学者”，他有7本书都引进了中文版，并全部多次重印。这位姓付的“读书哥”照片在海外社交媒体走红，获得了福山本人的点赞转发。

福山自己多次说过，他最重要的著作是《信任：社会美德与创造经济繁荣》，不知道付先生是否读过这一本，但是在他身上，确实体现出了福山所说的美德：要出院的时候，他向一位病友承诺，帮她照顾15岁的儿子，并且辅导他功课。这名学生也曾感染病毒，和付先生一起治疗，同时出院。

## 信任和社会资本

这种超越功利甚至要牺牲自己的利益而去帮助他人的做法，就是福山

所说的“信任”。福山这本书所回答的问题是，为什么有的国家经济表现更好，而有的国家却不行？为什么有的国家更容易创建大型企业，而有的国家创业者却大多“富不过三代”？

福山引入詹姆斯·科尔曼的“社会资本”概念来解答这一问题。所谓社会资本，就是群体或组织内部的人为了某些目的而合作的能力。信任度越高的社会，社会资本就越充分，反之亦然。

这其实是社会学的一个老课题。涂尔干在《社会分工论》中就谈到过这个主题，他区分了“机械团结”和“有机团结”的概念。

所谓机械团结，就是指基于血缘的家庭成员之间的团结，这种团结随着家庭圈子的扩展而逐渐降低。人们最信任的是“核心家庭”，父母和兄弟姐妹。接下来是有血缘的亲戚，再往外是更大的家族。

“有机团结”则是基于法律和契约的陌生人之间的团结，在大城市，人们生活在一个陌生人社会，必须更多依靠契约而不是血缘来生活。典型的例子是，“现代人”缺钱时应该向金融机构借贷，而不再是向父母讨要。城市人生活在“陌生人”组成的社会中，获得了极大的自由，但是，人们也必须学会信任他人，否则就寸步难行。

如果把“团结”换成福山的“信任”，分析的思路也是一样。福山的贡献在于，他详细考察了世界主要国家的“信任”类型以及经济现代化的不同路径。“社会资本”充足的国家，不但社会运转更为顺畅，也更容易出现大型现代企业。而“社会资本”又是根植于文化传统之上，福山的创见，是指出了一个国家的传统对经济转型的影响。

## 美国的衰弱：托克维尔到帕特南

在几本书中，福山关于美国的看法都是一致的，他认为美国正处在让人担忧的危机中，那就是“社会资本”正遭受严重的侵蚀。托克维尔在《论美国的民主》中就注意到了美国人“结社的艺术”。以新教传统立国的美国人，喜欢创建和加入各种社会团体与组织，这些组织构成“个人”与“政府”之间的“中间地带”。

这种特性，是美国在19世纪末到20世纪崛起的关键，很多大企业就是在那个时候建立起来的。在电报出现之前，纽约的批发商和西部农场主之间，就可以凭借团体成员之间的相互信任做生意。任何社会的创业，都是从个人和家庭企业开始的，但是构建大型企业的关键，是勇敢地建立现代公司制度，创始人要把经营权（最后是大部分股权）交给别人。企业和银行之间的信任催生信贷，让公司的扩展成为可能。

美国人天生不信任政府，在制度设计上对政府有多种限制，数量庞大的“团体”，则让美国社会资本异常丰富。但是，福山注意到，美国的“社会资本”正在迅速萎缩，他的《大断裂》一书，就主要聚焦于这个问题。美国的犯罪率和离婚率都在上升，诉讼数量剧增，这就是社会信任出现问题的证明。社会信任良好，人们可以不必求助于法庭的终裁就能解决纠纷，大大节约交易成本。

除了福山，也有其他重量级学者注意到美国“公共的衰落”这一问题，其中最引人关注的是罗伯特·帕特南的《独自打保龄》。帕特南是当今美国一流的政治学家，曾任哈佛大学肯尼迪学院院长，他这本书的主题就是“美国社会资本的衰弱”。在书的开头，他问了一个经典的问题：闲暇的时候，你是愿意和朋友一起喝咖啡聊天，还是一个人去打保龄球？他有数据证明，在美国社会选择“独自去打保龄”的人越来越多。

福山把美国社会的这种变化归因于“个人主义”的泛滥。强调个体的独立和价值，是美国社会的核心价值观，但是当追求个人利益超过一定限度，就会损害社会资本及人与人之间的信任。他认为这是当今美国社会所面临的最大问题，已经严重影响到美国的政治经济。

# 神奇的日本

除了美国以外，日本和德国也属于福山所定义的“高信任社会”。作为“日裔美国人”，福山对日本社会的分析特别精彩。

人们通常认为，中日韩这三个儒家文化影响的社会差不多，事实上则是大谬。日本和中国最大的不同，在于日本很早就确立了“长子继承制”，次子只能继承一小部分遗产，而次子以下根本没有继承权，他们不得已很早就外出谋生。他们往往拜师学习某项技艺，所以，日本有一种“家元制”的团体，就是师徒关系的扩展，在政府系统，这种家元制到现在也很盛行，用更现代的说法叫派系。一个派系中的人，会有高度的团结和那种对师傅的忠诚。

虽然同样都受儒家文化影响，日本却对其进行了某种改造，他们更强调儒家价值观中的“忠”，而中国社会则更看重“仁”。日本把儒家的“忠”和武士道结合起来，最后形成一种下级对上级的忠诚。福山特别指出，这种忠诚其实是一种双向道德责任，下级对上级忠诚，上级对待下级也像对待自己孩子一样。二战后，武士道被铲除，但是这种关系模式却被移植到企业之中，造就世界上最特别的“终身雇佣制”。

日本的终身雇佣制并没有写入法律，但是在大企业却是老板和员工都共同遵守的“潜规则”。企业不能随便裁员，而员工也很少为了追求高薪而跳槽。在美国人看来，这简直不可想象。但是，这种“双向道德责任”，实际上形成了高度的信任，即便在经济危机的时候，日本企业通常会采用降薪的方式一起共渡难关，而不是裁员。

这种高度信任最经典的表现就是丰田公司的车间。丰田的生产线上有独特的设计，每一个工人面前都有一根绳子，如果发现自己负责的部分有问题，拉一下绳子，整个生产线都会停下来。人们可能会认为，会有很多人捣乱，从而造成生产根本无法进行，但实际上，这种信任却让工人有了高度责任感，他们会尽量把工作做到完美，这样出产的汽车，很少有瑕疵。相比之下，美国通用汽车则专门设有一个质量验收管理部门，前面环节都粗枝大叶完工，在最后一关却有不少需要返工，造成生产力的浪费。

## 中国的新文化

福山认为，中国社会的“家庭主义”太过强大，影响到大型企业的创建。改革开放之后，大陆也进入了40多年的经济腾飞。某种意义上，这得益于中国人的勤劳和创业。和大型企业相比，以家庭创业为主的小型企业，更为灵活，转型也更快，更有活力。

但是，家庭企业的问题在于，它本质上是一种“低信任”的表现，尤其是公司规模达到一定程度之后，就会面临困难。中国有一句俗语叫“富不过三代”，很恰当地描述了这种困境。创业者成功之后，会把儿子们送到好大学接受教育，但是在第一代创业者老去的时候，会面临一个继承的问题。

中华文化的传统，一直是“儿子均分”的继承方式，这更为公平，但是对家业的发展更为不利。一个企业，往往会拆分为两三个。或者即便是其中一个获得授权执掌产业，但子女之间又会面临矛盾。等到了第三代，由于家庭条件优渥，孩子从小可能会对艺术、文学等产生兴趣，长大后不但不想像祖父辈创业时那样辛苦，甚至对经营企业都兴趣不大。

这就需要向“现代企业制度”转型，采用职业经理人和股份制，但是中国社会由于受到家庭主义的局限，在这一步非常困难。福山认为，大企业和小企业各有优势。大型企业可以参与到产业链的顶端，飞机、汽车和半导体行业尤其如此。而小企业也有好处，它更加灵活。最好的模式，当然是大企业和小企业混合，都能协调发展。但要做到这一步，不仅需要丰富的社会资本，也需要政府有效地引导（产业政策）。

福山这本书出版于1995年，他没有来得及观察此后中国经济的状况。正好从那时开始，中国进入一轮以互联网为核心的技术革命和创业潮。事实上，在最近20年的创业潮中，互联网背景的新一代创业者，很多都是自觉采用现代企业制度，这是资本和政府产业政策相结合的产物。过去20年，中国出现了华为、阿里巴巴、腾讯这样的科技企业，已经称得上是行业巨头，后两者都是上市公司。不管是阿里巴巴还是腾讯，在创业者第一代就成功解决了大型机构创制问题。

如果用福山的理论来做进一步分析的话，这是新技术促进了新的合作和信任关系。某种意义上说，中国似乎出现了一种新的更强调人与人合作的创业文化。年轻一代走出家庭、热心公益的大有人在，在这次抗疫中，我们也能看到这种社会信任的力量。在全球范围内，中国人都能“有机团结”在一起，在募集和运输防疫物资上，展现出很好的合作。这种强调信任的新文化，让我们对中国经济未来有更好的期许。

# "与子同袍"为何总能让人心潮澎湃

皮曙初｜新华每日电讯记者

时间：2020年3月26日

2020年春天，"岂曰无衣，与子同袍"这首古老的诗句，成为抗击新冠肺炎疫情中，最温暖人心、最鼓舞斗志的力量之一。一批来自日本的捐赠物资，写着这样的诗句鼓舞中国人民，伊朗外长也在推特上用这句诗声援中国。更不必说各地救援物资、八方驰援人员奔赴湖北时，常以这样的诗句相互激励。

这句今天读来依然美好的诗句出自《诗经·秦风·无衣》，是我国最古老的民间歌谣之一。全诗是："岂曰无衣？与子同袍。王于兴师，修我戈矛。与子同仇！岂曰无衣？与子同泽。王于兴师，修我矛戟。与子偕作！岂曰无衣？与子同裳。王于兴师，修我甲兵。与子偕行！"

今天看来，在三百多篇《诗经》中，这一首的字面意义相对容易理解，大概是说：谁说没有衣裳穿？有我与你共战袍。天子发兵去打仗，整理戈矛，拿起兵器，我们一同上战场。然后重要的事情说三遍，重章叠句，酣畅淋漓。

读者不禁心生疑惑，这是要去打仗啊，是出征前的战歌啊，却为何要说"无衣"？为何要"与子同袍"，还要同穿内衣（泽）？

按照《毛诗序》的解释，《无衣》是一首讽谏用兵的诗，"秦人刺其君好攻战，亟用兵而不与民同欲焉。”为《诗经》做注解的大儒毛亨、郑玄、孔颖达们，对这一“刺用兵”的说法做了进一步的疏笺注解，使其成为正统和权威。

《毛诗注疏》中是这么解释的：古时候朋友之间关系密切，就相互说，“我岂曰子无衣呼？我冀欲与子同袍。”以示双方同甘共苦、患难与共的情意。君王与百姓的关系也是这样，君王若能“与民同欲”，同心同德，百姓自然愿为明君上战场，“乐致其死”。而君王平时不与百姓“同欲”，临战时才话“与子同袍”，这不是“同欲”而是“同怨”，所以百姓就要诘责。

有大儒盖棺，这种讽刺、讽谏之说长期占据主流。直到宋代，又出了一位大儒，看到了“刺”说的牵强，于是做出新解。这就是朱熹，他在《诗集传》中，用历史的观念，分析了《无衣》产生的背景：“秦俗强悍，乐于战斗，故其人平居而相谓曰：岂以子无衣，而与子同袍乎？盖以王于兴师，则将修我戈矛，而与子同仇也。”

照朱熹看来，“秦人之俗，尚气概，先勇力，忘生轻死。”诗中所写，不是百姓的讽刺与诘问，恰是将士“欢爱之心，足以相死如此”的豪情，是对秦人“强毅果敢”的褒扬。后人称其为“美”说，并大有追捧者。清代吴闿生认为，朱熹之说胜于旧说，诗中所透露的豪气，“英壮迈往，非唐人《出塞》诸诗所能及”。

《诗经·国风》收录的是各地民间歌谣。两三千年前，每一个地方、每一“国”都有自己的民风民俗，所谓“百里而异习，千里而殊俗”。《诗经》十五国风，反映出一定的地域文化特色，比如孔子说“郑声淫”，就是“郑风”的特色。“秦风”十首，地域色彩也很显著。

秦国的地盘，最早在今天甘肃南部至陕西中部一带，从地缘上看，处在商周王朝与西戎之间。《史记·秦本纪》记载，秦的祖先是颛顼帝的后代。大禹治水，伯益辅佐有功，受到舜帝的奖赏，又为舜帝驯养鸟兽，很有成效，于是有了封土，赐姓嬴氏。伯益的后人非子为周孝王养马于汧渭之间，马大蕃息，于是孝王分封土地，让他成为附庸国，延续了嬴氏的祀统，号称秦嬴。

周厉王无道，西戎反王室。周宣王即位，命非子的曾孙秦仲为大夫，诛西戎，结果被西戎杀了。周宣王又召秦仲的五个儿子，再伐西戎，一举击破。于是将封地复予秦仲后人，封为西垂大夫。至周幽王烽火戏诸侯，被西戎中的犬戎所杀，周平王被迫东迁洛阳，秦襄公率兵护送，平王封襄公为诸侯，并将被西戎侵夺的岐、丰之地，封于秦，让他们去收复。

从这一段久远的历史，可见秦是在与彪悍的西戎作持久的斗争中成长壮大起来的。秦人修习战备，高上勇力，鞍马骑射，慷慨矫健，反映在当地的民歌中，自有一种苍凉豪迈的基调在其中。所以《汉书》中说：“其风声气俗自古而然，今之歌谣慷慨风流犹存焉。”

汉唐儒家疏注《无衣》，以为刺的是秦康公好战。郑玄笺曰，“以此刺康公不与民同欲。”秦康公平常之时，岂肯言“汝百姓无衣乎？吾与子同袍”，而其在位十一年，与晋、楚之间战事不断，战则借口王命兴师。所以，百姓诘责讥刺秦康公不能恤民饥寒，救其困乏，“故假同袍以为辞耳”，而并非百姓真的指望国君与之共袍。

这个逻辑显然有些牵强，也不符合诗之语境。反复吟诵，诗中怎么也不见诘责讥刺的语气。倒是铿锵有力的语调，反复咏唱的节奏，自然而然显露出一种慷慨激昂的气势。所以清代方玉润《诗经原始》眉批：“起极矫健。”晚清陈继揆《读风臆补》：“开口便有吞吐六国之气，其笔锋凌厉，亦正如岳将军直捣黄龙。”

“开口便有吞吐六国之气”，当然是后人的附会。但是“同袍”“同泽”“同裳”所展现出来的那种同甘苦、共患难的深厚情谊，“同仇”“偕作”“偕行”所展现的那种同仇敌忾、共赴国难的满腔豪情，确实跃然纸上。

古时候的衣物服饰是很复杂的，所以历来各家对“同袍”“同泽”“同裳”的注解不尽相同。按照这首诗的语序，我倾向于这样的解释：“袍”是外衣、战袍；“泽”是内衣、汗衣，长袍之内上身穿的贴身之衣；“裳”是裤子，古人讲“上衣下裳”，裳是在长袍之内的下身衣物。

从外到里，从上到下，即使是最私密的衣物，也可以与子共享，可见关系是何等密切。春秋早期的秦国，还是一个弱小的附庸国，地处周之西陲，频遭西戎侵扰，可以想见百姓生活贫弱艰难，常有衣不蔽体、食不果腹之憾。一句“岂曰无衣，与子同袍”，自然充满了激励鼓动的力量。

秦人受周王之封，为周之附庸，其攻伐西戎、征战列国的战事，自然以“王命”而动。所以“王于兴师”，是他们普遍认同的共同使命。清末王先谦说：“西戎杀幽王，是于周室诸侯为不共戴天之仇，秦民敌王所忾，故曰‘同仇’也。”只是越往后，周王室越孱弱，“王命”渐渐不过是战争的借口。

于是我们可见一幅秦人军民磨刀擦枪、舞戈挥戟、整装列兵的激昂场景，在“与子同袍”的鼓动之下，军士们“与子同仇”“与子偕作”“与子偕行”的口号声振林越。

“与子同仇”的意思，有解释为共同的敌人与仇恨，也有解释为“同匹”，即共用战马的意思。从诗三章的递进关系来看，我觉得应是前者。“同仇”意在激发起军民同仇敌忾的情绪，“偕作”是一起操练，“偕行”则是一同出征，有了“同仇”，方有“偕作”“偕行”、共赴前线拼死杀敌的决心。

也有一些学者认为，《无衣》是秦王为楚人申包胥所作。《左传》中记载，楚人伍子胥父兄为平王所杀，出逃吴国，相佐吴王攻楚，大破郢都。楚臣申包胥到秦国求援，秦哀公没答应。申包胥靠着庭墙大哭，日夜不绝声，勺饮不入口，整整七天，秦哀公大为感动，“为之赋《无衣》，九顿首而坐，秦师乃出。”

从时间上看，申包胥乞秦师是鲁定公四年（公元前506年）的事，正是孔子周游列国的时候，秦哀公赋《无衣》被孔子收入《诗经》的可能性也是有的，但这种可能性有多大却不好说。文史大家金性尧先生认为，此诗当是早期的秦国军歌，意气颇为激昂，秦哀公既然答应申包胥出师援楚，便以此诗来慰答包胥。我以为此说更为贴切。

无论是哪代君王时期创作，也无论是为哪种目的出征，抛开历史上附着在《诗经》上的教化意义，我们仅从诗之文本、文气上去读去悟，两三千年前的诗歌，至今仍能引起人们强烈共鸣，在于其质纯朴实的语言，激越昂扬的情感，洋溢着震撼人心的英雄力量。

面对共同的敌人，遭遇共同的危难，人们总是可以激发出激昂慷慨、同仇敌忾的斗志。一种全新的病毒，一场威胁广泛的疫情，这是人类共同的敌人。关键时刻，人类必须团结一致，全球同呼吸、共命运，展现共同的决心，才能战胜共同的敌人。

正如各国人民对中国疫情的关心关注，中国也高度关注关心全球疫情，用我们一手的抗疫经验和大量的医疗物资，为世界人民抗击疫情做出贡献。在送往意大利的捐赠物资上，写着：“我们是同海之浪，同树之叶，同园之花。”

古罗马的哲言，与古老中国的诗句，蕴含着同样的力量！

# 110年前，他扑灭那场瘟疫还推动了分餐制

杨思琪 | 新华每日电讯记者

时间：2020年3月27日

每一次流行性传染病暴发，分餐制都会被大力倡导。新冠肺炎疫情之下，分餐制再次成为备受追捧的新风尚。

而在一个多世纪前，同样是一场瘟疫挑起一场浩劫，31岁的年轻医生伍连德提出旋转餐盘的概念，放上公筷、公勺，减少细菌传播。一个小小的创新，推动中国向健康文明生活方式迈出一大步。

那是1910年岁末，一场引发肺部病变的鼠疫在东北三省肆虐。临危受命的伍连德，从天津一路北上，成功扑灭了一度令人绝望的瘟疫，挽救了成千上万人的性命。

如今，伍连德的名字镌刻在纪念碑上，闪耀在小学校门旁，他的雕像屹立在校园，他的故事再次传遍……他离我们并不遥远。除了分餐，中国现代医学体系的建立、“伍氏口罩”的发明，伍连德都是幕后推动乃至首创者。

## 发现鼠疫

1910年12月24日，哈尔滨火车站。迎着漫天大雪，听着遍地哀号，伍连德和学生林家瑞踏上了这片“谈鼠色变”的苦难之地。

出生在南洋，毕业于英国剑桥大学，伍连德是第一位华人医学博士，先后在法国巴斯德研究院、德国科赫实验室从事传染病病源学和疫苗学研究。他受命担任北洋陆军军医学堂副监督，3年后，又被任命为东北防疫总医官，一路北上，去消灭一种不明原因的怪病。

病人先是发烧、气喘、咳嗽，过不了几天便吐血而亡，死后皮肤呈紫红色。这种病在哈尔滨傅家甸已经流行了一个多月，死亡人数每日递增，疫情失控，“如水泻地，似火燎原”。

那是清王朝最后一个冬天，内忧外患。从官员到百姓，从朝堂到地方，人们对现代医学一无所知。日本与俄国则以防疫为由，虎视眈眈、趁火打劫。

为了尽快找出病因，伍连德在客栈一间幽暗的小屋里，对一具遗体进行了解剖。“身体发肤受之父母”是中国传统观念，因此这场解剖是秘密进行的。

很快，伍连德在血液中有所发现——光学显微镜下，鼠疫杆菌的形态暴露无遗。一系列研究证明土拨鼠是其来源，这是一场由捕猎旱獭引发的灾难。作为以往腺鼠疫的升级版，肺鼠疫可通过飞沫在人和人之间传播。

这是人类流行病历史上第一次提出鼠疫分类理论，成为此后伍连德指挥战“疫”的科学依据。

## 科学战“疫”

伍连德立刻向朝廷建议，派遣军队，调遣医生，动用警察协助封锁交通要道。同时向哈尔滨百姓宣传鼠疫防控知识，教他们可行的防护方法。

初来乍到，风俗习惯、语言交流都让伍连德颇感为难。面对当地官员和医生的不理解、不认同，他没有退缩，一遍遍解释自己的判断，分享自己的发现。

没想到，他的方案被曾参与过印度、香港等地鼠疫防治的专家、法国医

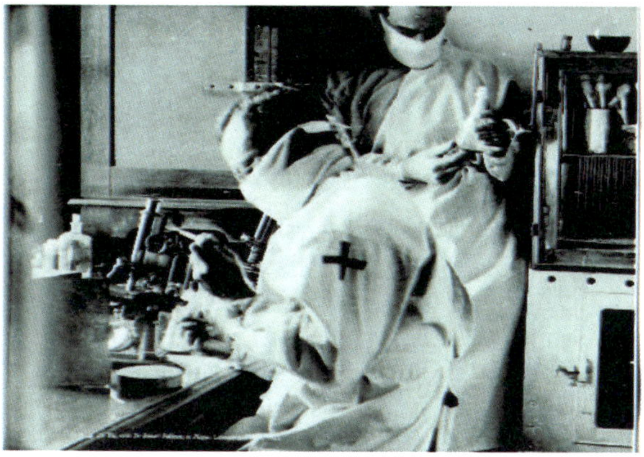

1911年，伍连德和助手在他的第一个实验室工作。黑龙江伍连德纪念馆提供

生迈斯尼全面否定。迈斯尼主张飞沫没有传染危险。可不到十天之后，迈斯尼便染上肺鼠疫，以生命为代价为错误买单。

这一消息传来，巨大的恐慌情绪和看不见的“敌人”交织在一起，如一张巨网笼罩在哈尔滨上空。人们开始把希望的目光转向伍连德，祈求一丝曙光。

伍连德曾在自传中写道：“很明显，传染是通过病人咳嗽和飞沫一个接一个发生，能够阻止的办法只有严格地将病人从健康人群中隔离开来……药品没有丝毫作用，因为这种疾病对肺的破坏太快了。”

隔离，是最有效也是最廉价的防疫之法。在伍连德的筹划下，整个傅家甸被分成四个区，往来铁路实行严格检疫，流动人口受到管控，学校、客栈、剧院和浴室变成了消毒站，寺庙和废弃的房屋改建成病房和医院。

当时每个区有一个首席医官、两名助手，还有卫生警察、消毒员、检查员和担架员。居民都要佩戴臂章，分红、黄、蓝、白不同颜色，只能在本区活动，即使住对门，也不准来往。警察每天派人到各家各户检查。

为防止飞沫传播，伍连德发明了中国第一款口罩。把一块外科纱布折叠起来，中间衬上一块药棉，然后把两端剪开做绑带，制作方便、成本低廉，防护也严。一批妇女批量赶制。人们戴上口罩，把嘴和鼻子遮挡起来，称它为“伍氏口罩”。

不仅口罩，餐厅旋转餐盘也在伍连德的倡导下应运而生。

中国民众喜欢集体吃饭不分餐，但唾液是疾病传播的主要途径之一，用筷子夹同一盘菜会引起交叉感染。伍连德提出放上公筷、公勺，采用西方的分餐制，尽量减少细菌传播。

随后，伍连德所居住的道台府采取“双筷制”，即每人使用两双筷子：一双取食，一双入口。这样，卫生的问题解决了，但不够方便。

伍连德又建议设计一种旋转餐桌。当时的衙门主厨郑兴文灵机一动，在八仙桌上装个圆板，中心以铁柱为轴，让圆板旋转起来，并在每道菜旁放一勺或一筷做公用。这样既解决了共食风险，又兼顾了中式菜肴的特色和饮食习惯。从此，旋转餐桌便流行起来。

## 扑灭疫情

隔离、消毒、阻断交通、减少接触……十几天过去，傅家甸的疫情依然没有减轻。每天的死亡人数都在40至60人，多则上百人，有一天攀升至183人。伍连德一遍遍回想：如此健全的防御体系，到底哪个环节还存在漏洞？

一天，伍连德来到城边坟场，眼前的一幕让他震惊。雪地上横七竖八的棺木露天摆放，俨然一个巨大传染源。鼠疫杆菌在低温下可存活三个月到半年，如果鼠类和其他动物啃食后，再把病菌带回人群，鼠疫将循环往复，没有止息。

数九寒天，哈尔滨土层冻结，这些遗体无法安葬，大规模焚烧成了唯一选择。然而，中国人几千年的习俗都是入土为安。这样大胆的想法不合习俗，更有悖伦理。

伍连德和在外务部任职的施肇基，一个处江湖之远，一个在庙堂之高，共同促成清政府的决定。

1月31日，大年初一，哈尔滨城郊的坟地火光冲天。当时，很多官员不愿意去坟场监督，伍连德亲临现场一个个清点。

适逢春节，为了消弭全城压抑的情绪，伍连德嘱咐防疫部下发传单，号召大家燃放爆竹，一冲晦气，同时释放硫黄起到消毒作用。

3月1日，时针指向零点。哈尔滨防疫局内，所有人屏住呼吸，迎接这一时刻的到来——傅家甸的死亡人数为零。

## 医学曙光

哈尔滨的防疫措施做了表率，这里的模式在全国多地复制推广。随后，长春、奉天（今沈阳）、铁岭……东北各主要城市纷纷传来清零的捷报。

到4月底，整个东北和华北地区的鼠疫被彻底消灭。这场罕见的瘟疫夺走了6万人的生命，花费白银一千万两。其中，哈尔滨傅家甸有6000多人死于鼠疫，占了傅家甸人口的四分之一。

在人口密集的大城市，不到四个月就成功击败一场传染病，这在人类历史上尚属首次。当时出版的《远东报》这样评价："其能以如此有效者，皆赖伍医生连德之力。"

伍连德救了哈尔滨，救了东北三省。他的睿智与严谨，他的担当与坚守，他深厚的科学素养和实事求是的科学态度，引领整个公共卫生领域第一次获得各级官府的重视。

1911年1月，正是伍连德领导抗疫的关键时刻，施肇基动议，举行一次国际鼠疫大会，邀请各国专家学者交流研讨肺鼠疫防治办法。

4月3日，万国鼠疫研究会如期举行，来自英、美、俄、德、法、日等11个国家的数十名专家学者齐聚奉天。一份长达500页、名为《1911年国际鼠疫研究会报告书》的报告备受关注。伍连德赢得了与会各界的敬重，被推举为大会主席。这也是中国历史上的第一次国际学术会议，奠定了中国在鼠疫研究领域的地位。

此后，伍连德将大半生献给了中国现代医学的开拓事业。

1912年11月，北洋政府在哈尔滨设立东三省防疫事务总处，成为中国最早的现代防疫机构组织。伍连德任总医官，中国开始有系统地建立起公共卫生体制。

1926年9月8日，哈尔滨医学专门学校成立，伍连德为第一任校长。这是中国东北地区最早由中国人自办的医学高等院校，也就是如今的哈尔滨医科大学。

1926年，伍连德写作的《肺鼠疫论述》，由日内瓦国联出版社出版。

1935年，诺贝尔生理学或医学奖评审委员会提名伍连德为候选人。

伍连德还获得了日内瓦国际联盟卫生组织授予的“鼠疫专家”等多项国际顶级嘉奖和称号。

伍连德在《鼠疫斗士》的自传序言中写道：“我曾将大半生献给古老的中国，从清朝末年到民国建立，直到国民党统治崩溃，往事在我的脑海里记忆犹新。新中国政府成立，使这个伟大的国家永远幸福繁荣。”

如今，伍连德的雕像伫立在哈尔滨医科大学校园内，人们驻足、留念，也从中思考什么是伍连德精神，什么是天下真国士，什么是科学的力量，什么是人性的光辉。

# 格斗数千年，人类才“消灭”一种传染病

关山远

时间：2020年3月12日

人类的历史，就是一部与疾病抗争的历史。天花，曾经肆虐数千年，杀人无数，但成了迄今全球范围内被人类消灭的唯一一个传染病。

天花，是如何覆灭的？对今天的我们，又有哪些启示？

## 康熙“避痘”记

1656年，在今天北京北长街北口路东的福佑寺，两岁的爱新觉罗·玄烨辗转病榻，命悬一线。两岁，是刚刚记事的年龄，玄烨终其一生，都记得这次患病时的空虚寂寞冷。玄烨后来成为康熙帝，中国封建时代非常有作为的一位皇帝，他在位期间，平定三藩之乱、反击沙俄收复失地、平定准噶尔贵族叛乱……但玄烨成为康熙，并不容易。

玄烨的生母佟佳氏，只是宫中一名不受恩宠的贵妃。玄烨降生时，父亲顺治皇帝专宠贵妃董鄂氏，后人附会，董鄂氏是秦淮名妓董小宛，大名士冒辟疆的小妾，被大汉奸洪承畴送入皇宫，得顺治宠爱。纯属演义，董小宛比顺治足足大了14岁。董鄂氏是满洲正白旗人，超级美女，性格也好，甚得顺治喜爱。玄烨重病那年，正好董鄂氏进宫，顺治一颗心全放在她身上，反正

他儿子多，不是太在乎玄烨生病。

玄烨何以成为康熙？要从他得的病说起。天花，是人类千年来谈之色变的烈性传染病。人一旦感染天花，无特效药可治，能不能撑下来，全靠免疫力和运气，侥幸不死，脸上也会留有麻子——天花病人皮肤会成批依次出现斑疹、丘疹、疱疹、脓疱，最后结痂、脱痂，遗留痘疤，“天花”由此得名。现在演的一些古装戏，满屏的胶原蛋白，俊男靓女，面庞光洁，吹弹可破，要多假有多假。真实的情况是：天花面前，人人平等，管你是王公贵族还是贩夫走卒，放眼看去，多是麻脸，区别在于有的是大麻脸，有的面颊浅浅几颗，寥若晨星。

当年，玄烨撑过来了，脸上也有麻子，后人放大康熙年轻时的画像，能够清晰看到两颊上的斑斑点点。见过康熙的外国传教士就写得更清楚了，法国传教士在给路易十四的报告中就这么写道，康熙“威武雄壮，身材匀称，而比普通人略高，五官端正……鼻尖稍圆，略带鹰钩状，虽然脸上有天花留下的痕迹，但并不影响他英俊的外表”。

清朝发迹于白山黑水，寒冷干燥，原来没有天花，但实力雄厚，不断南下，开始与明朝争天下时，得天花的日渐多了。可以想象，之前跟天花没有任何接触的满族人，在天花病毒面前，抵抗力自然比不上已与这一恶疾抗争了上千年的汉人。不论当时铁骑何等豪横，但被天花一击即溃。很多大人物都死于天花，比如皇太极的亲哥哥莽古尔泰和亲弟弟多铎。顺治也是因天花而死，并非演义中所说因爱妃病亡悲伤过度，到五台山当了和尚。

他在大年初二得了天花，朝廷传谕全国“毋炒豆、毋点灯、毋泼水”，并颁布大赦令，无效，顺治皇帝于正月初七日半夜崩于养心殿，年仅24岁。临终前，要选人继承大统，他最心爱的董鄂氏，前一年生有一子，但百日夭折（董鄂氏因此悲伤而死）。亲生儿子中，只有两个选择，一是9岁的福全，一是8岁的玄烨。最终商议结果是：玄烨。

天花虽然恐怖，但感染后撑过不死，就能终身免疫。中国民间就流传着这样一句谚语——“孩子生下才一半，出过天花才算全”。玄烨出过天花，但福全未出。假若福全以后出天花，也不一定就会死，但顺治不敢打这个赌。福全也很能干，曾带兵出征，大败噶尔丹叛军。福全活了51岁，康熙则享年68岁，这在当时算是长寿了，他在位61年，“康熙”因此成为中国历史上使用时间最长的年号。

慈禧太后的儿子、同治皇帝，也是死于天花，而不是后世讹传的死于梅毒。同治帝的爸爸咸丰帝，也出过天花，一张麻子脸，但同治的运气没有老爹好，纵欲过度，身子虚，得了天花很快不治，才活了19岁。清代档案中，有记录同治脉案的《万岁爷天花喜进药用药底簿》。此外，《翁同龢日记》中也有记载。翁同龢是帝师，他在日记中记载同治的病情时用了“花极稠密”四字，说的是当时皇帝的头、面和胳膊上尽是灌浆饱满的痘粒（密集恐惧者的噩梦啊）。

当时对付天花，没有别的办法，只能隔离。清朝入关后，把京城中天花患者赶得离紫禁城越远越好，而一旦附近出现天花患者，皇帝就非常恐慌，有个专用词叫“避痘”。玄烨就是为了“避痘”搬到皇宫外的，但没避过。所幸保姆孙氏精心照料，未来的康熙大帝逃过大劫。这份情谊，康熙铭记终生。

补充一下：孙氏的丈夫叫曹玺，康熙对曹家很好，曹玺的儿子曹寅，17岁时就当上康熙的侍卫，深得赏识。后来曹寅任江宁织造，康熙先后六次南巡，其中四次住曹寅家。但因为康熙晚年的皇储拥立问题，曹家站错了队。雍正一继位，马上收拾了曹家。曹寅有个著名的孙子，就是写《红楼梦》的曹雪芹。

## 天花打垮了罗马帝国和印第安人?

迄今最早一例天花患者，出现于古埃及，是从一具木乃伊身上的痘痕推断出来的。天花出现的时间，可能还要往前推许多年。

根据现代科技研究成果，不同类型的天花致死率不同。大天花（感染大

痘的医案，与此异曲同工。

叶天士是江苏吴县（今苏州）人，活跃于乾隆年间，医人无数。一则医案说，叶天士有天坐着轿子下乡，碰到一位正在采桑叶的少妇，他端详了一下少妇的脸色，就悄悄吩咐轿夫突然从背后搂住少妇。少妇大怒，一边挣扎一边大骂，少妇的丈夫也冲过来扭住轿夫，欲大打出手。这时叶天士现身，解释说："这个女人即将出痘，其痘症已在皮膜间，因火太盛闭住了，不能发出来。刚才我设计刺激她大怒，让她的痘症发出来，否则，她的性命就危险了。"果然，到了晚上，少妇发了痘症，保住了性命。

"治痘"的真正突破，在于"种痘"。今人对于"种牛痘"都不陌生，但"种牛痘"之前，是"种人痘"。"种人痘"的原创，属于中国人。

何谓"种人痘"？即用天花浆预防天花的方法，医生取痘疮浆液，或把带有天花病毒的疮痂磨成粉末，放在未出痘者的鼻腔，让后者感染上轻度天花，产生抗体，从而痊愈后获得终生免疫力。为提高种痘的有效性，医生探索了各种办法，清初医家张璐在《医通》中综述了痘浆、旱苗、痘衣等多种预防接种方法，分别是——用棉花醮取痘疮浆液塞入接种儿童鼻孔中（痘浆法）；将痘痂研细，用银管吹入儿童鼻内（旱苗法）；将患痘儿的内衣脱下，着于健康儿身上，使之感染（痘衣法）。

这是"以毒攻毒"理论的成功实践，也可理解成，为防大火，先烧出一片缓冲带。总而言之，中国人开创了免疫接种的先例，也是世界上人工免疫法的开端，18世纪法国启蒙思想家、哲学家伏尔泰曾这样赞扬中国的人痘接种：

"我听说一百年来，中国人一直就有这样的习惯；这是被认为全世界最聪明、最讲礼貌的一个民族的伟大先例和榜样。"

种痘术在中国源于何时？有人认为早在唐开元年间中国就流传有鼻苗种痘术以预防天花，学界公认的是，北宋初年，种痘术已经存在了。清代朱纯嘏《痘疹定论》、吴谦《医宗金鉴》等书都记载了宋仁宗时丞相王旦找名医给自己儿子王素种痘的故事：王旦长子死于痘症，他为王素忧心忡忡，这时有人推荐了峨眉山的神医，遂邀请前来，这位神医给王素种了痘，七天后，王素发热，再过十二天，所种的痘已结痂。王旦大喜，其他医生也借机学会了种痘术。王素后来官至工部尚书，不畏势权，正直敢言。

到了清代，种痘术得到进一步发展。经历过“天花惊魂”的康熙，尤为重视种痘术，他推动了清宫中皇子种痘防天花制度的建立。档案中保存有清宫《阿哥种痘档》，皇子种痘过程，神秘复杂，颇具仪式感：先照皇子生辰八字查好种痘吉时，奏请皇帝、皇后、皇太后等。然后在紫禁城或圆明园的密室内进行，密室要严格避光，旁边房间还设一个神堂，供奉各路神仙，既有药王、药圣、天仙娘娘，也有所谓的痘疹娘娘、痘儿哥哥等，种痘小组由太医和太监组成，24小时监护，一直等到“阿哥”平安度过感染期，走出密室。

康熙同时也在八旗中推广种痘法，还作为“福利”赐给漠南、漠北蒙古，他与王公大臣谈及此事时曾说：“国初人多畏出痘，至朕得种痘方子，诸子女及尔等子女，皆以种痘得无恙。”俄罗斯、西欧等国在康熙年间还派专人从清朝学去了种痘技术。

“种人痘”有一定风险，死亡率有0.5%到2%，《天花的历史》上评价“种人痘”说：“在此期间，由于被接种人本身具有传染性，很可能导致疾病的进一步蔓延。在少数情况下，接种而引起的天花病毒并不轻微，甚至可能是致命的。”在康熙推广种痘术百年后，英国乡村医生爱德华·琴纳实现了预防天花的革命性突破：种牛痘。

18世纪末，爱德华·琴纳发现：英国乡村一些挤奶工的手上常常有牛痘，而有牛痘者全都没有患上天花。他开始致力于种牛痘的观察和试验。1796年5月14日，他从一位挤牛奶女工手背上的牛痘里，吸取少量脓汁，接种在一名儿童身上。2个月后，他又给这名儿童接种天花病毒，结果该儿童并没有出现天花的症状。

今天看来，这是一次伟大的实验！1798年，爱德华·琴纳发表了著名论文《关于牛痘的原因及其结果的研究》，牛痘接种法正式诞生。牛痘病毒的致命性，比天花低很多，这种方法，比“种人痘”要安全。爱德华·琴纳也堪称伟大，虽然牛痘接种法一时不被接受，但他忍受着嘲讽，不去争辩，而是在乡村继续推广牛痘接种，终于获得广泛认同，为人类最终战胜天花，迈出了关键一步。1805年，牛痘接种法传到中国，很快被中国人所接受，但当时接种牛痘收费较贵，许多穷人，还是免不了天花的荼毒。

## 1962年，中国已经消灭天花

20世纪中叶，世界卫生组织在全球开展灭绝天花运动。跟新冠病毒不一样，天花只有人类一个宿主，当牛痘接种推广开来，天花再也没有了生存空间。

1980年5月8日，世界卫生组织在第33届世界卫生大会上正式宣布：全球消灭了天花！

中国则早在1962年，就已经消灭了天花。

民国时期，种痘得到极大发展，但主要是在城市，受人力、物力及陋习影响，广大农村地区种痘率低，天花仍然流行，甚至大规模暴发。即使在上海这样的大城市，也无法避免，《上海防疫史鉴》记载：1926年至1949年的23年间，天花在上海有6次大流行。

新中国成立之初，天花肆虐不止，遍及全国，仅在1950年，安徽省天花发病高达11620例，发病率为38.7/10万，死亡1534人，病死率为13.20%。

向天花开战！从1950年开始，全国范围广泛发动群众，开展了轰轰烈烈的“种痘运动”。1950年，全国共接种牛痘6400余万人，这是一个惊人的数字，要知道，民国时期接种牛痘的人数最高点，是700万人。但相比于当时5亿多人口，6400万还远远不够。

中央多次部署接种牛痘工作，1950年10月12日，当时的卫生部颁布《种痘暂行办法》，规定凡中华人民共和国境内之居民，不分国籍均须种痘。在中央人民政府的号召下，各地纷纷行动起来，全国的种痘运动，由卫生基础条件好的地区，逐渐扩展至缺医少药甚至无医无药的边远地区。

到1951年年底，全国已有约3.05亿人接种了牛痘，1952年，乘胜追击，又有约2.41亿人接种，至此，全国完成牛痘接种5.46亿人，约占当时总人口88.9%。这意味着在严密的组织和医护人员努力下，除少数边远地区外，中国大部分地区已基本完成普种牛痘的工作。到1954年，全国大、中城市再未有天花流行；1959年，在云南沧源县扑灭了我国最后一起天花暴发。

中国最后一个天花病例，出现在1960年3月，患者名叫胡小发，时年23岁，拉祜族，云南西蒙县人，是县粮管所一名员工。根据病发后溯源传染过程，是这么回事：1959年12月，缅甸斑岳寨天花流行，寨子里一名9岁女孩感染后，在出疹期间，到中国境内舅舅家探亲，将天花病毒也带了过来，最终传染给了胡小发。1961年6月，胡小发痊愈出院。1962年以后，中国未再发现一例天花病例！

值得一提的是，在全球扑灭天花的战役中，中国的“天坛株”是全球应用最广泛的四大痘苗病毒之一。说起“天坛株”，要提两位科学家：一位是齐长庆，1926年，他在北平医院从一个来自西北军的天花患者身上，分离到天花病毒，经动物传代减毒，获得疫苗减毒株，命名为“天坛株”，用于国内天花疫苗生产，直到天花消灭。还有一位是李严茂，“七七事变”后，他先南迁南京，后西迁长沙和昆明，颠沛流离，却始终精心保管“天坛株”。新中国成立初，一度“事事学苏联”，采用苏联疫苗。1960年莫斯科天花流行，人们对苏联疫苗产生怀疑，李严茂拿出精心保存的“天坛株”，比较研究证明，“天坛株”更有效。于是重新更换生产“天坛株”，直至全球消灭天花。

回首与天花的漫长斗争，不得不感慨人类不屈从命运安排的抗争精神。下一个在全球范围内将会被消灭的传染病是什么？有人说是脊髓灰质炎（俗称小儿麻痹症）。希望这个名单越来越长，希望新冠病毒被早日战胜。

但人类与瘟疫的斗争，将是长期而艰巨的，“道高一尺，魔高一丈”，下一个病魔将在何时何地以何种面目出现，都是未知数。不确定，永远是人类的宿命，如何面对？唯有不断求索的智慧、众志成城的组织动员，以及科学健康的生活方式，还有不甘于宿命的勇气。

## 参考资料

《清史稿》（赵尔巽 中华书局）

《清实录》（中华书局）

《三千年疫情》（张剑光 江西高校出版社）

《中国救荒史》（邓拓 三联书店）

《枪炮、病菌与钢铁》（贾雷德·戴蒙德［美］ 上海译文出版社）

《罗马的命运——气候、疾病和帝国的终结》（凯尔·哈珀［美］ 后浪丨北京联合出版公司）

《天花的历史》（伊恩珍尼佛·格雷恩［英］ 浙江人民出版社）

《瘟疫的故事》（霍华德·马凯尔［美］ 上海社会科学院出版社）

《天坛株痘苗毒种创始人齐长庆》（董树林《微生物学免疫学进展》2009年3期）

# 历史上曾经肆虐的病毒，人们是如何应对的

杨　格

时间：2020年2月28日

1968年的小说《仿生人会梦见电子羊吗？》中，2020年是一个充满高科技的赛博朋克世界。

当那时的“未来”尽在眼前，我们才发现对照最狂野的想象，现实世界完全超乎其外——想象中的魔幻变成平凡，想象之外的现实却更加魔幻。

突如其来的疫情在2020年开年即开启了魔幻模式，笼罩着亿万普通平凡的人类，像一个巨大的透镜，各色人性纷纷在其中凸显。

很多病毒与地球一样古老[①]。从古至今，全世界的人类经历过数次大大小小的传染性疫病，天灾与人祸并行。

根据《宋史》的相关记载，粗略统计，仅仅两宋共三百多年间，就至少发生过32至35次流行病，其中北宋12至15次，南宋16至19次[②]。

同时期，欧洲大陆先后经历了麻风病（13世纪）和黑死病（14世纪）两次具有强传染性的大规模疫病。

---

① 理查德·普雷斯顿《血疫》。

② 该数据为本文作者根据《宋史》记录统计，出现数据区间的原因为《宋史》中没有关于“疫病”和“大灾”的区分。若“大灾之后必有大疫”则疫病次数为35次左右，若不考虑单纯记录的灾难，则32次。张宇的博士论文《中国医政史研究》中提到：宋代至少发生32次流行病，其中北宋14次，南宋18次。

今年突如其来的新冠疫情让我们每个人都不知不觉关心一些个体病症之外的事情，比如红十字会的医疗物资分发，比如专门医院的建设进度，比如国家的各项救援措施执行……当病毒开始威胁全社会，有效的医政医事则是保障我们战胜病毒的必要支撑。

当我们接收到社会上各种声音消息，被前一个消息感动得爱心爆棚，手指一翻被后一个气得口吐芬芳时，更需要一个理性而科学的态度了解整个社会的医政环境。而这些，都不可避免存在一个传承和发展的过程。

那些曾经在历史长河中出现过的疫病，那些肆虐过的病毒，那时的人们如何应对？

在两千年前的商周时期，社会上的医疗资源就需要皇室领导人来进行管理调配。《周礼·天官冢宰》记载："医师掌医之政令。聚毒药以共医事，凡邦之有疾病者，疕疡者造焉，则使医分而治之；食医掌和王之六食六饮；疾医掌养万民之疾病；疡医掌肿疡、溃疡、金疡、折疡之祝药劀杀之齐；兽医掌疗兽病、疗兽疡。"①

简单的理解，医师相当于管理者，食医管理皇室饮食养生，疾医似乎类似于医疗理论和内科临床的结合，疡医类似于大外科、药理的总称，兽医很好理解，所有动物的医疗诊治。

春秋战国时代，秦国的国家机构中少府是九卿之一，少府下设置六丞，"太医令、丞"便是其中之一，负责医疗事务，归属少府管辖。

秦朝不仅设立了太医令丞，还重视医疗著作的存留，即便在著名的"焚书坑儒"事件中，医书也被保存下来。在地方设有四级行政机构，包括"郡、县、乡、亭"。在这些机构中，有的由其长官负责管理医疗卫生工作，有的设专职医生提供医疗卫生服务。1975年12月出土的《睡虎地秦墓竹简封诊式》，是县级长官"令史"兼有统管医疗卫生事宜的佐证②。

---

① 《周礼·天官冢宰》。

② 睡虎地秦墓竹简，又称睡虎地秦简、云梦秦简，是指 1975 年 12 月在湖北省云梦县睡虎地秦墓中出土的大量竹简，这些竹简长 23.1—27.8 厘米，宽 0.5—0.8 厘米，内文为墨书秦篆，写于战国晚期及秦始皇时期。

之后“汉承秦制”。《汉书》记载了西汉时医疗机构的设置和管理情况：“奉常，秦官，掌宗庙礼仪，有丞。景帝中六年更名太常。”“属官有太乐、太祝、太宰、太史、太卜、太医六令丞。”[①]意思是说奉常，或者叫太常这个级别设置了六个令丞，其中太医负责医疗事物。

“少府，秦官，掌山海池泽之税，以给共养，有六丞。属官有尚书、符节、太医、太官、汤官、导官、乐府、若卢、考工室、左戈、居室、甘泉居室、左右司空、东织、西织、东园匠十六官令丞。”[②]意思是说少府这个级别设置了十六个令丞，其中太医、太官、汤官三个令丞和医疗事务有关。

西汉时期，奉常和少府两个部门都有医疗事务的职能。

东汉中央医官的设置与西汉时期有些区别。太常、太医、令丞被取消，仅在少府中设置太医令一人，负责管理全国的医疗卫生行政工作，相当于现代的卫生部部长，其下设药丞、方丞各一人，还另有中宫药长，尝药监等药职。

两汉时，《黄帝内经》《神农本草经》《伤寒杂病论》等巨著陆续完成，蔡伦造纸术的发明，为医学交流提供了有利条件。医学著作得以在几个世纪中流传。

魏晋南北朝时期，社会上兴药石之风，导致医学知识非常普及，这期间各个朝代都设有各自的医药官员。当然，那个时期的药石之风除了促进医学发展之外，还有一个副作用就是：同时促进了巫术的发展，巫医也和正规医疗一起在朝廷和民间滋长起来。

南北朝时，政府层面很注重医书的修订、颁布和传播。例如王显《药方》成书于6世纪初，“世宗诏显，撰《药方》三十五卷，班布天下，以疗诸疾。”永平三年诏书中称：“又经方浩博，流传处广，应病投药、卒难穷究。更令有司，集诸医工，寻篇推简，务在精要，取三十余卷，以班九服，

① 班固《汉书》·卷十九，百官公卿表，第七上。

② 同上。

郡县备写，布下乡邑，使和救患之术耳。”[1]魏武帝要求将《药方》中的精要，发布至郡县、乡邑，目的是疗疾有所依据，让疗疾之识为更多人所知。

隋唐时期，朝廷产生了完备的覆盖王朝所有区域的医政制度，集合医药管理、医药组织、医药学教育和人才选拔、医药政策、医学交流等多个方面。

唐袭隋制，分设令、丞、医监与医正，数量有增减。“令二人，从七品下，丞二人，从八品下，医监四人，从八品下，医正八人，从九品下。”[2]唐朝时的翰林待诏医官。“唐制：乘舆所在，必有文词、经学之士，下至卜、医、伎术之流，皆直于别院，以备宴见。”[3]

那时，关于医政方面朝廷的最高行政长官是太医署的太医令，掌管医疗之法，丞相相当于他的助理，协助处理相关事务。其医疗范围包括皇室成员、官员士大夫、宫人、官奴婢、丁匠、囚徒、外藩首领在京师者、南衙卫兵、诸道疾疫处百姓等。

同时，隋唐时还设置有尚食局与尚药局，隶属于殿中省。《唐六典卷十一》中记载：尚药局最高行政长官“奉御”要亲自为帝王诊断疾病并开具处方，督导监视帝王用药的制作和尝药，“直长”是“奉御”的助手；“侍御医”经常在皇帝身边诊侯调和，类似于当代的保健医；“司医”和“医佐”则协助“奉御”和“直长”，可以奉皇帝之命为王公大臣等其他人员诊疗疾病；“主药”和“药童”负责加工制作药品；“书令史”和“书吏”管理文献资料，其余各职位均有相应的工作范围。

像前朝一样，唐朝各位皇帝都鼓励医书的编撰，经过各种临床和理论研究证明科学有效的医书，面向全国推广。例如晋代陶弘景编著的《本草经集注》中有一些谬误，很多内容并不全面，在唐朝显庆三年（公元657年），长史苏敬向高宗进表请求对《本草经集注》进行重新修订。高宗准许，专

① 北齐·魏收《魏书·王显传》，北京，中华书局，1997 年出版。
② 《旧唐书》志，第二十四，职官三。
③ 欧阳修、宋祁《新唐书》志，第三十二，地理七，北京：中华书局，1975 年出版。

门组建团队开展编撰工作。为绘制各种药图、编写图经，皇帝下令对全国各地所产药材的标本进行收集，令宫廷画家配合绘制药材图制。上述工作在公元659年完成，颁布全国，诞生了世界上最早的药典——《新修本草》，全书分为药解、图经、本草三部分。后此书传入日本和朝鲜，对医学界影响巨大。

唐朝时，临床医疗技术和医药理论的发展也逐渐较前朝精细，根据原有的方脉科、针科、疡科三大科目，又细化发展出十三个子科目。

两宋时代，农业、经济、手工业的高速发展，也带来相较于前朝更加复杂的疫病、病患关系。

翰林医官院（局）是宋代医药系统的核心，是主掌医药政令、负责医务工作的中央医药管理机关。翰林医官院有使、副使并领院事，下设直院、医官、医学、抵候等职。据《宋史》《宋会要辑稿》《宋刑统》等记载，北宋时期政府颁布了200多项中医药卫生诏令。

为了应对多次频发的全国性传染疫情，宋朝设立了诸多社会保障机构，有国家主办的，也有地方政府出面集资筹办或有名望的乡绅兴建的，命名各异，但是性质大同小异。例如宋真宗大中祥符二年（1009年）七月“置养病院”[①]。绍定四年吴渊在苏州建立的府级医院——广惠坊，规模也比较大。

庆历三年（1043年）范仲淹出任参知政事，开始了系列的改革维新活动，其改革内容中有医学教育的日程。皇帝采纳范仲淹的建议，设立太医局，从翰林医官院选出数名教师，教授《素问》《难经》等内容。宋太宗命翰林医官王怀隐等对翰林医官院所收集的医方进行核对编录，历经十四年，完成了著名的方书《太平圣惠方》；庆历六年，何希彭在《太平圣惠方》的基础上，编纂完成了内容少而精的教科书《圣惠选方》，并沿用了百余年。

宋仁宗天圣年间，翰林医官、朝散大夫、殿中省尚药奉御骑都尉的王惟一制作了针灸铜人，连同《新铸铜人腧穴针灸图经》一起，作为官方教材，由政府颁行全国。这是医学史上的一大创举，史称“天圣铜人”。天圣铜人

① 宋·李焘.《续资治通鉴长编》·卷七十二，北京：中华书局，2004年出版。

也被看成中国第一个针灸经穴的国家标准，同时也是世界上最早的人体模型教具。

“天圣铜人”在之后的几百年中一直都在使用，也不断被复制。至四百年后的明朝时，正统的“天圣铜人”穴名已模糊难辨，于是明英宗令医官仿宋重铸。这具明正统八年（1443年）铸成的仿宋针灸铜人被称为“正统铜人”。铸成后一直珍藏于明、清太医院中，直至光绪二十六年（1900年）“庚子之乱”中被俄军掠去，现藏于俄罗斯艾尔米塔什博物馆。

以上的梳理仅可窥探我国古代医政医事中的一些小侧面。古人的解决方案不一定适合现当代社会，本文初衷也并不是宣传中医本身。而是从另一个维度，呈现面对疫病时我们祖先的努力。无论任何时代，理性而科学地认识防疫问题都是关键。

正统中医，不仅仅是草药与药方，背后有成体系的、庞大的医政系统支撑。而医政系统需要面对的敌人除了疫病之外，还包括愚昧的民众和另外一支神秘力量——巫医。

两千年间，和正规中医一同发展的还有巫医。

例如夏商时期，人们根据“巫”卜问吉凶安排生产生活，“巫”也行使一些医治功能。《说文酉部》中提到，“医，治病工也……古者巫彭初作医”。周朝，“医师掌医之政令，聚毒药以供医事”，巫、医开始分离。但是巫觋依然在民众中影响至深。

东汉王符在《潜夫论》中记载有“或弃医药，更往事神，故至于死亡不自知为巫所欺误，乃反恨事巫之晚”，可见当时人们对巫术的依赖之深。魏晋南北朝巫风更盛，尤其是荆楚地区，医术与巫术混靖。

隋唐两宋时期虽然文化鼎盛，科技较前朝发达，医政医事逐渐细致并成体系，但与此同时，巫觋也较前朝更为庞大。对百姓来说，有时候甚至分不清巫觋与正规医疗。

宋仁宗时，江西洪州的巫师就多达1900多户；宋神宗时，江西泸州的巫师更是有3700家。巫术的影响力也非常大，荆楚地区有风俗“尚鬼，病者不药而巫”，乃至整个南方地区存在着“饭疾不治，谒巫代医”的社会问题。

当然，我们的祖先中一直有一支力量在尽力“禁巫兴医”。其中有开明君主，地方官员、乡绅，也有普通百姓。

以宋朝为例。宋太宗淳化三年（992年），“禁两浙诸州巫师”[①]，成为宋王朝第一个禁巫诏令。两宋三百年，相关政令不断推出。

朝廷在对待“禁巫兴医”这件事上，也是持续开展综合治理手段：首先在民间积极宣传医药卫生知识。政府印刻本草等书籍，要求地方政府予以宣传贯彻。其次利用法律手段惩治利用巫医害人骗钱的行为。

宋真宗曾下诏惩戒用巫术的行为曰：医师诊疗疾病，应当按照医方，若干运用巫术而出现伤人的情况，则按照故意杀人罪论处；《宋刑统》中有造妖书妖言罪，如有人触犯法律以鬼神之事谋财害命，官府将按照皇帝的指令予以严惩；第三是对巫医进行改造，教授他们医学知识，让他们转行从医。

现藏于台北故宫博物院的一幅南宋画作《村医图》，从某种程度上佐证了宋朝“禁巫兴医”的政令和宋朝医政医事细节。

《村医图》

《村医图》描绘了一位乡村郎中带着徒弟给一位患重病的穷人治病的一幕，一些人控制住病人，病人做出夸张的痛苦表情。

从笔法上可以看出，画中人都穿着较硬质地的衣服。宋朝绝大多数画家都有高超的审

① 清·徐松.《宋会要辑稿》·职官二十二，北京：中华书局，1957年出版。

美标准和绘画技术，可以轻而易举用几笔就勾勒出人物衣饰的质地。而《村医图》中的衣物线条则要僵硬得多。

画中贫穷的郎中在做什么？艾灸！而且是根据南宋朝廷颁布的官方医学著作所做的，正规的膏肓灸现场施诊治疗。

而病人得的什么病呢？画家也明明白白地给我们画出来了——瘴疾。为什么这么说呢？

唐孙思邈的医书《千金方》中说："膏肓二穴，在第四下两傍相去各三寸，主无所不疗"[①]，画中大夫的艾条对应的恰好就是膏肓穴位的位置。

宋朝庄绰在《灸膏肓腧穴法》中说取膏肓穴："令人正坐，曲脊伸两手，以臂著膝前，令正直手大指与膝头齐，以物支肘，勿令臂得动摇，从胛骨上角摸索全胛骨下头，其间当有四肋三间，灸中间。根据胛骨之里肋间空处，去胛骨容侧指许，摩膂肉之表筋间空处，按之自觉牵引胸户中，灸两胛中各一处。"[②]意思是说：患者坐好背部对着医生，低头弯曲脊柱并且伸直双臂，目的是让肩胛骨分离露出膏肓的确切位置。

《村医图》中病患的姿势几乎和医书中描述的一模一样。或者可以理解为：画家是根据正规医书中的描述细致创作了这个施疗场景。

这里有一个重要的信息是"以物支肘，勿令臂得动摇"，可是原本就患病的人，大夫施行灸艾治疗，如何能"勿令动摇"呢？在农村，就是找一些人控制住病人，我们可以大胆猜测这几位可能是病人的亲属。

那么又是从哪里得知病人得的是"瘴疾"呢？

瘴疾在南宋时期是很多重大疾病的统称。

苏轼、沈括的《苏沈良方》卷三认为"瘴疾皆因脾胃实热所致"，由此可知瘴疾是一类内科重症疾病的称呼。而治疗瘴疾，多数用艾灸施诊膏肓穴，行重灸治疗。《铜人腧穴针灸图经》中引用了《备急千金要方》"无所不疗"的功效，描述艾灸膏肓穴治疗瘴疾。我们综合《村医图》中患病老农

① 孙思邈《备急千金要方》，人民卫生出版社，1982 年出版。
② 庄绰撰著，窦桂芳集撰《针灸四书之灸膏肓腧穴法》，人民卫生出版社，1983 年出版。

的状态以及大夫施灸膏肓的形态，虽不知道老农具体患的是哪一种瘴疾，但推测是很严重的瘴疾。

还有两个证据可以佐证这一点。

第一是画中树干及房屋上的小墨点儿，画家在刻画树皮纹理走向时，将小墨点儿画在褶皱处或者背阴处，也有些画在屋檐的背阴处，我们由此推断这些墨点很有可能是霉菌，暗示当地是一个潮湿多雨的村庄——潮湿是瘴疾最主要的发病环境。

第二个证据和画中病人背上的小东西有关。

南宋名医闻人耆年的书《备急灸法》中说："诸种恶肿，以大蒜切片如钱厚，贴疮头上，始用绿豆大小艾巧灸之，待痛可忍时，换大艾巧灸之，痛又减，可去蒜片，灸数不拘多少，不痛即止灸。"①

宋朝庄绰在《灸膏肓腧穴法》一书中记载了13种取膏肓穴的方法，其中很多方法都谈到使用姜片、蒜片作为施灸的辅助措施，可以起到减轻病人痛苦，同时辅助增加疗效的功能。②

画家在病人背上画的这个东西，应该就是蒜片这类辅助施灸的物品。大夫背后时刻准备着的助手之动作，可能是在用嘴哈手上的膏药，以便于大夫施灸之后立即贴上，用嘴哈气，是让膏药温暖不凉。

画中这些精准的细节不仅说明了病情，同时让我们相信：在那个时代，画中这样充满霉菌、湿气的农村，同样贫穷的大夫已经尽最大努力在治疗同时减轻病人痛苦。

纵观整幅画，《村医图》描绘了一次精准的临床医疗实践。

学界认为此画为南宋画院著名画家李唐所作。李唐是当时知名画家，宋徽宗赵佶时期入职南宋画院。宋徽宗本人就是艺术大家和鉴赏家，他执政时期能进皇家画院，类似于在爱因斯坦面前讲解物理还被爱因斯坦聘为物理老

---

① 闻人耆年《备急灸法》孙炬卿重刊本，人民卫生出版社，1955年出版。

② 宋·庄绰撰，元·窦桂芳集撰《针灸四书之灸膏肓腧穴法》，人民卫生出版，1983年出版。

师的感觉。李唐也不负期望，他是南宋山水新画风的标志人物。

作为南宋最知名的宫廷画家之一，在朝廷委托下创作的《村医图》必然要考虑它的传播问题。既要符合朝廷的宣传主旨，也需要对百姓有一定的吸引力。

所以李唐选取的不是一般小病，而是严重的、在很多地方都发生过的瘴疾——这幅画当时的观众应该并不陌生，同时这种病也不是人人都会有的患病经历，这是一个足够典型又同时让观众有“旁观者”心态的病例。

李唐选择一个潮湿的农村场景发生这次治疗，病患以及病患的家属都是穷人，符合人物典型性的宣传要求，容易引起观众的共情。

再次，画中是医生采用官方正统医书中记录的治疗方案——施灸膏肓穴。不遗余力将施灸细节画得清清楚楚，连穴位都画清楚，这几乎是当时最典型的临床医疗场景。

最后，也是非常重要的，病患表现出明显的痛苦表情，这样的表情既可看成是一种写实的表达，也具有戏剧性夸张的宣传效果。

南宋时神出鬼没、不时出现的灾疫，促使朝廷大力推广正规医疗。与此同时，面对传染性疫病的多次暴发，各种巫觋也趁机发展起来，不但不能治疗疾病，反而会促使疫病的蔓延，更会影响正常医疗活动的开展。

因此对于正规医疗医事的宣传很有必要，李唐的《村医图》即为其中之一。画家不遗余力地根据正规医书创作这幅作品，也正是宋朝医政的一个侧面体现。

这幅画历朝历代都被皇家收藏，民间的摹本有很多，也出现了很多相关题材的作品，影响了很多人。

从个体角度，任何人遇到病患时，都期待病患早日离开。《孟子·离娄》曾记载：“今人欲王者，犹七年之病，求三年之艾也。”患者求医讲求速效，别说治疗三年，很多时候三天没有效果，患者就会失去治疗的信心，何况治疗的过程往往伴随着痛苦。而中医的成效慢，即便在没有西医冲击的南宋，面对疫病带来的痛苦，普通民众也并不太理解正规治疗，这也是几个世纪巫术横行的根源。

人们面对疫病的侵扰，那种可以解释得通又没法证伪的巫术往往很有市场。巫术不能治疗疾病，却暗合了人们在患病时的期望。和巫术一起滋长的，可能是关于疫病的各种消息。

直至今日，仍然有人相信神出鬼没的疫病是源于某种“神秘力量”。似乎也会随着某种神力而消逝。但我们的生活不可能出现一个响指就毁灭世界的事情。

就像我们当下面临的新冠疫情，需要时间、耐心和理智科学的态度。“治未病”也许是我们的终极解决方案。

# 你了解口罩的历史吗

宋扶日

时间：2020年3月1日

新冠肺炎疫情形势严峻，全国处在持续“抗疫”状态，前线医护人员在不竭鏖战，各地防疫人员也尽忠职守，海内外的志愿者们，仍不断奉献爱心……大家协力共进，此番情景确是坚韧勇烈、气势撼人。

而在防疫物资中，口罩，无疑是人们关注的焦点。抵御细菌和病毒的它，也折射出人情百态，白衣天使们在口罩之下，露出诚挚坚毅的双目。

社会上，出现了无数捐赠口罩的善举，和大量宣传科学佩戴口罩的节目。当然，也有歹人借其敛财，或坐地起价，或造假售假。也有人坚决不合作，强拒佩戴。

此外，它还激发了很多“新鲜出炉”的“艺术事件”，有些微信表情包，被“安装”上了口罩，比如“蛋黄猫”，使之显得更为憨态可掬。也有网友，宅在家中，创制出了“口罩煎饼”……给身处逆境的我们，传递着乐观信息。

口罩的紧缺，也刺激了一连串经济效应。正如一场疫情，激发了人性的善恶，一个口罩，短期内卷起轩然大波，俨然化为折射心态和素质的“镜子”。

我之前常有戴口罩的习惯，挡雾霾沙土，避北方寒风，都是戴它的理由，而在严峻形势下，口罩更是必备物。但因现在多是驻守家中，也就减少了口罩用量，这样可方便更多急需之人。毕竟，这面轻软的盾牌，关系到的是生命安危。

如此重要的口罩，背后的历史，也同样曲折跌宕。在人类的历史变迁中，曾谱写过不寻常的往事，而且，云集了东西方元素。

先从我国说起，元代宫廷中，便有传菜宫人用绢巾来掩口鼻，确保食品不染的习惯，这便是一种“类口罩物”。而若研究一番，此种绢巾的“姻亲”，却是先秦时代就已出现的“面衣”。

《礼记》有载，女子出外时须遮面，既符合礼仪，也有挡风土之用，而女性遮挡之物，就名为“面衣”。它不仅遮面，全身也可包裹，颇实用。

《西京杂记》记载过一种“金华紫罗面衣”，是赵飞燕被立后时，她的妹妹恭送的贺礼之中的一件宝物。从这字词中，便可想象其品质，是多么精妙细密。另在魏晋之后，还诞生了男款，著名的“苏公帕”，内中便有“面衣”的影子。

后世的幂离、帷帽，均为面衣的延伸，它们不仅满足于遮面，更是深化了防护全身的效用。想必，常出现在古装片里的夜行侠士，用以遮蔽的面巾，估计与面衣也颇有渊源，不过，此物定然是融入了不少小说家的臆想。

“口罩”在海外的出现，可以追溯至波斯古国。熟悉金庸先生《倚天屠龙记》的朋友，对波斯明教定不陌生，而与明教渊源甚深的拜火教，其教徒就曾在仪式中，佩戴布罩遮面，这同他们的清洁观念相关。

波斯女性的服饰中，本就有面罩，尘灰被屏蔽的同时，也给自己增添了些许神秘气质，拜火教可能汲取了此类服饰特点，内中隐含有恒久的敬畏心。

公元1世纪至16世纪的海外多国，都曾涌现过类似口罩的发明，有防粉尘的、防有害气体的，但并没有面向医护领域的设计。虽然图像不可考，却可从诸多碎片记载里，感受到过去朦胧的卫生意识。

到了中世纪，黑死病蔓延的欧洲大陆上，一款填着植物香料的鸟嘴形面具横空出世。

医生用其抵御瘴毒，尽管它姿容诡诞，背后却拥有多重含义——对病毒的威慑，对患者的仁心。它演绎着古昔面具文化的象征意义，可视为是医护领域口罩、抑或防毒面具的先祖。同时，它还有一系列延展效应，驱使着后人持续对芳香植物进行研究。

近代社会，口罩雏形初具，科学性愈加鲜明。其大致经过了这番演变：为阻挡工业粉尘，人们制造了金属质地的口罩，感觉类似防毒面具。

后来，德国医学家米库里兹·莱德奇，经过实验研发，终于“创作”出了轻软的医用防飞沫口罩。1897年，德国的胡伯纳医生，改良了口罩结构，使之更加贴肤，且由于双层纱布间安装了小铁丝架的原因，使得形态更为立体规整。1899年，法国医生保罗·伯蒂，又制作出拥有6层布的口罩，其系结方式更为方便。

不仅海外医学家研究出各种口罩，我国近代也有创造口罩的白衣先驱。1910年，青年才俊伍连德医生，为防控东北地区的鼠疫，设计了双层纱布构成的“伍氏口罩”。因其价廉质高，便利安全，因而名垂医史。

此次疫情，虽然带来可怖的艰险苦痛，但也从另一方面，培养了人们的公共卫生礼仪。其实，邻国日本的“口罩习惯”，颇值得参照。

疫情中，该国积极为我国捐赠口罩，而其本身的口罩文化，可谓深入人心，尤其在流感季，街头常现。这一习惯，含有诸多公德礼数，及对于病灾的忧患意识。

不为别人添麻烦，也不令自身受感染，一举两得，构建起整体的社会公共卫生秩序。

事实上，早在明治时代，口罩应用在日本便十分普遍。原因主要有——不仅可以隔断细菌病毒，还有装饰作用，不擅长社交之人，也可借以获取心理保护。

疫情中得之不易的口罩，在卫护我们的同时，也提醒我们要敬惜造物。构成生活的任一物品，都集结着人力心血，没有它们，就无法维系现代生活节奏。它们的价值，不能仅通过价签论断。若能从这样的实用物中，挖掘出其功用外的深意，那我们也算做到了物尽其用。

成由俭败由奢，对身边事物的珍视，即是对自身心性的塑造，这个过程是潜移默化的。对于口罩的这类心思，如延伸到生活中，就会有这些可能：对于食物愈发珍惜，环保节约意识逐步增强，崇尚奢侈的风气也能减弱……因为，这个世界的资源，并不是可以无限挖掘的。

戴口罩的诱因，或许夹带着恐慌心理。其实，岁月静好时，也要常怀适当忧患之心。还有，除却正确佩戴口罩保健康外，给予自我积极暗示，戴上阳光的隐形“心理口罩”，目前也甚有必要。

# 宅在家的日子，不妨学学苏东坡

马斗全
时间：2020年3月24日

苏东坡贬海南，有《答程全父书》，是收到程全父推官来信之回信，谈自己到儋州一年来的境况。

其中有这样几句话：“初至，僦官屋数椽，近复遭迫逐，不免买地结茅，仅免露处，而囊为一空。困厄之中，何所不有，置之不足道也，聊为一笑而已。平生交旧，岂复梦见，怀想清游，时诵佳句以解牢落。”

在儋州，应该是东坡人生中最艰难的一段日子。初到时租赁官屋以居，后来被要求搬走，只好买地，在热心人帮助下搭茅庵而居。

“仅免露处”，可见茅庵之窄小简陋。因为买地结茅，来时带的一点钱也用光了。处境之艰难，不难想见。

但苏东坡毕竟是苏东坡，困境与艰难一笑置之。于是就常常怀想以前偕友人出游时的开心情形，并诵当时得意之作以排解孤寂与愁闷。

“诵佳句以解牢落”，一个大文豪不同于寻常文人的豁达豪放情怀，真是古来少见。

我近期也在海南，各方面条件当然比东坡当年强多了，但不期而来的新冠肺炎疫情，却给人生活造成困难，心头蒙上一层阴影。一个多月来，我响应政府号召，一直自我隔离。因不能出游，不能会友，整天只是待在家里，不免也有些牢落之感。

所以重读到苏东坡这几句话时，忽有些怦然心动、豁然开朗的感觉，心想：何不效仿东坡先生，也“怀想清游，诵佳句以解牢落”？

东坡所诵，应是以前与友人欢游时所得好诗佳句，或还有同游诗友的佳句。而我以前虽也曾多与友人出游，却鲜有满意之诗，更谈不上什么佳句。所以就变通一下，诵古人游玩时的名作，不也同样是“诵佳句”吗？

首先想到的，自然是武汉，想起二十多年前登黄鹤楼之事。我的登黄鹤楼诗开头为“西风吹艇别渝州，携友来登黄鹤楼”，是从重庆顺江而下来游武汉。同游者均是诗界之佼佼者，所以心情甚佳。拙诗因怀想先贤而有“难寻崔颢题诗处，唯剩长江依旧流”句。

人们一说到黄鹤楼，就会想到崔颢的《黄鹤楼》诗：“昔人已乘黄鹤去，此地空余黄鹤楼。黄鹤一去不复返，白云千载空悠悠。晴川历历汉阳树，芳草萋萋鹦鹉洲。日暮乡关何处是？烟波江上使人愁。”

多么好的一首诗，历来被称为黄鹤楼第一诗。其实还是唐代七律之滥觞，又可称七律第一诗。

长江依旧流，又想到了几乎人人能诵的黄鹤楼又一首名作，即李白的《黄鹤楼送孟浩然之广陵》：“故人西辞黄鹤楼，烟花三月下扬州。孤帆远影碧空尽，唯见长江天际流。”

相别而不作苦语，深情自在景中，千古名句就这样轻松吟出，真堪称送别第一诗。诗因黄鹤楼而写，黄鹤楼因诗而名闻天下。

只此二首，便给黄鹤楼增添了无尽的光彩和永远的名气。

李白的黄鹤楼诗有多首，《与史郎中钦听黄鹤楼上吹笛》的“黄鹤楼中吹玉笛，江城五月落梅花”也为名句，而使武汉在沿长江众多城市中，独得“江城”之称。《江夏赠韦南陵冰》的“我且为君槌碎黄鹤楼，君亦为吾倒却鹦鹉洲”，更是无人能写出的豪壮之句。这些诗，虽说不知已诵过多少遍了，如今诵来依旧心旷神怡，真是好诗不厌百回读。

黄鹤楼的好诗实在太多了，只唐代，崔颢、李白外，著名诗人王维、孟浩然、白居易、刘禹锡，著名诗僧齐己、贾岛，还有名相武元衡等，以至我

2020年1月26日拍摄的武汉黄鹤楼和长江大桥（无人机照片）。新华社记者熊琦摄

的河东同乡、道家称为吕祖先师的吕洞宾，诗中也都写到黄鹤楼，皆可读。

如贾岛《黄鹤楼》："高槛危檐势若飞，孤云野水共依依。青山万古长如旧，黄鹤何年去不归。岸映西山城半出，烟生南浦树将微。定知羽客无因见，空使含情对落晖。"

写景抒情，要眇动人，诵来感觉极佳。就连并不出名的女诗人刘淑柔的《中秋夜泊武昌》也写得那么好，颇耐咀嚼："两城相对峙，一水向东流。今夜素娥月，何年黄鹤楼。悠悠兰棹晚，渺渺荻花秋。无奈柔肠断，关山总是愁。"

孟浩然《鹦鹉洲送王九游江左》的"昔登江上黄鹤楼，遥爱江中鹦鹉洲"，刘禹锡《武昌老人说笛歌》的"曾将黄鹤楼上吹，一声占尽秋江月"，杜牧《送王侍御赴夏口座主幕》的"黄鹤楼前春水阔，一杯还忆故人无"，也都堪称佳句，令人爱读。

王维《送康太守》的"城下沧江水，江边黄鹤楼"，齐己《寄江夏仁公》的“寺阁高连黄鹤楼，檐前槛底大江流”，白居易《卢侍御与崔评事为予于黄鹤楼置宴宴罢同望》的“江边黄鹤古时楼，劳置华筵待我游”，同样合于现代景色与人事，直可当作今人诗句诵。

这些唐代诗人哪会想到，一千多年后，昔曾游览吟咏之地，黄鹤楼下的武汉，发生了一场大瘟疫，使这座美丽的江城，一时愁云笼罩，成为世界关注的中心。

英雄城市和英雄人民，为抗击瘟疫做出了重大牺牲和贡献，受到世人的钦敬和感谢。同时自然也就产生了许多防疫抗疫的感人诗篇。

怀想黄鹤楼之游，诵古人佳句，想象古人游览情形，竟然暂时忘了疫情，不觉而有怡然自乐之感。于是想到，苏东坡的“诵佳句以解牢落”，真是神奇！显然，这种时候，诵古人佳句，比什么样的说教和安慰都要好些。

那次我们乘轮船东下武汉途中，还顺道登了江南又一名楼岳阳楼，岳阳楼上望洞庭湖。岳阳楼，洞庭湖，那是唐代大诗人孟浩然留下千古名篇的地方。于是就又诵孟浩然《望洞庭湖赠张丞相》：“八月湖水平，涵虚混太清。气蒸云梦泽，波撼岳阳城。欲济无舟楫，端居耻圣明。坐观垂钓者，徒有羡鱼情。”“气蒸云梦泽，波撼岳阳城”一联，气势宏大，浑然天成，真是无与伦比。

此诗堪称岳阳楼绝唱，后来杜甫也来登楼，《登岳阳楼》中“吴楚东南坼，乾坤日夜浮”一联，不减孟浩然名句，被誉为“气压百代”。全诗似更浑成沉郁，至少与孟浩然诗媲美而毫不逊色。所以元代方回《瀛奎律髓》盛赞道：“岳阳楼天下壮观，孟、杜二诗尽之矣。”

诵孟、杜二诗，总教人惊叹，如此雄浑壮阔之句，两位诗人是怎么吟出来的！只是，因诗人心境原因，二诗情绪有些低沉。尤其是杜诗，战乱流离中之作，“戎马关山北，凭轩涕泗流”，不免沉痛，诵来易受其情绪感染。

于是就转而诵杜甫的《闻官军收河南河北》，同我们一样，杜甫也是从巴蜀沿长江东下：“剑外忽传收蓟北，初闻涕泪满衣裳。却看妻子愁何在，漫卷诗书喜欲狂。白日放歌须纵酒，青春作伴好还乡。即从巴峡穿巫峡，便下襄阳向洛阳。”杜甫此时的心情好极了，诗便给人以轻松快乐之感。

诵罢，不禁想到，待疫情结束后，我和一些朋友结伴北归时，途中再次高诵杜甫这首诗，感觉当更佳。一切恢复正常后，滞留外地的武汉人欢快回家，尤其是滞留武汉的外地人惊喜还乡，都宜诵杜甫这首诗。不过那时已不是“解牢落”，而是“放歌”“纵酒”“好还乡”了。归途还可尽情高诵李白也是从巴蜀浮江东下的《早发白帝城》：“朝辞白帝彩云间，千里江陵一日还。两岸猿声啼不住，轻舟已过万重山。”那感觉，一定极佳！

以前只是作为文学享受的诗篇，如今还成防疫抗疫的精神依托。想想真应感谢唐代诗人的黄鹤楼名篇和长江佳句，还有我随后诵到的其他许多佳作。当然，更应感谢苏东坡的“诵佳句以解牢落”。这不仅是一种可贵的文人智慧，更是我们当下正需要的顽强积极的人生态度和精神。

# 六部病毒题材影视剧，讲述人性之战

韩浩月

时间：2020年2月23日

疫情期间，一些与传染病有关的文艺作品，被隔离在家的人们寻找出来观看，包括一些比较老的、经典的电影。有一部上映于1995年的美国电影《极度恐慌》被提及的次数较多，不少网友回忆起当年观看它的情形，有人是通过录像带、VCD看的，有人则是在电影院看的。

是的，《极度恐慌》作为1996年引进的分账大片，的确在中国的电影院里公映过，对于那个年代的观众来说，分账大片的概念刚出现两年，病毒题材的电影更是罕见，《极度恐慌》当时给观众带来的震撼是可以想象的。其中有这样一幕场景：电影院里，一个病毒感染者打了个喷嚏——特效镜头中，他打出来的口沫颗粒，被其他观众不断地吸入……这个场景现在看来尤为恐怖。这次疫情暴发后，全国的影院第一时间关闭，在做法上是理智的、正确的。

《极度恐慌》所表现的病毒萌生、繁殖、传播、致人死亡整个过程，在2003年“非典”时就曾“上演”过，但“非典”病毒更狡猾也更“凶狠”。这个外形看上去像顶粉红色皇冠的“凶手”，不禁再次让人想起1958年诺贝尔奖得主、生物学家乔什瓦·李德伯格说过的一句话，“人类统治地球最大的敌人是病毒”。

疫情是面镜子，可以照见人的勇敢与善良，也能折射人心的邪恶与自私。在《极度恐慌》里，疫情面前人的两面性都得到了呈现，一方面是军方接到上级命令将瘟疫小镇毁灭，一方面是上校军医最后在直升机的追击下成功把抗体送到小镇，拯救了全镇幸存者的生命。一名医生的良知与责任，避免了一场非人道的轰炸。抗体是瘟疫的解药，人心向善甚至是比抗体还要重要的“救命药”。

2016年公映于韩国的《釜山行》，在中国影迷心目中是部优秀的电影，今年春节之后，这部四年前的旧片播放量又开始迅速增加。之所以《釜山行》好评不断，在于这部病毒题材的电影，在故事创意与画面上刷新了同类题材的高度。对人性的深度刻画，也让它能引起观众情感上的共鸣。

《釜山行》中的小职员一家看上去无比平凡，父亲这个角色甚至有些软弱与算计，在陪同女儿坐上火车前往釜山看望分居的妻子时，遭遇到了病毒感染者的袭击。在这辆“死亡列车”上发生的事情，分分秒秒都在考验着他们，逐渐变得勇敢的父亲，纯真又充满正义的小女儿，以及具有牺牲精神的帮手们，极具代入感，从故事正式展开那一刻起，观众便与他们站在了一起。

疫情会放大人的善与恶。《釜山行》之所以有深度，在于它对人性恶的一面有真实的描述，特权人物的自私与残忍，撒谎的公务人员，为争取逃跑时间把无辜之人推向病毒感染者的懦夫……影片最后，小女孩和孕妇通过隧道逃生，对面的举枪者放下武器向她们跑来，这让紧张了一两个小时的观众放松下来。不管是在电影里还是现实中，正义与善良必胜，永远是人类亘古不变的价值观。

韩国另外有一部电影叫《铁线虫入侵》，讲了这么一个故事：因下水游泳被变种铁线虫入侵的市民，出现了极度口渴的症状，他们冲入河中大量饮水致死后，导致变种铁线虫大量繁殖，进而引发灾难。造成灾难的元凶是医药制造公司操控者与部分职员们，为了将公司高价卖给政府，人为传播了病菌引发铁线虫变异。在巨额的金钱利益面前，人心的扭曲比病毒的传播还可怕。这部电影最大的警醒意义在于：为了利益，有人会以牺牲别人的生命为代价，因而在制度上，要给这些人竖立起一道无法逾越的高墙。

2020年1月底，Netflix上线了一部六集纪录片《流行病：如何预防流感大暴发》，镜头呈现出猪流感、禽流感、埃博拉等疫情暴发的状况。病毒，离每一个人貌似很远，但事实上却很近，尤其是现在大多数人以隔离的方式来阻隔新冠肺炎病毒蔓延的情形下，更会对影片中的记述感同身受。一部好的影视作品，不应止步于对病毒"绘声绘色"的刻画。普通人"无知的乐观"，知情者的"隐瞒"，对医护人员的暴力伤害，官员的渎职失职等等，都会在疫情这面"镜子"面前"原形毕露"，呈现出令人不安的一面。

病毒最直观的危害，除了夺取人的鲜活生命外，就是破坏人的群居动物属性，让人变得孤独与无助。《我是传奇》中威尔·史密斯饰演的角色，是病毒暴发后整个纽约市唯一的幸存者，他独自在空旷荒凉的纽约生活，不得已杀了唯一陪伴自己的受感染的狗，甚至一度觉得自己是全世界唯一幸存的人类。整部电影最令人恐惧的不是那些被病毒变成"活死人"的攻击者，而是主角只能对音像店里的一个仿真模特喃喃自语。孤独会让人发疯，这不，许多人在家隔离十多天之后，便无比怀念拥挤的商场与街头。

去年还有一部名为《血疫》的剧集很受欢迎，它另外有一个译名叫《埃博拉浩劫》。这部剧集的原著曾得到过惊悚小说大师蒂芬·金的评价："《血疫》的第一章，是我这辈子读过最可怕的。"埃博拉病毒有90%的致死率。《血疫》对这种超级病毒的传染、致死以及它所制造的恐惧，都进行了直观的呈现，其中大量感染者的死亡场景都让人不寒而栗。虚构的恐怖片让人在紧张之后会获得放松，但病毒题材影视作品却会让人把害怕带进现实生活，因为这种"无形的敌人"说不定哪天就会冒出来。

"即使世界荒芜如瘟疫笼罩下的小城奥兰，只要有一丝温情尚在，绝望就不至于吞噬人心。"加缪在《鼠疫》中这样写道。在人类历史上与几次重大瘟疫的抗争中，留下了无数惨痛的记载。但同样，伟大的医生，智慧的管理者，善良的人们，他们用绵绵不绝的"温情"，帮助无数陷入绝望的人重新拥有了阳光下平静而自在的生活。

观看过去那些病毒题材的电影，在正常的日子与被疫情阴影笼罩下的日子，感受上是有一些不同的。当下，人们会更加珍惜一个多月前忙碌、疲倦而又快乐的生活。等到疫情过后，人们重新涌上街头的时候，不要忘了这段时间内心的思考，不要忘记那些为了公众健康安全而无畏付出的人。